元代后期诗学研究

武君 著

中国社会科学出版社

图书在版编目(CIP)数据

元代后期诗学研究/武君著. —北京：中国社会科学出版社，2024.4
ISBN 978-7-5227-3130-8

Ⅰ.①元… Ⅱ.①武… Ⅲ.①诗学—诗歌研究—中国—元代 Ⅳ.①I207.22

中国国家版本馆CIP数据核字(2024)第040715号

出 版 人	赵剑英
选题策划	郭晓鸿
责任编辑	王小溪
责任校对	冯英爽
责任印制	戴 宽

出　　版	中国社会科学出版社
社　　址	北京鼓楼西大街甲158号
邮　　编	100720
网　　址	http://www.csspw.cn
发 行 部	010-84083685
门 市 部	010-84029450
经　　销	新华书店及其他书店
印　　刷	北京君升印刷有限公司
装　　订	廊坊市广阳区广增装订厂
版　　次	2024年4月第1版
印　　次	2024年4月第1次印刷
开　　本	710×1000　1/16
印　　张	24.75
插　　页	2
字　　数	359千字
定　　价	129.00元

凡购买中国社会科学出版社图书，如有质量问题请与本社营销中心联系调换
电话：010-84083683
版权所有　侵权必究

徜徉于诗学的元代

（代序）

如果将中国历代诗学喻作闪耀的群星，那元代诗学这颗星的发现却远远晚于其他。自明人拉上"元无文""元无诗"的幕布，元代诗学理论便很少有理论家问津。"五四"以后，元曲作为"一代文学"之观念确立，"曲学的元代"几乎成为人们对元代文学的典型认知，元代诗学更是无缘挤入批评家的眼球。查洪德先生分析20世纪以来元代文学研究状况，指出元代文学史研究存在的问题一是"遮蔽"，二是"割裂"。因"华夷之辨""一代文学""功用、道德评价"之"三大遮蔽"，造成元代文学研究观念的偏颇，进而对元代文学史的叙述及评判失真；因不同文体、不同民族等文学板块严守边界，各说各话，互不关联，造成元代文学研究格局的局限，相互之间的绝缘导致文学整体性消解，共性无法把握。[①] 这种状况直至20世纪八九十年代才开始有所转变，元代诗学逐渐受到学界重视。21世纪以来，通过前辈学者与当今学人的共同努力，元代诗学被遮蔽的价值得以逐步发现，相关研究次第展开，而其中每一个价值点的发现都能够折射出璀璨耀眼的光芒，且透过文献与思维等层层阻隔，显示出无穷魅力。

元代诗学研究价值的重新发现与文学史观念的转变密切相关，而文学史观念的转变始于学界对元代社会文化环境的重新认识。长期以

[①] 参见查洪德《元代文学通论》，东方出版中心2019年版，第5页。

来，人们对元代社会与文化环境的认识局限于元朝统治下的沉闷与黑暗，元朝政权的性质不是文官化，而是贵族化、军事化，这种尚武轻文的统治策略，导致了整个社会的黑暗、腐败，整个民族文化素质低劣，民族歧视与隔阂充斥其中。今人以客观、完整的文献解读方式纠正了所谓元代"九儒十丐""四等人制""社会黑暗""元朝无太平盛世"等一系列错误看法，进而通过澄清对"元代文化衰敝""元人不读书""元诗居于文坛边缘"的误判，总结出"大元气象""文倡于下"的元代文坛特征。由此，元代多元文化交融研究成为元代文学研究新的学术走向。"地有南北、人有华夷、体分雅俗"[①]的文坛格局以及各种族、各地域、各种文化和观念在"大一统"的社会中兼容共生的特征得到元代文学研究者的普遍认同。

在此文学史观念下，当今学界对元代文学特征有较为准确的揭示。这种特征最突出地表现于元代文学的"多民族性"。自陈垣先生《元西域人华化考》始，西域色目诗人的诗文创作受到学界的关注。1998年杨镰《元西域诗人群体研究》出版，元代西域诗人成为热议的话题。近年来有多部专论在民族共同体意识和多民族文化视野下集中讨论元代文学的交融问题，探究元代文坛的精神气质和文人交际网络。多民族共生是元代文化包容性的一个重要体现，这种包容性在诗学上表现为多种创作态度和多种风格的客观存在。这其中又涉及文学与地域的关系。地域文学意识的出现，以宋代江西诗派为标志，元朝广阔的疆域则更加强化了文人的地域空间意识。东西沟通、南北融合，是元代文学研究的一个重要论题。在中国文学史中，元代文学作为一个独立的单元，具有较高的身份辨识度，这是元代文学区别于以往各代文学的地方。

然而，也正是由于元代文学具有清晰而显著的独特性，外界往往以"身份标签"的方式来认识元代文学，以至于作为专研元代文学的学者每每被认为一定要精通八思巴文才算合格。懂八思巴文当然会有助于对元代史料的研读，但对于元代文学研究者来说，这毕竟是一个

---

① 参见任红敏《论元代文坛格局》，《晋阳学刊》2021年第4期。

充分而非必要条件。而元代有哪些典型的、可值一说的，或有较高价值的文学作品、文学理论，却通常被人忽略。有学者认为，元代诗文研究者需要突破传统思维定式的制约，借鉴元史研究的思路和范式开展元代文学研究。① 不可否认，这一观点是积极可取的。但实际情况是，一直以来元代诗文研究的思路和范式往往受制于元史研究，在借鉴史学研究的思路和范式中反而偏离了"文学本位"。这一现象近年来逐步得以改观。从 2015 年开始，我陆续参与中国社会科学院文学研究所《中国文学年鉴》的资料搜集和撰稿工作，对每年度元代文学研究成果展开系统调查和梳理后发现，元代文学研究逐渐走出单一视野，研究视角的多样化逐步呈现。研究范围广涉诗学、文论、词学，以及文学的发展、传播、接受，还有作为诗文研究背景和视角的社会、文化、艺术、民族、宗教、地域、家族、灾害等各个领域。在微观深入的同时，对元代文学的整体概括和通观研究也应时出现，如查洪德、邱江宁等先生的论著。此外，"世界视角"是近年来元代文学研究新的突破，学界敏锐地看到13—14世纪中国文学与其他文明的碰撞和交流。邱江宁《元代文人群体的地理分布与文学格局》认为，在蒙古人东拓西征以及密集的驿站建设背景下，13—14世纪的世界不再是铁板一块，在邦交往来和文化交流中，中国文学不再囿于中国范畴，它是世界性的。② 这些成果不仅加深了我们对元代文学现象和规律的理解，也逐渐显示出元代诗文及相关理论在参与整个中国古代文学一些共有问题讨论上的价值。

其实，元代文学研究被外界标签化，其背后所反映的是以往元代文学研究在宽度上取得了不菲的成就，却在历时性的长度和厚度上相对欠缺。这一点尤其表现在文学批评、文学理论或具体的诗学理论上。杨镰先生说："元在历史上的位置正处在一个单元结束、另一个新的单元开始的谷地，是唐宋与明清之间的引桥。"③ 确然，元代文学是接

---

① 参见左丹丹《元史研究及其对元代文学史研究的启示——以萧启庆的系列成果为切入点》，《哈尔滨工业大学学报》2021 年第 6 期。
② 参见邱江宁《元代文人群体的地理分布与文坛格局》，中华书局 2021 年版，第 10—11 页。
③ 杨镰：《元诗史》，人民文学出版社 2003 年版，第 24 页。

引唐宋和引发明清的过渡阶段，但这个"过渡"并不是以往我们所认识的传统与新兴文学样式的此消彼长。常言"一代有一代之文学"，文学有代变，体裁有周期，但理论却总是后出转丰、后出转精的。由于元代诗学研究长此以往缺乏长时段历史视野的考量，其在中国诗学史中尚无明确的"定位"，研究唐宋诗学者将其后世影响直引明清，研究明清诗学者又将其源头直溯唐宋及更早，元代近百年的一段就这样被甩开，中国诗学史就这样被"缺环"对接。

造成这一现象的原因，可能就在于以往我们过分追求对外在特性的揭示，却在参与中国诗学史重要问题和共有问题上迟到，甚至是缺席，当然，这也是推动21世纪以来元代诗学研究的重要动力。20世纪末，张健先生参与讨论《二十四诗品》作者问题，由于涉及元代诗法著作《诗家一指》，开始搜集、研究元代诗法，2001年出版《元代诗法校考》①，对元代诗法作品的作者和版本源流加以考证，具有重要的学术意义，由此推动近二十年来元代诗法研究的热潮。查洪德先生《元代诗学通论》集中讨论"性情"论、"自得"论、"自然"论、风格流派论、"清和"论、诗法论、唐宋论、师古师心论、鉴赏论等一系列重要的诗学命题，对这些诗学范畴在元代的展开和发展予以全面考察，详细地阐释了这些重要问题在元代所产生的理论张力，充分证明了元代诗学在中国古代诗学史中的"可参与性"。

2014年我从内蒙古大学到中国社会科学院师从蒋寅先生攻读博士学位，研究方向从唐代文学转为元代诗学。在阅读元人文献资料时，有一个粗浅的印象一直萦绕脑海：元人关于诗歌、诗学的讨论竟然如此丰富！很多明清人热议的问题，元人早有阐发！比如元人王礼《伯颜子仲诗集序》中有关"阴、阳二气"的论说，无论是理论观点，还是表达方式，姚鼐"阳刚阴柔"之说竟与之极其相似。再如明清出版市场中的诗学畅销书系《诗学大成》等，一直以来被标示为明代读物，经常被引来研究中国传统"诗学"概念的形成。而流行于明代的

---

① 张健：《元代诗法校考》，北京大学出版社2001年版。

《诗学大成》早在元代就已经是书肆不断刊刻的诗学启蒙读物了。编撰、刊刻于元代的《诗学禁脔》《联新事备诗学大成》《诗学集成押韵渊海》等著作，实则出现在宋、金以来"诗学为专门"的学术背景中，推动"诗学"一词形成"有关诗歌所有学问"的内涵以及"开放性"的外延特征。它们不仅对明清此类著作影响甚大，也由此塑造了中国古代诗学的品格。在中国古代文学研究中，我们通常将元代附于宋代之后，而将研究领域划为"宋元"，可能即是侧重于元代的接续意义；我们又习惯将元代置于明清前，将研究领域划为"元明清"，也大致是因其开启意义。这其中当然着重考虑的是戏曲、小说等通俗文学，然而从文化背景上来看，元代诗学与通俗文学也有很多相通之处，比如宋代以来社会文化群体的下移，以及在这个过程中形成的行业性或专业化特征。事实上，元代诗文、戏曲、医学、艺术、农学、天文等专业的发展莫不与行业的推力相关。宋季江湖诗派，金元之际文人倡导的"以诗学为专门"，虞集"诗之为学"，元代诗学类书等，均显示出诗学在元代的专业化进程。我们或许可以做出这样的假设：在中国诗学史的发展链条中，元代诗学的特殊贡献和价值很大程度上要在"宋元""元明清"这两个"元"的重合面中去寻找。

本书是在我的博士学位论文基础上修改而成的。其写作的思路亦体现了我对元代诗学如上的思考。本书以元代后期诗文集及相关诗学著作为主要研究对象，重点考察元代后期诗学如何从前代诗学演变而来，又以怎样的方式参与到后代诗学的建构中去，从而在这个流变的过程中阐明元代后期诗学多元性、融通性、地域性、普及性的特点。本书的基本结论是，元代后期诗学是中国诗学进入深入发展、集成期之前的萌芽时段，作为诗歌创作理论、诗学观念、诗学批评、作诗技巧与常识等内容具足的诗学体系，在元代后期已初见端倪，直接开启了明清诗学的勃兴。学识、能力所限，拙著还有诸多不足之处，恳请学界同人批评指正！

武　君

2022 年秋于中国社会科学院文学所

目 录

绪论 ·· （1）
 第一节　元代后期诗学的分期说明与时代背景 ················ （3）
 第二节　选题相关的研究现状与不足 ···························· （9）
 第三节　研究内容、旨趣、方法及意义 ··························· （18）

上编　学术文化变迁与元代中后期诗学思想流变

第一章　上京纪行诗论与元代中后期诗学流变 ···················· （27）
 第一节　元代中后期对上京纪行诗论的总结与发展 ············ （30）
 第二节　上京纪行诗美学风格的流变 ···························· （51）

第二章　诗歌总集编撰与元代后期诗学观念的衍变 ·············· （64）
 第一节　开放式的总集编刊形式及其诗学意义 ················ （65）
 第二节　元后期唱和集的特点及体现的诗学观念流变 ········ （77）
 第三节　元后期地域性总集的特点及其折射出的诗学思潮 ······ （89）

第三章　科举兴废与元代后期诗学思想的转变 ···················· （97）
 第一节　仕进与作诗的矛盾 ······································ （98）
 第二节　作为科举补偿的诗社文会竞技 ······················· （110）
 第三节　元后期科举兴废与诗学启蒙读物的兴盛 ············ （121）

— 1 —

中编　时代精神偶像与元代后期诗学取法

第四章　"渊明真我师":元后期"崇陶"与"学陶" …………（141）
  第一节　儒士形象的解读与"性情之正"的取法 …………（142）
  第二节　逸士形象的解读与"平淡自然"的取法 …………（152）

第五章　"忧时苦爱杜陵诗":元后期"崇杜"与"学杜" …………（162）
  第一节　元后期文人"崇杜"的表现 …………（163）
  第二节　元后期文人"学杜"的方式 …………（167）
  第三节　元后期文人对杜诗的取法与抉择 …………（171）

第六章　"李贺的时代":元后期"长吉体"的风行 …………（179）
  第一节　作为时代精神偶像被解读的李贺及其诗歌 …………（180）
  第二节　李贺诗歌在元后期的积淀与推毂 …………（184）
  第三节　元后期文人学习"长吉体"的特点、方式与内容 …………（188）

下编　文人心态与元后期诗学思想的衍变

第七章　阁臣的转变:元后期馆阁文臣的心态与诗学观念衍变
  ——以王沂、贡师泰为例 …………（195）
  第一节　老马风沙兴已阑:王沂的心态与诗学 …………（196）
  第二节　吾道岂终穷:贡师泰的行迹与诗学 …………（208）

第八章　文人的放荡:杨维桢的心态与诗学思想的变化
  ——兼及铁雅派相关诸问题 …………（223）
  第一节　从"天台县尹"到"风月福人":杨维桢心态与诗学
  　　　　思想的变化 …………（224）
  第二节　铁雅派相关诸问题 …………（242）

第九章　忠烈的壮怀：元末赴难文人的心态与诗学
　　——以余阙、郑玉为代表 …………………………（254）
　第一节　死节者的心路历程 …………………………（255）
　第二节　忠烈的诗学修行 ……………………………（265）

第十章　遗民的情结：元遗民的心态与诗学观
　　——以戴良、丁鹤年、李祁、王礼为例 ……………（277）
　第一节　同道相砺与遗民认同 ………………………（279）
　第二节　固守道德与诗学尚古 ………………………（286）
　第三节　采诗存史与诗学定位 ………………………（294）

结论　元代后期诗学的特点及诗学史地位 ……………（304）

附录　元代后期诗文总集叙录 …………………………（311）

主要征引文献 ……………………………………………（365）

后记 ………………………………………………………（378）

绪　　论

元文宗至顺三年（1332），文宗崩于上京，宁宗即位不久，便夭折而亡，十三岁的妥欢帖木儿意外地从广西被接回京师，承继大统。次年（顺帝元统元年），权相燕帖木儿去世，预示着元代中期的盛世文治一去不返。初御皇极的顺帝也曾想有所作为：后至元三年（1337），顺帝驳回权相伯颜诛杀五姓的计划；六年（1340），流放奸相伯颜，起用脱脱，更化政事，复开科举，同时采纳康里巎巎建议，删修《大元通制》，改奎章阁为宣文阁、艺文监为崇文监。至正元年（1341），复开经筵，召许有壬进讲明仁殿；至正三年（1343），召修辽、金、宋三史。至正九年（1349）改宣文阁为端本堂。然而更化并没有带来社会的万象更新，振作却引发了更多的靡乱与颓废。紧接着，天灾人祸此起彼伏，官贪吏污荼毒流布，谣言惑众，人心不古，贤相脱脱继而被哈麻所逐，宣文阁也一度成为皇帝修秘密戒的邪淫之地。端本堂的设立虽然体现了顺帝再度振作的意图，朝廷也不断地减少税赋，发粮赈灾，整顿吏治，但几支纤细的毫针无法救起病入膏肓的王朝，更何况腧穴既未找准，针刺也不痛不痒。至正五年（1345），右丞相阿鲁图进辽、金、宋三史，顺帝曾发表了"以史为戒"的宣言："史既成书，前人善者，朕当取以为法，恶者取以为戒，然岂止激劝为君者，为臣者亦当知之。卿等其体朕心，以前代善恶为勉。"[①] 这似乎极具讽

---

① （明）宋濂等：《元史》卷四一，中华书局1976年版，第873—874页。

刺意味，叶子奇《草木子》云："元朝末年，官贪吏污，始因蒙古、色目人惘然不知廉耻之为何物……漫不知忠君爱民之为何事也。"① 又时人有《醉太平》小令道："堂堂大元，奸佞专权。开河变钞祸根源，惹红巾万千。官法滥，刑法重，黎民怨。人吃人、钞买钞、何曾见？贼作官，官作贼，混愚贤，哀哉可怜！"② 号召"以史为戒"的顺帝没能走出历史上末世乱象的怪圈，临时抱佛脚的无奈宣言最终成了历史的滑稽。拆东墙补西墙的补弊招数毕竟堵不住民变的洪流，终于，贾鲁疏导了黄河，却招致了"红巾"的泛滥。而顺帝除了朝令夕改、频换臣属、大都避暑、"怠于政事""荒于游宴"③、潜心于秘密戒外，与江山社稷渐行渐远，一直远至青草没膝、牛羊遍野的蒙古故乡。

"质文代变"的文学观念在每个朝代的后期，尤其是易代之际都有一大批新的材料不断地重新予以证明。清人赵翼评元初元好问时说"国家不幸诗家幸，赋到沧桑句便工"④，历史的脚步从元好问生活的时代未迈出百年，这句话便再一次得到了证实。清人顾嗣立《元诗选》云"有元之文，其季弥盛"⑤，这里的"文"即包括了诗以及诗学。而诗学"弥盛"之因，一者是特殊的时代背景使然，一者是诗学内部的发展。诚如赵翼所言，社会的剧变是诗学发展重要的催化剂。当然，元代后期诗学固然也是前、中期诗学传统的延续与发展，蒋寅说："无论什么文学体裁，都有如生命的周期，由繁荣走向零落，由旺盛步入衰老，只有理论之树常青，伴着日月的积累，日益健壮，日渐丰富。"⑥ 理论自身的发展，加之由社会变革带来的学术、文化环境变迁，以及文人精神、心态的变化，使元代后期诗学在有元一代特色更为鲜明，成就愈加凸显。本书即讨论、阐释"元代后期诗学"，但

---

① （明）叶子奇：《草木子》卷四，中华书局1959年版，第81—82页。
② （元）陶宗仪：《南村辍耕录》卷二十三，中华书局1959年版，第283页。
③ （明）宋濂等：《元史》卷四三，中华书局1976年版，第918页。
④ （清）赵翼：《题遗山诗》，《瓯北集》，李学颖、曹光甫校点，上海古籍出版社1997年版，第772页。
⑤ （清）顾嗣立编：《元诗选初集》，中华书局1987年版，第1394页。
⑥ 蒋寅：《清代诗学史》第一卷，中国社会科学出版社2012年版，第3页。

绪　论

展开讨论之前，有必要先交代选题相关的问题，选题所涉及的时代文化背景，相关研究的现状，以及本选题研究的内容、方法和意义。

第一节　元代后期诗学的分期说明与时代背景

建立在历史研究基础上的文学研究，首先需要解决历史分期问题。具体到元代诗学的分期，早在清人顾嗣立《元诗选》中便有详致阐述：

> 元诗之兴，始自遗山。中统、至元而后，时际承平，尽洗宋、金余习，则松雪为之倡。延祐、天历间，文章鼎盛，希踪大家，则虞、杨、范、揭为之最。至正改元，人才辈出，标新领异，则廉夫为之雄。而元诗之变极矣！①

按照顾氏论述，元代诗学史大致分为四段。以元好问为代表的金元易代时期的诗学，是为开端。继而，忽必烈时期以遗山后学为代表的北方诗学与以赵孟頫为代表的南方诗学在反思宋、金余习后开始走向融合。延祐、天历年间，以"元诗四大家"为代表的中期诗学进入鼎盛时期。至正改元以后，以杨维桢为代表的后期诗学以"标奇竞秀"为主要特点。顾氏分期的着眼点在诗文内部的发展规律。现代学术界关于元代诗学的分期主要有以下几种。

第一种，从蒙古灭金到仁宗延祐年间为前期（1234—1314）；从延祐年间到至正二十八年惠宗北遁为后期（1314—1368）。②

第二种，元世祖中统、至元时期到成宗大德时期为前期（1260—1297）；成宗大德时期到文宗至顺时期为中期（1297—1332）；顺帝元统时期到至正末为后期（1333—1368）。③

---

① （清）顾嗣立编：《元诗选初集》，中华书局1987年版，第1975—1976页。
② 参见邓绍基主编《元代文学史》，人民文学出版社1991年版。
③ 参见张红《元代唐诗学研究》，岳麓书社2006年版。

第三种，以蒙古灭金之初为前期（1234—1259）；元帝国统一神州之后为中期（1260—1314）；延祐恢复科举之后为后期（1314—1368）。①

第四种，从成吉思汗（元太祖）十五年到蒙哥汗（元宪宗）九年（1220—1259）为前编；从元世祖中统元年到顺帝至正二十八年（1260—1368）为正编；从洪武元年到永乐二十二年（1368—1424）为后录。正编以文宗天历年间为界分为前后两期。②

第五种，以耶律楚材为代表的早期文学；蒙古灭金到忽必烈去世为前期文学（1234—1294）；成宗元贞元年到文宗去世为中期文学（1295—1332）；顺帝元统元年到至正二十八年为后期文学（1333—1368）。③

以上五种不同的分期，是基于对元代诗学把握与建构标准的差异。邓绍基《元代文学史》以延祐时期为界将元代诗歌分为前后两期，是基于元代诗歌领域内出现的新变，即"宗唐得古"风气在前期形成，后期继续发展而后劲凸显。而同样以元诗宗唐取向为切入视角，张红《元代唐诗学研究》将元诗宗唐取向的历史发展分为三个时期，即形成期、鼎盛期与蜕变期，较之于前著更加细化。蔡镇楚《中国文学批评史》依据元代诗坛扬唐抑宋的演变过程将元代诗学史划为三段：前期诗坛承金源诗风，主于宗唐抑宋；中期宗唐抑宋之风更为激烈；后期力排金末宋季乱世之音。杨镰的分期标准则是建立在元代诗歌史的发生、发展、转变的逻辑进程当中，注重时代断限的中间过渡，如前后期的过渡中列举出胡助、柯九思等诗人。查洪德又将元代的诗文、诗学发展置于学术史和文学史的背景中，注重学术流派与学术精神的发展变化对诗学思想与观念的影响。因此，对"诗学"概念把握的差异性与切入视角的不同是造成元代诗学不同分期标准的根本性原因。

---

① 参见蔡镇楚《中国文学批评史》，中华书局2005年版。

② 参见杨镰《元代文学编年史》，山西教育出版社2005年版。杨镰认为以"元诗四大家"为代表的活跃于仁宗皇庆、延祐年间的馆阁文臣构成元代中期诗坛，但分期尚不明确。参见《元诗史》，人民文学出版社2003年版，第459、485页。

③ 参见查洪德《元代诗学通论》，北京大学出版社2014年版。

绪　论

我同意清人顾嗣立以及现代学者的观点，他们使用的标准确有各自的道理。但本书拟采用的"诗学"概念以蒋寅所界定的"传统意义上使用的有关诗歌的学问"① 这一概念为标准，不同于只包括"诗歌理论"一端，即现代学术对"诗学"的狭义界说，其领域的涉及面与蒋寅、张伯伟主编的《中国诗学》集刊所划定的研究领域大体相合，即涵盖诗学文献学、诗歌原理、诗歌史、诗学史诸方面的综合考量。以此，本书从诗学发展的内、外两个层面切入，以与诗学相关的学术史、文化史、精神史和心态史为背景展开研究，因而，所谓"元代后期诗学"的逻辑起点大体确定在元顺帝元统元年（1333），终点则不局限于至正二十八年（1368）元帝北逃，而延伸至明初，这一分期主要是以元代后期诗学所依凭的时代背景为依据。

　　首先，从元代后期诗歌发展背景来看。顺帝朝初年，元代前期与中期一些重要诗人相继去世，如吴澄、胡炳文、曹伯启去世于元统元年；陈栎、程端学、宋本去世于元统二年；陆文圭、王结去世于后至元二年（1336）；许谦去世于后至元三年；李术鲁翀、马祖常去世于后至元四年；柳贯、陈旅、傅若金去世于至正二年（1342）；揭傒斯、吴师道去世于至正四年；程端礼去世于至正五年；宋褧去世于至正六年；虞集、曹文炳、黄清老去世于至正八年。同时，代表元诗鼎盛时期的"四大家"以及奎章阁时代的著名诗人在文宗至顺之后也相继淡出文坛。此时，宣文阁文臣如许有壬、王沂、贡师泰等人则正处于诗文创作和理论评说的高峰期。以上京纪行诗为代表，迺贤、周伯琦等人的创作在至正间相继结集。此后，以杨维桢为代表的"铁雅体"狂流，极力冲开"雅正"的金丝鸟笼，大力张扬个性与性情。而以诗歌创作扬名于元末诗坛的著名诗人在明初洪武朝虽然相继陨落，但依旧低声吟唱着故主、故国。李祁于洪武元年（1368）去世，俞子茂辑其遗文，刊刻《云阳集》十卷，在明初流传颇广。玉山主人顾瑛于洪武二年去世，玉山雅集的轰动效应却依然未减。杨维桢死于洪武三年，

---

① 蒋寅：《古典诗学的现代诠释》，中华书局2003年版，第10页。

❖❖❖ 绪　论

铁雅诗风在明初流传以至遭受批判。杨允孚《滦京杂咏》作于明初，成为元代上京纪行诗的挽歌。洪武五年，危素去世；六年，王祎去世；七年，批判杨维桢的王彝去世；十年，郭钰去世；十一年，王翰去世；十二年，贝琼去世；十六年，戴良、王沂去世；十八年，王蒙去世；十九年，王礼去世；二十一年，王逢去世；直至永乐二十二年（1424）最后一个元遗民丁鹤年去世，元诗史彻底画上句号。无论仕明之贰臣还是义不负元的遗民，跨越至明初的诗歌创作与诗学思想的表述都应属于元代后期诗学的余波，而不应被元代诗学所忽略。

　　其次，就诗学文献编撰、刊刻的背景来看。元统三年（1335）苏天爵编辑的元代诗文总集《国朝文类》刊行，这是元人编选元代诗文的第一部总集，主要收录元代前、中期重要作家的经典作品，体现了编者黼黻皇猷的实用诗学观。现存至正时期刊刻的《国朝文类》说明了这部诗歌选集在元后期的流行程度。傅习、孙存吾编选的《皇元风雅》，作为元代第一部元人选元诗的诗歌选本成书于后至元二年（1336），该集所表现的诗学观念已经逐渐转至对情性的关注，其中不以优劣区分南北诗风的诗学眼光揭示了元代中期南北诗风融合的现实。蒋易编集的《元风雅》成书于后至元三年，受到时人广泛关注，其编选体例参照姚合《极玄集》，选录标准也体现了浓郁的宗唐倾向。至正四年（1344）杨士弘编选的唐诗选本《唐音》是元后期宗唐倾向的标本，尤其对李贺诗歌的选录，体现了元后期宗尚李贺诗风的时代风气。此后，至正十四年（1354）颜润卿的《唐音缉释》为《唐音》在元末流传做了推广工作。而洪武十七年（1384）孙原理采辑、陈孟凝编选、张中达校正的《元音》代表元人选元诗的最后成果，采编者有强烈的"以诗存史"愿望，许多名不见经传的元代诗人有赖此集而留下诗名，而采编标准之公允，使得此集在明初流传颇广。与之刊行时间相近的《元音遗响》因收录元遗民诗作，亦可看作元代总集，而洪武三年（1370）刘仔肩所编《雅颂正音》及稍后王昂所编《沧海遗珠》，欲张乎明代开国之音，展示明初诗坛之风气，则归入明代总集较为公允。此外，文人唱和诗集及地域性诗集在元代后期的编撰也从不同角度反映了元后期诗学思想的流变。值得注意的是，伴随元代后期官学、书院教育的兴盛，以及图书出版业的繁荣，科举考试用书与民间诗学普及读物的刊刻成为元代后期诗学发展的一大特色。元人阴时夫辑、阴中夫注《韵府群玉》于元统二年（1334）梅溪书院刊刻；严毅辑《诗学集成押韵渊海》刊刻于后至元六年（1340）；《新编增广事联诗学大成》有至正二年（1342）刻本；《增修互助礼部韵略》有至正四年（1344）刻本；林桢辑《联新事备诗学大成》有至正九年（1349）建宁路书市刘衡甫刻本；《诗词赋通用对类赛大成》有至正二十年（1360）陈氏秀岩书堂刻本等。此类蒙求诗学读物不仅反映了元代后期诗学的民间普及性，也是元后期诗学的重要研究对象。

再次，从元代后期学术文化的发展背景来看。元顺帝后至元六年顺帝采纳康里巎巎建议，改奎章阁为宣文阁，至正九年又将宣文阁改为端木堂。这标志着以奎章阁诗人群体为主的元代中期诗学的结束。萨都剌《奎章阁感兴》诗云："奎章三月文书静，花落春深锁阁门。"①然而文化机构的衰落与学士群体的散失，并不意味着此期诗学进入低谷，恰恰相反，宣文阁、端木堂的设置反映了元代后期诗学流变的开端。由奎章阁进入宣文阁的文臣有意识地总结上京纪行诗创作的理论问题，随着元代后期上京纪行诗的创作发展，又不断有理论的补充与丰富。而后期馆阁文臣在易代之际所表现出的诗学观念转变，则标志着元代诗学从一个峰顶向另一个峰顶的过渡，以许有壬为例，其仕与隐的徘徊，反映出其诗学观念的矛盾性与复杂性。顺帝后至元元年（1335），始于延祐时期的元代科举制度再度被取消，五年后顺帝重新下诏恢复科举，加之至正后期战乱阻隔，科举制度在元末已经名存实亡。科举兴废对元末社会文化的直接影响逐渐弱化，但科举对元代后期诗学的影响却有增无减。文人们思考仕进与作诗之矛盾，进士群体大多转至民间，一时民间著述、诗社竞技评比大兴。从元代学术史演进的角度考察，元代后期社会环境虽然失去了学术发展的客观条件，

---

① （元）萨都拉：《雁门集》，上海古籍出版社1982年版，第310页。

❖❖❖ 绪　论

但文人的学术传承却出现了多元化的趋势，正如清人顾嗣立所言，元代后期是一个"标奇竞秀，各自名家"①的时代，而这种多元共存的诗学格局一直延伸至明初，对明代文学的建构起了至关重要的作用。

最后，从元代后期文人精神史与心态史的流变来看。陶渊明、杜甫、李贺是后期文人最重要的三个精神偶像。隐逸精神盛行于整个元代，而元代后期对陶渊明隐逸精神的解读更为多样，为文人提供了不同程度的心灵安慰与行迹合理性的支撑，因而也直接影响了文人对诗学问题、诗歌特质的认识。顺帝后至元三年（1337），追谥杜甫为"文贞"，而十多年后，战乱突起，文人们更深刻地体会了杜甫的真心、真情，对杜诗的切身体会，也引发了对杜诗取法的争论。以杨维桢为代表的古乐府创作，其显著的特点在于学习李贺"长吉体"，追求李贺式的奇特想象与浓烈色彩。对李贺失意人生的同情理解与心灵共鸣是元代后期文人的心理潜因，浸染于"长吉体"，让他们为超越世俗之选择找到了合适的理由。然而对性情夸张之合理性的理解，全然是时代使然，进入明代，李贺与杨维桢分别被斥为"诗妖""文妖"，可见一斑。杨镰说："作为一个诗人，哪怕是个西域色目诗人，他怎么看待易代、战乱是一个问题，而他怎么用诗去反映时代，则是另一个问题。"②我赞同杨先生的观点，然而，我认为怎样看待易代、战乱问题，至少会直接影响他们的诗学观念。元代后期文人心态的转变从宣文阁文臣即已开端，贡师泰在战乱中的进退维谷，导致其在诗学观念的表述中仍寻找着自圆其说的合理解释。同样，王沂的致仕归隐及其重自然、重真情、重个性的诗学观也正与元代后期流行的诗学观念合流。至元明之际，忠烈诗人、遗民诗人群体伴随着心态的转变，元代后期诗学一直处于潜移默化的变动中，从中期追求雅正的诗学观渐次转为注重情性、个性的诗学观念。

以上是笔者对元代后期诗学依凭的时代背景所做的粗略扫描，在

---

①（清）顾嗣立：《寒亭诗话》，丁福保辑：《清诗话》，上海古籍出版社1963年版，第84页。

② 杨镰：《元诗史》，人民文学出版社2003年版，第174页。

这样的扫描过程中,词频最高的就是"变",时代在变,相应的诗学观念也在变。但这种变并非是趋向衰落与完结的"变",而是一种"流变",从一个高峰到另一个高峰的流转变化,因而正印证了"理论累积性"的判断。总之,从元顺帝初期始,元代诗学进入一个新的发展时期,其发展趋势一直延伸至明初。从元代后期诗学分期讲,中、后期容易粘连在一起,元明之际的文人归属也极易产生分歧,而基于时代背景的观照,遵循元代后期诗学流变的特征作整体观,既符合诗学史发展实际,也可以清晰地描述与阐释元代后期诗学的整体面貌。

第二节 选题相关的研究现状与不足

涉猎于各大图书馆,不难发现一个有趣的事实:当我们按着朝代顺序搜索20世纪有关元代文学理论的著作,呈现于眼前的往往是宋代之后紧接明代,偶尔夹在中间的一本,格外惊喜地打开后,却多是关于曲论的探讨。于是我们不得不耐着性子在检索机上细致检索,循着中图分类数字在蒙尘的角落里寻找到零星的几本。的确,元代诗学在整个中国诗学的研究格局中所占份额太少!而元代后期诗学则又是元代诗学研究中的薄弱点。

俯瞰20世纪以来的中国文学批评史、诗学史等一些通史、通论性质的专著,上述粗略的印象可能就会变为深切的体会。20世纪40年代朱东润《中国文学批评史大纲》(开明书店1944年版)于元代一节只涉及方回、元好问、贯云石、周德清、乔吉,元代后期文学批评整体缺席。郭绍虞《中国文学批评史》(上海古籍出版社1979年版)谈到元末宋濂的文学思想,然而在共计19页的元代文学批评一节中也只占了不足4页的篇幅。敏泽《中国文学理论批评史》(人民文学出版社1981年版)涉及元代后期文论家只有杨维桢一人。袁行霈、孟二冬、丁放《中国诗学通论》(安徽教育出版社1994年版)只论及辛文房《唐才子传》。黄宝华、文师华《中国诗学史·宋金元卷》(鹭江出版社2002

◆◆◆ 绪　论

年版）虽稍有增广，在元代后期也只是增加了杨士弘《唐音》一节。陈良运《中国诗学批评史》（江西人民出版社 1995 年版）以半节的篇幅讨论杨维桢的"人品"论。萧华荣《中国诗学思想史》（华东师范大学出版社 1996 年版）泛取元代后期一些诗评家探讨元诗的宗唐倾向。

20 世纪 70 年代以来，随着元代诗学逐渐受到学界关注，元代后期诗学研究也逐渐增多。曾永义《元代文学批评资料汇编》〔（台北）成文出版社 1979 年版〕涵盖 128 人，收录 1400 多条元代文学批评资料，其中包括元代后期诗评家如王沂、王理、贡师泰、王逢、戴良等 30 多人的 150 多条资料，尽管这些资料对于整个元后期诗学文献来说只是九牛一毛，尚且无逻辑梳理，但其对于学术研究的开启意义不容小觑。1981 年顾易生、蒋凡、刘明今《中国文学批评通史·宋金元卷》（上海古籍出版社 2002 年版）就元代后期杨维桢、戴良的师古诗论以及王沂、陈绎曾、杨维桢、王礼、罗大已等人的师心、尚今诗论展开详细讨论。此后朱荣智《元代文学批评之研究》〔（台北）联经出版事业公司 1982 年版〕对郑玉、杨维桢、陈绎曾、祝诚《莲堂诗话》等也有细致的论述。21 世纪以来，元代诗学研究再次受到学界关注，查洪德《理学背景下的元代文论与诗文》（中华书局 2005 年版）、《元代诗学通论》（北京大学出版社 2014 年版），云国霞《元代诗学研究》（博士学位论文，四川大学，2007 年），文师华《元代诗学理论发展的轨迹》（《南昌大学学报》2001 年第 1 期）等专著、专论掀起了元代诗学研究的热潮。以查洪德二著为例，均从元代后期的学术与诗文等方面对元代后期诗学作了简要的概括与阐述。

元代诗学研究的兴起需要立足于元代文学史、诗歌史以及元代文学文献整理研究的基础之上，而这些成就的取得也是元代后期诗学得以展开讨论的前提条件。1985 年隋树森《元代文学说略》（《文史知识》1985 年第 3 期）在分析元代文学研究格局后指出，要加强各体文学研究，尤其是诗文的研究。以此为转折，研究者逐渐关注元代诗文的研究。邓绍基《元代文学史》（人民文学出版社 1991 年版），顾建华《中国元代文学史》（人民出版社 1994 年版），杨镰《元西域诗人群体研究》（新疆人民出版社1998年版）、《元诗史》（人民文学出版社2003年版）、《元代文学编年史》（山西教育出版社2005年版）、《元代文学及文献研究》（中华书局2015年版），刘明今《辽金元文学史案》（上海古籍出版社2004年版），张晶《中国古代文学通论·辽金元卷》（辽宁人民出版社2005年版）、《中国诗歌通史·辽金元卷》（人民文学出版社2012年版），余来明《中国文学编年史·元代卷》（湖南人民出版社2006年版），云峰《元代蒙汉文学关系研究》（民族出版社2005年版）、《民族文化交融与元代诗歌研究》（内蒙古大学出版社2013年版）等一系列文学史、诗歌史专著相继问世。研究者开始以通融、客观的眼光看待元代文学，并且注重多元文化的交融，这一点成为元代文学研究领域新的学术发展趋势。正如张晶在《中国古代文学通论·辽金元卷》中所提出的"不同文化的融合带来元朝文学艺术独树一帜"①，文学史、诗歌史研究的长足发展以及文学观念的转变，为深入研究元代诗学提供了充分的思想条件。

  元代诗文选集的编撰与整理工作在清代就已开始，如顾嗣立所编《元诗选》，张景星、姚培谦、王永祺选编《元诗别裁集》，陈衍辑撰《元诗纪事》等。20世纪以来，诸如《元人十种诗》《元人文集珍本丛刊》《玉山雅集》《金兰集》等总集、选集的校注出版以及元代文人别集、年谱等整理编撰，为元代诗学研究提供了丰富的文本资料。此外，如吴文治主编《辽金元诗话全编》（凤凰出版社2006年版），邓绍基、杨镰主编《中国文学家大辞典·辽金元卷》（中华书局2006年版），刘达科《辽金元诗文史料述要》（中华书局2007年版），王树林《金元诗文与文献研究》（中华书局2008年版），查洪德、李军《元代文学文献学》（中国社会科学出版社2002年版），罗鹭《〈元诗选〉与元诗文献研究》（巴蜀书社2010年版）等元代文学文献的辑录与研究，对元代诗学研究工作提供了有效的文献指导。随着《全元文》《全元诗》的相继出版，元代诗文文献整理进入全盛期。围绕《全元

---

① 张晶主编：《中国古代文学通论·辽金元卷》，辽宁人民出版社2005年版，第397页。

文》的辑佚、文献深入整理工作也相继展开，如刘洪强《〈全元文〉补目160篇》（《古籍整理研究学刊》2009年第3期）、罗海燕《〈全元文〉佚文十四篇及其价值》（《古籍整理研究学刊》2011年第3期）。另外，如张伯伟《元代诗学伪书考》（《文学遗产》1997年第3期）、张健《元代诗法校考》（北京大学出版社2001年版）、刘明今《关于元代诗歌格法类著作》（《古代文学理论研究》2002年第12辑）、王奎光《元代诗法研究》（博士学位论文，复旦大学，2007年）等专论、专著对元代诗法著作的作者和版本源流加以考证，推进了学界对元代诗法内容和文献版本的了解。《哈佛燕京图书馆藏中文善本汇刊》《日藏珍稀中文古籍书影丛刊》《中华再造善本》等善本古籍汇刊中所刊元代后期诗学启蒙读物，如《联新事备诗学大成》《增广事联诗学大成》《诗词赋通用对类赛大成》《新刊京本校正增广联新事备诗学大全》等，也为元代诗学研究提供了较有价值的文献资料。

元代文学文献的整理研究取得了巨大成就，无疑为元代诗学研究奠定了坚实的史料基础。由此，近年来元代诗学研究也取得了相当可观的成绩，相应地，元代后期诗学研究也在相关研究中所占篇幅逐渐增长，但仍旧存在诸多不足之处。

其一，馆阁诗作的发展与元代上京纪行诗论的流变。

较早注意到元代馆阁文化的是学者姜一涵，其《元代奎章阁及奎章阁人物》[（台北）联经出版事业公司1981年版]从奎章阁的沿革、地位、组织、职权、直属机构、隶属机构、宣文阁与端木堂以及奎章阁文人群体等各个方面周详地阐述了元代奎章阁组织、构成以及演变、发展。邱江宁《奎章阁文人群体与元代中期文学研究》（人民出版社2013年版）、《元代奎章阁学士院与元代文坛》（中国社会科学出版社2013年版）二著深入地探讨了元代奎章阁文人群体对元代文坛以及诗文创作领域的重大影响。在《奎章阁文人群体与元代中期文学研究》中作者提出对上京纪行诗在元代诗史上的意义进行重估，将上京纪行诗看作元代中期馆阁文人"南人作北风"的典型诗作，由此初步讨论了元代上京纪行诗的理论问题，在上京纪行诗研究领域中具有重要意义。而自20世纪70年代以来有关讨论元代上京纪行诗的专著及专论多集中于对于上京纪行诗的史料及资料价值的探索和审美风格、诗史意义的考察。前者如包根弟《元诗研究》[（台北）幼狮文化事业公司1978年版]，赵延花、米彦青《上都扈从诗的文学地理学解读》（《内蒙古大学学报》2015年第3期）等，后者如李军《论元代上京纪行诗》（《民族文学研究》2005年第2期）、李嘉瑜《元代上京纪行诗的空间书写》[（台北）里仁书局2014年版]等。

然而或许因为材料和选题的限定，元代上京纪行诗论还留下很大的学术探讨空间。元代中后期上京纪行诗创作的繁盛，引发元代馆阁诗人对纪行诗作理论问题和美学风格的全面讨论，并有全新理解。这预示着纪行诗作理论总结期的到来，也在纪行诗理论的发展过程中形成了新的流变趋势。讨论上京纪行诗论在元代中后期的流变过程，可以清晰描述元后期诗学是如何从元代前中期发展而来，怎样成熟于元后期，其诗学价值的阐发也由此显得迫切和重要。

其二，元代诗文总集编撰与元代后期诗学。

查洪德、李军《元代文学文献》辑录元代诗文总集二十多种。杨镰《元代文学及文献研究》、《元诗文献新证》（《山西大学学报》2007年第3期）等专著、专文也细致地考察了元代诗人总集情况。此外，陈晓波《元代文学文献的刻印出版和考订》（《图书馆理论与实践》2005年第1期），赵维江、宁晓燕《文化冲突中的儒士使命感——许有壬〈圭塘乐府〉的文化心理解读》（《北方论丛》2006年第3期），唐朝晖《简谈元代诗歌总集与诗歌流变》（《求索》2010年第8期）、《元人选元诗总集基础上的诗歌嬗变》（《甘肃社会科学》2012年第4期），钟彦飞《元人选编元代诗文总集叙录》（《开封教育学院学报》2011年第4期），刘飞、赵厚均《〈草堂雅集〉与元代文学总集的编撰》（《安徽大学学报》2012年第4期），谷春侠《玉山雅集研究》（博士学位论文，中国社会科学院研究生院，2008年），刘季《玉山雅集与元末诗坛》（博士学位论文，南开大学，2012年）等均就元代诗文总集与文学之关系有所探讨。以唐朝晖两篇文章为例，在对元代诗文总集作了简要的辑录和分析后,大致勾勒了一条从元初至元末诗歌流变的轨迹,开启了从诗文总集编撰的角度看待元代诗歌发展的研究视域。

但是,有关元代诗文总集编撰与诗学关系的研究仍显薄弱。一则元代诗文总集多成书、刊行于元代后期,对元代后期诗学有重要影响,而相关研究仍缺乏细致考论。再者现有研究均局限于现存的诗文总集,而有些总集虽然佚失,但序言、题跋文字却保留在时人的著述中,根据这些文字依然可以讨论其诗学思想,如丁鹤年《皇元风雅》有戴良序,王礼《长留天地间集》有自序及李祁序。此外,现代学术界比较关注的元代地域性文学研究,如欧阳光《论元代婺州文学集团的传承现象》(《文史》1999 年第 4 辑)、徐永明《元代至明初婺州作家群研究》(中国社会科学出版社 2005 年版)、王忠阁《元末吴中诗派论考》(广西师范大学出版社 1998 年版)、廖可斌《论元末明初的吴中派》(《商丘师范学院学报》1991 年第 4 期) 等,重点在于对史料的挖掘和史实的梳理,而从地域性诗集的角度审视地域性诗学思潮的流变发展,可能也会对元代地域文学研究有所增益。

其三,科举与元代后期诗学。

李治安《元代乡试与地域文化》(载《元代文化研究》第一辑,北京师范大学出版社 2001 年版),萧启庆《元至正十一年进士题名记校补》(台北《食货月刊》1987 年第 16 卷第 7、8 期)、《元至正后期进士辑录》(《燕京学报》2003 年第 15 期),森田宪司《元朝的科举资料——以钱大昕的编著为中心》(《东方学报》2001 年第 73 册),桂栖鹏《元代进士研究》(兰州大学出版社 2001 年版) 等侧重于元代的科举文化与文献研究,对于考察元代科举制度与进士群体生存状态提供了有力的史料支撑。近年来科举与文学关系的研究成为显学,元代科举制度与文学关系的研究也随之兴起。许慈晖《元代科举与文学》(硕士学位论文,扬州大学,2004 年)、余来明《元代科举与文学》(武汉大学出版社 2013 年版)是这方面的代表性成果。许文专设一章探讨元代科举存废对诗文发展的影响,主要谈及戊戌选试、学校考试与延祐开科对文坛及诗文发展的影响。余著可谓集成性著作,对元代科举与士人心态变化、士人群体兴替、文学思潮变迁、文学活动形态变化、文学地域迁移等问题有详细讨论。尤其是注意到元代后期科举与民间诗社竞技的关系，是对左东岭《玉山雅集与元明之际文人生命方式及其诗学意义》（《文学遗产》2009年第3期）所论观点的再次全面展开。

其实元代后期科举兴废与诗学思想的影响不仅停留于制度方面，在科举时断时续以及运行不畅的背景下，士人群体的下移促进了民间学术的发展，传统"立功""立言"观念于元代后期很难实现，托诗留名成为文人思想的重心，士人对于科举的矛盾心态直接影响了他们的诗学观念，而科考用书以及诗学启蒙读物的兴盛也是元代后期诗学的重要内容，这又无不与科举有着密切的关系。

其四，时代诗学宗尚研究。

自邓绍基在《元代文学史》中指出元诗"宗唐得古"的特点，元代诗学宗唐倾向研究成为元代文学研究不可回避的话题。查洪德《元代诗学通论》认为元代诗论家主导的观点是"宋由唐出"，但不同于明清人将唐、宋对立，而能出入于唐、宋之间。张红《元代唐诗学研究》把元代唐诗学分为"宗唐教化派""宗唐格调派""折衷唐宋派""宗唐性灵派"四个不同的派别，又根据元代诗学发展阶段将四派的消长融入于元代唐诗学的形成、鼎盛和蜕变三个时期。通过细致分析与整体把握，提出"元代诗学既是由宋返唐的通道，也是自唐入明的门户"①。此外，还有如史伟《元诗"宗唐得古"论》（《求索》2006年第3期），吴国富、晏选军《元诗的宗唐与新变》（江西人民出版社2011年版），杨匡和《元代诗序研究》（博士学位论文，广西师范大学，2011年），刘竞飞《略论元诗"宗唐得古"说的理论可能——以语义学分析为线索》（《武陵学刊》2013年第2期）等一大批丰硕的成果。在关于元诗宗唐的讨论中，学界也注意到元代后期诗歌对李贺的追崇，邓绍基断言元末是"李贺的时代"，李贺诗歌对元代诗学的

---

① 张红：《元代唐诗学研究》，岳麓书社2006年版，第11页。

影响也成为学界热议的话题，如陈友冰《李贺诗歌的历代接受现象及理论思考》（《中国文化研究》2004年春之卷），王岩《李贺诗歌的宋元接受史研究》（硕士学位论文，广西师范大学，2004年），唐海燕、刘飞《元末诗坛对李贺的品评与接受》（《合肥师范学院学报》2010年第5期）等文章从不同角度具体分析了李贺诗歌在元末的接受情况及原因，认为李贺诗风切合了元末复杂的社会文化背景，文人在李贺的诗歌中找到了合适的创作方式。其实，就元代后期而言，对陶渊明的接受也是当时诗坛的显著特征。展龙《元明之际士大夫政治生态研究》（人民出版社2013年版）、王茜《元代文人"尊陶"现象探析》（硕士学位论文，内蒙古师范大学，2014年）、左东岭《元末明初和陶诗的体貌特征与诗学观念——浙东派易代之际文学思想演变的一个侧面》（《文学评论》2022年第1期）等专著、专文就元代后期文人的陶渊明情结进行了详细描述。以展著为例，认为元末士大夫的适意避世是"陶渊明情结"的再现，其归隐的方式与原因多受陶渊明的影响。

综观现代学界对元代诗学宗尚的研究，主要还集中于对现象的描述，而就元代后期的时代精神偶像而言，陶渊明、杜甫、李贺是三个典型，由此演化为元后期三种精神史内涵，以往研究所忽视的正是这三种形式的精神史与诗学取法的互动关系。

其五，文人心态与元代后期诗学研究。

最早涉及元代文人心态研究的是幺书仪的《元代文人心态》（人民文学出版社2013年版），该著认为元代后期是"失去权威的时代"，以此造成元代后期文人的"心理变异"，作者特意摘出顾瑛、危素、杨维桢三位文人作为典型代表予以考述，论证了在元代后期"文人们的心态更加无以依附"，从而"演变出不同的内涵复杂的悲剧"。[①] 此外，梁归智、周月亮《大俗小雅：元代文化人心迹追踪》（河北大学出版社2001年版），徐子方《元代文人心态史》（天津人民出版社2015年版），赵其钧《透视元代文人精神文化》（安徽大学出版社2011年

---

① 幺书仪：《元代文人心态》，人民文学出版社2013年版，第228—235页。

版),左东岭《元末之际的种族观念与文人心态及相关的文学问题》(载《明代文学思想研究》商务印书馆 2013 年版)、《"台阁"与"山林"文坛地位的升降沉浮——元明之际文学思潮的流变》(《文学评论》2019 年第 6 期)等均有对元代后期文人心态的描述。以梁著为例,作者系统地描述了元代知识分子的精神状态,认为浪子风流、隐逸情调和斗士精神融汇而成的反抗意识,构成了元代时代精神的基本格调。同时,作家个案研究与交游考述也涉及元代后期文人的心态问题,如魏青《志趣不同的知己:杨维桢和宋濂》(《中国典籍与文化》2004 年第 3 期),徐永明《宋濂与戴良友谊变异探微》(《南京师范大学学报》2007 年第 2 期)、《元末明初南方两个文学群体成员的交往及其差异》(《文学遗产》2004 年第 2 期),饶龙隼《元末明初浙东文人择主心态之变衍及思想根源》(《文学遗产》2008 年第 5 期),陈博涵《戴良的边缘心态与其遗民化》(《文学遗产》2014 年第 6 期),李晓刚《高启的悲剧人生与思想性格》(《重庆师院学报》1998 年第 4 期),邢丽凤《无用的悲哀:高启论》(《山东社会科学》2002 年第 5 期),幺书仪《略论杨维桢多变的生活道路》(《文学遗产》1993 年第 2 期),唐朝晖《元代理学与元遗民文人群心态》(《文学批评》2010 年第 3 期),刘美华《杨维桢诗学研究》[(台北)文史哲出版社 1983 年版],黄仁生《杨维桢与元末明初文学思潮》(东方出版中心 2005 年版),等等。

从现有研究来看,涉及元代后期文人心态的研究多集中于诸如杨维桢、宋濂、刘基、戴良等个案研究,并且多数还是单一的心态史描述,综合心态史变化与诗学观念流变的研究成果数量相对较少,因此还留有许多亟须深入的领域。

以上是笔者对元代后期诗学研究现状的初步调查,相对于 20 世纪的研究,现今的元代后期诗学研究已取得一定成绩,但是概括而言仍有五个方面的不足。

第一,现有的元代诗学研究不能很清晰地描述元代后期诗学的流变过程。

第二，与诗学相关的某一问题的纵向分析，在元代后期这一时段大多分析不够充分，或囿于选题限制干脆出现断裂，如幺书仪《元代文人心态》共设七章，徐子方《元代文人心态史》有九章，而涉及后期文人心态也均仅有一章；王筱芸《文学与认同：蒙元西游、北游文学与蒙元王朝认同建构研究》（河北教育出版社2014年版）缺失了元遗民文学的认同问题。再如奎章阁文人群体研究基本忽略了宣文阁、端木堂文人群体。

第三，由于史料挖掘的不够深入，相关的诗学理论问题还没有得到细致地考察。如有关上京纪行诗论的材料，目前可见的有四十余种，较多材料未被学界所重视和征用。再如未传世的诗文总集序跋对考察总集编撰思想和诗学观念也具有重要作用。

第四，出于某种偏见，一些重要的诗学材料依旧没有得到诗学研究界的重视。如元代后期的科考用书与诗学启蒙读物。

第五，由于缺少文人心态与诗学观念的互动考察，两个方面的考论均有所偏失。如单纯从诗学文献的角度来看贡师泰的诗学成就，往往会因为其后学的粉饰而失去客观性，而结合其在战乱中的矛盾心态可能会更好地了解其诗学观念。

由此可见，目前学界对元代后期诗学的研究并不全面，在各个问题上皆留有广阔的拓展余地，而这正是笔者选择研究这一课题的重要缘由之一。

第三节 研究内容、旨趣、方法及意义

本书研究元代后期诗学流变，以元代后期诗文集及相关诗学著作为主要研究对象。主要从三个方面展开讨论。

一 学术文化变迁与元代后期诗学思想流变

主要以元代后期上京纪行诗论、诗文总集编撰、科举兴废三个角

度作为切入点，以揭示元代后期诗学的发展变化轨迹。作为馆阁诗歌代表的元代上京纪行诗在元代中后期进入理论总结阶段，并且元后期馆阁文臣的上京纪行诗作也不断地丰富着元代上京纪行诗论。元代诗文总集编撰多集中在元代后期，这些文献一部分流传至今，一部分在流传过程中佚失，但有些佚失文献的序跋文字记载于时人的诗文别集当中，通过对传世文献和序文题跋等文字资料的分析，其编撰思想依然可得以探寻。同时，元代后期科举兴废也对文人诗学思想产生了重要影响。元顺帝即位以后科举的时断时续，使士人在仕进与作诗的关系问题上有了新的思考，时人多认为致力于科举是诗歌创作陷入低迷的根本性原因，而元代后期科举制度的执行情况也影响了士人群体的生存状态，士人群体的下移促进了民间著述的兴盛，而这一部分文人也成为元代后期诗学流派的主体构成。科举执行不畅是民间诗社竞技兴起的直接原因，私试评比的形式模拟科考，加之娱乐参与，使得元代后期诗学具有丰富的内涵与意义。当然，元后期科举考试内容的变化，促进了诗学启蒙读物在民间的流行与普及，启蒙诗学读物也是元代后期诗学的重要内容。

二　时代精神偶像与元代后期诗学取法

陶渊明、杜甫、李贺作为元代后期文人的精神偶像，是时代精神的象征，对三者的诗学取法也构成了元代后期诗学的重要内容。元代后期文人对陶渊明归隐的不同解读为他们提供了较多思想与行为的伸缩空间，而对陶渊明人品的学习主要是通过陶诗风格与语言来完成，因而引发了他们对陶渊明诗歌与诗学内涵的深入探讨。在易代战乱之际，文人对杜甫的精神与胸襟有深切体会，杜诗对元代后期诗学有重要影响，如何学杜成为时人热切关注的问题。元末李贺"长吉体"风行，李贺的失意人生使时人产生强烈的心灵共鸣，李贺诗对于情性的夸张表达在元末得到合理的理解与解读，他们认为承袭"长吉体"以"袭势"为佳，但毕竟时代不可复制，天才难以企及，"袭势"之难，又大体流入"袭词"，以至怪丽纤秾之风盛行。

三 文人心态与元代后期诗学思想

奎章阁改宣文阁后,元代中期盛世一去不返,至元朝覆亡,文人心态随之悄然无息地变化,伴随心态变化,诗学思想也在悄无声息中发生着改变。本文截取馆阁文臣、铁雅诗派、殉国文人、遗民四类文人,分析他们在特定的历史境遇中的行迹选择、心态变化与诗学思想的流变。文臣的转变以贡师泰、王沂为代表,描述战乱中馆阁文臣的两种不同的心态变化模式,以及由此衍生的诗学思想。殉国文人以余阙、郑玉为代表,论述二人在尽忠心态和诗学观念上的异与同。遗民文人以戴良、丁鹤年、李祁、王礼为代表,探讨他们的遗民认同问题及其一致的诗学取向。杨维桢从汲汲于仕进到浪子风流,在他的身上体现出重功利、重实用与尚自然、重情性两种诗学观念的并存,而他融合道统诗学观与性灵诗学观的尝试、辩解与批评,也正是铁雅诗学弊端的直观显像。

以上便是本书研究的主要内容,从中可见选题研究的旨趣。

其一,凸显元代后期诗学的流变轨迹。区别于时代断限中的静态观察,"流变"是本书展开描述与考论的基本路径。一方面以元代后期诗学为基点,考证其如何从元代中期诗学演变而来,又以怎样的姿态参与到明初诗学的建构当中。因此本书的行文逻辑从后期馆阁文臣对上京纪行诗论的总结与诗美风格的概括出发,一直探讨至入明后遗民文人的诗学观念。另一方面在元代后期这一时段中展示诗学思想的发展过程,如元代后期诗学是如何从官方至民间,不同文人群体的诗学观念在这一历史时期如何变化等。

其二,阐明元代后期诗学的特点。本书从多个角度阐释元代后期诗学的多元性、融通性、地域性及普及性等特征。如就普及性而言,本书拟从士人群体的生存状态、诗社活动、诗学普及读物的流传、民间采诗活动等不同的社会文化现象进行多维度勾勒。就地域性来说,又主要以地域性诗集的编撰来考述地域诗学思潮的特色。至于多元性、融通性等特征也是本书行文过程中拟一以贯之的思路。

其三，在具体问题的探讨中提出新认识。本书具体章节设置本出于对现有研究的全新思考与再次探索，如上京纪行诗论研究、诗文总集编撰与诗学观念衍变、科举考试用书与诗学启蒙读物研究等均是目前学界未尝深涉或基本没有涉足的领域。元代后期文人对陶渊明、杜甫、李贺的诗学取法问题在现有的研究中也大多浅尝辄止。而在具体的研究中，本书也尝试对某些问题提出一些新的认识，甚至这些新的观点与结论与现有研究完全不同。如以往对贡师泰的研究多根据其后学对他的塑造与扬揄而有失客观性，而结合其心态与诗学观念的分析，对贡师泰的诗学成就与地位可能会有更为丰富的认识。而通过笔者研究，指出铁雅派乐府创作是时尚所致并非文学运动，"铁崖体""铁崖派"是"铁雅诗""铁雅派"的变称，后世将杨维桢所谓的"雅"抽掉，变称"铁崖体""铁崖派"，与"铁门"中人对其诗学的片面理解以及明初文人及入明后"铁门"弟子对其诗学的取舍、批评有密切关系。再如由于对元遗民心态把握不够全面，以往涉及元遗民诗学观的研究也多有偏失：一者局限于遗民之隐逸心态，造成一种错觉，即遗民诗学全然是由隐逸生发而来的注重情感自由抒发之观念；一者拘泥于遗民之遁世心态，造成一种误判，即他们责任感淡化，只注重个人逸乐生活和私人化书写。其实元遗民出于对忠义道德的执念，诗学观带有浓郁的尚古倾向。而秉持承续礼乐文化之信念，他们肩负起守护文化的职责，采诗编集，以诗存史。对元诗成就的高度评价也不过是他们采编删述欲确立的诗学标准而已。

基于对本书研究内容与旨趣的交代，本书采用如下研究方法。

第一，多维度的综合研究。结合文化史、学术史、精神史、心态史与诗学史，从不同角度阐释元代后期诗学与多元时代背景的互动、互证关系，以期勾勒出元代后期诗学较为完整的面貌。

第二，纵向研究结合横向分析。本书遵循元代历史及诗学史发展的规律与轨迹，重点描述诗学流变过程，分析、比较元代后期诗学与前代，尤其是唐、宋两代，以及元代前、中期诗学的异同关系，如元后期总集编撰特征、文人唱和集、地域性诗集与唐、宋两代同类诗集特点的异同；元代后期科举与诗学的关系与元代前、中期科举对诗学之影响的差异。同时，本书也注重某些诗学问题与相关问题的横向比较，如铁雅派与左克明《古乐府》；杨维桢、贡师泰、王沂、余阙、郑玉等人与同时期其他文人诗学观念的异同，以期立体呈现相关问题之概貌。

第三，典型性与逻辑性并重，个案分析与整体把握并行。本书注重行文的整体逻辑思维，同时截取具有典型性的文本或文人个案作重点分析。如文章选取贡师泰、王沂、杨维桢、顾瑛、余阙、郑玉、戴良、丁鹤年、李祁、王礼为重点评述对象。一方面，这些文人的诗学思想具有典型的代表意义，另一方面，可引证的史料也足以为研究提供支撑。

第四，注重文献学的研究方法。本书就上京纪行诗论的现存材料与元代后期的诗文总集、科举考试用书、诗学启蒙读物的编撰、刊刻、存佚及流行情况进行文献考索，以期摸清诗学文本的基本情况，进而辨析其在元代后期诗学流变中的作用与意义。

诚然，在浩如烟海的典籍当中欲完整而深刻地把握元代后期诗学绝非易事，本书的构想与论述可能也只是尝鼎一脔，但在充分吸收前人已有成果的基础之上，加之笔者对元代后期诗学的一些新的思考，笔者以为，选题仍具有一定的价值与意义。

其一，弥补元代诗学研究的断裂层。元代诗学研究多集中于元初和元代中期，如对元好问、方回、戴表元、刘将孙、吴澄、"元诗四大家"等诗学观念的研究，涉及元代后期者，至多也只停留于杨维桢、顾瑛等重要诗人或诗评家处，有意将元代后期诗学作整体考察，揭示元代后期诗学的独有特征无疑对整个元代诗学研究的完善和丰富具有重要意义。

其二，探索元代后期诗学的理论成就对确立元代诗学在中国诗学史上的地位有重要意义。在某种程度上，元代后期诗学是元代前、中期诗学的理论集成期，对元代后期诗学理论成就进行挖掘与考论，无疑可以找到代表元代诗学的重要内容，因而将之置于整个中国诗学史的发展链条上，也可以为后世诗学的繁盛找到理论建构的源头。

其三，为纠正长期以来对元代文学的偏见再作努力。"元无诗""元无文"的偏见长期盛行，人们对元代文学的了解多止于作为"一代文学"之元曲。近年来，学界对元代诗学多有关注，但固化于心的观念可能在短时期内不易更改，这也正是本书研究的现实意义所在。

上 编

学术文化变迁与元代中后期诗学思想流变

第一章　上京纪行诗论与元代中后期诗学流变

　　元代两都的设立，以及始于忽必烈立朝初期、几乎贯穿整个元代的两京巡幸制度，成就了元代诗坛一类特殊诗歌——上京纪行诗。据研究者统计，有元一代，上京纪行诗作有千余首，参与创作的诗人计58人。① 可见上京纪行成为元代创作最盛、历时最久、范围最广的诗歌活动。而到元代中后期，这一诗歌创作活动进入高潮，诸多作品亦在此间纷纷结集。文宗天历年间，萨都剌"上京杂咏"等诗一时广泛流传；至顺元年（1330）胡助扈驾上都，创作50多首上京纪行诗作，此后多人为之题跋；后至元三年（1337）许有壬将作于元统到至元年间的塞外风物诗结为《上京十咏》，收入其《圭塘小稿》；至正九年（1349）色目诗人迺贤将其赴滦阳观礼的纪行诗篇合为《上京纪行》；至正十二年（1352）周伯琦为其《扈从集》撰写前后二序，记述其纪行见闻。直至明洪武五年（1372）杨允孚《滦京杂咏》成集，成为元代上京纪行诗的最后一帙。元代中后期，上京纪行诗创作的繁盛，也引发元人对纪行诗作理论问题和美学风格的全新理解和全面讨论，由

---

① 该数据从《元诗选》《元诗选癸集》《元诗选补遗》和其他元人别集中得出。参见刘宏英、吴小婷《元代上京纪行诗的研究状况及意义》，《河北北方学院学报》2008年第4期。邱江宁就元大都至上都沿途27处风景或地点，在四库全书中检索，得60位作家三百余首作品，足见其可增补的空间。参见邱江宁《奎章阁文人群体与元代中期文学研究》，人民出版社2013年版，第347页。

此，预示着纪行诗作理论总结期的到来，也在纪行诗理论的发展过程中形成了新的流变趋势。本章即着重讨论上京纪行诗论在元代中后期的流变过程，由此清晰描述元代后期诗学是如何从元代前中期发展而来，阐发成熟于元后期的纪行诗论之诗学价值。而这一研究不仅可以揭开一段诗学史事实，更重要的是，上京纪行诗被前人忽略的价值和意义由此可以重新确立。此前学界讨论元代上京纪行诗主要着眼于其史料及资料价值，《四库全书总目》评周伯琦《扈从诗》云："记边塞闻见为详，可以考风土。"① 甚至由此而低估其诗学价值，清陶翰、陶玉禾说："袁伯长《开平三集》，杨允孚《滦京百咏》，及周伯温《扈从诗》，如欲征风景、考土物，记载颇详。然论诗法，则工拙互见。"② 这些论断不仅为上京纪行诗定性，也影响了整个上京纪行诗研究格局，即"征风景、考土物"者居多，③ 分析其审美风格、诗史意义者次之，④ 而探讨其诗学价值者仅见一二。查洪德《元代诗学

---

① （清）永瑢等：《四库全书总目》卷一六七，中华书局1965年版，第1448页。

② （清）陶翰、陶玉禾：《元诗总论》，（清）顾奎光《元诗选》卷首，乾隆刊本。然二陶此论，实据元人自序，而自序通常有自谦之意。（元）周伯琦《扈从集》自序曰："实为旷遇所至赋诗，以纪风物，得二十四首，惜笔力拙弱，不能尽述也。虽然，观此亦大略可知矣。"参见《扈从集》，《文渊阁四库全书》第1214册，上海古籍出版社1987年版，第543页。其实诗人别集"自序"多有此情况，如柳贯《上京纪行诗序》云："以窃陪从臣之末。龙光炳焕，照耀后先，山川闳奇，振发左右，则夫纪载而铺张之，有不得以其言语之芜拙而并废也。"参见（元）柳贯《柳贯诗文集》，柳小英辑校，上海书画出版社2021年版，第464页。甚至为胡助写序跋的十三人均有此类谦辞。因此二陶此论说服力并不强。

③ 笔者检索自20世纪70年代以来讨论元代上京纪行诗的专著及专论二十余种，此类文章占十之八九。从包根弟《元诗研究》提出元诗特色"多塞外景色及风物之描写"，到赵延花发表于2015年5月的《上都扈从诗的文学地理学解读》，众多学者将目光齐聚于上京纪行诗的史料及资料价值，形成诸多有益成果。参见包根弟《元诗研究》，（台北）幼狮文化事业公司1978年版；赵延花、米彦青《上都扈从诗的文学地理学解读》，《内蒙古大学学报》2015年第3期。

④ 此类文章以杨镰《元诗史》为代表。杨先生将上京纪行诗归入"同题集咏"一类，着重讨论杨允孚《滦京杂咏》的诗歌风格。此外，李军《论元代上京纪行诗》（《民族文学研究》2005年第2期），邱江宁《元代上京纪行诗论》（《文学评论》2011年第2期），均讨论上京纪行诗的典型特征。值得注意的是台湾省学者李嘉瑜采用文化地理学的研究方法，将元人上京纪行中散落的地点作为空间符号给予另类视角的关注与解读，尤其是《不在场的空间——上京纪行诗中的江南》一文已然接近上京纪行诗作为元代南北诗风融合之接合部的诗学史事实。李嘉瑜此类文章公开可见者共有5篇，现已收入其专著《元代上京纪行诗的空间书写》[（台北）里仁书局2014年版]中。

第一章　上京纪行诗论与元代中后期诗学流变

通论》对伴随上京纪行诗出现的有关序跋、题咏、评说作了总结，共有8人9种，① 尚未就此展开详细讨论。而据笔者收集，其数量远不止于此。据《文渊阁书目》卷一○载，有《元上京纪行诗》一卷，② 说明当时有总集集成，可惜此类总集现今未存。在现存资料中，仅就胡助《上京纪行诗》，便有包括其自序与同时代人所作题跋文字16篇。③ 而元人此类论说文字目前可见者有四十余种（见章后附表《元代上京纪行诗评简目》），因笔者学识、精力所限，可能仍有遗漏之憾，但已足见元人对上京纪行诗的重视及由此引发的广泛诗学讨论。邱江宁《奎章阁文人群体与元代中期文学研究》对上京纪行诗在元诗史上的意义进行重估，提出一些卓有见地的看法，她认为，在上京纪行诗的创作过程中，诗人们对宋季江南支离破碎的诗风予以矫正，这种诗风转变从上京纪行改变诗人气质处开始、诗歌意象上得以丰富，最终引发诗体革新。④ 然而或许因为材料和选题限制，由上京纪行诗所引发的元代诗学问题仍留下一些值得深入探讨的空间。诗境、诗物之变化以及诗歌求工的努力引起元人对诗歌创作理论的思考。作为时代产物的上京纪行诗，在元人看来是言志抒怀与以诗存史的最佳载体。新空

---

① 包括柳贯《上京纪行诗序》、胡助《上京纪行诗序》、苏天爵《跋胡编修上京纪行诗后》《题黄应奉上京纪行诗后》、宋濂《跋柳先生上京纪行诗后》、罗大巳《滦京杂咏跋》、金幼孜《滦京百咏集序》、吴师道《题黄晋卿应奉上京纪行诗后》、袁桷《戏题开平四集》。参见查洪德《元代诗学通论》，北京大学出版社2014年版，第97—98页。

② （明）杨士奇等编：《文渊阁书目》，中华书局1985年版，第130页。

③ 杨镰在《元诗史》中说："据元人揭傒斯《跋上京纪行诗》说，（为胡助）写跋语者原来一共有虞集等15人，但今存于《纯白斋类稿》附录二的仅有七人的跋。"《元诗史》，第487页。笔者查中华书局1985年版丛书集成初编本《纯白斋类稿》（据金华丛书本）附录卷二，有王守诚、王士熙、苏天爵、王理、黄溍、字术鲁翀、吕思诚、陈旅、曹鉴、吴师道、王沂、揭傒斯12人作12篇题跋文字，又附录卷一有王思诚、王士点二人各作一首《题上京纪行诗》。另加顾嗣立《元诗选》胡助《龙门诗》后虞集跋语，共计15篇，可见揭傒斯所说无误。从胡助诗集结集时间看，这些文字多撰于元代中后期。从笔者所阅《纯白斋类稿》序跋中可知其版本流传信息：有胡助自编本，已佚，并无附录，有虞集、贡奎序跋；正德本，胡助六世孙胡淮重编，收入胡助同时代人序跋文字成附录二卷，正德时有同邑名公杜储序；康熙本，有清张愈琦、吴霖序；同治本，有清胡丹风序。今所见版本应为同治本，而各本均依正德本，改动颇微。《纯白斋类稿》卷首，中华书局1985年版，第1页。

④ 参见邱江宁《奎章阁文人群体与元代中期文学研究》，人民出版社2013年版，第367—373页。

间场域中的诗歌实践所带来的美学风格探讨,也反映了元代南北诗学的融通。而到元后期,这些理论问题又有新的发展趋势。假如把上京纪行诗拟作一束阳光,照耀元代诗坛"大江南北""开场谢幕",那么这阳光下的雨露就是由之生发的诗学理论。不仅以其自身滋润着元代诗坛,也因这阳光折射出绚丽的彩虹。

第一节 元代中后期对上京纪行诗论的总结与发展

上京纪行作为元人共同的创作题材,引发时人对诗歌创作的深入探讨。在主张"宗唐得古"的元人看来,纪行诗作与唐代边塞诗有所区别,根本原因在于时、地不同,造成诗人心态、心识的转变。到元中后期这一诗歌创作的动态描述有了具体而深入的阐释。就诗法论,上京纪行诗虽备受后世批评,但元人在创作中却非常注重诗法锤炼,极力求工,及至元后期,诗之工拙与否不仅关涉诗法锻炼,文人们也在寻求一种超越诗法的路径,努力达到"不工而工"的理想效果。上京纪行诗是时代的产物,因而诗人们也重视由之带来的实用功能,尤其到元后期,于上京纪行的创作与讨论中,文人们对纪行诗作言志抒怀的功能给予全面概括,"纪行富诗史",强烈的诗史意识充溢于纪行诗的创作和理论探讨当中。

一 对新场域中创作过程动态描述的具体阐释

元人宗唐,故后世论者多将元代上京纪行诗与唐代边塞诗并论。李东阳《怀麓堂诗话》说:"宋诗深,却去唐远,元诗浅,却去唐近。"[①]就上京纪行诗而言,元与唐近,主要表现在它与唐代边塞诗有相同的价值,即丰富了诗歌吟咏风物的范围,丰富了诗歌的意象群。这一点

---

① (明)李东阳著,李庆立校释:《怀麓堂诗话校释》,人民文学出版社2009年版,第33页。

第一章 上京纪行诗论与元代中后期诗学流变 ❖❖❖

在纠正宋季诗坛吟咏对象狭窄方面有特殊意义。但在元代中后期文人看来，唐代边塞诗与元代上京纪行诗有明显的差异，首先表现在二者地域不同。王理《题（胡助）上京纪行诗后》说：

> 言诗者，莫盛于唐。尝历观天宝以前，北方纪行诸诗，皆在灵武、五原、河西、岸陇之地。盖唐都长安，彼皆重镇，骚人才子，多仕于其间。今国家建置两都，皆在东北，銮路时巡，从臣嘉颂，具述山川之盛，都邑之丽。左太冲尝称美物者，贵依其本，赞事者，宜本其实。胡君之作，皆出于履历之真，观览之切。如有好事，综而辑之，与群公之作，都为一集，以与唐代西北行者比盛，不愧矣。①

地域之别最为直观。唐代边塞诗所描写的地域主要集中于河西等边塞重镇，而元人的行程是北往上都。在元人的纪行中，不仅山川之貌不同于前代，都邑之丽也为前代边塞诗所无。地域不同，诗境、诗物固然有别。诗境、诗物的变化引起眼识之变。这一切得益于"行"或"游"，元人重"游"，戴表元曾提出"欲学诗，先学游"，他认为"大抵其人之未游者，不如已游者之畅；游之狭者，不如游之广者之肆也"②。这是典型的"江山之助"论，不同地域风光可以丰富诗人的人生阅历，增加诗人的知识积累。上京纪行作为元人一种特殊游历，他们认为其创作当然得自"江山之助"，吴师道《跋（胡助）上京纪行诗》云：

> 柳贯记五季以来，自燕云而北，限隔不通，其山川风物，间有识之者，辄录以夸创见，亦终莫得而详也。国家混同八荒，远际穷发，滦阳去燕千里，上京在焉。每岁时巡，侍从之臣，能言之士，

---

① （元）胡助：《纯白斋类稿》附录卷二，中华书局1985年版，第213页。
② （元）戴表元：《刘仲宽诗序》，《戴表元集》，陆晓冬、黄天美点校，浙江古籍出版社2014年版，第121页。

览遗迹而兴思，抚奇观以自壮，铺陈颂述，皆昔人所未及言者。①

在他看来，五代之后，燕云割于契丹，南北阻隔不通，其山川风物只有通过别人的记录才可得知。间接经验的获得毕竟与亲身经历所得到的"眼识"不同，再加之记录未能周详，上京沿途风光对于人们来说，几乎是未知领域。而元代上京纪行之作能够描写前人所未见之景。诗境、诗物的增加与改变，自然带来诗人眼识的变化。同时期的王士熙也发表相同意见：

上都乃世祖皇帝所建修，自是以来未有宫阙、城池如此之壮丽，群山南峙，其地则广漠万里，盖雄占一方，俾海内宇县于是而取。则至于文章之士，惟有勒石燕然之碑，其诗咏则未尝闻也，亡金时，间得其一二焉。今则两都巡幸，百司陪侍，色色具备，而文章之士，尤为胜杰。于戏！盖盛矣哉。②

地域相同，但金亡前文章之士的诗歌只有零星数篇，两都巡幸制度实行之后，诗歌创作得以兴盛。究其原委，在于陪侍文臣扈从巡幸过程中获得丰富的游历经验。但是，眼识之变毕竟是诗变的客观原因，诗变的内在诱因在于诗人心识之变。但从眼识之变到心识之变，从外在客观获取到内在主观获得，需要创作主体有相应的知识储备和足够的藻思才情，即吴师道所谓"能言之士"，王士熙所谓"尤为胜杰"的文章之士。给胡助上京纪行诗写跋语的王沂，在上京道中为山川、宫阙的雄深壮丽而目骇心动，欲状其一二，但终不能下笔，及至读罢胡助诗，发出"眼前有景道不得，崔颢题诗在上头"的深沉感慨。③陈旅将自己与胡助同类诗歌比较，自嘲其诗"豁达李老谷"，因此感

---

① （元）胡助：《纯白斋类稿》附录卷二，中华书局1985年版，第219页。
② （元）王士熙：《题上京纪行诗后》，（元）胡助：《纯白斋类稿》附录卷二，中华书局1985年版，第212页。
③ 参见（元）王沂《跋上京纪行诗》，（元）胡助《纯白斋类稿》附录卷二，中华书局1985年版，第219页。

到忏愧。他一方面认为"车架之经行，都邑之壮大，宫阙之雄丽，长谷旷野，幽泉怪石之兼胜"，的确能够让人写出诸多雅制之作，另一方面也认为要有"司马长卿、扬子云之流"的藻思才足以铺写承平风物之盛。① 正如元末文人郭钰《题杨和吉滦京诗集》所谓"滦京才俊纷往来，好景惟君独能赋"②，从眼识到心识需要创作主体内在的提升。

然而，以时代论，从眼识到心识还需要诗人心态有所转变。较之于唐边塞诗，上京纪行诗虽有诗境、诗物之变，但变化更为显著的是元人上京纪行时的心态。这是上京纪行诗与唐边塞诗相异的另一表现。邱江宁认为与唐人创作边塞诗时的猎奇、惊艳感相比，元人上京纪行书写中更多的是由疆域之广激起的自豪感和由异域风情之胜滋生的陶醉感。③ 苏天爵《跋胡编修上京纪行诗后》谈到此点，他认为南宋时期，地域狭窄，士气不振，诗歌多憔悴可怜之色，而元代天下一统，上京扈从的文士感受到时代荣耀，所作诗歌少有依依离别之情和幽怨愁思之意。虞集《题黄晋卿上京道中纪行诗后》亦云："少陵入蜀路岖崎，故有凄凉五字诗。供奉翰林随翠辇，应知同调不同辞。"④ "同调不同辞"，即上京纪行中自然风光、风物带给诗歌不同的意象词汇，黄溍诗作于文宗至顺二年（1331），虽以自然风物寄寓些许苍茫之感，但传达给读者更重要的信息是黄溍作为供奉翰林扈从元帝上京的自豪感。元与唐比，景物不同，心情不同，所以写出的辞与风格亦不相同，"同调"只不过是同为纪行之作而已。在创作主体内在提升和心态转变完成之后，外在眼识之变激发心识与之俱变。这一点早在元初学者郝经的诗文论中即有论述，此后元人又在上京纪行创作中深入、充分地展开讨论，郝经说：

---

① 参见（元）陈旅《跋上驾纪行诗》，（元）胡助《纯白斋类稿》附录卷二，中华书局1985年版，第218页。
② （元）郭钰：《静思先生诗集》，张欣点校，北京师范大学出版社2016年版，第447页。
③ 参见邱江宁《奎章阁文人群体与元代中期文学研究》，人民出版社2013年版，第370页。
④ （元）虞集：《虞集全集》，王颋点校，天津古籍出版社2007年版，第252页。

勤于足迹之余，会于观览之末，激其志而益其气，仅发于文辞，而不能成事业，则其游也外，而所得者小也。……故欲学迁（司马迁）之游，而求助于外者，曷亦内游乎？……故曰："欲游乎外者，必游乎内。"①

郝经之论带有浓厚的理学气息，他赞同"有德者，必有言""辞达而已"的儒家正统观点，认为对于千古事业，外游的作用有限，只能成就文辞，因此必须借助于内游。内游，即精神之游，由心来操作运转。虽然他轻视生活阅历对诗歌创作的作用，但"内游"说引发了元代诗人对心识、性情的关注。前文引柳贯《上京纪行诗自序》说，眼前的自然风光与宫阙物仪之盛使他"心洞神竦"，从而触动内心情感，肆口成咏。其实元人上京纪行诗多能继承古人"志思蓄愤，吟咏情性""为情造文"之旨。孛术鲁翀《跋古愚上京纪行诗》云：

言心声也，形而为诗，声之妙也。得声之妙者，几何人哉？古愚来自京师，职馆阁，不但工于诗也……虽未始从风雨上下，闻此妙声，如目亲睹，良一快也。②

孛术鲁翀的论点古已有之，《乐记·乐本》云："凡音之起，由人心生也。人心之动，物使之然也。"③诗歌创作由感物而动情，情动而文生，这是传统的文学创作发生论。如果说《乐记·乐本》讨论重点还停留在对社会景物引发人心之动的强调，那么苏天爵可能更重视自然景物触发诗人情感，从而引发创作冲动：

至顺二年夏，予与晋卿偕为太史属，扈行上京。览山河之形

---

① （元）郝经著，张进德、田同旭编年校笺：《郝经集编年校笺》，人民文学出版社2018年版，第530—531页。
② （元）胡助：《纯白斋类稿》附录卷二，中华书局1985年版，第217页。
③ （清）孙希旦：《礼记集解》，沈啸寰、王星贤点校，中华书局1989年版，第976页。

势，宫阙之壮丽，云烟草木之变化，晋卿辄低徊顾恋若有深沉之思者，予固知其能赋矣。既而果得纪行诗若干首。①

苏天爵认为山河、宫阙等景物的壮美与云烟草木四时之迁移，让诗人低徊顾恋，促动诗人情感，从而激起创作冲动。中国古典诗学历来重视诗歌表现情性，从"诗言志"到"诗缘情"（陆机），再到"为情造文"（刘勰）、"吟咏情性"（钟嵘），情性论是传统诗论的重要组成部分，时至宋末，情性论在江西末流雕章琢句，四灵、江湖梅竹酒茶，理学诗空谈心性中流失。元人在上京纪行诗中将之召回，一方面是对宋季诗坛脱离诗歌抒情本质的纠正，另一方面也是对创作主体条件的深入思考。郝经"内游"说虽重视内心精神层面的修养，但忽视外在阅历与素养，使他的理论仍然有偏失之憾。诗歌创作需要吟咏情性，但这种情性需要从诗人亲身经历发出，否则，容易流入矫揉造作一列。王理认为胡助的上京纪行诗出于"履历之真，观览之切"。黄溍也指出"亲涉其境"的重要性，他读罢胡助上京纪行诗，对前人诵读杜甫诗句"夜深殿突兀"，得出"亲涉其境，乃悟为佳句"② 的理解深信不疑。王守诚《题（胡助）上京纪行诗后》亦云：

> 大驾北巡，与扈从之臣同发者，自黑峪道达开平为东道，朝官分曹之后行者，由桑干岭、龙门山以往为西道，皆出居庸关，日北始分，至牛群头驿乃合，各经五六百里。其山川奇险不相上下，而东道水草茂美，牧畜尤便，故大驾多行。执书载笔之士，或未及历览也。胡君久在侍从，必当一经，则纪行之诗，又续作矣。登高能赋者，昔人称之，胡君有焉。③

---

① （元）苏天爵：《题黄应奉上京纪行诗后》，《滋溪文稿》卷二十八，陈高华、孟繁清点校，中华书局1997年版，第474页。
② （元）王理：《题上京纪行诗后》，（元）胡助：《纯白斋类稿》附录卷二，中华书局1985年版，第213—214页。
③ （元）胡助：《纯白斋类稿》附录卷二，中华书局1985年版，第212页。

王守诚认为胡助上京纪行诗所以值得称颂,是因为他的游历较之别人更广,能够亲临其境。去往上都的驿路,扈从之臣与皇帝同行,可行东道,其他朝官走西道,东、西二道相比,虽然山川奇险程度不相上下,但东道风光更胜,况且皇帝御道对于常人而言,更具神秘性。他的经历决定了他的诗歌,由此登高而赋,才不失真情。

元初文人吴澄《皮昭德北游杂咏跋》尝云:"盖诗境诗物变,眼识心识变,诗与之俱变也宜。"① 上京纪行诗较之以往的边塞诗,其变化在创作主体眼识与心识的俱变,由纪行道中诗境、诗物的变化,造成诗人眼识之变。但从眼识到心识,又需要创作主体内在素养的提升和创作心态的转变。二者到位,心识与变,然情性抒发之真挚动人,反之又要求诗人外在阅历的丰富与真实。在元中后期文人的上京纪行诗讨论中,诗论家充分继承了前人有关创作发生论的观点,如陆机"玄览中区"与"颐情典坟"的统一等,对创作过程"内外合一"的动态描述有了更为深入、具体的理论阐述。

二 从句锼字琢到不工而工

前人讨论上京纪行诗认为"若论诗法,则工拙互见"。但在元人的实际创作与讨论中,他们努力求工,重视诗法,这一点不容置疑。曹鉴为胡助上京纪行诗所作跋语中记载了他与胡助的诗法讨论:至大年间,胡助以郡文学来自京华,二人同处建业,日相从事于文字间。又至顺年间,二人在朔南主较秋闱,笔砚余间,就胡助扈从纪行诗展开讨论,由此而有"字清句健"② 的评价。胡助喜欢与人论诗法,因此好古博雅之士多乐于与之交往。据贡奎《纯白斋类稿序》,胡助尝与人论诗文,一言不及他,甚至会"瞋目力争,于古今人毫发不贷"③。在胡助《上京纪行诗自序》中,他谈到自己与虞集在上都时的一段诗

---

① (元)吴澄:《吴澄集》,方旭东、光洁点校,中国社会科学出版社2021年版,第1086页。
② (元)曹鉴:《跋上京纪行诗》,(元)胡助:《纯白斋类稿》附录卷二,中华书局1985年版,第218页。
③ (元)胡助:《纯白斋类稿》卷首,中华书局1985年版,第13页。

第一章　上京纪行诗论与元代中后期诗学流变

法学习故事：

> 比至上都，官署寓于视草堂之西偏，文翰闲暇，吟哦亦不废。是时，学士虞先生乘传赴召，先生至于堂上，留数十日，日侍诲言。先生属以目疾惮书，凡有所作，往往口占，而助辄从旁执笔书焉，助或一诗成，必正于先生，而先生亦为之忻然，其所以启迪者多矣，兹非幸欤。①

虞集晚年患眼疾，目不能视，其口占之诗，胡助帮他记载下来，胡助之诗，虞集也帮他修改润色，这期间胡助自认为得到许多作诗炼句之启发。虞集尝称胡助诗"譬如昆山之玉，质既美矣，雕琢而弥文；邓林之木，材既良矣，缔构而益固"②。评论的核心便在诗法的工妥方面。作为元诗四大家之一的虞集，以章法讲究、格律工稳自许，他自称己诗如"汉廷老吏"（或言"汉法令师"），足见其对深沉老练之格法的重视。视虞集为知己的另一位上京纪行诗作者陈旅，其诗法也颇得益于与虞集的切磋。张翥尝说："天历、至顺间，学士虞公以文章擅四方，学者仰之，其许与君特厚，君亦得相与薰濡而法度加密。"③ 时为闽海儒学官的陈旅经马祖常推荐，勉游京师，被虞集赏识，二人同处馆阁，以诗文相讲习，诗歌法度在讨论中得以深化。陈旅又与吴师道为莫逆之交，经常相与谈论文艺。吴师道《陈监丞安雅堂集序》说："君之于文，用心甚苦，功甚深，藻缋组织，不极其工不止，而予不能也……数日不见，见辄谈文义之外不及他也。"④ 探讨诗法在元代馆阁文臣间极为流行。范梈与杨载同为史官，二人雅道之论每及深夜。范梈《杨仲弘集序》曰："或至见月，月尽继烛。相与

---

① （元）胡助：《纯白斋类稿》卷二十，中华书局1985年版，第188—189页。
② （元）虞集：《纯白斋类稿序》，（元）胡助：《纯白斋类稿》卷首，中华书局1985年版，第9页。
③ （清）顾嗣立编：《元诗选初集》，中华书局1987年版，第1301页。
④ （元）吴师道：《礼部集》卷十五，《文渊阁四库全书》第1212册，上海古籍出版社1987年版，第212—213页。

刻苦淡泊、寒暑不易者，惟余一二人也。"① 傅若金受业范梈之门，得范梈诗法之神，后人每读其诗，往往如复见范梈。其实，元诗四大家的振起，洗去宋季之陋，在某种角度上便是高举"法度"之旗。《元史》载：

> （杨载）而于诗文尤有法，尝语学者曰："诗当取材于汉、魏，而音节则以唐为宗。"自其诗出，一洗宋季之陋。②

历史给杨载以很高的定位，将之作为改变诗道弊坏的功臣。其音节以唐为宗的提法很大程度上就是要学习唐代律诗的写作方法。杨载诗法得自任士林，但任士林之诗不及杨载，又杜本自谓得杨载诗法，赋咏在任、杨之间，而其新巧雕镂之语高于杨载，可谓青出于蓝胜于蓝。同在馆阁的苏天爵亦能根柢所学而有所超越。苏天爵受学于安熙，安熙诗粗糙不入格，但苏天爵词华淹雅，作诗尤讲法度，波澜意度出入苏、黄。元人诗法之锤炼在传承与讨论之中越发细密，渐入工稳。然而作为诗歌创作规律的诗法，必然从诗歌创作实践中来，也一定表现在当时的诗歌创作与讨论中，上京纪行诗作为馆阁唱和的共同题材，是元人诗法讨论的阵地。陶宗仪《南村辍耕录》载馆阁文人们就一首上京纪行诗展开的诗法讨论：

> 虞伯生先生集、杨仲弘先生载同在京日，杨先生每言伯生不能作诗，虞先生载酒请问作诗之法。杨先生酒既酣，尽为倾倒，虞先生遂超悟其理。继有诗《送袁伯长先生榇扈驾上都》，以所作诗分他人质诸杨先生。先生曰："此诗非虞伯生不能也。"或曰："先生尝谓伯生不能作诗，何以有此？"曰："伯生学问高，余曾授以作诗法，余莫能及。"又以诒赵魏公孟頫，诗中有"山

---

① （元）范梈：《杨仲弘集序》，（元）杨载：《杨仲弘集》卷首，福建人民出版社2007年版，第1页。

② （明）宋濂等：《元史》卷一九〇，中华书局1976年版，第4341页。

连阁道晨留辇，野散周庐夜属櫜"之句，公曰："美则美矣，若改'山'为'天'、'野'为'星'，则尤美。"虞先生深服之，故国朝之诗，称虞、赵、杨、范、揭焉。①

虞集从杨载处得到诗法，将之在上京纪行诗中实践，而杨载于虞集诗中看到自己的诗法主张，并赞赏虞集的诗法运用水平。又赵孟頫就此诗雕琢锤炼、点铁成金，不仅说明元代诗人句锼字琢，讲究炼字，也证实了他们于上京纪行诗中努力求工。元人认为诗之工与不工很大程度上取决于思之精与不精，因此他们讲"日炼月锻""出语惊人"，且将很大精力投入对诗法的思考中。史称杨载用功二十余年，才悟出为虞集"尽倒"的诗法，而这些诗法仅为诸法之一二。② 他们不但讲究字法，也注重篇法，旧题杨载撰《诗法家数》有"登临"一类题材的具体写法，现配以被虞集赞为"尤佳"的胡助《龙门行》合看，见下表。

《诗法家数》与《龙门行》对照表

《诗法家数》"登临"	胡助《龙门行》
第一联指所提之处，宜叙说起。	龙门山险马难越，龙门水深马难涉。
第二联合用景物实说。	矧当六月雷雨盛，洪流浩荡漂车辙。
第三联合说人事。	我行不敢过其下，引睇雄奇心悸慑。
第四联就题生意，发感慨，或说何时再来。	归途却喜秋泥干，飒飒山风吹帽寒。

（引自顾嗣立《元诗选三集》卷三〇、张健《元代诗法校考》，第25页）

胡助《龙门行》完全符合《诗法家数》"登临"一题的篇法要求。可见对于诗法，胡助可谓得心应手，并于纪行诗中加以实践。重视诗法并得杨载诗法传授的虞集亦言此诗"竹簟风轻，茅檐日暖"，读来有"天上之思"。评之确否，另当别论，但求工是所有上京纪行诗作者努力的方向。然诗何以能工？诗之工美，诗之以有"天上之思"，绝非技巧、规律所能达到。元人在重视诗歌技巧、规矩的同时也要求

---

① （元）陶宗仪：《南村辍耕录》卷四，中华书局1959年版，第70页。
② 参见（清）顾嗣立编《元诗选初集》卷二七，中华书局1987年版，第935页。

出入于规矩。日本延文四年（1359）刊本《诗法源流》卷尾有杜本《跋》云："大匠与人规矩，终不能使人巧耶。虽然，规矩固不能使人巧，而学者卒不可舍规矩。"① 这是元人通融客观的诗法态度。诗巧不仅需要规矩、精思，也需要诗人感情的真实与投入。黄溍《题（胡助）上京纪行诗后》说：

  始予观古愚上京纪行诗，固爱其工，而未得其所以工也。今年夏，忝以下僚，备数冗从，山川之雄丽，草木之荣耀消落，风沙云日晦明之变化，与夫人情物态之可喜可愕，苟有所动于中，而及形于言者，古愚皆已如予意之所欲出。然后知古愚之于诗，盖不求工而自不能不工者也。②

以情论诗之工拙，实为元人宗唐倾向的另一表现，元初戴表元说："惟夫诗则一由性情以生，悲喜忧乐，忽焉触之，而材力不与能也。"③在元人论说中，诗之工否很多取决于情之有无、情之真伪，正因如此，江湖、四灵诗受尽元人批判。黄溍所谓"不求工而自工"，着眼点就在诗人情感真实处。他认为自然景物激起人的情感波动，这情感是诗人亲涉其境感物而来，真实感人，因此形诸言才容易引发共鸣。草木荣消、风云晦明之中包含有作者之意，情景交融是诗作不工自工的本质原因。然辞与情不可偏废，元末王祎《盛修龄诗序》说：

  诗至于唐，盛矣。然其能自名家者，其为辞各不同。盖发于情以为诗，情之所发，人人不同，则见于诗，固亦不得而苟同也。是故王维之幽雅，杜牧之俊迈，张籍之古淡，孟郊之悲苦，贾岛之清邃，温庭筠之富艳，李长吉之奇诡，元、白之平易典则，韦、

---

  ① 张健：《元代诗法校考》，北京大学出版社2001年版，第456页。
  ② （元）胡助：《纯白斋类稿》附录卷二，中华书局1985年版，第213—214页。
  ③ （元）戴表元：《珣上人删诗序》，《戴表元集》，陆晓冬、黄天美点校，浙江古籍出版社2014年版，第209页。

第一章 上京纪行诗论与元代中后期诗学流变 ❖❖❖

柳之温丽靖深,盖其所以为辞者,即其情之寓也。而今世之为诗者,大抵习乎其辞而不本于其情,故辞虽工而情则非。①

王祎认为情辞俱至,才足以名家。其出发点是对当时过于讲究辞法带来情之缺失的反拨。王祎所提出的这种理论要求在杨允孚《滦京杂咏》中得以体现。《滦京杂咏》并非即时所作,诗人在经历了易代沧桑巨变后,情之所至,发为诗语,借以消愁。其实,上京纪行诗由一开始被视为新奇之作,到后来成为元人普遍吟咏的题材,景物之固定,格局之限定,再加之辞法考究,终究缺乏感情变化,这也是元人在理论上亟须解决的问题,因此他们强调"情辞俱至",扣其两端,由句镂字琢到不工而工。

前引柳贯《上京纪行诗自序》说"有不得以其言语之芜拙,而并废也",有自谦意。但总归反映了元代上京纪行诗良莠不齐的客观实际。这也正是受后人非议最多的地方。明人胡应麟认为元人学唐之失在于"过于临模,临模之中,又失之太浅"②。陶翰、陶玉禾指出:"元人多宗二李,天锡善学义山,子虚(宋无)善学长吉,而铁崖(杨维桢)出入二李之间。冯海粟(子振)、贯酸斋(云石)、王元章(冕)之流,语必惊人,酷无义理。不知牛鬼蛇神,原非锦囊佳什。"③又《四库总目》评宋褧诗云:"词藻焕发,时患才多,句或不检,韵成牵缀。"④ 由句镂字琢到不工而工的神妙境界,毕竟需要包括才情等各要素的共同参与,而人各有异,不能一概而论。元代上京纪行诗数量庞大,诗人众多,武库之兵,利钝互陈,自所不免。然而,元人在上京纪行诗中刻意求工的努力,以及系列求工理论的提出,这一诗学史事实不该因一句"工拙互见"而泯灭。

---

① (明)王祎:《王忠文集》卷七,《文渊阁四库全书》第1226册,上海古籍出版社1987年版,第146页。
② (明)胡应麟:《诗薮》外编卷六,上海古籍出版社1979年版,第229页。
③ (清)陶翰、陶玉禾:《元诗总论》,(清)顾奎光:《元诗选》卷首,乾隆刊本。
④ (清)永瑢等:《四库全书总目》卷一六七,中华书局1965年版,第1445页。

三 上京纪行诗作为时代产物的实用功能概括

元人主张"宗唐得古",故看重诗歌言志抒怀功能。清人吴霖认为胡助上京纪行之作发自心声,愤时嫉俗,寄托深远,有类杜甫诗风:

> 凡所过名山大川,风景之不齐,皆赋诗以志其事。及告归,孤吟联唱,胸次洒然,宜其诗之回绝一时也。……虽然,观其愤时嫉俗,寄托遥深,不又隐然杜少陵之风乎?夫诗,心声也。惟先生之心,高乎流俗之上,故先生之诗,起乎世运之衰,人不敝而诗存,诗不亡而人如晤矣。①

风景不齐,能够激发情感波动,故而赋诗言志。相比于内容的造作与形式的雕琢,吴霖强调胡助诗歌感情的自然抒写,这是"诗可以兴"的体现。创作主体"高乎流俗"之心,更能够使诗歌"寄托遥深",以诗救起世运衰颓。当然,就上京纪行诗功能而言,元人也认为它可以"观盛衰",可以"审政",苏天爵《题黄应奉上京纪行诗后》云:

> 古者诸侯卿大夫交接邻国,以征言相感,必称诗以谕其志,盖以别贤不肖而观盛衰焉。今天下一家,朝野清晏,士多材知深美,非宣著于文辞,曷以表其所蕴乎!②

儒家诗教观强调诗歌的社会政治功用,认为"赋诗言志"可以考见得失,别贤不肖,观风俗之盛衰。诗人以诗歌表现自己的理想、襟怀,而人的理想、怀抱与社会生活密切相关。就上京纪行诗来说,它的创作群体主要是馆阁文臣,创作内容主要是扈从纪行,受政治文化

---

① (清)吴霖:《纯白斋类稿跋》,(元)胡助:《纯白斋类稿》卷首,上海古籍出版社1979年版,第7页。
② (元)苏天爵:《滋溪文稿》卷二十八,陈高华、孟繁清点校,中华书局1997年版,第474页。

第一章 上京纪行诗论与元代中后期诗学流变

的影响尤其明显。因此,其所宣著的文辞,所表达的意蕴,最能作为诗教的材料来观世之盛衰,为社会政治服务。然顾嗣立称许有壬扈从上京诗为"凡志有所不得施,言有所不得行,忧愁感愤,一寓之于酬唱"①。这又与韩愈"不平则鸣"的主张接近,上承"诗言志"(《尚书》)、"诗可以怨"(孔子)、"发愤以抒情"(屈原)等诗学思想,认为诗人在遭遇困顿、志不得申的情境下,潜气内转,将忧愁怨愤之情形诸言。但诗歌"兴""观""怨"之功能无论如何表现,最终都要归结到为礼教服务的目标,所谓"迩之事父,远之事君"。吕思诚《跋(胡助)上京纪行诗》云:

> 咏《天作》之颂,有以见后稷肇基之艰;读《镐京》之雅,有以见文武立国之隆;歌《黍离》之风,又有以见平王都洛之业矣。日月星辰之纪,风霜雨露之时,山川城域之限,鸟兽草木之产,原之以道德,经之以礼乐,道之以政,而禁之以刑。前日之山川,犹今日的山川也,前日更之,则有安乐和平之音,今日过之,则有悲愁嗟怨之作。境与物同,情随时易,君子于是乎观诗而审政焉。②

吕思诚认为诗人的境遇可以与物消歇,感情随着时代变化而变化,但上京纪行所遇之自然景物本就"原之以道德",所以必须"经之以礼乐",所谓"怨",达到"言者无罪,闻者足戒"的效果便可,因此要"怨而不怒",避免过之。观诗审政实则强调"性情之正"。而元人理论自信就在于他们认为其诗歌得自"风雅正声"。戴良《皇元风雅序》说:"唐诗主性情,固于风雅为犹近;宋诗主议论,则去风雅远矣。然能得夫风雅之正声,以一扫宋人之积弊,其惟我朝乎!……语其为体,固有山林、馆阁之不同,然皆本之性情之正。"③ 又苏天爵

---

① (清)顾嗣立编:《元诗选初集》卷二十四,中华书局1987年版,第790页。
② (元)胡助:《纯白斋类稿》附录卷二,中华书局1985年版,第217—218页。
③ (元)戴良:《戴良集》,李军、施贤明校点,吉林文史出版社2009年版,第325页。

《书吴子高诗稿后》亦云:"我国家平定中国,士踵金、宋余习,文词率粗豪衰苶,涿郡卢公始以清新飘逸为之倡。延祐以来,则有蜀郡虞公、浚仪马公(马祖常)以雅正之音鸣于时,士皆转相效慕,而文章之习今独为盛焉。"① 元人认为雅正是对唐诗主性情的最好承继,他们重视个人情感和精神的抒发,以诗歌寄托志尚,用诗歌来发泄忧愁怨愤,但他们不主张自我的无限放纵,提倡性情却不失雅正之旨,是元人的理论共识。这一点在他们对"穷而后工"的理解上得以充分体现。苏天爵《题黄应奉上京纪行诗后》认为黄溍上京纪行诗便是典型的"穷而后工":

> 晋卿宋故儒家,自应乡荐,以《太极赋》名海内。困于州县几二十年,今枢密马公在中书日,始自选调拔置史馆。未几,丁外艰去官。昔欧阳子以梅圣俞身穷而辞愈工,尝曰:"世谓诗人少达而多穷,盖非诗能穷人,穷者而后工也。"晋卿之诗缜密而思清,岂天固欲穷之俾工其辞耶!②

苏天爵以为,黄溍上京纪行诗作之所以缜密思清,是因为他多年宦海沉浮之困顿在诗歌方面的补偿。韩愈《荆潭唱和诗序》说:"欢愉之辞难工,而穷苦之言易好也。"③ 认为相较于诗人在欢愉与穷苦两种不同境遇下创作出的作品,穷苦之言更易于工,有更强烈的艺术感染力。欧阳修接过韩愈的理论主张,亦云:"诗人少达而多穷","愈穷则愈工。然则非诗之能穷人,殆穷者而后工也"。④ 欧阳修认为诗人往往因其正直的人格在社会政治生活中难以施展抱负,实现理想,然

---

① (元)苏天爵:《滋溪文稿》卷二十九,陈高华、孟繁清点校,中华书局1997年版,第495页。
② (元)苏天爵:《滋溪文稿》卷二十八,陈高华、孟繁清点校,中华书局1997年版,第474—475页。
③ (唐)韩愈著,马其昶校注:《韩昌黎文集校注》,马茂元整理,上海古籍出版社2014年版,第294页。
④ (宋)欧阳修:《梅圣俞诗集序》,《欧阳修全集》,中国书店1986年版,第295页。

第一章　上京纪行诗论与元代中后期诗学流变

而正是因为诗人"少达多穷"的生活处境，才能够让他们接触穷苦人的生活，感物赋诗，触事抒愤，通过诗歌表现现实、批判现实，以此成就他们的诗歌。元人对"穷而后工"的理论多有论述。戴表元认为"作诗惟宜老与穷"，他说："彼老也穷也，事之尝其心者多矣，故其诗工……人少而好之，老斯工矣，其穷也，亦好之，而诗始工也。"①在戴表元看来，诗之工，源于老和穷，老指人生阅历的丰富，穷指社会时代、人生遭遇带给诗人的影响，所谓"赋到沧桑句便工"。但老与穷只是诗之工的一种机缘，并非必然达到诗之工的效果，诗人对诗歌的兴趣与执着是其基本前提，这是对"穷而后工"理论的突破。如果说戴表元的理论依然是对前人的继承与发展，那么被苏天爵称为"穷而后工"的黄溍却决然否定这一说法，他说：

> 古之为诗者，未始以辞之工拙验夫人之穷达。以穷达言诗，自昌黎韩子、庐陵欧阳子始。……窃意昌黎、庐陵，特指夫秦汉以来幽人狷士悲呼愤慨之辞以为言，而未暇深论乎古之为诗也。……感城郭之非是，叹江涛之眇然，悒疑恻怛，一出吠亩之衷，虽流离颠越而不悔，是耿耿者固非诗之所能穷达，而其诗变亦不俟穷而后工也。夫岂非适于先民性情之正者乎？②

黄溍认为"穷而后工"的理论缺陷在于其所指范围的不确。秦汉以来，幽人狷士之悲呼愤慨确实可以这样概括，但上古之诗是得于先民性情之正，如果不加区分，则落入以偏概全的理论困境。黄溍认同诗歌感情的抒发，城郭之非是、江涛之眇然可感可叹，但他主张人生即便颠沛流离，终不悔者，才值得称道，因而强调诗歌要"发乎情，止乎礼义"。这种理论要求在元代得到广泛认可。元人吴立夫与吴师

---

① （元）戴表元：《周公谨弁阳诗序》，《戴表元集》，陆晓冬、黄天美点校，浙江古籍出版社2014年版，第120页。
② （元）黄溍：《蕙山愁吟后序》，《黄溍集》，王颋点校，浙江古籍出版社2013年版，第239页。

道同宗，有书信往来，尝寄诗云："恢奇俊伟莫子若，便可上拂句陈垣。"吴师道和云："丈夫穷达岂所论，要以不朽垂乾坤。"① 在元后期文人看来，古之一统，名浮于实，而元代舆地之广，亘古未有，虽然科举时开时闭，知识分子晋身之阶和命运遭际未必明朗，但他们能够摒弃个人穷达之命运，乘大元气象充分享受文倡于下的自由，上追古人之旨。相比于"穷而后工"，元人更注重"学而后工"，各人情性不同，山川风俗亦异，所以要达到"性情之正"需要通过诗书礼乐的学习。李好文《金台集序》认为西域葛逻禄诗人迺贤就是通过诗教之熏染而有中和之气：

> 宇宙之大，土城之大，山川人物风俗之异，气之所受，固不能齐也。尝爱贺六浑阴山敕勒之歌，语意浑然，不假雕刓，顾其雄伟质直善模写，政如东丹托云画本土人物，笔迹超绝，论者以为不免有辽东风气之偏。惟吾易之之作，粹然而有中和之气……兹非圣人之化，仁义渐被，诗书礼乐之教而致然耶？②

在儒家的观念中，人格的修炼至关重要，儒家诗论即主张将诗与礼乐教化联系起来，达到"乐而不淫，怨而不怒""温柔敦厚"的诗旨。人所禀之气不齐，唯学可以平和其气。迺贤作为西北子弟，通过圣人之化，到达性情中正，在元人看来何尝不是一个典型。由于提倡"性情之正"，所以元人要求诗歌内容要"不害于和""不失其正"，因此他们的诗追求舂容谐雅。陈孚、曹伯启作为早期上京纪行南、北两地作家的代表，共同达到了舂容谐雅的诗风，《四库总目》评云：

> 《玉堂稿》多舂容谐雅，飒飒乎治世之音。其《上都纪行》之作，与前二稿工力相敌。（陈孚）

---

① （清）顾嗣立编：《元诗选初集》卷四十四，中华书局1987年版，第1545页。
② （元）迺贤：《金台集》卷首，《文渊阁四库全书》第1215册，上海古籍出版社1987年版，第263页。

第一章　上京纪行诗论与元代中后期诗学流变

惟五言古诗颇嫌冗沓，其余皆春容娴雅，冲冲乎和平之音。（曹伯启）①

在四库馆臣眼中，陈孚《观光》《交州》二稿成就颇大，而保留上京纪行之作最多的《玉堂稿》与前二稿工力相敌，又足见他们对春容谐雅诗风的间接肯定。陈孚、曹伯启的上京纪行诗是定格之作，往往能够自谐宫徵，不失中原雅调，表现大一统的开阔恢宏。其实元中后期文人评时人的上京纪行诗作，着眼点也多集中于"春容谐雅"的特点上。王士熙认为胡助诗歌能将塞外雄奇美景变为平淡冲和之音，可以裨益盛世，大章雍容，小章深雅。苏天爵认为胡助上京纪行雍容闲暇间作为诗歌，可以美混一之治功，宣承平之盛德。虞集也认为胡助诗能够"将以其淳古之器，春容尔之音，以合奏乎咸韶磬濩之间"②。王祎《上京大宴诗序》云："然则铺张扬厉，形诸颂歌，以焯其文物声容之烜赫，固有不可阙者，此一时馆阁诸公赓唱之诗所为作也。故观是诗，足以验今日太平极治之象，而人才之众，悉能鸣国家之盛，以协治世之音。"③ 后人常认为"铺张扬厉""雍容典雅"的上京纪行诗带有浓郁馆阁气息，读来让人生腻，由此置于任何同类台阁体诗作中均难辨识。然而在他们的观念中，上京纪行诗"美盛德之形容"功能的最终实现源自于他们对情性的重视与节制，元人重视情性，但并不像魏晋人那般张扬；节制情性，又不落入汉、宋人将诗歌作为道德附庸的桎梏，因此春容谐雅的上京纪行诗作是那个时代的声音，这恰是它的独特之处。

后世重视上京纪行诗的史料价值，认为其记载朝廷掌故翔实，可资考证，这是对上京纪行诗存史功能的肯定。其实在元人那里，虽然上京纪行诗被认为是传播和满足好奇之心的载体，如袁桷《开平四

---

① （清）永瑢等：《四库全书总目》卷一六六，中华书局1965年版，第1434页。
② （元）虞集：《纯白斋类稿序》，（元）胡助：《纯白斋类稿》卷首，中华书局1985年版，第9页。
③ （明）王祎：《王忠文集》卷六，《文渊阁四库全书》第1226册，上海古籍出版社1987年版，第114页。

集》每集小序均点明创作目的，是要通过纪行之作来"示尔曹"，他把自己道涂艮劳，心思凋落，以及何时、何地、何景引发此情之情况全部记录下来，以期达到"隐逸之为可慕"的效果，然而上京纪行诗的存史功能就是在人们传播好奇心的过程中获得的，随着时空推移和理论深化，这种对好奇心的传播在元中后期转变为强烈的"诗史"意识。在元中后期文人看来，他们的上京纪行之作可备史乘。揭傒斯认为上京纪行诗能够"扬英振藻，极形容之美"，可以将盛世之盛以铺张扬厉的形式记录下来，使得"千载之下，观者当何如其想象而景慕"①。元人主张纪行诗存史，但要求创作主体首先需要具备"良史之才""信史之德"的素质。苏天爵《跋胡编修上京纪行诗后》说："后之览其诗者，与太史公疑留侯为魁梧奇伟者何以异。"②又吴师道《题黄晋卿应奉上京纪行诗后》云：

居庸北上一千里，供奉南归十二诗。纪实全依太史法，怀亲仍写使臣悲。牛羊野阔低风草，龙虎台高树羽旗。奇绝兹游陪禁从，不才能勿愧栖迟。③

司马迁写史主张"实录"精神，秉持公正不阿的写史态度，这种"实录"精神对后世作家坚持以文学反映社会现实生活有极大影响，杜诗被称为"诗史"就是一例。元人赞同太史公纪实传统和杜诗"诗史"性质，也欲以诗歌来记录一代典故，而上京纪行诗也随即成为一种重要存史载体。张昱《辇下曲序》云："其据事直书，辞句鄙近。虽不足以上继风雅，然一代之典礼存焉。"④ 序言是张昱晚年整理旧作时

---

① （元）揭傒斯：《跋上京纪行诗》，（元）胡助：《纯白斋类稿》附录卷二，中华书局1985年版，第219—220页。
② （元）苏天爵：《滋溪文稿》卷二十八，陈高华、孟繁清点校，中华书局1997年版，第470页。
③ （元）吴师道：《礼部集》卷七，《文渊阁四库全书》第1212册，上海古籍出版社1987年版，第68页。
④ （清）顾嗣立编：《元诗选初集》卷五十七，中华书局1987年版，第2067页。

第一章 上京纪行诗论与元代中后期诗学流变

所作,在江山易代之际,其以纪行之作传播好奇心的写作初衷早已被存史的意识所掩盖。

元代中后期文人普遍认为,作为"诗史"的诗歌作品,首先一定具有充实、真实的内容。杜诗称"诗史",很大程度上在于他那些有强烈写实性的长篇叙事诗反映了社会转折时期的重大历史事件。元代上京纪行诗作为横跨一代的诗歌创作题材,同样记录了元代由盛而衰的历史。张昱"据事直书"就是"事核""文直"之"实录"精神的体现。明人金幼孜《滦京百咏集序》说杨允孚《滦京百咏》"登高怀古,览故宫之消歇,睇河山之悠邈,以追忆一代之兴废,因以著之篇什,固有不胜其感叹者矣,因观先生所著而征以予之所见,敢略述其概以冠诸篇端然,则后之君子欲求有元两京之故实,与夫一代兴亡盛衰之故,尚于先生之言有征乎"①。元后期,上都被起义军付之一炬,杨允孚以诗歌的形式复活了上京昔日的生活情景,因他曾置身其中,所以在他笔下,上京生活的细节依然生动,并无因时间的流逝而产生隔阂感,读之颇感真实切近。以上京纪行诗存史并有史载可考者,萨都剌是典型。明人瞿佑《归田诗话》"萨天锡《纪事》"一则说:

> 萨天锡以宫词得名……惟《纪事》一首,直言时事不讳。诗云:"当年铁马游沙漠,万里归来会二龙。周氏君臣空守信,汉家兄弟不相容。只知奉玺传三让,岂料游魂隔九重?天上武皇亦洒泪,世间骨肉可相逢?"盖泰定帝崩于上都,文宗自江陵入据大都,而兄周王远在沙漠,乃权摄位,而遣使迎之。下诏四方云:"谨俟大兄之至,以遂固让之心。"及周王至,迎见于上都,欢宴一夕,暴卒。复下诏曰:"夫何相见之倾?官车弗驾。加谥明宗。"文宗遂即真,皆武宗子也。故天锡末句云然。②

---

① (明) 金幼孜:《金文靖集》卷七,《文渊阁四库全书》第1240册,上海古籍出版社1987年版,第722页。

② (明) 瞿佑:《归田诗话》中卷,丁福保辑:《历代诗话续编》,中华书局1983年版,第1271—1272页。

此外刘真伦《试论〈雁门集〉的"诗史"性质》一文分析萨都剌《过居庸关》一诗的历史背景，认为此诗影射致和元年（1328）两都之战，也涉及泰定以后政权争夺的史实。① 萨都剌坚持"不虚美，不隐恶"的精神。以写真人真事为原则，"诗史"价值自然可得。

萨都剌把自己对历史事件的看法，自己的憧憬愤懑、真情实感一一灌注于诗作中，因此他的上京纪行、纪事诗②有极强烈的用世品质和批判精神。所以，作为"诗史"的诗歌作品，还需要具有真实的情感。杜甫以苦难的时代为熔炉，经过生活的打磨，甚至是困顿、挫折的磨砺，才得以锻造出其诗歌的"诗史"品格。而元人上京纪行诗也多是从诗人自身经历的情境出发，表现诗人对现实的深沉思考。王思诚《题（胡助）上京纪行》云："煌煌两京城，关城阻千里。扈圣从邹枚，纪行富诗史。历历光景佳，洋洋赋雄丽。三都费十稔，洛下纸空贵。何如风雅编，歌咏太平世。"③ 在王思诚看来，纪行的意义是对诗史的丰富，太平盛世和纪行中自然风光、风土人情固然为"诗史"的形成提供了充实的内容，但构成"诗史"的条件不止于此。因此，王思诚认为左思创作《三都赋》虽笃定恒心，花费十年精心打造，且带来"洛阳纸贵"的轰动效应，可《三都赋》主观色彩浓郁，情感未必真实，所以不足以借鉴。当然，经历沧桑之变，相比于生活在太平盛世，毕竟更容易引发情感激荡，杨允孚《滦京杂咏》因而在"诗史"方面的价值更加凸显。在杨允孚纪行诗中，昔日的自豪感和猎奇心已不见踪影，故宫禾黍之感和由之而来的怀旧情愫倒是随处可拾。杨允孚用他的诗笔将化为煨烬的故都再次勾勒，

---

① 刘真伦：《试论〈雁门集〉的"诗史"性质》，《重庆师院学报》1986年第4期。
② 查洪德《元代诗学通论》认为应该把纪行诗与纪事诗区别，两者概念不同，如此才不会把上都纪行诗与诸如宫词之类的作品混在一起，第97页。笔者以为，元代上京纪行诗与纪事诗，甚至是宫词，它们之间界限模糊，无论纪事诗，还是宫词，在元代这个特殊的历史时期，多与上京扈从相关，甚至多数情况下所记之事就在纪行之中，所谓之"宫"，因两京巡幸，也多是这条路线上流动之"宫"，如张昱《辇下曲》即包括《塞上谣》和《宫中词》两部分。因此，依笔者敝见，强行区别，必然导致某些诗史事实的遮蔽，而把上京纪行诗作广、狭二义之分，也许会更有利于人们对这些诗歌的理解与把握。
③（元）胡助：《纯白斋类稿》附录卷一，中华书局1985年版，第202页。

"试将往事记从头,老鬓征衫总是愁,天上人间今又昔,滦河珍重水长流"①。王气消尽,滦河长流,后人在诗人笔下的历史中生发无限沉思,历史的沉浮与诗人的感伤如滦河中的涌波,起伏千载须臾间!

第二节 上京纪行诗美学风格的流变

元朝立国,海宇混一,南北士人皆得入仕,形成"南北选房,流转定夺"②的用人格局。从而催生了由南北文人共同组成的元代馆阁诗人群体。而作为时代产物的上京纪行诗,成为南北文人诗歌创作的接合部,联结了不同地域、不同时期的馆阁文人。李嘉瑜《不在场的空间——上京纪行诗中的江南》中说江南与漠北的联结让"江南士人站在漠北,却恍然置身江南,现存的空间与记忆的空间叠合"③。但这种南北融合不仅表现在意象叠合,也体现了南北诗学的融通。虽然元代南北诗风的融合以及诗学的融通是在广阔的历史背景中展开并实现的,但不可否认,上京纪行为此提供了重要的场合。尤其到元代中后期,诗人们在新空间场域的诗歌实践中对北方诗风进行练择,由风沙之气转入雄浑奇伟;对宋季诗风给予批判,由清苦之气转入清丽古雅。从而形成元代中后期文人对"无急调,无蹇词"的"盛世良作"④之深切感知与从容概括。

一 由"风沙气"入"雄浑奇伟"

元初北方诗坛多受到"粗豪""风沙气"等批评。"粗豪""风

---

① (元)杨允孚:《滦京杂咏》,中华书局1985年版,第10—11页。
② 柯绍忞:《新元史》卷一八九,《元史二种》第一册,上海古籍出版社、上海书店1989年版,第762—763页。
③ 李嘉瑜:《不在场的空间——上京纪行诗中的江南》,《台北教育大学语文集刊》2010年第18期。
④ (元)陈旅:《跋上驾纪行诗》,(元)胡助:《纯白斋类稿》附录卷二,中华书局1985年版,第218页。

沙气"又多集中于述写风物、描写山林的诗作当中。因而北方诗人的纪行诗作中不自觉地带有"粗豪"诗风。然而诗人们力求摆脱"风沙气"的袭扰，由"风沙气"转为"雄浑奇伟"。这一转变对此后的上京纪行诗歌创作有重要影响，而元后期文人对诗美风格的感知与概括也由此而来。孟攀鳞在《湛然居士文集序》中谈到耶律楚材的诗风：

> 观其投戈讲艺，横槊赋诗，词锋挫万物，笔下无点俗。挥洒如龙蛇之肆，波澜若江海之放，其力雄豪足以排山岳，其辉绚烂足以灿星斗。斡旋之势，雷动飚举；温纯之音，金声玉振。……盖生知所禀，非学而能。如庖丁之解牛，游刃而余地；公轮之制木，运斤而成风。是皆造其真境，至于自然而然。①

这种诗风绝非粗豪的"风沙气"，而是雄豪的气势和奇伟的气派。首先，它禀于天生，非学而能，是北方豪放文化意识的集中体现。这种文化意识几乎投射到元代每一位西北子弟诗人身上。贡师泰《葛逻禄易之诗序》说："易之出其族（西域葛逻禄），而心之所好独异焉。宜乎见于诗者，亦卓乎有以异于人也。"② 迺贤已是元后期诗人，这个常年居住于江南的西域葛逻禄诗人，在包括其至正九年（1349）出塞北游上都时所作的《上京纪行》诸诗中依然可见"有异于人"的地方。其次，耶律楚材雄浑奇伟的诗风并没有落入粗犷，力求以绚烂、温纯和脱俗补之，最终归入"真境"。其实这与他的诗学宗尚有直接关系。查洪德《耶律楚材的诗学倾向》一文指出，耶律楚材"宗苏（苏轼）而不抑黄（黄庭坚）"，宗苏主平易而宗黄求新奇。他宗苏，崇尚平易自然；不抑黄，表现为对清新雄奇风格的赞赏。③ 他兼宗两

---

① （元）耶律楚材：《湛然居士文集》，谢方点校，中华书局 2021 年版，第 6 页。
② （元）迺贤：《金台集》卷首，《文渊阁四库全书》第 1215 册，上海古籍出版社 1987 年版，第 263 页。
③ 参见查洪德《元代诗学通论》，北京大学出版社 2013 年版，第 443 页。

派的诗学追求和雄豪的诗歌创作是其摆脱"风沙气"的努力与实践。

元初北方诗学多承自元好问。顾嗣立《寒厅诗话》说："元诗承宋金之际，西北倡自元遗山，而郝陵川、刘静修之徒继之。至中统、至元而大盛。然粗豪之气，时所不免。"① 顾氏"粗豪之气，时所不免"的批评，实则从一个侧面反映了元初北方诗学通过反思江西末流"尖新硬瘦"的习气，保留了由"粗豪"蜕变而来的"雄浑奇伟"诗风。元好问以矫正宋金余习、振兴诗坛为己任，提倡诗歌雄浑壮美之气。徐世隆《元遗山文集序》云："自中州斫丧，文气奄奄几绝，起衰救坏，时望在遗山……作为诗文，皆有法度可观，文体粹然为之一变。"② 他主张宗唐，为元代宗唐倾向开端定调。传为其编选的《唐诗鼓吹》，"大抵遒健宏敞，无宋末江湖、四灵琐碎寒俭之习"③，而其自作也兴象深邃，风格遒上。作为元代早期诗人，他的弟子魏初、王恽、郝经继承了其诗学主张。

魏初是由金入元的具有代表性的诗人，其学问出自元好问，主张"宗古"，追求"格律坚苍"。《四库全书总目》评其诗风为"不失先民轨范"④。王恽是元初文臣，他的诗学也得自元好问，在创作中颇有体现，因而笔力坚浑，能嗣响其师。郝经早年师事元好问。后世评价他的诗歌"天骨挺拔，与其师元好问可以雁行"⑤。"天骨秀拔"正是对其诗风"雄伟"之气的概括。他的诗风与诗学取向直接影响了后来馆阁诗人的创作风气，有导夫先路的作用。然而真正将"雄浑奇伟"诗风带入台阁诗人群体的是天山雍古人马祖常。《四库全书总目》云：

> 其诗才力富健，如《都门壮游》诸作，长篇巨制，回薄奔腾，具有不受羁勒之气。……（苏天爵）称其接武隋、唐，上追

---

① （清）顾嗣立：《寒厅诗话》，丁福保辑：《清诗话》上册，上海古籍出版社1978年版，第84页。
② 姚奠中主编：《元好问全集》，山西古籍出版社2004年版，第414页。
③ （清）永瑢等：《四库全书总目》卷一八八，中华书局1965年版，第1706页。
④ （清）永瑢等：《四库全书总目》卷一六六，中华书局1965年版，第1431页。
⑤ （清）永瑢等：《四库全书总目》卷一六六，中华书局1965年版，第1422页。

汉、魏，后生争效慕之，文章为一变，与会稽袁桷、蜀郡虞集、东平王构更叠唱和，如金石相宣……而主持风气，则祖常等数人为之巨擘。①

至顺二年（1331），文宗驻跸龙虎台，马祖常应制赋诗，被文宗赏识，给予"中原硕儒"称誉，后被广泛关注。同时期馆阁诗人袁桷、王士熙、胡助与之酬唱不绝。马祖常"宗古"，取向仍与元好问相同，主法汉魏、盛唐。陈旅《石田集序》说他的古体诗"似汉魏"，近体诗"入盛唐"。② 因世居北方，所以他的诗歌必然有豪放之本性；因宗法盛唐，又不至于落入粗豪。马祖常实为将"风沙气"转入"雄浑奇伟"又见诸上京纪行诗，从而成为影响元代馆阁文人创作风气的重要角色，使元代中后期上京纪行诗的创作数量与创作水平均有提升。

诚然，元代北方诗坛虽力图摆脱"风沙气"困扰，但水平未必均等。顾嗣立评元初王恽《秋涧集》时说："然所存过多，颇少持择，必痛加芟削则精彩愈见。"③ 这也难怪顾嗣立有"粗豪之气，时所不免"的批评。然而顾氏的批判止于延祐、天历。其言："延祐、天历之间，风气日开，赫然鸣其治平者，有虞、杨、范、揭，一以唐为宗，而趋于雅，推一代之极盛，时又称虞、揭、马（马祖常）、宋（宋褧）。"④ 明初方孝孺却对以上京纪行诗创作为代表的天历诗坛给予否定，而这一时期馆阁文臣诗即将进入全盛期，其批判的焦点仍是"风沙气"：

天历诸公制作新，力排旧习祖唐人。粗豪未脱风沙气，难诋熙丰作后尘。（《谈诗五首》其五）⑤

---

① （清）永瑢等：《四库全书总目》卷一六七，中华书局1965年版，第1440页。
② 参见（元）马祖常《马祖常集》，王媛校点，吉林文史出版社2010年版，第3页。
③ （清）顾嗣立编：《元诗选初集》卷十五，中华书局1987年版，第444页。
④ （清）顾嗣立：《寒厅诗话》，丁福保辑：《清诗话》上册，上海古籍出版社1978年版，第84页。
⑤ （明）方孝孺：《逊志斋集》卷二十四，《文渊阁四库全书》第1235册，上海古籍出版社1987年版，第722页。该处误作"大历诸公"，此处改正。

第一章　上京纪行诗论与元代中后期诗学流变

方孝孺的批评似乎尖刻，但指出一个重要问题，即元代中后期南北诗人群体对于北方诗风的接受和练择。如果说北方诗人是摆脱风沙气而入雄浑，那么南方诗人就是得到风沙气从而成就了雄浑奇伟的诗风。元末文人戴良《皇元风雅序》云："我朝舆地之广，旷古所未有。学士大夫乘其雄浑之气以为诗者，固未易一二数……其格调固拟诸汉唐，理趣固资诸宋氏……语其为体，固有山林、馆阁之不同。"① 然而不同之"体"却于上京纪行诗中得以统一，因为纪行风物的描写多在山林之间，馆阁酬唱的主题也多在上京纪行之中。因此，南方籍馆阁诗人诗歌创作的场域也多在上京纪行中，有关"雄浑奇伟"诗风的讨论就在此展开。王士熙《奉题开平百首诗后》云："玉海云生贝阙高，骑鲸人去采芝遨。滦江一夕秋风到，瑟瑟珊瑚涌翠涛。"② 这是对袁桷上京纪行诗雄浑奇伟风格的诗意概括，其才力之雄健、境界之惊人，让人襟抱敞开。王沂认为在胡助的上京纪行诗作中可以看到雄深壮丽、莽苍空阔之景象：

> 至顺三年冬，余同翰林供奉王致道考试上京乡贡士，出居庸关，过龙门，历赤城，涉滦水。览山川之雄深，宫阙之壮丽，遗台故迹之莽苍空阔，可喜可愕……一日，阅同馆胡君古愚诸诗，所谓雄深壮丽莽苍空阔之观，皆历历在吾目中。③

雄深壮丽的山川、宫阙给人以雄壮的视觉体验，雄壮的观感进而引发诗人雄浑的气象，诉诸笔端，诗歌亦染其气，给人以全新的美感。明人杜储云："观其扈跸上都、出居庸、过云州、至滦河、赋李老谷、登李陵台，关河历览之雄，宫籞物仪之盛，目之所触，肆口成章，读之亹亹使人忘倦。"④ 所谓雄深壮丽、莽苍空阔之观得益于"江山之

---

① （元）戴良：《戴良集》，李军、施贤明校点，吉林文史出版社2009年版，第325页。
② （元）袁桷著，杨亮校注：《袁桷集校注》，中华书局2012年版，第898页。
③ （元）王沂：《跋上京纪行诗》，（元）胡助：《纯白斋类稿》附录卷二，中华书局1985年版，第219页。
④ （明）杜储：《纯白斋类稿序》，（元）胡助：《纯白斋类稿》卷首，中华书局1985年版，第3页。

助",然而在雄壮的山川、宫阙面前,并不是任何人都能够写出磅礴浑厚的气势。这一切还应该归之于内因,即时代气象带来的士气变化。苏天爵《跋胡编修上京纪行诗后》云:

> 尝闻故老云:宋在江南时,公卿大夫多吴、越之士,起居服食,率骄逸华靡。北视淮甸,已为极边。及当使远方,则有憔悴可怜之色。呜呼,士气不振如此,欲其国之兴也难矣哉。今国家混一海宇,定都于燕,而上京在北又数百里,銮舆岁往清暑,百司皆分曹从行。朝士以得侍清燕,乐于扈从,殊无依依离别之情也。予友胡君古愚生长东南,蔚有文采,身形瘦削,若不胜衣。及官词林,适有上京之役,雍容闲暇,作为歌诗。所以美混一之治功,宣承平之盛德,余于是知国家作兴士气之为大也。①

宋季诗坛颓靡,原因在于眼界局限,由此导致士气不振。而元代统一南北,国祚昌盛,气象盛大,给南方文人带来了宏阔的视野,也促进了士气的交融。他们与北方文人谈诗论学,促使他们接受北方豪放文化,由此择成魁梧奇伟的气质特征。杨载诗被称为"百战健儿",其中便包括雄壮之成分。至于扈从上都的柳贯,"龙光炳焕照耀后先,山川闶奇振发左右"②,铺张扬厉,发为闶大之作。难怪危素谓其"雄浑严整",宋濂、戴良说他"如老将统百万之兵,旗帜鲜明,戈甲煜煌,而不见有喑鸣叱咤之声"③。南北诗人在上京纪行诗的创作与讨论中对北方诗风进行练择,各取所需,形成一致的诗学倾向,合力促成元代诗歌与诗学的独特风貌,而正如文章所述宋濂、戴良等人观点,这种诗风的练择对元代中后期文人感知与概括元诗诗美风格有重要的诗学意义。

---

① (元)苏天爵:《滋溪文稿》卷二十八,陈高华、孟繁清点校,中华书局1997年版,第470页。
② (元)柳贯:《柳贯诗文集》,柳小英辑校,上海书画出版社2021年版,第464页。
③ (清)顾嗣立编:《元诗选初集》卷三十二,中华书局1987年版,第1126页。

二 由"清苦气"入"清丽古雅"

宋季江西末流追求尖新硬瘦诗风,四灵、江湖虽起于矫正江西之失,却在审美取向上流入清新纤巧的小格局。元初吾衍《闲居录》说:"晚宋之作诗者,多谬句。出游,必云'策杖',门户,必曰'柴扉',结句多以梅花为说。尘腐可厌。"① 又《四库全书总目》云:"盖宋代诗派凡数变;西昆伤于雕琢,一变而为元祐之朴雅;元祐伤于平易,一变而为江西之生新;南渡以后,江西宗派盛极而衰,江湖诸人欲变之而力不胜,于是仄径旁行,相率而为琐屑寒陋,宋诗于是扫地矣。"② 宋末元初,南北诗坛几乎同时对江湖余习与四灵、江湖诗风展开批评。北方以元好问为代表,继之有郝经、刘因等人。南方以方凤、仇远、戴表元、舒岳祥等为代表,继之有袁桷等人,他们主张"宗古",尤主盛唐。及至延祐、天历间,元诗四大家振起,宋季弊习一扫而尽。诗风由清苦之气转入清丽古雅,而这些诗学理论也反映在对上京纪行诗创作与风格的讨论上。

稍早的南方籍上京纪行诗作家,以袁桷为代表。他将纪行之作合为《开平四集》,自题云:"开平四集诗百首,不是故歌行路难。竹簟暑风茅屋下,它年拟作画图看。"③ 袁桷认为自己的纪行诗作与乐府旧题《行路难》有别,他的诗作摈除了纪行作品感伤、哀怨的艺术成分,对竹簟、暑风、茅屋的描写可拟作图画来看,以见其追求清雅的艺术风格。袁桷稍后,元诗四大家并起,酬唱之间,将"清丽古雅"的诗风发扬光大。世称杨载"风规雅赡,雍雍有元祐之遗音"④,又揭傒斯"诗尤清婉丽密"⑤ 得唐人风气。

元代中后期,"清丽古雅"的上京纪行诗风几乎在南北诗人处同时展开讨论。曹鉴《跋(胡助)上京纪行诗》说:"古愚出示扈跸纪

---

① (元)吾衍:《闲居录》(丛书集成初编本),中华书局1991年版,第2页。
② (清)永瑢等:《四库全书总目》卷一六七,中华书局1965年版,第1441页。
③ (元)袁桷著,杨亮校注:《袁桷集校注》,中华书局2012年版,第898页。
④ (清)永瑢等:《四库全书总目》卷一六七,中华书局1965年版,第1441页。
⑤ (明)宋濂等:《元史》卷一八一,中华书局1976年版,第4187页。

行诗数十首,咏物抒怀,字清句健,使人终日不能释手。"① 这里的"清"着眼于胡助诗歌的语言特征,文辞简洁,少有复赘,给人以"明晰省净"之感。持相同观点者还有陈旅,他认为胡助上京纪行诗五十首,清妥秀润,兴寄闲适,无急调,无蹇词,可以称作盛世良作。"清"所概括的"省净"风格在于"妥帖",既无急调也不能凝滞,两者调适之后才可以达到不俗之效果。而这种效果的出现往往又带有"平淡冲和""缜密婉丽"的艺术品格。王士熙于胡助"沙漠龙碛,风云雪岭"的诗作中读出"平淡冲和之音",而这得益于其诗歌风格的"细密婉丽"。② 同样,北方文人也致力于对诗歌语言"清丽"的追求。《元史》载马祖常"尤致力于诗,圆密清丽,大篇、短章无不可传者"③。孛术鲁翀进一步强调"缜密清婉""纡馀妥帖"能够形成情景交融艺术效果,进而有古雅之气:

> 今见其(胡助)上京纪行凡若干篇,纡馀妥帖,缜致清婉,情景交融,不激不怪,讽之诵之,士雅民风,古意犹在是也。④

情与景融合能够摆脱单纯写景的烦琐和一味抒情的空泛,与"清丽"超尘脱俗的内涵密切相关。而"清丽"与"古雅"的结合正在于此。蒋寅在《古典诗学中"清"的概念》中说:"古雅是不太容易在人们对清的感觉或联想中出现的要素,通常人们对清的感觉印象最容易倾向于鲜洁明丽,很少会意识到古雅的趣味。可是只要我们想一下清最初与道家遁世精神的关系,就不难觉察其中所包孕的古雅的基因了。"⑤ 这一点在元初诗人耶律楚材处已有很好的论述,对此后上京纪

---

① (元)胡助:《纯白斋类稿》附录卷二,中华书局1985年版,第218页。
② 参见(元)王士熙《题上京纪行诗后》,(元)胡助《纯白斋类稿》附录卷二,中华书局1985年版,第212页。
③ (明)宋濂等:《元史》卷一四三,中华书局1976年版,第3413页。
④ (元)孛术鲁翀:《跋古愚上京纪行诗》,(元)胡助:《纯白斋类稿》附录卷二,中华书局1985年版,第217页。
⑤ 蒋寅:《古典诗学中"清"的概念》,《中国社会科学》2000年第1期。

行诗歌理论的深入探讨有重要影响。耶律楚材诗学中有很大一部分来自道家"大音希声"的观念,《爱栖岩弹琴声法二绝》其一云:"须信希声是大音,猱多则乱吟多淫。"① 由于对道家思想的追随,他对世俗之媚有严厉的批评,从而在审美趣味上追求清新与古雅。他说:"但欲全纯古,谁能媚世情。"② 又言:"多谢梅轩不惜春,声诗寄来格清新。"③ 而此后在上京纪行诗歌理论的探讨中,文人们又将讨论的话题深入至清丽与古雅的结合与诗人气质的关系,贡奎《送胡古愚除翰林国史院编修序》充分地讨论了这一点:

> (贡奎)及来京师,得胡君古愚,质直明朗,能以辞气发其精密,而不立偏异以从时尚,有古人之风。……夫山川之气有时乎盛衰,而其孕秀于人者,则未尝间断也。④

贡奎认为山川之气培养人的气质,胡助诗之"古人之风"与山川之气所孕育的气质有直接关系,质直明朗、脱尘超俗的气质表现于辞就是"缜密清婉",化之为诗就是"清丽古雅"。当然,宋季诗风的清苦之气主要流行于江南,由于环境因素,江南才士摆脱清苦之气而入清丽古雅总要比北方文人容易一些。北人要做到这些,可能更需一番脱胎换骨的变化。这需要经历长期的文化熏陶。赵孟頫《薛昂夫诗集序》云:

> 嗟夫!吾观昂夫之诗,信乎学问之可以变化气质也。昂夫西戎贵种,服旃裘,食湩酪,居逐水草,驰骋猎射,饱肉勇决,其风俗固然也。而昂夫乃事笔砚,读书属文,学为儒生。发而为诗、

---

① (元)耶律楚材:《湛然居士文集》卷十一,谢方点校,中华书局2021年版,第234页。
② (元)耶律楚材:《和郑景贤韵》,《湛然居士文集》卷七,谢方点校,中华书局2021年版,第136页。
③ (元)耶律楚材:《和李世荣韵》,《湛然居士文集》卷一,谢方点校,中华书局2021年版,第3页。
④ (元)胡助:《纯白斋类稿》附录卷二,中华书局1985年版,第11页。

乐府，皆激越慷慨，流丽闲婉，或累世为儒者有所不及。斯亦奇矣……今之诗犹古之诗也，苟为无补，则圣人何取焉，繇是可以观民风，可以观世道，可以知人，可以多识草木鸟兽之名，其博如此。①

赵孟頫认为薛昂夫诗"激越慷慨"的一面来自本性，而"流丽闲婉"则是受到中原文化熏陶的结果。儒家诗论重视诗的实用价值，认为诗可观民风、世道，可知人、知物，作为异族文人，薛昂夫在学问的积累中不知不觉地改变了气质，由此其诗风能够响应时代。在元代西域子弟诗人中，迺贤的上京纪行诗可谓清丽明快，贡师泰评其诗云："是以黄金、丹砂、穹圭、桓璧，犹或幸致，而清词妙句，在天地间自有一种清气，岂知力所能求哉？昔之善论者，谓诗有别思。易之之于诗，其将悟于是也夫！"② 由清词妙句而来的清气，绝非沾染黄金、丹砂、穹圭、桓璧等俗物之气。元人刘将孙《彭宏济诗序》即说："天地间清气，为六月风，为腊前雪，于植物为梅，于人为仙，于千载为文章，于文章为诗。"③ 这种清气表现或"清丽"或"古雅"，其品极高，但它不可强力以求，需要通过"别思""妙悟"才可获得。概此而观，作为色目诗人，迺贤对诗歌的直觉式把握能力已经达到很高水平，他的上京纪行诗也确实能够将情感融入艺术形象之中，余味无穷。在元代，这种现象并非偶然，顾嗣立说：

有元之兴，西北子弟，尽为横经，涵养既深，异才并出。云石海涯（贯云石）、马伯庸（祖常）以绮丽清新之派振起于前，而天锡（萨都剌）继之，清而不佻，丽而不缛，真能于袁（桷）、赵（孟頫）、虞（集）、杨（载）之外，别开生面者也。于是雅正

---

① （元）赵孟頫：《松雪斋集》卷六，《文渊阁四库全书》第1196册，上海古籍出版社1987年版，第674页。
② （元）贡师泰：《葛逻禄易之诗序》，（元）贡奎、贡师泰、贡性之：《贡氏三家集：贡奎集、贡师泰集、贡性之集》，邱居里、赵文友校点，吉林文史出版社2010年版，第444页。
③ （元）刘将孙：《刘将孙集》，李鸣、沈静校点，吉林文史出版社2009年版，第98页。

卿（琥）、达兼善（泰不华）、迺易之（贤）、余廷心（阙）诸人，各逞才华，标奇竞秀。亦可谓极一时之盛者欤！①

可见，追求清丽古雅之风是元代少数民族诗人的共同主张。而北方汉族诗人也有同样的诗学追求。宋褧，大都人，是典型的北方文人，燕人自古的慷慨激昂之气自是与生俱来。然而他的诗作，尤其是容易引发豪气的上京纪行诗作却呈现出别样的风貌。元人欧阳玄说：

> 其诗务去陈言，虽大堤之谣，出塞之曲，时或驰骋乎江文通、刘越石之间。而燕人凌云不羁之气，慷慨赴节之音，一转而为清新秀伟之作，齐鲁老生不能及也。②

宋褧的诗风在同时代人中颇受好评，大抵有"清新""秀伟""幽丽""奇古"四端，这四种诗风概而言之即"清丽古雅"。这或许与他的游历有关，抑或是受到文人气质的影响，无论如何，他作为北方诗人，诗风转入"清新秀伟"，是那个时代的典型代表。

由元初对宋末诗风的拨乱反正，至元中后期形成了对"雄浑奇伟""清丽古雅"诗风的一致认可，对元代中后期诗学流变与建构具有重要的积极意义。然而，得于此，自然不免失于此。元代中后期诗人以饱满的热情，孜孜以复古，追求古雅与超凡脱俗的诗风，却遭到后世诸多批评。以杨维桢为代表的铁雅诗派，以诡奇纤巧的诗歌创作流布诗坛，受到明人严厉诟病。明人胡应麟指出萨都剌俊逸清新的诗风虽时有佳处，但总归"才力浅绵，格调卑杂"③。清人朱彝尊批评萨都剌"清者每失之弱"，甚至连其后学也一并有"质羸之恨"④的遗

---

① （清）顾嗣立编：《元诗选初集》卷三十四，中华书局1987年版，第1185—1186页。
② （清）顾嗣立：《元诗选二集》卷十一，中华书局1987年版，第501页。
③ （明）胡应麟：《诗薮》外编卷六，上海古籍出版社1979年版，第241页。
④ （清）朱彝尊：《静志居诗话》卷二，黄君坦校点，人民文学出版社1990年版，第38页。

憾。上京纪行诗的创作虽然在一定意义上促成了元代南北诗学的融通，但不可避免地使诗歌美学的发展再次流入"绮丽纤秾"的桎梏。而如果我们以诗学史的眼光通融地看待他们追求清丽古雅诗风的得与失，它的失在其意义那里可能只是匹马只轮。

附表《元代上京纪行诗评简目》

序号	作者	篇名	文献出处
1	虞集	题黄晋卿上京道中纪行诗后	《道园遗稿》卷五
2	虞集	跋胡助《龙门行》诗后	顾嗣立《元诗选三集》卷一〇
3	揭傒斯	题季安中白翎雀	《文安集》卷三
4	揭傒斯	跋胡助上京纪行诗	《纯白斋类稿》附录卷二
5	王守诚	题胡助上京纪行诗后	《纯白斋类稿》附录卷二
6	王士熙	奉题开平百首诗后	《清容居士集》卷一七
7	王士熙	题胡助上京纪行诗后	《纯白斋类稿》附录卷二
8	王理	题助上京纪行诗后	《纯白斋类稿》附录卷二
9	李术鲁翀	跋古愚上京纪行诗	《纯白斋类稿》附录卷二
10	吕思诚	跋胡助上京纪行诗	《纯白斋类稿》附录卷二
11	曹鉴	跋胡助上京纪行诗	《纯白斋类稿》附录卷二
12	吴师道	跋胡助上京纪行诗	《纯白斋类稿》附录卷二
13	吴师道	题黄晋卿应奉上京纪行诗后	《吴礼部集》卷七
14	王沂	跋胡助上京纪行诗	《纯白斋类稿》附录卷二
15	陈旅	跋胡助上京纪行诗	《纯白斋类稿》附录卷二
16	黄溍	题助上京纪行诗后	《纯白斋类稿》附录卷二
17	苏天爵	跋胡编修上京纪行诗后	《滋溪文稿》卷二八
18	苏天爵	题黄应奉上京纪行诗后	《滋溪文稿》卷二八
19	胡助	上京纪行诗序	《纯白斋类稿》卷二〇
20	王思诚	题胡助上京纪行	《纯白斋类稿》附录卷一
21	王士點	题胡助上京纪行	《纯白斋类稿》附录卷一
22	袁桷	开平四集序	《清容居士集》卷一六
23	袁桷	戏题开平四集	《清容居士集》卷一六
24	袁桷	送王继学修撰马伯庸应奉分院上都二首	《清容居士集》卷一〇
25	周伯琦	扈从集前序	《扈从集》卷首
26	周伯琦	扈从集后序	《扈从集》卷中，《纪行诗》前

续表

序号	作者	篇名	文献出处
27	欧阳玄	扈从集跋	《扈从集》卷后
28	贾祥麟	扈从集跋	《扈从集》卷后
29	柳贯	上京纪行诗序	《柳待制文集》卷一六
30	柳贯	次伯长待制韵送王继学修撰马伯庸应奉扈从上京二首	《待制集》卷五
31	宋濂	跋柳先生上京纪行诗后	《宋学士文集》卷四五
32	金幼孜	滦京百咏集序	《金文靖集》卷七
33	杨士奇	杨和吉诗集附萧德舆故宫遗录	《东里集》续集卷一九
34	郭钰	题杨和吉滦京诗集	《静思集》卷三
35	郭钰	哀杨和吉	《静思集》卷九
36	罗大巳	滦京杂咏跋	《滦京杂咏》卷后
37	李好文	金台集序	《金台集》卷首
38	王祎	上京大宴诗序	《王忠文集》卷六
39	张昱	辇下曲序	《元诗选初集》《庐陵集》
40	陶宗仪	"论诗"条	《南村辍耕录》卷四
41	贡师泰	题黄太史上京诗稿后	《玩斋集》卷八
42	瞿佑	萨天锡《纪事》	《归田诗话》卷中

第二章　诗歌总集编撰与元代后期诗学观念的衍变

　　总集除了有"网罗放佚，使零章残什，并有所归"① 的文献价值，也具有文学批评的功能。诗坛格局、诗学风尚、诗及诗学发展、流变的脉络及趋势在总集编撰过程中可以清晰地显现出来。其中，本朝人编刊本朝诗歌总集又具有独特价值。因为编撰者与诗人处于同一时代，对当时诗人诗作有更为深入的了解，这些总集是他们以亲历者或参与者的身份对当时诗坛及诗学思想所作出的现场发布与报告。随着现代学术的深入发展，诸如唐、宋、明、清等时代，当朝诗歌总集研究已有丰硕成果，但元人编刊的元诗总集则较少受到学界关注，总集文献整理与研究相对不足，更缺乏相关的诗学研究。② 而总集编撰过程中体现出的诗学观念是元代后期诗学研究的重要内容，从元后期编撰的诗歌总集中大致可了解当时诗学的面貌、走向与意义。

---

　　① （清）永瑢等：《四库全书总目》卷一百八十六，中华书局1965年版，第1685页。
　　② 参见杨镰《元人总集研究示例》叙录《郭公敏行录》《述善集》两种，见《元代文学及文献研究》，中华书局2015年版，第87—93页。唐朝晖《简谈元代诗歌总集与诗歌流变》列元后期元人编选元诗总集30余种，尚缺具体文献考辨。查洪德、李军《元代文学文献》，钟彦飞《元人选编元代诗文总集叙录》，刘飞、赵厚均《〈草堂雅集〉与元代文学总集的编撰》，唐朝晖《元人选元诗总集基础上的诗歌嬗变》均辑录有数种重要的元诗总集，部分文章也谈及元诗总集与元诗史的关系。截至目前，元诗总集整理取得一定成绩，但仍留有可增补的空间，而就元诗总集编撰特征与元代诗学的关系，至今尚无专论。

第二章 诗歌总集编撰与元代后期诗学观念的衍变

第一节 开放式的总集编刊形式及其诗学意义

元诗发展与元诗总集编撰同步相随，顾嗣立云："有元之诗，每变递进，迨至正之末，而奇材益出焉。"① 元人的元诗总集亦大量集中出现于元代后期，杨镰认为，"《元文类》《皇元风雅》相继成书，是元代诗文出现文坛'发言人'的标志"②。《元文类》《皇元风雅》成书于元顺帝元统、至元间，而从元顺帝初年至明洪武年间，相关诗文总集有70多种，其中元人编刊元代诗歌总集有60余种（参见附录《元代后期诗文总集叙录》）。③ 综观编刊于元后期的元诗总集，开放性是其最突出的特征，这首先与元人的"宗唐"思想密切相关。

元代是中国历史上国力强盛、疆域最广的时代，时代气象在元代文人的心灵之中折射出无比的自豪感："我国家奄有万方，三光五岳之气全，淳古醇厚之风立。异人间出，文物粲然。"④ 他们认为大元舆地之广、气运之盛必将带来文化的昌明繁盛，所谓"大音不完，必混一而后大振"⑤，这种心灵体会冥冥中婉曲幽折地让他们感受到他们所处的时代与唐代有某种类似性与相通性。因为在他们看来，唐王朝版图的聚合和皇权的一统，造就了恢宏的时代气象与诗歌文化高峰。也

---

① （清）顾嗣立编：《元诗选初集》，中华书局1985年版，"凡例"第8页。
② 杨镰：《元诗文献新证》，《元代文学及文献研究》，中华书局2015年版，第58页。
③ 需要说明的是，本章的研究范围不仅包括诸如陈士元《武阳耆旧宗唐诗集》、苏天爵《元文类》等编刊于元后期，但收录宋元之际至元中期诗人诗歌的总集，也包括诸如赖良《大雅集》、丁鹤年《皇元风雅》、王礼《长留天地间集》等成书于元末明初辑录元遗民诗歌的总集。按学术研究的细化分类，总集通常有汇编、合编、选编等多种编撰方式，基于研究对象的确立，本章不便使用如"元人选元诗"这样只具有选编性质的总集概念，而这也是元人元诗总集与唐人唐诗总集最明显的区别，后者侧重于"选"，前者则不局限于任何一种编撰方式，其特点突出表现在诸多总集所共有的开放式的编刊形式。
④ （元）虞集：《国朝风雅序》，《虞集全集》，王颋点校，天津古籍出版社2007年版，第489页。
⑤ （元）陈旅：《国朝文类序》，李修生主编：《全元文》第37册，凤凰出版社2004年版，第247页。

因此，后人认为宋诗去唐远而元诗离唐近①，以为元人与唐人有一种先天亲近感。元人宗唐，不仅体现在诗歌创作上，也体现于他们对当代诗歌作品的编选与批评上，如蒋易《皇元风雅》的编撰宗旨与选诗标准即有明确的宗唐倾向，杨维桢参与删选、评点《大雅集》又多以二李作为评裁标准。

在诗学史上，"唐人选唐诗"引人注目，然而在唐、宋两代，"唐人选唐诗"却并未成为一个完整的诗学概念，引起学人的关注。直至元代后期，蒋易在为姚合《极玄集》所作之序中明确提出"唐人选唐诗"概念，并极称姚氏选本"识鉴精矣"②。在蒋易的意识中，唐人对唐诗艺术的深度"识鉴"源自他们对时代文化与精神的高度自信，自由的文化氛围与开放的时代精神为唐人所带来的自豪感衍化为唐人"复兴风雅"的深沉使命感。这是唐人编选唐诗总集独特的价值所在，也正与元人对本朝诗歌的认识与理解高度吻合，同样成为元人编刊本朝诗集的出发点。《国秀集序》云："风雅之后，数千载间，词人才子，礼乐大坏。"③元结《箧中集序》曰："风雅不兴，几及千岁，溺于时者，世无人哉！……近世作者，更相沿袭，拘限声病，喜尚形似，且以流易为词，不知丧于雅正。"④陈旅在《国朝文类序》中说："昔者北南断裂之余，非无能言之人驰骋于一时，顾往往囿于是气之衰，其言荒粗萎冗，无足起发人意。""建国以来，列圣继作，以忠厚之泽涵育万物，鸿生俊老，出于其间，作为文章，庞蔚光壮，前世陋靡之风，于是乎尽变矣。"⑤戴良《皇元风雅序》亦曰："然唐诗主性情，故于《风》《雅》为犹近；宋诗主议论，则其去《风》《雅》远矣。然

---

① 参见（明）李东阳著，李庆立校释《怀麓堂诗话校释》，人民文学出版社2009年版，第33页。
② （元）蒋易《极玄集序》云："唐诗数千百家，浩如渊海……姚合以唐人选唐诗，其识鉴精矣。"参见（唐）元结、殷璠等选《唐人选唐诗（十种）》，上海古籍出版社1978年版，第318页。
③ （唐）元结、殷璠等选：《唐人选唐诗（十种）》，上海古籍出版社1978年版，第126页。
④ （唐）元结、殷璠等选：《唐人选唐诗（十种）》，上海古籍出版社1978年版，第27页。
⑤ （元）陈旅：《国朝文序》，李修生主编：《全元文》第37册，凤凰出版社2004年版，第247—248页。

第二章　诗歌总集编撰与元代后期诗学观念的衍变 ❖❖❖

能得夫《风》《雅》之正声，以一扫宋人之积弊，其惟我朝乎！"①

元人在对唐、宋诗史发展做出俯瞰式的批评后，认为唐诗承续"风雅"传统，而元诗又得唐诗"风雅"正传，所谓得诗之"雅正"者，首先需要突破声律、辞藻等限定，揭示诗歌表现情性之本质。谢升孙《元风雅序》指出："天下能言之士，一寄其情性于诗。"② 钱鼒在《大雅集序》中也认为古人"以情为诗"，出于"民之心"，所以古诗"丽以则"；而后人则"以诗为情"，出于"士之笔"，故而后世之诗多有"不出于情者"。③ 对于"雅正"之诗，更重要的是要求所叙之情要符合"性情之正"。蒋易《皇元风雅集引》云：

> 择其温柔敦厚，雄深典丽，足以歌咏太平之盛，或意思闲适，辞旨冲淡，足以消融贪鄙之心，或风刺怨诽而不过于讠雨，或清新俊逸而不流于靡，可以兴，可以戒者，然后存之。盖一约之于义礼之中而不失性情之正，庶乎观风俗、考政治者或有取焉。④

蒋易编《皇元风雅》是其宗唐取向的体现，所谓"温柔敦厚""雄深典丽""意思闲适""辞旨冲淡""清新俊逸"，是对盛唐诗风的充分理解。在蒋易看来，盛唐诗坛取得巨大成就，关键在于性情表达的准确恰当，符合古诗"发乎情，止乎礼""乐而不淫，哀而不伤""主文而谲谏"之要义，从而达到可兴、可戒、"观风俗"、"考政治"的诗歌实用目标。而这些也是元代总集编撰者对元诗价值的基本体认。元人以唐诗的标准批判宋诗主于"议论"、重视"学问"、失去"雅正"指归，其目的便是对诗歌抒情特质和外在事功功能予以肯定。在

---

① （元）戴良：《皇元风雅序》，《戴良集》，李军、施贤明校点，吉林文史出版社 2009 年版，第 325 页。
② （元）傅习、孙存吾：《皇元风雅后集》卷首，《四部丛刊初编本》第 329 册，上海书店 1989 年版，第 2 页。
③ （元）钱鼒：《大雅集原序》，李修生主编：《全元文》第 59 册，凤凰出版社 2004 年版，第 111 页。
④ （元）蒋易：《皇元风雅集引》，李修生主编：《全元文》第 48 册，凤凰出版社 2004 年版，第 134 页。

元人看来，区别于本朝及唐代，宋人所关注的诗歌"雅正"，更重视诗歌的文雅、理趣。元初方回评"西昆体"曰："必于一物之上，入故事、人名、年代，及金、玉、锦、绣等以实之。"① 又如《二李唱和集》《坡门酬唱集》等宋人诗集更多表现的是文人间学力的较量，注重文字与文学技巧的运用。由此可见，如果说宋人总集编撰注重文雅精致、心性学养的一面，其性格趋于内向，那唐、元两代的诗歌总集则表现出总集编撰的另一个向度，即多以自信的姿态和拯救文坛弊坏的文化使命对诗学发展给予整体关注，显示出外向、开放的性格特征。

元人与唐人均以自信的文化心态担当起文化秩序建构的使命，在总集编撰上显示出开放性特征，但元人元诗总集与唐人唐诗总集在其所共具的开放性上，内容及侧重点有很大区别。唐人唐诗总集着重于"选"，多是选编性质的诗歌总集，其开放性侧重体现在开放的胸襟与个性之选。如殷璠所谓"既闲新声，复晓古体，文质半取，风骚两挟"，以"颇异诸家"的编选宗旨兼容不同的美学风格、声律特质以及诗人之才情、个性。而元人元诗总集则侧重于"收罗殆尽之编"，这在很大程度上有赖于元诗总集编刊的开放形式，这也是元人元诗总集与唐人唐诗总集在其开放性上最明显的差别，这种开放式的编刊形式主要表现在以下四个方面。

一是文人家藏集的编撰在元后期更为兴盛，如《麟溪集》《述善集》《郑氏连璧集》等家集的出现。而记录家族文化传承对采用开放式的编刊形式有一定客观要求，如郑太和辑《麟溪集》于每卷末皆留有空白，以待后人相续而书，其后人亦每将所得诗篇随类入之。这种"相续而书"的方式也很大程度上反映了以诗文传家史的文化心态。

二是随着时代发展，雕版印刷及图书出版的商业化运作在元代后期已相当成熟。书籍的"卖点"成为元后期商业出版的重要影响因素，图书再版是书商牟利的主要方式。今存傅习、孙存吾编《皇元风

---

① （元）方回选评，李庆甲集评校点：《瀛奎律髓汇评》，上海古籍出版社1986年版，第717页。

第二章 诗歌总集编撰与元代后期诗学观念的衍变

雅》，有李氏建安书堂、古杭勤德书堂的"牌记"云：

> 本堂今求名公诗篇，随得即刊，难以人品齿爵为序。四方吟坛多友，幸勿责其错综之编。倘有佳章，毋惜附示，庶无沧海遗珠之叹云。①

《四库全书总目》亦谓《皇元风雅》"惟一时随所见闻，旋得旋录"②。然而这种"旋得旋录""随得即刊"的开放式编刊形式并非仅限于其商业性质，而有更深层次的文化心理因素。谢升孙《元风雅序》云："我朝混一海宇，方科举未兴时，天下能言之士一寄其情性于诗。虽曰家藏人诵，而未有能集中州四裔文人才子之句汇为一编，以传世行后者。庐陵孙君存吾有意编类雕刻，以为一代成书，其志亦可尚已。"③可见孙存吾编《皇元风雅》，其出发点至少有存一代之诗的初衷。

三是元末文人及遗民文人采诗编集的活动也决定了元诗总集反复编刊的特点。王礼《沧海遗珠集》是在《长留天地间集》行世后，又采得四方士友诗若干篇，编辑复锓。赖良《大雅集》有至正二十一年（1361）杨维桢序，至正二十二年钱鼒序，后有王逢序。钱序云："友人卢仲庄氏手为之镂梓。既版行，学者莫不购之以为轨式焉。它日有采诗之官者出，其必将采卿之所采以进于上矣，于是乎序。"④可知至钱序撰写之时，该集已有流传之帙。又据王逢序云："凡若干人，篇帙凡若干首，类为八卷，名曰《大雅集》。且锓且传，会兵变，止今年，善卿拟毕初志，适有好义之士协成厥美，诣予征序。"⑤可断定至

---

① 王重民：《中国善本书提要》，上海古籍出版社1983年版，第470页。
② （清）永瑢等：《四库全书总目》卷一八八，中华书局1965年版，第1709页。
③ （元）傅习、孙存吾：《皇元风雅后集》卷首，《四部丛刊初编本》第329册，上海书店1989年版，第2页。
④ 李修生主编：《全元文》第59册，凤凰出版社2004年版，第112页。
⑤ （元）王逢：《大雅集后序》，《文渊阁四库全书》第1369册，上海古籍出版社1987年版，第577页。

正二十二年所刻并非全帙,八卷本可能在兵祸之后的洪武初年才得以全部刊印。

四是文人交游的自由开放及雅集文会的不断举办也促成了元诗总集开放的编刊形式。《草堂雅集》《玉山名胜集》《澹游集》《金玉编》《金兰集》等诗歌总集都有多个刊本或钞本,而且不同版本多有内容上的异同。杨镰说:"总集有'后卷'是仅见于《草堂雅集》的特例。"并举例《草堂雅集》景元刊本,十八卷中有五卷"后卷",卷二之后便又编排了两卷"后卷"。① 可见这些诗歌总集也体现了随得随编、反复编刻的特点。

此外蒋易《皇元风雅》在元代有七卷本、三十卷本两种版本,对勘两本,歧异处颇多,而三十卷本书版多有挖改、增刻之处,疑从七卷本增补而来,可知三十卷本是经多次整理、校勘后的全本。

"旋得旋录""随得即刊"是元后期诗文总集的主要编刻方式,这与元代诗歌史自身发展特征密不可分。唐人选编本朝诗集是基于唐诗的全面繁荣,唐人以开阔的眼界和心胸在不断反思、交流中形成众体兼备、技巧圆熟、风格多样的诗坛风貌,总集编撰者也是在清晰地认识到唐诗发展、演进的脉络后,以总集的形式加以概括和总结。殷璠《河岳英灵集序》云:"自萧氏以还,尤增藻饰。武德初,微波尚在。贞观末,标格渐高。景云中,颇通远调。开元十五年后,声律风骨始备矣。"② 而这正是元代诗坛和元代总集编撰者所不具备的条件。杨镰认为元代总集编撰采用开放形式是因为"元代诗坛本身缺乏交流提升,缺乏反复排斥吸收"③,元诗总集的主要诗歌来源集中于雅集聚会、投赠、送别、叙旧怀故、歌功颂德、采诗存史等诗歌活动中,雅集文会活动的不断举办,采诗活动的局限性与不确定性,投赠等诗篇非一时一地所作,均需不断有新内容补入。同时,总集编撰者对元诗

---

① 具体版本情况参见杨镰《顾瑛与玉山雅集》,(元)顾瑛辑《草堂雅集》,杨镰、祁学明、张颐青整理,中华书局2008年版,第6—7页。
② (唐)殷璠:《河岳英灵集序》,(唐)元结、殷璠等选:《唐人选唐诗(十种)》,上海古籍出版社1978年版,第40页。
③ 杨镰:《元诗文献新证》,《元代文学及文献研究》,中华书局2015年版,第58页。

第二章　诗歌总集编撰与元代后期诗学观念的衍变

史发展进程的认识以及他们的诗学观念融入他们的编撰思想之中，又在开放的编刻形式中不断得以丰富。"旋得旋录""随得即刊"的编刻形式是元人用以弥补诗坛缺漏的主要形式，如果说唐诗选集成熟于唐代诗坛与诗学的发展过程中，那么元代诗坛与诗学却成熟于总集编刊的过程中，总集之纷纷编集以及一集的持续编撰，是推动元人诗歌创作的重要动力，也是元诗"每变递进"，得以进一步发展的重要条件。

当然，这种开放式的总集编刻形式，也与元后期特殊的社会文化环境及文人的文化心理密切关联。元人"宗唐"，但元代毕竟与唐代不同，随着时代的发展，雕版印刷及图书出版的商业化运作在元代后期已相当成熟。一方面，元人拥有丰富的诗文文献资料，以杨维桢为例，《明史》本传载，"父宏，筑楼铁崖山中，绕楼植梅百株，聚书数万卷，去其梯，俾诵读楼上者五年"①。在未足百年的短暂历史中，元代私人藏书家数量却不亚于两宋任何一朝。② 如此规模的民间藏书为元代诗坛及总集编刻提供了有力的文献支撑。另一方面，书籍的销售成为元后期商业出版的重要影响因素，今存《皇元风雅》李氏建安书堂、古杭勤德书堂"牌记"即为证据。然而，开放式的总集编刻形式，其更深层次的文化潜因是元代文人的文化心理。元朝海宇一统所带来的大氛围、大气候点亮了元代文人心灵中理想的火种，至元代后期亦未曾熄灭。至正初期编成的《宋史》，以卷帙浩繁、篇幅庞大为著。同样在诗文领域，虞集以为元代文运之盛"虽古昔何以加焉"③。戴良也认为西北之诗见于《国风》者也不过仅邠、秦而止，而元代舆地"去邠、秦不知其几千万里"，元代诗人有"中国古作者之遗风"，加之王化大行、民俗丕变，因此虽成周之盛而无可比拟。④ 这种文化

---

① （清）张廷玉等：《明史》卷二八五，中华书局1974年版，第7308页。
② 据学者统计，北宋藏书家有62家，南宋有64家，而元代即有72家。参见刘洪权《论元代私人藏书》，《图书馆》2001年第4期。
③ （元）虞集：《国朝风雅序》，《虞集全集》，王颋点校，天津古籍出版社2007年版，第489页。
④ 参见（元）戴良《鹤年吟稿序》，《戴良集》，李军、施贤明校点，吉林文史出版社2009年版，第238页。

心理在元人总集编撰过程中形成两种心理暗示：一则在文化宽松、精神自由的时代氛围中，诗人、诗作多符合"风雅"标准，故而不以人品齿爵论；一则在编刊诗作时抱有求大、求全的态度，唯恐有遗珠之憾，只要是选者所得之诗便可以随时收入。蒋易《皇元风雅》不仅辑当朝杨载、范梈、虞集、黄溍等名家诗作，亦收入如何失等隐逸诗人诗作，以为可继盛唐绝响。《大雅集》选吴越"隐而未白"之隐逸诗人诗作，名之曰"大雅"，以比附杜甫夔州诗。王礼《长留天地间集》《沧海遗珠集》以及编刊于元末的诸多总集多出于对"诗之遗落，不见于世"的担忧。

开放式的总集编刊形式以及求大、求全的总集编撰心理在客观层面上为元诗总集带来了独特的文献与诗学价值。

首先，在总集编撰方面，唐、元两代均呈现出开放的文化心态，但与唐人之唐诗选集编撰有厚重的诗歌积累以及精细的品鉴，从而表现出从容的心理特征不同，元人的开放心态多少带有被迫、急促的特点。元朝国祚短促，未足百年，基本的社会建制始终未能理顺，尤其至元末，社会矛盾连环引爆，犁庭扫穴的易代战火遍燃中原。元后期文人对文化一统、文德远被的追求和渴望，以及他们的文化自信，似乎转化成一种急切地想要把有元一代符合他们"风雅"标准的诗歌统统纳入其总集的行动。在时代的局限中，元后期文人充满焦虑与惶惑，文化之酒杯刚刚端起，未及细品，便在草原民族的悍马上被颠簸着，不知怎样下口，于是囫囵吞下，说不清如何之好，如果说有一点好，那便是毕竟酒已下肚，酒香犹在。"旋得旋录""随得即刊"之开放式的编刻方式，求大、求全的编撰心理，正是元人以诗存史、守护文化之责任意识的体现。苏天爵编《元文类》以"载事"为其首要目标，"不以微而远者，遂泯其实；不以显而崇者，辄襮其善"①，在客观层面上较为完整地保存了元代前、中期的文学史料。至于四库馆臣对傅习、孙存吾编《皇元风雅》之体例不工有强烈不满，但也不得不肯定

---

① （元）王守诚：《国朝文类跋》，李修生主编：《全元文》第 39 册，凤凰出版社 2004 年版，第 397 页。

第二章　诗歌总集编撰与元代后期诗学观念的衍变

其"零章断什不载于他书者颇多，世不习见之人与不经见之诗赖以得存"① 的文献价值。

其次，唐人选唐诗总集侧重个性包容，元人编刊元诗总集注重求全详备。唐人选本固然体现了其不趋同、多元化、充满个性的审美风格，但毕竟因其局限性而未能展示出诗坛总体的面貌和应有的高度。杨士弘编选《唐音》曾参考唐人选本，其《自序》云："余自幼喜读唐诗，每慨叹不得诸君子之全诗。及观诸家选本，载盛唐诗者独《河岳英灵集》，然详于五言，略于七言，至于律绝，仅存一二。《极玄》姚合所选，止五言律百篇，除王维、祖咏，亦皆中唐人诗。至如《中兴间气》《又玄》《才调》等集，虽皆唐人所选，然亦多主于晚唐矣。"② 在元人看来，唐人选唐诗虽识鉴颇深，然终不能详备一代之诗，甚至如后世公认的唐诗两大巨峰——李白、杜甫诗，只在韦庄《又玄集》中同时呈现，《国秀集》未收李、杜之诗，《河岳英灵集》虽收有李白诗，但并未给予最高评价，而在唐人选本中受到青睐的诗人、诗作亦不全为后世所公认。在这一点上，元人的元诗总集显示出其优越性。陈旅《国朝文类序》阐明苏天爵的编撰旨趣云："所取者必有其系于政治，有补于世教，或取其雅制之足以范俗，或取其论述之足以辅翼史氏，凡非此者，虽好弗取也。夫人莫不有所为于世，顾其用心何如耳。彼为身谋者，穷昼夜所为，将无一事出于其私心之外。"③ 苏天爵编《元文类》虽是其黼黻皇猷之实用诗学观的实践，但却将公认的诗坛一流诗人收罗殆尽。《元文类》所收文人作品以虞集最多，姚燧、刘因、马祖常、袁桷、赵孟頫等人次之。傅习、孙存吾《皇元风雅》前集以刘因为首，后集以邓文原为首，其中收诗最多者，赵孟頫34首，范梈29首，虞集28首，杨载28首，揭傒斯25首。蒋易《皇元风雅》与之略同而增入范梈、杨奂。编刊于明初的《元音》《乾坤清

---

① （清）永瑢等：《四库全书总目》卷一八八，中华书局1965年版，第1709页。
② （元）杨士弘：《唐音自序》，《唐音》卷首，《文渊阁四库全书》第1368册，上海古籍出版社1987年版，第175页。
③ （元）陈旅：《国朝文类序》，李修生主编：《全元文》第37册，凤凰出版社2004年版，第248页。

气集》多受两部《皇元风雅》影响,以刘因为元诗之首,《元音》选诗以虞集最多,共106首(含补遗5首),其次为杨载、范梈,元后期贡师泰、杨维桢、倪瓒、张雨等人亦在其列,《乾坤清气集》与之大致相同,重要作家往往间出。从几部总集所收诗人情况来看,元初诗坛以刘因、姚燧等为主,元代中期以袁桷、马祖常及"元诗四大家"等人为代表,元后期则以杨维桢等铁雅派诗人为重心。轻重之别,判然分明。元代后期总集在反复编刻、不断重刊的过程中清晰地把握了元代诗坛的整体面貌。

再次,总集编刻的开放形式以及求大、求全的编撰心理,也是元代诗坛未出现诸如唐、宋、明、清等时代严格意义上之门户成见的重要原因。以宋人选宋诗总集为例,以编选时人诗歌总集标清诗学体派是宋人选宋诗总集重要的目的。李昉、李至《二李唱和集》的编撰标示了宋初宗尚白居易诗的"白体"一派;《九僧诗集》又是宗尚贾岛"瘦硬"诗风之"晚唐体"的体现;杨亿等人馆阁酬唱之作编为《西昆酬唱集》,促成了宋初"西昆体"的形成;《江西诗派宗派图》《江西宗派诗集》《江西续宗派诗集》是风行于宋代之"江西诗派"创作的结集;叶适编《四灵诗选》,"四灵体"成为时人争相效仿的摹本;南宋陈起编刊《江湖集》《江湖前集》《江湖后集》等,"江湖诗派"成为当时声势浩大的诗歌流派。而以元后期参与人数最多的"西湖竹枝"诗歌创作活动及玉山草堂雅集活动为例,二者有《西湖竹枝集》《草堂雅集》《玉山名胜集》等总集行世,在这些总集中,辑录的诗人既有以杨维桢为首的铁雅诗派文人,也有北郭文人群体,甚至有诗坛泰斗如虞集、杨载、揭傒斯等人,再加上蒙古诗人、色目诗人、释子诗人、闺阁女子诗人以及不知名氏者,他们共同形成错综交互的诗人网络。顾瑛编辑《草堂雅集》虽有杨维桢为其评裁,具体编选却是顾瑛"自家权度",并非专为铁雅派张目。正如杨镰所言,元代雅集酬唱等诗歌活动,"诗就是参与者的名片与身份证"[①]。从元后期辑录友

[①] 杨镰:《元代文学及文献研究》,中华书局2015年版,第46页。

朋酬答、唱和、投赠和题咏之作的总集中可知，相比于门户意识，元人更在意他们社会交往的广度与质量。徐达左《金兰集》是其结交文士、题咏唱和之诗的编集。薛毅夫所编《四明洞天丹山图咏集》、释来复编《澹游集》、释克新编《金玉编》是元后期文坛与释道文人互动之体现，也是元后期动乱中南北诗坛保持密切联系之明证。宋代诗学在流派的变迁中得以发展，元代诗学则在开放的交游与雅集文会中不断趋于成熟。

最后，开放式的总集编刻形式以及求大、求全的总集编撰思想，也带来了元后期总集编撰的繁荣。就总集编撰体制而言，元代总集有通代之选、断代之选、唱和诗集、雅集文会、题赠诗集、题画诗集、家藏集、地域诗集等类。在旷古未有之"舆地之广"以及"文化下移"的社会文化语境下，总集编撰者队伍与所录诗人群体同步扩大，杨镰《元诗文献研究》中说："元，是中国诗史代表性最广泛的单元。"[①] 从总集编撰者身份而言，有馆阁重臣、地方官吏、国子学生、儒学教授、书院山长、书贾商贩、雅集主人、释子道士、色目文人、遗民文人、家族宿儒等，甚至包括不著于史籍、不见于经传的诸多布衣游士。从所录诗人群体来说，其触角深入至社会各个阶层，既有诸如马祖常、迺贤、丁鹤年、雅琥、萨都刺、薛昂夫、伯颜等民族诗人，也有"元诗四大家"、杨维桢、顾瑛等诗坛名流以及隐逸诗人、布衣僧道等各类诗人。而以所录诗歌来看，有关注性情与个性者，有体现温柔敦厚的雅正诗学观念者，有留心于辞藻、声韵、法度者，也有表现"清浅之味""清雅古淡"者。质而言之，元后期总集在开放的编刻形式中形成了类型繁多、风格多样的总体风貌。

然而，与明清两代求全型总集相比，元后期总集编撰虽注重求大、求全，但往往显示出草率、粗糙的特点，元后期断代性总集如《皇元风雅》《大雅集》等均对所录诗歌缺乏认真拣择，结构比较混乱，体

[①] 杨镰：《元代文学及文献研究》，中华书局2015年版，第48页。

例未经精心裁剪，编排时有失当。① 之所以如此，一方面与元末社会动荡，编撰时间仓促，况且文化积累未达到相应水平有关。另一方面，元后期总集编撰的民间性、自觉性突出，几乎所有元代后期的总集编撰均是个人自发的文化活动。《元文类》虽受到官方的格外重视，由官方批准刊行，并委以西湖书院负责校勘镌雕，但此集的编撰缘起并非是官方行为，而是苏天爵之个人志趣，并且是倾其个人之力的独著。由于"文倡于下""文化下移"的社会文化特征，元后期总集编撰者文化素养参差不齐，甚至许多选者为书贾商人，不见于史载。而明清两代诗歌总集编撰逐渐受到官方重视，多有由政府组织具有较高文化素养和社会声望的学者共同参与的重大文化工程，并且由皇帝牵头参与的御选类总集亦有相当成果，如《御选宋金元明四朝诗》《御选唐诗》《御定历代题画诗类》《御选唐宋诗醇》等。明清两代诗歌总集在体例与系统性上较元代有长足的进步与发展。但不可否认，明清两代"集大成"的文化形态在元代后期开始萌芽，元后期总集的繁荣预示着文化总结与新变时期即将到来。一则求大、求全的总集编撰思想深刻影响了明清两代总集的编撰，从《皇明诗钞》《圣明风雅》《国雅》等总集中不难看出有元诗总集的影响，而网罗一代或通代诗歌在明、清两代成为一种普遍的学术风气。再则元后期总集编撰体例为明清两代总集编撰提供有益启示，明初高棅《唐诗品汇》"四唐说"的提出明显借鉴了杨士弘《唐音》对唐诗的分期。至于胡震亨《唐音统签》、钱谦益《列朝诗集》、顾嗣立《元诗选》、陈田《明诗纪事》以天干为序的编排体例，在元刘孟简、刘素履编选《元朝诗选》已有前例。如此之类，不胜枚举。总之，元人之元诗总集在总集编撰史中发挥着承前启后的重要作用，在诗学史上亦具有独特而重大的意义。

---

① 明初成书的《元音》在体例上则稍事考究，四库馆臣云："去取之闲，颇具持择。虽未能尽汰当时秾缛之习，而大致崇尚风格，已有除烦涤滥之功。"参见永瑢等《四库全书总目》卷一八九，中华书局1965年版，第1713页。

第二节　元后期唱和集的特点及体现的诗学观念流变

唱和是文人间用以维系情感、交流诗艺的重要形式，唱和诗也是中国古典诗歌的一种重要类型。元后期文人间的唱和活动更是成为诗坛的主要表现形式，唱和诗集的编撰结集不仅是文人唱和诗歌的汇总，也勾勒出元代后期诗学流变、发展的轨迹。

与前代唱和总集相比，元代唱和诗集最突出的表现是，参与唱和的诗人众多，唱和主体呈现出多元化态势。在中国古代诗歌发展史上，唐、宋两代酬唱之风盛行，然而就参与唱和的人数而言，却远不及元代。以唐代规模最大、参与人数最多的唱和诗集《名公唱和集》《大历年浙东联唱集》等为例，参与者也不过近四十人。在文化精英受地域限制、交游范围相对狭窄的宋代，参与唱和的诗人规模又不及唐代。时至元代，唱和规模迅速扩大，元初《月泉吟社诗》收入60位诗人的唱和诗作70余首，而参与者竟达两三千人。①在元代后期，文人间的唱和活动亦动辄有上百人参与。杨维桢编《西湖竹枝集》收120人184首歌咏西湖的竹枝体诗歌，这些诗人又多数参与到元末玉山雅集的唱和活动之中，成为玉山唱和诗人的主体。顾瑛主持的玉山雅集唱和活动有五种唱和总集结集，仅《草堂雅集》十三卷即收入80余位诗人，3000多首作品，五部总集收录诗篇多达5000多首，所收诗人，除去间出者有200多人。②从唱和主体的阶层来看，元代唱和诗人群体进一步突破以社会上层文人为主体的格局，将诗歌唱和活动引入社会各阶层。早在东晋成书的《金谷

---

① 参见杨镰《元诗文献研究》，《元代文学及文献研究》，中华书局2015年版，第45页。
② 据谷春侠《玉山雅集研究》（博士学位论文，中国社会科学院研究生院，2008年），有明确记载到过玉山佳处的文士有100多人，与顾瑛有交往的有400多位，而5部总集共载270余位作家。又据刘季《玉山雅集与元末诗坛》（博士学位论文，南开大学，2012年）统计，在雅集的各本诗集里梳理出来有诗歌留存的诗人有230多位。

诗集》《庐山唱和诗》是魏晋门阀制度下士族阶层宴饮、交游的唱和诗歌汇集。唐代以前，诗歌唱和多是世家大族专属的文化活动。迄于隋唐，科举实行，士族、庶族间的壁垒逐渐被打破，尤其至宋代，科举取士规模空前，以进士阶层为主体的社会上层文人成为唱和诗人的重要组成部分，诗歌唱和多是其仕途生活的反映。裴均《渚宫唱和集》《荆南唱和集》《荆夔唱和集》是其于唐贞元年间任"荆南节度使"时与友朋及当地官员的酬唱之作；《元白还往诗集》《三州唱和集》《汝洛集》等是元稹、白居易、崔玄亮、刘禹锡等人坎坷仕途的酬唱慰藉；《二李唱和集》《西昆酬唱集》《同文馆唱和集》等是宋初馆阁文臣的同题次韵之唱和。而在元代，社会下层文士转而成为诗歌唱和活动的主导力量，且不同的社会阶层共同参与到诗歌唱和活动当中。有落魄文人的相互酬唱，如《荆南倡和诗集》；也有当地名士的小规模唱和，如《续兰亭诗会诗集》《至正庚辛唱和诗》；甚至有蒙古、色目文人主持的觞咏之会，如《第一山唱和诗》；至于杨维桢《西湖竹枝集》、顾瑛《草堂雅集》等唱和诗集，则容纳了活跃于元末的各类诗人文士。

  时空跨度的扩大也是元代唱和诗集的一个重要特征。与宋人唱和诗多局促于书斋生活不同，唐、元两代文人都具有广阔的生活背景，由此两代诗歌唱和活动均具有阔大的时空跨度，而相较于唐代，元代诗歌唱和活动则持续时间更长，地域跨度更大。元、白唱和迄于元和中期，至大和五年（831）元稹去世，诗歌酬唱十数年。而大致从至正八年（1348）开始，到洪武初年顾瑛被流放临濠，玉山文人的唱和活动持续了二十多年。杨维桢、倪瓒、张翥、张雨等元末诗坛名流则几乎参与了元末所有大型觞咏之会。从地域跨度来说，唐代多有异地唱和，如《杭越寄和诗集》《三州唱和集》等，刘禹锡《吴蜀集引》云："每赋诗，飞函相示，且命同作。尔后，出处乖远，亦如邻封。"①而在元后期，酬唱地域跨度再次扩大，杨维桢《西湖竹枝集序》云：

---

① 陶敏、陶红雨校注：《刘禹锡全集编年校注》卷十八，岳麓书社2003年版，第1189页。

第二章 诗歌总集编撰与元代后期诗学观念的衍变

"好事者流布南北,名人韵士属和者无虑百家。"① 吕良佐《应奎文会自序》载应奎文会盛况曰:"东南之士以文投者七百余卷。"② 由于元后期文人自由的身份及驿路交通的发达,不同地域的文人可以冲破地域的限制,咸赴一处,参与诗社集会及诗酒觞咏之会。至正间,濮允中在其家塾开聚桂文会,东南文士以文卷赴者五百余人;刘仁本举办续兰亭诗会"文人遗老皆往依焉"③。顾瑛"玉山佳处"、徐达左"耕渔轩"、倪瓒"云林隐居"等处成为元末各地文人会聚之地,甚至如诗人于立在顾瑛玉山草堂有固定的行所,即"行窝"。从唐代异地唱和到元代异地文人的同地唱和,文人唱和诗集与地域性诗集有了更为深入的交融,如流行于元代的"上京纪行诗"以及《荆南倡和诗集》《静安八咏》《少微倡和集》《聚桂文会》《应奎文会》等地域性的唱和诗集。

随着唱和主体及唱和时空跨度的扩大,元代唱和诗的内涵也得以丰富与发展。唐朝晖《元代唱和诗集与诗人群简论》一文结合古今学者观点认为,所谓唱和诗,"是一种在同一次集会或活动中,以交往为目的,以应制、赠答、联句为手段的诗歌形式"④。在元代唱和诗集中,这些要素基本全备,诸种要素亦相互交叠。如上京纪行诗有酬唱之作也有出于应制目的的作品;魏寿延《敦交集》、张雨《师友集》酬答唱和之中亦有联句集咏之作。而在元代后期的唱和诗集中,于传统唱和形式之外,又有新形式出现,如《济阳文会》《聚桂文会》《应奎文会》等诗社集会类型的同题创作,又如薛毅夫《四明洞天丹山图咏集》等题画诗作。元代后期,诗歌唱和成为当时诗坛的重要组成部分,而唱和诗内涵的丰富直接影响了诗歌唱和功能的进一步延伸。其

---

① (元)杨维桢:《西湖竹枝集序》,李修生主编:《全元文》第42册,凤凰出版社2004年版,第497页。
② (元)吕良佐:《应奎文会自序》,李修生主编:《全元文》第39册,凤凰出版社2004年版,第269页。
③ (清)钱熙彦编次:《元诗选补遗》,中华书局2002年版,第643页。此外(元)陶宗仪《游志续编》卷下及(清)阮元《两浙金石志补遗》均有载。
④ 唐朝晖:《元代唱和诗集与诗人群简论》,《求索》2009年第6期。

一，唱和作为交游工具，不仅是维系情感的纽带，更成为元末文人的名制。杨维桢、张雨、郯韶于西湖的交游唱和，引发南北文士蜂拥而至的追随，在社会阶层流动基本停滞，尤其是元末战乱的环境中，诗人只有在交游唱和中才有机会证明自己的诗人身份，得到文坛的认同，正如杨镰所言："能够出席顾瑛家玉山草堂的觞咏之会，成了具有诗人身份的标志。"① 而顾瑛所辑《草堂雅集》每于诗前略备小传，载其字号、里爵，也确实使许多不见名传的诗人得以留名文学史。其二，诗歌唱和中的逞才竞技成为文人表现存在感的重要形式。宋人同题次韵的酬唱之作多有竞技的意味，如《坡门酬唱集》每以险韵、次韵相唱酬。然宋人在学力、技巧上的评比，是其在文雅闲适生活中雅趣的表现，体现了宋人的学人气质。而元人则不同，左东岭说："在元代科举长期被取缔这样的历史环境中，文人们失去了进身的机会，必须找到释放精神能量的有效途径，故集体性的诗艺竞赛成为首先被选择的生命方式。"② 至正二十年（1360）八月，缪思恭主持南湖集会，以杜甫"不可久留豺虎地，南方犹有未招魂"为韵，人得一字，即席而成，③ 可见奇巧。玉山雅集分韵赋诗达二十多次，每次酬唱均各有赏罚。元末文人在诗歌竞技中获得满足感，甚至如"聚桂文会""应奎文会"，夺魁者在当时社会能够产生不小影响，这种荣誉在他们看来不亚于科举成名。其三，诗歌唱和成为诗坛与诗派得以风行一时的重要途径。陈田《明诗纪事》云："元季吴中好客者，称昆山顾仲瑛、无锡倪元镇、吴县徐良夫，鼎峙二百里间。海内贤士大夫闻风景附，一时高人胜流，佚民遗老，迁客寓公，缁衣皇冠与于斯文者，靡不望三家以归。"④ 顾氏玉山草堂、倪氏清閟阁、徐氏耕渔轩为元末吴中诗坛提供了聚合的场所，吴中文人在诗歌沙龙中交流诗艺，促进吴中诗学的发展。而酬唱觞咏之会也使得铁雅派文人在元末诗坛迅速走红。

---

① 杨镰：《元代文学编年史》，山西教育出版社2005年版，第455页。
② 左东岭：《明代文学思想研究》，商务印书馆2013年版，第14—17页。
③ 参见（清）沈季友《槜李诗系》卷六，中国社会科学院文学研究所藏清康熙四十九年（1710）金南瑛敦素堂刻本。
④ （清）陈田辑撰：《明诗纪事》，上海古籍出版社1993年版，第504页。

第二章 诗歌总集编撰与元代后期诗学观念的衍变 ❖❖❖

《草堂雅集》《金兰集》等唱和诗集也无疑成为吴中诗坛、铁雅诗派的宣传册与档案库。

诗歌唱和功能的延伸，更反映了唱和活动中诗学观念的流变。元代前期，由宋入元、由金入元的文人群体在宗社倾覆与新朝鼎立的落差之中，于集会唱和中寻求诗意发泄。一些适应了新朝气象的文人在扈从上京的新场域中高声酬唱着纪行感受，在唱和中品评诗作，切磋诗艺，促进了南北诗学观念的融合。随着蒙元政权的巩固，尤其是延祐开科、奎章阁的设立，以馆阁文人为代表的唱和之风更为盛行，台阁官僚、翰林文臣昂首歌咏盛世文治，此期重要的唱和诗集有宋褧《同年小集诗》、释统仁《雪堂雅集》、虞集等《长春宫雅集诗》等。然而从元顺帝朝始，元后期的三四十年间，唱和诗集从数量和质量上远远超过元代前、中期，诗歌唱和成为元后期文人生活中不可或缺的组成部分。如果说元代诗学在前、中期的唱和活动中趋向统合，那么元后期的唱和活动则是统合后的深入发展。伴随着此起彼伏的唱和活动，诗学观念也可在这脉搏中得以清晰地把握。

顺帝初年，诗歌唱和依旧活跃于馆阁文坛。元统二年（1334）以苏天爵为代表的馆阁文臣、京师诗人之唱和作品结集为《经筵唱和诗》一卷。顺帝初御皇极之时，元文宗时期文治之余波尚在，元统元年（1333）九月廷试录取左、右榜各50人，此次廷试影响颇大，元后期著名诗人余阙、月鲁不花、李祁、刘基、宇文公谅均出自本届进士。虽然虞集在此年谢病归居，但此间奎章阁依旧保存，朝廷经筵活动依旧得到应有的重视。陈旅序云："上接听忘倦，而时有儆惕之色。于是益优礼讲官，既赐酒馔，又以高年疲于步趋也，命皆得乘舟太液池，径西苑以归。闻者皆为天子重讲官若此，天下其不复为中统、至元之时乎？"[①] 皇帝对经筵的重视以及对经筵官的礼待，让馆阁文臣看到了恢复中兴的希望。元统二年苏天爵寻除中书右司都事，兼经筵参赞官，首为颂德之辞，馆阁文士、在京官员和者云集，酬唱之风弥漫朝野。

---

① （元）陈旅：《经筵唱和诗序》，李修生主编：《全元文》第37册，凤凰出版社2004年版，第249页。

上行下效,在朝廷之外,地方官员也组织当地文人歌咏盛世文治。后至元四年(1338)高昌人纳璘不花在盱眙县达鲁花赤任上于"第一山"建淮山书院,山阳马仲良、汝南陈天章、大梁谢景阳与之同游唱酬,诗作编为《第一山唱和诗》。陈奎序云:"监邑高昌纳公鼎建淮山书院于上,以为斯道倡。观览之余,非徒得山水之乐,抑又喜夫监邑化民□德教也。"①此两种唱和诗集所体现出的诗学观念仍承续元中期的雅正诗风,强调诗歌政教上的实用功能,以酬唱来歌功颂德,诗歌创作成为礼聘应酬之物。

元代后期诗歌唱和形式与内容的转变开始于许有壬及其家人、门客的唱和诗集《圭塘欸乃集》。由馆阁文臣、地方官员间宴饮、交游的颂歌齐唱转而为"自相师友"的情感交流。有学者认为许有壬《圭塘欸乃集》是"贵族庄园里的太平盛世",是"文人士子优雅生活的真实写照",该集中"悠游享乐取代了穷愁困苦",②所言应是。王翰《圭塘欸乃集跋》云:

> 安阳许公《欸乃集》一帙,观其所载园池之胜、游赏之乐,无非所以形容太平之风致。至于更唱迭和,金石相奏,而律吕相宣,乃与其弟太常君洎子桢供奉,出于一门。昆季之贤并,群从之才俊,有非他人之所与明。时国家人才之众多、教化之隆洽,因是而可以概观焉。③

然而在文雅闲适之外,《圭塘欸乃集》也反映了诗人生活的另外一个侧面,即忧患、焦虑与矛盾。这也预示着元后期诗学观念的转变。《圭塘欸乃集》与宋人家居、园池的诗歌唱和不同,宋人此类诗集如洪适《盘洲集》、元积中《江湖堂诗集》等是较为单纯的书斋生活描

---

① (元)陈奎:《第一山唱和诗序》,李修生主编:《全元文》第55册,凤凰出版社2004年版,第117—118页。
② 参见唐朝晖《元人选元诗基础上的诗歌嬗变》,《求索》2010年第8期。
③ (元)许有壬:《圭塘欸乃集》卷下,《文渊阁四库全书》第1366册,上海古籍出版社1987年版,第911页。

第二章 诗歌总集编撰与元代后期诗学观念的衍变

述,而许有壬等人的唱和却是其内心世界中情感激荡的间接倾述。游目骋怀、文雅自适的家居生活中暗含着对社会、国家、仕途、前程的深沉忧虑。后至元元年(1335),中书平章政事彻里帖木儿奏罢科举,许有壬与太师伯颜有激烈争论而未能劝止。后至元五年(1339)由韩公溥狱案,避归彰德,南游湘汉。至正二年(1342),许有壬反对孛罗帖木儿等人的通漕建议而未果。至正三年许氏兄弟被南台监察御史木八剌沙污蔑,许有壬称病回乡。至正七年(1347)再次病归。由此可见从顺帝朝开始许有壬被逐渐排斥至权力的边缘,仕途起伏无常。至正八年致仕回乡后,购得康氏废园,经重建,名为"圭塘别墅",与亲友觞咏唱和其间。在《圭塘欸乃集》中多有表现向往归隐、寄情林泉的情怀,许有孚和《漫书》一诗云:"谁谓予多蹇,年来尽遂心。作池通活水,栽竹植连阴。景物源源出,门墉步步深。从知非大隐,有此小山林。"① 然而致君尧舜的理想与仕途的失意,犹似涌动的回旋,叩击着他那以清风雅致装饰着的情感浮冰。许桢和《睡起偶成二绝》诗云:

> 衰病天教远帝乡,君恩一饭讵能忘。但愁今日人轻议,世有赤松无子房。
> 舍则宜藏用则行,圣人于世岂无情。强颜欲鼓齐门瑟,何似圭塘欸乃声。②

可见,在归乡的唱和中许有壬依旧心存期冀,马熙《圭塘补和序》亦云:"大篇云行,短章泉流,无非乐日用之常,而忧国忧民之实,亦未尝不默寓其间也。"③ 但用世的绝望又使他意识到与其无力扭

---

① (元)许有壬:《圭塘欸乃集》卷上,《文渊阁四库全书》第 1366 册,上海古籍出版社 1987 年版,第 881 页。
② (元)许有壬:《圭塘欸乃集》卷下,《文渊阁四库全书》第 1366 册,上海古籍出版社 1987 年版,第 904 页。
③ (元)马熙:《圭塘补和序》,李修生主编:《全元文》第 56 册,凤凰出版社 2004 年版,第 128—129 页。

转时局，不如归隐林园。许有壬想要超然，而心灵又不得安宁，诗歌酬唱在仕与隐、希望与绝望间徘徊。

与许有壬《圭塘欸乃集》几乎同时，在东南沿海一带，《西湖竹枝集》《草堂雅集》《玉山名胜集》《玉山倡和》等诗集亦纷纷编集，并随着雅集聚会的不断举办持续编撰。杨维桢首倡的西湖竹枝诗创作，似一道"江湖召集令"，迅速传开而流布南北；顾瑛主持的玉山草堂文人雅集此时也正热闹非凡。而此际的文人雅集、诗歌唱和更多注重个人情感和快意生活的表达。馆阁臣僚的"颂歌之会"成为文人们的"诗酒文会"。"失意文臣"焦虑、凝重的心事，在这里早已被歌声、酒气冲散。从顺帝初年的馆阁唱和到许氏兄弟的圭塘欸乃，再到玉山雅集唱和，诗歌创作的功利性质逐渐剥落，文人自身的价值被重新发现，"情性至上""艺术至上"成为诗人追求的终极目标。玉山文人寻求诗歌的情性表达，首先鄙弃了创作活动中的功利色彩，达到情性的率真，李祁《草堂名胜集序》云：

> 良辰美景，士友群集，四方之来，与朝士之能为文辞者，凡过苏必之焉。之则欢意浓浃，随兴所至，罗樽俎，陈砚席，列座而赋，分题布韵，无问宾主，仙翁释子，亦往往而在。歌行比兴，长短杂体，靡所不有。①

率真自适、任情适性是玉山文人共有的特征。熊梦祥《春晖楼题句序》云："张弛系乎理，不系乎时；升降在乎人，不在乎位。""于是时，能以诗酒为乐，傲睨物表者几人？能不以汲汲皇皇于世故者又几人？"② 在这里，没有官场台阁之俗务，没有人情练达之世故，有的只是酬唱之诗和助诗之酒。文人们恣意于"溪水流云"的清秀之境，一任情性自由发挥。在玉山文人周砥看来，诗歌能够自由抒发情性，

---

① （元）李祁：《草堂名胜集序》，李修生主编：《全元文》第 45 册，凤凰出版社 2004 年版，第 440 页。

② （元）顾瑛辑：《玉山名胜集》，杨镰、叶爱欣整理，中华书局 2008 年版，第 332—333 页。

第二章　诗歌总集编撰与元代后期诗学观念的衍变

贵在于无矫情、无伪饰，在优游恬淡中得到行义之道，即是得"情性之正"。他认为顾瑛得乎于此，故而"居处好修，行义好洁"，其诗"清绝冲淡"。这里所谓"情性之正"，区别于传统意义上"温柔敦厚"的诗教观，而侧重于强调一种清雅的生活情趣与人格魅力，既包括随性任运、优游恬淡的生活态度，也暗含超越世俗的人格精神。李祁《草堂名胜集序》云："盖仲瑛以衣冠诗礼之胄，好尚清雅，识度宏达，所交多一时名胜，故其盛如此。吾故谓使是集与《兰亭》《桃李园序》并传天壤间，则后之览者，安知其不曰彼不我若也。"① 这里的"清雅"是文人自身价值的回归，一则优美的自然环境培育了文人清新脱俗的才思，吴克恭《玉山草堂诗序》云："惟天地清淑之气，流峙融结为山川之秀，囊括万物而无遗者，岂偶然哉！于人则必清明纯粹而不杂，故能出乎万物之上。物之英华所聚为精金美玉之属，凡可为世之宝者，必记睹其人而用之，至于游居之适而所在为之增重者，又必因人而胜焉！"② 从自然山水得来的清新之气，转化为诗人清明纯粹的精神风貌，进而取诸自然英华，而成灵动之秀句，亦必除去功利之心。另外，在元末特殊的社会环境中，文人进身的阶梯被永久封闭，传统的人生价值不可能实现，迷惘的文人需要找到内心的平衡点，进而诉诸修身行义，在内心的清明澄澈之中绝去尘俗之累，追求无拘无束的心灵享受。由于"好尚清雅"，顾瑛于《草堂雅集》中多次强调"清"的美学风格，如：

评张雨诗：其诗清旷俊逸，时辈不能及。

评释文信诗：善属文，诗尤清峭，不为时俗声。住石湖宝华禅寺。每与谈诗，令人洒去尘想。

---

① （元）李祁：《草堂名胜集序》，李修生主编：《全元文》第45册，凤凰出版社2004年版，第440页。

② （元）吴克恭：《玉山草堂诗序》，李修生主编：《全元文》第39册，凤凰出版社2004年版，第98页。

评吕诚诗：诗意清新，不为腐语。①

又李祁《草堂名胜集序》评玉山诗人曰：

高者跌宕夷旷，上追古人，下者亦不失清丽洒脱，远去流俗。琅琅炳炳，无不可爱。②

吴克恭《玉山草堂诗序》评于立、释良琦诗曰：

辞辄清丽奇古，皆可观。③

清旷，意为清明旷达，是一种开阔的视听感受，在审美特质上有一种超迈的情趣。清新，则超越凡俗，远去陈腐，诗歌之"清新"意谓风格爽朗，立意新颖。蒋寅先生说："清新，主要是就立意与艺术表现而言……清意味着超脱凡俗，而俗的病根即在陈熟平凡，所以清从立意修辞上说首先必须戒绝陈熟，力求新异。"④ 清丽，指清新华美，在力戒陈腐的同时还需要有华美的文采、清亮的音响和秀雅的境界，在文思与辞藻上达到一种巧妙的平衡。杨维桢《西湖竹枝集序》云："水光山色，浸沉胸次，洗一时樽俎粉黛之习，于是乎有《竹枝》之声。"⑤ 在杨维桢看来，竹枝词语言清丽晓畅，既避免了过度藻绘、繁复用典，也不失清新明快之风。清峭，则清丽挺拔、清越高昂，是一种孤峰峭拔的审美气质。对高昂挺拔的追求，玉山

---

① （元）顾瑛辑：《草堂雅集》卷七、卷十六、卷十一，杨镰、祁学明、张颐青整理，中华书局2008年版，第565、1157、897页。
② （元）李祁：《草堂名胜集序》，李修生主编：《全元文》第45册，凤凰出版社2004年版，第440页。
③ （元）吴克恭：《玉山草堂诗序》，李修生主编：《全元文》第39册，凤凰出版社2004年版，第98页。
④ 蒋寅：《古典诗学中"清"的概念》，《中国社会科学》2000年第1期。
⑤ （元）杨维桢：《西湖竹枝集序》，李修生主编：《全元文》第42册，凤凰出版社2004年版，第497页。

第二章　诗歌总集编撰与元代后期诗学观念的衍变 ❖❖❖

文人注重学习二李之诗，将李白诗磅礴之气势，李贺诗凌厉奇崛之雄肆奉为圭臬。由于对"清"的偏爱，玉山文人注重"淡"的审美趣味，诗格平淡缘于人格的清淡，远离功利，超越世俗，诗歌自然得恬淡古雅之美。顾瑛《草堂雅集》评吴克恭诗曰"体格古淡，为时所称"；评倪瓒云"诗趣淡雅如韦苏州"①。然而玉山文人着力求"清"势必又受到"清"所带来的负面价值之影响。清新则每失于淳厚，清峭则易流入瘦硬。后人每批元诗"纤弱""浅薄"，可见如此。查洪德认为元人以"淳""古""奇"来救"清"之失，"他们在提倡'清'时，往往同时提倡淳、古等。清而淳，清而古，就不会流于浅"②。查洪德以吴澄、刘诜等人诗论予以证明。而在杨维桢、顾瑛的诗学观念中，"清""古""雅""奇""淳"亦往往并提，而在此之外，顾瑛在充分认识到"清浅""瘦硬"的弊端后，主张以"法度"来约束诗歌语言及艺术表现，其评赵奕诗曰"作诗为文，翰墨游艺，皆有家法"；评陆友仁"作诗必拟古人，不苟下笔，故其诗皆有法度"；评屠性曰"其诗文严整有法度"。③ 由"清"而带来的浅弱之病，须有诗法的考究进行弥补，只是诗法的锤炼要服从于情性的表达，在功夫之外追求一种超脱凡俗的气质，从而达到随心所欲而不逾矩的理想境界。

在江南鼎沸、人事维艰之时，玉山文人适性自足地酬唱着自己的心灵之歌，轻松地超脱于尘世轮回之外。而另一群文人却过得并非如此洒脱。他们在战乱的休憩中参与集会，有对战争中文人苦痛经历的吟唱，有对政理、世道、治乱的重新体会与解读，诗学观念随之流向另一个方向。至正二十四年（1364），寓居于大都南城的书生赵恒意在外地得到《圭塘欸乃集》，不由感慨心生："细读圭塘唱和诗，流风余韵想当时。东山丝竹闲方得，北海樽罍老更宜。乱后池台浑索寞，

---

① （元）顾瑛辑：《草堂雅集》卷五、卷九，杨镰、祁学明、张颐青整理，中华书局2008年版，第440、719页。
② 查洪德：《元代诗学通论》，北京大学出版社2014年版，第291页。
③ （元）顾瑛辑：《草堂雅集》卷八、卷十二、卷十四，杨镰、祁学明、张颐青整理，中华书局2008年版，第673、955、1032页。

梦中松竹亦参差。"① 许氏兄弟致仕归居后的酬唱之作是其仕途坎坷的失意哀吟，而十多年后，饱经战乱的文人所酬唱的却是一曲曲生死悲歌。徐达左于元末避祸，隐于邓尉山、光福山等处，建"耕渔轩""遂幽轩"，结交文士，题咏唱和，编为《金兰集》。所收诗人比玉山草堂文人稍晚，所作诗篇多表现战乱中文人的精神状态。元末战乱，周砥、马治在阳羡山溪自适吟咏，以诗慰藉，情致缠绵。"少年往往轻离别，老去方知隔死生。犹忆东归逢暮雨，宁知佐画向边城。赋诗还爱军中乐，破栅因提帐下兵。吴越一家今独见，伤心为尔泪纵横。"② 这是马治的悼友之作，人世沧桑，生死隔离，周砥卒于张士诚败亡之时［至正二十七年（1367）］，友人离去，唱罢吟终，带着见证二人离乱中深厚情谊的唱和诗卷——《荆南倡和诗集》，告别了硝烟战火，也告别了大元王朝，只留下痛苦的回忆以及回忆中夹带着的深层思念。"国家不幸诗家幸"，诗人在战乱之际激荡的情感促进了元末唱和诗的再次繁荣，诗歌成为时人表达黍离之悲、沧桑之感的唯一有效载体。然而痛定思痛后，有一批文人也注意到诗歌"系人心、关政理、明王化"的实用功能，石抹宜孙镇处州时与当地文人的唱和集《诸君唱和诗》《少微倡和集》《掀篷唱和诗》《刘石倡和诗》体现出爱君忧国、伤世闵俗的情怀。在战乱间隙，处州诗人群体创作了大量诗歌，这些诗歌"有以系人心、关政理、明王化，而为世道劝者，忧深思远，有古风人之义，则固非夫人之所知，而君子必能审之矣"③。此外，郁遵《至正庚辛唱和诗》亦以"知诗观治乱"作为集会唱和的目的，整理着经年离乱所致的诗学观念的"偏颇"。

由此可见，元代后期诗学发展、流变的历程与总集编撰的过程一致，诗歌总集编撰对元后期诗学观念的发展有巨大的推动作用，而明

---

① （元）赵恒：《圭塘欸乃集题诗》，《圭塘欸乃集》卷下，《文渊阁四库全书》第1366册，上海古籍出版社1987年版，第912页。

② （元）马治：《附录荆南集后·悼周履道》，《文渊阁四库全书》第1370册，上海古籍出版社1987年版，第256页。

③ （元）王祎：《少微倡和集序》，李修生主编：《全元文》第55册，凤凰出版社2004年版，第304页。

代诗学的建构即是对这一发展历程的承接。

第三节　元后期地域性总集的特点及其折射出的诗学思潮

元朝疆域之广旷古未有，元明之际，罗大巳读杨允孚《滦京杂咏》诗后曾感慨曰："百年以来，海宇混一……其疆宇所至，尽日之所出，与日之所没，可谓盛哉。"① 广阔的疆域强化了元人的地域空间意识，也带来了元代地域性诗歌总集编撰的兴盛。元初，元好问《中州集》、房祺《河汾诸老诗集》、郑滁孙《义阳诗派》等以地域为编撰视角的诗集既已开端，虞集亦曾想效仿元好问《中州集》编辑一部《南州集》，但"篇目虽具而书未及成"②。然而到元后期，人文地理类诗歌总集大量出现，以地域视角编撰的诗歌总集可考者多达30多部（参见附录《元代后期诗文总集叙录》，其中包括唱和诗集、家藏集、题赠集等类中以地域视野编撰的诗歌总集）。地域性总集是地域文学发展兴盛的直观表现，也是考察元代后期诗学的重要材料。

元后期地域性诗歌总集的繁荣，首先得益于元人对地域文化及由此生发而来的不同诗学观念之包容心态。在承认文学风格的地域性差异这一点上，元人与唐人有一致的看法，唐初魏徵在比较南北诗风特征后认为："江左宫商发越，贵于清绮，河朔词义贞刚，重乎气质。气质则理胜其词，清绮则文过其意，理深者便于时用，文华者宜于咏歌。"③ 又综合南北诗歌风格各自的优劣，最终提出一条"各去所短，合其两长"的可行之路，以此推动不同诗风的融合。而在元后期文人那里，他们更看重不同风格特征的客观存在，在客观层面上承认与包

---

① （明）罗大巳：《滦京杂咏跋》，《文渊阁四库全书》第1219册，上海古籍出版社1987年版，第627页。
② （元）赵汸：《邵庵先生虞公行状》，《东山存稿》卷六，《文渊阁四库全书》第1221册，上海古籍出版社1987年版，第333页。
③ （唐）魏徵、令狐德棻：《隋书》卷七十六，中华书局1973年版，第1730页。

容不同地域的诗歌风格,显示出更为开阔的气魄。谢升孙《皇元风雅序》以为"中土之诗沉深浑厚,不为绮丽语"与"南人诗尚兴趣,求工于景意间"是关乎"风气之殊",不可以优劣而论,诗歌只要是发自性情之作,即是好的艺术作品,编撰者即可采择。①

　　元人认为地域诗风的形成有两方面的影响因素:一是山川,即自然风光;一是土风,即人文环境。区别于唐人侧重在不同诗风中取长补短的做法,元人更注重在自然与人文的和谐统一中使诗风达到"尽善尽美"。戴良指出元代西北子弟进入中原,在汉文化的濡染之下陶铸性情,自觉地接受了汉文化,从而促进了不同文化间的融合:"西北诸国,如克烈、乃蛮、也里可温、回回、西藩、天竺之属,往往率先臣顺,奉职称藩。其沐浴休光,沾被宠泽,与京国内臣无少异。积之既久,文轨日同,而子若孙,遂皆舍弓马而事诗书。"② 元初大儒吴澄亦说:"有中州诗,有浙间诗,有湖湘诗,而江西独专一派。江西又以郡别,郡又以县别。岂政异俗殊而诗至是哉?山川人物,固然而然,土风自不可以概齐也。"③ 在吴澄看来,自然山水风光经人所述而越发灵动,人文环境因山川禀赋而风格独具,在诗歌创作中"玄览中区"与"颐情典坟"同等重要。但山川景色"固然而然",不可改变,"江山助奇"毕竟需要创作主体才情灵气的高度参与,况且单纯受自然风光的影响极易使一时一地之诗风落入偏激,而诗人创作可以通过学习乡邦典范,经过土风的熏陶加以补救,从而有效地达到理想诗风。基于此种理解,元人地域性诗集多注重一地之学术传统。宋濂云:"义乌,婺上县。自隋至唐,名士辈出,若娄幼瑜,若骆宾王,则其尤者也。"④ 黄溍《绣川二妙

---

　　① 参见傅习、孙存吾《皇元风雅后集》卷首,《四部丛刊初编本》第329册,上海书店1989年版,第2页。
　　② (元)戴良:《鹤年吟稿序》,《戴良集》,李军、施贤明校点,吉林文史出版社2009年版,第238页。
　　③ (元)吴澄:《鳌溪群贤诗选序》,《吴澄集》,方旭东、光洁点校,中国社会科学出版社2021年版,第349页。
　　④ (明)宋濂:《华川文派录序》,罗月霞主编:《宋濂全集》,浙江古籍出版社1999年版,第486页。

第二章　诗歌总集编撰与元代后期诗学观念的衍变

集序》云："吾里中前辈以诗名家者，推山南先生为巨擘，傅君景文、陈君景传，其流亚也。"①张师愚《宛陵群英集序》亦云："宛陵山水之胜闻于东南，人生其间必有魁奇秀伟之士，发于咏歌亦必清丽典雅，播当时而传后世。由宋以来有少卿李公、侍读梅公、公之侄都官先生，洎施景仁、周少隐诸人，彬彬彰甚。"②元人在地域学术的"小传统"中推动了诗歌、诗学的发展。

元后期地域性诗集的繁盛，也与元代方志修纂密切相关。刊行于至正六年（1346）的《大元一统志》不仅以其1300卷的庞大篇幅自豪地宣告了元代疆域之大与海宇之盛，也促进了元后期地方志修纂的再次兴盛。钱大昕《元史艺文志》史部"地理类"著录元修方志123种，加之其他史籍所载共有160余种。其中编撰、刊行于元后期者占绝大部分。以地域视之，浙江、福建、江西、江苏等江南地区的方志多于北方。③从元修方志的体例上看，其最大的特点就是更加注重方志的人文性，辑录当地题咏文字篇幅增大。成书于宋代的《太平寰宇记》，开辟了于人物之下简录诗词杂事的体例。至元代，碑刻、题咏等类目单独成卷成为常态。《洪武无锡志》四卷中，"歌咏""记述"独占一卷，而于"山水""人物""古迹"等处亦多辑录题跋歌咏文字。《至正重修琴川志》中"碑纪""题咏"则占到三分之一的篇幅。甚至如《至元嘉禾志》，碑刻占用十卷篇幅，题咏五卷，二者合占整个方志约一半的篇幅。由此可见，诗文作品成为元代方志编撰的重要内容。在元后期，地域性诗歌总集往往成为方志编撰的阶段性成果。至正间，福建邵武学录陈士元著有《武阳志略》《武阳耆旧诗宗》各一卷，另有与黄清老共同增校的《沧浪严先生吟卷》。严羽是宋代武

---

① （元）黄溍：《黄溍集》，王颋点校，浙江古籍出版社2013年版，第455页。
② （元）张师愚：《宛陵群英集序》，（元）汪泽民、张师愚：《宛陵群英集》卷首，《文渊阁四库全书》第1366册，上海古籍出版社1987年版，第957页。
③ 现存成书于元后期的重要方志有至顺三年（1332）《镇江志》二十一卷、后至元五年（1339）《至元齐乘》六卷（通志）、至正元年（1341）《昆山郡志》六卷、至正二年（1342）《至正四明续志》十二卷、至正四年（1344）《金陵新志》十五卷、至正二十三年（1363）《至正重修琴川志》、洪武二年（1369）《无锡志》等。

阳籍著名学者，《武阳耆旧诗宗》是传承严羽诗学的武阳地区宗唐诗人作品的结集，元末黄镇成《武阳耆旧宗唐诗集序》说："旸谷陈君士元，网罗放失，得数十家，大惧湮没，俾镇成芟取十一，刊刻传远，一以见一代诗宗之盛，一以见吾邦文物之懿。"① 由此可判断，三集均以保存一地乡邦文献为目的，应是一个系统的文化工作。以此观之，《武阳耆旧诗宗》不过是陈士元以诗歌辑录的方式来书写的一部"另类方志"，而这种"另类方志"在元后期成为一种时尚。张师愚《宛陵群英集序》交代诗集编撰动机，即是保存宛陵乡邦文献："余尝欲萃辑众作，而因循不暇。一日，里人施璇明叔率诸弟来请曰：'吾宣诗人之集不少，年代浸远，散涣无统，沦亡者众矣，今不辑，惧久而益泯，使后世无闻焉。非所以尊先达，励后进，愿子辑诸家之长为一编，吾将刻之梓以久其传，岂不伟欤？'余固辞不获，乃与吾友汪氏叔志，上取宋初，迄于今日，凡宣之士所作诸体诗，摘其警策者，类分而胪列之，凡二十八卷，名曰《宛陵群英集》。"② 甚至如薛毅夫《四明洞天丹山图咏集》、陈清隐《九华诗集》、顾瑛《玉山名胜集》往往被直接著录于目录著作的史部地理类中。③

然而以保存乡邦文献、宣传地方文化、教谕乡里为目的的地域性诗集编撰并非是政府主导的行为，而多出于私家撰著。因此元后期地域性诗集最突出的特征是其编撰的自发性。《华川文派录》虽然在元末由当地县官张侯请传藻校正后付梓刊刻，保存于当地县库，但该集编撰仍出于黄应和的个人之力。在元末战乱中，隐居乡里，编撰当地文献，成为当时文人生活的重要内容。由上文引文可知，《宛陵群英集》是汪泽民闲居宣城时应宣城乡贤施璇所邀编撰而成，之后又由施璇为之锓版刊

---

① （清）李清馥：《闽中理学渊源考》卷三十九，《文渊阁四库全书》第460册，上海古籍出版社1987年版，第483页。
② （元）张师愚：《宛陵群英集序》，（元）汪泽民、张师愚：《宛陵群英集》卷首，《文渊阁四库全书》第1366册，上海古籍出版社1987年版，第957页。
③ 钱大昕《元史艺文志》史部地理类著录《四明洞天丹山图咏集》一卷，作者误作曾坚；吴骞《四朝经籍志补》、张继才《补元史艺文志》史部地理类著录《九华诗集》四卷、《玉山名胜集》八卷。参见王承略、刘心明主编《二十五史艺文经籍志考补萃编》第二十二卷，清华大学出版社2014年版，第174、284—285、403页。

第二章 诗歌总集编撰与元代后期诗学观念的衍变 ❖❖❖

行。《绣川二妙集》是黄溍为保存乡贤遗风余韵，独自访求乡辈傅野、陈尧道家藏遗稿合而成集。《桐江诗派》是李康隐居桐庐时编选桐庐一带文人诗作的合集。地域性诗集编撰的自发性是元末文人文化责任意识的深度体现。在先秦两汉，"风诗"具有"观风俗""辅政教"的诗教功能，季札使鲁观乐，闻《邶》《鄘》《卫》而叹曰"忧而不困"；闻《王》曰"思而不惧"；闻《郑》曰"其细已甚，民弗堪也"①，如此等等，可见地域诗歌是统治阶层制定政策的参考工具。魏晋以降，采诗观风的古制流于形式，至宋元时期，地方文人（主要是遗民文人）逐渐成为采诗活动的主体，他们认为"诗所以咏情性，而本乎风教之盛衰，其体固有古近之殊，求之六义一也"②，通过地域诗歌所传达出的风俗价值，来实现诗教的目的，将政教、诗歌、人文、地理有机地统合于一起，在客观层面上促进了当地诗歌及诗学的发展。

元人诗歌总集注重一地之学术传统，然而却并不拘泥于地域的限制，在开放式的总集编刊中，元人寻求历史、地域、诗学的和谐统一。首先总集编撰者多将诗歌串成的一条诗性时空轴，在这条轴上既有地域的叙述，也有历史的沉淀。薛毅夫《四明洞天丹山图咏集》是对四明一地丹山赤水风光的描述，其选辑的作品有唐、宋明贤，如陆龟蒙、皮日休、陆游之作，也包括薛毅夫本人、元末士大夫之作。《武夷山诗集》录古今游山之人的题咏之作，迄于唐，止于元。曾坚《石田山房诗序》云："世当承平之时，夫人疲精竭智，以争夫膏腴衍沃之区，而肆其高广壮丽之构者，天下皆是也。视夫石田，奚啻霄壤之间哉？兵兴十年，自夫维扬、河南蕃富甲天下者，划消蹂践无余。昔之东阡西陌者，荒烟野草矣；凉台燠室者，颓垣败础矣。欲求仿佛石田山房者也可得乎？"③ 历史维度在地域的视角中展开，同样，在特定的地域中也寄寓着诗人风云沧桑之感。空间维度再次凝聚，不仅可以是一地、

---

① 《左传·襄公二十九年》，杨伯峻编著：《春秋左传注》，中华书局1981年版，第1161页。
② （元）汪泽民：《宛陵群英集序》，（元）汪泽民、张师愚：《宛陵群英集》卷首，《文渊阁四库全书》第1366册，上海古籍出版社1987年版，第957页。
③ （元）曾坚：《石田山房诗序》，李修生主编：《全元文》第57册，凤凰出版社2004年版，第815页。

一郡、一乡的宽度，也可以缩小至一族、一家。家藏集便是一种浓缩着的时空文学。元武宗至大间，浦江郑氏被旌表为"义门"，至正中，郑氏义门六世孙郑太和编《麟溪集》，辑录宋以来诸家赞颂义门而作的题赠诗赋及碑志序等类文章，其后郑氏后人又不断增补。《麟溪集》成为浦江郑氏延续家族文明的重要途径。成书于至正中后期的《述善集》是濮阳杨氏家族的家藏集。濮阳杨氏为色目人，源自西夏唐兀氏，元末杨氏后人杨崇喜将有关元代唐兀家族的诗文汇为《善俗》《育材》《行实》三卷，以保存家族文献，记录杨氏家族的兴衰历史。《麟溪集》《述善集》等，其实就是一部部流动着的家族文学史。其次，元后期地域总集又是诗人网络在特殊地域中横向铺开的载体。集中于一地的题赠、集会、送行、唱和等诗歌活动构成了元后期文人社会交往的重要组成部分，这一点在前文中已有论述，此处不再赘述。

地域性诗集中"时""地""人""诗"的和谐互动促成了元后期诗学观念的多样化，推动了元末地方诗坛，尤其是江南诗坛的繁荣。而在地域性诗集中亦折射出鲜明的诗学思潮。

元末战乱中的浙江一带，以戴良、宋濂、陈基等人为代表的金华后学重视诗文传道、明道的功用，遵从雅正的诗学观念。朱彝尊《静志居诗话》说："金华承黄文献溍、柳文肃贯、吴贞文莱诸公之后，多以古文辞鸣，顾诗非所好。"[①] 同时诗社集会、雅集集会也在这一带不断举办，促进了地域性诗学观念的交流。嘉禾著名商人濮允中在其家塾开聚桂文会，吕良佐于至正中在家乡华亭召开"应奎文会"，参与者遍布江南。至正二十年（1360）、二十一年缪思恭等人于嘉兴南湖举办分韵唱和的诗酒文会。至正二十年刘仁本于余姚举办续兰亭诗会，为一时风雅之传。嘉兴、余姚一带成为诗人之"乐郊"，是元末浙江地方诗坛的缩影。元末浙江一带重要的地域性诗集还有《余姚海堤集》《华川文派录》《绣川二妙集》《桐江诗派》《石门嘉会集》《东瓯遗芳集》《至正庚辛唱和诗》等。

---

① （清）朱彝尊：《静志居诗话》卷二，黄君坦校点，人民文学出版社1990年版，第46页。

第二章　诗歌总集编撰与元代后期诗学观念的衍变　❖❖❖

代表吴中诗人创作成果的地域性诗集有《荆南倡和诗集》《草堂雅集》《玉山名胜集》《金兰集》等。玉山文人秉持着"娱乐至死"的原则在风雨飘摇之中饮酒作诗。以杨维桢为首的铁雅派，在事功理想破灭后转而张扬个性，使奇崛诗风风靡一时。以刘基、高启等人为代表的北郭十友则尽情地宣泄着一己情感，大张旗鼓地张扬精神的充分自由，诗人的个体生命意识得以具足表现。

元代后期的福建诗坛亦不曾岑寂，石抹宜孙镇台州、处州时，以其诗人之本色，组织当地文人集会，成《诸君唱和诗》《少微倡和集》《掀篷唱和诗》《刘石倡和诗》诸集。在福建武阳地区，有一股宗法盛唐的诗风在暗中涌动。黄镇成《武阳耆旧宗唐诗集序》曰："宗唐诗者，武阳耆旧之所作也。诗以唐为宗，诗至唐而备也。盖自唐虞《赓歌》为雅颂之正，至《五子之歌》有风人之旨，《三百篇》源流在是，下至楚骚汉魏而流于六朝，至唐复起，开元、天宝之间极盛矣。一本温柔敦厚、雄浑悲壮，而忠臣孝子之情，伤今怀古之意，隐然见于言外，可以讽诵而得之矣。"① 在宗唐倾向上，武阳一地专宗盛唐，明显受到宋人严羽的影响。清人李清馥《闽中理学渊源考》卷三十九"陈士元"条下载：

> 吾乡自沧浪严氏奋臂特起，折衷古今，凡所论辨，有前辈所未及者。一时同志之士，更唱迭和，以唐为宗，而诗道复昌矣。②

又"严羽"条下引明人何乔远语：

> 羽诗虽祖唐人，然其体裁匀密，词调清壮，无一语轶绳尺之外。同时台人戴石屏深加奖重。其子凤山，凤山子子野、半山，

---

① （清）李清馥：《闽中理学渊源考》卷三十九，《文渊阁四库全书》第460册，上海古籍出版社1987年版，第483页。
② （清）李清馥：《闽中理学渊源考》卷三十九，《文渊阁四库全书》第460册，上海古籍出版社1987年版，第483页。

邑人上官阆风、吴潜夫、朱力庵、吴半山、黄则山,盛传宗派,殆与黄山谷江西诗派无异。①

可知,严羽诗论在元代武阳一地影响颇大,形成了一个有明确诗学主张而类似于诗派的诗人群体。这一诗人群体的诗歌创作一直延续至元初,其诗学观念直到元末仍对当地文人有深刻的影响。武阳诗人专主盛唐,以开元、天宝间为限,追求"温柔敦厚""雄浑悲壮"的诗歌风格,但在他们的实际诗歌创作中亦出入于盛唐,注重诗法锤炼,显然又有受宋代江西诗风影响的痕迹。陈士元编辑《武阳耆旧诗宗》一方面为了保存这一诗人群体的诗歌作品,另一方面也是对元代宗唐复古之时代风气的响应,所谓"是编之行,适其逢也"②。

宋代江西诗派在经历宋末元初的洗礼后,在元代已改变其发展的旧径,然而元代江西诗坛却依旧兴盛,不输两宋。有元诗文大家如虞集、揭傒斯等人多出于此地。自古以文献之邦著称的安徽宣城在元末出现诸多诗文大家,有以贡奎、贡师泰、贡性之为代表的贡氏家族,以张师愚、张师鲁为代表的张氏家族,以汪泽民、汪用敬为代表的汪氏家族等。汪泽民、张师愚不仅是诗人,也是著名的诗选家,二人合选的《宛陵群英集》十二卷收辑了宋至元代宣城籍诗人诗1300多首,集中展示了宣城一地诗坛盛况。

明人胡应麟《诗薮》总结明初诗学流派云:"国初,吴诗派昉高季迪,越诗派昉刘伯温,闽诗派昉林子羽,岭南诗派昉于孙蕡仲衍,江右诗昉于刘崧子高。五家才力,咸足雄踞一方,先驱当代。"③而高启、刘基、林鸿、孙蕡、刘崧等人也均是活跃于元末江南地域诗坛的领军人物。元末地域性诗集所折射出的诗学思潮其实就是以这些人为代表的诗学观念,是元代诗学的终点,也是明代诗学的起点。

---

① (清)李清馥:《闽中理学渊源考》卷三十九,《文渊阁四库全书》第460册,上海古籍出版社1987年版,第485页。

② (清)李清馥:《闽中理学渊源考》卷三十九,《文渊阁四库全书》第460册,上海古籍出版社1987年版,第483页。

③ (明)胡应麟:《诗薮》续编卷一,上海古籍出版社1979年版,第342页。

第三章　科举兴废与元代后期
　　　　诗学思想的转变

　　近年来，科举与文学关系的研究成为显学，元代科举制度与文学关系的研究也随之兴起。余来明《元代科举与文学》是这方面的代表性成果。而元代科举对诗学观念发展的影响，尤其是元后期科举兴废对诗学思想转变的意义仍然是值得讨论的问题。首先，在元代后期特殊的科举环境中，仕进与作诗的矛盾一直是萦绕于文人生活中的一个重要问题，不同于元初文人在科举停滞后被迫无奈且又无所拘束地从事诗歌创作，元后期文人则以更为主动的姿态抉择于仕进与作诗之间。其次，伴随时断时续的科举考试，文人们也一直在寻求着一种可以有效补偿科举的文化活动形式，因此具有私试性质的诗社、文会便成为元代诗学最显著的特征。最后，仁宗皇庆二年（1313）十月科举明令废止诗赋，以经义取士。科举考试内容与诗歌训练的直接关联性减弱，但以往作为学校启蒙教育辅助读本的启蒙诗学读物在皇庆以后却出现刊刻高潮，究其原因，便在于元代后期科举对学诗风气引导方式的转变，以往由科举考诗赋直接引导的诗歌训练变为通过古赋、经义间接作用于诗歌写作的学习。初学者不需经历严格的作诗训练，转而青睐于诗歌创作的速成之法。此类诗学启蒙读物的兴盛，客观上促进了诗的普及以及元代蒙求诗学的繁荣，具有重要的诗学价值与意义，而对于这一问题，学界尚无专门论述。①

第一节 仕进与作诗的矛盾

科举与诗的消长废兴关系，在元初即有讨论，刘辰翁云："科举废，士无一人不为诗。于是废科举十二年矣，而诗愈昌。前之亡，后之昌也，士无不为诗矣。"②"科举废而诗兴"的观念形成于元初科举制度长期停滞的社会背景中。元太宗九年（1237），中书令耶律楚材奏议在故金统治区域进行儒臣选试，由宣德州宣课使刘中具体实施，即所谓"戊戌选试"。然"戊戌选试"最终并未促成全国范围内科举制度的确立，且仅举一期即亦废止。世祖中统元年（1260）忽必烈召见儒士许衡，"问科举何如，曰：'不能'"，由此得出"卿言务实，科举虚诞，朕所不取"③的结论。这表明了蒙元统治者对科举的基本态度，并在很长一段历史时期内为元朝科举决策定下基调。世祖至元元年（1264），丞相史天泽奉旨条具当行大事，将科举列入其中，然政策犹未"上马"，便被当即"拿下"。在实用主义、功利主义的统治环境中，文化、科举并没有发展空间，甚至科举一事一经提出，屡屡受到权臣阻挠，至元四年（1267）翰林学士承旨王鹗等人以古今时用之义请行科举，皇帝亦有旨令行，中书省部与翰林院已议立程式，但"有司难之，事遂寝"④。同样在江南地区，自宋度宗咸淳十年（1274）南宋最后一场科举结束，科举之事便缺席在士人的文化生活中。科举废黜，士人转而为诗，虽每每强言"科举学废，人人得纵

---

① 元代诗学启蒙读物的研究现有张健《中国古代的声律启蒙读物〈声律发蒙〉及其他》（《岭南学报》2015年第1期）。2016年笔者写作本章的过程中又见到张健《从〈学吟珍珠囊〉到〈诗学大成〉〈圆机活法〉》（《文学遗产》2016年第3期）一文。但从元代科举角度讨论此类书籍兴盛原因及内容特色等问题的研究至今尚未见到。

② （宋）刘辰翁：《程楚翁诗序》，《须溪集》卷六，《文渊阁四库全书》第1186册，上海古籍出版社1987年版，第523页。

③ （元）许衡：《许衡集》，许红霞点校，中华书局2019年版，第582页。

④ （明）宋濂等：《元史》卷六，中华书局1976年版，第116页。

意无所累"①，但其间总流露出几分无奈。昔日以科举自负之人失去了原有光环，不得已而为诗。舒岳祥《跋王榘孙诗》云："方科举盛行之时，士之资质秀敏者，皆自力于时文，幸取一第，则为身荣，为时用，自负远甚。惟窘于笔下，无以争万人之长者，乃自附于诗人之列，举子盖鄙之也。今科举既废，而前日所自负者，反求工于其所鄙，斯又可叹也。"②科举不行，此前所研习的场屋之学遂成无用之学，士人只能肆力他学，而在江山倾覆，生计困窘之时，诗歌成为文人表达情感的唯一有效载体。据邓光荐《翠寒集序》载，诗人宋无"未弱冠时，已废科举学，故惟诗是学"③，又舒岳祥云："自京国倾覆，笔墨道绝，举子无所用其巧，往往于极海之涯，穷山之巅，用其素所对偶声韵者，变为诗歌，聊以写悲幸、叙危苦耳。"④从某种程度上说，元初文人在科举停罢后的"放意为诗"是一种丧失进身机会后的情感慰藉，在艰辛的生活环境中寻找着酣畅自在的生命表达方式。

　　同样的话题在元代后期文人那里也有深入探讨，但已是"同调异辞"。如果说元初文人在科举停滞后被迫无奈且又无所拘束地从事诗歌创作，那元后期文人则以更为主动的姿态抉择于仕进与作诗之间。从仁宗延祐元年（1314）复科取士，到顺帝后至元元年（1335）科举考试再次停罢，其间已举行七科，元代科举制度的弊端显露无遗。后至元六年（1340）科举制度再次恢复，但紧接着战乱突起，时局鼎沸，乡举、廷试始终不畅。殆至元末，科举制度虽延行不废，但对于士人的吸引力已大不如前。对于亲身经历过元代科举的士人来说，他们有着更加真切的体会。

---

①　（元）戴表元：《陈无逸诗序》，《戴表元集》，陆晓冬、黄天美点校，浙江古籍出版社2014年版，第187页。
②　（宋）舒岳祥：《阆风集》卷十二，《文渊阁四库全书》第1187册，上海古籍出版社1987年版，第441页。
③　（元）邓光荐：《吴都文萃续集》卷五十五，《文渊阁四库全书》第1186册，上海古籍出版社1987年版，第659页。
④　（宋）舒岳祥：《跋王榘孙诗》，《阆风集》卷十二，《文渊阁四库全书》第1187册，上海古籍出版社1987年版，第441页。

一 唯务科举，罕有能用力于诗者

早在元初，戴表元曾说："异时以科举取士，余当治词赋，其法难精。一精词赋，则力不能及他学。"① 认为科举与作诗不可兼得。事实上，元初科目虽废，科举制度本身与作诗之间还没有形成绝对的二元对立，二者的矛盾并非不可调和，何梦桂说："清溪诗友暇日有诗课，盖其不用于举子业，而用于诗。夫春雨时至，草木怒生，铫镈迤芟而倒植者过半，斯文在天地间，未始一日泯灭。"② 昔日应科举考试而开设的诗课在这时运用在了文人日常的吟诗作对之中，甚至时人的诗歌创作也可作为学校应试教育的教材，舒岳祥《刘正仲和陶集序》云："默林刘正仲，自丙子乱离崎岖，遇事触物，有所感愤，有所悲忧，有所好乐，一以和陶自遣，至立程以课之。"③ 然而至延祐初期，科举制度恢复，士人有了进身机会，仕进与作诗的矛盾却随之出现，尤其到元代后期，仕进与作诗几近判为二途，士人只能在其间二择其一，李祁《王子嘉诗序》云：

> 向时国家以科举取士，士亦唯务业科举，罕有能用力于诗者。夫岂其不欲哉？志有所欲专，而力有所不逮，故致然耳。④

李祁本人为顺帝元统元年进士，对元代科举制度有切身体会，在他看来，科举与作诗犹置天平两极，专注于科举导致诗歌创作力不从心，从而阻碍诗歌发展。其实，在元代后期，科举与作诗之所以成为矛盾的两极，很大程度上与延祐开科以来考试内容专主明经密切相关，

---

① （元）戴表元：《陈晦父诗序》，《戴表元集》，陆晓冬、黄天美点校，浙江古籍出版社2014年版，第190页。
② （宋）何梦桂：《清溪吟课序》，《潜斋集》卷五，《文渊阁四库全书》第1188册，上海古籍出版社1987年版，第440页。
③ （宋）舒岳祥：《阆风集》卷十，《文渊阁四库全书》第1187册，上海古籍出版社1987年版，第425页。
④ （元）李祁：《王子嘉诗序》，李修生主编：《全元文》第45册，凤凰出版社2004年版，第427页。

具有特定的时代背景与言说对象。《元史·选举志》载延祐开科取士的具体程式：蒙古、色目人，第一场经问五条，第二场策一道；汉人、南人，第一场明经、经疑二问，第二场古赋、诏诰、章表内科一道，第三场策一道。后至元六年（1340）考试程式又稍做调整：减蒙古、色目人明经二条，增本经义；易汉、南人第一场《四书》疑一道为本经疑，增第二场古赋外，于诏诰、章表内又科一道。[①] 并且经义等题目限制在《大学》《论语》《孟子》《中庸》等儒家经典内出题，用二程、朱熹等人注疏。取消词赋，确立以经义为主的考试程式实则是对隋、唐以来科举弊端的矫正，仁宗皇庆二年（1313）十月中书省臣奏开科举事云："夫取士之法，经学实修己治人之道，词赋乃摘章绘句之学，自隋、唐以来，取人专尚词赋，故士习浮华。"又程钜夫所拟诏书曰："若稽三代以来，取士各有科目，要其本末，举人宜以德行为首，试艺则以经术为先，词章次之。浮华过实，朕所不取。"[②] 科举所考之诗赋，由于内容的限定以及格律形式的束缚，自唐以来便不断受到学者诟病，发展至宋、金，由此带来的弊病发挥至极限，成为元人的众矢之的。李祁尝说："古之赋，未有律也，而律赋自唐始。朝廷以此取士，乡老以此训子，兢兢焉较一字于毫忽之间，以为进退予夺之机。组织虽工，俳偶虽切，而牵制局促、磔裂以尽人之才。故自律赋既作，迨今六七百年之间，而曾无一篇可传于后世，曾无一字可益于世教。"[③] 如果说李祁的批评还只着眼于律赋本身的文学价值及其社会实用功能，刘祁则指出金代科举只工律赋对诗歌发展的阻碍："尝闻先进故老见子弟辈读苏、黄诗，辄怒斥，故学子止工于律赋，问之他文，则懵然不知……其弊基于为有司者止考赋，而不究诗、策、论也。"[④] 有鉴于此，至延祐复科，旧习俱革，变律赋为古赋，实则是要将诗赋的创作也纳入"以经术为先"的科举思路之中，由此引领学

[①] 参见（明）宋濂等《元史》卷八一，中华书局1976年版，第2019页。
[②] （明）宋濂等：《元史》卷八一，中华书局1976年版，第2018页。
[③] （元）李祁：《周德清乐府韵序》，李修生主编：《全元文》第45册，凤凰出版社2004年版，第425页。
[④] （金）刘祁：《归潜志》，崔文印点校，中华书局1983年版，第80页。

术思潮，杨维桢《丽则遗音自序》云：

> 皇朝设科取赋，以古为名，故求今科文于古者，盖无出于赋矣。然赋之古者，岂易言哉？扬子云曰："诗人之赋丽以则，词人之赋丽以淫。"子云知古赋矣，至其所自为赋，又蹈词人之淫，而乖风雅之则。何也？岂非赋之古者，自景差、唐勒、宋玉、枚乘、司马相如以来，违则为已远，矧其下者乎！①

杨维桢批评"词人之淫，而乖风雅之则"，显然，科举所考之古赋，是要明确遵循"丽以则"的标准。扬雄所谓赋为"古诗之流"，"丽以则"即是要求赋的创作要符合"诗之六义"，最终达到"发乎情，止乎礼"的目标。从这一点来说，科举古赋之命题亦在儒家经义的框架之内，并且从诗赋同源的理论上影响诗歌创作的风向，引导元代中期诗风朝着雅正、平和的方向发展。欧阳玄《罗舜美诗序》云："我元延祐以来，弥文日盛，京师诸名公咸宗魏晋唐，一去金宋季世之弊，而趋于雅正，诗丕变而近于古。"②揭傒斯《吴清宁文集序》则进一步指出以明经取士对各体文学成就的促成："须溪没一十有七年，学者复靡然去哀怨而趋和平，科举之利诱之也。……方今以明经取士，所谓程文，又皆复乎古，以其所好固无害于所求也。读清宁五七言诗，已清润明快，赋已浏亮纯雅，记序已宛委有法。"③然而，随着时代变革、诗学发展，科举所引导的雅正平和诗风也出现了严重的流弊：一是一味追求复古，极易造成剽拟、沿袭之风盛行，忽视诗歌创作的个性表达；二是本以黼黻皇猷的实际需要，虽然强调诗歌表达性情，但往往拘泥在"性情之正"的局限中，不能较好表现个人之情。因此，元代后期文人疾呼"人各有情则人有各

---

① （元）杨维桢：《丽则遗音自序》，孙小力校笺：《杨维桢全集校笺》，上海古籍出版社2019年版，第1612页。
② （元）欧阳玄：《欧阳玄集》，魏崇武、刘建立校点，吉林文史出版社2009年版，第84页。
③ （元）揭傒斯：《揭傒斯全集》，李梦生标校，上海古籍出版社2012年版，第304页。

诗",对日益禁锢的元代中期诗风提出严厉批评,而批评的焦点也不可避免地直接指向科举考试科目与命题中对儒家经义的过分强调,李祁《颜省原诗序》云:

> 《诗》三百篇,皆可以移风俗,动天地,感鬼神,至其可兴、可怨、可群,最易以感发人者,莫近于十五《国风》。盖《国风》多出于闾巷细民之口,故于人情为尤近。自科场以通经取士,有司命题,多出《雅》《颂》,出《国风》者,十无二三。由是而习是经者,亦惟《雅》《颂》是精,《国风》则自《二南》之外,罕有能究其情而得其趣者,此学诗者之大患也……予得其稿,首读《秋怀》十章,兴趣超卓,非苟焉者。他如五、七言律,亦磊磊可称咏。盖其所得于三百者,固自有本也。予特恐其习熟乎科场之弊,故以《国风》之说语之,诗道无穷,学诗者无止法。①

李祁认为科场之弊,在于以明经取士,命题不出《雅》《颂》范围,实则是将矛头指向元代中期以来的雅正诗风。《国风》之所以最易感人,是因为《国风》表现了"于人情为尤近"的普通人的情感。从此种意义上来说,在元代后期,科举与作诗的根本矛盾其实就是元代科举所引导的从容平和的诗学风气与元后期士人大力倡导诗歌抒发个人性情之间所产生的冲突,也正因此,元代后期文人往往主动放弃举业而专力于诗歌创作。

二 程试之文者,虽一诗歌,往往如吃,是小技之末

科举作为仕进的阶梯,必然会导致很多士人以毕生精力专注于揣摩科举程式之文,而程式之文的死板与局限和诗歌的灵动及开放形成了鲜明对照。王礼在《伯颜子中诗集序》中说:"自科举来,致力程

---

① (元)李祁:《颜省原诗序》,李修生主编:《全元文》第45册,凤凰出版社2004年版,第434页。

试之文者，虽一诗歌，一尺牍，往往如吃，是小技之末，且未能变，况其大者乎？"① 王礼认为，在科举程文的影响之下，诗歌沦为"小技之末"，从而限制了诗歌的正常发展。虽然元代以经义开科取士，本义要摒除"摘章绘句"的浮华之学，但考试文体的固定程式毕竟不能摆脱雕琢文辞、剽窃语言的积弊，况且自开科以来浮躁的学术风气也紧随出现，与元代中期有明显差别，元后期科举在引领诗学风气上的作用从积极变为消极。

在顺帝后至元元年（1335）科举考试再次停罢前，元代科举考试已举行了七科，然而科举所产生的问题也随之凸显。蒲道源《乡试三问》就此发出疑问：

> 问：古之学者，不徒记诵词章，夸多斗靡而已，将以期于用也。如圣人之问仲由、冉求、公西赤答言志之问，皆为邦之事，圣人亦皆许之。今之学者，果如是乎？若有志于是，又当以何为体，以何为用……
>
> 问：国家设进士之科，于今七举矣。廷对入官者，不啻五百人而多其政事，文学卓然见称于时者，仅不及半。将遴选之不精而侥幸欤？抑既得之后自满、弃其旧学犹弊屣欤？……夫前代以词赋设科，得人犹有可称者。矧今日以其浮华纤巧废之，而专尚经学，宜有敦厚朴实、任重致远之材。今乃如是，况敢望制礼作乐以兴太平之治欤。②

在蒲道源看来，延祐以来的科举考试其实背离了科举本义，士人只重视科举考试的形式，却忽略了思想表达，由此造成了政事与文学的双重衰落，与古人教学之意背道而驰。虽然废词赋而专尚经

---

① （元）王礼：《麟原前集》卷四，《文渊阁四库全书》第 1220 册，上海古籍出版社 1987 年版，第 394 页。

② （元）蒲道源：《乡试三问》，李修生主编：《全元文》第 21 册，江苏古籍出版社 2001 年版，第 244—245 页。

学的考试以期获得实用之才，但其效果与前代科举并无两致。造成这种情况的根本原因在于恢复科举以来奔竞之风盛行，陈高《送刘景玉赴金华县学教谕序》云："（县学教谕）居其职者，鲜能尽其职，苟延月日，以希考选。甚者至糜廪庾之委积，而摭其赢以为己私。是岂皆其人之过？亦其势然也。间有一二知所当务而所以为教者，不过循当世记诵词章之习，月课季试，以举子程文第其高下而已。固能令俊秀之士争先科目，锐于进取，出为国家用，然而奔竞之风以炽，德行之懿靡闻，舍本而趋末，其于古人教学之意何如也。"① 县学教谕主教一县，然而却不能尽职以教，不仅专以"记诵词章""月课季试"的应试教育方式来教授学生，自己也专营考选，整个社会弥漫着浮躁的风气。在士习浮躁的社会环境中，鲜有能潜心于学问者，程端礼尝批评这种社会风气曰："奈何俗学虽日读其书，其志在于剽窃语言以作程文，故资正谊明道之书，以助其谋利计功之私而已。甚者，至于兜题作义，全经且不尽读，况传注乎！士习日趋于见小，欲速务外为人，终身陷于小人。儒而不自知读书，既无真知自得之实效，穷，不能独善；达，何望其兼善？宜其任州县者离道失望，贪酷罢软，而不自知愧也。滔滔流俗，孰与虑此，无怪武夫俗吏嗤鄙儒者以为不足用也。儒者之道，岂果若是乎哉？"② 在此种情况下，儒者的地位受到极大的影响。而这种风气也直接影响到文学创作，使得文风不振，文气日益卑下。陈高《上达秘卿书》云："高尝以为，文章之气，与世变上下，而亦有系夫上之人与夫作者之为之倡也。故有世道方盛而文章不振者，非世之然也，倡之者无其人也。……凡今世之为进士以取科第者，工虫篆之辞，饰粉黛之语，缉陈言，夸记问，斗侈靡，浸浸焉竞取于萎薾颓堕溃败腐烂之乡，而莫知其所止。……十数年前，进士之文章，犹时时有浑朴敦庞之气，亦其一时诸老儒先知，所以造就之故也。假

---

① （元）陈高：《不系舟渔集》卷十一，《文渊阁四库全书》第1216册，上海古籍出版社1987年版，第214页。

② （元）程端礼：《送冯彦思序》，《畏斋集》卷四，《文渊阁四库全书》第1119册，上海古籍出版社1987年版，第673页。

设其转而试于今，亦必藐焉不为主文衡者之所屑顾矣。"① 由此可见，延祐以来，科举虽引导了时代文风，但到了元代后期，科举的积极导向作用已日渐式微，转而将文风引入"雕琢技能""磨错椎钝"的死胡同。

与此同时，许多有才学之士因为平生所学与程式之文相左，往往难以得到考官赏识。刘诜之兄刘古臣早年立志于学，为避免前代科举弊习，"不肯为庸琐，刻意就学授简"，以等待时机参加考试，然而"及科复，已逾壮，一见所颁取士文体，曰：'可无学而能'，然连试俱黜。盖其文浩博高古，而有司乐平易也"②。又高师周，"在家庭为佳少，在朋友为英游，赋诗饮酒，往往自放……为文，如鹰隼之方得旷汉而骞长风也。又数十年，仁宗皇帝以明经修行取天下士，君忻然曰：'庶几可以展吾志矣。'然竟不合于有司，又困于门役，不复屑屑以科举为事"③。在科举碰壁之后，士人往往折节为诗，以视俯仰无愧，李祁《陈古春诗序》载："秦川素称多佳士，士之为诗者，率多以能鸣于时。数十年来，班班辈出，而古春陈焕翁，尤为杰然高迈者。焕翁生逢太平盛时，崇尚科目，以《书经》走场屋间，恒为有司所摈斥，遂敛其英华，而发之以为诗。故其诗涵泳悠永，隐然有不逢自惜之意。又尝泛舟东下，过彭蠡而览匡庐，泛大江以达秦淮，历览吴、晋、齐、梁之都，以挹其山川之奇气，与当时之名卿贤士议论，上下倾倒纶至。故其诗反覆蹈厉，慨然有悲歌慷慨之情。暮年遭值变乱，流离已甚，而犹日以诗酒终其天年……呜呼！焕翁不幸而不得利于科目，乃独得肆意于诗，以鸣于时，以传于后。"④ 因此，对于元后期大多数文人来说，以诗歌留名于后往往

---

① （元）陈高：《不系舟渔集》卷十五，《文渊阁四库全书》第1216册，上海古籍出版社1987年版，第270页。
② （元）刘诜：《兄子古臣墓志铭》，《桂隐文集》卷二，《文渊阁四库全书》第1195册，上海古籍出版社1987年版，第165页。
③ （元）刘诜：《高处士师周墓志铭》，《桂隐文集》卷二，《文渊阁四库全书》第1195册，上海古籍出版社1987年版，第164页。
④ （元）李祁：《陈古春诗序》，李修生主编：《全元文》第45册，凤凰出版社2004年版，第428页。

比科举成名更加可行也更为容易，而拘泥于科举程文却限制了其对诗歌品质的锤炼与创作的成长。

三 科举废，遂折入声韵

宋末元初，科举停滞，大部分文人只能将精力与情感投注于诗歌创作，旧题黄庚《月屋漫稿》卷首有云："自科目不行，始得脱屣场屋，放浪湖海，凡平生豪放之气，尽发而为诗文。"① 到元代后期，类似论调又被提出，李祁《颜省原诗序》交代禾川颜省原的人生经历时说："早有志于学，习《诗经》为举子业，禀禀有向进意，不幸遭世乱离，科目废，无以展其业，遂折入声韵，以吟咏其情性，而发舒其英华。"② 然而李祁所谓之"科举废"，其事实与元初不同，主要指元末科举之"实效不著"。延祐以来，科举制度得以实行，但到元后期，士人的进身机会并无明显变化。尤其到元末，科举的时断时续加之战乱中科举考试运行不畅，科举在很大程度上已名存实亡，其对于士人的吸引力反而不如诗歌创作。

顺帝一朝，元代科举制度进入复兴发展期，尤其到"至正更化"，朝廷对科举考试又进行了一些调整，然而仕途滞壅的现象并未得到根本性改观。杨维桢《送邹生奕会试京师序》载至正七年（1347）秋，"江浙乡试以《诗经》充赴有司者，凡七百人，中式者仅十人而已"③。而以朝廷会试言，有元一代共举16场，顺帝一朝，计10场。按常理，元代科举昌盛景象本应出现于元代后期，然而据《元史·选举志》，顺帝一朝的进士录取比例较之前下降了5%。况且即便科举出身也往往沉沦下僚，李祁《送陈元善赴海北宪掾序》载元统初年进士的生存状态："科目行，士皆蕲一第以行其志。然其

---

① （元）黄庚：《月屋漫稿》，《文渊阁四库全书》第1193册，上海古籍出版社1987年版，第779页。
② （元）李祁：《颜省原诗序》，李修生主编：《全元文》第45册，凤凰出版社2004年版，第434页。
③ （元）杨维桢著，孙小力校笺：《杨维桢全集校笺》，上海古籍出版社2019年版，第2050页。

初入官,率多得州县,又往往居佐贰下僚。守长肆行,奸吏无检,加以大府把握于上,一失其意,立蹈祸机。而豪猾之民,又从而窥伺之。盖有终日忧勤,而无益于事功者,回视昔时读书谈道之乐,反不可得。"① 在这种情况下,一方面,想要跻身仕途,大多数士人仍然需要通过"以儒试吏"的方式,由此,作为吸纳社会精英的科举制度反而成为造成人才流失的祸首。元末王行《跋芥隐信笔书》云:"予尝怪元之有国,以吏为治,不任儒术之实。虽尝设科取士,而天下之广,三年之旷,仅取百人,右榜复居其半。"② 另一方面,科举沦为急功近利、投机专营者"弥缝附会"的工具,导致整个社会对读书、著述的轻视,儒家治道不能"大恰于天下",就此揭傒斯尝发出深切感慨:"稍出芒角为国家分忧者尽格之下位,急功利者遂从而弥缝附会,觊旦夕之余景而不知已为他人所衔辔矣。自是法律愈重,儒者愈轻,群然鼓簧,谓士不足用,科举无补于国计,不罢不止。"③ 在科举制度的具体实施中,士人对国家文化建设的作用并不大,士人之"不足用",很大程度上是因为有限的取士政策对于文人传统价值观的冲击。以此而论,在元代后期,科举已不再是士人光耀门楣的资本,正如元末王毅所言:"虽然古之君子砥节励行,明德馨香,兹所以显其父母者,岂以科目之中否为其亲之荣辱哉?"④

后至元六年(1340),翰林学士承旨康里巙巙采纳吴直方建议,奏请恢复科举,一度中辍五年的科举制度再次得以恢复。而本次科举的恢复其直接目的竟是防止祸乱:"科举之行,未必人人食禄,且缘此而家有读书之人。人读书,则自不敢为非,其有系于治道不

---

① (元)李祁:《送陈元善赴海北宪掾序》,李修生主编:《全元文》第45册,凤凰出版社2004年版,第390页。
② (明)王行:《半轩集》卷八,《文渊阁四库全书》第1231册,上海古籍出版社1987年版,第391页。
③ (元)揭傒斯:《送也速答儿赤序》,《揭傒斯全集》,李梦生标校,上海古籍出版社2012年版,第337页。
④ (元)王毅:《桂芳堂记》,《木讷斋文集》卷二,中国科学院图书馆藏清乾隆二十七年(1762)苏遇龙刻本。

小。"① 然而科举终究没有阻止得了民怨沸腾，紧接着狼烟四起，大元王朝陷入了干戈不息的多事之秋。在战乱中，朝廷多次调整政策，拟以科举之制收复天下士人之心。至正十二年（1352）朝廷颁旨，采世祖时用南人法，以南人进士充中书省尚书、御史台御史及宪司官。至正十九年（1359）应中书左丞成遵等奏，中书省奏准重新更定福建、江西、陕西、河南等地乡试额数，并在各处设流寓科，以期让避兵士民能够在流寓之地就试。至正二十三年（1363），江浙、福建六位举人会试误期，朝廷特授三人儒学教授之职以慰其跋涉之劳，激励南方忠义之士。至正二十五年（1365）江南、四川等地皆陷于兵乱，扩廓帖木儿奏请皇太子增加解额于乡试仅存不废的燕南、河南、山东、陕西、河东等地。但这已是元代最后一场乡试，在第二年廷试之后，元代科举便从此退出了历史舞台。大乱之际，士人多已无心应举，间或有执意应举者，亦因交通阻隔无法参加考试。杨维桢《乡闱纪录序》记载了至正十九年（1359）江浙行省乡试的情况：

> 军兴，贡举事中废，士皆以弧矢易铅椠之习。至正十八年冬，中书下议，驿梗，外省士人会试，必道海，道海必候风信于夏，许先期春贡。于是江浙行省以至正十九年夏四月，群试吴、越之士，斤斤百余人。议者谓戎马生郊，何暇闭门角文墨伎。……夫文事得于盛明之时，常不足纪；记得于丧乱多故之秋，得非常也。②

江浙行省的乡试情性是元末科举的缩影，科举对于文人来说，已无太大的吸引力，"斤斤百余人"的考试规模再无法与元代中期的盛况相比拟。也因此，在科举没落之后，士人不再以科举考试的内容为

---

① （明）宋濂：《元故集贤大学士荣禄大夫致仕吴公行状》，罗月霞主编：《宋濂全集》，浙江古籍出版社1999年版，第295页。
② （元）杨维桢著，孙小力校笺：《杨维桢全集校笺》，上海古籍出版社2019年版，第1979—1980页。

教习之业，戴良《赠叶生诗序》云："国朝设科目以网罗天下之士，可谓盛典矣。而十数年来四方多故，时方尚武，中外选举之制遂格不行。而世之为父兄者，因不复以科举之业教其子弟，而为子弟者，亦不以此而为学。"① 科举之业退出文人生活之后，肆志于诗便成为不二之选。顾瑛《草堂雅集》载，郭翼"明敏博学，不屑为举业，专志为古文诗"②。王逢在《怀贤怀王光大（有引）》中说："光大宣州太平县人，世大族，从文节汪公明《春秋》，科举罢，学古诗文于逢。"③ 这也成为元末诗坛兴盛的一个重要原因。

总之，在元代后期特殊的科举环境中，仕进与作诗的矛盾一直是萦绕于文人生活中的一个重要问题，在仕进与作诗的抉择之中，作诗成为他们实现人生理想的有效途径。

第二节　作为科举补偿的诗社文会竞技

始于隋唐的科举制度，经过唐、宋两代的发展已深植在文人的精神世界中，元人亦不在例外。在元代文人的生命之中，科举如甩不开的影子。而伴随时断时续的科举考试，文人们也一直在寻求着一种可以有效补偿科举的文化活动形式，因此，具有私试性质的诗社、文会便成为元代诗学最显著的特征。然而比较元初与元后期两个不同的历史阶段，这种考诗较艺的形式，其形成背景及现实意义却有很大的不同。

在科举远离文人生活的元初，文人们一方面以耕读教子为乐，享受着摆脱科举羁绊带来的快乐读书时光。赵文《至乐堂记》云："自科举罢，吾以为士无所于用，则折节改业，以羞吾先人多矣。今吾去

---

① （元）戴良：《戴良集》，李军、施贤明校点，吉林文史出版社 2009 年版，第 148 页。
② （元）顾瑛辑：《草堂雅集》卷十一，杨镰、祁学明、张颐青整理，中华书局 2008 年版，第 857 页。
③ （元）王逢：《梧溪集》卷二，《文渊阁四库全书》第 1218 册，上海古籍出版社 1987 年版，第 601 页。

第三章 科举兴废与元代后期诗学思想的转变

城市而耕于野,而后知读书之为至乐也。昔者吾读书于吾父之侧,天下之至乐也,而吾不知其乐者,科举累之也。"① 另一方面,他们以结社赋诗的形式证明着自己作为诗人的存在,以此寻求某种社会认同。明人李东阳《怀麓堂诗话》载:"浦江吴氏月泉吟社,谢翱为考官,《春日田园杂兴》为题,取罗公福为首,其所刻诗以和平温厚为主,无甚警拔,而卷中亦无能过之者,盖一时所尚如此。"② 以往只有从科举处得到的认同、实现的价值转化为以诗社评比的形式来填充诗人的满足感,并且成为当时文坛的一种时尚,正如杨镰先生所说:"事实上月泉吟社的征诗,是对新朝取消科举,无视江南士人传统情绪的反弹,而不仅仅是为写诗而写诗。"③ 到了元代后期,这种以诗社、文会的形式来进行诗艺竞技的活动则更为普遍。然而其兴盛的背景则发生了很大变化:一则,元代中期恢复科举以来,科举制度对士人的禁锢也随之出现,文人们需要找到其他形式以补偿科举给予不了的东西,超越科举所带来的禁锢;此外,传统文人的价值在祸乱之中需要以另外一种方式来实现,文人们在元末战乱中感受到的生命危机也需要通过一种有效的途径来加以释放。这些因素促成了元代后期诗社、文会的繁盛,也造就了元后期诗社、文会竞技与娱乐相结合的特色,而元末诗坛的主体构成亦与科举兴废密切相关。

一 元后期士人群体下移与诗社文会的兴盛

萧启庆在《元代科举与菁英流动:以元统元年进士为中心》一文中说,元代"跟脚世家以外的布衣之士,主要凭借保举及充任胥吏取得入仕的资格",但"保举有赖贵人援引,为数不多,任吏则地位不高,前程有限",因此"两宋以来独享统治权利与社会荣耀的'知识菁英'遂多遭摈斥于统治阶层以外"。④ 虽然在延祐开科以后,这种局

---

① (元)赵文:《青山集》卷三,《文渊阁四库全书》第1195册,上海古籍出版社1987年版,第31—32页。
② (明)李东阳著,李庆立校释:《怀麓堂诗话校释》,人民文学出版社2009年版,第152页。
③ 杨镰:《元诗史》,人民文学出版社2003年版,第630页。
④ 萧启庆:《内北国而外中国:蒙元史研究》,中华书局2007年版,第187页。

面有所改观,科举制度的恢复多少为元代统治阶层注入了一些新鲜血液,但宋元之际文化下移的趋势到元代后期却仍然继续。就诗歌创作而言,不屑于仕进者、科举落第者以及下第举人成为元后期诗坛的主体构成。

恢复科举,对于长期受到压抑的文人来说,本是一件快慰之事,但不屑于仕进者也大有人在。危素《宜兴储先生墓志铭》载储能谦事:"延祐初,设科目取士,或勉先生为仕进计。先生喟然叹曰:'诚不欲与后进争声利,顾吾自有世业。'自是大肆其力于诗,而口未尝及干禄事。"① 像储能谦这样不屑仕进、肆力作诗之人在元代绝非个案,以至余阙在《杨君显民诗集序》中就此提出严厉地批评:"延祐中,仁皇初设科目,亦有所不屑,而甘自没溺于山林之间者不可胜道,是可惜也。夫士惟不得用于世,则多致力于文字之间,以为不朽。而文辞者,有幸有不幸者。不幸者至于老而无所用矣,而其文又遂泯不显,是又可哀也。比年,大江之南,山林之士有挟其文艺游上国而遇知于当世,士之弹冠而起者相踵,京师大官之家皆有其客,而遇知于当世者亦比比有之。若豫章杨显民者,抱其才蕴,不屑于科目,甘自没溺于山林之间。当士群起而有遇之时,而又终不肯一出以干时取誉,是其中必有所负而然也。"② 余阙所言,虽有批评之意,但从侧面证明当时社会不屑科目的普遍现象,也道出科举考试有负士人的现实。事实上,如前所述,由于元代后期科举取士名额的限制,能够顺利通过考试极为不易,多数士人成为科举落第者。吴澄《庐陵张君材墓志铭》载张桦行迹云:"延祐甲寅,科目取士,出其素所长以应试,一不偶,即不肯再。……尝过余,及见其诗。余谓君材岂但以能诗名,当以用世显,厄于命,厄于时,尺寸莫展。"③ 又危素《故临川处士饶君大可甫墓碣铭》载饶泰来的科举经历曰:"延祐初,科目法行,君

---

① (元)危素:《宜兴储先生墓志铭》,李修生主编:《全元文》第48册,凤凰出版社2004年版,第517页。
② (元)余阙:《青阳集》卷二,《文渊阁四库全书》第1214册,上海古籍出版社1987年版,第380—381页。
③ (元)吴澄:《吴澄集》,方旭东、光洁点校,中国社会科学出版社2021年版,第1623页。

第三章 科举兴废与元代后期诗学思想的转变

即以《春秋》授。一再试有司不偶,乃叹曰:'命也。'遂退隐,不求闻达。"① 然而即便有幸挤入乡试榜列,多数亦成为下第举人,或往往因为交通阻塞而不能如期参加朝廷会试,只能充任教授、学正、山长、学录、教谕等教职,成为进入中心的边缘人。戴良《送丁山长序》云:"江南科举盛时,盖尝有议之者,其说以通经义、能辞赋为称职。至辛巳之岁,科举既辍而复行,朝廷遂著令,以乡贡下第者署郡学正及书院山长,则庶几议者之遗意,而其效之浅深,则又系诸其人而非法之罪也。丁君子仪尝以《书经》中江浙乡试上名,于是南北阻兵,道里不通,欲贡之春官未能。浙省丞相便宜授吴之甫里山长。"② 在中举艰难、仕途蹭蹬的情况下,文人们不仅感叹宿命的无奈,也开始重新思考实现人生价值的新途径,王企在科举落第之后尝论:"国家设科目取士,士之欲仕者何可外是而他求?然谓此可以足吾之学,亦非也。古之人言足以达其道,行足以明其言,使天下知其志之所存,而不穷于后世者,吾窃慕其人焉。若夫科名之利不利者,时也,吾何可必乎?"③ 以为科举并非文人可选择的唯一出路。于是,多数士人渐次放弃科举,超然于仕进之外,或开门授徒,或隐遁放浪,成为元后期重要的一支文化力量。

士人群体流向民间,多以引领士风、振兴诗道为己任,很大程度上促进了民间文坛活动的兴盛。赵翼《廿二史劄记》载:"元季士大夫好以文墨相尚,每岁必联诗社,四方名士毕集,谯赏穷日夜,诗胜者辄有厚赠。"④ 乡评里校之会,尤其在元末江南之地成为岁不乏绝的文坛盛事。在元代后期的诗文聚会中,杨维桢无疑是最为关键的人物。顾嗣立《寒亭诗话》中说:"廉夫(杨维桢)当元末兵戈扰攘,与吾

---

① (元)危素:《故临川处士饶君大可甫墓碣铭》,李修生主编:《全元文》第48册,凤凰出版社2004年版,第491页。
② (元)戴良:《戴良集》,李军、施贤明校点,吉林文史出版社2009年版,第147页。
③ (元)危素:《王仲善墓志铭》,李修生主编:《全元文》第48册,凤凰出版社2004年版,第535页。
④ (清)赵翼著,王树民校证:《廿二史劄记校证》(订补本),中华书局1984年版,第705页。

家玉山主人（顾瑛）领袖文坛，振兴风雅于东南，柯敬仲（九思）、倪元镇（瓒）、郭义仲（翼）、郯九成（韶）辈，更倡迭和，淞、泖之间，流风余韵，至今未坠。"① 杨维桢于泰定四年（1327）取进士第，授天台县尹，然而仕途多舛，于是纵情山水，放浪形骸，以诗名誉天下，不仅以其诗坛盟主的号召力在其周围形成了盛极一时的"铁雅诗派"，而且也成为元末诗社、文会竞相聘请的诗学裁判，文人雅士之宴集、结社皆以得其参与而成文化盛事。而另一位著名文人顾瑛，则始终无意于仕进，轻财结客，筑玉山佳处，与诗友觞咏其间，成为元末诗坛的实际召集者与东道主。陈基《玉山名胜集序》云："仲瑛以世族贵介，雅有器局，不屑于进取，而力之所及，独喜与贤士大夫尽其欢，而其操觚弄翰，觞咏于此，视樊上翁盖不多让，而宾客倡酬之盛，较之辋川或者过焉。"② 此外，至正中，嘉禾濮乐闲开聚桂文会，吸引东南文士浩浩几百人应会投卷。金泽人士吕良佐开应奎文会，以聘四方能诗之士，而倾动三吴。直到洪武初年，流放临濠的唐肃、王端、王瑄、王冑、梁楚材等人依然以结社赋诗的方式为胜国旧习吟唱着挽歌。

二　模拟科考与娱乐参与：私试评比的形式与特色

模拟科举考试的程式是元代诗社、文会的一个重要的特点。其一，诗社、文会中聘有诗名者主持评裁，借鉴了科举考试中的帘内官制度。在乡试考试中，负责命题阅卷的官员为帘内官。帘内官又称"校文之官"，由考试官和同考试官组成，二者由具有名望的文坛大家担任。据《元史·选举志》载："选考试官，行省与宣慰司及腹里各路，有行台及廉访司去处，与台宪官一同商议选差。……每处差考试官、同考试官各一员，并于见任并在闲有德望文学常选官内选差。"③ 又杨翮

---

① （清）顾嗣立：《寒亭诗话》，丁福保辑：《清诗话》上册，上海古籍出版社1963年版，第84页。
② （元）陈基：《玉山名胜集序》，李修生主编：《全元文》第50册，凤凰出版社2004年版，第286页。
③ （明）宋濂等：《元史》卷八一，中华书局1976年版，第2020页。

《江西乡试小录序》载至正四年（1344）江西乡试"礼聘搢绅先生于四方，俾司考文之权"①。因而在元代有文名者，如邓文原、胡长孺、虞集、周伯琦等人都曾有主文乡闱的经历，杨维桢亦曾在至正十九年的江浙行省乡试中"预考文事"，担任同考试官的职务。这种礼聘考官的形式也被借鉴于民间私试中，李东阳云："元季国初，东南人士重诗社，每一有力者为主，聘诗人为考官。"②据现存文献可知，仅杨维桢一人便参与过元末几乎所有大型的民间私试活动。甚至民间私试亦有主、副两类考官，濮乐闲召集的聚桂文会，由杨维桢、李祁主评裁，葛藏之、鲍恂相与讨论；吕良佐组织的应奎文会由杨维桢主文评，云间陆居仁同评。而乡试中被聘考官需要通过行省批文的形式也被运用在了民间私试当中，如应奎文会由"邑大夫唐公世英、张公彦英明劝于上，移以公牒"③，然后聘请海内知名人士参与其中。

其二，开社命题、铨选高下、放榜公示、褒赏魁名等评比细节亦是借鉴科举考试而来。据李治安《元代乡试与地域文化》，元代乡试在考试之前应试者需按照规定，书写籍贯、姓号、年甲、所习科目等内容，作为"家状"。考试结束以后，诗卷弥封糊名，朱书誊录。考试命题一般由考试官、同考试官负责。在阅卷之后，考试官初定入榜范围，最后由主试官、监试官、赞画官等人共同裁决，而考试官的评价往往起很大作用。在确定录取名单后，翌日出榜，按左、右两榜分列名次，正榜题名者颁发"解据"，以待参加来年的朝廷会试。④ 因为文献的局限，元代后期诗社、文会的具体评比细节尚无法详知，而从元初月泉吟社"春日田园杂兴"的征诗活动中可见一斑，据载，应征者作诗需"用好纸楷书，以便誊副，而免于差舛"，并且需要写明

---

① （元）杨翮：《佩玉斋类稿》卷八，《文渊阁四库全书》第1220册，上海古籍出版社1987年版，第114页。
② （明）李东阳著，李庆立校释：《怀麓堂诗话校释》，人民文学出版社2009年版，第152页。
③ （元）吕良佐：《应奎文会自序》，李修生主编：《全元文》第39册，凤凰出版社2004年版，第269页。
④ 参见北京师范大学古籍所编《元代文化研究》第一辑，北京师范大学出版社2001年版，第19—26页。

"州里、姓号以便供赏"。到交卷日期正月望日时,"差人来问浦江县西地名前吴知县渭对面交卷,守回标照应",直至三月三日揭晓名次,"赏随诗册分送"。① 显然,乡试中"家状""命题""誊录""排名""出榜"等要素多在民间诗社评比中得以呈现,甚至有些私试活动中直接为夺魁者冠以"状元""进士"之号,明代戴冠《濯缨亭笔记》载:"元时,淮人赵氏富而好文。尝以诗赋私试士,亦有状元、进士等第。试毕设燕,各赠金银酒器,以名次为差。"② 而这种"私为等第"的行为竟没有受到任何官方的干涉。

在民间私试中取得名次对于当时的士人来说是很值得自豪的事情,张仲简、高启、张羽借以赋《醉樵歌》而声名大振,聚桂文会的夺魁者吴毅、应奎文会的头名尹布颜也因此而留名于文学史。在元后期文人那里,私试评比的形式模拟借鉴科举程式,其主要关注点便是科举最为核心的竞技价值。然而在元末战乱频仍的历史境遇中,人生的价值不仅需要通过竞技来实现,也需要靠及时享乐的方式来充实,超脱于膺禄的文人要从文酒之乐中找到此生的意义。因此竞技与娱乐相结合的形式成为元代后期诗社、文会最显著的特色。赵翼《廿二史劄记》载:"饶介为淮南行省参政,豪于诗,自号'醉樵'。尝大集诸名士,赋《醉樵歌》,张简诗第一,赠黄金一饼;高启次之,得白金三斤;杨基又次之,犹赠白金一镒。然此犹仕宦者之提唱也。贯酸斋工诗文,所至士大夫从之如云,得其片言尺牍,如获拱璧。浦江吴氏,结月泉社,聘谢皋羽为考官,《春日田园杂兴》题,取罗公福为首。松江吕璜溪尝走金帛,聘四方能诗之士,请杨铁崖为主考,第其甲乙,厚有赠遗,一时文士毕至,倾动三吴。又顾仲瑛玉山草堂,杨廉夫、柯九思、倪元镇、张伯雨、于彦成诸人,尝寓其家,流连觞咏,声光映蔽江表。此皆林下之人,扬风扢雅,而声光所届,希风附响者如恐不及。其他以名园、别墅、书画、古玩相尚者,更不一而足。如倪元

---

① (明)李诩:《戒庵老人漫笔》卷六,魏连科点校,中华书局1982年版,第249—250页。
② (明)戴冠:《濯缨亭笔记十卷》卷六,《四库全书存目丛书》第103册,齐鲁书社1995年版,第425页。

镇之清閟阁,杨竹西之不碍云山楼,花木竹石,图书彝鼎,擅名江南,至今犹有艳称之者。"① 事实上,在诗艺竞赛中,文人们看重的并非只是不菲的奖金和借以成名的机会,名园别墅、花木竹石、古玩书画,只要是能够想到、得到的,便可以列入宴游享乐的清单,赵翼将此类诗社唱酬之事题为"元季风雅相尚",其实便是对元末诗社活动竞技与娱乐价值的肯定,吴克恭《(玉山草堂)分题诗序》记载了玉山文人一次分韵赋诗的竞技活动:"乙丑之岁六月徂暑……以杜甫氏'暗水流花径,春星带草堂'之韵分阄,各咏言纪实,不能诗者罚酒二觥。罚者二人,明日,其一人逸去,虽败乃公事,亦兰亭之遗意也。从序以画事免诗而为图。时炎雨既霁,凉阴如秋,琴姬小璘英、翠屏、素真三人侍坐与立,趋歙俱雅音。"② 在这里,虽有以罚酒形式进行的诗歌竞赛,但败者亦不以不能成诗而耻,甚至可以作画代诗,竞技与娱乐在文人的风雅活动中达到和谐的统一,可能也只有这样,才能够安慰在战火荼毒中漂泊不定的灵魂。

三 超越禁锢与托诗留名:诗社、文会竞技的价值与意义

戴良《送陈嘉兴序》云:"我朝设进士科以取士,或病实效之不著。"③这种"实效之不著"表现在多个方面,然一言以蔽之,即科举无法有效地实现文人的人生价值。因此民间私试评比在元代后期蔚然成风,通过模拟科举考试的程式来构建文人心目中理想的"科举",进而超越现实中科举的禁锢,补偿士人在科举中获得不了的意义与价值。

其一,在私试评比中文人可以享受到较之于科举更加充分的公平性。

元代科举最为显著的特征是将蒙古人、色目人与汉人、南人分列

---

① (清)赵翼著,王树民校证:《廿二史劄记校证》(订补本),中华书局1984年版,第705页。
② (元)吴克恭:《分题诗序》,李修生主编:《全元文》第39册,凤凰出版社2004年版,第99页。
③ (元)戴良:《戴良集》,李军、施贤明校点,吉林文史出版社2009年版,第147页。

左、右两榜,不同对待,不仅考试内容有很大的区别,在名额配置、录取比例等各个方面对前者都有很多优待,也因此造成了元代科举最大的不公平。郑玉《送王伯恂序》载至正八年(1348)礼部会试的情况:"至正八年春,朝廷合天下乡贡之士会试于礼部。考官得新安王伯恂之卷,惊且喜曰:'此天下奇才也,宜置第一。'且庋其卷左右,以俟揭晓。未几,同列有谓:'王君南人,不宜居第一。'欲屈置第二,且虚第二名以待。考者曰:'吾侪较艺,以文第其高下,岂分南北耶!欲屈置第二,宁弃不取耳!'争论累日,终无定见。揭晓期迫,主文乃取他卷以足之,王君竟在不取。揭晓之日,考官自相讼责,士子交相愧叹,曰:'王君下第,如公论何!'"① 一份优秀的考卷,只因考生为南人而弃之不取,元代科举因民族差异而来的不公由此可见。而在民间诗社竞技中,这种冰冷的民族界限无疑是完全不存在的。至正九年(1349),唐兀氏诗人昂吉参加玉山雅集,作序文云:"至正九年冬,予泛舟界溪,访玉山主人。时积雪在树,冻光着户牖间,主人置酒宴客于听雪斋中,命二娃唱歌行酒。霰雪复作,夜气袭人,客有岸巾起舞唱《青天歌》,声如怒雷。于是众客乐甚,饮遂大醉。匡庐道士诚童子取雪水煮茶,主人具纸笔,以斋中春题分韵赋诗者十人,俾书成卷,各列姓名于左。"② 这是一场其乐融融的诗艺竞赛,在这里没有尊卑之序,没有民族和等级的区别,只有写诗较艺所带来的舒适、融洽和乐趣。事实上,在玉山草堂文人中多有蒙古、色目诗人参与,如聂镛、泰不华、石抹宜孙、昂吉、孟昉等,但参与者只有一个共同的身份,即诗人。然而元代毕竟是蒙古民族在马背上取得的天下,统治民族获得一些政策上的优待,原本无可厚非,但是在元代后期科举运行过程中出现的作弊乱象,则着实让许多文人所不齿。陶宗仪《南村辍耕录》中《非程文》《弹文》两篇文章详细记载了江浙行省至正四年(1344)、二十二年(1362)乡试中出现的作弊现象:"设科取

---

① (元)郑玉:《师山集》遗文卷一,《文渊阁四库全书》第1217册,上海古籍出版社1987年版,第71页。
② (元)顾瑛辑:《玉山名胜集》,杨镰、叶爱欣整理,中华书局2008年版,第279页。

第三章 科举兴废与元代后期诗学思想的转变

士,深感盛世之恩;倚公挟私,无奈吏胥之弊。……文运已矣,吾道安之?何等主司,污滥坏今年之选举;既生圣世,进修冀异日之公明。此非一口之经陈,实乃众贤之愿告。"又"天之将丧斯文,实系兴衰之运;士欲致用于国,岂期贡举之私?此非一口之诬谋,实乃众情之公论。用书既往,以警将来。"① 两篇文章指名道姓,将科场丑闻如数道尽。而在民间私试中,这种买卖试题、暗通关节的弊病全然失去了滋生的环境,杨维桢《聚桂文会序》云:"登诸选列者,物论公之,士誉荣之。即其今日之所选,可以占其后日之所至已。"② 诗社、文会的主持者没有利益的纠葛,附庸风雅者也自是难以进入这种民间自发而成的考诗较艺活动,参与者只有在这里才能够充分享受公平竞争所带来的快乐。

其二,在私试评比中文人们可以更为全面地展示自己的才学。

在科举考试中有命题及时间的限制,答题不能超过经义的范围,并且明确规定用程朱注解。而考试时间则是"日未出入场,黄昏纳卷",这种考试的固定模式,很大程度上限制了士人才学的发挥,而民间私试则正可弥补这种考试的局限。杨维桢说:"我朝设科取士,虽沿唐、宋,而其制则成周,文则追古于唐、宋之上,故科文往往有可传者。然有司大比之所选者,又不君师儒义试之所为取为优也。何者?大比之所选,仅一日之长;而义试之所取,则宽以岁月之所得也。大比开而作者或有遗珠之憾,则主司之负诸生也;义试开而作者或无擅场之手,则诸生之负主司也。……文会之作,固有补于司政者不少也。"③ 作者自由安排自己的创作时间,适意地发挥自己的才学,无疑可以避免"遗珠之憾"及"无擅场之手"的困顿。此外,在元代,参加科举考试首先需要州县保举,在一般情况下,举子只能限制在自己的原籍受荐应试,因此有些身在他乡的考生不得不按照规定,不

---

① (元)陶宗仪:《南村辍耕录》卷二十八,中华书局1959年版,第344—346页。
② (元)杨维桢:《聚桂文会序》,孙小力校笺:《杨维桢全集校笺》,上海古籍出版社2019年版,第1989页。
③ (元)杨维桢:《聚桂文会序》,孙小力校笺:《杨维桢全集校笺》,上海古籍出版社2019年版,第1989—1990页。

辞辛劳、千里迢迢地赶回原籍参加考试。李存《送张仲举明春秋经归试太原序》云："国家以科举取士，士之选必由于其乡。延祐七年春，张仲举将由钱塘归就试太原，不远千有余里。"① 虽然在元末由于交通的阻塞，这一政策稍有松弛，然而应试规模始终没有得以改变。而相比来说，民间私试则没有这些限制，每逢诗社、文会召开，动辄吸引浩浩几百人，甚至像玉山雅集这样的文坛盛会，应会之人往往涵盖南、北各地文士。正如杨镰所言："元朝的一个社会现象就是：当诗题在江湖传开，马上和者云集。名目几乎可以是身边一切事件。"②

固然，写诗是诗社、文会中的主要竞技手段。在元代后期的诗社、文会中，文人们不仅可以公平、自由地写诗竞赛，而且写诗本身也是实现价值的途径。查洪德说："中国古人有所谓'三不朽'的人生追求，当立德、立功已经无望时，立言的可能性也很渺茫，便转而希求以诗传名。"③ 托诗留名在"朝夕惕惕"的动乱年代可能是唯一有效的方式，姚桐寿《乐郊私语》载至正二十二年（1362）杨维桢应萧山县令尹本中邀请，作《吴越两山亭志》，而选录相关诗歌，当地文人投诗之事："杨廉夫寓云间，及余到海上，时一过余。岁壬寅冬，杨从三泖来，宿余斋头。适携李贝廷臣以书币为萧山令尹本中乞《吴越两山亭志》，并选诸词人题咏，于时杨尹已移官嘉禾矣。杨即为命笔，稿将就，夜已过半，余方从别室候之。俄门外有剥啄声，启扉视之，则皆嘉禾能诗者也。余从壁间窥之，率人人执金缯乞杨留选其诗。杨笑曰：'生平干三尺法，亦有时以情少借，若诗文则心欲借眼，眼不从心，未尝敢欺当世之士。'遂运笔批选，止取鲍恂、张翼、顾文烨、金炯四首。杨谓诸人曰：'四诗犹为彼善于此，诸什尚须更托胎耳。'然被选者无一人在，诸人相目惊骇，固乞宽假得与姓名，至有涕泣长跪

---

① （元）李存：《俟庵集》卷十六，《文渊阁四库全书》第1213册，上海古籍出版社1987年版，第686页。
② 杨镰：《元诗史》，人民文学出版社2003年版，第632页。
③ 查洪德：《元代诗学通论》，北京大学出版社2014年版，第113页。

者。杨挥出门外，闭关灭烛，骂曰：'风雅扫地矣。'"① 姚氏记载此事本意批评当地附庸风雅之人，然而却不难看出当时文人"固乞宽假得与姓名"，期望以诗留名的迫切心态。虽然这种托诗留名的急切心态往往使诗歌流入"哦风月，弄花鸟"的纤小格局，以至受后人诟病，但也因此为今人深入理解其意义与价值留下了宝贵的一手资料。

第三节　元后期科举兴废与诗学启蒙读物的兴盛

毋庸置疑，科举考试内容往往直接反映在应试教育内容上，在科举考诗赋的时代，蒙学教育中多注重诗歌训练，培养初学者的基本诗学素养。而兴起于宋元之际的诗学启蒙读物如《韵府群玉》《学吟珍珠囊》《诗苑丛珠》等，以其"分门类聚，纂言纪事"的特点往往作为学校启蒙教育的辅助读本，其作用是方便初学者学诗时查阅声韵、对偶、诗料等事，以备场屋课试之用，所谓"父师所以教之者，不过对偶声律之习，所以期之者不过科举利达之事"②。然而至仁宗皇庆二年（1313）十月科举明令废止诗赋，以经义取士，科举考试内容与诗歌训练的直接关联性减弱，但此类书籍在皇庆以后，尤其至元代后期却出现刊刻的高潮，"新编""增广"层出不穷，坊间几乎家家必售。个中原因便是元代后期科举对社会学诗风气引导方式的转变，初学者不需经历严格的作诗训练，转而青睐于诗歌创作的速成之法。以往由科举考诗赋直接引导的诗歌训练变为通过古赋、经义间接作用于诗歌写作的学习。而此类诗学启蒙读物的兴盛，客观上促进了诗的普及以及元代蒙求诗学的繁荣，具有重要的诗学价值与意义。

---

① （元）姚桐寿：《乐郊私语》，《文渊阁四库全书》第1040册，上海古籍出版社1987年版，第407页。
② （元）吴逈斋：《纯正蒙求序》，《纯正蒙求》卷首，《文渊阁四库全书》第952册，上海古籍出版社1987年版，第3页。

一 挦扯应举，仓卒之用：元后期诗学启蒙读物兴盛的原因

元后期诗学启蒙读物的兴盛与科举对社会学诗风气引导方式的转变密切相关。戴表元尝记元初闽中文士张君信的学诗经历："当是时，张君君信，闽士中尤精词赋之一人也。……君信虽精词赋，遇大进取，辄不利。然亦数数为诗。尝以贽见其乡先生陈性善学士。陈学士戏曰：'子欲持是上春官乎？'君信惭之，弃其诗，复专攻词赋，而科举废矣。于是君信若愠若狂，始放意为诗，不复如前时却行顾忌。"① 显然，戴表元所谓与作诗对立的"科举"，很大程度上指向了"词赋"一科。从诗学角度来看，戴表元所言专精词赋而不能致力于诗，其实是对科举考词赋所带来的弊端进行深刻反思，科举所试之诗须拈题限韵、属对工稳、隶事精巧，在格律、声韵、形式等方面有严格的限制，士人顾忌于此，必然会影响其诗歌的实际创作水平。但科举考试是否立词赋，对于士人诗歌训练的引导方式有明显区别。事实上，在元初的社会文化环境中，科举虽未行，但科举试诗的影响依旧还在，科举作为无形的指挥棒仍直接作用于学诗者基本诗学素养的培养。

元初对于科举存废的讨论集中于是否保留词赋科，而这一问题一直悬而未决。世祖至元八年（1271）尚书省议科举事宜，拟罢黜词赋而用经义、明经等科。至元十二年（1275）杨恭懿奏论："三代以德行六艺，宾兴贤能。汉举孝廉，兼策经术。魏晋尚文辞，而经术犹未之遗。隋炀始专赋诗，唐因之。使自投牒，贡举之法遂息，虽有明经，止于记诵。宋仁宗始试经义，亦令典矣。哲宗复赋诗，辽、金循习。将救斯弊，惟如明诏尝曰：'士不治经学、孔孟之道，日为赋诗空文。'斯言足以立万世治安之本。"② 认为词赋虚诞，应从事实学，以救其弊。然而在元初，反对取消词赋的声音亦未曾消失，针对至元八

---

① （元）戴表元：《张君信诗序》，《戴表元集》，陆晓冬、黄天美点校，浙江古籍出版社 2014 年版，第 190 页。

② （元）姚燧：《领太史院事杨公神道碑》，李修生主编：《全元文》第 9 册，江苏古籍出版社 1999 年版，第 628 页。

年尚书省议废黜词赋，王恽《论明经保举等科目状》予以极力反驳："省拟将词赋罢黜，止用经义、明经等科，其举子须品官保举之人，然后许试。夫如是，恐事出非常，中外失望。切惟科举之法上自隋唐，迄于宋金，数百年之间，千万人之众，讲究亦云详矣。"又："且品流之人，若果实人材，虽出一切科目，不害为通使特达之士，何独词赋无益于学者治道哉？"① 直到至元二十一年（1284），丞相火鲁火孙与留梦炎请行科举之议得到世祖认可，继而许衡提出"罢诗赋，重经学"之新制，成为元代科举程式的雏形。② 但科举之事在此间犹未及行，取消诗赋一科的决策仍然搁置。科举停滞，是否取消词赋科的疑云始终未能消散。元初文人依然在宋、金科举的阴影之中，未曾走出。欧阳玄说："宋讫，科举废，士多学诗。而前五十年所传士大夫诗，多未脱时文故习。"（《李宏谟诗序》）③ 宋代以经义、诗赋取士，进士科分试诗、赋、论、策等。金代承宋制，又专设词赋进士，"凡词赋进士，试赋、诗、策论各一道"④。而元代前期"戊戌选试"实际也是承袭了宋金旧制，《元史·科举志》载"戊戌选试"之程式云："以论及经义、词赋分为三科，作三日程，专治一科，能兼者听，但以不失文义为中选。"⑤ 如此，将词赋作为一科，势必会影响士人日常学诗习得。张健先生说："唐时启蒙教育中，虽然有韵对的形式，但声律对偶本身似乎并未成为启蒙教育的内容。但自北宋以来，诗赋声律对属已经成为启蒙教育的重要内容。""至南宋，对属声律启蒙教育已经普遍化。"⑥ 而在没有明确废黜词赋之时，元代的学校教育仍将诗课作为重要内容，大德元年（1297）《行省坐下监察御史申明学校规式》载当时生员的课业：

---

① （元）王恽著，杨亮、钟彦飞点校：《王恽全集汇校》，中华书局2013年版，第3521—3522页。
② 参见（明）宋濂等《元史》卷八一，中华书局1976年版，第2017—2018页。
③ （元）欧阳玄：《欧阳玄集》，魏崇武、刘建立校点，吉林文史出版社2009年版，第82页。
④ （元）脱脱等：《金史》卷五一，中华书局1975年版，第1134页。
⑤ （明）宋濂等：《元史》卷八一，中华书局1976年版，第2017页。
⑥ 张健：《中国古代的声律启蒙读物〈声律发蒙〉及其他》，《岭南学报》2015年第1期。

> 三十岁以下者,各各坐斋读书,延请讲书训诲,每日每习。课业:一、六,本经经义,破题承冒,赋破一韵;二、七,本经经义,小经义,赋省题诗;三、八,经、赋同律诗一首;四、九,经、赋同古诗一首;五、十,经、赋同《语》《孟》口义。
>
> 小学生员课试,每日背诵隔日书,授本日书,出本日课题,律诗、省诗对句,登堂听讲。食后习功课,七言律、五言律、绝句、省诗隔对、七字对、五字对,习字,读本日书。午食后习功课,说书,《大学》《中庸》《论语》、小学之书、《通鉴》。出晚对,供晚对。①

由此可见,科举制度依旧直接影响着当时士人学子的学诗风气,而这些基本的作诗训练也在一定程度上促进了当时的诗歌发展。而到延祐开科,情况发生了根本性转变,《通制条格》载皇庆二年(1313)中书省丞奏开科举陈疏云:"学秀才的经学、词赋是两等,经学的是说修身齐家治国平天下的勾当,词赋的是吟诗课赋作文字的勾当。……俺知今将赋,省题诗、小义等都不用,只存留诏诰、章表,专立德行明经科。"② 奏疏明确指出科举废除词赋,原因是词赋是吟诗课赋之事、摘章绘句之学,容易导致士风浮华。紧接着第二年,朝廷议决恢复科举,并举行了首科乡试,律赋、省题诗等永久地弃之于元代科举之外。科举程式中废黜词赋一科对学校教育有重要影响,这种变化很快地反映在教育内容中,《元史·选举志》载仁宗延祐二年(1315)秋八月,更定国子学贡试之法后国子学的教学内容:"一曰升斋等第。六斋东西相向,下两斋左曰'游艺',右曰'依仁',凡诵书讲说、小学属对者隶焉。中两斋左曰'据德',右曰'志道',讲说《四书》、课肄诗律者隶焉。上两斋左曰'时习',右曰'日新',讲说《易》《书》《诗》《春秋》科,习明经义等程文者隶焉。"③ 显而易见,

---

① 王颋点校:《庙学典礼》卷五,浙江古籍出版社1992年版,第101页。
② 黄时鑑点校:《通制条格》卷五,浙江古籍出版社1986年版,第69页。
③ (明)宋濂等:《元史》卷八一,中华书局1976年版,第2030页。

第三章 科举兴废与元代后期诗学思想的转变 ❖❖❖

学校教育已将作诗、作对置于次要位置。而程端礼《程氏家塾读书分年日程》所载当时小学生员的学习内容则更加强调对以往日常课程中注重作诗、作对习气的纠正:

> 小学不得令日日作诗作对,虚费日力。今世俗之教,十五岁前不能读记九经正文,皆是此弊。……更令记《对类》单字,使知虚、实、死、活字;更记类首"长天"、"永日"字,但临放学时,面属一对便行,使略知对偶、轻重、虚实足矣。①

可见,元代科举的实施实则造成其对社会学诗风气直接导向作用的减弱,初学者不需要经过严格的诗歌训练而掌握作诗偶对的基本技巧,转而更为重视诗歌创作的速成之法。如同当今时代"大数据""电子检索"的兴起取代了以往耗时费力的寻章摘句,极大地提高了研究者的工作效率,带有工具书性质的诗学启蒙读物也以其实用便检的性质满足了举子"挦扯应举,仓卒之用"的需求,据张健先生的研究,程氏所提到的《对类》,为至正后期刊刻的《诗词赋通用对类赛大成》中增补所依的旧编《诗对大成》。② 而此类书籍在元仁宗皇庆以后迅速抢占了图书出版市场。

科举作为风向标,在皇庆二年(1313)朝廷奏议恢复科举之时,最先感应到的便是图书出版行业,诗学启蒙读物的编撰、刊行一时兴起。现存《新编增广事联诗学大成》三十卷即成书于皇庆元年(1312),卷首有建安毛直方序,未署编撰者名氏。毛直方,生卒年未详。蒋易《皇元风雅》录其诗并附揭希韦所撰《墓志》,可知其大致活动于元初。顾嗣立《元诗选三集》录其《聊复轩斐集》,另有《诗宗群玉府》三十卷。是著分天、地、人、物四部,各部之下依次分类,共包括天文、时令、岁时、节序、山川、地理等45类。类目之下又分叙事、故

---

① (元)程端礼:《程氏家塾读书分年日程》卷一,中华书局1985年版,第4—5页。
② 参见张健《中国古代的声律启蒙读物〈声律发蒙〉及其他》,《岭南学报》2015年第1期。

事、大意、起、联、结六部分。张健先生通过对勘此书与《诗苑丛珠》，认为此本是在《诗苑丛珠》的基础上增删而成，而《诗苑丛珠》又是在《学吟珍珠囊》基础上编成，因此《诗学大成》极有可能是增删二书而成。① 由此可见当时社会对此类书籍的需求。此外，现存于首都图书馆的元刊本《声律发蒙》卷首有王伟写于皇庆二年的序文，可知此类声律启蒙读本亦是应恢复科举而编撰。相关文献、版本问题，张健先生已有详论，此处不再赘述。

顺帝初年，此类书籍依然在不断刊刻，《新编增广事联诗学大成》现存有至顺三年（1332）广勤书堂本；阴时夫辑、阴中夫注《韵府群玉》二十卷又于元统二年（1334）梅溪书院重刻。但是到了顺帝后至元元年（1335），举办了七场科举考试再次停罢，此后五年间此类书籍便销声匿迹，从现存版本及书目著录中完全找不到刊刻于此间的本子。

后至元六年（1340）科举制度再次恢复，诗学启蒙读物的刊刻也随之再次兴起，并达到高峰。现存《增修诗学集成押韵渊海》二十卷即是此年刻本，卷首抄配"至元庚辰四月望日前进士张复序"，署"建安后学严毅子仁编辑"，卷末有书牌"至元庚辰菊节梅轩蔡氏新刊"。是集内容细密，容量颇大，按韵部分类，以单字为目，每字下分有事类、诗料两部分，事类明反切、辨训诂，诗料分五言、七言，又有活套、体字两门。卷前有《凡例》交代编撰缘由及体例：

> 书肆旧刊庐陵胡氏、建安丁氏所编《诗学活套押韵大成》，详略不同，醇疵相半，大抵以押韵诗句多者居前，诗句少者居后，韵母混淆，训诂阙略，识者病之。今是编，韵铨《礼部》，句选明贤，每韵之下，事联、偶对、诗料群分。非惟资初学之用，而诗人骚客亦得以触而长，引而伸，不无小补。比视旧刊宵壤悬隔，

---

① 参见张健《从〈学吟珍珠囊〉到〈诗学大成〉〈圆机活法〉》，《文学遗产》2016年第3期。

第三章　科举兴废与元代后期诗学思想的转变

故名之曰《诗学集成押韵渊海》，盖所以别其异同也。①

此集是在旧刊《诗学活套押韵大成》基础上增补而成。高儒《百川书志》卷十一著录庐陵胡继宗《诗韵大成》二卷，或即此处所谓《诗学活套押韵大成》之祖本，而卷数扩至二十卷，可见其增补之巨。是集收入《晁氏宝文堂书目》《四库全书总目提要》《善本书室藏书记》《中国古籍善本书目》《藏园群书经眼录》等目录著作。现存有国家图书馆藏本，《续修四库全书》子部类书类影印此本；南京图书馆藏本，有丁丙跋；北京大学图书馆藏本。而在至正元年（1341），专门的考试用书也应时出现，刘贞、刘霁等人编辑的《新刊类编三场文选》专辑场屋所考诗、赋、论、表章等文体范文，由建安余氏勤德堂刊刻，见于《北京图书馆古籍善本书目》。至正二年（1342），杨维桢《新刊丽则遗音古赋程式》四卷刊行，这是对科举恢复以后，古赋由选作题目变成必做题的直接回应，此集由杨维桢门人陈存礼编集，请黄清老作评语，现存于国家图书馆，由黄丕烈校跋。此外《新编增广事联诗学大成》也在至正二年（1342）于日新堂重新刊刻，是集著录在傅增湘《藏园群书经眼录》，录有牌记曰"至正壬午仲春日新书院重刊"，此本亦存国家图书馆。至正九年（1349），作为诗学启蒙读物的另外一个重要版本，《联新事备诗学大成》三十卷刊行。② 此本为建宁路书市刘衡甫刻本，作者署"后学三山林桢编集"，林桢生卒事迹不详。卷首有"至正己丑首夏，奉训大夫建宁路瓯宁县尹劝农事朱文霆叙"，朱文霆（1295—1363），字原道，莆田人，元统元年进士，《元诗选癸集》录其诗一首。全书按类分三十门，每门之下有事类、散对两类，散对以起、联、结别录五、七言诗句等内容。张健先生认为："林桢本是在《诗

---

① （元）严毅辑：《诗学集成押韵渊海》，《续修四库全书》第1222册，上海古籍出版社2002年版，第165页。
② 此本卷二标题为"联新事备诗苑英成"，卷七、卷八为"联新事备诗苑英华"，此外均题为"联新事备诗学大成"。

苑丛珠》与毛直方《诗学大成》基础上加以增删而成。"① 因此，此书是《诗学大成》体系中又一次重新编撰修订之本。是书见于《文渊阁书目》《晁氏宝文堂书目》《天禄琳琅书目》《善本书室藏书记》《中国古籍善本书目》等书目。现存有南京图书馆藏本，有丁丙跋，《续修四库全书》据此影印；华东师范大学图书馆藏本，收入《中华再造善本》。

至正十一年（1351），江浙行省以"鉴湖风月"为题，在乡试之后又举办了一次考试，有百余人参加考试，分水人方子京以一首七言律诗"擢居前列，除嘉兴路教授"②。本次乡试用诗在有元一代是绝无仅有的一次，虽然，在元代科举史上这次"以诗考选"并没有产生多少影响，然而却极有可能为书市商家提供了一份极有价值的商业信息。正因如此，在至正中后期，诗学启蒙读物又迎来新一轮刊刻热潮。至正十四年（1354），《新编增广事联诗学大成》于鄞江书院再次刊刻，现存此本有"至正甲午中秋，鄞江书院重刊"书牌，卷首有毛直方引。至正十五年（1355），《联新事备诗学大成》再次刊刻于翠岩精舍，目录后有木记，简述其增广事宜。在此后一年翠岩精舍又刊印了《重修玉篇》三十卷、《广韵》五卷，同时刘氏日新堂也重新刊刻《新增说文韵府群玉》二十卷。至正二十年（1360），《诗词赋通用对类赛大成》二十卷于陈氏秀岩书堂刊行，此书于至正二十六年（1366）又有增补刻本。是著未署编撰者，序文亦不存。按照类别分天文、地理、节令、花木、鸟兽等二十门，又连绵、叠韵并附各门之末，各门之下，分列一字、二字、三字、四字四类，每字之下，又分平、仄、实字、虚字，于此之下，又细分借对、上平对、上仄对、并实对、上虚下实对、上实下虚对等，巨细无遗。卷一第二行"天文门"下刻有"陈氏秀岩书堂重刊"，卷末有"岁次丙午菊节秀岩书堂新刊"牌记。目录后有木记云："旧编《诗对大成》盛行久矣。今再将《赋对珍珠囊》

---

① 张健：《从〈学吟珍珠囊〉到〈诗学大成〉〈圆机活法〉》，《文学遗产》2016年第3期。
② （清）陈衍辑撰：《元诗纪事》卷十九，李梦生校点，上海古籍出版社1987年版，第457页。

第三章 科举兴废与元代后期诗学思想的转变

择其切要可通用者，逐类增入，骈俪□料，实为详备。卷末《巧对》一集，仍复增益新奇，以充阅玩。视他略本，大有迳庭。至正庚子菖节，陈氏秀岩书堂梓行，幸鉴。"①可知此书是合《诗对大成》《赋对珍珠囊》而成，第二十卷为《重新增广古今巧对全集》，按照一字至十三字分类，之下又分以天文、地理等类目，卷末附《新增长联隔句类》。此书现藏于美国哈佛大学哈佛燕京图书馆，2003年商务印书馆、广西师范大学出版社影印出版。

此外，另有两种未详具体刊刻时间的元刻本诗学启蒙读物：《新编类增吟料诗学集成》三十卷、《重刊增广门类换易新联诗学拦江网》七集七十卷。据第二批《国家珍贵古籍名录》，《新编类增吟料诗学集成》现藏于湖南图书馆，存五卷（一至三、十四至十五）。按傅增湘《藏园群书经眼录》著录元刊本《新编增广事联诗苑丛珠》，载其目录标题为《类增吟料诗苑丛珠》，《新编类增吟料诗学集成》即或为《类增吟料诗苑丛珠》的新刊本，与《诗学大成》有一定渊源关系。《重刊增广门类换易新联诗学拦江网》现藏北京大学图书馆，收入《中华再造善本》。未署编者，题名总目又作《增类换联诗学拦江网》。全书分七集，每集十卷，分天文、节候、城市、百草等47门，门下又分目，清人彭元瑞《天禄琳琅书目后编》卷十一著录此书曰："每目首列句之可命题者曰'集题'，次双字相偶者曰'属对'，次双字可破题者曰'体字'，次五言、七言起、对、结句摘联，率以初学挦扯应举，仓卒之用，门目繁杂，次序乖互，乃坊刻兔园册之陋者，麻沙袖珍本极工，细钤印二不可辨。"②阐明其应对科举而刊刻的性质。

二 通古善辞，惟式是拟：诗学启蒙读物的诗学价值与意义

从上文所述诗学启蒙读物的刊刻情况可以看到这样的规律：延祐

---

① 《诗词赋通用对类赛大成》，《哈佛燕京图书馆藏中文善本汇刊》第30册，商务印书馆、广西师范大学出版社2003年版，第32页。

② （清）彭元瑞：《天禄琳琅书目后编》卷十一，上海古籍出版社2007年版，第643页。

开科之际，此类书籍刊刻兴起，而到至正初期再次恢复科举，这类读本的刊行达到高潮并延行至元末。以此不仅可断定这类读物确实是应科举而刊行，也可以看出其与科举所考内容——古赋与经义有密切关系。延祐开科，考试内容专主经义，取消律赋与省题诗，保留古赋一道，但此时古赋是作为选作题目。而到后至元六年科举再次恢复，考试程式稍有变化："减蒙古、色目人明经二条，增本经义；易汉、南人第一场《四书》疑一道为本经疑，增第二场古赋外，于诏诰、章表内又科一道。"① 经义、古赋从此均变为必作之题。那么，古赋、经义的考试内容为何促成诗学启蒙读物刊刻的兴盛？依笔者看，诗学启蒙读物将事类、诗料、对仗、用韵结合在一起的特征正好符合科场所考古赋对"通古而善辞"的要求，而经义章法程式化带来的"惟式是拟"的学术环境也促成了社会对作诗速成之法的重视。

其实，在元人看来，强调古赋，虽是对前代科举考律赋所产生的弊端的纠正，然而变律赋为古赋更为深层的原因则是要强调古赋与古诗的同源性，以此高举复古大旗，回归到《三百篇》等儒家经义的范畴。祝尧《古赋辨体》卷九篇目序云：

> 诗之义六，惟风、比、兴三义，真是诗之全体；至于赋、雅、颂三义，则已邻于文体。何者？诗所以吟咏情性，如风之本义优柔而不直致，比之本义托物而不正言，兴之本义舒展而不刺促。得于未发之性，见于已发之情，中和之气形于言语，其吟咏之妙，真有永歌嗟叹舞蹈之趣，此其所以为诗而非他文所可混。人徒见赋有铺叙之义，则邻于文之叙事者；雅有正大之义，则邻于文之明理者；颂有褒扬之义，则邻于文之赞德者。殊不知古诗之体，六义错综。昔人以风、雅、颂为三经，以赋、比、兴为三纬；经，其诗之正乎！纬，其诗之葩乎！经之以正，纬之以葩，诗之全体始见，而吟咏情性之作，有非复叙事、明理、赞德之文矣！诗之

---

① （明）宋濂等：《元史》卷八一，中华书局1976年版，第2026页。

所以异于文者以此。赋之源出于诗，则为赋者固当以诗为体，而不当以文为体。①

祝尧认为赋本出于诗，写赋亦当以诗为体，"以诗为体"须以"风、雅、颂"为正，以"赋、比、兴"为范，即强调格调、精神与体式、辞采相结合。而律赋、省题诗则失去"经之以正"的内涵，专以辞藻、技巧、诗法等为能事，反而更接近"以文为体"。《古赋辨体》本就是应科举而出，因此其观点在当时应该具有一定普遍性。但"以诗为体"的古赋毕竟也需要从基本的声韵、对偶、诗料等内容的学习入手，只不过此前由科举考诗赋直接引导的诗歌训练变为通过古赋间接作用于诗歌写作的学习。适用于诗、词、赋的通用"手册"故而成为初学者首选的参考书籍，如《诗词赋通用对类赛大成》。而这类书籍也往往有目的地将其编撰缘由提升至古诗性情之正与平和从容的范围，现存后至元六年蔡氏梅轩本《诗学集成押韵渊海》张复序曰：

> 诗以性情为体，言为用，韵乃言之音节也。夫自《三百篇》以降，古诗犹叶韵，后世分四声为韵书。盖唐而诗之程度拘矣，流而为宋之省题六韵，其弊之极者欤！逮我圣朝，文教休明，遏流起靡，四方作者迭兴，各出机杼，亦已盛矣。一日见梅轩蔡氏待学《押韵渊海》乃□溪子仁严君所编，各韵撼群书，而备韵料于前，选诸集而类韵移于后，其收也富，其择也精，诗家韵书是为详备。然尝观历代名家，其善押韵者，或稳而雅如大厦栋楹，万力莫摇；或险而奇如仙山悬石，千古不坠。初无蹈袭陈语，而亦未尝必其有来处，斯岂其于检阅而成章也哉。盖士必学诗学，期望于是而不能骤至于是，故为之鉴编，以备其熟此而有得焉耳。况乎《赓歌》用韵，举世所尚法之，一唱百和，而较以应之敏钝，押之工拙，读不万卷焉得而不求。盖于是书也，虽然道不古

---

① （元）祝尧：《古赋辨体》卷九，《文渊阁四库全书》第1366册，上海古籍出版社1987年版，第836页。

矣，古之诗情性覆而为辞，今之诗辞每制于韵，既欲稳而雅，险而奇，又欲得其性情之正亦难矣哉。能于《三百篇》求其平易以思古之道焉，是何望于为诗者。①

张复首先将批评的矛头指向唐宋以来科举程式对诗韵的限制，他认为历代善押韵者本是出于自己的博学功夫，所押之韵未必都有来处，也不依赖于翻检韵书。但是这种功夫不是初学者能够迅速获得的，因此详备的韵书其价值依然值得肯定。只不过这种韵书的形式，以及士子学诗的途径，需要从古诗发覆情性出发，进而为辞、制韵，达到所押之韵既稳而雅，既险而奇，又得乎性情之正。于是在他看来，诸如《诗学集成押韵渊海》这类书籍虽然道不古，但其最终是从古诗之义而来，又返归至古诗之义。而这种形式正是元代科举所考古赋的要求。吴澄《跋吴君正程文后》云："往年予考乡试程文，备见群士之作。初场在通经而明理，次场在通古而善辞，末场在通今而知务。长于此或短于彼，得其一或失其二，其间兼全而俱优者，不多见也。"② 吴澄所谓"次场"，即古赋一场，所要求的标准为"通古而善辞"。"通古"指通识古事，符合所谓"多识鸟兽草木之名"的目的。至正元年江浙行省乡试古赋一题以"罗刹江"命题，而"锁院三千人，不知罗刹江为曲江也"③，只有钱惟善据引枚乘《七发》为主司赏识。由此可见积累足够的"诗料""赋料""事类"在科举考试中的重要性。"善辞"指掌握技巧，善于运用声律、对偶等基本的诗歌写作方法。然而对于初学者来说，"善辞"不易，"通古"更难，那么如何来学习？便需要找到一种有效实用的办法。应此需求，诸如《诗学大成》《押韵渊海》等诗学启蒙读物便得到初学者青睐。因为此类读物将事类、诗料、对仗、用韵结合在一起，按照类别排列，既方便检索，又"一次性"地

---

① （元）严毅辑：《诗学集成押韵渊海》，《续修四库全书》第1222册，上海古籍出版社2002年版，第161—164页。
② （元）吴澄：《吴澄集》，方旭东、光洁点校，中国社会科学出版社2021年版，第1259页。
③ （明）瞿佑：《归田诗话》卷下，丁福保辑：《历代诗话续编》，中华书局1983年版，第1274页。

满足了"通古"与"善辞"两种需求。书市刘衡甫刊本《联新事备诗学大成》朱文霆序云:

> 诗家者流,自《三百篇》始。其间风、赋、雅、颂之体具备,而又多识鸟兽草木之名,则诗之事料不可以不悉,而其体制不可以不知也尚矣。然作诗者,自汉晋而下,惟唐与我朝为近古,其余则驳杂殊甚。学者尚能择善而从之,则不为他歧之所惑,而庶乎可企于《三百篇》之义矣。三山林君以正,锐于诗者也,乃欲编集以正其传,而择取古今名公佳句以比附于后,比之旧编,于事类则去其泛而益其切者;于诗语则去其未善而增入其善者,名之曰诗学大成。盖欲示学者之迳庭,而使不为他歧之所惑。①

因此,此类书籍的编刊目的即在于择取古今名公佳句。于"事类"和"诗料",去其繁滥而取其精切,去其未善而增入其善;于"体制",则取其最适合初学者掌握作诗技巧的编排方法。那么,这种事料与体制如何相合?

《联新事备诗学大成》是以事类为主,韵对贯穿其中,如"花木门"之"花"类,"事类"中有"芳菲",引韩愈诗"百般红紫斗芳菲";"妖艳",引方干诗"可怜妖艳正当时";"蔼蔼",引杜诗"蔼蔼花蕊乱";"夭夭",引《诗经》"桃之夭夭";"则天宣诏",引《卓异记》:"天授二年腊月则天宣诏曰:'明朝游上苑,火急报春知。花须连夜发,莫待晓风吹。'"如此之类,首先提供有关"花"的各类词语、典故,并且通过具体例句,让初学者掌握诗料的运用方法;然后"大意"中又列"烂漫""倚云""云霞""蜂穿""蝶恋"等相关词语,后以"起""联""结"分列诗句,如何用词、偶对、押韵,如何连句成诗在此均给出了具体的范式。

《诗学集成押韵渊海》则先以韵排列,以下再安排诗料,《凡例》

---

① (元)林桢辑:《联新事备诗学大成》,《续修四库全书》第 1221 册,上海古籍出版社 2002 年版,第 305—306 页。

云:"是编每韵之下,首明反切,继辨训诂,先活套,次体字,事联有二字、三字以至四字,皆取其的确,按据对偶亲切者用之,其不偶者,则圈以别之,诗料自五言以至七言,皆取其下字用工切于题目者用之。"又"书以押韵云者,盖取其压倒之义,下字贵工夫,造句贵来历"。① 如"东"韵内"同"字,"活套"有异同、和同、混同、度量同、气味同等12个;"事类"有会同、参同、雷同、多同、仪同等18种,并注出处,所谓"工夫"之在。"诗料"分五、七言,又在具体例句下以带圈字注明类属,如"君:皇恩一视同;文轨万方同""儒:衣冠与世同;臭味与君同"。诗句多有出处,如"衣冠与世同"句出自杜诗。

《诗词赋对类赛大成》又以事类为纲,对偶为主,诗料充之。如"花木门""一字类"列桃李、禾稼、香馥登高7种;"二字类"列梅花柳叶、松高竹密、桃霞柳雪、梅兄竹友等87种;"三字类"有腊前梅秋后菊、翠钿荷红锦叶、雪中梅霜外竹等23种;"四字类"有李白桃红橙黄橘绿、不蔓不枝方苞方体等10种。而于对偶中又分以平仄、虚实,如"天文门""乾坤日月第五"类中,平对有乾坤、阴阳、云霄等;仄对有日月、雪月、雨露等;上平对有天日、星月、风月等;上仄对有斗牛、日星、雪霜等;在各类之前标明实字、虚字、半实、并实、半虚、上虚下实、死、活等不同对仗方式。

由此可见,以上三种启蒙读物虽有不同的编排规则,但均将声韵、对仗、事类、诗料等内容全部统合在一起,这种实用便检的工具书可以让初学者快速有效地达到"通古善辞"的要求,只要有大致的诗题,便可以通过不同的检索方式找到想要的辞藻,掌握偶对、押韵的技巧,而且所押之韵均有出处,奇险之韵亦不再是难题。

这类启蒙读物的另外一个显著的特征便是划分诗歌结构,按照结构排列相应诗句。如《联新事备诗学大成》于每一门"大意"下排列"起""联""结"。这种划分结构、排列诗句的思路,可能与古人集句

---

① (元)严毅辑:《诗学集成押韵渊海》,《续修四库全书》第1222册,上海古籍出版社2002年版,第165—166页。

诗的练习有一定关联,据郎瑛《七修类稿·诗文·集句》:"集句起于宋荆公、曼卿,可谓绝唱。予幼时尝见襄府纪善长乐戴天锡维寿所著《群珠摘粹》,板镂浙藩,皆集唐、宋、元人之诗为律,对偶亲切,浑然天成,亦可影响王、石。今板毁矣,不知海内尚存否。又吾杭沈履德行,有《集古宫词》《梅花》等诗,今行于世,似不及于戴,然读之亦有宛然天成、全无斧凿痕者。后闻沈有《集古稿式》,分门摘句,先已排定起、联、结句,但临时咏何事,即攒成之耳。"① 按郎瑛的记载,先排定起、联、结诗句,作诗时按照结构临时攒成是集句诗的一种重要作法。如《诗学大成》这类诗学启蒙读物的结构划分无疑受到兴盛于宋元时期集句诗创作方法的影响,而这种类似于"集句"的启蒙诗学教育对律诗结构论的形成也有重要意义。元代诗法著作中的对于律诗"起承转合"之理论总结与诗学启蒙读物的"起、联、结"结构排列高度一致,且举"天文门""天"类中几例与旧题杨载《诗法家数》中《律诗要法》合看,参见下表。

《联新事备诗学大成》与《律诗要法》有关律诗结构论述对照表

《联新事备诗学大成》	《律诗要法》
起 凿破谁知混沌初,红云闾阖帝深居。 一片苍苍空复空,望来还及覆盆同。 断鳌立极莫三才,成象惟天不可阶。 盘古生来气始分,苍苍正色渺无垠。	破题 或对景兴起,或比起,或引事起,或就题起。 要突兀高远,如狂风卷浪,势欲滔天。
联 不论动植飞潜物,咸属包含遍覆功。 积气何劳娲氏补,垂形虚动杞人忧。 尧仁广运应同天,文德惟新与并存。 气转一元常不息,立周万物本无私。	颔联、颈联 或写意,或写景,或书事,用事引征。颔联要接破题,要如骊龙之珠,抱而不脱。颈联与前联之意相应相避,要变化,如疾雷破山,观者惊愕。
结 九间想与人间别,安得仙梯看帝宫。 机缄自有无穷意,小智何劳寸管窥。 欲知造化功无尽,鱼跃鸢飞适性真。 好是明月云敛处,湛然开作一池青。	结句 或就题结,或推开一步,或缴前联之意,或用事。必放一句作散场,如剡溪之棹,自去自回,言有尽而意无穷。

(引自张健《元代诗法校考》,北京大学出版社2001年版,第17—18页)

---

① (明)郎瑛:《七修类稿》卷三二,上海书店出版社2001年版,第344页。

"起"对应诗歌首联,"联"对应颔联、颈联,"结"对应尾联。比较二者,其实《联新事备诗学大成》中所置诗句是完全符合理论要求的。此外旧题傅若金述范梈意《诗法正论》载:"作诗成法,有起、承、转、合四字。以绝句言之,第一句是起,第二句是承,第三句是转,第四句是合。律诗,第一联是起,第二联是承,第三联是转,第四联是合。或一题而作两诗,则两诗通为起、承、转、合。……若作三首以上,及作古诗、长律,亦以此法求之。"进而范梈对起承转合的研究又返归至对以《诗经》为代表的儒家经义的解析:"《三百篇》,如《周南·关雎》,则以第一章为起、承,第二章为转,第三章为合。《葛覃》则以第一章为起,第二章为承,第三章为转、合。《卷耳》则以第一章为起,第二章、第三章为承,第四章为转、合。……其他诗,或长短不齐者,亦以此法求之。古之作者,其用意虽未必尽尔,然文者,理势之自然,正不能不尔也。但后世风俗浇薄,情性乖戾,故心声之发,自不能与古人合尔。"①另外,元代诗法著作《诗教指南集》亦有"起联结练句三法",起句练法有:两平对偶、提纲挈纲领、上句生下;联句练法有:豪迈洒落、错综问答、下句承上;结句练法有:一事结、二事结、三事结。于各法后又标示"比""赋"等"诗之六义"。②前文已述,据张健研究,《新编增广事联诗苑丛珠》《联新事备诗学大成》是从《学吟珍珠囊》而来,而《学吟珍珠囊》大致成于宋金之际。由此我们或许可以初步判断,诸如《诗法家数》《诗教指南集》《诗法正论》等关于诗歌结构论成熟的理论总结,可能是在这类启蒙工具书流传运用的过程之中迎合了元代科举经义章法所形成的学术环境。蒋寅认为诗歌承启转合的结构与元代科举经义的固定章法在很大程度上有一定渊源关系:"起承转合之说,即使不是从经义作法中直接移植过来,也是在其理论框架中产生的。"③所言确是。经义作

---

① 张健:《元代诗法校考》,北京大学出版社2001年版,第242页。
② 参见张健《元代诗法校考》,北京大学出版社2001年版,第432—435页。
③ 蒋寅:《起承转合——诗学中机械结构论的消长》,《古典诗学的现代诠释》,中华书局2003年版,第107页。

第三章　科举兴废与元代后期诗学思想的转变

为元代科举考试的重要内容，本是出于对科举程式化的拨乱反正，然而一种文体一旦作为考试文体，在具体的考试过程中又不可避免地落入固定的程式当中。许有壬《林春野文集序》云："昔之人有式不拟，直以所学充之，后之人无学可充，而惟式是拟也。"① 以经义来看，元代经义写作章法对宋代以来繁复的"十段文"进行改良，保留了冒题、原题、讲题、结题四个部分，然而这种经义章法随着科举考试的具体实施也随之变为"惟式是拟"的程式之法。许有壬虽对"无学可充，惟式是拟"的学术风气给予批判，然而对于入门者来说，本身尚未有充实之学，所以"惟式是拟"便不失为一种快速入门的途径。但是就诗学启蒙而言，无论是《诗法家数》的理论解释，还是《诗教指南集》中的具体方法，其实对于初学者来说并不具有很强的实用性和可操作性。而如《联新事备诗学大成》这类启蒙工具书则不同，初学者只要在"起""联""结"中找到符合声韵规则的诗句，就可以马上按照所排定的结构组合成一首类似于集句诗的完整诗歌。这种练习如同书法描红，假以时日，初学之人也就可以掌握诗歌写作的技巧，因而在元代开科以后，人们的关注点迅速转移至此类书籍。

综上所述，诗学启蒙读物的刊刻正是迎合了元代科举考试的实际情况，多为"捋扯应举"的筌蹄、捷径。伴随科举废兴，此类书籍的刊刻也随之消长。此类书籍不仅以其实用价值促进了诗歌及诗学在元代的普及，也以其重要的诗学意义盛于后代，如《联新事备诗学大成》在明代不断有重刊本、覆刻本。同时也促成了明清时期体例更为严整的同类著作的形成，如《圆机活法》《诗林正宗》《五车韵瑞》《钦定佩文韵府》等。

---

① （元）许有壬：《林春野文集序》，李修生主编：《全元文》第38册，凤凰出版社2004年版，第110页。

中 编

时代精神偶像与元代后期诗学取法

第四章 "渊明真我师"：元后期"崇陶"与"学陶"

元人多隐士，这已是学界共持之论。查洪德将元代隐士分为三代：第一代多为元初的宋、金遗民，坚持民族气节，拒不仕元，如方凤、谢翱、林景熙、汪元亮等人；第二代为元代中期文人，出于政治及社会环境的影响，不应科举，无意仕进，纵情山水间，自乐其所有，如吾丘衍、刘诜、黄镇成、何失等人；第三代是元明易代之际文人，由于社会矛盾凸显、战争频仍，士人的出处观念再次受到冲击，隐逸之风更盛，突出的代表是以顾瑛等人为代表的玉山文人，以杨维桢为代表的铁雅文人群体，以黄公望、倪瓒、王冕、王蒙、吴镇为代表的画家群体，以及以高启、杨基等人为代表的吴中诗人群体。[①]而作为"隐逸诗人之宗"的陶渊明，无疑是元末文人共同尊奉的精神偶像。贡奎诗云："我爱陶渊明，梦幻视今古。浊醪亦何味，弃官乃归去。谁言千金躯，终作一抔土。人生贵相逢，不饮岂足取？"[②]他们不仅一递一声地传唱着"我爱陶渊明"，从陶渊明的隐逸生活和人格中培养起文人自我的独立价值以及寻找其心灵与出处、行迹的精神支撑，也在学习陶诗的过程中汲取着丰富的诗学养料。元末文人邓雅《与故人论诗》云："郑卫非所好，鲍谢难同时。古人如可作，渊明真

---

① 参见查洪德《元代诗学通论》，北京大学出版社2014年版，第62—70页。
② （元）贡奎：《元日书怀二首》其二，（元）贡奎、贡师泰、贡性之：《贡氏三家集：贡奎集、贡师泰集、贡性之集》，邱居里、赵文友校点，吉林文史出版社2010年版，第35页。

我师。"① 陶诗成为元末文人诗学取法的重要来源之一,而这种诗学取法也因他们对陶渊明的不同解读有不同的角度。但是现有研究大多集中于以单一的角度来叙述陶渊明在元代的接受,从而忽视了元末文人在陶渊明处获得的心灵与行迹的伸缩空间以及对陶诗的不同认知。②

第一节 儒士形象的解读与"性情之正"的取法

有元一代,陶渊明在很大程度上是以儒士形象被人解读的。胡助《大拙先生小传》载大拙先生陈信之为人云:"性恬淡,无机心,温和乐易,不作崖岸。见人有善亟称之。恒以孝悌忠信语人。独好儒学,能文章,喜为诗,且善书,有晋人风致,人或求其书,辄挥洒不倦,求诗亦不辞,江湖间往往传其所作。微好饮酒,量不宏。醉后喜诵陶渊明《归去来辞》、苏子瞻《赤壁赋》,慨然慕其人。间与释老二氏游,而不崇信其法也。"③ 在胡助看来,陈信有晋人风致,而作为晋人风致的代表,陶渊明即是一位坚持孝悌忠信的正统儒者。其实从宋代始,对陶渊明及其归隐的解读就已经有了道德伦理化的转向,杜甫所谓"陶潜避俗翁,未必能达道"的评价转而为宋人"陶潜直达道,何止避俗翁"的理解。经过周敦颐、邵雍、朱熹、陆九渊等人的塑造,陶渊明成为正统儒家道德伦理的化身。陶诗文本中的"桃源""菊花"等意象成为节操高尚的隐逸之士的象征,其不为五斗米折腰、不书刘宋年号而书甲子等典故也将他的归隐与遗民情结联系起来,成为后世

---

① (元)邓雅:《玉笥集》卷一,《文渊阁四库全书》第1222册,上海古籍出版社1987年版,第689页。

② 现有研究如罗春兰、周理凤、袁萍《"斯人真有道,名与日月悬"——陶渊明在元代的接受探析》(《南昌大学学报》2005年第5期),李剑锋《元代屈、陶并称及是陶非屈论》(《山东师范大学学报》2007年第3期),唐朝晖《隐逸与尽忠:元遗诗人接受史中的陶渊明》(《甘肃社会科学》2010年第1期),王茜《元代文人"尊陶"现象探析》(硕士学位论文,内蒙古师范大学,2014年)等。

③ (元)胡助:《大拙先生小传》,李修生主编:《全元文》第31册,凤凰出版社2004年版,第535页。

遗民坚持气节操守的楷模。而陶渊明本以淑世之志，在天下无道、不谐于时的情形下被迫归隐，也为元末文人在面临出处、行迹问题时提供了心灵的居所，正如元末文人陈基所说："靖节百世之士也，世不得而用之；节孝独行之士也，世莫得而遗焉；达卿用世之士也，顾所用何如耳！古今人不必同，不必不同，要其归卒无不同也，君子亦同其心而已矣。"① 无论全节而隐、保存道义，还是无道则隐、隐以求志、待时而用、行义达道，在元末文人看来都是"君子同其心"的表现，都可纳入儒家政治伦理化的范畴。

首先，陶渊明高尚的节操成为元代后期文人急需的精神旨归。据今人统计，元末遗民诗人有 300 多首咏陶、和陶、题陶画诗，咏陶、和陶诗人占遗民诗人总数的四分之三。② 一方面，元遗民对陶渊明的解读肯定与赞赏其不仕二姓的节操，郭钰《甲子》诗云："渊明赋归去，正合书义熙。衣冠晋江左，寄奴我何知。春秋乾侯笔，凡例日星垂。诛心虽探微，临难将安施。乃知书甲子，当在永初时。古人日已远，浇风日已漓。空余五柳树，萧瑟西风吹。"③ 又陈高《题陶渊明归去来图》云："荣名世所逐，好爵人易縻。孰忘轩冕贵，而有田园思。陶公令彭泽，明哲照几微。晋室日陵替，周鼎将迁移。归来问衡宇，幽情托妍辞。松菊三径怀，舟车丘壑期。冲襟邈闲旷，远识超辕羲。其人既云远，作者今有谁。闻风凤所慕，投绂方自兹。览图成叹息，永言以为师。"④ 在他们的意识中，陶潜是一位摒弃荣华利禄的高士，其不与刘宋政权合作的志节，深为他们所景仰和追慕，以坚贞形象被塑造的陶渊明也就成了他们的前代知音。

然而，陶渊明诗中摆脱尘俗的欣喜，在抽取其志节一面来解读的

---

① （元）陈基：《六柳庄记》，《陈基集》，邱居里、李黎校点，吉林文史出版社 2009 年版，第 261 页。
② 参见唐朝晖《隐逸与尽忠：元遗诗人接受史中的陶渊明》，《甘肃社会科学》2010 年第 1 期。
③ （元）郭钰：《静思先生诗集》，张欣点校，北京师范大学出版社 2016 年版，第 428 页。
④ （元）陈高：《不系舟渔集》卷三，《文渊阁四库全书》第 1216 册，上海古籍出版社 1987 年版，第 148 页。

元末文人那里，却成为一种挥之不去的沉重。戴良《和陶渊明归去来兮辞序》说："余客海上，追和渊明《归去来词》。盖渊明以既归为高，余以未归为达，虽事有不一，要其志未尝不同也。"其诗云："归去来兮，姑放浪以遨游。既反观而内足，复于世以何求。使有荣而有辱，宁无乐以无忧。匪斯世之可忘，惧夫人之难畴。我之所历，如水行舟。始欹倾于滩濑，终倚泊乎林丘。视末路之狂澜，睹薄俗之横流。知此来之幸济，诚祖考之余休。已矣乎！富贵真有命，利达亦有时。时命未至谁为留，岁云暮矣今何之。古人不可见，来哲亦难期。逐猿鹤以长往，俯陇亩而耘耔。歌接舆之古调，和渊明之新诗。为一世之逸民，委运待尽盖无疑。"① 显然，这是一个追求志节而愁苦不堪的形象。因此，在元遗民看来，陶诗中的意象，往往并非仅限于其闲适生活的写照，而成了表现节操的陶写之具。"田园荒芜亦已久，彭泽何须求五斗。徘徊三径抚孤松，怅望闲云数归鸟。耳孙为国励精忠，出处虽殊气味同。却忆柴桑游未得，只看图画仰高风。"② 在这里，田园、孤松、归鸟已成为忠义的化身，而"菊花"也由良辰美景、赏心悦目的清新美好意象引申为高蹈清绝的象征。舒頔在《云台观集燕序》中说："昔人称良辰、美景、赏心、乐事，是谓'四美'。予谓景之美者莫如秋，花之美者莫如菊。夫秋气最清，花得气之清，所以为尤美也。春夏之花，众人所爱。渊明爱菊，亦爱其气之清者……花之爱，岂渊明所独哉？渊明遭叔世，知晋室之不可支，知禄仕之不可久，在官八十二日，假督邮而去，赋《归去来》以自况，其高蹈清绝，千载之下一人而已。……嗟夫！花非异于昔也，时有迁变，而人品特殊耳。"③ 另一方面，元遗民正是在对陶渊明的解读中坚定了他们不仕二姓的忠义之节。戴良《和陶渊明杂诗十一首》其五云："我无猛烈心，出处每犹豫。或同燕雀栖，或逐枭鸢翥。向焉固非就，今者孰为去。

---

① （元）戴良：《戴良集》，李军、施贤明校点，吉林文史出版社2009年版，第271页。
② （元）邓雅：《题陶用大渊明归去来辞图（用大名洪泗州虹县人镇襄阳授武节将军）》，《玉笥集》卷二，《文渊阁四库全书》第1222册，上海古籍出版社1987年版，第693—694页。
③ （元）舒頔：《贞素斋集》卷二，《文渊阁四库全书》第1217册，上海古籍出版社1987年版，第572—573页。

第四章 "渊明真我师":元后期"崇陶"与"学陶"

去就本一途,何用独多虑。但虑末代下,事事古不如。从今便束装,移入醉乡住。醉乡固云乐,犹是生灭处。何当乘物化,无喜亦无惧。"又《和陶渊明饮酒二十首》其十九:"结交数丈夫,有仕有不仕。静躁固异姿,出处尽忘己。此志不获同,而我独多耻。先师有遗训,处仁在择里。怀此颇有年,兹行始堪纪。四海皆兄弟,可止便须止。酣歌尽百载,古道端足恃。"① 无疑,在"出处每犹豫""静躁固异姿"之时,是陶渊明给予了他坚守名节的动力。丁鹤年《奉寄九灵先生四首》其二亦云:"花柳村村接海滨,携家随处避风尘。衣冠栗里犹存晋,鸡犬桃源久绝秦。对坐青山浑不厌,忘机白鸟自相亲。也知出处关时运,岂但逃名效隐沦。"② 在漂泊不定、穷困潦倒的岁月中,他将自己的余生托付于前贤,纵浪于大化之中,坚定而诚笃。

其次,元后期文人对陶渊明的解读也侧重于其虽有淑世之志,但不谐于时的一面,因此隐以全身求志也是元后期文人从陶渊明那里得到的启发。黄枢《乐志善所藏陶渊明画像》云:"五柳弄碧色,众菊含秋芳。兴怀栗里翁,寸衷为激昂。忧勤企贤圣,气致超羲皇。但谓特隐逸,岂能详厥臧。观其所咏篇,荆轲与三良。殆欲身徇国,寓意何慨慷。述酒虽廋词,三复增悲伤。耻周西山夫,报韩张子房。尚友千载人,前后相辉光。蒿目视时贵,转丸为蜣螂。独留身后名,长与黄花香。有客事戎幕,爽气浮清扬。胄出望诸君,襟度殊慈祥。慕彼晋征士,画像藏巾箱。今日白衣来,得酒盈清觞。邀我坐东篱,索我题诗章。因将靖节心,与君细论量。饮酣得纵笔,勿谓吾为狂。"③《论语·述而》云:"天下有道则见,无道则隐。"在元后期文人看来,政治环境和社会秩序是陶渊明归隐的重要原因,如胡师寅诗云:"渊明思归今已归,弦歌莫办三径资。王弘略有丈夫气,可怜督邮真小儿。彭城寄奴狂未死,蒋陵风物寒如水。凄凉吟断义熙前,自傍晴窗书甲

---

① (元)戴良:《戴良集》,李军、施贤明校点,吉林文史出版社2009年版,第272、276页。
② (元)丁鹤年:《鹤年诗集》卷二,《文渊阁四库全书》第1217册,上海古籍出版社1987年版,第515页。
③ (元)黄枢:《后圃黄先生存集》卷四,中国国家图书馆藏明嘉靖刻本。

子。秋风满地摇黄花,脱巾漉酒夕阳斜。揩摩醉眼看天地,南山一点如栖鸦。"① 他们认为,陶渊明并非执意留恋于田园山水,而是时势逼迫使然,在政治昏暗之时,诗人不愿与"无道"之世苟合,于是远离政治功利,追求自我价值的实现。黄枢《寄傲轩记》载朱伯仁对陶渊明归隐的解读云:"予稔知伯仁之为人,孝于其亲,友于其弟,与人恭而有礼,察其身心之间,无所丝毫骄倨,而乃有取于此,何耶?伯仁曰:'吾见夫世降俗下,彼汲汲于名与利者,胁肩谄笑,摇尾乞怜,处污秽而不羞,甘汨没而忘返。孰若吾之傲睨于嚣尘之表,亦乐夫天命如陶令者乎?'"② 在朱伯仁意识中,陶渊明便是一位在世降俗下的社会环境中淡泊名利、傲睨嚣尘之士。然而遁隐出世并非放弃社会责任,他们认为陶渊明在"出"与"入"之间,有经世的意识,只不过不屑卷入政治的旋涡。蒋寅说:"虽然陶公归田园后诗文中不再挂怀世事,但在后人看来,他的退隐就仿佛是一种等待腾跃的蜷缩,只要世道更替,时来运转,他随时都可以复出。""隐逸和仕宦根本就没有不可逾越的鸿沟,今天的隐士可能就是明日的达官,而此时的簪缨或许就是日后的布衣。仕和隐的界限常很模糊,仕的理想不是仕,隐的理想也不是隐,仕中有隐,隐中有仕。"③ 诚然,在元末文人书写陶渊明的诗作中,这种观点亦俯拾即得。董寿民《次孟子玉同监见和车字韵》云:"清流那肯入污渠,未忍渊明早结庐。且付一身随用舍,从知万事有乘除。需时有子犹藏玉,好古逢人但说书。莫为饥寒变操守,他年何患食无鱼。"④ 又释良琦《松下渊明图》:"谢安却为苍生起,陶令何辞印绶回。若使生逢圣明世,青松老尽不归来。"⑤ 对于他们,"隐"不过是卧薪尝胆,"他年何患食无鱼""青松老尽不归来"才是

---

① (元)胡师寅:《题渊明爱菊图》,(元)汪泽民、张师愚:《宛陵群英集》卷四,《文渊阁四库全书》第1366册,上海古籍出版社1987年版,第995页。
② (元)黄枢:《后圃黄先生存集》卷四,中国国家图书馆藏明嘉靖刻本。
③ 蒋寅:《陶渊明隐逸的精神史意义》,《求是学刊》2009年第5期。
④ (元)董寿民:《元懒翁诗集》卷下,中国国家图书馆藏清嘉庆董占魁克念堂木活字印本。
⑤ (元)顾瑛辑:《草堂雅集》卷十六,杨镰、祁学明、张颐青整理,中华书局2008年版,第1151页。

第四章 "渊明真我师":元后期"崇陶"与"学陶"

最终的目标。李存《送朱可方序》也表达了无道则隐、有道则出的观点:"朱君可方退然有慕于晋陶处士渊明之风,俾朋友之能文辞者咸述之,而仆切疑焉。盖尝闻诸长老,前五十年,东南士君子之有志于四方者,局局然,惴惴然,不得过大江一步。今幸遇明时,际天极地,无不交车辙马迹焉。而天子又忧乎林岩之间,有不屑于自进而非常调所得者,复为成周宾兴之礼以来之。夫如是,则士之进者,或可以少愧,而上之求者,亦不为不尽其道矣。可方优于学,而未始仕也,而年又未始老也。析经义之精微,陈古今之得失,非可方所难。使一日勉焉旅进于场屋之间,有司未必失也。然后唯我天子所命,陈力就列。他日老焉而归,过彭泽,举一觞以告渊明,秋田而饮,种豆而食,篱其菊而径其松,未晚也。虽然,仆非有动于势利,而为是言者,顾以勤苦而为学,遇夫有道之世,不安于独善其身者,当然也。"① 李存认为天下有道则不必独善其身,行义达道之后,再隐以求自乐,也未为晚矣。基于此种理解,元末文人在对待出处、行迹问题上有了较大的自由,暂时的抱屈隐居,是为了待时而出,隐逸可以是身隐、形隐而心不隐,可以是伺机观望的生活态度,也可以是践行道义的前期准备。

然而,无论隐以全节、隐以求志,还是隐以待机而出,在多数元末文人眼中,陶渊明是个地道的儒士:"乌帽斜敧白发侵,老来空忆旧登临。一枝黄菊西风泪,数亩苍苔故国心。梧颤秋声庭露冷,雁传寒信塞云深。不须贳酒酬佳节,只把陶诗细细吟。"② 他们对陶诗的品评取法,也多在其诗歌表现出的儒家正统诗学观念中给予阐释。

元后期文人评陶诗往往将其与历代忠义之士之作并称。吴师道《吴礼部诗话》认为陶公《述酒》与屈原《离骚》《远游》等篇有共同之处:"愚尝读《离骚》,见屈子闵宗周之阽危,悲身命之将陨。而其赋《远游》之篇曰:'仍羽人于丹丘,留不死之旧乡。''超无为以

---

① (元)李存:《俟庵集》卷十六,《文渊阁四库全书》第1213册,上海古籍出版社1987年版,第688页。
② (元)张观光:《九日客怀》,《屏岩小稿》,《文渊阁四库全书》第1195册,上海古籍出版社1987年版,第596页。

至清，与泰初而为邻。'乃欲制形炼魄，排空御风，浮游八极，后天而终。原虽死，犹不死也。陶公此诗，愤其主弑国亡，而末言游仙修炼之适，且以天容永固、彭殇非伦赞其君，极其尊爱之至，以见乱臣贼子，乍起倏灭于天地之间者，何足道哉？陶公胸次冲淡和平，而忠愤激烈，时发其间，得无交战之累乎？洪庆善之论屈子，有曰：'屈原之忧，忧国也；其乐，乐天也。'吾于陶公亦云。"① 在他看来，二人作品都是忠愤的激烈表现，从中可以读出忠君爱国，读出乱臣贼子，而陶渊明的委运天命、安贫乐道也和屈原的忧乐之识相通。陈旅《菊逸斋序》又将陶渊明与诸葛孔明相联系，认为二人虽出处不同，但心可以相感："昔周子谓：'晋陶渊明独爱菊'，又曰：'菊，花之隐逸者也。渊明为晋处士，若是花之不与群艳竞吐，而退然独秀于风霜摇落之时，则渊明可谓菊隐者矣。'……然吾闻渊明中岁更字元亮者，慕诸葛孔明也。孔明与渊明出处不同，吾不知渊明所以慕孔明者何故？……盖尝思之，士有旷百世而相感者，不于其迹，而于其心；物非人，而能与人同者，不同乎人，而同乎天。惟其心之可以相感，则渊明何必不为孔明。"② 所谓"心之相感"，强调的便是陶渊明的淑世之志和行义达道的抱负，因此，菊逸的真趣，依旧是其忠君爱国的儒家理想。同恕《渊明归来图》可谓把陶公的这一形象刻画殆尽："呜呼靖节翁，后世忠武侯。出处虽事殊，抱负同天游。云鹤敛奇翼，还我松菊秋。南山日在眼，琴书可消忧。千年长沙孙，眉宇生气浮。朗咏《停云》篇，邈矣追风流。"③

由于看重陶渊明的正士之节，元后期文人强调陶诗得吟咏性情之正的特点。倪瓒《谢仲野诗序》云：

　　《诗》亡而为《骚》，至汉为五言，吟咏得性情之正者，其惟

---

① （清）丁福保辑：《历代诗话续编》，中华书局1983年版，第585页。
② （元）陈旅：《安雅堂集》卷六，《文渊阁四库全书》第1213册，上海古籍出版社1987年版，第67—68页。
③ （元）同恕：《榘庵集》卷十一，《文渊阁四库全书》第1206册，上海古籍出版社1987年版，第754页。

第四章 "渊明真我师":元后期"崇陶"与"学陶"

渊明乎?韦、柳冲淡萧散,皆得陶之旨趣,下此则王摩诘矣,何则?富丽穷苦之词易工,幽深闲远之语难造。至若李、杜、韩、苏,固已烜赫焜煌,出入今古,逾前而绝后,校其情性有正始之遗风,则间然矣。延陵谢君仲野,居乱世而有怡愉之色,隐居教授以乐其志,家无瓶粟,歌诗不为愁苦无聊之言,染翰吐词必以陶、韦为准则。己酉春,携所赋诗百首,示余于空谷无足音之地,余为讽咏永日。饭瓦釜之粥糜,曝茅檐之初日,怡然不知有甲兵之尘、形骸之累也。余疑仲野为有道者,非欤?其得于义熙者多矣。①

元代文人似乎都对"穷而后工"的理论持保留意见,他们认为风雅正声虽然久亡,但感发怨慕之情、比兴美刺之义,却无时无处不在。只要诗歌出自真情,所发之情又有所约束,不矫情伪饰,都可以得古诗"性情之正"的诗旨。入则行道,出则安贫乐道,从而幽深闲远之语也并非难造。周砥亦云:"夫诗,发乎性情,止乎礼义,非矫情而饰伪也。嗟夫王者迹熄而《诗》亡,然后《春秋》作矣。寥寥数千载下,晋有陶处士焉,盖靖节于优游恬淡之中有道存焉,所谓得其性情之正者矣。"②他们以为陶诗之所以自成天籁,在于陶诗"源于风雅,取则于六义,情感于中,义见乎辞,诵之者可以兴起",从而不事模拟,杜绝了"无病呻吟"的弊习,达到"悠然深远,有舒平和畅之气"的理想境界。③

然而元末文人一方面强调陶诗得"性情之正",看重"居乱世而有怡愉之色"的陶诗精神,主张学习陶诗"优游恬淡""舒平和畅之气",另一方面也对"忠义激烈"的诗风给予肯定,主张回忌"矜持",认为"冲淡和平"与"忠义激烈"同得古诗遗意。倪瓒在《拙

---

① (元)倪瓒:《清閟阁全集》卷十,《文渊阁四库全书》第1220册,上海古籍出版社1987年版,第306—307页。
② (元)顾瑛辑:《玉山名胜集》,杨镰、叶爱欣整理,中华书局2008年版,第136页。
③ 参见(元)倪瓒《秋水轩诗序》,《清閟阁全集》卷十,《文渊阁四库全书》第1220册,上海古籍出版社1987年版,第306页。

逸斋诗稿序》中说：

> 三百五篇之《诗》，删治出乎圣人之手，后人虽不闻金石丝竹咏歌之音，焕乎六义四始之有成说，后人得以因辞以求志。至其风雅之变，发乎情亦未尝不止乎礼义也。《诗》亡既久，变而为《骚》，为五言，为七言杂体，去古益以远矣。其于六义之旨，固在也。屈子之于《骚》，观其过于忠君爱国之诚，其辞缱绻恻怛，有不能自已者，岂偶然哉？五言若陶靖节、韦苏州之冲淡和平，得性情之正。杜少陵之因事兴怀、忠义激烈，是皆得三百五篇之遗意者也。①

其实陶诗"冲淡和平"的一面是宋人挖掘和强调的主要内容，而在元人看来，陶诗也有如杜诗"忠义激烈"的一面，这也是元人将屈、陶并称的重要原因。只不过这一面在元末战乱中文人们看得更为真切。倪瓒讲述周正道的经历说："生当明时，侨寓吴下，求友从师，不惮千里，其学本之以忠信孝友，而滋之以《诗书》、六艺，其为文若诗，如丝麻粟谷之急于世用，不为镂冰刻楮之徒费一巧也。兵兴三十余年，生民之涂炭，士君子之流离困苦，有不可胜言者。循致至正十五年丁酉，高邮张氏乃来据吴，人心惶惶，日以困悴。正道甫自壮至其老，遇事而兴感，因诗以纪事，得杂体诗凡若干首。不为缛丽之语，不费镂刻之工，词若浅易而寄兴深远，虽志浮识浅之士读之，莫不有恻怛羞恶是非之心，仁义油然而作也。"② 战乱之际，生灵涂炭，流离困苦，"忠义激烈"自然是真情的抒发，因此，他们认为学陶要回避"矜持"，而所谓"矜持"，并不是否定陶诗的价值，而是强调摒弃流连光景、岁锻月炼，摒弃沿袭剽盗之言和缛丽夸大之语。以浅易

---

① （元）倪瓒：《清閟阁全集》卷十，《文渊阁四库全书》第1220册，上海古籍出版社1987年版，第305页。

② （元）倪瓒：《清閟阁全集》卷十，《文渊阁四库全书》第1220册，上海古籍出版社1987年版，第306页。

第四章 "渊明真我师":元后期"崇陶"与"学陶"

明白的语言寄寓深远之意,从而兴发感怀,使闻之者足戒,达到古诗之遗意。

当然,在元末文人那里,陶诗得乎性情之正的关键在于陶公所树立的高尚节操。贡师泰《跋陶渊明图》云:"自司马氏之东也,一时勋名气节之伟,风流韵度之雅,盖不可偻数也。然人物独称陶渊明,文章独称《归去来词》。往往好事者,既咏歌以致其敬慕……三公九卿,岂重于一令?千言万语,岂多于一词也耶?"① 因此他们学习陶诗首先主张从陶公的人品出发,经过对其情性、人品的学习,以合其诗之气与味,进而认识陶诗的内理,即神气,以培养属于自我的诗歌风格。杨维桢《张北山和陶集序》云:

> 东坡和渊明诗,非故假诗于渊明也,其解有合于渊明者,故和其诗,不知诗之为渊明、为东坡也。涪翁曰:"渊明千载人,东坡百世士。出处固不同,气味乃相似。"盖知东坡之诗可比渊明矣。②

他认为苏轼与陶渊明虽然出处不同,但苏轼的出世之想及其情性、人品与陶渊明有所暗合,因而苏轼和陶诗与陶诗"气味相似",是和陶诗的典范。又其《赵氏诗录序》云:"评诗之品,无异人品也。人有面目骨骼,有情性神气,诗之丑好高下亦然。《风》《雅》而降为《骚》,《骚》降为《十九首》,《十九首》而降为陶、杜,为二李,其情性不野,神气不群,故其骨骼不卑,面目不鄙。"③ 杨维桢将诗品与人品一体而论,认为诗如其人,人如其诗,陶诗的成就就是他人格的再现,是承自《风》《骚》《十九首》一脉。陈绎曾《文筌》说陶渊明其人、其诗:"心存忠义,身处闲逸,情真,景真,意真,事真,几

---

① (元)贡奎、贡师泰、贡性之:《贡氏三家集:贡奎集、贡师泰集、贡性之集》,邱居里、赵文友校点,吉林文史出版社 2010 年版,第 364 页。
② (元)杨维桢著,孙小力校笺:《杨维桢全集校笺》,上海古籍出版社 2019 年版,第 2017 页。
③ (元)杨维桢著,孙小力校笺:《杨维桢全集校笺》,上海古籍出版社 2019 年版,第 2014—2015 页。

于《十九首》矣。但气差缓耳,至其工夫精密,而天然无斧凿痕迹,又有出于《十九首》之表者,盛唐诸家风韵皆出此。"① 由此可见,在他们看来,陶诗虽承自《风》《骚》《十九首》,但陶诗有自我的神气,即个性与风格,因此他们不仅强调对陶公人品的学习,也重视在学习过程中通过人品的培养,展示其个人的诗品,所谓"屈诗情骚,陶诗情靖,李诗情逸,杜诗情厚","诗之状,未有不依情而出也"。而此"情"基于"发于言辞,止于礼义"的"情性之正"②,故而通过学习陶诗,也就获得了与陶公相似的人品,以及自为一家的诗品。

第二节 逸士形象的解读与"平淡自然"的取法

元末文人黄枢《赠朱希陶处士》诗云:"处士如晋贤,风流今罕有。名希栗里翁,胄出惠州守。结庐远人村,亦有门前柳。赋诗临清流,力耕在南亩。肯效世间儿,纷纷事奔走。我本素心人,俗事不挂口。时来共琴书,葛巾漉春酒。"③元末文人对陶渊明的解读也侧重关注陶公归隐后自适自乐的生活,以及在隐逸生活中追求自我人生价值的实现。而此种价值与儒士兼济之志恰恰相反,是人格的自由和精神酣畅。元末文人多以陶渊明的超脱襟怀否定"入世"的价值向度,传统文人"立德""立功""立言"的人生追求在他们那里一一受到揶揄,伯夷、屈原、伍子胥、李斯、班固……一切以道德事功垂世的历史人物都被他们拉出来示众,警示世人放弃"上下求索"的艰辛痛苦和事功的虚无价值。"伯夷耻粟饿,屈原避谗死。独有柴桑翁,一不失张弛。所以百世下,风流激颓靡。遐观八极表,衰荣何足数。"④他

---

① (元)陈绎曾:《文筌》,《续修四库全书》第1713册,上海古籍出版社2002年版,第534页。
② (元)杨维桢:《郯韶诗序》,孙小力校笺:《杨维桢全集校笺》,上海古籍出版社2019年版,第2019页。
③ (元)黄枢:《后圃黄先生存集》卷一,中国国家图书馆藏明嘉靖刻本。
④ (元)马祖常:《读陶潜诗》,《马祖常集》,王媛校点,吉林文史出版社2010年版,第8页。

们认为伯夷不食周粟，屈原避谗而死，都是不善于明哲保身的典型，而陶渊明归园田居，在张弛之中乐天委命，风流自适亦传百世。又张养浩《双调·沉醉东风》云："班定远飘零玉关，楚灵均憔悴江干。李斯有黄犬悲，陆机有华亭叹。张柬之老来遭难，把个苏子瞻长流了四五番：因此上功名意懒。"① 将历史豪杰逐个评点后，他们意识到，千古是非、功名利禄最后终归虚无一场，倒不如放浪形骸，学陶公归去，赏菊东篱，日饮流霞，尽情享受快意人生。

然而，对"兼济"之士的调侃与否定，并非是他们的本意，他们也曾努力地"兼济"过，只不过在仕途壅滞、战乱频仍的时代，原初的志向早已被消磨殆尽，"楚大夫行吟泽畔，伍将军血污衣冠，乌江岸消磨了好汉，咸阳市干休了丞相。这几个百般，要安，不安，怎如俺五柳庄逍遥散诞"②。在"补天无术""经世无策"的情况下，他们不得不转而追求"出世"的隐逸生活，追求无拘无束的理想人生。

元末文人在经历了战乱的摧残后，清醒地认识到，所谓"道显于世""治国平天下"是"膺厚禄者"的事情，实在与他们无关，传统士人的社会责任感在他们心目中已不重要，秦约在《可诗斋夜集联句序》中说："至正十四年冬十二月廿二日，予游吴中，属时寇攘，相君有南征之命，川涂修阻，舟楫艰难，遂假馆于仲瑛顾君之草堂，而雪霰交作，寒气薄人。翌日夜分，集于可诗斋。客有匡庐于彦成、汝阳袁子英、吴郡张大本，相与笑谈樽俎、情谊浃洽。酒半，诸君咸曰：今四邻多垒，膺厚禄者，则当奋身报效，吾辈无与于世，得从文酒之乐，岂非幸哉！"③ 又熊梦祥《春晖楼中秋燕集序》云："至正壬辰七月廿六日，予自淮楚来。于时道途梗阻，虽近郡不相往来，独予于六月达吴。凡相知者莫不惊讶予之迁而捷也。越数日，即谒玉山主人于

---

① （元）张养浩：《双调·沉醉东风》，隋树森编：《全元散曲》，中华书局2018年版，第471页。
② （元）张养浩：《双调·沽美酒兼太平令》，隋树森编：《全元散曲》，中华书局2018年版，第456页。
③ （元）秦约：《可诗斋夜集联句序》，（元）顾瑛辑：《玉山名胜集》，杨镰、叶爱欣整理，中华书局2008年版，第141—142页。

草堂中，而匡庐山人在焉。相与议论时务，凡可惊、可愕、可忧、可虑者不少。予乃曰：于斯时也，弛张系乎理，不系乎时；升降在乎人，不在乎位。其所谓得失安危，又何足滞碍于衷耶？……呜呼！于是时能以诗酒为乐，傲睨物表者几人？能不以汲汲皇皇于世故者又几人？"①时势的发展自有其本身的理数，时运升降也不由其位而定，他们能做到的只剩下诗酒之乐，得失安危在此时已然缥缈，与其费心费力于经世安民，将一种虚无的责任感强加在自己身上自我折磨，倒不如在山水诗酒中尽情地享受，放下崇高，急流勇退，自我解脱，活出属于自己的人生。而此时，陶渊明又被元末文人借来，以一种绝俗超世、自适自乐的形象填充他们对自由极度渴望的精神空缺。

　　首先，元末文人对陶渊明的解读侧重在对一种自适自乐之平居生活的向往。王沂《题龙氏乐善堂》诗云："余爱渊明诗，匪善奚以敦。谁云甘泉谷，中有至乐存。龙氏世簪组，磊落多玙璠。筑堂种嘉木，丛阴庇其根。恶禽不敢栖，好鸟时飞翻。清琴横我床，浊酒盈我尊。愿言怀静者，时复扣衡门。"②他从陶诗中找到至乐生活的细节，堂前嘉木成荫，好鸟归来，浊酒盈杯，静者叩门，一幅闲居自适，乐天知命的美好场景。许氏兄弟（许有壬、许有孚）在隐居圭塘别墅时亦往往从陶公处得到闲居生活的快意，在神山避暑，晚行田间的畅游中每以陶诗为韵制诗，许有孚《水口听琴》一诗，在潺潺的流水中享受渊明琴外之趣，慰藉着他往昔置身官场的劳顿之心。在玉山草堂觞咏畅乐中，陶公闲适的身影也随处可见："去岁一春同作客，今春相见却身闲。亭开翠柳红桃外，鱼跃绿波春草间。自笑渊明居栗里，也随慧远入庐山。何当共下吴江钓，坐向船头话八还。"③此际的陶公，似乎也成了顾氏草堂的座上雅客。在他们眼中，陶渊明的真率、随性就是他们所向往的理想生活：

---

　　① （元）熊梦祥：《春晖楼中秋燕集序》，（元）顾瑛辑：《玉山名胜集》，杨镰、叶爱欣整理，中华书局2008年版，第332—333页。
　　② （元）王沂：《伊滨集》卷三，《文渊阁四库全书》第1208册，上海古籍出版社1987年版，第413页。
　　③ （元）顾瑛：《玉山顾瑛次韵龙门释良琦元璞》，（元）顾瑛辑：《玉山名胜集》，杨镰、叶爱欣整理，中华书局2008年版，第301—302页。

第四章 "渊明真我师":元后期"崇陶"与"学陶"

"渊明好饮酒,重觞即忘天。李白性所同,自称酒中仙。我素不解饮,饮少亦陶然。酒能助诗兴,一斗成百篇。我饮仅数杯,我吟亦数联。谁知醉中吟,其乐不可言。"(邓雅《饮酒》)"渊明非嗜酒,寓意酒杯中。大化观天地,闲情对菊松。风流千载上,感慨几人同。稽首瞻遗像,云开见华嵩。"(邓雅《题渊明画像》)[①] 陈基《桃源小隐记》记载了时人慕陶渊明"桃花源"而在界溪一地筑"桃源小隐"事及其人闲适自乐的生活:"(主人)尝读晋人所记桃花源而慕之,且曰:'安得若人者与之游乎?'于是环其庐皆种桃,而扁曰'桃源小隐'。客有过而为之赋者,曰:'仲春之月,桃始敷,风日晴美,其蒸如霞,既秾且郁,天发其葩,灼灼丽姝,烂云锦以为居。此岂避秦之子,而彼美人者,得以挹其芳而玩其华耶?'生乃止客,取酒剧饮,日且暮,俱藉草卧花下。须臾,月白风露,在草树间,夜气袭人。生因暂起,有顷,复觅顾客,而客忽不见。潦水时至,生往率农人田于其野,至暮而归,则闻有鼓枻夷犹于烟波莽苍外者。生乃歌陶渊明诗以和之,然其人卒不可得而见。"[②] 美好的生活环境,平居生活的闲适惬意,接杯觞、弄笔墨的朋友之会、欢宴咏歌,俨然一幅世外桃源的景象。

其次,元末文人对陶渊明自适自乐之平居生活的向往,意在摆脱世俗的约束和负担,获得心灵的自由和精神的满足,以此超脱于轮回之外,实现自由人生的价值。舒頔认为陶渊明俯仰无惭、获得心灵的超越,在于其对利禄纷争的摒弃,其《次王和夫见寄韵》诗云:"俯仰无惭一不惊,寒香晚节颇关心。九天雨露恩常溥,万里山河恨未平。老景肯输诗笔健,旷怀宁让酒杯清。纷纷利禄争先步,谁似渊明去就轻。"[③] 张之翰则认为渊明的超然在于富贵贫贱之外,"萧然乐其乐",其《题渊明图》云:"人云《归来辞》,在晋第一文。我谓靖节公,在晋第一人。人文双绝妙,愈久则愈新。想当义熙初,素神郁莫伸。解

[①] (元)邓雅:《玉笥集》卷一、卷三,《文渊阁四库全书》第1222册,上海古籍出版社1987年版,第689、702页。

[②] (元)陈基:《陈基集》,邱居里、李黎校点,吉林文史出版社2009年版,第351页。

[③] (元)舒頔:《贞素斋集》卷七,《文渊阁四库全书》第1217册,上海古籍出版社1987年版,第652页。

印拂衣去,清风满乡邻。醉吟东篱秋,舒啸东皋春。言语益精拔,怀抱任旷真。进不急富贵,退不忧贱贫。萧然乐其乐,无怀葛天民。市朝日流血,不到漉酒巾。"① 然而,无论如何元末文人都在对陶公的解读中将其超脱的襟怀努力付诸实践:"渊明住柴桑,门无车马喧。青山如故旧,一见心悠然。若人慕高风,作亭临水边。高柳三五株,兰菊亦鲜鲜。宾朋日过从,饮酒和陶篇。悠然得所乐,庶以全其天。"(邓雅《题鞠孟端悠然亭》)"南州有一士,养浩归园田。与世素寡谐,尚友千载贤。浊醪泛佳菊,细和渊明篇。而我慕斯人,离别今有年。云山渺无际,安得同周旋。"(邓雅《寄艾录事潜虚》)② 在仿效陶公的生活、细读陶公的诗篇中,他们优游于浩渺云山,得到了"全其天"的无尽快乐。胡助《隐趣园记》载其儿胡璋逍遥于隐趣园事:"吾儿雅不欲仕,独慕古人之遗风余烈于山林间,故得园池之胜,与隐者之趣,固未必同也。诚能得夫隐居之趣,是与造物者游,逍遥乎尘埃之外,彷徨乎山水之滨,功名富贵何曾足以动其心哉。呜呼!古之君子真得隐居之趣者,亦不多也。晋有陶渊明,唐有李愿而已。此其人何如哉?噫!东风花柳,禽鸟和鸣,佳木阴浓,池莲香远,水清石瘦,黄菊满篱,雪积冰坚,挺秀苍翠。四时之景可爱,而千载之心攸存,慨然飞云之想,而不忘泰山之瞻,斯为无忝乎隐趣云尔。"③ 隐趣的意义在于不依附任何外物,与造物者同游,以此抗衡功名富贵,涤化心灵,回归文人独立、自由的生活方式。

对陶渊明自适自乐之平居生活的向往和对他绝俗超世人格与精神的激赏,也影响了元末文人对陶诗的取法。"春暮适川上,意与流水长。时有白云至,远带松翠香。手携渊明诗,倦坐据绳床。悠然宇宙间,是非两忘羊。"④ 他们在陶诗中品味到对自然、宇宙的适意,水光

---

① (元)张之翰:《张之翰集》,邓瑞全、孟祥静校点,吉林文史出版社2009年版,第16页。
② (元)邓雅:《玉笥集》卷一,《文渊阁四库全书》第1222册,上海古籍出版社1987年版,第675、684页。
③ 李修生主编:《全元文》第31册,凤凰出版社2004年版,第510页。
④ (元)周权:《春暮》,《此山诗集》卷一,《文渊阁四库全书》第1204册,上海古籍出版社1987年版,第9页。

第四章 "渊明真我师":元后期"崇陶"与"学陶"

山色间的无穷之意,自然遇之,自然感动,他们将心中所感、胸中之趣以平淡之笔陶写下来,记录自己的心灵和情绪,不苟藻饰,也不求媚俗,悠然自乐,是非两忘。

元末文人对陶诗自然平淡的取法直接受到宋人评陶诗的影响,如王构《修辞鉴衡》引《韵语阳秋》云:"大抵欲造平淡,当自组丽中来,落其纷华,然后可造平淡之境。如此则陶、谢不足进矣,今之人多作拙易诗,而自以为平淡识者未尝不绝倒也。"① 认为平淡与老境直接关联,陶诗的平淡是"落其纷华"的表现,王沂《鲍仲华诗序》亦云:"诗造于平淡,非工之至,不能也。昔之业是者,齿壮气盛,挟其英锐,其探远取绚烂为绮绣,明洁为珠璧;高之为颠崖峭壑,浩乎为长江巨河;引而跃之为骧龙舞凤。及其年至而功积,华敛而实食,向之英且锐刮落,则平淡可造矣。是盖功力之至而然,不以血气盛衰而言也。"② 认为诗歌的平淡风格是岁迈月逝、学问工致后的成熟境界。然而,元末文人出于他们对陶诗此种风格的再次沉潜琢磨,在宋人的诗学观念之上又有所补益与发展。严羽《沧浪诗话·诗评》言:

> 汉魏古诗,气象混沌,难以句摘。晋以还方有佳句,如渊明"采菊东篱下,悠然见南山",谢灵运"池塘生春草"之类。谢所以不及陶者,康乐之诗精工,渊明之诗质而自然。③

严羽评陶、谢诗的区别,着眼于谢灵运诗富丽精工,出自人工雕刻,陶诗质性自然,只写胸中意。而在杨维桢看来,陶、谢诗之所以有"摹形"与"写意"的区别,在于二人对自然景物欣赏与观察方式的不同:

---

① (元)王构:《修辞鉴衡》卷一,《文渊阁四库全书》第1482册,上海古籍出版社1987年版,第267页。
② (元)王沂:《鲍仲华诗序》,李修生主编:《全元文》第60册,凤凰出版社2004年版,第92页。
③ (宋)严羽著,郭绍虞校释:《沧浪诗话校释》,人民文学出版社1983年版,第9页。

> 吾尝评陶、谢,爱山之乐同也,而有不同者,何也?康乐伐山开道,入数百人,自始宁至临海,敝敝焉不得一日以休,得一于山者,粗矣;五柳先生断辕不出,一朝于篱落间见之,而悠然若莫逆也,其得于山者,神矣。故五柳之咏南山,可学也,而于南山之得之神,不可学也,不可学,则其得于山者,亦康乐之役于山者而已耳。①

杨维桢认为谢灵运对自然景物的欣赏与观察重在"游",这是一种"伐山开道"的集体游览,在所到之处并不深入体会自然真意,只得山水之"形",是所谓之"粗",享受的是游览过程的趣味。陶渊明则在静处深入体察自然之"神",享受的则是景物本身所带来的趣味。故而陶公"得于山",康乐"役于山"。从陶、谢二人对自然景物观察方式的异同处着眼,元人更为深入地阐明了二人诗风的区别,也因此,杨维桢为学陶者指出了一条可资借鉴的途径:学陶不必步韵倚声,迹于其诗,在于学习陶公的胸中之意,以求意的方式体察自然外物,再以自己的志趣发言为诗。

宋人对唐宋人学陶诗有细致评说,这些观点也为元末文人所接受,但元人又在细微处给予具体阐述,陈秀明《东坡诗话录》引黄庭坚语:

> 白乐天、柳子厚俱效陶渊明作诗,而推子厚诗为近。然以予观之,子厚语近而气不近,乐天气近而语不近;子厚气凄怆,乐天语散缓,各得其一,要于渊明诗未能尽似也。东坡亦尝和陶诗百余篇,自谓不甚愧渊明,然坡诗语亦微伤巧,不若陶诗体合自然也。要知陶渊明诗,须观江文通杂体诗中拟渊明作者方是逼真。②

黄庭坚评白居易、柳宗元、苏轼学陶是从"气"和"语"两方面

---

① (元)杨维桢:《张北山和陶集序》,孙小力校笺:《杨维桢全集校笺》,上海古籍出版社2019年版,第2018页。

② (元)陈秀明:《东坡诗话录》卷上,中国国家图书馆藏清刻本。

出发，所谓"语"，即陶诗自然而发的平淡诗语；"气"，则是由平淡诗语体现出的壮逸之气，即陶诗的风格特征。由此认为柳诗"语近"，但风格稍落"凄怆"；白诗、苏诗有壮逸之气，但语言似有散缓工巧。元人论此则更为周详，进而扩展至"情"和"趣"、"意"和"韵"、"貌"和"味"等范畴。元人认为陶渊明淡泊渊永，远出流俗的风格得益于其真实情感的抒发，而陶、韦、柳并称，其实只是论其形似而未及情感的真实与否，张养浩在《和陶诗序》中说：

> 夫诗本以陶写情性，所谓在心为志，发言为诗，既拘于韵，则其冲闲自适之意绝无所及，恶在其为陶写也哉！余尝观自古和陶者凡数十家，惟东坡才盛气豪，若无所牵合，其他则规规模仿，政使似之，要皆不欢而强歌，无疾而呻吟之比，君子不贵也。①

他以为拘于陶诗的韵律语言，则闲适冲淡之意不能较好表现，学习陶诗根本在于学陶以性情为诗，诗歌陶写性情则在很大程度上便可以除去雕镂锻炼的痕迹。而从理趣中流出的诗歌也能达到造语精圆、自然无斧凿痕迹的效果，充分表达诗歌的情感，陈绎曾在《文式》中说："选诗惟陶渊明……自理趣中流出，故混然天成，无斧凿痕，余子止是字炼句锻，镂冰工巧而已。"② 进一步，元人又以"意"和"韵"来讨论陶诗，郝经《和陶诗序》云：

> 赓载以来，倡和尚矣。然而魏晋迄唐，和意而不和韵；自宋迄今，和韵而不和意，皆一时朋俦相与酬答，未有追和古人者也。独东坡先生迁谪岭海，尽和渊明诗，既和其意，复和其韵，追和之作，自此始。③

---

① （元）张养浩：《归田类稿》卷三，《文渊阁四库全书》第1192册，上海古籍出版社1987年版，第500页。
② （元）陈绎曾：《文式》卷下，中国国家图书馆藏明刻本。
③ （元）郝经著，张进德、田同旭编年校笺：《郝经集编年校笺》，人民文学出版社2018年版，第118页。

郝经所讲的"意"不单是陶诗文本所表现的风格特征,也内化了创作主体的襟怀与思致。认为陶公"天资高迈,思致清逸","任真委命,与物无竞"的生命追求,使其诗歌能够跌宕于性情之表,超然属韵。而这种"意"和"韵"的完美结合,需要一种特殊的人生经历,这也是郝经赞赏东坡和陶诗的重要原因。再进一步,元人认为陶诗的平淡风格与"貌"和"味"有密切的关系,陈旅《静观斋吟稿序》云:

> 《三百篇》而下,汉、魏诸诗弗可及已。晋、宋间,则陶渊明为最高,后世之务为平淡者多本诸此,然而甚难也。盖平则貌凡,淡则味薄,为平淡而貌不凡、味不薄,此以为甚难也。唐大名家如杜少陵诸人,不得专以是体论之。若韦苏州辈,其亦平而不凡、淡而不薄者乎!①

陈旅认为平淡的对立面是"貌凡"和"味薄",后世学陶者效其平淡诗风,多流入平淡的负面价值。那么,如何弃除"味薄"?元人认为需要深入体会诗歌的"景外之景"与"味外之味",陈基《悠然亭记》云:"斯亭也,近俯太湖之苍茫,远览夫椒之嵯峨,回波荡漾,与天光互吞吐,飞鸟往还,与山气相回薄,悠然之顷,宛有真趣。此靖节所谓'欲辩已忘言'者也。盖象外之象,景外之景,自然无名,太虚无迹,言之不足以尽其意,默之则足以全其天。"②又邓雅《读陶渊明二首》云:"吟诗不须苦,吟苦失诗意。吾笑郊岛徒,雕镂损肝肺。凯风因时来,微雨从东至。凭几诵陶诗,诗中有深味。""我性爱陶诗,难窥数仞墙。闲来辄诵之,愈觉滋味长。太羹无盐梅,土鼓谐宫商。谁能起公死,执鞭向柴桑。"③学习陶诗在于涵泳陶诗中的深意、深味,这种深意、深味即陶诗中平淡而不薄的隽永内涵。如何避

---

① (元)陈旅:《安雅堂集》卷五,《文渊阁四库全书》第1213册,上海古籍出版社1987年版,第58页。
② (元)陈基:《陈基集》,邱居里、李黎校点,吉林文史出版社2009年版,第346页。
③ (元)邓雅:《玉笥集》卷一,《文渊阁四库全书》第1222册,上海古籍出版社1987年版,第678页。

第四章 "渊明真我师"：元后期"崇陶"与"学陶"

免"貌凡"，在陈旅看来，超越凡俗之"貌"虽然是"天趣道韵之妙"，并非学力所能致，然而却不得不有深厚的学力。他认为摆脱凡俗，一方面需要沉潜于"理性之蕴"，"养于中者有素"；另一方面要有超尘脱俗的生活环境，"隐居清淡之乡，日与云烟水石相上下"，从而摒除外物诱惑，悠然忘怀世间尘俗。"中有所养"，"外无所诱"，形诸吟咏，则自然达到平而不凡的境界。①

要之，在元代后期，文人们无论将陶渊明解读为一位正统儒士，取法陶诗"性情之正"的内涵，还是把陶渊明解读为一位"逸士"，取法陶诗"平淡自然"的风格，他们都从陶渊明的隐逸生活和人格中寻到了心灵与出处、行迹的精神支撑，元末释大圭《归来》诗云："归来溪上一茅堂，读罢陶诗倚石床。万事悠悠长啸里，闭门风雨麦秋凉。"② 在陶诗的吟咏中，他们的心灵有了归处，精神得以安顿。当然，也在学习陶诗的过程中充分汲取了陶诗的养料，进而培育了属于他们自己的诗学内容。

---

① 参见（元）陈旅《安雅堂集》卷五，《文渊阁四库全书》第1213册，上海古籍出版社1987年版，第58页。
② （元）释大圭：《梦观集》卷五，《文渊阁四库全书》第1215册，上海古籍出版社1987年版，第259页。

第五章 "忧时苦爱杜陵诗":元后期"崇杜"与"学杜"

傅若金《和宋子与病中》诗云:"去国休题王粲赋,忧时苦爱杜陵诗。"① 元代后期,天下离乱,杜甫其人、其诗受到文人们的再次关注。元后期文人"崇杜",首先表现在对杜甫流离愁苦生活的切身感受,以及与杜甫产生的心灵共鸣,他们从杜甫的襟怀中寻求安身立命的精神支柱。其次,他们将杜甫作为忧国忧君、忠君爱国的精神偶像,从杜诗的忧思深广中提取感动人心的精神力量。此外"崇杜"还表现在他们对杜甫放怀自适、安其所遇的人格魅力的激赏。在"崇杜"的影响下,他们也学杜,杜诗被作为诗歌启蒙教育的典范教材,"仿杜"与"注杜"也成为一时风尚,而且他们还以杜诗为评价标准评点当代诗作,又以杜诗来注释时人诗作。当然,元后期文人"学杜"更注重对杜诗的取法,在对杜诗的练择与取法中,形成了他们独具个性的诗学内容。现有的杜诗元代接受史研究已有一定成果,但尚未见关于元后期对杜诗取法问题的系统研究。②

---

① (元)傅若金:《傅与砺诗集》卷五,《文渊阁四库全书》第1213册,上海古籍出版社1987年版,第240页。
② 如赵海菱《杜诗在元代的研究与整理》(《杜甫研究学刊》2008年第2期)着重探讨元人对杜诗的学习以及杜诗在元代的编撰整理情况;赫兰国《辽金元时期的杜诗学》(博士学位论文,四川师范大学,2011年)讨论了几种元代杜诗选集;刘季《玉山雅集诗歌创作中的崇杜倾向》(《内蒙古大学学报》2012年第3期)集中讨论玉山文人群体的崇杜倾向;查洪德《元代诗学通论》(北京大学出版社2014年版)比较了宋人与元人学杜的异同,对方回论杜有精彩阐述;黄桂凤、陈玉滢《论杜诗在元代诗歌中的接受》(《玉林师范学院学报》2016年第3期)探讨了元诗中的崇杜现象。诸种成果详于元代前、中期而略于后期,详于崇杜表现而略于诗学取法。

第五章 "忧时苦爱杜陵诗":元后期"崇杜"与"学杜" ❖❖❖

第一节 元后期文人"崇杜"的表现

元顺帝后至元三年（1337）夏四月，杜甫被元廷追谥为"文贞"，褒誉这位前代诗人经天纬地、道德博闻之"文"和慈惠爱民、恒德从一之"贞"。张雨《赠纽怜大监》诗后注曰："请以蜀文翁之石室，扬雄之墨池，杜甫之草堂皆列学宫。又为甫得谥曰文贞。以私财作三书院。遍行东南，收书卅万卷及铸礼器以归。虞奎章记其事，邀予赋诗如上。"① 可见，追谥杜甫对时人来说是一件文化盛事，而就在这个月，大元王朝恶兆频现，天灾人祸此起彼伏："甲戌，有星孛于王良，至七月壬寅没于贯索。""辛卯，合州大足县民韩法师反，自称南朝赵王。太阴犯垒壁阵。""己亥，惠州归善县民聂秀卿、谭景山等造军器，拜戴甲为定光佛，与朱光卿相结为乱。""庚子，太白昼见。""龙兴路南昌、新建县饥，太皇太后发徽政院粮三万六千七百七十石赈粜之。"② 在多事之际，树立一尊道德文章的典型，再次强调"忠孝节义"的价值观，对于处在风雨飘摇中的元廷来说，本不足为怪，但在此后的战争乱离之中，"文贞"却成为元末文人的一剂安慰之方，在漂泊困顿中，他们重新体会了老杜的精神实旨。

元后期文人"崇杜"，首先表现在对杜甫流离愁苦生活的切身感受，以及与杜甫产生的心灵共鸣。在他们眼中，杜甫的诗、诗中的杜甫，总是一副飘零、流离的形象，贡师泰《忆侄景》（其一）云："相望亦何远，梦中频见之。干戈连数岁，书问动经时。寂寞扬雄赋，飘零杜甫诗。江东春树绿，偏重阿咸思。"③ 在干戈不息的岁月中，文人们更加真切地体会到了杜甫飘零之苦，亲友的挂念只能是

---

① （元）顾瑛辑：《草堂雅集》卷七，杨镰、祁学明、张颐青整理，中华书局2008年版，第616页。
② （明）宋濂等：《元史》卷三九，中华书局1976年版，第839—840页。
③ （元）贡奎、贡师泰、贡性之：《贡氏三家集：贡奎集、贡师泰集、贡性之集》，邱居里、赵文友校点，吉林文史出版社2010年版，第214页。

梦中的偶会，朋友间论交、邂逅也往往染上了生死契阔的悲苦："湖海论交伯仲知，死生契阔每攒眉。别来岁月如长夜，相见衣冠异昔时。有酒阮公浑得醉，无家杜甫不胜悲。请看棣萼相辉处，吾亦低头拜紫芝。"①此时此际，杜诗似乎成为他们诠释、珍惜这不易而来的人生良会和尽情抒发依恋不舍之情的最佳载体。倪瓒说："余与宗普道兄别十有六年矣。忽邂逅吴下，杯酒陈情，不能相舍，老杜所谓'夜阑更秉烛，相对如梦寐'者，讽咏斯语，相与怆然，人生良会不易而况艰虞契阔若此者乎？以十余载而仅一面，则人生果能几会邪？悲慨未有若此言也。明日道兄将归钱塘，余亦鼓枻烟波之外，因写图赋诗，以寓别后恋恋不尽之情云耳。"②在飘零之中，他们认识到此身只是客，希望通过金卮杯盏来安慰这失去凭依、漂泊无定的愁苦。郭钰《和寄王仲京》诗云："暮云飞尽倚阑干，怀抱何时独好宽。天下兵戈愁杜甫，云间鸡犬忆刘安。每传佳句看君好，想对芳尊共客欢。香染越罗春袖薄，楝花风起不知寒。"③然而时事多忧，岂是一醉可以消除的？别离的泪水，又岂能抵得过世事纷扰在他们心灵中留下的创伤？"金吾上将开东阁，白发参军起曲阿。严武故人惟杜甫，马周知己独常何。龙蛇久斗系兵甲，乌兔高飞避网罗。慷慨平生两行泪，哀时更比别离多。"④在兵戈扰攘之际，杜甫哀时、忧天下的精神再次被他们提出，却有了更加深刻且感同身受的体会。钱惟善《题杜甫麻鞋见天子图》诗云："四郊多垒未还乡，又别潼关谒凤翔。九庙君臣同辟难，十年弟妹各殊方。中原百战洗兵甲，万里一身愁虎狼。寂寞当时穷独叟，按图怀古恨茫茫。"⑤一位寂寞穷困的老

---

① （元）沈梦麟：《壬子冬十一月日仆过浦江访郑仲舒博士伯仲郑首赋诗因和韵以谢》，《花溪集》卷三，《文渊阁四库全书》第1221册，上海古籍出版社1987年版，第94页。
② （元）倪瓒：《清閟阁全集》卷九，《文渊阁四库全书》第1220册，上海古籍出版社1987年版，第302页。
③ （元）郭钰：《静思先生诗集》，张欣点校，北京师范大学出版社2016年版，第520页。
④ （元）张枢：《送友之戎幕》，赖良：《大雅集》卷六，《文渊阁四库全书》第1369册，上海古籍出版社1987年版，第547页。
⑤ （元）钱惟善：《江月松风集》卷一，《文渊阁四库全书》第1217册，上海古籍出版社1987年版，第800页。

第五章 "忧时苦爱杜陵诗":元后期"崇杜"与"学杜"

翁,四方漂泊求索,杜甫的形象仿佛穿越时空,成了元末那一代文人的缩影。

元后期文人"崇杜"更多表现为对杜甫忠节精神的肯定。以此将杜甫作为忧国忧君、忠君爱国的精神偶像,从杜诗的忧思深广中提取感动人心的精神力量。杜甫的精神价值在宋代苏轼那里概括为"流落饥寒,终身不用,而一饭未忘君",到元代后期,这种"一饭不忘君"的精神得到时人的更多赞许。李存《杂说》云:"杜甫诗,令人浑然端且厚,慨然有忠节。舍是,吾未见其多益于人也。"进而他列举张翥居钱塘时为人传慈孝、节义之事,而"长幼无不慷慨长叹,至流涕或恸哭不能终观"[①]。

出于对杜甫忠节之事的赞扬,元后期文人每每将杜甫与屈原、诸葛孔明等前代忠义之士并举,沈梦麟《绿静为丘通政赋》诗云:"通政幽居足隐沦,新开水榭隔游尘。雪消波影浮青琐,风泛天光泳紫鳞。漱渴每思唐杜甫,濯清独美楚灵均。老夫屡有凭阑兴,只恐衰年咳唾频。"[②] 又陈旅《明美堂记》云:"三代以降,世之豪杰,孰有如诸葛孔明者乎?曹操父子根盘中夏,汉氏已澌灭不可复作,公于此时用崎岖之蜀,辅昏孱之胤,张皇大义,恢复帝室,其所为盖三代之王佐也……自寿(陈寿)以来,世之真知孔明者,孰有如唐之杜子美者乎?观其流落成都,数谒故祠锦亭之东,而抚其遗树,感慨悲歌,诗凡数篇,皆足以发千载之忠愤,而直以伊、吕与武侯相伯仲。夫唯贤而后知贤,子美知孔明可为伊、吕,则其所以自许者可知矣。当玄宗之播迁也,子美亦走三川。肃宗立,又自鄜奔行在所,遂陷贼中,几不自免。后客秦州,入同谷,采橡栗自给,饥寒困惫,而忠义之气形于歌诗,蔼如也。惜乎平生抱负不得施诸事业,而一发于诗。世之不知子美者,惟以能诗称之,谁知子美之与孔明,有所甚同者乎?子美

[①] (元)李存:《俟庵集》卷十二,《文渊阁四库全书》第1213册,上海古籍出版社1987年版,第663页。

[②] (元)沈梦麟:《花溪集》卷三,《文渊阁四库全书》第1221册,上海古籍出版社1987年版,第102页。

以孔明比伊、吕,人固信之矣。"① 他们认为杜甫与屈原、诸葛亮虽出处不同,但忠君爱国的思想是相通的。杜甫以伊、吕与武侯自比,就是要学习前人的忠义行迹,而其忠义之气、一寸丹心形于歌诗,后人"颂其诗,读其书",忠君爱国之心,缱绻恻怛之意,油然而生,为千秋万古称颂。陈绎曾《文式》亦云:"乐毅《答燕惠王书》,诸葛孔明《出师表》,不必言忠,而读之者可想见其忠。李令伯《陈情表》不必言孝,而读之者可想见其孝。杜子美诗之忠,黄山谷诗之孝亦然。"因而他论杜诗,也每于细节处彰显杜诗的忠孝思想,杜甫《哀江头》有句曰:"渭水东流剑阁深,去住彼此无消息。"陈绎曾说此诗妙在此二句,"时明皇在蜀,肃宗在秦,一去一住,两无消息。有天下而不得养其父,此情如何邪?父子之际,人所难言,子美独能言之,此其所以不可及,非但细柳、新蒲之感而已。"② 因此,在他看来,对杜诗的理解,绝非仅是"细柳、新蒲之感"的"状物之妙",而在于其深层的人格精神,马祖常所谓"不作还山梦,因吟李杜诗。平生无饱饭,抵死只忧时。事实兼唐史,风流揖楚辞。山川旧游处,千载有余悲"③。

再者,元后期文人"崇杜"还表现在对杜甫精神的另一个维度——放怀自适、安其所遇的人格魅力的激赏。贡师泰《草堂诗序》云:"诸葛孔明当蜀汉方兴,则卧于南阳草庐;陶渊明当晋室将衰,则隐于柴桑草屋;及唐安史之乱,而杜子美又筑草堂于浣花溪上。夫三君子者,居皆非有穹堂华构,以侈观瞻、娱心志也。然而间关寥落之际,即其所处,未尝不长吟醉饮,放怀自适,以安其所遇焉。"④ 元后期文人对杜甫这一人格魅力的崇仰,一方面充分表现于

---

① (元)陈旅:《安雅堂集》卷七,《文渊阁四库全书》第 1213 册,上海古籍出版社 1987 年版,第 86 页。
② (元)陈绎曾:《文式》卷下,中国国家图书馆藏明刻本。
③ (元)马祖常:《五言九首》其二,《马祖常集》,王媛校点,吉林文史出版社 2010 年版,第 48 页。
④ (元)贡奎、贡师泰、贡性之:《贡氏三家集:贡奎集、贡师泰集、贡性之集》,邱居里、赵文友校点,吉林文史出版社 2010 年版,第 445 页。

元人以杜甫诗语命名其所居庭院,另一方面表现于采杜甫诗韵以资燕集唱和。顾瑛"玉山草堂"取自杜甫《崔氏东山草堂》诗句"爱汝玉山草堂静,高秋爽气相鲜新";玉山佳处之"浣花馆"取老杜"筑草堂于浣花溪上"之意;"金粟影"取自杜诗"虎头金粟影,神妙独难忘"句。关于玉山佳处场馆得名,刘季《玉山雅集诗歌创作中的崇杜倾向》一文有详细论述,此处不再赘述。而据该文统计,玉山雅集分韵赋诗 31 次,引杜诗一家即有 14 次。① 所引杜诗如《夜宴左氏庄》"暗水流花径,春星带草堂""风林纤月落,衣露净琴张";《八月十五夜月》"转蓬行地远,攀桂仰天高";《羌村三首》"夜阑更秉烛,相对如梦寐";《月》"天上秋期近,人间月影清";《携妓纳凉晚际遇雨》"竹深留客处,荷净纳凉时";等等,都是杜诗清逸、流美之句,表现为一种清净适居、赏心悦目的审美取向。此外,以杜诗用作燕集唱和的韵料也并非仅局限于玉山草堂的唱和之中,引杜诗起韵在元后期成为一种时尚,钱惟善有《久旱酷热以杜诗"林热鸟张口"为韵分得口字》诗,陈镒有《次韵孀妇叹(用杜工部诗韵)》《夏日周子符过访用杜工部严公仲夏枉驾草堂诗韵二首》,贡师泰《春日玄沙寺小集序》载至正二十一年(1361)春正月廿六日,其与廉公亮、李景仪、答禄道夫、海清溪等人游玄沙寺,以杜甫"心清闻妙香"句分韵,各赋五言诗一首,"示闲暇于抢攘之际,寓逸豫于艰难之时"②。无论如何,在兵乱中,元代后期文人从杜甫那里找到了心灵安放之地。

第二节 元后期文人"学杜"的方式

元后期文人在"崇杜"的推动和影响下也不断尝试"学杜",那么

---

① 参见刘季《玉山雅集诗歌创作中的崇杜倾向》,《内蒙古大学学报》2012 年第 3 期。
② (元)贡奎、贡师泰、贡性之:《贡氏三家集:贡奎集、贡师泰集、贡性之集》,邱居里、赵文友校点,吉林文史出版社 2010 年版,第 292 页。

他们如何"学杜"？张昱说："杜甫长吟不为诗"，认为学杜重在学习杜甫的襟怀，然而襟怀毕竟蕴含在杜诗的文本当中，因此，他们学杜依旧是从杜诗文本出发，首先将杜诗作为诗歌启蒙教育的典范教材。贡奎《岁晚写呈大人》诗云："堂前双亲袖梨栗，调笑吾儿读杜诗。"① 又欧阳玄《题子美寻芳图》云："吾年三岁声吾伊，慈亲膝下教杜诗。"② 由此可见，在元代，杜诗成为儿童启蒙必读之诗。李祁《刘申斋先生文集序》载刘申斋以杜诗作为教学内容及杜诗对他本人诗学思想所产生的深渊影响："予尝侍教于先生，先生极知爱予，宜不可辞。因念予之生也，后数十年，又远隔江湘数百里，不及见庐陵先辈诸老，而犹以得见先生为幸。先生每见予，辄举老杜'好心事''真颜色'之句，为予诵之，予亦每念不忘。"③

将杜诗作为童蒙训读的范本也表现在元代以杜诗为范例撰成的诗法、诗格类作品。旧题杨载注《诗解》又名《杨仲弘注杜少陵诗法》《杜律心法》，该著以杜甫诗篇为纲目，下注具体格法，如《秋兴》篇下有"接项格""交股格""纤腰格""双蹄格""续腰格""首尾交换格""首尾相间格""单蹄格"等，详致阐释杜诗诗法。佚名撰《杜陵诗律五十一格》与《杜律心法》略同，其他如《诗法源流》《诗法正宗》《诗家一指》等著均标举杜诗或援引杜诗为证，甚至如《联新事备诗学大成》《诗学大成押韵渊海》《群书通要》《韵府群玉》等启蒙工具书亦大量摘引杜诗句，以指引、垂示初学者入门的途径。以杜诗训蒙，在元代往往还表现在抄写杜诗，在书法学习过程中加入对杜诗的研习，许有壬《题龙处厚所藏子昂画马并书杜工部诗》云："书具画原柢，画寓书象形。诗于二者间，神功毒而亭。工诗岂暇画，能画书或拙。独有郑伏虔，当时号三绝。湖州松雪翁，清风玉堂仙。三事各臻妙，前身是伏虔。世知公书画，不知诗更雅。时还写杜诗，千金

---

① （元）贡奎、贡师泰、贡性之：《贡氏三家集：贡奎集、贡师泰集、贡性之集》，邱居里、赵文友校点，吉林文史出版社2010年版，第55页。
② （元）欧阳玄：《欧阳玄集》，魏崇武、刘建立校点，吉林文史出版社2009年版，第40页。
③ （元）李祁：《云阳集》卷三，《文渊阁四库全书》第1219册，上海古籍出版社1987年版，第655页。

第五章 "忧时苦爱杜陵诗":元后期"崇杜"与"学杜"

莫酬价。"① 又李祁《孙氏遗金集序》载新安孙氏以抄写杜诗为训蒙家学:"新安孙彦能,从军永新,畏事如畏虎,恒闭门读书,时伸纸信笔作汉隶,亹亹逼近古人。予意其当得师法,决非苟焉者。其后因抽其架上书,乃见其先君子叔弥所书杜诗一帙,然后知其师法,乃得家传,诚有非苟焉者。初,叔弥善蒙古书,入京师书宣敕,积劳调官湖广。又善书汉隶,尝取老杜五七言律书之,计七百七十四首,通作一帙,将以遗其子若孙焉。壬辰兵兴事变,携至山中,无恙。"②

元后期文人"学杜"的方式还表现为"仿杜"与"注杜"。"仿杜"主要表现在集杜诗的创作及对杜甫诗句的化用。集杜诗在元末风行一时,如郑允端集杜诗《桃花集句》。而化用杜甫诗语在元后期诗作中亦俯首可拾,如谢应芳《题杜拾遗像》有"国破家何在,穷途更暮年"明显有杜甫《春望》"国破山河在,城春草木深"的痕迹;袁凯《客中除夕》有"戎马无休歇,关山正渺茫"句,化用杜诗《登岳阳楼》"戎马关山北,凭轩涕泗流";王冕《过江南》有"何时卜邻住,会老细论文"句,显然是模拟杜甫《春日忆李白》"何时一樽酒,重与细论文"而来。清人楼卜瀍《铁崖乐府注》,常以杜诗为杨维桢诗出注,如《丽人行(题玉山所藏周昉画卷)》:"杨白花飞愁杀人,美人如华不胜春。锦鞯驮起双凤缕,黄门挟飞五花云。"注曰:"按杜甫《丽人行》,为诸杨赋也。词云:'就中云幕椒房亲,赐名大国虢与秦,又云:'黄门飞鞚不动尘。'"又如《邯郸美人(为赵娘赋也)》:"邯郸市上美人家,美人小袜青月牙。"注曰:"杜甫诗:'细马时鸣金腰袅,佳人屡出董娇娆。'"③ 在《铁崖乐府注》中,以杜诗为注者共出现34次,可以想见杜诗对杨维桢诗作的影响程度。翁方纲《石洲诗话》载杨维桢"自命学杜,正如老旦扮外,上场道白,时露情态",又以其所作"嬉春体"佐证其"去杜不远"的自负之言,以此批评当

---

① (元)许有壬:《至正集》卷三,《文渊阁四库全书》第1211册,上海古籍出版社1987年版,第24页。
② (元)李祁:《云阳集》卷三,《文渊阁四库全书》第1219册,上海古籍出版社1987年版,第657页。
③ (清)楼卜瀍:《铁崖乐府注》卷二,乾隆三十九年(1774)甲午联桂堂刊本。

时学杜者专注于模仿杜诗语言外在特征的弊习。① 足见，元后期文人学习杜诗在很大程度上是以能否达到"置诸杜集，孰能辨之"为标准，寻求与杜诗字拟句模的相似度。"注杜"也是元人学杜的一个重要方式，王逢有《日本进上人将还乡国，为录予所注〈杜诗本义〉，留旬日，赠以八句，藤其国中著姓》诗，可判断他曾著有《杜诗本义注》一部，此书今不存。现存元末杜诗注本主要有张性《杜律演义》、赵汸《杜工部五言赵注》、董养性《杜工部诗选注》等，在"注杜"的过程中融会了他们学杜的经验。张性《杜律演义》选杜诗七律151首，分为21类，以其细密的分类见称，又征引史料及注释，语言明白通畅，方便初学者了解杜诗内容，掌握学杜的途径。赵汸《杜工部五言赵注》取杜甫五言诗261首，分16类，注释多附于句下，简洁明了，在列引原注中尤推崇刘辰翁注，重在杜诗的格调句法、渊源所自及后世影响，颇有精到之解，清代仇兆鳌《杜诗详注》多有征引赵注之处。董养性《杜工部诗选注》收杜诗916首，包括五古、五律、七律、七古、五排、七排、五绝，先分体，后分类，有天文、地理、人物等10类。董氏注杜强调杜诗情性之正、补益教化的特点，对宋人穿凿附会、不见性情的观点予以纠正。董氏注杜也侧重于对杜甫本意的探究，力求揣摩杜本之心，挖掘其忠君爱国的思想。

  元后期文人"学杜"也表现在以杜诗为评裁标准选编、评点当代诗作，以及用杜诗来注释时人诗作方面。杨维桢《大雅集序》云："客有赖良氏，来谒余七者寮，致其请曰：昔山谷老人在戎州，叹曰：'安得一奇士有力者，尽刻杜公东西川及夔州诗，使大雅之音复盈三巴之耳？'有杨生素者任之，刻石作堂，因以'大雅'名之。先生铁雅虽已遍传海内，而兵变后诸作，人未识者有之，请其诗付有力者刻之，亦使大雅之音盈于三吴之耳，不亦可乎？'余曰：'东南诗人隐而未白者，不少也。吾诗不必传，请传隐而未白者。'……盖良以待我，

---

① 参见（清）翁方纲《石洲诗话》卷五，人民文学出版社1981年版，第180页。

而我以待诸公,庶入是集者皆可以续杜之后,而或有慊焉者不入也。"①在杨维桢看来,《大雅集》选诗的标准即是杜甫入夔州后的成熟诗作,因此以"大雅"来命名此集,且杨维桢秉此标准亲自参与选编工作。而在吴复所编的《铁崖古乐府》中,亦以"杜诗之余绪"来评价杨维桢的诗作。《铁崖古乐府》卷四收《古愤》《贸丝词》《吴城怨》《七哀诗》《梁父吟》等40首诗,卷末吴复总评曰:"已上凡四十首,多古乐府之续题。或写风情,或述风土,或吊古悯时及游方外之作也。以古风人之兴象,带太史氏之评裁,诗家自老杜以来之所稀有也。"②

当然,元后期文人"学杜"重在对杜诗的取法,戴良《申屠先生墓志铭并序》认为申屠某为诗"勾章棘句,洒然有杜甫之遗音"③。又张昱《与胡奎言诗》云:"杜甫当年评众作,鲸鱼碧海敢云非。"④ 杜诗及杜甫诗论对元后期文人的诗学观念的形成有重要影响,而对杜诗的取法又经过他们的认真练择,从而由对杜诗的不同取法表现出不同的诗学主张。

第三节 元后期文人对杜诗的取法与练择

元人黄至道曾说:"范德机得杜工部之骨,杨仲弘得杜工部之皮,虞伯生得杜工部之肉。"⑤ 元人认为范梈诗学侧重学习杜诗的骨骼构架,杨载诗学强调杜诗的诗法锤炼,而虞集诗学则看重杜诗的精神内涵。范梈、杨载、虞集在"元诗四家"之列,代表元代中期诗歌创作的最高水平,三家诗学均源自对杜诗的学习,然取法不同,而成自家

---

① (元)杨维桢:《大雅集序》,李修生主编:《全元文》第42册,凤凰出版社2004年版,第494页。
② (元)杨维桢著,孙小力校笺:《杨维桢全集校笺》,上海古籍出版社2019年版,第145页。
③ (元)戴良:《戴良集》,李军、施贤明校点,吉林文史出版社2009年版,第156页。
④ (元)张昱:《可闲老人集》卷四,《文渊阁四库全书》第1222册,上海古籍出版社1987年版,第601页。
⑤ 张健:《元代诗法校考》,北京大学出版社2001年版,第370页。

风格。元后期文人亦将杜诗作为诗学取法的摹本,杨维桢《李仲虞诗序》云:"删后求诗者,尚家数。家数之大,无上乎杜。"杨维桢认同杜诗"集大成"的特征,并且认为学杜者有不同的侧重点:"观杜者不唯见其律,而有见其骚者焉;不唯见其骚,而有见其雅者焉;不唯见其骚与雅也,而有见其史者焉,此杜诗之全也。"① 因而他们从对杜诗的不同取法与练择中构建起自己的诗学内容。

首先就杜诗的"声律"而言,元后期文人对"诗律"多持反对意见,认为律诗在格式上的限制阻碍了音韵的自然抒发,李祁《周德清乐府韵序》云:

> 天地有自然之音,非安排布置所可为也。以安排布置为之者,人也,非天也。天地既判,而人与之并立焉,草木生焉,禽兽居焉。凡具形色肖貌于天地之间者,莫不有声焉,有声则音随之矣。清浊高下,抑扬徐疾,何莫而非自然之音哉?声音具而歌咏兴,虞廷载赓,《三百篇》之权舆也。商颂周雅,汉魏以来,乐府之根柢也。当是时也,韵书未作,而作者之音调谐婉,俯仰畅达,随其所取,自中节奏,亦何莫而非自然之音哉?韵书作而拘忌多,拘忌多而作者始不如古矣。②

他以自然之音为最高准则,认为古诗之"音调谐婉""俯仰畅达"即出于对自然声韵的客观遵循,进而他认为即便精深于诗律的杜诗,其意趣、风格亦不能与古诗相并举,"古之诗,未有律也,而律诗自唐始。精于律者,固已有之,至杜工部而雄杰浑厚,掩绝今古。然以比之汉魏诸作,则意趣风格,盖亦有不然者矣"③。

---

① (元)杨维桢:《李仲虞诗序》,孙小力校笺:《杨维桢全集校笺》,上海古籍出版社2019年版,第2016页。
② (元)李祁:《云阳集》卷四,《文渊阁四库全书》第1219册,上海古籍出版社1987年版,第671页。
③ (元)李祁:《云阳集》卷四,《文渊阁四库全书》第1219册,上海古籍出版社1987年版,第671页。

第五章 "忧时苦爱杜陵诗":元后期"崇杜"与"学杜"

李祁的观念似乎落入尖刻与绝对,杨维桢的观点则较为折中,他也赞成"诗至律"是"诗家之一厄"的观点,然而他认为杜诗"虽律而不为律缚",他说:

> 东坡尝举杜少陵句曰:"'五更鼓角声悲壮,三峡星河动影摇''五夜漏声催晓箭,九重春色醉仙桃',是后寂寥无闻。吾亦有云:'露布朝驰玉关寨,捷书夜报甘泉宫''令严钟鼓三更月,野宿貔貅万灶烟',为近之耳。"余尝奇其识而韪其论,然犹以为未也。余在淞,凡诗家来请诗法无休日,《骚》《选》外,谈律者十九。余每就律举崔颢《黄鹤》、少陵《夜归》等篇,先作其气而后论其格也。①

杨维桢反对律诗,其视角在于反对律诗格式的禁锢阻碍诗歌"气"的发挥。因而他主张"先作气"而后"论其格",诗歌创作如果没有"排海突岳,万物飞走"之气力,便会落入四声八病的拘泥之中。因此,他对"杜律"的取法多重视其"拗律",学其"奇对"。"其在钱塘时,为诸生请律体,始始作二十首,多奇对。其起兴如杜少陵",这种拗律体在当时被称为"放体",即学习杜诗拗律而得到"乖龙震虎"的诗歌张力,所谓"水犀硬弩,朱屠铁槌。人见之,昂然有不可犯之色,然其中自有翕张妙法"②。

元后期文人认为杜诗源自《骚》《雅》,为"志之所之",因此他们也强调杜诗"本乎性情"的特征。吴复《辑录铁崖先生古乐府序》云:"君子论诗,先情性而后体格。老杜以五言为律体,七言为古风,而论者谓有《三百篇》之余旨,盖以情性而得之也。"③ 而他们对杜诗"性情"的看法亦有不同意见。一方面他们认为杜诗之"性情"是

---

① (元)杨维桢:《蕉窗律选序》,孙小力校笺:《杨维桢全集校笺》,上海古籍出版社2019年版,第2034页。
② (元)释安:《铁雅先生拗律序》,孙小力校笺:《杨维桢全集校笺》,上海古籍出版社2019年版,第3952—3953页。
③ (元)吴复:《辑录铁崖古乐府序》,孙小力校笺:《杨维桢全集校笺》,上海古籍出版社2019年版,第3947页。

❖❖❖ 中编 时代精神偶像与元代后期诗学取法

"本乎人心,契乎天理"万世不变的"风雅"之情。旧题傅与砺述范德机意《诗法源流》云:

> 唐海宇一而文运兴,于是李、杜出焉。太白曰:"大雅久不作",子美曰:"恐与齐梁作后尘",其感慨之意深矣。太白天才放逸,故其诗自为一体;子美学优才瞻,故其诗兼备众体,而述纲常、系风教之作为多。①

故而元后期诗人对杜诗的学习也多强调杜诗"述纲常、系风教",表现出对时事、政事的深切关注。至正五年(1345),旅途中的迺贤目睹了河南、河北饥荒灾害,效杜甫"三吏""三别"作《颍州老翁歌》:"颍州老翁病且羸,萧萧短发秋霜垂。手扶枯筇行复却,操瓢丐食河之湄。我哀其贫为顾问,欲语哽咽吞声悲。……奸民乘隙作大盗,腰弓跨马纷驱驰。啸呼深林聚凶恶,狎弄剑槊摇旌旗。去年三月入州治,踞坐堂上如熊罴。长官邀迎吏再拜,馈进牛酒罗阶墀。城中豪家尽剽掠,况在村落人烟稀。"诗后有李黼跋曰:"状物写景之工,固诗家之极致。而系于风化,补于政治,尤作者之至言。易之此诗,兼得之矣。"② 又如陈镒《次韵孀妇叹(用杜工部诗韵)》云:"城东孀妇发未华,半生苦乐随夫家。前年夫戍死锋镝,姑老子幼长吁嗟。……此身抱节誓不改,甘守寂寞黄茅材。"③ 而在杯酒交觞的雅集聚会中,元人也未尝全然忘却世道之多艰,郭翼《漫兴一首呈上玉山道丈》诗云:"前月海寇入郡郭,病里移家愁杀人。桃花野屋苦多雨,杨柳清江无好春。谁似庞公居陇亩,自惭杜老在风尘。草堂梦寐惊相见,把酒论诗月色新。"④ 甚至直引杜诗关注现实的诗句用作酬唱之韵,如至

---

① 张健:《元代诗法校考》,北京大学出版社2001年版,第235页。
② (元)迺贤:《金台集》卷一,《文渊阁四库全书》第1215册,上海古籍出版社1987年版,第284页。
③ (元)陈镒:《午溪集》卷五,《文渊阁四库全书》第1215册,上海古籍出版社1987年版,第385页。
④ (元)顾瑛辑:《玉山名胜集》,杨镰、叶爱欣整理,中华书局2008年版,第453页。

第五章 "忧时苦爱杜陵诗":元后期"崇杜"与"学杜"

正二十年（1360）秋，缪思恭组织当地文人俊彦在嘉兴南湖燕集聚会，分韵唱和，以杜甫"不可久留豺虎地，南方犹有未招魂"为韵，人得一字，即席而成。在酒肠吟思中，以情为时证，记录世乱情形。（郁遵《至正庚辛唱和诗识》）① 他们认为感情与世运相关，从诗歌所抒发的情感之中可以得知世事治乱的情况，而这一点又返归、契合杜诗的精神价值。

另一方面元后期文人也认为性情所发因时、因地、因人而异。李继本《傅子敬纪行诗序》云："《诗·大序》曰：'诗者，志之所之也。'诗非本乎志，而规规守绳墨，以学为声律之细，诗则陋矣。虞之歌，周之雅，十五国之风，虽所感异趣，所发异情，所出异时，本乎志也。"② 因而此"情"是个人之"情"，"情"之不同，表现为不同的风格，故而有"雅诗情纯""风诗情杂""屈诗情骚""陶诗情靖""李诗情逸""杜诗情厚"的区别。杨维桢认为"宗杜者，要随其人之资所得"，所谓"资"就是由个人性情而来的个性：

> 诗者，人之情性也。人各有情性，则人各有诗也……天台李仲虞执诗为贽，见予于姑苏城南，且云学诗于乡先生丁仲容氏。明旦，则复谒，出诗一编，求予言以序。予夜读其诗，知其法得于少陵矣，如五言有云"湛露仙盘白，朝阳虎殿红。诏起西河上，旌随斗柄东。西北干戈定，东南杼轴空。"置诸少陵集中，猝未能辨也。盖仲虞纯明笃茂，博极文史，而多识当朝典故。虽在布衣，忧君爱国之识时见于咏歌之次。其资甚似杜者，故其为诗不似之者或寡矣。③

---

① "不可久留豺虎地，南方犹有未招魂"句出于杜甫《返照》，原句为"不可久留豺虎乱，南方实有未招魂"。陈衍辑撰《元诗纪事》卷二三"缪思恭"条所载南湖集会所用分韵诗句，"乱""实"分别为"地""犹"二字。本书依此引用。
② （元）李继本：《一山文集》卷四，《文渊阁四库全书》第 1217 册，上海古籍出版社 1987 年版，第 737 页。
③ （元）杨维桢：《李仲虞诗序》，孙小力校笺：《杨维桢全集校笺》，上海古籍出版社 2019 年版，第 2016 页。

李仲虞"纯明笃茂"之"资"表现为其虽在布衣而有"忧君爱国之识",因此其"资"与杜甫相似,发言为诗则可与杜诗伯仲其间。然而以"资"论诗,总归将"资之拙者"一笔抹杀,杨维桢以为可用"师"(后天学习)来补"资",而所谓"师"者,仍旧要从师事性情开始。杨维桢《漫兴七首》有注曰:"学杜者,必先得其情性语言而后可。得其情性语言,必自其《漫兴》始,钱塘诸子喜诵予唐风,取其去杜不远也。故今《漫兴》之作,将与学杜者言也。"又吴复曰:"《漫兴》者,老杜在浣花溪之作也。漫兴之为言,盖即眼前之景,以为漫成之词,于其情性盎然,与物而为春。其言语似村,而未始不俊也。此杜体之最难学也。先生此作,情性语言似矣似矣!"① 从杜诗性情出发,便可以避免"拘之则卑"和"袭之则陋"的流弊。而无论是忧国忧民的"沉郁顿挫",还是"性情盎然""与物而为春"的"萧散清新"风格,都可以"专其业""造其家",从杜诗中取法一点而成自家之言。

元后期文人对杜诗"诗史"的性质也有他们较为全面且独到的看法,杜诗反映民生疾苦和记录时事政治的诗歌,在他们看来不仅有"史"的"序事核实",也有"风谕深远"的诗教意义。苏天爵《书吴子高诗稿后》云:"夫诗莫盛于唐,莫逾于杜甫氏,其序事核实,风谕深远,后世号称诗史。《传》曰:'诗可以观',岂空言云乎哉!"② 进而杨维桢认为杜诗之谓"诗史",有《春秋》之法:

世称老杜为"诗史",以其所著备见时事。予谓老杜非直纪事史也,有《春秋》之法也。其旨直而婉,其辞隐而见,如《东灵湫》《陈陶》《花门》《杜鹃》《东狩》《石壕》《花卿》《前后出塞》等作是也。故知杜诗者,《春秋》之诗也,岂徒史也哉?虽然,老杜岂有志于《春秋》者?《诗》亡,然后《春秋》作,

---

① (元)杨维桢著,孙小力校笺:《杨维桢全集校笺》,上海古籍出版社2019年版,第311页。
② (元)苏天爵:《滋溪文稿》卷二十九,陈高华、孟繁清点校,中华书局1997年版,第495页。

第五章 "忧时苦爱杜陵诗":元后期"崇杜"与"学杜" ❖❖❖

圣人值其时,有不容已者,杜亦然。①

所谓"《春秋》之法",即《春秋》中所表现的"微言大义",旨意蕴含于委婉的语言之中。他认为杜诗是《春秋》之诗,意在指杜诗不仅有"纪实"的特点,而且也在叙事之中陈古讽今,表达讽喻之见,因此杜诗"诗史"性质在他看来还是诗教的内容,对杜诗的取法不仅取其叙事的手法,也要在叙事之中或悼家难,或悯国难,采摭贞操,访求死节,以此达到"《春秋》属比之教"的目的。

元后期文人都认为,在诗学发展史中杜诗有崇高地位,可以揽千载既坠之绪,又其祖雅颂之作,有《三百篇》遗意。李继本《傅子敬纪行诗序》云:"唐之兴也,以神武蕲积世之乱,三光五岳之气复混。士之生也,钟乎天地之英,其为志岸然而不淆于俗,其为诗炳然上丽乎古。其擅名于后先者,若陈子昂、孟浩然、崔颢、李白辈是已。至杜甫氏起,大振绝响,志则咎、夔、稷、契之志,诗则虞、周、楚、汉之诗,藻发乎天趣,声系乎风教,诗与志混然不凿也。"②杨维桢《诗史宗要序》云:"及李唐之盛,士以诗命世者,殆百数家,尚有袭六代之敝者。唯老杜氏慨然起,揽千载既坠之绪,陈古讽今,言诗者宗为一代诗史。下洗哇嬣,上薄风雅,使海内靡然没知有《三百篇》之旨。议论杜氏之功者,谓不在骚人之下。"③然而就如何达到杜诗成就,或学杜的具体途径是什么,他们却有不同看法。

元人认为"家数之大,无止乎杜",因而以杜诗作为"专门之学"来取法学习,李继本在《邓伯言玉笥诗集序》中说:"西江邓伯言先生(邓雅),以能诗鸣东南。其名《玉笥集》者,予因其北来得而读之。大抵本之于骚、雅,支叶魏、晋,而于杜甫氏则其专

---

① (元)杨维桢:《梧溪诗集序》,孙小力校笺:《杨维桢全集校笺》,上海古籍出版社2019年版,第2036页。
② (元)李继本:《一山文集》卷四,《文渊阁四库全书》第1217册,上海古籍出版社1987年版,第737—738页。
③ (元)杨维桢:《诗史宗要序》,孙小力校笺:《杨维桢全集校笺》,上海古籍出版社2019年版,第2041页。

门也。"① 而杨维桢、贡师泰等人则认为学杜需要求其本源，杨维桢说："魏晋而下，其教遂熄矣。求诗者，类求端序于声病之末，而本诸三纲、达之五常者，遂弃弗寻，国史所资，又何采焉？……噫，比世末学咸知诵少陵之诗矣，而弗求其旨义之所从出，则又徇末失本，与六代之弊同。"② 杨氏认为徒诵杜诗而不求其旨义所出是"徇末失本"，学杜首先要从"三纲五常"的儒家经义出发。贡师泰进一步指出，学诗的方圆规矩在《三百篇》而不在杜："世之学诗者，必曰杜少陵，学诗而不学少陵，犹为方圆而不以规矩也。予独以为不然。少陵诗固高出一代，然学之者句求其似，字拟其工，其不类于习书之模仿、度曲之填腔者，几希！夫诗之原，创见于赓歌，删定于《三百篇》。汉、魏以来，虽有作者，不能去此而他求。今近舍汉、魏，远弃《三百篇》，惟杜之宗，是犹读经者，舍正文而事传注也。"③ 贡师泰认为杜诗一振六朝以来"气象萎苶，辞语靡丽"的弊习，是因为杜诗得《三百篇》遗意，因而舍弃杜诗本源、唯杜是宗，则犹如读经者专力于传注。故而在他们看来，学杜的正确途径是由古而今，从《三百篇》等儒家经典出发，进而理解并求诸杜诗之法。

元末刘鹗有诗云："忧国忧君臣杜甫，无聊无赖只吟诗。当时一片心如血，赢得千秋万古知。"④ 元后期文人在杜甫的精神世界中重新体会了杜甫的一片"如血之心"，而在杜诗的滋养中，通过不同的取法练择也培育了属于他们自己的诗学内容。

---

① （元）李继本：《邓伯言玉笥诗集序》，《一山文集》卷四，《文渊阁四库全书》第1217册，上海古籍出版社1987年版，第732页。
② （元）杨维桢：《诗史宗要序》，孙小力校笺：《杨维桢全集校笺》，上海古籍出版社2019年版，第2041页。
③ （元）贡师泰：《陈君从诗集序》，（元）贡奎、贡师泰、贡性之：《贡氏三家集：贡奎集、贡师泰集、贡性之集》，邱居里、赵文友校点，吉林文史出版社2010年版，第284页。
④ （元）刘鹗：《惟实集》卷七，《文渊阁四库全书》第1206册，上海古籍出版社1987年版，第359页。

第六章 "李贺的时代"：元后期"长吉体"的风行

邓绍基先生在《元代文学史》中说："到了元末，杨维桢和他的'铁崖派'，还有一批浙东诗人如陈樵、项炯和李序等，掀起一股'贺体'旋风……一时间，秋坟磷火，此闪彼烁，仙人烛树，纷至沓来。如果说文学史上有'李贺时代'，那并不在中唐而在元末。"[①]在经历了元中期李贺诗歌接受史的短暂低迷后，学习"长吉体"在元后期再次迎来高潮。以杨维桢为代表的铁雅诗派作诗出入"二李"间；玉山文人亦奉李贺诗为圭臬，张天英"为诗章，尤善古乐府，皆驰骤二李间"、于立"以诗酒放浪江湖间。长吟短咏，有二李风"；释文质"有诗名，好为长吉体"[②]，"骷髅青血""鬼雄骑鼋"，元末诗坛呈现一派奇光异彩。在元后期动荡的社会局势中，李贺首先是作为一位精神偶像为文人接受，元末文人与李贺的生命经历产生强烈的心灵共鸣，对李贺诗歌的接受也是他们失意人生的共情理解，进而他们对李贺诗歌性情夸张表达之合理性给予重新解读。同时李贺诗集在元代的流传、诗学启蒙读物的载录、选本的推毂，以及元后期文人对乐府体裁的青睐也是促成李贺诗歌在元末得以风行的重要原因。与前代相比，尤其是两宋时期注重对李贺诗歌诗意、诗风的品评及理论思考，元后期文人学习李贺诗歌偏重于模仿"长

---

① 邓绍基主编：《元代文学史》，人民文学出版社1998年版，第370页。
② （元）顾瑛辑：《草堂雅集》卷五、卷十三、卷二，杨镰、祁学明、张颐青整理，中华书局2008年版，第405、967、189页。

吉体"的创作实践，因而他们学习李贺诗的方式一方面是将仿效"长吉体"的诗歌创作运用于各种场合，与之同时创作群体也随之扩大；另一方面则一改前代对李贺诗篇章字句的解读与注释，将李贺诗的特征运用于对当代诗歌创作的评裁中，而对李贺诗的取法也侧重于其"语"与"气"的创作论范畴，深入体会、揣摩在学习李贺诗歌创作过程中的得失成败。而这些便是元后期文人接受李贺诗歌最显著的特征。[①]

第一节　作为时代精神偶像被解读的李贺及其诗歌

元后期"长吉体"的风行首先与当时文人将李贺视为精神偶像密切关联。黄溍《项可立墓志铭》云："（项诇）稍长，卓然有志于古。不妄与人交，所造诣必一时名人。尝为诗，持以谒天游陈先生孚，一见称其善学李长吉君，盖未之学，特暗与之合耳。"[②] 在常年战乱的社会环境与颠沛流离的人生境遇中，生命危浅、朝不虑夕是文人们心灵深处挥之不去的苦痛。故而他们与早慧早夭的李贺有了心灵的暗合与共鸣。岑安卿《伤心行用李长吉韵》云："朔风动清吟，孤月流寒素。白发困青灯，红妆泣秋雨。罗扇沿网虫，宝鉴青鸾舞。白昼魍魉行，

[①] 现今学界对李贺诗歌在元代的接受研究已有丰硕成果，如陈友冰《李贺诗歌的历代接受现象及理论思考》（《中国文化研究》2004年春之卷）考述了李贺诗歌在元代的接受过程，并认为"流行性"经过长期较为稳定的积淀，就会由时尚成为经典，而李贺诗歌在元代盛行，一则由于前代的理论积淀与文本传播，一则与蒙元社会的主流审美意识和社会风尚息息相关。王岩《李贺诗歌宋元接受史研究》（硕士学位论文，广西师范大学，2004年）从李贺诗集在宋元时代的流传、总集的选录、阐释史、影响史出发，详细讨论了李贺诗歌在宋元时代的接受情况。其他如唐海燕、刘飞《元末诗坛对李贺诗歌的品评与接受》（《合肥师范学院学报》2010年第5期）、丁楠《从接受美学角度看李贺诗歌的接受史》（《许昌学院学报》2014年第6期）等，均有一些详细的论述。而综览前论，"长吉体"在元末社会风行一时的原因及元后期取法李贺诗的特征、方式与内容仍有很大值得探讨的空间。

[②] （元）黄溍：《项可立墓志铭》，李修生主编：《全元文》第30册，凤凰出版社2004年版，第432页。

第六章 "李贺的时代":元后期"长吉体"的风行 ❖❖❖

山昏鬼无语。"① 青灯白发,孤独伤感,李贺其人、其事、其诗成了元后期文人寄托人生短暂、悲苦伤感的精神载体。在元后期特殊的社会环境中,对李贺失意人生的共情理解与对李贺诗的青睐和追慕是文人们超越尘俗、摆脱功名利禄束缚的有效方式。吴师道《吴礼部诗话》载毛泽民诗语"不须买丝绣平原,不用黄金铸子期"②,即标注出自李贺诗语。危素《故金潭先生于君墓志铭》记载了于广的人生经历:"稍长,博通书史。慕唐李协律长吉、李博士商隐所为诗而效之,然务为雄奇险劲,不苟同于众。延祐初设科目取士,君年三十余……穷日夜,励志为举子业。既而屡试有司不偶……又自叹曰:'夫学岂专以为利禄计哉?'"③ 在人事维艰的时代,对功业、利禄的追求对于他们来说已变得不那么重要,他们在对李贺诗歌"雄奇险劲""龙鬼蛇神"的沉潜中探求此生价值,正如王逢《酬乡友黄叔彝见寄诗韵》诗云:"别来宁复句惊人,静得尧夫意味真。弗记马卿烦狗监,尚论李贺泣蛇神。"④

当然,以李贺为时代精神偶像,一方面是元后期文人在李贺"进锐者退速"、早慧而寿夭的人生经历中找到了心灵的归宿地;另一方面也是对李贺以其诗才在短暂的人生中创造了足以垂世的诗歌成就的倾慕与赞赏。吴师道在《陈森诗后题》中说:

> 金华陈森茂卿善为诗,年三十以死,其友黄君晋卿访遗稿无得,追次所闻,凡十四首,为之序,反覆致意,且惧弗能使之传。余读而悲之。昔李贺早死,李藩求集其诗,访贺亲故,或恨其负才,取而弃之。嗟夫!有才不幸而又淹没于俗,善人之志终不可

---

① (元)岑安卿:《栲栳山人集》卷上,《文渊阁四库全书》第1215册,上海古籍出版社1987年版,第472页。
② (清)丁福保辑:《历代诗话续编》,中华书局1983年版,第602页。
③ (元)危素:《故金潭先生于君墓志铭》,李修生主编:《全元文》第48册,凤凰出版社2004年版,第542页。
④ (元)王逢:《梧溪集》卷五,《文渊阁四库全书》第1218册,上海古籍出版社1987年版,第755页。

以伸已。……李贺之诗，今之诵之，伊谁之力也！或又谓诗人多穷，才者多夭，此又不然。贤者贵而仁者寿，理之常也，而相值实难。今夫世之老寿显荣，生无以逾人，死无以垂后，泯焉草木俱腐者，为不少矣，以此方彼，又何如哉？①

在吴师道看来，陈森的人生与李贺极其相似，有才而不幸夭折，只留下"清峭刻厉"的诗歌，亦足以垂范后世。又苏天爵《书林彦栗文稿后》亦云：

余读林君彦栗之词章，爱其清厉奇古，超乎高明，而无世俗之杂也。……呜呼，天之生人也，与其才者或夺其寿，以唐之李观、李贺，宋之王令、王回，皆天才卓越，非偶然而生，卒穷困不寿而死，然其文学已足暴白于后。彼富贵寿考震耀一时者，未尝无人，或其事业不足以垂世，遂皆湮灭而无闻。若彦栗者，藉其词章亦自能不朽矣。②

在有限的生命中绽放绚烂的人生色彩，成为当时文人从李贺那里得来的沉重而深刻的精神力量。

其实，对李贺诗歌成就的倾慕与赞赏，很大程度上得益于元后期文人对李贺诗歌性情夸张表达之合理性的重新解读。在元中期承平之际，出于对诗歌黼黻皇猷之实用价值的强调，以及对雅正诗风的追求，"李贺式"天马行空的奇思幻想以及"瑰奇艳丽"的诗歌风格失去了生长的土壤。虽然有诸如辛文房《唐才子传》对李贺诗才的充分肯定："老子曰：'其进锐者其退速。'信然。贺天才俊拔，弱冠而有极名，天夺之速，岂吝也耶？若少假行年，涵养盛德，观其才，不在古

---

① （元）吴师道：《陈森诗后题》，李修生主编：《全元文》第 34 册，凤凰出版社 2004 年版，第 108 页。
② （元）苏天爵：《书林彦栗文稿后》，《滋溪文稿》卷二十八，陈高华、孟繁清点校，中华书局 1997 年版，第 471—472 页。

第六章 "李贺的时代"：元后期"长吉体"的风行

人下矣。今兹惜哉！"① 但在主流意识形态的影响下，时人对李贺诗歌价值的评判依然持保留态度，甚至如旧题范梈所著《木天禁语》完全否定了"长吉体"的诗学价值，其"乐府篇法"云："张籍为第一，王建次之，长吉虚妄，不必效为。岑参有气，惜语硬，又次之。张、王最古，上格。"所谓"虚妄"，在这里主要指李贺诗歌出奇的想象和过分的修辞，造成情感的夸张表达与肆意倾述，因为范梈强调的"乐府篇法"看重《焦仲卿妻》《木兰词》《羽林郎》等平实的叙事手法，在语言上主张"每要粗""多用俚语"，"题结"上侧重"含蓄而不发结""截断顿然"等手法。② 但到了元后期，对李贺诗歌"骚人之苗裔"的评价被重新提出。"骚之苗裔"的评价，最早出自杜牧《李贺集序》，然而杜牧紧接着又评其诗"理不及词，实过之""使贺且未死，少加以理，奴仆命骚可也"③，言明其"少理"的特征，这一点也成为宋人批判李贺诗的口实，如张戒《岁寒堂诗话》评贺诗"以词为主，而失于少理"④。进而所谓的"理"也具体至经世致用的诗教价值，范晞文《对床夜语》引陆游语云："贺词如百家锦衲，五色炫耀，光夺眼目，使人不敢熟视，求其补于用，无有也。"⑤ 而元后期文人不仅肯定了贺诗与屈原《离骚》的渊源关系，如吕不用《题李贺诗后》云："李郎风流天下郎，天与万斛真珠肠。呕出贮以云锦囊，上与明月争秋光。百年不减七十六，几使离骚作奴仆。思君梦入陇西道，蹇驴嘶风踏芳草。"⑥ 认为贺诗与《离骚》均有"与明月争光"的价值，并再次给予贺诗"拔高性"的解读。杨维桢《鹿皮子文集序》云：

> 自今观之，孔孟而下，人乐传其文者，屈原、荀况、董仲舒、

---

① 傅璇琮主编：《唐才子传校笺》第二册，中华书局1987年版，第291页。
② 参见张健《元代诗法校考》，北京大学出版社2004年版，第162—163页。
③ （唐）杜牧：《樊川文集》卷十，上海古籍出版社1978年版，第148页。
④ （宋）张戒：《岁寒堂诗话》卷上，丁福保辑：《历代诗话续编》，中华书局1983年版，第464页。
⑤ （宋）范晞文：《对床夜语》，丁福保辑：《历代诗话续编》，中华书局1983年版，第422页。
⑥ （明）吕不用：《得月稿》卷六，中国国家图书馆藏清抄本。

司马迁；又其次，王通、韩愈、欧阳修、周敦颐、苏洵父子。逮乎我朝，姚公燧、虞公集、吴公澄、李公孝光。凡此十数君子，其言皆高而当，其义皆奥而通也。虞、李之次，复有鹿皮子者焉，著书凡二百余卷。予始读其诗，曰："李长吉之流也。"又读其赋，曰："刘禹锡之流也。"至读其所著书，而后知其可继李、虞，以达乎欧、韩、王、董，以羽仪乎孔、孟子。①

在论述了陈樵诗歌在文学史发展中的地位后，杨维桢认为陈樵诗歌取法李贺也可以羽仪孔孟之流，是儒家传统诗教观发展的表现。进而在杨维桢看来，李贺诗歌从风雅而来，与《离骚》、《古诗十九首》、陶渊明、杜甫、李白诗等可并列称之，有"情性不野，神气不群""骨骼不庳，面目不鄙"②的特点。而其"鬼仙吃语"之艰涩诗语只不过是"几使离骚作奴仆"，学习骚雅精神的外在表现。

综此，李贺诗歌价值在元后期的重新解读，是元后期文人将之作为时代精神偶像的必然结果。除此时代则不然，杨维桢在明初被斥为惑众的"文妖"，李贺也被明人陆时雍斥为"诗妖"和"魔头"③，可见一斑。

第二节　李贺诗歌在元后期的积淀与推毂

元后期"长吉体"得以风行一时与李贺诗歌在元后期的"积淀"有直接关系。所谓"积淀"，指李贺诗歌在元代的流传、刊刻之盛，

---

① （元）杨维桢：《鹿皮子文集序》，孙小力校笺：《杨维桢全集校笺》，上海古籍出版社2019年版，第1984页。
② （元）杨维桢：《赵氏诗录序》，孙小力校笺：《杨维桢全集校笺》，上海古籍出版社2019年版，第2015页。
③ （明）陆时雍在《诗镜总论》中说："妖怪惑人，藏其本相，异声异色，极伎俩以为之。照人法眼，自立破耳。然则李贺其妖乎？"丁福保辑：《历代诗话续编》，中华书局1983年版，第1422页。又《唐诗镜》云："世传李贺为诗中之鬼，非也，鬼之能诗文者多也，其音清而哀。贺乃魔耳，魔能眯闷迷人。"《文渊阁四库全书》第1411册，上海古籍出版社1987年版，第802页。

第六章 "李贺的时代":元后期"长吉体"的风行 ❖❖❖

至元后期有了一定程度的积累,成为一种经典文本。并且元代启蒙教育也将李贺诗歌作为重要内容,对士人、学子诗学素养的培育和积累有重要作用。刘明今《辽金元文学史论》认为金元时期尚奇之习根深蒂固,元初文人对前代文人的接受更加倾向于李贺,所谓"燕蓟诗派",即是以标榜李贺诗风而形成。① 据学者考证,元宪宗六年(1256)有蒙古本《李贺歌诗编》刊刻成书,赵衍序称:"龙山先生为文章,法六经,尚奇语,诗极精深,体备诸家,尤长于贺。浑源刘京叔为《龙山小集序》云:'《古漆井》《苦夜长》等诗,雷翰林希颜、麻徵君知几诸公称之,以为全类李长吉。'乱后隐居海上,教授郡侯诸子,卑士先与余读贺诗,虽历历上口,于义理未晓,又从而开省之,然恨不能尽其传。……双溪中书君诗鸣于世,得贺最深,常与龙山论诗及贺,出所藏旧本,乃司马温公物也,然亦不无少异。龙山因之校定,且曰:'喜贺者尚少,况其作者耶?'意欲刊行,以广其传,冀有知之者。会病不起,余与伯成续其志而为之。"② 可知此本之祖本为宋人司马光家藏本,龙山吕鲲、赵著等人得书于其弟子耶律铸,欲校订刊行而未成,赵衍等人承其遗志,编刊行世。与赵衍等人重刻李贺诗集同时,元初南方文坛也在紧锣密鼓地收集、整理李贺诗歌,刘将孙《刻长吉诗序》云:"先君子须溪先生于评诸家诗,最先长吉。盖乙亥辟地山中,无以纾思寄怀,始有意留眼目,开后来。自长吉而后,及于诸家。尚恨书本白地狭,旁注不尽意,开示其微,使览者隅反神悟,不能细论也。自是传本四出,近年乃无不知读长吉诗,效昌谷体。然类展转讹脱。剑江王庭光笃好雅尚,取善本校而刻之,寄声庐陵,俾识其端。抑所不可闻者,莫能载也,何以为是编言哉!……又尝谓吾作《兴观集》,最可以发越动悟者,在长吉诗。呜呼!姑著其常言之浅者于此。凡能读此诗者,必能解者矣,其万一有所征也。"③ 受其父刘辰翁影

---

① 参见刘明今《辽金元文学史论》,上海古籍出版社2004年版,第83页。
② (金)赵衍:《李贺歌诗编序》,《李贺歌诗编》卷首,《四部丛刊》第711册,上海书店出版社2015年版,第5—6页。
③ (元)刘将孙:《刘将孙集》,李鸣、沈静校点,吉林文史出版社2009年版,第86页。

响,刘将孙对李贺诗歌格外看重,认为贺诗可以"发越动悟",启发诗思。据序言可知,在宋末元初,各种李贺诗集的版本层出不穷,刘氏所刻之本以王庭光藏善本为底本,再经刘氏精心校订,可以想见对当时李贺诗歌的传播有重要作用。这些李贺诗集的整理、校注、刊刻工作使得李贺诗歌成为元人最为熟悉的前代诗歌文本,为元后期"长吉体"的风行做了至为重要的基础性工作。

当然,这种"积淀"也表现在元人将李贺诗歌运用于启蒙教育中,刘将孙《刻长吉诗序》云:"第每见举长吉诗教学者,谓其思深情浓,故语适称,而非刻画无情无思之辞,徒苦心出之者。若得其趣,动天地、泣鬼神者,固如此。"① 可见他以李贺诗为教学内容,启发学诗者的诗思情致。现存流行于元代的类书及诗学启蒙读物也大量收录有关李贺及其诗歌的资料。一方面这些书籍收集载录了有关李贺的典故,如佚名所著《氏族大全》收录李贺"古锦囊"一典,《群书通要》收录"李贺操觚""李贺锦囊""奴仆命骚"等典故。另一方面此类书籍摘录了大量李贺诗语,如《群书通要》"天文门"录"泣蟾",注谓摘自贺诗"老兔寒蟾泣天色"一句;"节序门""曝衣"摘自贺诗"鹄(鹊)辞穿线月,花入曝衣楼";"儒业门""不读半行"摘自贺诗《刺少年》"平生(生来)不读半行书,只把黄金买身贵"。又如阴时夫《韵府群玉》"上平声"有"东复东",摘自贺诗"家住钱塘东复东";"声摩空"摘自贺诗"作赋声摩空";"鲤鱼风"摘自贺诗《九月风》"鲤鱼风起芙蓉老"。诸如此类,不胜枚举。有关李贺的典故及李贺诗语收入元人启蒙诗学读物中,成为元人习诗、作诗重要的意象词汇和诗料,对元人熟悉并仿作"长吉体"起到不可估量的作用。

元后期"长吉体"得以风行一时还与至正四年(1344)成书的《唐音》对李贺诗歌的推毂有密切关系。杨士弘编选《唐音》收入唐诗1341首,分"始音""正音""遗响"三类。李贺诗见于"遗响"一编,共收诗23首,包括《感讽》、《申胡子觱篥歌》、《蜀国弦》、

---

① (元)刘将孙:《刘将孙集》,李鸣、沈静校点,吉林文史出版社2009年版,第86页。

第六章 "李贺的时代"：元后期"长吉体"的风行

《仙人》、《马诗》三首、《塘上行》、《秦宫诗》、《金铜仙人辞汉歌》、《浩歌》、《李凭箜篌引》、《天上谣》、《春坊正字剑子歌》、《李夫人》、《雁门太守行》、《贵主征行乐》、《神弦别曲》、《江南弄》、《少年乐》、《梦天》、《胡蝶舞》、《昌谷北园新笋》。其《凡例》云："遗响不分类者，以其诸家之诗篇章长短参差，音律不能谐合。故就其所长而采之。"① 可见其分类是以诗体为标准，而所选李贺诗歌以乐府诗歌为主，故而编入"遗响"，并不代表杨氏对李贺诗的轻视，反而也将李贺诗作为风雅一脉的继承。虞集《唐音序》云："音也者，声之成文者也，可以观世矣。其用意之精深，岂一日之积哉？盖其录，必也有风雅之遗，骚些之变。汉、魏以来，乐府之盛，其合作者，则录之，不合乎此者，虽多弗取，是以若是之严也。"② 杨士弘《唐音》选编李贺乐府诗以及对李贺诗歌价值的确认，受到时人一致肯定，认为是书为"选唐之冠"，使得天下学诗之士"争售而读之"，此后宋讷为《唐音》作了辑释工作，更加促进了《唐音》的流传，李贺诗歌也在流传过程中为元后期文人所深入接受，故而《唐音》的流传对于李贺诗歌摆脱元中期沉寂的接受史，转而到元后期"长吉体"风行一时的过渡有重要的推毂和催化作用。

"长吉体"为元后期文人所接受，很大程度上也是因为元后期文人对乐府体裁的偏爱与青睐。以杨维桢为代表的铁雅诗派即以乐府诗歌创作为主要特征，杨维桢《玉笥集叙》云："泰定、天历来，予与睦州夏溥、金华陈樵、永嘉李孝光、方外张天雨为古乐府，史官黄溍、陈绎曾遂选于禁林，以为有古情性，梓行于南北，以补本朝诗人之缺。一时学者过为推，名余以'铁雅宗派'。派之有其人曰昆山顾瑛、郭翼，吴兴郯韶、钱塘张晛、嘉禾叶广居、桐庐章木、余姚宋禧、天台陈基，继起者曰会稽张宪也。"③ 而所谓"长吉体"虽未明确界定专指

---

① （元）杨士弘：《唐音》卷首，《文渊阁四库全书》第1368册，上海古籍出版社1987年版，第176页。
② （元）虞集：《虞集全集》，王颋点校，天津古籍出版社2007年版，第487页。
③ （元）杨维桢：《玉笥集叙》，李修生主编：《全元文》第42册，凤凰出版社2004年版，第309页。

李贺诗歌中的哪一类体裁,但在后世的接受过程中多专门指向李贺乐府诗歌,如《鸿门歌》《箕山操》《公莫舞》,以及刘友庆《效长吉体》、马祖常《河西歌效长吉体》等。作为诗歌一体,"长吉体"最早出现于严羽《沧浪诗话·诗体》,与"苏、李体""曹、刘体""李商隐体"等并列,严羽又于《沧浪诗话·诗评》中指出所谓"长吉体"的特征,即"瑰诡",意指艳丽奇绝的风格特征。"长吉体"怪丽奇绝的乐府诗歌创作直接影响了杨维桢等人的古乐府创作,如杨维桢《鸿门会》《沙堤行》《采叶词》、陈樵《长安有狭斜行》、夏溥《吴山谣》、项诃《吴宫怨》等均钟情于仿效李贺乐府创作。故而在泰定、天历年间以及此后,杨维桢以"长吉体"振臂一呼,和者百应,可见"长吉体"对铁雅诗派的形成有至关重要的作用。

要之,李贺诗集在元代的流传、刊刻,启蒙读物对李贺典故及诗语的载录,使得元人对李贺诗歌的学习有了深厚的积淀,而选本对李贺诗的选录与元后期文人对乐府体裁的青睐也为"长吉体"在元后期风行一时起到了推毂的作用。此外,李贺诗歌在元末大行其道,也与元代社会风尚、审美主流意识有关,就此笔者曾有论述,兹不赘述。①

第三节　元后期文人学习"长吉体"的特点、方式与内容

两宋时期,对李贺诗歌理论问题的探讨是文人们热衷的话题,主要表现为以下几个方面。一是就杜牧所评李贺诗歌"少理"问题的讨论。前文所引张戒、范晞文等人观点,认为李贺诗歌较少关注君臣治乱的现实问题,缺乏治世治乱的社会作用;以刘辰翁等为代表的学者则认为贺诗深得骚人之旨,有对国事民瘼的深切关注。二是对李贺诗

---

① 参见武君《论元人师法李贺诗》,《民族文学研究》2019 年第 3 期。

第六章 "李贺的时代":元后期"长吉体"的风行

歌风格及审美特征的探讨。严羽、刘辰翁等人认为李贺诗歌的主要特征为奇绝诡怪,而刘辰翁在对贺诗评点过程中又于奇绝诡怪之外认识到李贺诗歌妙道自然、新人耳目的特征。三是对李贺诗歌语言特征的评价。朱熹认为李贺诗尚巧较怪,不如李白诗语自在;张炎、刘克庄等人强调李贺对字语的锻炼敲打之功,认为李贺乐府为最工,张籍、王建等人出其下;张表臣则认为李贺诗歌的雕镂刻削影响了其诗歌的审美追求。四是对李贺诗歌作法与立意的评说。吴正子笺注李贺诗,认为李贺乐府创作较于前代,在作法与立意上能够不失古意,又能自发己意,达到创新的追求。以此,宋人较为全面地探讨了有关李贺诗歌的种种问题,而这种对李贺诗歌理论问题的讨论一直延续至元初,方回、刘将孙、赵衍、刘因、刘埙等人承续宋人话题,依旧对李贺诗歌提出自己的评说意见。而至元代后期,虽杨维桢、贡师泰等人文集中提及李贺,然而却均未展开详致的论述,文人们学习李贺诗歌偏重于模仿"长吉体"的创作实践以及以贺诗来评裁当时的诗歌创作,在创作和评裁的过程中体现对李贺诗歌的取法内容,因而,注重仿效"长吉体"的实践创作及由此得出诗歌创作论,是元后期学习"长吉体"最为显著的特征。

一方面,元后期文人学习李贺诗的方式首先表现为模仿"长吉体"的创作实践,苏天爵《宋翰林文集序》评宋褧诗云:"诗尤清新飘逸,间出奇古,若卢仝、李贺之流,盖喜其词以摹拟之。"[①] 并且他们将仿效"长吉体"的诗歌创作运用于各种场合,模仿"长吉体"并不局限于铁雅诗派的乐府创作以及玉山文人群体的雅集唱和,吴会有《纱帐效长吉体时彦则作以相奉》《苦热行效长吉体》,吴景奎有《拟李长吉十二月乐辞》,马祖常《上京效李长吉》诗云:"龙沙秋浅云光薄,画罗宫衣侵晓著。吴娃楚娘侍团扇,象舆凤辇明珠络。椒花染紫风雨香,三十六盘天路长。南都北都望行幸,千秋万岁迎君王。"[②] 画罗宫衣、吴娃楚娘、团扇象舆,李贺诗风也可以用在宫廷游幸当中,

---

① (元)苏天爵:《滋溪文稿》卷六,陈高华、孟繁清点校,中华书局1997年版,第81页。
② (元)马祖常:《马祖常集》,王媛校点,吉林文史出版社2010年版,第28页。

歌颂圣主功业。马祖常另有《河西歌效长吉体》，诗云："贺兰山下河西地，女郎十八梳高髻。茜根染衣光如霞，却召瞿昙作夫婿。紫驼载锦凉州西，换得黄金铸马蹄。沙羊水脂蜜脾白，个中饮酒声渐渐。"①"长吉体"又被运用在描述河西风物的诗中。可见，在元后期，只要有作诗的场合，就总有诗人模仿李贺诗歌的创作活动。同时学习"长吉体"的创作群体在元后期也随之扩大，模仿"长吉体"的马祖常为西北子弟，而在元末学习李贺诗歌的少数民族诗人亦不在少数，戴良《鹤年吟稿序》云："至其以诗名世，则马公伯庸，萨公天锡，余公廷心其人也。论者谓，马公之诗似商隐，萨公之诗似长吉。"② 马祖常、萨都剌等人对李贺诗歌的学习无疑扩大了贺诗在元后期的影响。

另一方面，元后期文人学习李贺诗也一改前代对贺诗篇章字句的解读与注释，以贺诗的特征运用于对当代诗歌创作的评裁。赖良《大雅集》有杨维桢评语，杨维桢对《大雅集》所收诗人诗作的评价每以李贺诗为标准，如其评李孝光《题太乙莲舟图》云："此竹又是李骑鲸也。孰谓此老椎钝无爽气耶？'二鸟'作'日月'看"；评项炯《公莫舞》云："锦囊子有奇语，无此奇气"；评项炯《吴宫怨》云："十字惨过牛鬼骷髅，无泪尤胜无语"；评陈樵《长安有狭斜行》云："袭格不袭语，善学小李者"。③ 杨维桢不暇对李贺诗语作更为细致的分析，多数情况是直接套用，如"天迷关，地迷户"取自李贺"天迷迷，地密密"（《公无出门》）。在其自注《铁崖古乐府》中，也每将李贺诗语注于诗后，以示在学习李贺诗歌过程中的出入，其《采叶词》"不识秋胡妻，误认金楼子"一句后注李贺诗"玉堂调笑金楼子，台下戏学邯郸倡"；《鸿门会》"撞钟饮酒愁海翻，碧火吹巢双狖㺍。照天万古无二乌，残星破月开天余"后注李贺诗"百年老鸮成木魅，笑声碧穴巢中起"；《崔小燕嫁辞》"飞花和雨着衣裳，早装小娣嫁文

---

① （元）马祖常：《马祖常集》，王媛校点，吉林文史出版社2010年版，第131页。
② （元）戴良：《戴良集》，李军、施贤明校点，吉林文史出版社2009年版，第238页。
③ （元）赖良：《大雅集》，《文渊阁四库全书》第1369册，上海古籍出版社1987年版，第514—516页。

第六章 "李贺的时代":元后期"长吉体"的风行

央"后注李贺诗"寻常轻宋玉,今日嫁文鸾。文鸾魏文钦,子骁勇绝伦";《弁峰七十二》"下观人间世,九鲇烟中青"后注李贺诗"遥望齐州九鲇烟";《西湖竹枝歌》"病春日日可如何,起向西窗理琵琶。见说枯槽能卜命,柳州街口问来婆"后注贺诗"琵琶道吉凶"。由此可见其诗歌创作中学习贺诗的痕迹。如此之类,毫无隐晦。

在模仿"长吉体"创作及以贺诗为标准的评裁与注释中,元后期文人体味、揣摩出他们对"长吉体"取法的侧重点与内容。吴复评杨维桢《鸿门会》云:"先生酒酣时,常自歌是诗。此诗本用贺体,而气则过之。"又评《五湖游》云:"先生此诗雄伟奇丽,逸气飘飘然在万物之表,真天仙之语也。如'海荡邛山漂骷髅'之句,使长吉复生,不能过也。"① 可见,在对李贺诗歌语言和气势的取法中,杨维桢侧重于对"气"的学习,他认为李贺诗歌往往"有奇语",而于"气"则不及项烱诗作。所谓"气"就是诗歌中表现出或"雄伟奇丽",或"逸气飘飘"的气势和力量,进而形成属于自我的风格特征。杨维桢《大数谣》后有吴复评语云:"鬼物有数,尚不可偷,况名器乎!神仙乎!人情富极则梦贵,贵极则梦仙,而仙终不可窃而有也。此先生诗意也。先生书寄鹿皮子云:'天仙快语为大李,鬼仙吃语为小李。'故袭贺者贵袭势,不袭其词也。袭势者,虽蹴贺可也;袭词者,其去贺日远矣。今诗人袭贺者多矣,类袭词耳,惟金华鹿皮子之袭也,与余论合。"② 而其实"袭势"也并非易事,杨维桢在《赵氏诗录序》中阐明得"气"的过程:"人有面目骨骼,有情性神气,诗之丑好高下亦然……得古之情性神气,则古之诗在也。然而面目未识,而谓得其骨骼,妄矣;骨骼未得,而谓得其情性,妄矣;情性未得,而谓得其神气,益妄矣。"③ 认为这种"神气"是诗歌最为难能可贵的品质,也是学习前人诗歌最高的境界,需要经历由面目到骨骼再到情性,最终

---

① (元)杨维桢著,孙小力校笺:《杨维桢全集校笺》,上海古籍出版社2019年版,第18、96页。
② (元)杨维桢著,孙小力校笺:《杨维桢全集校笺》,上海古籍出版社2019年版,第46页。
③ (元)杨维桢著,孙小力校笺:《杨维桢全集校笺》,上海古籍出版社2019年版,第1984页。

"得其神气"。然而这种看似可行的学诗途径也并非具有很强的可操作性,铁雅弟子虽然极力拔高杨维桢本人学习"长吉体"的诗歌创作,但是正如前文所引杨维桢以李贺诗歌为自注内容,他学习"长吉体"的实践仍旧是从"袭词"而来,这也就是后人以"龙鬼蛇神""怪丽炫目""纤巧类词"批判杨维桢的根据。

陆友仁《研北杂志》记:"周美成有'曲里长眉翠浅'之句,近读李长吉《许公子郑姬歌》中有云:'自从小蘑来东道,曲里长眉小见人',乃知古人不容易下字也。"① 可见当时读李贺诗歌的盛况,而从李贺诗中汲取作诗下字的内容也成为一时风尚。然而所谓"李贺的时代",其实也就是元后期文人在仿效"长吉体"的过程中创造的一座座"七宝楼台",争炫耳目,而这些高仿作品的制作过程与规则,也就成为元后期李贺接受史最显著的特征,成为衡量他们腹笥的标准。

---

① (元)陆友仁:《研北杂志》卷下,《丛书集成初编》第2887册,中华书局1991年版,第195页。

下 编

文人心态与元后期诗学思想的衍变

第七章 阁臣的转变：元后期馆阁文臣的心态与诗学观念衍变

——以王沂、贡师泰为例

元中期文化盛世的标志——奎章阁学士院，在顺帝初期逐渐衰落，其直观表象便是活跃于元中期的馆阁文臣相继离开这一文化核心场域：文宗至顺二年（1331）奎章阁参书雅琥被弹劾贬谪，奎章阁承制学士李泂病逝；至顺三年（1332）文宗既没，深得文宗宠信的奎章阁鉴书博士柯九思也被斥逐出京，治装南归；顺帝元统元年（1333）奎章阁灵魂人物，侍书学士虞集谢病归乡，避谤著书；元统二年（1334）奎章阁供奉学士宋本去世；与奎章阁文人群体交相唱和而享誉文坛的马祖常亦于后至元四年（1338）仓促谢世。此时，昔日奎章阁隶属机构——群玉内司早已被撤销并入艺文监，同僚故友中，唯剩下曾经位列"元诗四家"的揭傒斯，拖着老迈的身躯，独自蹒跚于艺文监丞的守值途中，冷清而孤寂。① 到后至元六年（1340），顺帝采纳康里巎巎谏言，改奎章阁为宣文阁，艺文监为崇文监。② 至正元年（1341），崇文监划归于翰林国史院，至正九年（1349），宣文阁又改为端木堂。在宣文阁、端木堂的建制中已无隶属机构，也不设学士，主要组成人员除兼领主官外只有鉴书博士与授经郎。据姜一涵《元代奎章阁及奎

---

① 参见（元）杨瑀《山居新语》卷三，《文渊阁四库全书》第1040册，上海古籍出版社1987年版，第367页。

② 参见（明）宋濂等《元史》卷一四三，中华书局1976年版，第3415页。

章人物》，宣文阁、端木堂鉴书博士有王沂、周伯琦、麦文贵、归旸、郑深、李黻等，授经郎包括周伯琦、布达实里、郑深、贡师泰、武恪、樊执敬等人。① 至此，奎章阁文人时代一去不返，而以宣文阁文人为代表的元后期馆阁文臣自此登上舞台。然而与前代馆阁文臣高昂的精神面貌不同，他们的登台并不十分闪亮，舞动亦乏精彩，一开始便带有几分凄苦与苍凉，至于兵祸扰攘之际，则更陷于一种进退维谷的矛盾境地而无法自适。在宣文阁文臣中，王沂、贡师泰的诗学观点较为鲜明，在其心态的变化之下，他们的诗学观念犹似暗泉涌动，悄无声息地流向另一方向，开启了元代诗学的下一篇章，而这些正是以往研究所忽略之处。②

第一节　老马风沙兴已阑：王沂的心态与诗学

自古宦达之士多著于史籍，更何况以文学名家者，往往又单列于史书《儒林列传》《文苑列传》中，以记录文统承续。然而在顺帝初年高居馆阁之位的文臣中，王沂算是一个特例。

其实在顺帝初期，王沂的仕途并不坎坷，甚至可以算得上是平步青云。

至顺三年（1332），王沂任翰林国史院编修，领旨走北岳南镇，分祀岳镇海渎；又以编修身份赴上京，参与上京乡试。

---

① 参见姜一涵《元代奎章阁及奎章人物》，（台北）联经出版事业公司1981年版，第182—183页。
② 较有代表性的元代馆阁文化研究著作有姜一涵《元代奎章阁及奎章人物》［（台北）联经出版事业公司1981年版］、邱江宁《元代奎章阁学士院与元代文坛》（中国社会科学出版社2013年版）、《奎章阁文人群体与元代中期文学研究》（人民出版社2013年版），三著较少涉及宣文阁、端木堂时期文臣的诗学观念。有关王沂、贡师泰的个案研究如韩格平《王沂行事考述》（《民俗典籍文字研究》2011年第8辑）、翟朋《元代宣城贡氏文学家族研究》（博士学位论文，南开大学，2014年）、张建伟、陶金红《论宣城贡氏的家族传统》（《淮北师范大学学报》2012年第5期）等，一方面对二人心态问题的把握仍有值得探讨之处，另一方面尚未见从馆阁文臣心态转变的角度探讨其诗学观念流变轨迹的研究。

第七章 阁臣的转变：元后期馆阁文臣的心态与诗学观念衍变

元统元年（1333），担任廷试考官；又任职国子学，为博士。

后至元六年（1340），任翰林国史院待制，代祀西海、西镇；又改奎章阁为宣文阁后，王沂首任宣文阁鉴书博士，待诏宣文阁，[①] 成为朝廷新设文化机构中的重要一员。

至正元年（1341），以待诏侍臣随驾巡幸上都，继而承乏翰林。

至正三年（1343），诏修辽、金、宋三史，王沂以翰林直学士、朝请大夫、知制诰、同修国史兼经筵官的身份参与《辽史》修撰。

至正四年（1344）、至正五年（1345），在阿鲁图的《进金史表》《进宋史表》中，王沂已列为总裁官，升任中大夫、礼部尚书。

在短短的十多年间，从正八品翰林国史院编修升擢至正三品的礼部尚书，王沂得到了一位文臣所期冀的所有信任、重视与荣宠。仕途经营顺风顺水的同时，他在文学上的作为也越发意气风发、一片大好。傅若金《赠魏仲章论诗序》云："独尝远游于先辈之以文章名天下而及见之者，乡人范先生、蜀郡虞公、浚仪马中丞，其机轴不同，要皆杰然不可及者也，而今先后逝矣，退老于山林矣。其在朝者，翰林揭先生、欧阳公，深厚典则，学者所共宗焉。相继至者，王君师鲁、陈君仲众、贺君伯更、张君仲举，皆籍籍有时誉。"[②] 在时人眼中，他俨然是享有时誉、颇具影响的文坛后劲。如此，在史书上留下精彩一笔，对于这样一位馆阁重臣来说实属必然之事。但历史的滑稽在于，《元史》《新元史》等史籍均不为其立传，同时期人的记载亦往往一笔带过。曾经的风云人物缺席在历史名单之中，随着时间推移，"籍籍有时誉"的共识已很难为后人所熟见。后人对他的了解只是一些散落于文字里的碎片，而这些碎片也只有从同时期著名文人如陈旅、傅若金、许有壬、周伯琦等人与他的唱和诗歌，以及那本混杂、羼入元末王征士诗的《伊滨集》中，才可以拼凑得起来。

《四库提要》将后人对王沂的片段记载以及王沂《伊滨集》中所

[①] 关于王沂任宣文阁鉴书博士时间，可参见王力春《元代王沂首任宣文阁鉴书博士考》，《辽宁大学学报》2004年第7期。

[②] （元）傅若金：《傅若金集》，史杰鹏、赵彧校点，吉林文史出版社2010年版，第258页。

载内容拼凑在一起，清末曾廉《元书》又据《四库提要》及其他史料，为他撰写了一则简短的小传：

> 沂，字师鲁，先世云中人，徙真定。父元父，官承务郎，监黄池税务。沂延祐二年成进士，历临淮县尹、嵩州同知。至顺时，为国史编修。顺帝时，迁国子博士，入试院，同考余阙，其所得士也。后迁翰林待制，待诏宣文阁。进礼部尚书，总裁辽、金、宋三史。至正末卒。沂历跻馆阁，庙堂制作多出其手，论者谓沂诗文有先正轨度云。①

寥寥几笔的叙述中，可以看到，他出身书香门第。他的父亲王元父，官至承务郎，监盐池税务。又据马祖常所撰《监黄池税务王君墓碣铭》，王氏家族祖籍云中（辽金时期之弘州，治今山西、河北北部一带），王沂七世祖王山甫为辽户部侍郎。六世祖王诩为金左司员外郎，以文学著称。五世祖王锐为金尚书户部员外郎。曾祖王国纲在金为监察御史，后战败死节。祖父王振"艰关转徙，占籍真定，力学底行，起家至江南浙西道提刑按察司经历"，到他的父亲王元父则跟随祖父居于浚都（今河南省浚县），自幼聪敏好学，"为士子经师，尤长于诗歌"，早岁试浚都文学掾，辟江东道宣慰司令史，后转仕江南各地。② 仕宦之家以及深厚的家学还须接力传承下去，当王沂初生第一声哭喊传出时，也意味着他紧握了先人事业的接力棒。元世祖至元二十四年（1287）王沂出生③，取名沂，字师鲁，寄寓对先圣明贤的追慕，以及以儒学经世传家的企望。

与众多才子文人少年得志、青年发迹的经历相似，早年的王沂也是一位风度翩翩的少年才子。宋褧诗云："我识王内翰，早岁赋美质。

---

① （清）曾廉：《元书》卷八九，中国国家图书馆藏宣统三年（1911）层漪堂刻本。
② 参见（元）马祖常《监黄池税务王君墓碣铭》，《马祖常集》，王媛校点，吉林文史出版社2010年版，第240页。
③ 有关王沂生年的考证，详见韩格平《王沂行事考述》，《民俗典籍文字研究》第8辑，商务印书馆2011年版，第106页。

第七章 阁臣的转变:元后期馆阁文臣的心态与诗学观念衍变

筮仕困州县,处友固胶漆。摛辞若纂组,粲烂锦城匹。福善宜裕后,酬劳当任逸。"① 在跟随父亲转仕江南的岁月里,王沂尝与当时的名士宿儒交游:"余幼时,侍先子官江南,时宿儒老先生尚在。听其议论,读其文辞,如是而充拓之远也,如是而含容之深也。如此其精丽也,如此其雄深也。"② 又"余年十五六时,学于江之南,从先生长者游,闻为学致道之方,以此后生乃有窃近似之言文"③。聪颖的天资加之与宿儒长者的学习、补益,他的学问日渐精深。终于,机会来了。仁宗皇庆二年(1313)恢复科举,次年〔延祐元年(1314)〕秋,各地乡试如期举行,王沂在其父原籍汴梁路参加考试而中选。紧接着,延祐二年(1315)又赶赴京师参加朝廷会试,以第三名登第,成为有元一代第一批科举晋身者。此时王沂二十八岁,可谓春风得意,君美风仪。

人生旅程在预定的轨道上前行。进士中选后,授职临淮县尹,后迁嵩州同知,初入仕途的王沂信心满怀,他坚信"士生穷达不足论,论其所传何如耳"的信条,认为"抱魁伟之才,负该洽之学,而生盛明之世"又何以默默无闻?④ 毕竟,从儒家经典中得来的人生理想此时可以有施展的空间,"泗为州,隶县五,临淮其一。昔吾尹是邑,爱其民之质野朴木,易治教使移也"⑤。他服仁蹈义,希冀以自己的能力移风易俗,造福一方。他享受着治下的风土人情,珍惜着这理想岁月中的一点一滴:"纶巾羽服卧伊滨,清啸孤吟颇著勋。留与后人还要否?南山修竹北山云。"⑥ "穷山作吏聊随世,为爱伊滨可人意。田

---

① (元)宋褧:《和王师鲁哭子诗廿七韵》,《燕石集》卷二,《文渊阁四库全书》第1212册,上海古籍出版社1987年版,第377页。
② (元)王沂:《王叔善文稿序》,李修生主编:《全元文》第60册,凤凰出版社2004年版,第49页。
③ (元)王沂:《览古堂记》,李修生主编:《全元文》第60册,凤凰出版社2004年版,第132页。
④ (元)王沂:《愚忠集序》,李修生主编:《全元文》第60册,凤凰出版社2004年版,第50页。
⑤ (元)王沂:《送余阙之官泗州序》,李修生主编:《全元文》第60册,凤凰出版社2004年版,第81—82页。
⑥ (元)王沂:《南轩书事四首》其四,《伊滨集》卷十二,《文渊阁四库全书》第1208册,上海古籍出版社1987年版,第490页。

间野水弄明灭，木末晚山横紫翠。"① 他的文集名曰《伊滨集》，想来定是对那段岁月的真挚的怀念与深情的留恋。

怀揣着治世理想与家族荣耀，王沂一直努力奔波在仕途上，他参与乡试、会试，做考官；在翰林国史院作编修、翰林待制，代表皇帝礼祭名山大川，跟随皇帝巡幸上都；在国子学做博士，教书育人；在宣文阁作鉴书博士，审定珍图名札；在史馆做纂修官、总裁官，修纂三史；在礼部做尚书，经管礼乐、祭祀、朝会等事。他"历跻馆阁，多居文字之职，庙堂著作多出其手"②，在每一任上，都兢兢业业，尽心尽职。作为馆阁文臣，他的确承续了以"元诗四家"虞、杨、揭、范为代表的中期文臣之"先正轨度"。他也讲"深厚典则"的雅正诗风，他在《张君仲实行述》中说张仲实诗文"闳肆雅奥，茹道德之旨，达世务之要"③。在《东溪诗序》中论杨俊卿为人为诗曰："致孝于亲，信于友，温密以提身，恭慤以勤职，而无绝俗离世之想；其为诗，纡余不迫而无愤郁不平之气。"④ 主张温柔敦厚，闲雅从容地吟咏性情。他主张诗歌抒发真情，但反对情的肆意淫靡，主张敛情约性。《萧东崖诗序》中谓萧氏诗"险不入怪，巧不近浮"，"敛情约性，因狭出奇"，认为自建安以后"文体屡变，工而愈下，丽而益靡"，由此而失去诗歌雅正的"古道"。⑤ 因而同时稍后的著名学者刘基，认为他的诗文"有中和正大之音，无纤巧萎靡之习，舂容而纡余，衍迤而宏肆，不极于理不止，粹乎其为言也"⑥。

然而从顺帝初年他到翰林国史院做京官始，昔日那种"纶巾羽服

---

① （元）王沂：《雪后游陆浑山宿鸣皋寺感事》其一，《伊滨集》卷四，《文渊阁四库全书》第1208册，上海古籍出版社1987年版，第421页。
② （清）永瑢等：《四库全书总目》卷一六七，中华书局1965年版，第1442页。
③ （元）王沂：《张君仲实行述》，李修生主编：《全元文》第60册，凤凰出版社2004年版，第182—183页。
④ （元）王沂：《东溪诗序》，李修生主编：《全元文》第60册，凤凰出版社2004年版，第89页。
⑤ （元）王沂：《萧东崖诗序》，李修生主编：《全元文》第60册，凤凰出版社2004年版，第96页。
⑥ （明）王圻：《续文献通考》卷一百八十一，台北新兴书店1966年版，第4253页。

第七章 阁臣的转变:元后期馆阁文臣的心态与诗学观念衍变

卧伊滨"的快乐与自适已经远他而去,馆阁臣僚间的狂歌纵笔,大抵是人前风光的伪装,困顿与失落总在霜清冷月的独居生活中暗自生长,此中感觉,如人饮水,冷暖自知。往日温柔敦厚的诗教,又怎能掩饰得了深藏在他内心的情感波动?

这一改变首先来自一场痛失亲人的变故——中年丧子。王沂《悼儿》诗曰:"娇儿名阿高,皎皎玉雪质。头圆眉宇秀,双目如点漆。忆昨汤饼客,誉儿美无匹。鹰雏精爽紧,骥子神气逸。谁云岁两周,熟玩而骤失。吾家世业儒,潜德久已积。光大我门闾,望汝与诸侄。如人有十指,孰啮孰可惜。华屋春暄妍,朋戏相扶掖。凭几检书册,挽衣觅梨栗。低头解拜客,唾手学濡笔。吾年已四十,事未见一获。"① 又宋褧《和王师鲁哭子诗廿七韵》云:"苍天不可问,得子旋伤失。君怀未能慰,我恨亦云积。孟春丧孩女,仍啻仆与侄。阿申并官奴,两儿众所惜。方期及髫龀,入学相诱掖。亭亭芝芳妍,温温玉缜栗。随行操几杖,或可弄文笔。一以世科第,一以嗣臧获。云胡俱夭折,相去不百日。孩女不甚痛,长不恃其力。初疾忍辄弃,命医恒接迹。终焉莫救药,枉负不慈责。"② 四十丧子,对于王沂来说是一个沉重的打击,是其心态转变的导火索,引爆的是世道急遽变化下理想的覆灭。此时距离他科举登第已过去十多年,在这十多年间"事未见一获",往日的理想并没有实现多少,事业也就如此,得子阿高不失为寂寥长夜中的一点微光。他对阿高寄望甚高,期待着他光大门闾,接力家族世业的辉煌,或以世科第,或以嗣臧获。然而,不得不接受命运的缘故,这一切最终化为泡影。

顺帝初年,王沂在翰林国史院、国子学、宣文阁等担任要职,想必他是想利用这喧嚣的欲求和充实的工作来抵消丧子之痛。但是这些职务显然并没有为他带来些许快乐与安慰。在《送陈众仲序》中他自

---

① （元）王沂:《伊滨集》卷三,《文渊阁四库全书》第1208册,上海古籍出版社1987年版,第412页。

② （元）宋褧:《和王师鲁哭子诗廿七韵》,《燕石集》卷二,《文渊阁四库全书》第1212册,上海古籍出版社1987年版,第377—378页。

称"待罪博士",其中隐情如今不可得知,但是在他的诗文中总可以看到隐藏其中的忧郁与愁苦。其《书事》云:"坐看槐庭日影移,头原如旧鬓先丝。十年不调已过半,万古垂名何所为。得俸只充沽酒用,卖文那办买山资。传闻官长催供课,下马时揩病眼眵。"① 寂寞、萧索、贫苦、疾病在他身边萦绕不去。后至元六年(1340),王沂耐过了漫长沉寂,重新返回翰林国史院,担任翰林待制。也就在这年年底,朝廷奏开宣文阁,以他为首任鉴书博士。然而,作为奎章阁的延续,宣文阁的肇开,其最初用意并不像当初开奎章阁时,举朝上下将之视为"昭代之盛典"、文化建设的重大举措。有过悲惨童年经历的顺帝即位之后便开始清算曾经迫害过他的元文帝,撤除庙主、剪除异己,当然,代表文宗时期典型施政举措的奎章阁,也不可避免地被列在裁撤名单中,而以宣文阁代替奎章阁只不过是对"民有千金之产,犹设家塾,延馆阁,岂有堂堂天朝,富有四海,一学房乃不能容耶"② 这一善谏的妥协。因而宣文阁的职能已远逊奎章阁,对朝廷而言,它只不过是一个闲置机构,而鉴书博士的职责也只剩下审定图札、品第甲乙,是一个不折不扣的闲职而已。倘若不是危素一篇《君臣政要序》,恐怕没人会记得起他来。③

失子的创伤并没有因官职升擢而消失,伴随阳光渐暗、如日西偏之时代的到来,愁苦反而越发浓郁了。"浮生百年内,消得几愁颜"④,岁月消逝,洒下丝缕尘沙,一点一点,将一位飘飘白衣的清秀少年消磨得满鬓银丝,在愁颜与泪眼间,埋葬了往昔旖旎韶光。此时的王沂感觉到自己已然是耄耋老者。他无数次渲染描写自己苍老的容颜与心态:"雕虫燕说竟如何,未必冥鸿在网罗。重理槐花少年梦,自怜樗

---

① (元)王沂:《伊滨集》卷八,《文渊阁四库全书》第 1208 册,上海古籍出版社 1987 年版,第 454 页。
② (明)宋濂等:《元史》卷一四三,中华书局 1976 年版,第 3415 页。
③ (元)危素《君臣政要序》载至正元年九月,皇帝御东宣文阁,出《君臣政要》三卷,召数臣翻译成书,其中列宣文阁鉴书博士王沂,授经郎不答理等。载《危太朴集》卷七,《元人文集珍本丛刊》第 7 册,新文丰出版有限公司 1985 年版,第 442 页。
④ (元)王沂:《幽居》,《伊滨集》卷六,《文渊阁四库全书》第 1208 册,上海古籍出版社 1987 年版,第 437 页。

散鬓丝多。"① "三年博士冗不治，壁水泠泠明鬓丝。尘埃老我蓟门道，山中日日生瑶草。"② "巨鳌戴首三山立，大飓惊轮六鹢飘。趋走两京今白发，不辞冲暑又乘轺。"③ 由对自身苍老的感受，王沂诗论也逐渐关注"老"的诗学意义，在生命的老境中体悟诗歌老成的审美内涵，其《王叔善文稿序》云：

> 韩退之言其始为文，非三代两汉之书不敢观，非圣人之志不敢存。处若忘，行若遗，戛戛乎难矣。及年益老而学益成，则曰："文无难易，惟其是耳。"退之之是，孔子之达也。文至于是，辞至于达而已。余幼时，侍先子官江南，时宿儒老先生尚在。听其议论，读其文辞，如是而充拓之远也，如是而含容之深也。如此其精丽也，如此其雄深也。然其论者实理，其序者实事，又以悟文之果止于是，而辞之果止于达也。心既识其所以然，及其自为之则不至焉。既而曰："夫既识其所以然而未至焉者，不学之过也。事皆然，独文乎哉？"其后年长而涉世，不得殚岁月，尽心力，追古之作者为并，而足其所好慕。④

他坦言，少年时代游学江南，在先辈宿儒那里得到的作诗文如何有"充拓之远"，如何有"含容之深"，怎样达到"精丽""雄深"的艺术境界，对于未谙世故、骨骼未成的他而言，只不过是"心识其所以然"，具体进入艺术创作阶段，却不尽如人意，往往达不到预期效果。因而他总结之所以造成这种情况，主要在于"不学之过"，进而他重视学问的积累。陆友仁《研北杂志》载："国子博士王师鲁为余

---

① （元）王沂：《河东试院书事十首》其四，《伊滨集》卷十二，《文渊阁四库全书》第1208册，上海古籍出版社1987年版，第487页。
② （元）王沂：《题山水图》，《伊滨集》卷四，《文渊阁四库全书》第1208册，上海古籍出版社1987年版，第423页。
③ （元）王沂：《发赤城》，《伊滨集》卷十，《文渊阁四库全书》第1208册，上海古籍出版社1987年版，第475页。
④ （元）王沂：《王叔善文稿序》，李修生主编：《全元文》第60册，凤凰出版社2004年版，第49页。

言，昔于秦陇间得尽观郭忠恕所书碑，始悟笔意在前，作篆乃可传。"① 这种工夫的锤炼也贯穿于他的诗歌创作和批评中。陈旅尝有诗题云："胡古愚为其仆袁普作传，王师鲁赋诗用事甚博，辄摭其遗，为诗和之。"② 由对工夫锤炼的重视，他看重深沉雄丽、气质浑浑的艺术风格，强调辞达而已、不以雕刻为工。在《送郑希道之杭府慕官序》中，他认为郑希道诗文深沉雄丽的艺术特点得益于"其积也厚则其发也必迟，其养也深则其用也必大"③，经过长年累月的学问积累，最终达到一种"年益老而学益成""追古之作者为并"的成熟境地。

蒋寅《作为诗美概念的"老"》一文认为，"老"是一个具有统摄性的诗学概念，其审美内涵表现为风格上老健苍劲，技巧上稳妥成熟，修辞上自然平淡，创作态度上自由超脱与自适。④ 王沂诗论固然也是由此方向发展，对老成之美学风格的重视是王沂诗学观念转变的起点。这首先表现在对老境心态的感知逐渐影响其对诗歌艺术平淡特色的关注。其《感怀》诗云："漫郎何事强为官，旅思惛惛带眼宽。春草池塘诗入梦，杏花时节雨生寒。白鸥云水盟犹在，老马风沙兴已阑。我爱当年孟东野，归书只是说平安。"⑤ 曾经的理想少年，如今却如老马一般，经历无数挫折，兴致已残，转而追求"春草池塘""杏花雨寒""白鸥云水"的平静，不起波澜，即便是情感涌动的归书，也只是淡淡一语"平安"。正因此，在他的诗论中每每强调平淡的艺术境界，他评张仲实诗"温丽闲淡，气质浑浑，辞非一律，横从窈眇，而自合于绳削，又何其工也"⑥，认为平淡的诗歌艺术来自工夫的锤炼，需要

---

① （元）陆友仁：《研北杂志》卷下，中华书局1991年版，第139页。
② （元）陈旅：《安雅堂集》卷三，《文渊阁四库全书》第1213册，上海古籍出版社1987年版，第39页。
③ （元）王沂：《送郑希道之杭府慕官序》，李修生主编：《全元文》第60册，凤凰出版社2004年版，第52页。
④ 参见蒋寅《作为诗美概念的"老"》，《甘肃社会科学》2016年第3期。
⑤ （元）王沂：《伊滨集》卷九，《文渊阁四库全书》第1208册，上海古籍出版社1987年版，第460页。
⑥ （元）王沂：《张君仲实行述》，李修生主编：《全元文》第60册，凤凰出版社2004年版，第183页。

第七章 阁臣的转变:元后期馆阁文臣的心态与诗学观念衍变

经历由绚烂之极归于平淡的过程。他说:

> 诗造于平淡,非工之至,不能也。昔之业是者,齿壮气盛,挟其英锐,其探远取绚烂为绮绣,明洁为珠璧;高之为颠崖峭壑,浩乎为长江巨河;引而跃之为骧龙舞凤。及其年至而功积,华敛而实食,向之英且锐刮落,则平淡可造矣。是盖功力之至而然,不以血气盛衰而言也。苟微志以基之,微学以成之,恃夫才驱气驾,则岁迈月逝、颠秃齿缺,其见于言辞者,若寒蛩之声,槁榴之色,且求与盛年比不可得,尚何平淡之敢言?……滁上鲍君仲华早以诗名诸公间,翰林学士袁公伯长称其言完气平,不刻削以为工,而合乎理之正,有得乎欧阳氏者如此。其知言哉!而仲华欿然不以其能自足,晚而肆志琅琊山水间,以写其怀,以昌其诗,而庶几所谓平淡者,故其自序亦属意韦应物、陶渊明。①

由此可见,王沂诗论实是对梅尧臣"作诗无古今,唯造平淡难"、苏轼"大凡为文,当使气象峥嵘,五色绚烂,渐老渐熟,乃造平淡"②等宋元以来文人对"平淡"审美品位追求的承接与发展。在他看来,平淡之可造,并不是单纯的构思炼字,也并非进入岁迈月逝、颠秃齿缺的老境便可以随意达到,而是一种铅华洗尽、锋芒毕隐,"工之至"的过程,这一过程需要作者养乎其中、发乎其外,有长久的学问积淀及气质修养。正如鲍仲华收英敛华,晚年肆志山水间,陶冶性情,从而清心寡欲,恬静平和,其诗歌亦能获得一种意境平和、色彩清淡的风格特色。

这种由功力所至的平淡,在宋元时期的诗论家那里往往寄寓诗歌更高的艺术理想,即"至味",苏轼所云"寄至味于淡泊"如是。王沂的"平淡"诗论亦主张在"淡"中求"味",因为王沂所谓"年至

---

① (元)王沂:《鲍仲华诗序》,李修生主编:《全元文》第60册,凤凰出版社2004年版,第92页。
② (宋)周紫芝:《竹坡诗话》,(清)何文焕辑:《历代诗话》上册,中华书局1981年版,第348页。

而功积,华敛而实食"造就的平淡,本身便与"寒蛩之声,槁榴之色"这种由老带来的枯寂无味的负价方向相对而出。其《科举程文序》云:"古淡如太羹元酒之为味,又何其工也。"① 太羹即不用盐菜调味的羹汤,元酒即玄酒,当酒用的水,均为古时祭祀所用。所谓太羹、元酒,看似无味,实则包含醇美之味,在王沂的诗论中,这种醇美之味即是"真而不杂",除去雕刻。在《熊石心诗序》中,他评价石心之诗"不雕刻为工,故其语质;无憔悴之态,故其气平。惟其语质而气平,故真而不杂",以此他进而断言古之作者皆然,"所谓真而不杂者有味乎其言也"②。认为"真"然后有"味","味"即从"真"来。其实,王沂所谓"真而不杂"的"古淡之味"与钟嵘由"直寻"而来的"滋味",司空图"直致所得,以格自奇"的"韵味",在理论上是一致的,即强调诗歌要得之于自然,有得于心,从而依据己之所得,造其妙者,抒发自我真情,不刻意搜求,亦不依傍古人,于平淡处获得无穷无尽的审美享受。

其次,王沂诗学观念的走向又典型地表现在其对诗歌"自然"境界的论说,这与他对平淡的审美追求互为发明。其《周刚善文稿序》云:"昔之为文者,大之如天地而人不敢以为远,幽之如鬼神而人不敢以为深,文之为珠玑珪璧而人不敢以为华,质之为瓦棺古篆、蕢桴土鼓而人不敢以为朴。是皆得于自然之理,有所不能自己而作者。后之人见其然,莫知其所由然。于是殚精毕力而追之,其雕镂藻缋、刻画破碎之工益多而文益下。讵有意为之者未必造其妙,而造其妙者在于无意而为之者欤!"③ 王沂以为无意为之者能达自然之妙,并非玄虚之论,亦非偶然得来,而在于无意为之者通过长期积累与锤炼,在形诸诗文时表现出"工"而不露痕迹,所谓"穷探远取,合众美以为已

---

① (元)王沂:《科举程文序》,李修生主编:《全元文》第60册,凤凰出版社2004年版,第48页。
② (元)王沂:《熊石心诗序》,李修生主编:《全元文》第60册,凤凰出版社2004年版,第88页。
③ (元)王沂:《周刚善文稿序》,李修生主编:《全元文》第60册,凤凰出版社2004年版,第48—49页。

第七章 阁臣的转变:元后期馆阁文臣的心态与诗学观念衍变 ❖❖❖

用,超伦类而独得",最终达到"俊健而不迫,衍溢而不流;析理指事,比物托喻,疏畅条达无间断"这种行云流水、姿态横出的艺术效果。① 然而在王沂诗论中,自然不仅是一种不尚雕饰、浑然天成、自由超脱的艺术境界,也具有多维的阐释空间。一则自然具有丰富的内涵,起码包括真情发抒与风土殊异两端:"言出而为诗,原于人情之真;声发而为歌,本于土风之素。方其未有诗与歌也,岂无言若声哉? 尚而《击壤》《康衢》之谣,降而越《棹讴》、楚《春相》。情有感发,流自性真。又若辽交凉蓟,生而殊言;青越函胡,声亦各异。于是有唐俭魏狭、卫靡郑淫,盖有得于天地之自然,莫之为而为之者矣。"② 诗歌之"自然"在于作者情感的真实表达,不矫饰亦无做作。情感真实又必须客观承认地域差异导致的诗风差异,所谓"唐俭魏狭,卫靡郑淫",即是由"土风之素"表现出的自然状态。一则发自自然的真情,体现自然的土风也是引发诗歌创作动机最重要的因素,其《熊石心诗序》云:"观之则知其单游远寓,忧叹愉乐之情必发之于诗;载大江,过洞庭,转彭蠡,鱼龙之宫,罴虎之聚,风雨明晦,寒燠之变,一发于诗;过陈、蔡、梁、宋、赵代之故墟,览山川之形胜,风土之媺恶,民俗之浇淳,又发于诗;观光上京,仰宫阙之壮丽,人物之繁庶,其接乎耳目者纷然层出,而心之所属者又一于诗而发也。"③ 作者主观之情与客观景物、风土民俗的自然偶合,促成了诗歌创作的发生。而具体至创作阶段,王沂提出"明鉴取影""媒其身以哗世钩货"④ 等观点,强调不同作家对同一景物的不同感受,要求诗

---

① (元)王沂:《周刚善文稿序》,李修生主编:《全元文》第60册,凤凰出版社2004年版,第49页。
② (元)王沂:《隐轩诗序》,李修生主编:《全元文》第60册,凤凰出版社2004年版,第86页。
③ (元)王沂:《熊石心诗序》,李修生主编:《全元文》第60册,凤凰出版社2004年版,第88页。
④ 王沂在《樊彦泽山斋诗卷序》中说:"余观樊生写形与神,如明鉴取影,斯亦专且精矣。意其挟专且精者游乎通邑大都,媒其身以哗世钩货,乃以山名斋,若能遗外声势而徜徉丘壑者,其进技以道者耶? 其亦吾心有得于是而乐之也? 夫人物之相好恶,必以类育群物而不倦焉,四方并取而不私焉。"李修生主编:《全元文》第60册,凤凰出版社2004年版,第78页。

人通过努力，达到内外如一、情景交融的自然境界。这与他曾经能够胜任宣文阁鉴书博士所具有的艺术修为密切相关，这些观点也深刻影响了诸如谢榛"景媒情胚"、王夫之"取影"等诗学观念的阐释。综此，王沂的诗学观念已逐渐离开元中期雅正、复古的诗学轨迹，走向追求自然真我、个人情性的另一个方向。

作为一位高居馆阁的文臣，王沂的诗学追求与他的身份并不相符，然而却实实在在都是他晚年生活状态的直观表现。王沂卒于至正六年（1346），享年六十。[①] 而其卒年仅在其以礼部尚书总裁《宋史》修成后的第二年。据张翥《题唐子华画王师鲁尚书石田山房》诗，王沂曾闲居于石田山房，"石田"之名，取自《左传》，意为多石而不可耕之地，因而可喻为无用之物。似乎在他看来，他的仕途正如这无用而不可耕的"石田"一般。从步入馆阁始，对隐逸生活的向往便开始在他心中暗自生长，从未间断，在他的诗集中与之酬唱最多的是当时的著名隐士王冕，而他在写给丞相脱脱的诗中坦言："病马犹思秣，枯桐或可弦。激昂中散曲，飘泊孝廉船。白帽寻归隐，缁衣窃好贤。山林甘潦倒，霄汉仰神仙。"[②] 这可能是对他诗学观念转变最合理的解释，同时也是他缺席正史名单最好的注脚。

第二节　吾道岂终穷：贡师泰的行迹与诗学

稍后于王沂，活动在元后期的馆阁文臣贡师泰，与王沂有诸多相似经历：二人均生于仕宦之家，有深厚的家学功底；二人都曾供职翰林院，参与辽、金、宋三史修撰，又先后转迁朝廷新置的文化机构——宣文阁，在元后期以政事、文学知名；二人身居馆阁高位，却都曾向

[①] 参见余来明《元文人王沂卒年考》，《文学遗产》2009年第2期；韩格平《王沂行事考述》，《民俗典籍文字研究》第8辑，商务印书馆2011年版，第116—117页。

[②] （元）王沂：《见子山尚书》，《伊滨集》卷九，《文渊阁四库全书》第1208册，上海古籍出版社1987年版，第466页。

第七章 阁臣的转变:元后期馆阁文臣的心态与诗学观念衍变

往归隐生活。然而二人的行迹与心态却又有许多不同之处:一个富有时誉但却被遗忘在历史长河中,另一个擅名文坛,不仅凌厉一时,也在史书留下浓抹重彩的一笔;一个"马上寻诗吏隐兼",仕途之路从未间断,却于平淡的仕宦生活中极力寻求归隐,另一个"乌帽青鞋白鹿裘",江南鼎沸之时忽仕忽隐,矛盾多变,在仕与隐的转变间努力表现存在;一个闲居石田山房,极言自己剑老无芒,无所之用,另一个自号戾契子、羿羿翁,筑高风台,以表明自己在兴废事乱中有无用之用;一个由对老境心态的深切感知,关注诗歌老成的审美风格,进而影响其诗学观念的走向,另一个则从理学之"道"中寻找出处、行迹的依据,不仅对其矛盾心态予以解释,也促成其诗学观念形成。

贡师泰,字泰甫,号玩斋,宁国宣城(今属安徽)人。生于元成宗大德二年(1298),出生在一个文学仕宦之家。父亲贡奎,以文学名家,官至集贤直学士,卒谥文靖。师泰天资聪颖,又幼承家学,早岁便可记诵所授之诗。仁宗延祐二年(1315),贡奎提学江西,十八岁的他跟随父亲,在江西得以受业当时名儒吴澄,深得器重。延祐五年(1318),随父至京师,入太学,从程钜夫、虞集、赵孟頫、邓文原、马祖常、揭傒斯、欧阳玄等名公硕儒游,"讲明论议,涵濡渐渍,所得者深,所蓄者大"[①]。此时的贡师泰正是时人眼中风度翩翩的少年才子,立众人中,望之若鹤。接下来金榜题名,洞房花烛也该是题中之义。延祐三年(1316)娶宁国路总管之女张氏。泰定、天历年间,中江浙乡试,又于上都中国子选,由释褐出身,授从仕郎,吉安路太和州判官。此后的贡师泰在仕途中虽稍有波折,但一路升迁也基本顺畅。至顺三年(1332),服父丧期满,改调徽州路歙县丞,江浙行省掾。顺帝后至元三年(1337),召除应奉翰林文字同知制诰兼国史院编修官,后又迁为奎章台点籑,进入馆阁文臣之列。后至元五年(1339)返回宣城南湖,丁内艰。期满,于至正四年(1344)除绍兴路总管府推官,阶承务郎,既而考文江浙。至正八年(1348),年近半百的贡

[①] (元)钱用壬:《玩斋集序》,(元)贡奎、贡师泰、贡性之:《贡氏三家集:贡奎集、贡师泰集、贡性之集》,邱居里、赵文友校点,吉林文史出版社2010年版,第170页。

师泰再拜翰林，复召为应奉翰林文字，参与宋、辽、金三史修撰，预修后妃功臣列传，修史毕，迁宣文阁授经郎兼经筵译文官。后一年，擢翰林待制。至正十年（1350），改国子司业。至正十二年（1352）擢礼部郎中，转而迁吏部，阶奉议大夫，拜监察御史。

  以仕途而言，贡师泰是幸运的，幸运之处在于此时的元廷正值江淮兵起之际。至正中期，由开河、变钞激化的民族矛盾，如同黄河决堤一般，迅速泛溢，民变的洪流冲垮了蒙元统治阶层对汉族文臣固有的偏见，《元史》载："自世祖以后，省台之职，南人斥不用，及是，始复旧制，于是南士复得居省台，自师泰始，时论以为得人。"① 朝廷终于开始意识到启用汉臣的重要性，而此时位列馆阁清要之职的汉族能臣自然成了师旅倥偬、维系国运的不二之选。对于贡师泰来说，这无疑也是无比荣耀的。作为一位饱读圣贤之书的汉族儒士，他也终于可以越过以往种族的界限，和他的色目朋友余阙一样，在国事维艰之时，实现匡扶朝纲、兼济天下的宏愿。早在他初入馆阁时，就结识了这位英姿飒爽的唐兀子弟："京师，天下声利之区也，迂非所宜有。尝阴以求之士大夫之间，得一人焉，曰贡泰甫。泰甫，故学士仲章君之子，能诗文。少游太学，有时名，因自贵重，不妄为进取。有所不可交者，亦不妄与交。故吾二人者欢然相得，若鱼之泳于江，兽之走于林也。时泰甫为应奉翰林文字，固多暇者，即与聚合。有蔬一品，鱼一盘，饮酒三行或五行，即相与赋诗论文。凡经史词章，古今上下，治乱贤否，图书彝器，无不言者。意少适，即联镳过市，据鞍谈谑，信其所如而止。及暮无所止，则相与问曰：'将何之？'皆曰：'无所之也。'乃各策马还。"② 以此来看，二人并非仅是一面尔尔的酒酣饱暖之交，而是高山流水间相与倾述、激赏的朋友，赋诗论文，治乱兴衰，无所不谈，高远的抱负、理想在夕阳的余晖下折射进那"桃李春风一杯酒"的倒影中。二人再次相见是在贡师泰复入翰林时，余阙为

---

  ① （明）宋濂等：《元史》卷一八七，中华书局1976年版，第4295页。
  ② （元）余阙：《玩斋集序》，（元）贡奎、贡师泰、贡性之：《贡氏三家集：贡奎集、贡师泰集、贡性之集》，邱居里、赵文友校点，吉林文史出版社2010年版，第163页。

第七章 阁臣的转变:元后期馆阁文臣的心态与诗学观念衍变

其文集《友迁集》作序。十年老友,如今沧桑老矣,相见之欢却仍不减当年。而江南祸起之后,二人各自肩负朝廷重任,辗转飘摇,却走向了不同的人生道路。至正十二年,余阙代理淮西宣慰副使、都元帅府佥事,镇守安庆,大破红巾军。至正十六年(1356),又败赵普胜。至正十八年(1358),安庆危急,余阙身负重创,自刎就义,以忠义殉国死节。相较余阙,贡师泰此际亦奔走国难,然而却少了几分忠烈的壮怀。至正十三年(1353),张士诚叛乱,贡师泰奉诏使江浙,安抚乱民,筹措兵粮。同年迁兵部侍郎,整饬口北十三驿。至正十四年,理漆州、良乡七驿,转除都水庸田使,筹储军资。至正十五年,除江西湖东道肃政廉访副使,未及上任,旋即改闽海道肃政廉访使,继而升任礼部尚书,但途中又调任平江路总管。至正十六年,贡师泰在仕途生涯中留下并不光彩的一笔,时张士诚陷平江,大兵压境,贡师泰到任不及一月,仓皇应战,力不能支,怀抱印信予逃,隐遁于吴淞江,寄居钩台山长吴景文家,易姓名为端木氏,号戾契子、爾爾翁,旋作《幽怀赋》以述其内心郁结。至正十七年(1357),张士诚降元,浙西行省左丞相达失帖木儿复起之为两浙都转运盐使。至正十八年,升江浙行省参知政事。至正十九年,升户部尚书,奉召以闽盐易粮,漕至京师,然而自海宁航海达闽,道阻不行,侨寓海宁朱镃家。至正二十年,以秘书卿召还京师,因海路不通,寓居闽中香严寺。此后作高凤台,立鸣凤亭,与诸生谢肃、刘中、朱镃等讲授道义。至正二十二年,沿海路北归,与家人会于海宁旧寓,命其地曰"小桃源",冬十月,殁于寓所,年六十五,门生朱镃割地葬之,并撰《年谱》与《纪年录》。

贡师泰的生平资料,史存颇丰,然而各种史料所载间有出入。作为汉族文臣,贡师泰在元末战乱中为国事奔波,在风雨飘摇的元廷中确也算得上是中流砥柱,《元史》载:"师泰性倜傥,状貌伟然,既以文字知名,而于政事尤长,所至绩效辄暴著。"[①] 但在兵祸扰攘之际,贡师泰的行迹却始终未能如一,儒家的治世理想在他的行迹中似一个不

---

① (明)宋濂等:《元史》卷一八七,中华书局1976年版,第4296页。

倒翁，推过来，搡过去，翻来覆去，进不足尽忠以全节，退不能葆任以自适。而历史为我们呈现的一个"达则兼济天下，穷则独善其身"的完满形象，实则很大程度上有赖于他的门人及后人对他的塑造与掩饰。

贡师泰善于接引后进之学，《元史》载其"尤喜接引后进，士之贤，不问识不识，即加推毂，以故士誉翕然咸归之"①。现存有关贡师泰的年谱资料，主要便是门人朱镋所编《年谱》《纪年录》，刘中《历官事略》、揭汯《贡公神道碑铭》以及其他序跋文字。此外再加之《元史》《新元史》本传，而诸种资料竟不能接洽。首先，诸种资料所载有关贡师泰生平事迹时间混乱，据朱镋《年谱》，贡师泰于泰定元年（1324）中江浙乡试，《纪年录》亦同，而《元史》《新元史》均无载，据翟朋《元代宣城贡氏文学家族研究》考，泰定元年"并非乡试之年，于时间不符，或当为之前一年，但其父贡奎有主持该场乡试的记载，所以此事仍当存疑"②。又据《元史》，泰定四年（1327）贡师泰释褐，《年谱》《纪年录》《新元史》载天历元年（1328），揭汯《神道碑铭》载为天历二年。由此可见，诸种资料所记并无精细考证，详细核实，以求巨细真实，有关贡师泰在元末的行迹存在主观圆说便极有可能，而关于至正十六年（1356）贡师泰弃城遁走的记载更是版本各异。

朱镋《年谱》载："城陷于张氏，公抱印求死不获，作《幽怀赋》以自见。隐居吴淞江上，主钓台山长吴景文，易姓名为端木氏，号戾契子，䦒䦒翁。"《纪年录》亦云："城陷，官属溃散，公独抱印隐居吴淞江，主钓台山长吴景文家，易姓名为端木氏。"③

揭汯《神道碑铭》曰："未浃旬而城陷，公怀印而出，欲图克复，竟不得遂。"④

刘中《历官事略》记："公独领义士出郭，力不能支，怀印与推

---

① （明）宋濂等：《元史》卷一八七，中华书局1976年版，第4296页。
② 翟朋：《元代宣城贡氏文学家族研究》，博士学位论文，南开大学，2014年，第123页。
③ （元）贡奎、贡师泰、贡性之：《贡氏三家集：贡奎集、贡师泰集、贡性之集》，邱居里、赵文友校点，吉林文史出版社2010年版，第461、462页。
④ （元）揭汯：《有元故礼尚书秘书卿贡公神道碑铭》，李修生主编：《全元文》第52册，凤凰出版社2004年版，第84页。

第七章 阁臣的转变：元后期馆阁文臣的心态与诗学观念衍变

官俞节欲赴水死义。遇渔人救负，乘舟潜载，居海滨者一年。"①

《元史》载："守将弗能支，斩关遁去，师泰领义兵出战，力不敌，亦怀印绶弃城遁，匿海滨者久之。"②

以此观之，朱鏓、刘中等门人所载多为辩白之说，而门人之间亦持不同说辞，难以圆通。王逢尝有《密闻贡平江诡姓张平轩，遁海上，伤怀一首》记录此事，诗云："闻道今张禄，羁栖沧海村。微吟在野兕，暂托避风鹓。积雨吴天缺。浮云汉月昏。伍符柄不与，千石贵休论。"③ 虽是伤怀之作，其间可见几分奚落之意。而后人的掩饰之辞更为明显的是有关贡师泰死因的记载。朱鏓《年谱》《纪年录》，刘中《历官事略》载贡师泰于至正二十二年（1362）得疾而卒，《元史》采此说。而明嘉靖时李默为徐万璧补刻本《玩斋集》作跋文，据贡师泰后人所言，"其先世礼部公流寓海宁时，自名其里曰'小桃源'。元命既革，宋学士景濂尝过之，公为置酒饮，夜分乃起就卧，仰药而毙"④。《新元史》采此说。此说早在顾嗣立编《元诗选》便已疑之，《四库全书总目》就此有考辨，云："案：《明史·宋濂传》，濂乞假归省，在至正二十五年乙巳。师泰没于至正二十二年壬寅，其时濂无由至海宁。且太祖称吴王在至正二十四年甲辰，称'吴元年'在二十七年丁未。元顺帝北趋上都，在二十八年戊申七月，是为洪武元年。师泰既没于壬寅，尚在元亡前六年，何以称'元命既革'？此其后人之饰词，欲附于王蠋之节，殊非事实。"⑤ 此后有关其死因的讨论一直未断，而多数学者赞同病卒一说⑥，以贡师泰在元末的地位及影响，假有殉节一说，又何以不见史载？

---

① （元）刘中：《历官事略》，（元）贡奎、贡师泰、贡性之：《贡氏三家集：贡奎集、贡师泰集、贡性之集》，邱居里、赵文友校点，吉林文史出版社2010年版，第464页。
② （明）宋濂等：《元史》卷一八七，中华书局1976年版，第4295页。
③ （元）王逢：《梧溪集》卷四，《文渊阁四库全书》第1218册，上海古籍出版社1987年版，第727页。
④ （清）永瑢等：《四库全书总目》卷一六八，中华书局1965年版，第1451页。
⑤ （清）永瑢等：《四库全书总目》卷一六八，中华书局1965年版，第1451—1452页。
⑥ 详见岳峰《贡师泰诗歌研究》有关讨论，硕士学位论文，扬州大学，2012年，第20—21页。

然而，无论门人的极力掩饰，抑或后人的附会饰词，终盖不住他时隐时仕的矛盾心态，在他的文字中充斥着对自己矛盾心态的自我说辞。其《晨起夜坐诗后序》云："予所居香严寺，当山门外有古樟，盘踞道傍，大可百围，相传为隋、唐间物……树虽甚大，而轮囷拥肿，中空液樠，不中绳墨。其枝柯亦卷曲秃缺，摧朽无所用。……伯来间顾予曰：'是若无所用者，子何得焉而爱之甚也？'予笑曰：'树在官道傍，得不辱于斧斤，以幸全其天者，非以其材之无所用耶？以其无所用，而人因得以荫以息，且耳其声以为笙竽。然则果为无用与？果为有用与？今吾数人者，盘薄偃蹇，以自鸣其鸣，又果异于是与？'"① 此序作于至正二十年（1360）贡师泰因海路遇阻，隐居闽中香严寺时，是他在既不能返京以事君，又不能运筹以匡弊，进退维谷的困境中，困顿、矛盾心态的写照。在贡师泰看来，看似无用的古樟，却不夭于斧斤，幸得其全，可使人"荫以息""耳其声"，于无用中求其有用。以此而言，自己的"盘薄偃蹇"亦能"自鸣其鸣"，因而为自己的行迹找到了合理的解释。

而这种自我的辩说，早在至正十六年（1356），他弃城遁隐后便已有之。在寄居钓台山长吴景文家时，他自号戾契子、爾爾翁，并作《爾爾翁传》。"戾契"一词，本义为奇邪不正之行，喻志气不节。进而可引申为由不节而达节，通过修身养性来培养志节，韩愈《试大理评事王君墓志铭》有云："见功业有道路可指取，有名节可以戾契致。"② 平江陷落后，贡师泰一度失落、郁结，其《杂体八首》其一曰："卧病荒江上，忧心何忡忡。亲友久不见，况此风雨中。沙草生满路，庭菊亦成丛。荏苒芳春节，栖迟孤客踪。有酒且尽醉，吾道岂终穷。"③ 在孤寂、忧虑中，他抓住了"道"这根救命稻草。的确，从

---

① （元）贡师泰：《晨起夜坐诗后序》，（元）贡奎、贡师泰、贡性之：《贡氏三家集：贡奎集、贡师泰集、贡性之集》，邱居里、赵文友校点，吉林文史出版社2010年版，第293页。
② （唐）韩愈：《试大理评事王君墓志铭》，（唐）韩愈著，马其昶校注：《韩昌黎文集校注》第六卷，马茂元整理，上海古籍出版社2014年版，第486页。
③ （元）贡师泰：《杂体八首》其一，（元）贡奎、贡师泰、贡性之：《贡氏三家集：贡奎集、贡师泰集、贡性之集》，邱居里、赵文友校点，吉林文史出版社2010年版，第188页。

第七章 阁臣的转变：元后期馆阁文臣的心态与诗学观念衍变

"道"出发，他的"戾契"之行便可以"戾契"以致了。《䴔䴖翁传》云："或问曰：'子学尧、舜、禹、汤、文、武、周公、孔子、孟轲氏之学而不以号，乃有取于䴔鸡声乎？'翁曰：'是何言欤！夫人，食则生，不食则死。岂唯人哉？犬、马、牛、羊皆然。岂唯犬、马、牛、羊？谷、粟、花、果皆然。谷、粟、花、果，食于土者也；犬、马、牛、羊，食于人者也。至于人，学尧、舜、禹、汤、文、武、周公、孔子、孟轲氏之学，其志亦将以待食乎君者也……'客曰：'子何以其食为哉？亦曰道而已矣！不以道而以食，则皋、夔、稷、离、伊、傅、周、召，其志亦将以求食乎？'翁曰：'是何言欤！谋道者固不谋食，然亦未有行道而不食者也。吾既不能自食其力，又不能待君之食，徒持文墨议论安坐以噍食于人也，其能免众喙之嘈嘈乎？……'"①他认为行道者亦不能免于彝伦日用，而恰恰人生而食，不食则死，进而犬马牛羊，进而谷粟花果，本身便是道之所在。从而在不能自食其力，又不能待君之食的隐居生活中，持此道者不失为"免众喙之嘈嘈"，进行自我安慰的有效之径。而这在他看来正所谓为"大隐"："身市朝而心山林者，固为少贤于人。然亦不免寓于隐而已，初未尝超出乎人间世也。若吾所谓隐，则不启键，不运几，踟跦冥默之中，逍遥极乐之界。万物镂輵乎吾前，吾视之亦隐也；万事纷纠乎吾后，吾视之亦隐也。二相不生，一念惟寂，斯其大隐哉！"②由"道"入隐则可以不在乎隐的动机，只在"一念惟寂"。因此其诗云："乌帽青鞋白鹿裘，山中甲子自春秋。呼儿点检门前柳，莫放飞花过石头。"③又说："有风自南来，飘冠巾，袭毛发，徘徊乎几席之间，泠泠然，飒飒然，周流动荡，若有以宣通夫壅滞，而还复乎淳熙者，遂名之曰'高风'。"④

---

① （元）贡师泰：《䴔䴖翁传》，（元）贡奎、贡师泰、贡性之：《贡氏三家集：贡奎集、贡师泰集、贡性之集》，邱居里、赵文友校点，吉林文史出版社 2010 年版，第 338 页。

② （元）贡师泰：《大隐记》，（元）贡奎、贡师泰、贡性之：《贡氏三家集：贡奎集、贡师泰集、贡性之集》，邱居里、赵文友校点，吉林文史出版社 2010 年版，第 335 页。

③ （元）贡师泰：《题渊明小像》，（元）贡奎、贡师泰、贡性之：《贡氏三家集：贡奎集、贡师泰集、贡性之集》，邱居里、赵文友校点，吉林文史出版社 2010 年版，第 265 页。

④ （元）贡师泰：《高风台记》，（元）贡奎、贡师泰、贡性之：《贡氏三家集：贡奎集、贡师泰集、贡性之集》，邱居里、赵文友校点，吉林文史出版社 2010 年版，第 321 页。

完全享受悠游于山林丛野之间的乐趣。

而由"道"入隐又可以任意于仕、隐之间,隐由道然,仕也由道然。至正十七年(1357),张士诚降元,贡师泰复出为江浙参政,在杭州作备万斋,其《备万斋记》云:"自物观物,则物物也,物且万万也。自我观物,则物岂外我一身哉?且人也,物也,同得阴阳五行之气以成形也,亦同得阴阳五行之理以为性也,何其正通偏塞之不同耶?盖知觉运动之蠢然者,物与人固无异也;仁义礼智之粹然者,人与物果无异乎?是以散之为万殊,敛之为一理,以一贯万,其所以为备也亦大矣。"① 在他的道统观念中,事物之万万,皆可统之为一理,故而仁义礼智之粹然者,亦不因这"万万"的表象而区分出实质的差别。在战火纷飞的年代,儒家伦理观念的可包容性与模糊性,实际上拉大了文人偏离伦理原则的可能性。无论仕与隐,都可以从"道"中找到它的合理依据,进而为自己选择的人生道路进行辩护。大兵压境,坚持抵抗,可以赞颂为死节殉国;弃城遁逃也可以解释为暂留青山,以图克复。准则的松动性带来求生选择的多种机会,然而带来更多的则是思想与行迹的矛盾与复杂性。贡师泰从父辈及先儒那里继承的理学思想,在战乱之际又重新实践了一次,而他所坚持的理学之道,也成为他诗学思想的逻辑起点,在他那里,诗亦由道然,道贯穿始终,却又因自己对道的独特理解以及他的人生经历表现出与前代不同的特色,从而走向另一方向。

贡师泰的诗文论主于明道,"学以立言明道"并非只是记诵辞章,"言非道不立,道非言不明",立言与明道不可判为二途。然而圣贤之道著于经书,语言宏博奥衍,不易得之,汉、魏、唐、宋以来诗文名家又自为一家之言,又不能轻易入其门径,因而他主张"道明于己而发于言,则言不期文而自文"②。如此看来,他的"诗以明道"说与宋

---

① (元)贡师泰:《备万斋记》,(元)贡奎、贡师泰、贡性之:《贡氏三家集:贡奎集、贡师泰集、贡性之集》,邱居里、赵文友校点,吉林文史出版社2010年版,第308页。
② (元)贡师泰:《知学斋记》,(元)贡奎、贡师泰、贡性之:《贡氏三家集:贡奎集、贡师泰集、贡性之集》,邱居里、赵文友校点,吉林文史出版社2010年版,第309页。

第七章 阁臣的转变：元后期馆阁文臣的心态与诗学观念衍变

元理学诸儒亦是一脉之传。由对"道""理"的重视，他的诗评多以道而讲明，评谢肃云："凡一诗之出，一文之就，与之折衷论议，必当于理乃已。"① 评黄溍云："刮劘澡雪，如明珠白璧藉之缫绮，读者但见其光莹而含蓄，华缛而粹温，令人爱玩叹息之不已，而不知其致力用心之苦也。故其见诸朝廷简册之记载，山林泉石之咏歌，无不各得其体而极其趣，以自成一家言。……譬诸山川之风气，草木之花实，息者必复，悴者必荣，盖亦理势之必然。"② 但此道何来？他认为所谓"道"，"本之于人心天理之正，行之于彝伦日用之常。因微以至著，推近以达远，由小以及大，可以参赞，可以位育，可以成变化而行鬼神。斯其所以为学也"③。由此，道并非不可捉摸的玄妙之理，可以通过由微至著、由近及远、由小到大的过程来学习培养，因此他认为盛行于元中期的雅正诗风即是经由理学道统的培育而形成，而这一过程是由理与气相互发明而成，其《鹊华集序》云：

> 然观其淡而能华，质而能文，直而不倨，简而不啬，敛而不拘，优柔而有容，深潜而有光。如卿云乍舒，祥飚至而甘雨随之也；如锵金戛玉，孤鹗举而鸣凤谐也。如老将治兵，不烦号令，而士卒进退，动合纪律也；如庞儒硕彦，礼行终日，而降升揖让，自不违乎规矩之间也。是盖本之以道德，发之以仁义，不待雕琢剞劂，而其声音体裁，有畸人寒士苦心竭力所不能至者。夫言者心之声，诗又言之工者也。不明乎理，则庞杂而无叙；不充乎气，则歉然而无章。理明气充，言虽不期工，将不容于不工矣。④

---

① （元）贡师泰：《送谢元功东归序》，（元）贡奎、贡师泰、贡性之：《贡氏三家集：贡奎集、贡师泰集、贡性之集》，邱居里、赵文友校点，吉林文史出版社2010年版，第294页。
② （元）贡师泰：《黄学士文集序》，（元）贡奎、贡师泰、贡性之：《贡氏三家集：贡奎集、贡师泰集、贡性之集》，邱居里、赵文友校点，吉林文史出版社2010年版，第283页。
③ （元）贡师泰：《知学斋记》，（元）贡奎、贡师泰、贡性之：《贡氏三家集：贡奎集、贡师泰集、贡性之集》，邱居里、赵文友校点，吉林文史出版社2010年版，第310页。
④ （元）贡师泰：《鹊华集序》，（元）贡奎、贡师泰、贡性之：《贡氏三家集：贡奎集、贡师泰集、贡性之集》，邱居里、赵文友校点，吉林文史出版社2010年版，第285页。

优柔有容、深潜有光,温柔敦厚的诗学观原即本之道德,发之仁义。而在贡师泰看来,由心所发之声,形于言,至诗而工,因而诗是终极目标。要达到"工于言"之诗,需要"理明气充"。理不明,则杂乱无序;气不充,则淤塞无章。故"吾心既正,则天地之心其有不正者乎?吾气既顺,则天地之气其有不顺者乎?其感通之妙,如机之发矢,如枢之运户,如橐之鼓风,神用不测,自有不期然而然者矣"①。由此出发,贡师泰本人的诗歌创作亦反映了他的诗学观念,钱用壬《玩斋集序》云:"其学该博而闳衍,其识高明而超卓,其才瑰奇而雄伟,其气刚大而振发。故其于诗也,得乎性情之正,止乎礼义之中,博而不冗,约而不啬,直而不倨,切而不泥,舒而不缓,奇而不险,深而不晦,优柔而不迫,和平而不躁,雄放杰出而不荡以肆,如江河荡潏而莫测其涯也,如风霆变化而莫见其迹也,如云霞卷舒,出没晻霭,千态万状,而莫可名言也,诚所谓一代文章之宗匠者矣……学益至而识益远,才益广而气益充,非仁义道德之素积于中,历困穷患难而不动其心者,安能若是也哉?"②

在贡师泰诗学思想的构建中,道具有固定的范畴,他在《知学斋记》中说:"尧、舜、汤、文、周、孔,吾学之标准也;《易》《书》《诗》《春秋》《礼》《乐》,吾学之尺寸也。执尺寸以定长短,望标准以趋远近。"③ 因此他主张诗歌要取法《诗经》。同时,贡师泰诗学中的道也具有统摄性,表现在他以道来论说对诗歌创作的感悟。其《羽庭诗集序》云:

> 夫学诗如学仙。仙不遇不能成仙,诗不悟不足论诗。蝉蜕污浊之中,神游太空之表,非超然真悟者,能之乎?德玄不忘乎委

---

① (元)贡师泰:《中中子问》,(元)贡奎、贡师泰、贡性之:《贡氏三家集:贡奎集、贡师泰集、贡性之集》,邱居里、赵文友校点,吉林文史出版社2010年版,第345页。
② (元)钱用壬:《玩斋集序》,(元)贡奎、贡师泰、贡性之:《贡氏三家集:贡奎集、贡师泰集、贡性之集》,邱居里、赵文友校点,吉林文史出版社2010年版,第170页。
③ (元)贡师泰:《知学斋记》,(元)贡奎、贡师泰、贡性之:《贡氏三家集:贡奎集、贡师泰集、贡性之集》,邱居里、赵文友校点,吉林文史出版社2010年版,第310页。

第七章 阁臣的转变:元后期馆阁文臣的心态与诗学观念衍变

羽之山,羽人之庭,其真有得哉!虽然,铅汞之燨,支为玉树,黄金出鼎,轻若浮尘,其得于仙者,岂无小大耶?得有小大,则悟于诗者,又岂无浅深耶?不明于徼,不入于道,何足以语此。"或曰:"李白,诗之仙;贺,诗之鬼。"然则果有小大浅深矣。①

论诗重感悟以宋代严羽为著,《沧浪诗话·诗辨》曰:"大抵禅道惟在妙悟,诗道亦在妙悟。……惟悟乃为当行,乃为本色。"②"悟"是中国古代一种特有的非逻辑思维方式,源出道玄及佛学,意为自心对纯真自然、无为寡欲的人生境界及佛理的契合与领悟,后被引入诗歌美学而具特殊审美意蕴。宋代以来,苏轼、叶梦得、吴可等人强调学诗与修禅的内在关联,而到严羽"妙悟"说提出,自成体系。显然,贡师泰此说明显受到了"以禅喻诗""妙悟"说的影响。他在《葛逻禄易之诗序》中亦说:"虽然,富贵可以知力求,而诗固有难言者矣。是以黄金、丹砂、穿圭、桓璧,犹或幸致,而清词妙句,在天地间自有一种清气,岂知力所能求哉?昔之善论者,谓诗有别思。易之之于诗,其将悟于是也夫。"③而贡师泰以修仙喻学诗,认为"蝉蜕污浊之中,神游太空之表",自然景物对创作灵感的启发,需要创作主体即诗人有"超然真悟"的能力,而得于仙者有小大,悟于诗者亦有深浅。因此,在他看来,"超然真悟"需要"明于徼,入于道",而此"道"与严羽所谓"禅道"并不同,依然是理学之道。而就顿悟的途径来说,严羽"妙悟"说主张"熟参":"诗道如是也。若以为不然,则是见诗之不广,参诗之不熟耳。试取汉魏之诗而熟参之,次取晋宋之诗而熟参之……其真是非亦有不能隐者。"④所谓"参"是佛教禅宗的修行方法,即玄思冥想,以此来明悟道理,诗之熟参强调对诗

---

① (元)贡师泰:《羽庭诗集序》,(元)贡奎、贡师泰、贡性之:《贡氏三家集:贡奎集、贡师泰集、贡性之集》,邱居里、赵文友校点,吉林文史出版社2010年版,第284页。
② (宋)严羽著,郭绍虞校释:《沧浪诗话校释》,人民文学出版社1983年版,第12页。
③ (元)贡师泰:《葛逻禄易之诗序》,(元)贡奎、贡师泰、贡性之:《贡氏三家集:贡奎集、贡师泰集、贡性之集》,邱居里、赵文友校点,吉林文史出版社2010年版,第444页。
④ (宋)严羽著,郭绍虞校释:《沧浪诗话校释》,人民文学出版社1983年版,第12页。

歌作品的熟读深思，领悟其中奥妙之处。而贡师泰认为要达到"超然真悟"，则一方面需要经历对儒学经典的学习，经过长期的濡染熏陶，即便如西北子弟迺贤，也可以获得诗之"别思"。另一方面需要对彝伦日用的日常生活有因微见著的体察、感受能力，其《岁寒集序》云："或发敷此花之英华于百篇之内，非胸中有体物之工者不能也。至于岁寒一枝，与雪月争光，当此之际，酌酒赋诗，以观此花之神气，以玩此花之英华，至此，斯有以契造化之妙，明体物之工，又奚多少之足论哉！"①"明体物之工"便需因微至著、推近达远、由小及大的日常积累。再一方面还需要有广泛的游历，深厚的见识，在《重刊石屏先生诗序》中他认为戴石屏"南游瓯闽，北窥吴越，上会稽，绝重江，浮彭蠡，泛洞庭，望匡庐、五老、九疑诸峰，然后放于淮、泗，以归老委羽之下。游历既广，闻见益多，学益高深而奥密"，因此他的诗"如逝波之鱼，走圹之兽，抟风之鹏"②，有机括妙运，而无蹈袭之语。

贡师泰在元末文坛有重要地位，其诗文集有《玩斋集》传世，沈性、杨维桢、赵赘、钱用壬、谢肃、李国凤、王祎、余阙、程文等九人为之写序而褒奖其人品、文德与文学成就，杨维桢总结有元一代文学之传续曰："郝、元初变，未拔于宋；范、杨再变，未几于唐。至延祐、泰定之际，虞、揭、马、宋诸公者作，然后极其所挚，下顾天历与元祐，上逾六朝而薄风雅。吁！亦盛矣！继马、宋而起者，世惟称陈、李、二张，而宛陵贡公，则又驰骋虞、揭、马、宋诸公之间，未知孰轩而孰轾也！"③将之与虞集、揭傒斯、马祖常、宋本等同列。至于其门生谢肃对他的评价："盖自风雅以来，能集诗家之大成者，惟唐杜文贞一人而已。继文贞而兴者，亦惟我朝雍虞公一人而已。试以

---

① （元）贡师泰：《岁寒集序》，（元）贡奎、贡师泰、贡性之：《贡氏三家集：贡奎集、贡师泰集、贡性之集》，邱居里、赵文友校点，吉林文史出版社2010年版，第444页。

② （元）贡师泰：《重刊石屏先生诗序》，（元）贡奎、贡师泰、贡性之：《贡氏三家集：贡奎集、贡师泰集、贡性之集》，邱居里、赵文友校点，吉林文史出版社2010年版，第287页。

③ （元）杨维桢：《玩斋集序》，（元）贡奎、贡师泰、贡性之：《贡氏三家集：贡奎集、贡师泰集、贡性之集》，邱居里、赵文友校点，吉林文史出版社2010年版，第171页。

第七章 阁臣的转变:元后期馆阁文臣的心态与诗学观念衍变

《道园》所录,合先生是编而并观之,则未知其孰先而孰后也!"① 则未免揄之过矣。元末孔齐《文章设问》尝有质疑:"贤如韩子,犹不免谀墓金之诮……此文人才士虚诞言辞之不可信也……其翰林诸公所为,皆不足取,徒以其名之增价为乡里讥诮耳。今虞、黄、张、贡皆妄诞不实,当代有诚笃君子,必以吾言为然也。"② 孔齐之语倒是道出了些许事实,而笔者并无意否定贡师泰作为元代文坛挺然晚秀的地位,而欲拨开历史浮云,从他的矛盾心态中看其诗学观念的发生、流变轨迹,可能会更有助于我们客观、全面地了解贡师泰的诗学面貌。

文人以其敏感的神经,往往最先感受时代之变,元中期诗学以奎章阁改宣文阁为下限,而下一时代的诗学如何开启,与宣文阁文臣在元后期的生存状态密切相关。作为元代后期重要的馆阁文臣,王沂、贡师泰,各自经历了不同的心路历程,而无论感受衰败之老,抑或探求生存之道,感伤和矛盾的灵魂再不能像中期诗人那般高亢,其诗学观念亦在心态变迁中悄然发生变化,更加在意个性和自我的表达。贡师泰诗学强调"入道",将儒道、禅悟并而论之,实则是对个性写作的张扬,其《陈君从诗集序》云:

> 世之学诗者,必曰杜少陵,学诗而不学少陵,犹为方圆而不以规矩也。予独以为不然。少陵诗固高出一代,然学之者句求其似,字拟其工,其不类于习书之模仿、度曲之填腔者,几希!夫诗之原,创见于赓歌,删定于《三百篇》。汉、魏以来,虽有作者,不能去此而他求。今近舍汉、魏,远弃《三百篇》,惟杜之宗,是犹读经者,舍正文而事传注也。③

贡师泰此论是对其以《诗经》为学诗尺寸的注解,也是对元代前

---

① (元)谢肃:《玩斋集序》,(元)贡奎、贡师泰、贡性之:《贡氏三家集:贡奎集、贡师泰集、贡性之集》,邱居里、赵文友校点,吉林文史出版社2010年版,第169页。
② (元)孔齐:《至正直记》卷二,庄敏、顾新点校,上海古籍出版社1987年版,第63页。
③ (元)贡师泰:《陈君从诗集序》,(元)贡奎、贡师泰、贡性之:《贡氏三家集:贡奎集、贡师泰集、贡性之集》,邱居里、赵文友校点,吉林文史出版社2010年版,第284页。

中期以来宗杜诗风盛行的深刻反思。他认为所谓学诗的规矩，在《诗经》而不在杜诗，后世以杜诗为宗，多为模拟剽窃之言，以求"句似字工"，落入描红、填曲之窠臼。而杜诗之所以"自是以来，作者不能过"，在于"独能会众作，以继《三百篇》遗意"①，因此宋代以来，以诗名家者"舍正文而事传注"，俱不能超越杜甫。而学诗者熟习《三百篇》之经纬，有所解误，则能成一家之诗。

王沂诗论的最终目标其实也指向了个性与多元的诗歌风格，其《隐轩诗序》云："余尝怪世之宗唐诗者陋中州，是盖不知一代之文有一代之体，犹大而忠质文之异尚，小而酸之殊嗜。夫以一己之好恶而欲人之我同，惑矣！《三百篇》以降，由楚汉迄唐宋金二千余年，作者盖尽心极力而追之，然卒莫与之并，诗岂易言哉！"②他从诗歌史发展的规律着眼，以客观的唐诗学观念批评宗唐诗风的独盛，主张"代有其诗"，甚至在他看来，一人之诗，一人之品一诗，亦有酸咸之味的差别。因此他极力反对"以一己之好恶而欲人之我同"这种品鉴标准程式化的偏颇，强调风格多样化与情感多元化的合理性，这显然与元后期诗学如杨维桢等人所强调的个人性情等观念已趋于一致。以王沂、贡师泰等为代表的元代后期文臣之诗学观念翻开了元代诗学的另外一页。

---

① （元）贡师泰：《重刊石屏先生诗序》，（元）贡奎、贡师泰、贡性之：《贡氏三家集：贡奎集、贡师泰集、贡性之集》，邱居里、赵文友校点，吉林文史出版社2010年版，第286页。
② （元）王沂：《隐轩诗序》，李修生主编：《全元文》第60册，凤凰出版社2004年版，第86页。

第八章 文人的放荡：杨维桢的心态与诗学思想的变化

——兼及铁雅派相关诸问题

杨维桢在元代诗坛有重要地位，顾嗣立《元诗选》云："至正改元，人材辈出，标新领异，则廉夫为之雄。而元诗之变极矣！明初，袁海叟、杨眉庵辈皆出自铁门。钱牧斋谓'铁体靡靡，久而未艾'。"[①]可见杨维桢对元后期诗坛的影响，聚合在他周围形成的铁雅诗派是元代影响最大的诗歌流派。今人对杨维桢已有非常细致的研究，但是从其心态出发进而探求其诗学思想的变化，仍有可挖掘的空间，有关铁雅派的相关问题仍需要进一步澄清、证实。从"天台县尹"到"风月福人"，杨维桢经历了从积极用世到纵情山水的心态变化过程，其诗学思想也从重视功利、强调实用转变为重视情性与个性，而他在"庙堂"与"山水"间的徘徊，也促使他尝试合道统与情性诗学为一，正因此，他受到后世严厉诟骂。后人所谓"铁崖体""铁崖派"，在他那里被称作"铁雅诗""铁雅派"，在他的诗学思想中有重视"雅"的一面，然而由于其门人弟子对其诗学思想的取舍，在明代以后，以其创作为核心的诗体、诗派被抽去了"雅"的内涵。

[①]（清）顾嗣立编：《元诗选初集》，中华书局1985年版，第1975—1976页。

第一节 从"天台县尹"到"风月福人":杨维桢心态与诗学思想的变化

杨维桢,字廉夫,号铁崖,又有东维子、铁笛道人、老铁等别号,诸暨人(今属浙江)。父杨宏知温州路瑞安州事,为飞骑尉,又赠奉训大夫,追封会稽县男。杨维桢生于元成宗元贞二年(1296)。出生时,其母"梦月中金钱坠怀",父亲摩其顶曰:"梦之祥征,其应于尔乎?"① 祥瑞的征兆似乎预示着一个文学天才的诞生,故而他的父亲从小便重视对他的教育和培养,《明史》本传称:"少时日记书数千言。父宏,筑楼铁崖山中,绕楼植梅百株,聚书数万卷,去其梯,俾诵读楼上者五年,因字号铁崖。"② 又宋濂《杨君墓志铭》载:"大夫公期以重器,至弱龄不为授室,俾游学甬东。"③ 为了使他专心治学,父亲忍爱将其隔离在万卷楼中,辘轳传食,又不为授室,鼓励他游历问学,而他自己也能沉潜其中,刻苦学习,《亡兄双溪书院山长墓志铭》载其少年学习经历云:"君与维桢攻学无寒暑,抵夜以漏分为度,睡则以水沃面。"④ 聪颖的天资加之过人的学力,奠定了他扎实的文学功底,泰定四年(1327)杨维桢以《春秋》经擢进士第,署天台县尹,由此进入仕途。

一 积极用世与重功利、重实用的诗学思想

早年的杨维桢抱负满怀,积极用世,用心经营着每一个职务。在

---

① (明)宋濂:《元故奉训大夫江西等处儒学提举杨君墓志铭》,罗月霞主编:《宋濂全集》,浙江古籍出版社1999年版,第679页。
② (清)张廷玉等:《明史》卷二八五,中华书局1974年版,第7308页。
③ (明)宋濂:《元故奉训大夫江西等处儒学提举杨君墓志铭》,罗月霞主编:《宋濂全集》,浙江古籍出版社1999年版,第679页。
④ (元)杨维桢著,孙小力校笺:《杨维桢全集校笺》,上海古籍出版社2019年版,第2563页。

第八章 文人的放荡:杨维桢的心态与诗学思想的变化 ❖❖❖

天台县尹任上,他惩治恶吏,致使自己受到牵连而被免官。此后调改钱清场盐司令,此一职务虽然较之县尹在官阶上降了一级,但他仍不减"为民请命"的热情。宋濂《杨君墓志铭》载:"时盐赋病民,君为食不下咽,屡白其事,江浙行中书弗听,君乃顿首涕泣于庭,复不听。"① 最后只能以投印罢官的方式换取获减引额三千。在"丁艰"期满后,杨维桢"不调铨曹",赋闲十年。会朝廷诏修辽、金、宋三史,怀揣"道统者,治统之所在"的儒家治世理想,他作《正统辨》千言,以矫正统所归:"论而至此,则中华之统,正而大者,不在辽、金,而在于天付生灵之主也昭昭矣。然则论我元之大一统者,当在平宋,而不在平辽与金之日。"② 他以《春秋》大统之义,人心是非之公,论辨正朔之统,认为道统不在辽、金,而在宋,元代接续宋之正统。这种儒家正统观念得到当时修史总裁官欧阳玄的肯定,认为百年后公论定于此,将推荐他加入修史之列,然而最终却因论辨不予采纳而荐之无果。此后,他被分配到江南做了"四务提举",但他并没有就此消沉,他希望通过自己的努力,对国家政事有所裨益,因而再次表现出积极参与政事的热情,"四务为江南剧曹,素号难治,君日夜爬梳不暇,骑驴谒大府,尘土满衣襟,间有识者多怜之,而君自如也"③。不久又转为建德路总管府推官,治刑狱,一如既往地尽心尽责于其位其政,"君悉心狱情,必使两造具备,钩摘隐伏,务使无冤民居"④。然而如此用心的经营,并没有换来朝廷的重视,此后他被任命为奉训大夫、江西等处儒学提举,时值四海兵乱,他并没有上任,选择脱下官服,退出仕途。

显然,杨维桢崇儒尚礼的思想是其积极用世的动力,也因此,他

---

① (明)宋濂:《元故奉训大夫江西等处儒学提举杨君墓志铭》,罗月霞主编:《宋濂全集》,浙江古籍出版社1999年版,第680页。
② (元)陶宗仪:《南村辍耕录》卷三,中华书局1959年版,第37页。
③ (明)宋濂:《元故奉训大夫江西等处儒学提举杨君墓志铭》,罗月霞主编:《宋濂全集》,浙江古籍出版社1999年版,第680页。
④ (明)宋濂:《元故奉训大夫江西等处儒学提举杨君墓志铭》,罗月霞主编:《宋濂全集》,浙江古籍出版社1999年版,第680页。

的诗论带有浓郁的重功利、重实用的诗学思想。元代学术思想承两宋余绪，多体现为"文以载道"的文艺思想，杨维桢亦承其说，有对儒家功利诗学的重视，他反对陆、王之学，认为"王氏、陆氏之学为无用之空谈，独有志于述礼乐、征文献"，因此，"综之以往史而宿之以圣贤之理，非代之学者谬悠无边畔、芜涩险怪以为辞者之所可及也"①。他将批判的矛头直指宋末四灵江湖弄花草、吟风月，谬悠无边、芜涩险怪的颓靡诗风。以儒家诗学思想为正宗，杨维桢也反对释老之空无，其《高僧诗集序》云：

> 孔子论诗："可以兴，可以观，可以群，可以怨。迩之事父，远之事君，多识于鸟兽草木之名。"夫以浮屠之教，弃伦理而宗空无，其为书，又务为宏阔胜大之言，无有兴观群怨之事、鸟兽草木之情，而何有于诗？然自吴兴沙门书以来，不以空无为师，而以诗文命世者，代不乏绝，错以成章，非徒侈乎风云月露，而尤致君亲之慕。其与吾魁人硕士往来倡和，因时以悲喜，随事以比兴者，风雅亦焉。是其人虽墨也，文则吾儒，非墨而空无。②

杨维桢认为诗歌的价值在于实用，所以，诗歌要有兴观群怨的功能，而佛家论诗主张空无，因此即便宏阔胜大之言，也无法达到实用之旨。而"儒之才日衰"的窘境正是浮屠之教的靡盛所造成。其《毛隐上人序》云："客有沙门以金锡杖荷青幞橐，谒余云间次舍者。问其出，吴兴儒氏子也；问其业，缚笔也。余怪缚笔非沙门事，则曰：'余祖祢业，余弗忘其先也。'且自矜：'生而颖悟，六岁善读书史，日记万余言。长而善草隶诸（原本作"诗"）书。诎于父命，为浮屠。

---

① （元）杨维桢：《曹士弘文集后序》，孙小力校笺：《杨维桢全集校笺》，上海古籍出版社2019年版，第1993页。
② （元）杨维桢：《高僧诗集序》，孙小力校笺：《杨维桢全集校笺》，上海古籍出版社2019年版，第2106页。

第八章 文人的放荡：杨维桢的心态与诗学思想的变化

而俚浮屠惟以习歌呗、击铙考皷、利人死丧为事，无所用吾善（原本作"菩"）书记者。遂服先业，自号毛隐。盖将附颖而逃吾浮屠氏之耻也，且可挟以见世之贤人君子，如阁老青城先生尚及见之，而喜余之为，且贻余以诗.'……自跋曰：余为此文后，上人者遂幡然为贾浪仙故事。言之不可已也如此。儒之才日衰，折而入浮屠家如毛隐者多矣。"① 又《琦上人孝养序》云："韩子曰：人有儒名而墨行，墨名而儒行者，可以与之游乎？曰：扬子云称在门墙则退，在夷狄则进。盖儒焉行墨者，退可也；墨焉而行儒者，进可也。浮屠文畅以慕吾道，周游天下，必有请于缙绅先生之教。故为韩子所进焉。夫彼之教以蔑君亲之伦，而吾之道以有人伦为教。今有人焉，宗浮屠之教，而又一旦燔然自外其说以还吾道，君子臣父之懿也，又岂非君子之亟予乎！"② 因而，在他看来，所谓释、释者，往往亦不以空无为师，而以诗文命世，只要合儒道、读儒书，以比兴而达风雅正宗者，其人虽墨，亦可与之交游。

承续儒家诗论，杨维桢也认为诗歌应具有教化的功能。其《诗史宗要序》云：

> 《诗》之教尚矣。虞廷载赓，君臣之道合；《五子》有作，兄弟之义章。《关雎》首夫妇之匹，《小弁》全父子之恩。诗之教也，遂散于乡人，采于国史，而被诸歌乐，所以养人心，厚天伦，移风易俗之具，实在于是。③

此论显然是《诗大序》的翻版，认为诗歌有"经夫妇、成孝敬、厚人伦、美教化、移风易俗"的功用。民风系乎伦常关系，因而可以

---

① （元）杨维桢：《毛隐上人序》，孙小力校笺：《杨维桢全集校笺》，上海古籍出版社2019年版，第2119—2120页。
② （元）杨维桢：《琦上人孝养序》，孙小力校笺：《杨维桢全集校笺》，上海古籍出版社2019年版，第2133页。
③ （元）杨维桢：《诗史宗要序》，孙小力校笺：《杨维桢全集校笺》，上海古籍出版社2019年版，第2041页。

本诸三纲，达于五常。后世变风、变雅，由《风》而成《骚》，《骚》又变为《选》，其根均在于《诗》之尚教。由此出发，他认为即便闺阁之作，亦应适乎情性之正，因为"《诗》三百篇或出于妇人女子之作，其词皆可被于弦歌，圣笔录而为经"，而诸如曹雪斋（妙清）之作，"本之以天质者而达之以学，发之于咏而协之以声律，使生于《三百篇》之时，有不为贤笔之所录者乎？"故而其作"上下删取其所作能追古诗人之风，与其琴调善发贞人壮士之趣"，"律诸后世，老于文学者有所不及，其得以硁硁女人弃之乎！"①

杨维桢以为魏晋而下诗教之义缺失，是因为"求诗者，类求端序于声病之末""声诗之教不还于古"，而这种弊端一直延续至唐初。及至杜甫振起，"揽千载既坠之绪，陈古讽今，言诗者宗为一代诗史。下洗哇噪，上薄风、雅，使海内靡然没知有《三百篇》之旨"。② 杨维桢对杜诗的推崇主要看重杜诗诗史的性质：

> 世称老杜为"诗史"，以其所著备见时事。予谓老杜非直纪事史也，有《春秋》之法也。其旨直而婉，其辞隐而见，如《东灵湫》《陈陶》《花门》《杜鹃》《东狩》《石壕》《花卿》《前、后出塞》等作是也。故知杜诗者，《春秋》之诗也，岂徒史也哉！虽然，老杜岂有志于《春秋》者？《诗》亡然后《春秋》作，圣人值其时，有不容已者，杜亦然。③

杜诗之有《春秋》之法，是强调杜诗旨直而婉，辞隐而见，得《春秋》微言大义之旨，依然重视诗歌温柔敦厚的教化功能。在杨维桢意识中，"春秋之诗""诗之春秋"是诗歌的最高境界，这与他本人

---

① （元）杨维桢：《曹氏雪斋弦歌集序》，孙小力校笺：《杨维桢全集校笺》，上海古籍出版社2019年版，第2043页。
② （元）杨维桢：《诗史宗要序》，孙小力校笺：《杨维桢全集校笺》，上海古籍出版社2019年版，第2141页。
③ （元）杨维桢：《梧溪诗集序》，孙小力校笺：《杨维桢全集校笺》，上海古籍出版社2019年版，第2036页。

第八章 文人的放荡:杨维桢的心态与诗学思想的变化

幼习《春秋》，又以春秋经及第的学识素养有直接关系。而比世末学虽然学习杜诗，然而却终归未得其旨义，又落入六代之积弊。以此，杨维桢对诗歌发展史的认识，依然秉持儒家"文章与时高下"的论点，其《杨文举文集序》云："文章非一人技也，大而缘乎世运之隆污，次而关乎家德之醇疵。当世运之隆，文从而隆；家德之醇，文从而醇。……予自居吴门，阅今之名能文者无虑数十家，类未有及文举者，则知文举之得其本于家，而又丁乎气运之盛于国家者，非庸众人之所同也。"① 认为世昌文盛，世落文靡，而于诗中，古今治乱、世教盛衰，可得而观之。

二 浪子风流与重情性、重个性的诗学思想

杨维桢积极用世，却仕途多舛。在放弃最后一个职务——江西儒学提举后，他转而浪迹浙西山水间，纵情于山巅水涯，与友朋穷日穷夜为乐。晚年的他仰慕白居易归休生活，放浪形骸，却尤过之，也因此，被礼法之士所疾，得了一个"耽好声色"的骂名，而他却完全不在乎世人俗见，为自己取了个"风月福人"的雅号：

> 白乐天晚年归休洛中，娱老者琴歌酒赋，有邓同、韦楚、元、刘为唱和友，蛮、素、容满为乐酒具，又有晋公为雅道主。优游蔗境十有余年，身不陷甘露祸辙，自谓"福人"。然其诗有"病与乐天相伴住，春随樊子一时归"，则其怀抱犹有恶者。吾未七十休官，在九峰三泖间殆且二十年，优游光景，过于乐天。有李（五峰）、张（句曲）、周（易痴）、钱（思复）为唱和友，桃叶、柳枝、琼花、翠羽为歌歈伎，第池台花月主者乏晋公耳。然东诸侯如李越州、张吴兴、韩松江、钟海盐声伎高谦，余未尝不居其右席，则池台主者未尝乏也。风日好时，驾春水宅赴吴越间，好事者招致，效昔人水仙舫故事，荡漾湖光岛翠间，望之者呼铁龙

---

① （元）杨维桢:《杨文举文集序》，孙小力校笺:《杨维桢全集校笺》，上海古籍出版社2019年版，第1997—1998页。

仙伯,顾未知香山老人有此无也?①

如此优游光景近二十余年,的确非乐天所能比。世人所谓"耽好声色",正是杨维桢本人所恣意享受的惬意生活。贝琼《铁崖先生传》中说杨维桢"性不好饮,特溺于音乐"②。由溺于音乐,他放任自己于良辰美景之"无日无宾,无宾不沉醉"的宴游生活中,宋濂《杨君墓志铭》载:"遇天爽气清时,蹑屐登名山,肆情遐眺,感古怀今,直欲起豪杰与游而不可得。或戴华阳巾,被羽衣,泛画舫于龙潭凤洲中,横铁笛吹之,笛声穿云而上,望之者疑其为谪仙人。"③ 由溺于音乐,他也放纵自己于歌童舞女的声色之中,宋濂云:"晚年益旷达,筑玄圃蓬台于松江之上……当酒酣耳热,呼侍儿出歌白雪之辞,君自倚凤琶和之,座客或蹁跹起舞,顾盼生姿,俨然有晋人高风。"④ 瞿佑《归田诗话》载:"杨廉夫晚年居松江,有四妾:竹枝、柳枝、桃花、杏花,皆能声乐。乘大画舫,恣意所之,豪门巨室,争相迎致。时人有诗云:'竹枝柳枝桃杏花,吹弹歌舞拨琵琶。可怜一解杨夫子,变作江南散乐家。'"⑤ 又陶宗仪《南村辍耕录》载"金莲杯"掌故云:"杨铁崖耽好声色,每于筵间见歌儿舞女有缠足纤小者,则脱其鞋载盏以行酒,谓之金莲杯。予窃怪其可厌。后读张邦基《墨庄漫录》,载王深辅道《双凫》诗云:'时时行地罗裙掩,双手更擎春潋滟。傍人都道不须辞,尽做十分能几点。春柔浅醑蒲萄暖,和笑劝人教引满。洛尘忽涴不胜娇,划蹴金莲行款款。'观此诗,则老子之疏狂有自来

---

① (元)杨维桢:《风月福人序》,孙小力校笺:《杨维桢全集校笺》,上海古籍出版社 2019 年版,第 2086—2087 页。

② (元)贝琼:《铁崖先生传》,李修生主编:《全元文》第 44 册,凤凰出版社 2004 年版,第 483 页。

③ (明)宋濂:《元故奉训大夫江西等处儒学提举杨君墓志铭》,罗月霞主编:《宋濂全集》,浙江古籍出版社 1999 年版,第 681 页。

④ (明)宋濂:《元故奉训大夫江西等处儒学提举杨君墓志铭》,罗月霞主编:《宋濂全集》,浙江古籍出版社 1999 年版,第 681 页。

⑤ (明)瞿佑:《归田诗话》卷下,丁福保辑:《历代诗话续编》,中华书局 1983 年版,第 1275 页。

第八章 文人的放荡：杨维桢的心态与诗学思想的变化 ❖❖❖

矣。"① 其行径之狂放只能以惊世骇俗来形容。清代纪昀在撰写《阅微草堂笔记》时，依旧对此事耿耿于怀，说："杨铁崖词章奇丽，虽被文妖之目，不损其名。惟鞋杯一事，猥亵淫秽，可谓不韵之极……后来狂诞少年，竟相依仿，以为名士风流，殊不可解。"②

如此放荡的秽行与杨维桢的性格有直接关系。贝琼《铁崖先生传》载其晚年居于"小蓬台"时的生活状态："后止台上不复下，且榜于门曰：客至不下楼，恕老懒。见客不答礼，恕老病。客问事不对，恕老默。发言无所避，恕老迂。饮酒不辍乐，恕老狂。"③ 如此锋芒毕露的个性，也正是其仕宦坎坷的注脚。早年仕途不调，晚年放浪形骸，其实都是因为他是一个十足的"性情中人"。他本人认为自己性急而寡过；《元史》本传称其"狷直忤物"；宋濂说他"风神夷冲，无一物萦怀"，在宴会之中"或颇加诮让，亟骂曰：'昔张籍见韩退之，退之命二姬合弹筝琶以为乐，尔谓退之非端人耶？'盖君数奇谐寡故"。④ "数奇谐寡"不正是他特立独行、耿介狷直、狂放任性的性格表现？只不过在寄情湖海声色之时，他更加直言袒露其狂直的个性，也更加看重诗歌情性与个性的表达，因而在此一时期，他的诗论中也一直强调重视情性和个性的诗学主张，其《云间纪游诗序》（此文作于至正十四年八月十四日）云：

> "《诗》有为纪行而作者乎？"曰："有。'北风其凉，雨雪其雾。惠而好我，携手同行。'此民之行役，遭罹乱世，相携而去之作也。《黍离》曰：'彼黍离离，彼稷之苗，行迈靡靡，中心摇摇。'此大夫行役，过故都宫室，彷徨而不忍去之作也。后世大夫士行纪之什，则亦昉乎是。幸而出乎太平无事之时，则为登山

---

① （元）陶宗仪：《南村辍耕录》卷二十三，中华书局1959年版，第279页。
② （清）纪昀：《阅微草堂笔记》，中华书局2014年版，第758页。
③ （元）贝琼：《铁崖先生传》，李修生主编：《全元文》第44册，凤凰出版社2004年版，第483页。
④ （明）宋濂：《元故奉训大夫江西等处儒学提举杨君墓志铭》，罗月霞主编：《宋濂全集》，浙江古籍出版社1999年版，第681页。

临水寻奇拾胜之诗;不幸而出于四方多事豺虎纵横之时,则为伤今思古险阻艰难之作。《北风》《黍离》,代不乏已。"钱唐(塘)莫君景行,自壮年弃仕,泊然为林下人,然好游而工诗不已。云间有游,所历名山巨川、前贤之宫、隐士之庐、名胜轩亭之所,一一纪之以诗,盖非《北风》《黍离》之时,则非《北风》《黍离》之诗,固依约时之治乱以为情之惨舒者也。①

杨维桢认为诗歌是真情的流露,纪行之作就是诗人感情的抒发,遭罹乱世有相携之情,大夫行役有黍离之悲。后世纪行之作亦是如此,太平之际有赏心适性之情,战乱多故之时有伤今思古、惨舒离乱之情。而不同的情感也决定了诗歌不同的个性,其《两浙作者集序》云:

> 曩余在京师,时与同年黄子肃、俞原明、张志道论闽、浙新诗,子肃数闽诗人凡若干辈,而深诋余两浙无诗。余愤曰:"言何诞也!诗出情性,岂闽有情性,浙皆木石肺肝乎?"②

友人"两浙无诗"的观点,杨维桢并不赞同,因为在他看来,诗由情性而出,人有性情则有诗。其《郯韶诗序》亦云:"或问:'诗可学乎?'曰:诗不可以学为也。诗本情性,有性此有情,有情此有诗也。上而言之,《雅》诗情纯,《风诗》情杂;下而言之,屈诗情骚,陶诗情靖,李诗情逸,杜诗情厚。诗之状,未有不依情而出也。"③ 诗歌的个性即是由诗人的情性而出,表现出不同的风格特点。而诗歌的个性则很大程度上缘于其诗学渊源,所谓"得骚之情则骚之声,得雅之情则雅之声",因此他认为两浙诗人不仅能够本以情性来写诗,而

---

① (元)杨维桢:《云间纪游诗序》,孙小力校笺:《杨维桢全集校笺》,上海古籍出版社2019年版,第2031页。
② (元)杨维桢:《两浙作者集序》,孙小力校笺:《杨维桢全集校笺》,上海古籍出版社2019年版,第2022页。
③ (元)杨维桢:《郯韶诗序》,孙小力校笺:《杨维桢全集校笺》,上海古籍出版社2019年版,第2019页。

第八章 文人的放荡：杨维桢的心态与诗学思想的变化 ❖❖❖

且能够"专其业、造其家"，从而达到诗之工。故而"仲容、季和放乎六朝而归准老杜，可立有李骑鲸之气，而君采得元和鬼仙之变，元镇轩轾二陈而造乎晋汉，断江衣钵乎老谷，句曲风格夐宗大历"①。而诗宗一家，亦要随其资所得，从而突出自我的个性，"诗者，人之情性也。人各有情性，则人有各诗也。得于师者，其得为吾自家之诗哉？……仲虞之诗列乎家数者，不得于其师，而得于其资也谂矣。虽然，观杜者不唯见其律，而有见其骚者焉；不唯见其骚，而有见其雅者焉；不唯见其骚与雅也，而有见其史者焉"②。

那么，如何在学习前人的过程中得到属于自我的风格？杨维桢认为，首先要反对模拟雕琢，其《张北山和陶集序》云："诗得于言，言得于志。人各有志有言，以为诗，非迹人以得之者也。"③ 诗言志，是发乎真心之志，表达情性之志，志之不同，因而非模拟蹈袭所能及者。他说："其出言，如山出云，水出文，草木之出华实也。后之人执笔呻吟，模朱拟白以为诗，尚为有诗也哉！故模拟愈逼，而去古愈远，吾观后之橅拟以为诗，而为世道感也远矣。"④ 在他看来，模拟的再好，只不过是形似而已，未得古诗精髓，而"古风人之诗，类出于闾夫鄙隶，非尽公卿大夫士之作也，而传之后世，有非今公卿大夫士之所可及，则何也？古者人人有士君子之行，其学之成也尚已"⑤。因此他主张由古人人品出发，进而认识其诗品，所谓"评诗之品，无异人品"，"认诗如认人"。但认声、认貌容易，认性则难，认神则又难，故而他主张学诗者学习前人时需要经历由面目到骨骼，进而到情性，

---

① （元）杨维桢：《两浙作者集序》，孙小力校笺：《杨维桢全集校笺》，上海古籍出版社2019年版，第2023页。
② （元）杨维桢：《李仲虞诗序》，孙小力校笺：《杨维桢全集校笺》，上海古籍出版社2019年版，第2016页。
③ （元）杨维桢：《张北山和陶集序》，孙小力校笺：《杨维桢全集校笺》，上海古籍出版社2019年版，第2017页。
④ （元）杨维桢：《吴复诗录序》，孙小力校笺：《杨维桢全集校笺》，上海古籍出版社2019年版，第2014页。
⑤ （元）杨维桢：《吴复诗录序》，孙小力校笺：《杨维桢全集校笺》，上海古籍出版社2019年版，第2014页。

最终达到神气的过程。杨维桢在《赵氏诗录序》中说:"人有面目骨骼,有情性神气,诗之丑好高下亦然……然而面目未识,而谓得其骨骼,妄矣!骨骼未得,而谓得其情性,妄矣!情性未得,而谓得其神气,益妄矣!"① 如吴复所言,"习诗于古,而未认其性与神,罔为诗也"②,而齐梁、晚唐、季宋诗则只得古人之面目,因而缺乏自我神气,成为诗歌发展史中的反面教材。

三 "庙堂""山水"间徘徊:合道统与情性诗学的尝试与辩解

晚年耽于声色的杨维桢其实并没有把崇儒尚礼思想完全抛弃,幺书仪在《元代文人心态》中说:"杨维桢所受到的众多的严厉的批判,也存在着把他的思想行为简单化的现象,光说他'无行'其实是不够的,他的这种放浪形骸,显然包含着他与时世、流俗有意龃龉的一面。"③ 所言确是,杨维桢的生活道路一直徘徊于"庙堂"与"山水"之间。

其实,他与释道中人交往,在很大程度上是因为这些沙门上人对其儒学正统思想的激赏,如毛隐上人对其《三史统辨》的看重:"今幸愿见夫子也,窃尝诵夫子《三史统辨》数千言,至今口不忘。"而他亦津津于此,极力赞赏毛隐上人为"资世之贤人君子,以文明昌天下"。④ 究其一生著作有《春秋大意》《左氏君子议》《历代史钺》《丽则遗音》《四书一贯录》《五经钤键》《春秋透天关》《礼经约》《东维子集》《琼台》《洞庭》《云间》等,有关儒家经典的阐释著作占有绝对的分量。贝琼在《铁崖先生大全集序》中说:"晚年放浪云门、玉笥、洞庭、钱唐(塘)之间,每酒酣兴发,辄自击铁如意,歌哀三

---

① (元)杨维桢:《赵氏诗录序》,孙小力校笺:《杨维桢全集校笺》,上海古籍出版社2019年版,第2014—2015页。
② (元)吴复:《辑录〈铁崖先生古乐府〉序》,孙小力校笺:《杨维桢全集校笺》,上海古籍出版社2019年版,第3947页。
③ 幺书仪:《元代文人心态》,人民文学出版社2013年版,第278页。
④ (元)杨维桢:《毛隐上人序》,孙小力校笺:《杨维桢全集校笺》,上海古籍出版社2019年版,第2120页。

第八章 文人的放荡:杨维桢的心态与诗学思想的变化

良、吊望诸君辞。识者以其天才似太白,而学力过之,不然何其正声劲气,薄九霄、空四海,而凌轹一世哉?"① 可见纵情山水、酒酣兴发不过是他歌哀三良、吊望贤臣的装饰,是他内心的正声劲气与孤独失意在激烈碰撞后的另类表现。宋濂说他的"数奇谐寡"是"特托此以依隐玩世耳"②,并非本来的性情。虽是辩白之说,却正契入了他真实的、复杂的内心深处。

杨维桢承认蒙元朝廷的正统地位,一生秉持君臣之义。在元末群雄并起之际,他坚守了作为儒士的节操。郎瑛《七修类稿》载:"元季张士诚开宏文馆,固延致之,廉夫心知其异图也,至无一字一语,终日酒酣卧睡。一日,朝廷颁酒于士诚,廉夫以指写尘桌一绝云:'山前日日风尘起,海上年年御酒来。如此风尘如此酒,老夫怀抱几时开。'张见之,知终不就,遂放归。"③ 及至明朝立国,朱元璋召之入京,杨维桢同样做出了谢辞的决定,詹同文《老客妇传》载:"会稽杨维桢先生,以高科进士,仕有元三十年,今行年几八十,而今天子以前朝老文学,思一见之,将延入礼筵文馆,遣翰林詹同文奉币,诣门起之,先生以'老客妇'谢使者曰:'岂有八十岁老妇,去木不远,而再理嫁者邪?'明年,又遣松江别驾,追趣不已,赋《老客妇词》一首彻鞑听曰:'皇帝竭吾之能以用之,弗殚吾所不能则可。否则惟有蹈海死耳。'上允之。已而赐安车,诣阙廷,留百有二十日,礼文毕,史统定,即以白衣乞骸骨,上成其志,弗受爵赏,仍给安车还山。史馆胄监之士,祖帐西门外,行路之人,望之如神仙异人。"④ 可见其持节之义,守之甚严。

在晚年徜徉山水之时,他虽坦言"弃官以来,已无意于时事",但在侨居钱塘时,碰到南来之士谈肃政使者之政,便当即致书其同年

---

① (元)贝琼:《铁崖先生大全集序》,李修生主编:《全元文》第44册,凤凰出版社2004年版,第213页。
② (明)宋濂:《元故奉训大夫江西等处儒学提举杨君墓志铭》,罗月霞主编:《宋濂全集》,浙江古籍出版社1999年版,第681页。
③ (明)郎瑛:《七修类稿》卷二十一,上海书店出版社2001年版,第222页。
④ (明)朱存理:《珊瑚木难》卷八,中国国家图书馆藏清抄本。

索廉使:"闻阁下行部福、兴已若干日,而父老之望阁下,未有所闻,覆有所指议。流言者,亦可畏也。"敦促索廉使察行善政,"民有诉其冤者,如诉于天,不得已而谒其所欲者,如谒之于鬼神,遂致民气郁而不伸。小则乖于一邑,大则乖于天下,长虑君子其不为之懔懔哉",以此完成"上有以佐明天子耳目之寄,而下有以塞闽南北行者之言"①的贤臣职责。又在《送关宝临安县长序》中对时局与恶政提出严厉的批判:"方今盗起淮、颍间,挺祸于江浙。民耗于兵兴,罢于奔命者,四三年弗复休。民之良胥陷于盗,招之而未归。嘻,岂吾民之乐为盗哉!抚字乖而饥寒之逼也。水旱相仍而田不减赋,妻子相流而农不息徭,其被害之原悬于州与县,州县不闻之府,府不闻之省台。"②此时的杨维桢俨然又不似一位流连声色的"风月福人",而返归至那位为民请命的"天台县尹"。

在"庙堂"与"山水"之间徘徊,注定了杨维桢复杂多变的心态,在时人眼中,他是一位"风月湖山一担担"的风流浪子,也是一位"高冠不肯著进贤"的狂狷高士。杨基《铁笛歌为铁崖先生赋》可谓把他复杂的心态写尽,诗云:"铁崖道人吹铁笛,官徵含嚼太古音。一声吹破混沌窍,一声吹破天地心。一声吹开虎豹闼,彤庭跪献丹扆箴。问君何以得此曲,妙谐律吕,可以召阳而呼阴?都将春秋二百四十二年笔削手,谱成透天之窍,价重双南金!掉头王署不肯入,直上弁峰绝顶俯看东溟深。王纲《正统》著高论,唾彼传癖兼书淫。时人不识我不厌,会有使者征球琳。具区下浸三万六千顷之白银浪,洞庭上立七十二朵之青瑶岑。莫邪老铁作龙吼,丹山凤舞江蛟冷。勖哉宗彦吾所钦,赤泉之盟犹可寻。更吹一声振我清白祖,大鸣盛世,载赓皋财解愠南风琴。"③"掉头王署不肯入"是他放荡不羁、旷达洒脱的

---

① (元)杨维桢:《与同年索廉使书》,孙小力校笺:《杨维桢全集校笺》,上海古籍出版社2019年版,第2644页。
② (元)杨维桢:《送关宝临安县长序》,孙小力校笺:《杨维桢全集校笺》,上海古籍出版社2019年版,第1881页。
③ (明)杨基:《眉庵集》卷四,《文渊阁四库全书》第1230册,上海古籍出版社1987年版,第376—377页。

写照,"王纲《正统》著高论"便是他坚持道统、崇儒尚礼的姿态。浪子本色是儒生,龙鬼蛇神、眩荡一世的诗风表征,涵盖的其实是他合道统与情性诗学为一的诗学实旨。

杨维桢说:"《三百篇》后有《骚》,《骚》之流有古乐府。《三百篇》本情性,一出于礼义。《骚》本情性,亦不离于忠。古乐府,雅之流、风之派也,情性近也。"① 杨维桢主张诗歌创作要"近于情",与此同时,他又强调诗歌"依于理"的一面。他认为诗本情性,不可学而为之,但是"诗不可学,诗之所出者,不可以无学也。声和平中正,必由于情。情和平中正,或矢于性,则学问之功得矣"。然而他所尊崇的《三百篇》多出于匹夫匹妇之口,并非学而所致,由此他认为"匹夫匹妇无学也,而游于先王之泽者,学之至也。发于言辞,止于礼义,与一时公卿大夫君子之言同录于圣人也,非无本也"②。出于对古人"游于先王之泽"的理解,他反对前人"穷而后工"的论点,"昔人论诗,谓穷苦之词易工,欢愉之词难好。子刚之工,不得于穷苦,而得于欢愉,可以知其才之高出等辈,不得以休戚之情限也"③。他强调"穷而后工"是以为穷者有"专攻之伎、精治之力,其极诸思虑者,不工不止,如老杜所谓'癖耽佳句,语必惊人'者是也",但《三百篇》作者亦不唯穷者,"当时公卿大夫士,下及闾夫鄙吏,发言成诗,不待雕琢而大工出焉者",综此而言,所谓诗之工与不工,是"情性之天至,世教之积习,风谣音裁之自然也",以穷论诗则"道之去古远矣"。④

后人论杨维桢诗学渊源谓"上法汉魏,出入李唐",其实杨维桢批评的焦点多只集中在末唐、季宋,其《郭乂仲诗集序》云:"诗与声文始,而邪正本诸情。皇世之辞无所述,间见于帝世,而备于《三

---

① (元)杨维桢:《玉笥集叙》,李修生主编:《全元文》第42册,凤凰出版社2004年版,第308—309页。
② (元)杨维桢:《郊韶诗序》,孙小力校笺:《杨维桢全集校笺》,上海古籍出版社2019年版,第2019页。
③ (元)杨维桢:《卫子刚诗录序》,孙小力校笺:《杨维桢全集校笺》,上海古籍出版社2019年版,第2025页。
④ (元)杨维桢:《贡礼部玩斋集序》,(元)贡奎、贡师泰、贡性之:《贡氏三家集:贡奎集、贡师泰集、贡性之集》,邱居里、赵文友校点,吉林文史出版社2010年版,第171页。

百篇》,变于楚《离骚》、汉乐歌,再变于琴操、五七言,大变于声律。驯至末唐季宋,而其弊极矣。"① 对晚唐、季宋的批判,首先指出这两段历史时期的诗歌作品,一肆其情,远离古风人之旨:"古之诗人类有道,故发诸咏歌,其声和以平,其思深以长。不幸为放臣逐子、出妇寡妻之辞,哀怨感伤,而变风变雅作矣。后之诗人一有婴拂,或饥寒之迫,疾病之楚,一切无聊之窘,则必大号疾呼,肆其情而后止。间有不然,则其人必有大过人者,而世变莫之能移者也。"② 因而他极力赞赏郭翼之诗,认为他虽然早岁失怙,中年失子,家贫如洗,本应大号疾呼,不可自遏,但他的作品却让读者感觉到翛然自得,爽然自失,兴寄高远,意趣深长,并且可见于君亲臣子之大义。其次,他对晚唐、季宋的批判也是由于此二期的诗歌作品只强调诗律而疏忽情感的一面。《玉笥集叙》中说:"汉魏人本兴象,晋人本室度,情性尚未远也。南北人本体裁,本偶对声病,情性遂远矣。盛唐高者追汉魏,晚唐律之弊极。"③ 他反对禁锢的律诗,认为诗至律是"诗家之一厄",主张律诗创作也要参考《骚》《选》等古诗的作法,不必约束情感的抒发。他说"律诗不古不作可也",在他的创作实践中多能突破律体的束缚:"其在钱唐(塘)时,为诸生请律体,始作二十首,多奇对。其起兴如杜少陵,用事如李商隐,江湖陋体,为之一变。然于律中又时作拗体,此乃得于颓然天纵,不知有四声八病之拘。其可骇愕,如乖龙震虎,排海突岳,万物飞走,辟易无地。观者当以神逸悟之,不当以雄强险陀律之也。"④ 从杨维桢的诗学指向来看,则是重在强调道统与情性的合一,追求言出而精、义据而定的理想效果。

把批判的焦点指向晚唐、季宋,因而他的诗学取向并不局限在汉

---

① (元)杨维桢:《郭义仲诗集序》,孙小力校笺:《杨维桢全集校笺》,上海古籍出版社2019年版,第2029页。

② (元)杨维桢:《郭义仲诗集序》,孙小力校笺:《杨维桢全集校笺》,上海古籍出版社2019年版,第2029页。

③ (元)杨维桢:《玉笥集叙》,李修生主编:《全元文》第42册,凤凰出版社2004年版,第309页。

④ (元)释安:《铁雅先生拗律序》,孙小力校笺:《杨维桢全集校笺》,上海古籍出版社2019年版,第3952—3953页。

第八章 文人的放荡：杨维桢的心态与诗学思想的变化

魏、李唐，其《鹿皮子文集序》云："自今观之，孔、孟而下人乐传其文者，屈原、荀况、董仲舒、司马迁；又其次，王通、韩愈、欧阳修、周敦颐、苏洵父子。逮乎我朝，姚公燧、虞公集、吴公澄、李公孝光。凡此十数君子，其言皆高而当，其义皆奥而通也。"① 因此，以往将杨维桢的诗学取向限定在宗唐复古范围内的观点，并不能完全概括杨维桢本人对前代诗学发展的认识。在杨维桢看来，陈樵诗有李贺、刘禹锡的风格，而这种诗风亦可以羽仪孔孟。故而古今、奇正等相对相出的概念都可以统摄到他将道统与情性合一的诗学范畴之内。

杨维桢提倡古乐府，一方面是为补元诗之缺，他认为唐人律诗，宋人乐章及禅林提唱，诸体兼备，而于古乐府则尤缺。因此在吴下与永嘉李孝光论诗曰："梅一于酸，盐一于醎，饮食盐梅而味常得于酸醎之外。此古诗人意也。后之得此意者，惟古乐府而已耳。"而"孝光以余言为甚，遂相与唱和古乐府辞，好事者传于海内，馆阁诸老以为李、杨乐府出而后，始补元诗之缺"②。在他看来，古乐府不仅需要有情致在其中，更要合乎古风谣平易不迫的特点，以此避免风骨过遒、情致过媟两种极端，从而获得古人韵味。另一方面是基于他对"今乐府之靡"的纠正。他说："《诗》三百后，一变为骚赋，再变为曲引，为歌谣，极变为倚声制辞，而长短句平仄调出焉，至于今乐府之靡，杂以街巷齿舌之狡，诗之变，盖于是乎极矣。"③ 所谓"今乐府之靡"，即今乐府往往流于街谈市谚之陋，《铁崖古乐府提要》云："元之季年，多效温庭筠体，柔媚旖旎，全类小词。维桢以横绝一世之才，乘其弊而力矫之。根柢于青莲、昌谷，纵横排奡，自辟町畦。"④ 但杨维桢并没有完全否定今乐府，他在《沈氏今乐府序》中说："今乐府者，

---

① （元）杨维桢：《鹿皮子文集序》，孙小力校笺：《杨维桢全集校笺》，上海古籍出版社2019年版，第1984页。
② （元）杨维桢：《潇湘集序》，孙小力校笺：《杨维桢全集校笺》，上海古籍出版社2019年版，第2151页。
③ （元）杨维桢：《渔樵谱序》，孙小力校笺：《杨维桢全集校笺》，上海古籍出版社2019年版，第1861页。
④ （清）永瑢等：《四库全书总目》卷一六八，中华书局1965年版，第1462页。

文墨之士之游也。然而媒雅邪正，豪俊鄙野，则亦随其人品而得之。"① 由此他把今乐府的精神内质，依旧提升于和古乐府同样的价值，需要通过神气、人品的学习来塑造今人的诗品。无论古、今乐府，均要达《风》《雅》之旨，同时也要表现诗歌不同的情致，从而达到"无复旧格"的创新追求。

张雨《铁崖先生古乐府叙》云："《三百篇》而下，不失比兴之旨，惟古乐府为近。今代善用吴才老《韵书》，以古语驾御之，李季秋、杨廉夫遂称作者。廉夫又纵横其间，上法汉、魏，而出入于少陵、二李之间。故其所作古乐府辞，隐然有旷世金石声，人之望而畏者。又时出龙鬼蛇神，以眩荡一世之耳目，斯亦奇矣。"② 而后世评者借张雨之言，将"龙鬼蛇神"的奇风看作杨维桢诗歌创作的一弊，四库馆臣云："其中如《拟白头吟》一篇曰：'买妾千黄金，许身不许心。使君自有妇，夜夜《白头吟》。'与《三百篇》风人之旨亦复何异。特其才务驰骋，意务新异，不免滋末流之弊，是其一短耳。"③ 其实张雨所谓之"奇"，亦可以"明则动金石，幽则感鬼神"，仍不离风雅比兴之义。这正与杨维桢本人的诗论一致，杨维桢认为即便优戏之作，也非徒为一时耳目之玩，而关乎诗之讽谏之义，其《优戏录序》云："予闻仲尼论谏之义有五，始曰谲谏，终曰讽谏。且曰：'吾从者，讽乎！'盖以讽之效，从容一言之中……观优之寓于讽者，如漆城、瓦衣、雨税之类，皆一言之微，有回天倒日之力，而勿烦乎牵裾伏蒲之勃也。则优戏之伎虽在诛绝，而优谏之功岂可少乎！"④ 进而他认为宫词、香奁诗也是如此，"时俗所置而不为"的宫词、香奁诗在杨维桢那里却作得津津有味而一本正经。他说："宫词，诗家之大香奁也，

---

① （元）杨维桢：《沈氏今乐府序》，孙小力校笺：《杨维桢全集校笺》，上海古籍出版社2019年版，第2147页。
② （元）杨维桢著，孙小力校笺：《杨维桢全集校笺》，上海古籍出版社2019年版，第3948页。
③ （清）永瑢等：《四库全书总目》卷一六八，中华书局1965年版，第1462页。
④ （元）杨维桢：《优戏录序》，孙小力校笺：《杨维桢全集校笺》，上海古籍出版社2019年版，第2170页。

第八章 文人的放荡:杨维桢的心态与诗学思想的变化

不许村学究语。为本朝宫词者多矣,或拘于用典故,又或拘于用国语,皆损诗体。"① 认为宫词是格局及题材范围较大的香奁诗,他不仅摸索出一套宫词的创作论,也将宫词创作提升到"善言史氏之所不知"的高度,《李庸宫词序》云:"大历诗人后,评者取张籍、王建。而建之宫词,非籍可能也。宫掖之事,岂外人所能道哉!建虽有春坊才,非其老玙宗氏出入禁闼,知史氏之所不知,则亦不能颉美于是。本朝宫词,自石田公而次亡虑数十家,词之风格不下建者多,而求其善言史氏之所不知,则寡矣。"② 在杨维桢看来,作香奁诗也并非易事,他说:"云间诗社《香奁》八题,无春坊才情者多为题所困,纵有篇什,正如三家村妇学宫妆院体,终带鄙状,可丑也。"而他的香奁诗"乃是古乐府辞,发情止义之化也,不可例以艳歌小词目之",进而他以陶渊明《闲情赋》自附,以为陶渊明《闲情赋》辞不害其为处士节,而"余赋韩偓《续奁》,亦作娟丽语,又何损吾铁石心也哉。"③

然而杨维桢并没有料到,这些在他看来发乎情止乎礼的香奁诗不胫而走,成为万口传播的艳诗和书肆争相兜售的风流小册,哪怕他再三辩解这些只是空中之语,随风而过,无伤大雅,也因此而忏悔其过,但终归没有逃过时人及后世的詈骂。明人陆容《菽园杂记》载:"杨铁崖,国初名重东南,从游者极其尊信。观其《正统辨》《史钺》等作,皆善已。若《香奁》《续奁》二集,则皆淫亵之词。予始疑其少年之作,或出于门人子弟滥为笔录耳。后得印本,见其自序,至以陶元亮《赋闲情》自附,乃知其素所留意也。按,《闲情赋》有云:'尤蔓草之为会,诵《召南》之余歌。'盖发乎情,止乎礼义者也。铁崖之作,去此远矣。不以为愧,而以之自附,何其悍哉!"④ 而骂声更甚的是明初王彝,其《文妖》一篇云:"天下之所谓妖者,狐而已矣。

---

① (元)杨维桢著,孙小力校笺:《杨维桢全集校笺》,上海古籍出版社2019年版,第358页。
② (元)杨维桢:《李庸宫词序》,孙小力校笺:《杨维桢全集校笺》,上海古籍出版社2019年版,第2145页。
③ (元)杨维桢著,孙小力校笺:《杨维桢全集校笺》,上海古籍出版社2019年版,第382、353、392页。
④ (明)陆容:《菽园杂记》卷九,佚之点校,中华书局1985年版,第113页。

然而文有妖焉，又有过于狐者。……浙之西有言文者，必曰杨先生。余观杨之文，以淫辞怪语裂仁义、反名实，浊乱先圣之道，顾乃柔曼倾衍、黛绿朱白，而狡狯幻化，奄焉以自媚，是狐而女妇，则宜乎世之男子者之惑之也。余故曰：会稽杨维桢之文，狐也，文妖也。"① 王彝的诟骂有其特殊的历史缘由，而后人通常以为其矫枉过直，持论太严，激辞厉语亦复伤雅。

元末明初，在杨维桢的周围聚集起一个庞大的诗歌流派，承学之士，相传沿袭，由此塑造了一个"奇奇怪怪""奇逸炫荡"的诗歌流派。《明史》将他列为明代文学第一家，宋濂赞赏他的文名"被四海而无慊，流布百世而可征"，王彝骂他是"文妖"，钱谦益认为他的诗歌"老苍奡兀，取道少陵，未见脱换之工，窈眇娟丽，希风长吉，未免刻画之诮"②。后世纷纭众说。洪武三年（1370），那个经历了坎坷人生，享受了风月之福的铁崖先生离世了，那根吹破混沌窍、吹破天地心、吹开虎豹闼的铁笛也安静了。洪武九年（1376），由元入明的诗人周巽作了一百五十四首《拟古乐府》诗，算得上是对铁崖诗风的隔代附和与祭奠。

第二节　铁雅派相关诸问题

一　"铁崖体""铁崖派"是"铁雅诗""铁雅派"的变称

杨维桢，字铁崖，得名于早年读书铁崖山中。同时他又有众多别号：铁雅、老铁、铁史、铁笛、铁仙、铁龙精、边上梅、铁龙仙伯、东维子、抱遗老人、桃花梦叟、风月福人、锦窝老人等。而在杨维桢个人以及同时代人的叙述中，多用铁雅、铁龙体、铁雅诗、铁雅派等。

"铁雅"多系时人对他的敬称。如《香奁集》收王德琏《踏莎行》

---

① （明）王彝：《王常宗集》卷三，《文渊阁四库全书》第1229册，上海古籍出版社1987年版，第423页。

② （明）钱谦益：《列朝诗集小传》甲前集，上海古籍出版社1983年版，第20页。

第八章 文人的放荡：杨维桢的心态与诗学思想的变化 ❖❖❖

八阕，杨维桢亲嘱其门人章琬将自己的评语附于诗后，章琬编《复古诗集》时，在评语前均标记"铁雅评曰"①。此外，和其诗者也每以"铁雅"称呼杨维桢，如李孝光《箕山操和铁雅先生首唱》、夏溥《吴山谣和铁雅先生首唱》、张雨《天池石壁为铁雅赋》等。

铁龙体、铁雅诗是杨维桢对自己诗歌作品的指称。其《沈氏今乐府序》中说："记余数年前客太湖上赋《铁龙引》一章，子厚连和余四章，皆效铁龙体，飘飘然有凌云气，心已异之。"② 又《冷斋诗集序》云："曩余在钱唐（塘）湖上，与句曲外史、五峰老人辈谈诗，推余诗为'铁雅'。"③ 铁龙体，指杨维桢在太湖时所作《铁龙引》的创作风格，其特点就格力来说，有雄浑正大的凌云之气，伯仲于时人贯云石、马祖常、李孝光等人词风；就字句而言，有古雅之义，区别于小叶俳辈今乐府的街谈市谚之陋。铁雅诗为杨维桢闲居钱塘之时，张雨等人概括其作品风格的名称，杨维桢亦欣然接受，主要指其古乐府创作多警策之言、铿然有金石声的特点。铁龙体、铁雅诗代表了杨维桢古乐府创作的风格特征。

铁雅派是杨维桢及时人对聚集在其周围的铁门弟子群体的称谓。《冷斋诗集序》中说："雷隐震上人、复原报上人，传余雅为方外别派。"④《一沤集序》云："题曰《一沤草》者，凡十卷。求余一言传之诸人，且曰：'为人脍炙者，元叟派外，有吾铁雅派焉。'晚年诗律益严礉，唱余和汝者，与吾门八骏争后先。"⑤ 又《玉笥集叙》曰："泰定、天历来，予与睦州夏溥、金华陈樵、永嘉李孝光、方外张天雨为古乐府，史官黄溍、陈绎曾遂选于禁林，以为有古情性，梓行于

---

① （元）杨维桢著，孙小力校笺：《杨维桢全集校笺》，上海古籍出版社2019年版，第390页。
② （元）杨维桢：《沈氏今乐府序》，孙小力校笺：《杨维桢全集校笺》，上海古籍出版社2019年版，第2147页。
③ （元）杨维桢：《冷斋诗集序》，孙小力校笺：《杨维桢全集校笺》，上海古籍出版社2019年版，第2107页。
④ （元）杨维桢：《冷斋诗集序》，孙小力校笺：《杨维桢全集校笺》，上海古籍出版社2019年版，第2107页。
⑤ （元）杨维桢：《一沤集序》，孙小力校笺：《杨维桢全集校笺》，上海古籍出版社2019年版，第2113页。

南北，以补本朝诗人之缺。一时学者过为推，名余以铁雅宗派。"① 由此可见，对于杨维桢本人及其同时代人而言，"铁雅诗""铁雅派"已是一个约定俗成的诗体、诗派名称。

杨维桢诗文作品多为其门人弟子编撰成集，如《铁崖先生古乐府》《铁崖先生大全集》《铁崖古乐府补》《铁崖赋稿》等，以"铁崖"指称杨维桢本人及标清其独特的创作风格。明代以后，铁崖、铁雅亦指杨维桢本人，铁雅少用，只用在其别号的介绍之中。就杨维桢古乐府创作风格，明人多称"杨铁崖体""老铁体"，明人史杰《袜线集》有一首七言律名曰《嬉春效杨铁崖体奉钟狂客》②，诗风清逸流丽，去铁崖远矣。蒋一葵《尧山堂外纪》、郎瑛《七修类稿》"杨基小传"载称杨基《铁笛歌为铁崖先生赋》一诗"尤且切效老铁体"。而"铁体"是对"杨铁崖体""老铁体"等的简称，最早见于钱谦益《列朝诗集》甲集前编"杨维桢小传"，曰："承学之徒，流传沿袭，槎牙钩棘，号为'铁体'，靡靡成风，久而未艾，学诗者稽其所敝，而善为持择焉，斯可矣。"③ 此处"铁体"之称，不仅专指杨维桢本人的乐府创作风格，亦兼及其整个诗派的风格取向。《明史》本传用"铁崖体"指称杨维桢震"荡陵厉，鬼设神施"的创作风格。四库馆臣沿用"铁体"一称，《庸庵集》四库提要云："（宋）禧学问源出杨维桢。维桢才力横轶，所作诗歌以奇谲兀鼙，凌跞一世，效之者号为'铁体'。而禧诗乃清和婉转，独以自然为宗。"④ 至于后世所称其诗派为"铁崖派""铁崖诗派""铁崖古乐府派"，则在古人的叙述中未尝得见，多在今人文学史论述中使用。⑤

---

① （元）杨维桢：《玉笥集叙》，李修生主编：《全元文》第42册，凤凰出版社2004年版，第309页。
② （明）史杰：《袜线集》卷一，明弘治四年（1491）史诚刻本。
③ （明）钱谦益：《列朝诗集小传》甲前集，上海古籍出版社1983年版，第20页。
④ （清）永瑢等：《四库全书总目》卷一六八，中华书局1965年版，第1463页。
⑤ 如郭绍虞论杨维桢诗风，即以"铁崖体"称之，并认为明代前、后七子与公安派也都是"铁崖体的变相"。郭绍虞《中国文学批评史》，商务印书馆2017年版，第145页。今人多用"铁崖派"称以杨维桢为核心的诗派，如孙小力《论铁崖派以及元季东南文化思潮》，《上海大学学报》1993年第5期。

第八章 文人的放荡:杨维桢的心态与诗学思想的变化

由此可见,"铁崖体""铁崖派"是以杨维桢为核心的诗体、诗派的变称,杨维桢本人及时人专用"铁雅诗""铁雅派"并非仅是简单的称谓或代称,而有其特定内涵,反映了杨维桢本人实际的诗学追求。

杨维桢在元末大力倡导重视情性与个性的诗歌创作,因此其诗歌以"奇谲兀臬,凌跞一世"称,而其诗学内旨却主张以复古的方式追求风雅,其情性诗学亦由此出。其门人吴复《辑录铁崖先生古乐府序》云:"君子论诗,先情性而后体格。老杜以五言为律体,七言为古风,而论者谓有《三百篇》之余旨,盖以情性而得之也。刘禹锡赋《三阁》,石介作《宋颂》,后之君子,又以《黍离》配《三阁》,《清庙》《猗那》配《宋颂》,亦以其所合者情性耳。然则求诗于删后者,既得其情性,而离去齐、梁、晚唐、季宋之格者,君子谓之得诗人之古可也。会稽铁崖先生为古杂诗凡五百余首,自谓乐府遗声。夫乐府出风雅之变,而闵时病俗,陈善闭邪,将与风、雅并行而不悖,则先生诗旨也。是编一出,使作者之集遏而不行,始知《三百篇》之有余音,而吾元之有诗也。"[①] 由此可见,杨维桢的诗旨即是"与风雅并行不悖",而情性之得亦是由《三百篇》风雅而来。

他推崇以他为师的"铁雅"诗派,也是以此为出发点和评价标准,《金信诗集序》载金华金信从杨维桢学诗的细节:"又自贺曰:'吾入门峻矣大矣,吾诗降而下,吾不信也。'一日使为吾诗评,曰:'或议铁雅句律本屈、柳《天问》,某曰非也。属比之法,实协乎《春秋》。先生之诗,《春秋》之诗欤?诗之《春秋》欤?余为之喜而曰:'信可与言诗已。'于是绝笔于近体。"[②] 在其弟子金信看来,铁雅诗之所以能够成一家之诗,有其独特价值,便在于其"雅",是《春秋》之诗和诗之《春秋》,以微言大义宣明教化,深得古风人之六义,弟子的理解正合先生的旨义。

---

① (元)杨维桢著,孙小力校笺:《杨维桢全集校笺》,上海古籍出版社2019年版,第3947页。
② (元)杨维桢:《金信诗集序》,孙小力校笺:《杨维桢全集校笺》,上海古籍出版社2019年版,第2033页。

而杨维桢推崇"雅",也不局限在其诗派内部,他认为只要追求儒家风雅,都可以纳入其派:"余亦曰:'师有伽陀妙天下,又何必诗?诗又何派?自其集而观之,感化齐物,伤今吊古,背沤之醍醐甘露。探其学,则读吾辈书多于贝叶钞。故其托物比兴者,吾风人之情;而触物悟身者,其内典之教也。"① 又"今年至祁上,上人出《冷斋全集》求余评,内有和余古乐府题,其辞多警策,余益奇之。嘻,可与震、报同列吾派矣"②。在他看来,诗歌创作托物比兴,达到风人之情,有内典之教,读儒学经典,即可与之合流,为风雅之派。

就"铁雅派"而言,清人沈雄倒是表达了与他人不同的观点,其《古今词话》云:"廉夫于元季,有风雅宗盟之望,每识拔后进,如杨基、瞿佑等。年未七十休官,游淞泖间,有称其为江山风月福人者。其为古文词好高古,末世恐为人所嫉致祸,故不至滥于笔墨焉。"③ 其实沈雄之言,也只说对了一半,在元季明初,杨维桢确实是以"风雅宗盟"的意识去聚合"铁雅派",而后世将杨维桢所谓"铁雅诗""铁雅派"的"雅"抽掉,变称"铁崖体""铁崖派",并不单是他刻意"滥于笔墨"的后果,也与"铁门"中人对其诗学的理解以及明初文人及入明后"铁门"弟子对其诗学的取舍、批评有密切关系。

二 "铁门"中人只效其"表"而忽视其"里"

在杨维桢那里,"铁雅"的名号,就在于他对"雅"的追崇,他认为"雅"在内而不在外,因而律诗、禅理诗、古乐府、今乐府、宫词、香奁艳诗均可为"雅诗","铁雅"的实质在于以瑰丽奇崛的外表来表达"雅"的实旨。后世不言"铁雅",只言"铁崖",实则是只论其作品炫荡而非雅的表征及其诗学思想中重情、重个性的一端。而这种表征实际上是其门人传达出去的。

---

① (元)杨维桢:《一沤集序》,孙小力校笺:《杨维桢全集校笺》,上海古籍出版社2019年版,第2113页。
② (元)杨维桢:《冷斋诗集序》,孙小力校笺:《杨维桢全集校笺》,上海古籍出版社2019年版,第2107页。
③ (清)沈雄:《古今词话》,唐圭璋编:《词话丛编》,中华书局1986年版,第1022页。

第八章 文人的放荡:杨维桢的心态与诗学思想的变化 ❖❖❖

杨维桢在《玉笥集叙》中指明铁雅派成员,曰:"派之有其人曰昆山顾瑛、郭翼、吴兴郯韶、钱塘张暎、嘉禾叶广居、桐庐章木、余姚宋禧、天台陈基,继起者曰会稽张宪也。"① 黄仁生《铁雅诗派成员考》列"铁门"中人91人。② 而顾瑛、陈基等为杨维桢唱和友,其诗学思想与杨维桢不尽相同。杨维桢尝说:"诗难,乐府为尤难。吾为古乐府,非特声谐金石,可劝可戒,使人惩创感发者有焉。善和余者,惟李季和。季和死,和者寡矣。"③ 李孝光之外,他人的诗学观与杨维桢的便有很大的出入,如顾瑛在为《铁崖古乐府》作序时说:"卷末律诗,虽先生所弃,而世之学者所深脍炙者也。故余复取世俗所传本,录五言及七言又凡若干首云。"④ 以此来看,顾瑛只是文坛的召集者,所以能够客观地看待诗学问题,将当时学者所"深脍炙"的律诗亦收录其后。而杨维桢为顾瑛《玉山草堂雅集》作序亦没有干涉顾瑛的诗学取向:"集自余而次,凡五十余家,诗凡七百余首。其工拙浅深,自有定品,观者有不待余之评裁也。其或护短凭愚,持以多上人者,仲瑛自家权度,又辄能是非而去取之。此集之所次,其有可观者焉。揽之者无论其人之贵贱稚宿,及老,释之异门,总其条贯,若金石之相宣也,盐梅之相济也,盖必有得于雅集者矣。"⑤ 杨维桢说"其有可观者",其实表明了在他意识中此集不尽然可观,因此对顾瑛诗学标准持保留态度。诚如论者所言,"从诗学主张看,顾瑛没有推崇铁雅派的意思"⑥。顾瑛对杨维桢诗学的理解也多在"奇语天出"的语言风格上,因此他借鉴学习杨维桢,其实也只是学了其生新怪异的诗风表

---

① (元)杨维桢:《玉笥集叙》,李修生主编:《全元文》第42册,凤凰出版社2004年版,第309页。
② 参见黄仁生《铁雅诗派成员考》,《文学遗产》1988年第5期。
③ (元)章琬:《辑铁雅先生复古诗集序》,孙小力校笺:《杨维桢全集校笺》,上海古籍出版社2019年版,第3949页。
④ (元)顾瑛:《铁崖先生古乐府后序》,孙小力校笺:《杨维桢全集校笺》,上海古籍出版社2019年版,第3949页。
⑤ (元)杨维桢:《玉山草堂雅集序》,孙小力校笺:《杨维桢全集校笺》,上海古籍出版社2019年版,第2027页。
⑥ 参见谷春霞《论玉山雅集与铁雅派的关系》,《中国社会科学院研究生院学报》2010年第5期。

征,如"堕珈遗珥鬼妻拾,向月咿呦白狐泣"这样的凌厉之句。

除了杨维桢的唱和友,元季之时,拜入其门的弟子可谓浩浩汤汤,但能够真正理解他诗学思想的却寥寥可数,杨维桢在《郭义仲诗集序》中感慨:"人且覆诽我,则又未尝不悲今世之无诗也。幸而合吾之论者,斤斤四三人焉,曰:蜀郡虞公集、永嘉李公孝光、东阳陈公樵其人也;窃继其绪余者,亦斤斤得四三人焉,曰:天台项炯、姑胥陈谦、永嘉郑东、昆山郭翼也。"① 又"吾铁门称能诗者,南北凡百余人,求如张宪及吴下袁华辈者不能十人。"② 可见在他看来,他的弟子中能够合其论者,只有项炯、陈谦、郑东、郭翼、张宪等几人。所谓合其论者,就是要符合风雅余韵,杨维桢评价张宪云:"宪通《春秋》经学,尝以文墨议论从余断史,余推在木、禧之上,其乐府歌诗与夏、李、张、陈相颉颃,而顿挫警拔者过之。今年春,其友吴远氏持其乐府及歌行谣引经余删选者三百余首……其有传而先光余雅,不伺余言矣。……选用文雅,乌知宪词不被金石荐郊庙,与古乐府同传也?"③ 而多数铁门弟子其实没有深究杨维桢的诗学内旨,只是仿效了他瑰丽奇崛的创作风格,仅翻开《玉山雅集》《金兰集》等元末文人的诗集,那些铁雅门人的长吟短咏便可以现出奇奇怪怪的炫目之气。

铁雅派浩荡的诗人群体,使一股"铁崖"炫怪诗风吹遍了元末诗坛,在玉山佳处、在云林隐居、在耕渔轩、在草玄阁……而杨维桢自己真实的诗学思想早已被淹没在包括他在内的龙鬼蛇神的吟咏中,这也是杨维桢被新朝重新塑造和遭受批判的重要原因。

三 "铁雅派"在明初被完全抽去"雅"的内涵

元明之际著名学者徐一夔最先起而批评流行于元末诗坛的奇崛诗

---

① (元)杨维桢:《郭义仲诗集序》,孙小力校笺:《杨维桢全集校笺》,上海古籍出版社2019年版,第2029页。

② (元)杨维桢:《可传集序》,李修生主编:《全元文》第42册,凤凰出版社2004年版,第473页。

③ (元)杨维桢:《玉笥集叙》,李修生主编:《全元文》第42册,凤凰出版社2004年版,第309页。

第八章 文人的放荡：杨维桢的心态与诗学思想的变化

风："诗人之言，贵平易而不贵奇怪。横渠先生有言：'《三百篇》之诗，不过举目前之事而寓至理于其中。'此最为善说诗者。夫诗，情性以本之，问学以充之，才气以发之，思致以廓之，此之谓诗。不知出此而务，炳炳烺烺，以惊世骇俗谓之诗，未可也。《三百篇》，不可尚已。涉汉、魏、晋、宋、齐、梁、陈、隋、唐、宋以及国朝之盛，作者代有其人，大家巨集，具在也。试取而读之，虽其材力所就，不无等差。观其缘情指事，寂寥乎短章，舂容乎大篇，有平易而无奇怪，至于隽永其味，则悠永宏阔而反复无穷。下视近时，斥平易为庸腐，指奇怪为神俊，号为一家之体，非神仙鬼魅、金玉锦绣、龙虎鸾凤、名花官酒、高歌醉舞等语不道者，何如也？"① 徐一夔所谓"一家之体""神仙鬼魅""金玉锦绣""龙虎鸾凤"等，很明显将批评的矛头指向以杨维桢为核心的"铁雅派"，杨维桢从《三百篇》推演而出的诗学理论又被徐一夔以之为理论依据给予严厉批判。徐一夔主张的"清而不枯""华而不艳"、除去奇怪之语的理想诗风，预示着新朝诗学的转向。

明初宋濂作《元故奉训大夫江西等处儒学提举杨君墓志铭》，对杨维桢一生所述甚详。论其诗曰："震荡凌厉，骎骎将逼盛唐。骤阅之，神出鬼没，不可察其端倪。其亦文中之雄乎？名执政与宪司纪者艳君之文，无不投贽愿交，而荐绅大夫与岩穴之士踵门求文者座无虚席，以致崖镌野刻，布列东南间。"② 仍是对其诗风表象的客观陈述，未触及其实际的诗学思想。由元入明的"铁门"弟子贝琼在元明两代表现出对业师的不同态度：在新朝鼎立之初，为适应意识形态构建的需要，他的诗学观念也随之转而强调追求平衍可观、丰腴可乐，摒弃崭绝刻峭和荒唐险怪。对此，四库馆臣评曰："盖虽出于维桢之门，而学其所长，不学其所短，宗旨颇不相袭。"③ 又朱彝尊论其曰"学于

---

① （明）徐一夔：《钱南金诗稿序》，《始丰稿》卷三，《文渊阁四库全书》第1229册，上海古籍出版社1987年版，第172页。此序应作于至正后期。
② 罗月霞主编：《宋濂全集》，浙江古籍出版社1999年版，第681页。
③ （清）永瑢等：《四库全书总目》卷一六九，中华书局1965年版，第1468页。

杨而不阿所好"①。贝琼于至正初入杨维桢门,至正二十五年(1365)作《铁崖先生大全集序》时,尝极力赞赏他的老师"识者以其天才似太白,而学力过之,不然何其正声劲气,薄九霄、空四海,而凌轹一世"②。而在入明之后其所作的《铁崖先生传》中,那种曾经令他钦佩的有似太白的天才诗风,转而变为"虽词涉夸大"的含蓄诟病;对其"凌轹一世""正声劲气"的倾慕,也成了"众恶其直且目为狂生",借他人之口的绰约批评。贝琼《铁崖先生传》采用了"避重就轻"的叙述策略,以五分之四的篇幅评录杨维桢《正统辨》的思想,由此重新塑造了一位符合明初政治环境的人物形象。就其诗学,则只抓其表征,一方面给出"词涉夸大"的反对意见,另一方面又极力给予辩白。其《乾坤清气序》云:"有元混一天下,一时鸿生硕士若刘、杨、虞、范出,而鸣国家之盛。而五峰(李孝光)、铁崖二公继作,瑰诡奇绝,视有唐为无愧。或曰刘、杨而下善诗矣,岂皆李、杜乎?则应之曰:《韶濩》息而《鼓吹》作,衮冕弃而南冠出,固有非李、杜而李、杜者也。"③又如其《欧阳先生文衡序》云:"孟子没千余年而得韩子,韩子没二百余年而得公,其人物之高,道德之盛,发之于言,奚啻一元之气流行宇宙,而赋于万物,不见雕琢之巧而至巧寓焉。故为学者所宗,虽有负奇好胜欲进于先秦两汉者,亦无以过之矣。"④贝琼认为瑰诡奇绝,视唐为无愧,负奇好胜,亦不为有过,虽肯定了杨维桢在文学史上的地位,但"无愧""无过"总归与"雅"有了距离,并且也不是一个层面的问题。显然这种评价有意回避和消解了杨维桢努力建构起来的"风雅"诗学实旨。弟子的"避重就轻"与重新塑造,终究没抵挡得住他人的严厉批判,在王彝那里,杨维桢从人品到

---

① (清)朱彝尊:《静志居诗话》卷三,黄君坦校点,人民文学出版社1990年版,第56页。
② (元)贝琼:《铁崖先生大全集序》,李修生主编:《全元文》第44册,凤凰出版社2004年版,第213页。
③ (元)贝琼:《乾坤清气序》,李修生主编:《全元文》第44册,凤凰出版社2004年版,第211页。
④ (元)贝琼:《欧阳先生文衡序》,李修生主编:《全元文》第44册,凤凰出版社2004年版,第235页。

第八章　文人的放荡：杨维桢的心态与诗学思想的变化

诗品都受到了全面的攻击，更不会将其看作"风雅"诗学的代言人。

王彝《聚英图序》云："余观帙中有自号铁崖先生者，是为会稽杨廉夫。其为人若秋潭老蛟，怪颧异颡，目光有棱，其狡狯变化，发诸胸中，则千奇万诡，动成文章。孟容所写，盖得其混迹斯世、与时低昂，为文场滑稽之雄。"①并以"文妖"斥之。清人王士禛为杨维桢鸣不平，认为王彝"拟温李，堕入恶道，士憎多口，天道好还，亦可畏哉"，而陈田则折中诸说，认为"平心而论，常宗（王彝）诗类铁崖，本自眷属一家，胡乃操戈同室"②。其实，王彝的诗学主张，甚至明初诗学走向，也正是在对杨维桢诗学的接受和批判中形成的，王彝《高季迪诗集序》云："人之有喜、怒、爱、恶、哀、惧之发者，情也，言而成章，以宣其喜怒爱恶哀惧之情者，诗也，故情与诗一也。何也？情者，诗之欲言而未言，而诗者，能言之情也。然皆必有其节，盖喜而无节则淫，怒而无节则憓，哀而无节则伤，惧而无节则怛，爱而无节则溺，恶而无节则乱。古之圣贤君子知之其于喜、怒、爱、恶、哀、惧之节，所以求之其本初者至矣。"③这和杨维桢所调和的风雅中规与情性发抒的诗学观念并无二致，这大概也是《明史》将杨维桢列为明代文学第一家的原因吧。只不过杨维桢的实际创作越出其诗学思想过远，而王彝为适应新朝气象又加以苛伐。但是，经历了明初学术的拨乱反正，后世再也没有人提起杨维桢自我建构起来的"风雅"诗学实旨，"铁雅诗""铁雅派"从此变成了"铁崖体""铁体""铁崖派"，而杨维桢为后世所展现的诗学面貌也只剩下了瑰丽奇崛的创作之风。

四　铁雅派乐府创作是时尚所致，并非文学运动

现代文学史著作经常把杨维桢等人的古乐府创作看作是一次乐府

---

①　（明）王彝：《王常宗集》卷二，《文渊阁四库全书》第1229册，上海古籍出版社1987年版，第408页。
②　（清）陈田辑撰：《明诗纪事》卷六，上海古籍出版社1993年版，第152页。
③　（明）王彝：《王常宗集》卷二，《文渊阁四库全书》第1229册，上海古籍出版社1987年版，第412页。

文学运动。言文学运动或文艺运动，一定有指向性，有针对性，甚至有斗争，而元末铁雅派乐府创作是杨维桢聚合的一次乐府创作的时尚，并非文学运动。

杨维桢与李孝光唱和古乐府辞在泰定年间，是在二人相与论诗的背景下发生，并没有针对性，此后好事者传布海内，吸引众多诗人参与其中。至正六年（1346）左克明编定《古乐府》十卷，将古乐府辞分为八类：古歌谣、鼓吹曲、横吹曲、相和曲、清商曲、舞曲、琴曲、杂曲，每种曲下简撰题解。自序云："风化日移，繁音日滋，惧乎此声之不作也。故不自量度，推本三代而上，下止陈隋，截然独以为宗。虽获罪世之君子，无所逃焉。"① 四库馆臣据此认为，所谓"世之君子"，指以杨维桢为代表的乐府诗歌创作群体，"当元之季，杨维桢以工为乐府倾动一时。其体务造恢奇，无复旧格。克明此论，其为维桢而发乎"②。此论有其道理，左克明《古乐府》的编撰似乎是铁雅乐府创作的反面，然而左克明的乐府论与杨维桢的论调在精神实质上是一致的，所不同的是二人对于"新声"，即"今乐府"的态度，所以也并非有严格意义上的立场对立。

左克明在《古乐府序》中说："上追三代，下逮六朝，作者迭兴，仿效继出，虽世降不同而时变可考。纷纷沿袭，古意略存，或因意命题，或学古叙事，尚能原闺门衽席之遗，而达于朝廷宗庙之上。方《三百篇》之诗为近，而下视后世词章，留连光景者有间矣……冠以古歌谣词者，贵其发乎自然，终以杂曲者，著其渐流于新声。"③ 在左克明看来，古乐府的源头也在《三百篇》，是古诗之流，是发乎自然之作，而后世那些只注重留连光景的仿作渐渐失去了古乐府的精神实质。而杨维桢的乐府论亦强调古乐府的风雅特征，认为古乐府为风谣音裁之自然，他说："夫词曲本古诗之流，既以乐府名编，则宜有风

---

① （元）左克明：《古乐府原序》，《古乐府》卷首，《文渊阁四库全书》第1368册，上海古籍出版社1987年版，第429页。
② （清）永瑢等：《四库全书总目》卷一八八，中华书局1965年版，第1710页。
③ （元）左克明：《古乐府原序》，《古乐府》卷首，《文渊阁四库全书》第1368册，上海古籍出版社1987年版，第429页。

第八章 文人的放荡:杨维桢的心态与诗学思想的变化

雅余韵在焉。苟专逐时变,竞俗趋,不自知其流于街谈市谚之陋,而不见夫锦脏绣腑之为懿也。"① 认为后世之作流于街谈市谚,亦远离古乐府的本质。然而杨维桢在强调古乐府精神内涵的同时,并不反对"今乐府"的创作,他认为诸如关汉卿、庾天锡、杨朝英、卢挚斋等人创作的特点为奇巧,冯子振、滕斌表现为豪爽,贯云石、马祖常则表现为蕴藉,虽然风格不一,但"宫商相宣,皆可被于弦竹者也",都可以表现乐府精神实质。他对古今乐府进行界定,认为所谓乐府,即"今之骚",乐府出于汉即是古乐府,六朝而下便是今乐府。乐府题材只要能"以声文缀于君臣夫妇、仙释氏之典故,以警人视听,使痴儿女知有古今美恶成败之劝惩",都是得"《关雎》《麟趾》之化"②,与古乐府无异。那么,今乐府创作何以达到这样的水平?杨维桢认为需要作者才与情的适度配合:"又推其极至:华如游金、张之堂,冶如揽嫱、施之袪,幽洁如屈、宋,悲壮如苏、李。具是四工,夫岂可以肆口而成哉?盖肆口而成者,情也;具四工者,才也。"③ 强调辞藻、字句、风格、个性的统一。而左克明则在很大程度上否认"新声"的价值,他认为风化日移、繁音日滋是造成古乐府不被世人重视的重要原因,因此他的《古乐府》重视古题古辞,在变体上去取甚严,用意就在于对今乐府创作的批评与纠正。

然而,左克明的诗学观念最终却没有得到世人的响应,此时的诗人们正聚集在杨维桢周围,热火朝天地创作着他们的乐府新词,没有留意身边任何的不同意见。铁雅派的乐府创作与他们的同题唱和、雅集聚会一样,是一呼百应的时尚所趋,并没有因此形成一场文学运动。

---

① (元)杨维桢:《周月湖今乐府序》,孙小力校笺:《杨维桢全集校笺》,上海古籍出版社2019年版,第2144页。
② (元)杨维桢:《沈氏今乐府序》,孙小力校笺:《杨维桢全集校笺》,上海古籍出版社2019年版,第2147页。
③ (元)杨维桢:《沈生乐府序》,孙小力校笺:《杨维桢全集校笺》,上海古籍出版社2019年版,第2149页。

第九章　忠烈的壮怀：元末赴难文人的心态与诗学

——以余阙、郑玉为代表

元明易代，为元朝死节者诚多！如余阙、郑玉，以其殉国死节的壮烈之行，为人称颂。清人赵翼有"元末殉难者多进士"论[①]，认为传统士人培养起对蒙元政权的忠诚。但此论不足以完全概括余阙、郑玉的行义之举。如果说践土食毛、有死无二是传统汉族文人固化于心的内质，那么余阙作为色目子弟，接受传统儒家文化，立元廷砥柱而战死，则有一个文化涵濡的过程。一介布衣、一生未曾仕元却为元赴死的郑玉，显然也并非是食君禄而后致身。郑玉、余阙以身份、经历之异而于行迹之终点归同，究其原委，要于二人共同受儒家思想熏染的角度去考察。儒学对两位不同民族身份、不同人生际遇的文人产生趋同性的影响：全节蹈义是汉族儒士郑玉维护儒家纲常名教的道义践行，为臣死忠也是色目文臣余阙接受儒学熏陶而成就的道德修养。他们所坚守的忠义道德，涵濡的儒家修养是其诗学观念产生的根基。郑玉的诗学观形成于他"和会朱陆"的理学思想中，认为诗歌创作需及乎日用之常，所谓的"日用之常"其实就是理学所强调的"三纲五常，仁义道德"，而获得"用之邦国，

[①] 参见（清）赵翼著，王树民校证《廿二史劄记校证》（订补本），中华书局1984年版，第705页。

第九章　忠烈的壮怀:元末赴难文人的心态与诗学

用之乡人"的民生日用之常,则需要通过复古的途径。因此,复古的诗学观念成为郑玉诗学的核心内容。余阙的诗学观形成于他接受儒学文化熏陶的过程中,更多的表现为他对《易经》的关注,因而他的诗学观念也基本出自对《易经》的阐释,这是余阙诗学最为显著的特点。然而现有的研究多未触及余阙诗学出自《周易》的特点,有关郑玉的研究又多集中在其"和会朱陆"的理学思想上,其诗学观念仍未得到应有的关注。①

第一节　死节者的心路历程

高启说:"天下无事时,士有豪迈奇崛之才,而无所用,往往放于山林草泽之间,与田夫野老沉酣歌呼,以自快其意,莫有闻于世也。逮天下有事,则相与奋臂而起,勇者骋其力,智者效其谋,辩者行其说,莫不有以济事业而成功名。"② 太平盛世,文人们大可自快其意地享受属于自己的文化生活,然而在动乱之年,知识分子的活法就复杂了很多,其中的难题就是文人的责任和由责任引发的"名节"问题。"邦有道,则仕;邦无道,则可卷而怀之"③,儒家道德准则的松动性为动乱之际的文人提供了多种选择机会,刘基、宋濂改仕新朝,成为"晋才楚用"的美谈;余阙、郑玉恪守道义,挺然抗节,全然践行了宋代以来程朱理学所强调的"饿死事小,失节事大"的道德标准,也

---

① 有关余阙诗学的研究,有王发国《余阙和他的诗文》(《西南民族学院学报》1996年第5期),彭茵《"不负科名":元末文人余阙述略》(《南京社会科学》2007年第8期),查洪德、刘嘉伟《理学视阈下的元代色目文学家余阙》(《长春工程学院学报》2007年第4期)等,对余阙诗文有较为细致的讨论,但均未涉及其诗学思想的本原。有关郑玉的研究有韩志远《论元代徽州陆学向朱学的演变——从郑玉看这一演变过程》(《徽学》2000年卷,安徽大学出版社2001年版),解光宇、朱惠莉《郑玉"和会朱陆"的思想及其影响》(《合肥学院学报》2004年第4期)等,但基本停留在对郑玉理学思想的探究上。

② (明)高启:《娄江吟稿序》,《凫藻集》卷三,《文渊阁四库全书》第1230册,上海古籍出版社1987年版,第284页。

③ (清)程树德:《论语集释》,程俊英、蒋见元点校,中华书局1990年版,第1068页。

成就了他们在元明两代"忠孝两全"的忠义之名。

一 "为臣死忠,正在今日":臣属以身殉国的责任

为前朝死节效命的元将余阙,在新朝以忠义之臣的身份得到褒扬实属不易,《明史·忠义传》云:"明太祖创业江左,首褒余阙、福寿,以作忠义之气。"① 更者,余阙本出色目世家,这种践行操守的个人道德修养,与他受儒学熏陶的人生经历密不可分。

余阙,字廷心,一字天心,唐兀氏人,世居河西武威(今甘肃武威)。父沙剌藏卜,官庐州,占籍合肥。余阙早年丧父,与母亲尹氏在巢湖青阳山相依为命,耕读养母,教书授徒。家道中落后,他很早便立志求学,"家贫,年十三始能就学"②。他对儒家经典有特殊的兴趣,"惟甘六艺学若饴,嗜之不厌"③。少时,他结识著名文人张恒,与之交游,畅谈明理,张恒师事元代大儒吴澄,得朱学正传,以此,余阙的儒学修为亦得以精进,于诗文书法无不擅长,四方之士慕名求学者纷至。

顺帝元统元年(1333),一度中断的科举制度再次恢复,三十一岁的余阙列右榜一甲第二名,赐进士及第。与之同年的李祁曾回忆说:"元统初元,余与廷心偕试艺京师,是科第一甲置三名,三名皆得进士及第。已而廷心得右榜第二,余忝左榜亦然,唱名谢恩,余二人同一班列,锡宴则接肘同席而坐,同赐绯服,同授七品官。"④ 不惟同年僚友,余阙的学识也深为其考官王沂赏识,"元统初,郡国髦士咸进于有司。时沂佐考试,得淮南余阙对策,意甚伟之。既而覆于天子之廷,果中甲科,释褐授同知泗州"。中举之后,余阙得授泗州同知,

---

① (清)张廷玉等:《明史》卷二八九,中华书局 1974 年版,第 7407 页。
② (明)宋濂:《余左丞传》,罗月霞主编:《宋濂全集》,浙江古籍出版社 1999 年版,第 245 页。
③ (明)宋濂:《余左丞传》,罗月霞主编:《宋濂全集》,浙江古籍出版社 1999 年版,第 245 页。
④ (元)李祁:《青阳先生文集序》,李修生主编:《全元文》第 45 册,凤凰出版社 2004 年版,第 411 页。

第九章 忠烈的壮怀:元末赴难文人的心态与诗学

临行时王沂对这位得意门人寄予厚望:"比行,之沂别请言。或谓子猷文雅韵,宜列馆阁,乃今愿效一州,孰失之欤?沂谓君子贵乎全者,无所处而不宜也。夫以黼黻之采,金石之音,以声文至治,子也固宜;俾方千里之民贫可富,富可教,庸非子责欤?射者工乎中微,拙于使人无已誉。君子易于自将,难乎必时无我用,吾知儒林词馆将不子舍矣。"① 敦敦之意,可见之殷。

余阙终没有辜负老师的寄望,在泗州任上,他为政严明,惩治恶豪,为民请命,使"无麦者得减赋代还",不仅让豪猾慑服,也赢得百姓爱戴。不久,他被召为应奉翰林文字,转刑部主事。在此期间,他结识了一位知己——贡师泰。他说:"余天性素迂,常力矫治之,然终不能入绳墨。矫治或甚,则遂病,不能胜。因思,以为迂者亦圣贤以为美德,遂任之,一切从其所乐。常行四方,必迂者然后心爱之而与之合。"② 他与贡师泰的交往,在他看来也就是所谓"迂者"的相合。他为自己定下了"结交警语":"君子相亲,如兰将春。无夭色之媚目,有清香之袭人。小人相亲,如桃将春。有夭色之媚目,无幽香之袭人。"③ 然而在接下来的人生道路中,余阙却把这种刚烈之"迂"发挥到了极致,这种性格决定了他的行为方式,也决定了他必然的悲剧命运。他至死践行着他忠孝节义的人生信条。

性格使然,他的仕途并非一帆风顺,他坚持儒家的传统立场,把社会、官场纳入其个人儒学修养的范畴中。在他看来,儒家建立起来的政治秩序,需要臣属以纲常名教的道德实践去维护,他说:"自至元初,奸回执政,乃大恶儒者,因说当国者罢科举、摈儒士,其后公卿相师皆以为常。然而,小夫贱吏亦皆以儒为嗤诋。当是时,士大夫有欲进取立功名者,皆强颜色,昏旦往候于门,媚说以妾婢,始得尺

---

① (元)王沂:《送余阙之官泗州序》,李修生主编:《全元文》第60册,凤凰出版社2004年版,第81页。
② (元)余阙:《贡泰父文集序》,李修生主编:《全元文》第49册,凤凰出版社2004年版,第133页。
③ (元)余阙:《结交警语》,李修生主编:《全元文》第49册,凤凰出版社2004年版,第167页。

寸。此正迂者之所不能为也。"① 在刑部主事任上，他与上官议事不合，又上书宰相不报，遂辞官归隐。至正十一年（1351），余阙以浙东廉访司事巡衢州，长官燕只吉台依傍朝廷，滥杀无辜，荼毒百姓。余阙依法惩治，系之入狱。然燕只吉台勾结行台御史反而诬陷弹劾，余阙不得已再次弃官归乡。

至正三年（1343），元廷开馆编修宋、辽、金三史，余阙再拜翰林，与王沂、危素等人同列修撰官。至正八年（1348），又参与编写后妃、功臣列传。两次修史经历，使他的文章学问再次升华，"廷心方由泗州入翰林，为应奉，为台为省，声光赫著，如干将发硎，莫敢触其锋。文章学问，与日俱进，如水涌山积，莫能窥其突"②。而他自己的儒家道德修养和人格在此时更为坚定而完善。史书修成，余阙拜监察御史，他直言上谏："守令为亲民之吏，欲天下治，责守令宜用殿最法。"③ 又以监察御史身份巡视河南、北灾情："时予为御史，行河南北，请以富民所入钱粟贷民，具牛、种以耕，丰年则收其本，不报。"④ 回京后，调礼部员外郎，上言恢复古代礼乐之制。至正七年（1347），出为湖广行省左右司郎中。当是时，贼人叛乱，朝廷遣右丞沙班镇压，而沙班为贪生之辈，无意前行，余阙当面指责曰："右丞当往，受天子命为方岳重臣，不思执弓矢讨贼，乃欲自逸邪！"⑤ 沙班以粮草不足为借口搪塞，余阙三日内为其集齐军粮，命其出兵。至正九年（1349），余阙以翰林待制持使节，出任浙东道廉访司，考核地方官员，州县之官久闻余阙之名，贪官污吏纷纷解印辞官。所过之处，皆能保境安民，"巡按浙江，至龙游县，有二虎为民害者十数年，伤

---

① （元）余阙：《贡泰父文集序》，李修生主编：《全元文》第49册，凤凰出版社2004年版，第134页。
② （元）李祁：《青阳先生文集序》，李修生主编：《全元文》第45册，凤凰出版社2004年版，第411页。
③ 柯劭忞：《新元史》卷二一八，《元史二种》第一册，上海古籍出版社、上海书店1989年版，第854页。
④ （元）余阙：《书合鲁易之作颍川老翁歌后》，李修生主编：《全元文》第49册，凤凰出版社2004年版，第143页。
⑤ （明）宋濂等：《元史》卷一四三，中华书局1976年版，第3426页。

第九章 忠烈的壮怀:元末赴难文人的心态与诗学

人百数,公悬赏召捕,二虎逐出境,民得以安","娄定赋无艺,役小大各违度。阙遗官履亩实之,徭赋平"。①

下闵百姓困顿,上救国家危局,在社稷维艰之时,余阙成为元廷力挽狂澜的中流砥柱。至正十二年(1352),江淮兵起,余阙临危受命,承行省平章政事脱木耳不花之请,出任淮西宣慰副使,金都元帅府事,分兵镇守安庆。他自言"为臣死忠,正在今日,阙曷敢辞"②,以决死的无畏气概,屡挫敌军兵锋,而他指挥的只是数千乡兵而已。至正十四年(1354),江淮大饥,余阙捐俸二百石,救济灾民,他苦心孤诣,多方请愿,获得中书省三万锭钞,赈灾活民,支撑危局。至正十五年(1355),淮东、淮西皆陷,余阙坚固城事,内抚安民,安庆成为战时的"孤岛",自谓"男子生为韦孝宽,死为张巡,不可为不义屈"③,时刻准备誓死以报国。至正十六、十七年,赵普胜、陈友谅部两道夹攻安庆,余阙据濠为阵,手刃来兵,左目中矢,亦不畏缩。至正十八年(1358)春,大兵压境,余阙身先士卒,身被数创。及知安庆已陷,余阙遂引刀自刎,沉尸濠西清水塘。妻儿子女,部属下僚,亦皆赴井、溺水而死。就在此前,他写下《登太平寺次韵董宪副》一诗,诗云:"萧寺行春望下方,城中云雾变凄凉。野人篱落通潜口,贾客帆樯出汉阳。多难渐平堪对酒,一樽未尽更焚香。凭将使者阳春曲,消尽征人鬓上霜。"④战事的结局,早在他的意料之中。作为元臣,除了舍生取义,他没有别的选择,因此并无焦虑,也无苦痛,一场轰轰烈烈的厮杀后,城中凄凉的云雾总会消去,太平寺依旧"太平",而征人也随着那支阳春曲,踏着一缕清香,升腾入历史的云烟之中。

---

① (明)宋濂:《余左丞传》,罗月霞主编:《宋濂全集》,浙江古籍出版社1999年版,第247页。
② 柯劭忞:《新元史》卷二一八,《元史二种》第一册,上海古籍出版社、上海书店1989年版,第854页。
③ 柯劭忞:《新元史》卷二一八,《元史二种》第一册,上海古籍出版社、上海书店1989年版,第855页。
④ (元)余阙:《青阳集》,《文渊阁四库全书》第1214册,上海古籍出版社1987年版,第370页。

余阙最终实现了他的名节，儒家的道义修持被这位西北子弟践行得淋漓尽致。朱元璋赞赏他的节气，为其立庙于忠节坊，又遣仕明作了贰臣的危素去看守阙庙。由元入明的刘基也曾过余阙庙作《沁园春》词哀吊其人："生天地间，人谁不死，死节为难。念英伟奇才，世居淮甸，少年科第，拜命金銮。面折奸贪，指挥风雨，人道先生铁肺肝。生平事，扶危济困，拯溺摧顽。清名要继文山，使廉懦闻风胆亦寒。想孤城血战，人皆致死，阖门抗节，谁不幸酸。宝剑埋光，星芒失色，露湿旌旗也不乾。如公者，黄金难铸，白璧常完。"① 明人许浩称其"大节自成"；《元史》赞其"尊君亲上之义，有古良将风烈"；明人洪垣《觉山史说》尝议余阙不当仕元，且以全家并命为非，因而受四库馆臣的严厉批判。在后人眼中，余阙以色目子弟遵从儒家忠义之行，早已成了传统文化树立起的一尊典型，"余阙守城"在后世诗文中成了与"祖逖誓江""岳飞恢复""文天祥就义"并行的歌赞意象。

二 "我岂事二姓"：布衣儒士的道义践履

在孤守安庆的最后几年中，余阙心心念念地牵挂着一位因治理学而成名的兄长——郑玉，其《与子美先生书》云："去岁，闻贼陷徽州，漫不知尊兄何在，日夜悬悬。后得帖元帅报，始乃下怀。""王仲温还自新安，领所答书，忧悬方置。闻师山书院又独存，尤以为喜。"又"敝邑粗守，然未见大定之日。何时释此重负，逍遥以奉清言如双溪时也？"② 余阙给郑玉的三封书信应在至正十六、十七年前后，时徽州告危。在时局危急之际，他依旧关心这位朋友的安危以及书院、文学之事，企望着战事平定后与这位老友逍遥论学。然而就在不久后，余阙战死，随后半年，至正十八年（1358）秋八月，这位号称"师山先生"的儒士郑玉也拒绝朱元璋的招降，自缢而亡。

余阙殉城而死，郑玉不顺而亡，在元末明初，二人都做了恪守忠

---

① （清）王弈清：《历代词话》卷十，唐圭璋：《词话丛编》，中华书局1986年版，第1300页。
② （元）余阙：《与子美先生书》，李修生主编：《全元文》第49册，凤凰出版社2004年版，第115、116、117页。

第九章 忠烈的壮怀：元末赴难文人的心态与诗学

义的卫士。然二人之死其实也有很大不同。余阙本人仕元，为国尽忠是臣子应有之义；郑玉并没有仕元，他本没有尽忠的义务。明人郎瑛《七修类稿》"生死两异"条将郑玉和元初方回作比，认为一个是"当生不生"，一个是"当死不死"："予以郑既不受元爵，正当仕我朝，却死于元，此可谓当生不生；方乃宋臣，甘心仕虏，此可谓当死不死。"① 四库馆臣严斥郎氏之论为"小人好议论，不乐成人之美"②。然而郑玉作为一个维护"纲常名教"的理学家，蹈死赴节可以理解，而其波澜壮阔的死节过程，则把儒家的这种人格精神和忠义观念在元明之间再次刷新。

郑玉，字子美，徽州歙县人。祖父郑安在元初曾阻止元兵屠城，挽救一城之民，百姓立祠典祀。父郑千龄，曾任休宁县尹，以操行著称，世称"贞白先生"。郑玉生于元成宗大德二年（1298），出生之时"光照一室，邻里异之"③，预示一位不凡之士的诞生。而其从小也表现出与凡子不同的聪明颖悟。十岁，"闻人诵朱子之言，则喜其契于吾心也；闻人论朱子之道，则喜其切于吾身也"④，于是潜心儒学，玩味朱熹成说而发挥之，融会贯通，深得旨趣。逢科举开，应举不第，遂绝意仕进。从此精研六经之道，在家乡师山开门授徒，一时弟子纷纭，称"师山先生"。黄宗羲《宋元学案》列"师山学案"，以其"和会朱陆之学"，在元代理学发展中占重要地位。

郑玉在元末成为名噪一时的人物，不仅在于其和会朱陆的理学思想影响深远，也在于其对四次征召一以贯之的坚定态度。征召者，前三次为元廷，后一次为朱元璋。前三次征召，郑玉虽然婉言谢绝，但依旧感念朝廷的恩宠，为朝纲献计；后一次他则绝食抗议，坚守道义，从容就死。前三次征召抬高了他的身价，后一次成就了他的名节。

---

① （明）郎瑛：《七修类稿》卷十七，上海书店出版社2001年版，第174页。
② （清）永瑢等：《四库全书总目》卷一六八，中华书局1965年版，第1454页。
③ 柯劭忞：《新元史》卷二三一，《元史二种》第一册，上海古籍出版社、上海书店1989年版，第894页。
④ （元）汪克宽：《师山先生郑公行状》，李修生主编：《全元文》第52册，凤凰出版社2004年版，第176—181页。

第一次征聘在元统初年，有司以其德才纯备，欲以其才学辅弼治乱，将荐之为行台御史，郑玉谢绝了。至正十三年（1353），浙省平章萨木丹巴勒又欲举而用之，这一次，郑玉以手病为由，又辞绝了。明年，由丞相定住推荐，顺帝遣使者携带内府酒帛，以翰林侍制、奉议大夫召之，及行至家中，郑玉卧病不起，在监郡阿敦哈雅的再三请求后，这一次，郑玉不得不认真对待，他接受了酒帛之物，却依旧拒绝了宣命，打算以布衣之身入朝觐见。然而由于兵乱受阻，直到至正十六年（1356）四月才动身入京，但行至海上，疾病复发，又草拟谢表，由使者带回京城复命。他在给丞相定住的上书中，表达了对这位求贤之相的感激，然而也讲述了他不能应聘的两点理由。首先，他认为求贤之道，在于"公天下之选"，因此"不可徇耳目闻见之偏，而堕朋党之弊"，朝廷急于得贤，不核其实，即以隐逸见举，有失公允。其次，在他看来，就时局而言，"战士暴露""赏赐不加""弓旌不举"，举荐能够力挽狂澜的良将迫在眉睫。而征召"野人"的恩数移至激赏战士，使其尽其力，得其用，"削平盗贼，坐致太平"，则是"天下之望，抑亦玉之愿"。①

放弃朝廷征聘，这位师山先生竹冠野服，依旧在家乡讲道授学，纂注《周易》，享受着相仰山水的治学时光。当是时，浙东元帅巴尔斯不花、监郡呼都克岱尔、太守郑傅翼、歙县尹潘从善，时来探望，咨求安民御寇方略。此时的淮南省平章余阙也与之交游甚密，书其昔日钓台云"郑公钓台"，并撰文记述。郑玉不仕元廷，但在他的思想深处，早已把蒙元政权视为正统，作为有深厚理学修养的文人，他最为看重的就是纲常伦理、忠义节孝。他在《与鲍仲安书》中说："五常为人伦之重，而不知三纲又为五常之重也。"② 又其《送徐推官序》云："士君子在天地间，唯出处为一大事。故观其出处之节，而人之

---

① 柯劭忞：《新元史》卷二三一，《元史二种》第一册，上海古籍出版社、上海书店1989年版，第894—895页。

② （元）郑玉：《与鲍仲安书》，李修生主编：《全元文》第46册，凤凰出版社2004年版，第305页。

第九章 忠烈的壮怀：元末赴难文人的心态与诗学

贤否可知。虽然，出处之际，祸患之来，常有不可避者，君子亦曰听其在天者而已。故观人者，不特论其得失之见于外，又必察其是非之存于中者，而后人之出处可得而论也。"① 他历举陆贽、韩愈、司马光、苏轼、苏辙、黄庭坚、陈师道事，认为其事业在天下，文章传后世，就在于他们不以荣辱为系，保持了士人君子的出处之正。郑玉曾上《为丞相乞立文天祥庙表》，表达自己对这位前朝忠烈的追怀与敬畏："臣窃惟纲常乃国家之大本，忠义为人事之先猷。故武王灭商，首表比干之墓；高祖立汉，即斩丁公之奸。盖忠邪虽在于前朝，而劝戒实关于后世也。此皆圣主贤君所以维持世教、扶植人心之要道也。……文天祥以亡国之遗俘，立当时之人极。从容就死，慷慨不回。义胆忠肝，照耀日月。清风高节，荡涤寰区。岂惟作轨范于一时，实可为仪刑于千古。盖自生民以来，一人而已。"② 而此后郑玉也坚定地践行了"文天祥式"的英烈壮举。

至正十七年（1357），徽州陷落，十八年，淳安、建德相继沦破。归隐休宁山中的郑玉再次受到征聘，只不过，这次征聘他的已不是元廷，而是入城的朱元璋部主帅。得知这一消息，郑玉达旦未寐，冥冥中感觉到自己死期将至，更何况"二雉飞入吾室"，带来不祥之兆。主帅的诏书终于到了，这一次郑玉感情失控，无法冷静，他疾呼："吾荷国厚恩，偷生苟容，何面目立于天地间耶？"将欲以死效命。但被仓促而来的吏卒制止，带至主帅处，问其不出之由，郑玉凛然道："昔元朝授以隆赐，命之显秩，尚辞不出，今何出耶？"主帅再次追问："尔隐山中，曷不为用？"意谓郑玉本没有对元廷有任何责任，又何以强迫自己。郑玉回答："我前日不仕，今复仕耶？"③ 对此，主帅说他"抗辞"，恼羞成怒，将他拽出帅府，羁押于郡城。此后郑玉给

---

① （元）郑玉：《送徐推官序》，李修生主编：《全元文》第46册，凤凰出版社2004年版，第309页。
② （元）郑玉：《为丞相乞立文天祥庙表》，李修生主编：《全元文》第46册，凤凰出版社1994年版，第295—296页。
③ 柯劭忞：《新元史》卷二三一，《元史二种》第一册，上海古籍出版社、上海书店1989年版，第895页。

下编　文人心态与元后期诗学思想的衍变

其门生写了书信：

> 人言食人之食，则死其事，不食其食，奚死？然揆之吾心，未获所安。士临事，恶可不尽其本心哉？①

以此表明了他准备从容就死、以保全节的决心，又修书与他的兄弟族孙：

> 我兄弟孝友终身，卒全节义，兄死报国，弟生保家，此万世法程也。逢辰、拱辰，宜守吾兄弟之志，益笃孝友之风，如浦江郑氏，岂止吾地下之荣，实吾祖宗之荣也。勉之！勉之！戊戌七月二十五日。《与逢辰、拱辰》
>
> 我之死也，所以为天下立节义，为万世明纲常。应在亲族，所宜自勉。为臣尽忠，为子尽孝，以不辱为亲为族足矣，又何必区区悲慕邪！族孙忠，自幼相从师山讲学，故特书此以遗之，使以此意告夫宗族焉。戊戌七月三十日，郑玉书。《与族孙忠》②

诫其弟屈志保家，以存宗祀；诫子及族孙，发扬孝友之风，维护纲常之纪。此时的郑玉可以放心了，没有牵挂和遗憾。他闭户高卧，绝食七日，从容地赋诗为文，慷慨地自缢赴义。闻见者，无论贤与不肖，都啧啧感叹，谓为刚烈男子。

郑玉一生著述颇丰，有《周易大传附注》《程朱易契》《春秋经传阙疑》《余力稿》等行世。汪克宽为其撰《行状》，称其"值干戈骚屑，而志弗克遂"③；《元史》没有把他列入"儒林传"，而将他列入"忠义传"中，以彰显其忠义之节。今在《师山遗文》附录中有五十余

---

①　柯劭忞：《新元史》卷二三一，《元史二种》第一册，上海古籍出版社、上海书店1989年版，第895页。
②　李修生主编：《全元文》第46册，凤凰出版社2004年版，第306—307页。
③　（元）汪克宽：《师山先生郑公行状》，李修生主编：《全元文》第52册，凤凰出版社2004年版，第180页。

篇诗文作品（郑玉同时及后世二十多人所作）缅怀这位忠烈之士。

余阙、郑玉作为元末社会两个阶层的代表，在元明之间，几乎是社会道德的化身，他们真诚地接受儒家正统伦理观念，以生命的代价践行了他们所坚守的信条，郑玉《过忠显双庙》云："巍巍此双庙，皎皎两忠魂。一朝誓节义，千古血食存。"① 历史不断重复，他所敬重的两位精神支柱，终于又有了接任者，他该是欣慰了。

第二节　忠烈的诗学修行

诚然，余阙、郑玉的道义之行，也是其文学修养的根基，李祁《青阳先生文集序》说："廷心文章学问，政事名节，虽古之人，有不得而兼者，而廷心悉兼之，世岂复有斯人哉？……昔太史司马公，述屈原《离骚》之旨，谓推其志，可与日月争光。呜呼！屈原不可尚矣，千载而下，知廷心者，其无司马乎？"② 余阙的诗歌就是儒家传统文化熏陶下的诗学修为。汪克宽《师山先生郑公行状》谓："尝论先生平生梗概，大抵学有本原，而忠义大节处之有素。"又说："其为文，以正大刚直之气，发为雄浑警拔之辞，感慨顿挫，简洁纯粹。然纪事朴实，不为雕镂锻炼、跌宕怪神之作。出入马迁、班固，而根之以六经之至理。大抵主于明正道、扶世教，语子以孝，语臣以忠。"③ 可见，郑玉的诗学观也是其理学修持的具体表现。

一　儒学文化熏陶下的诗学表现：余阙的诗学观

余阙的诗学观念形成于他习得儒学文化的过程中。余阙本河西唐

---

① （元）郑玉：《师山遗文》卷五，《文渊阁四库全书》第1217册，上海古籍出版社1987年版，第92页。

② （元）李祁：《青阳先生文集序》，李修生主编：《全元文》第45册，凤凰出版社2004年版，第411—412页。

③ （元）汪克宽：《师山先生郑公行状》，李修生主编：《全元文》第52册，凤凰出版社2004年版，第180—181页。

兀人，他对入元以来唐兀人接受儒学教化的过程有深刻认识，其《送归彦温赴河西廉使序》云：

> 河西，本匈奴昆耶休屠王之地，三代之时，不通于中国，汉始取而有之，置五郡其间。自李唐以来，拓跋氏乃王其地，号为西夏。至于辽、宋，日事战伐，故其民多武勇而少文理。……自数十年来，吾夏人之居合淝者，老者皆已亡，少者皆已长，其习日以异，其俗日不同。……夫夏，小国也，际时分裂而用武，必不能笃于所教，而区区遐方，教之亦未必合于先王之法。及国家受天命，一海内，收其兵甲而摩以仁柔，养之以学校而诱之以利禄，今百余年于兹，弦诵之声，内自京师，达于海徼，其教亦云至矣。①

余阙对这位以儒臣身份赴河西任廉访使的归彦温寄予厚望，希望他兴学施教，以泽夏人。他认为经过历代战伐，河西之民"多武勇而少文理"的状况没有多大程度的改观，元代混一海宇以后，教化之声、先王之法传之海徼，民族间杂居共处，促进了西北子弟的风俗丕变。而余阙本人即是得益于此。余阙弟子戴良认为，余阙之诗可与阴铿、何逊齐名，他说："我元受命，亦由西北而兴。而西北诸国，如克烈、乃蛮、也里可温、回回、西蕃、天竺之属，往往率先臣顺，奉职称藩。其沐浴休光，沾被宠泽，与京国内臣无少异。积之既久，文轨日同，而子若孙，遂皆舍弓马而事诗书。至其以诗名世，则马公伯庸、萨公天锡、余公廷心其人也。论者谓，马公之诗似商隐，萨公之诗似长吉，而余公之诗，则与阴铿、何逊齐驱而并驾。此三公者，皆居西北之远国，其去豳秦，盖不知其几万里。而其为诗，乃有中国古作者之遗风，亦足以见我朝王化之大行，民俗之丕变，虽成周之盛莫及也。"② 而

---

① （元）余阙：《送归彦温赴河西廉使序》，李修生主编：《全元文》第49册，凤凰出版社2004年版，第120—121页。
② （元）戴良：《鹤年吟稿序》，《戴良集》，李军、施贤明校点，吉林文史出版社2009年版，第238页。

第九章　忠烈的壮怀:元末赴难文人的心态与诗学　❖❖❖

从余阙现存作品来看,多忧国爱君、闵乱思治之作,又非仅得于阴铿、何逊,甚有杜甫遗意。

余阙的儒学修养更多地表现为他对《易经》的关注,在他生前最后几年与郑玉的交往中,曾多次提及自己对学《易》的体会:"乱注《易》说,廿余年不得成。顷在行间,又大病,常恐身先朝露,徒费心力。今幸不死,且粗脱稿,何时合簪以求正其遗缺。临风倾注?"① 又言:"因念平生虽忝登仕版,而甚奇不偶,未尝少得展布所学之一二。而《易》者,五经之原,自以为颇有所见,其说草具而未成书,遂取至军中修改。今友生辈录出,或者后有子云好之,亦不徒生也。比日贼势浸有澄清之象,贱体又颇强,尚冀可以少进,未敢示人也。寒舍书籍在庄上,乱后散失者十七八,闻馆中书籍亦然,甚可惜! 徽有鹤山《易集义》,吾家有之。比归点视,止存三五册。其版在否? 若亦燬,得劝有力之家刻之为好。"② 他极力搜讨《易》学版本,又倾其一生经历注解《易经》,可见其对《易》学的执着与倾注。他认为《易》是五经之原,他对《易》的见解也是其平生的得意之处。因而他的诗学观念也基本出自对《易经》的阐释,这也是余阙诗学最为显著的特点。

首先,由《易经》出发,他的诗学观念蕴含在一种"大文学"观念中。他说:"文者,物之成章者也。在天而为三辰,在地而为川岳,其在于人,若尧舜之治化、孔孟之道德、仲由之政、冉求之艺,一皆谓之文。"③ 他理解的文,是一种天文、地文、人文三者结合的广义文学。他进而在《含章亭记》中以《周易》"乾坤"之卦来阐释这种文学概念:"坤者,天下之至文。而世谓坤为含章者,美而含之,六三之事,非尽坤之道也。尝观于地:山川之流峙,至文也;风霆之流形,

---

① (元)余阙:《与子美先生书》,李修生主编:《全元文》第49册,凤凰出版社2004年版,第115—116页。
② (元)余阙:《与子美先生书》,李修生主编:《全元文》第49册,凤凰出版社2004年版,第116页。
③ (元)余阙:《送葛元哲序》,李修生主编:《全元文》第49册,凤凰出版社2004年版,第127页。

至文也；鸟兽草木之汇生，至文也。故夫子赞之，以为光大，又以为化光，又以为美在其中、畅于四肢，天下之文孰加焉？"① 他认为所谓"坤为至文"在于"坤"美而含之的特点，山川、风霆、鸟兽草木都包含有美的特质，这种美诉诸文辞，以诗、文的形式描绘出来就是好的文艺作品。

其次，由《周易》出发，余阙侧重于对诗歌"明道"及表现现实功能的阐发。其《送许具瞻序》云："余读《周易》之'谦'，未尝不掩卷而叹曰：'圣人待小人之心，一何如是其至也？'夫阳，君子也；阴，小人也。小人盛，则干君子，故阴至三则履。"② 他以"谦"卦论君子小人之道，而君子小人表现为言辞，即谦与不谦，进而引申为文辞的精与不精。他说："今特以言辞之精为文者。夫言之精，莫精于周公、孔子。二圣人之于言，岂有求其精而然哉？而其文何若是其蔚也？"而后人欲求言辞之精，就必须研习圣人之道，"学于圣人之道，则得圣人之言。学于圣人之言，则非惟不得其道，并所谓言胥不能至矣"③。所谓"圣人之道"，在这里已经不仅限于谦与不谦的君子小人，更扩大为理学家所言的儒家礼乐传统，他说："礼乐出于天而备于人。卑高以陈者，礼也；氤氲而化者，乐也。故礼者天地之大节，乐者天地之大和，其体极乎天，蟠乎地，其用行乎阴阳而通乎鬼神。夫人者，天地阴阳鬼神之会，而礼乐者，观会通以行其道也。"④ 因此诗文所明之道，于理，为仁义礼智；于器，则君臣、父子、夫妇、长幼、朋友；于文，包括昏丧、冠祭、朝觐、会同、射饮等。⑤

---

① （元）余阙：《含章亭记》，李修生主编：《全元文》第49册，凤凰出版社2004年版，第145页。

② （元）余阙：《送许具瞻序》，李修生主编：《全元文》第49册，凤凰出版社2004年版，第128页。

③ （元）余阙：《送葛元哲序》，李修生主编：《全元文》第49册，凤凰出版社2004年版，第127页。

④ （元）余阙：《汉阳府大成乐记》，李修生主编：《全元文》第49册，凤凰出版社2004年版，第150页。

⑤ （元）余阙：《穰县学记》，李修生主编：《全元文》第49册，凤凰出版社2004年版，第146页。

第九章 忠烈的壮怀：元末赴难文人的心态与诗学

那么，诗歌如何明道？在他看来，以诗明道，也如元人普遍之论，需要注重学养、气质的培养。他在《题涂颖诗集后》中说：

> 涂君叔良来京师，与余同寝处凡两载。羹藜饭糗之余，相与论古今人诗，皆有造诣。尤长于五言，其精丽有谢宣城步骤，平淡闲适不减孟浩然。叔良年甚少，将来何可量耶？余尝论学诗如炼丹砂，非有仙风道骨者，不能有所成也。叔良殆有仙风道骨者耶？①

他认为精丽、平淡、闲适的诗歌风格非经历过如炼丹砂的刻苦锤炼而不能得，而此处所谓"仙风道骨"者，也就是他所说的不求精而自精的圣人之言。他认为后世如扬雄、司马相如、韩子、欧阳修、濂溪、二程工于文，"味其言，渊然而深，雄然而厚，粹然而醇，使得列于圣门，虽颜子、曾子将不能过"，就在于他们"穷日夜之力、极一世之所好，孜孜焉追琢磨砺以求其精"。②

出于对儒家学统的重视，余阙也强调恪守传统儒家诗教观。其《两伍张氏阡表》云："诗书之教，能淑人心，学之至，可以为圣贤，其次不失为善人，其绪余亦可以得禄以振耀其宗族。夫孰知不足以利己者，为其家之大利与？君之于乡，可表以厉俗矣。"③他认为圣贤道德之光犹如天地之化，雨露之润，学习圣人之道，重在学习圣人以精妙的言辞传达万世不变之教，因而他强调学习古人"美盛德之形容"之"颂"，认为"元哲之文宜为天子粉饰太平、铺张鸿业，以传于后世，会有守宰之选，遂以为兴化录事"④。在诗歌风格上，他看重优游不迫、温柔敦厚的风格特征，他激赏杨显民的诗歌，"萧然吟咏以自

---

① （元）余阙：《题涂颖诗集后》，李修生主编：《全元文》第49册，凤凰出版社2004年版，第141页。
② （元）余阙：《送葛元哲序》，李修生主编：《全元文》第49册，凤凰出版社2004年版，第127页。
③ （元）余阙：《两伍张氏阡表》，李修生主编：《全元文》第49册，凤凰出版社2004年版，第182页。
④ （元）余阙：《送葛元哲序》，李修生主编：《全元文》第49册，凤凰出版社2004年版，第127—128页。

乐，无少怨怒不平之气，其殆古有道之士"，虽然杨显民本人"抱其才蕴，不屑于科目，甘自没溺于山林之间"。① 然而在强调诗歌润色太平的同时，他也认为诗歌应该表现现实，其《书合鲁易之作颍川老翁歌后》载："至正四年，河南北大饥。明年，又疫，民之死者半。朝廷尝议鬻爵以赈之，江淮富民应命者甚众。……览易之之诗，追忆往事，为之恻然。"② 赞赏迺贤《颍川老翁歌》表现社会现状的创作精神。

最后，余阙的诗学史观也包含在他对《周易》的理解之中。其《待制集序》云："天地之化，物类人事之理，久则敝，敝则革，革则章。非敝无革，非革无章。吾何以知其然也？在《易》之'革'，'革'之卦，贞离而兑悔。离，文也，时至于革，则其敝也久矣。夫兑，离所胜者也，物敝当革，虽所胜者，熄之，故兑革离。夫惟革其故而后新可取，故革其文者，乃所以成其文也。近取诸物，若虎豹之文，非不彪然炳也，及久而敝，则蒙昧庞杂，曾不若狌狸之革而章者也。"③ 他认为天地之理在"敝"与"章"的变化之中，这种"革"，即除敝求新的变化，也是认识文学发展的唯一途径。"彪然炳矣"的虎豹之文，在发展的过程中往往存在蒙昧庞杂的弊端，若无拨乱反正的"革"，则文学发展会失去动力，几近停滞。他考察历代文学的发展过程，认为成周、唐虞之文到孔子之时，已现弊端。孔子作《春秋》，在后人看来是"绌周之文、崇商之质"，然而其所损益者亦多。西汉文学在东汉末年，其敝大显，不足以观。唐诗之盛到中唐以后也出现诸多流弊。宋之文学，南渡以后，其文大坏。他对前代文学发展进行浏览式的追溯后，认为诗文之弊在宋末达到极点，因此他对本朝诗文的特点做出总结："故我朝以质承之，涂彩以为素，琢雕以为朴。当是时，士大夫之习尚，论学则尊道德而卑文艺，论文则崇本实而去

---

① （元）余阙：《杨君显民诗集序》，李修生主编：《全元文》第49册，凤凰出版社2004年版，第133页。

② （元）余阙：《书合鲁易之作颍川老翁歌后》，李修生主编：《全元文》第49册，凤凰出版社2004年版，第143页。

③ （元）余阙：《待制集序》，李修生主编：《全元文》第49册，凤凰出版社2004年版，第137页。

浮华。"① 他认为元代诗文所"革"之处就是南宋末期繁缛、雕琢的风格，其新的发展动力便是"崇本实而去浮华""稍稍切磨为辞章"。而这种缜而不繁，工而不镂，"粹然粉米之章，而无少山林不则之态"，也正是他追求的理想诗风。

李祁评余阙诗曰："廷心诗尚古雅，其文温厚有典则，出入经传疏义，援引百家，旨趣精深，而论议闳达，固可使家传而人诵之，凿凿乎，其不可易也。"② 儒家文化潜移默化地影响余阙一生，并贯穿其诗歌创作与理论中。至正十八年（1358），就在余阙殉城的前几天，他为金溪吴级的母亲黄氏《贞节集》题写跋文，提笔之时，深为动情："我国家以仁义肇基朔土，乾端坤倪，靡不臣服。列圣相承，风教宏远，宜可以登三迈五、超越乎汉唐矣，胡何自兵兴以来，州县披靡，能卓然以正道自立者仅不一二见？其余卖降恐后，不啻犬豕，昂昂丈夫真无女妇之识，良不悲哉！"③ 此时的他再也压抑不住内心的激动，深谙《易》学的他以为乾端坤倪的元朝，本该风教宏远，"登三迈五"，怎奈卖降恐后者竟不及一位风节凛凛的妇女辈。然而激动也好，痛恨也罢，毕竟他与他所提倡的诗教，在那个动乱的年代同样是悲壮而无可奈何的。

二 理学家的诗学修持：郑玉的诗学观

郑玉的诗学观形成于他"和会朱陆"的理学思想中。汪克宽说他"所学有本"，他自己也名其文集曰"余力稿"，认为可见其学"不专于文辞，而当有本"④。当然，其所谓"文辞"，其中也包括诗歌。然而他虽然认为"不专于文辞"，但并不主张将文辞置于"道"的对立

---

① （元）余阙：《待制集序》，李修生主编：《全元文》第49册，凤凰出版社2004年版，第137页。
② （元）李祁：《青阳先生文集序》，李修生主编：《全元文》第45册，凤凰出版社2004年版，第411—412页。
③ （元）余阙：《题黄氏贞节集》，李修生主编：《全元文》第49册，凤凰出版社2004年版，第142—143页。
④ （元）郑玉：《余力稿序》，李修生主编：《全元文》第46册，凤凰出版社2004年版，第319页。

面，因此他反对二程"作文害道"的观点。他认为，"道之不明，文章障之也；道之不行，文章尼之也"这种观念，只能使文章废而为无用之物，因而他的诗学观念仍旧是"有德者必有言""文章为贯道之器"这一传统文学观念的延续。他说："道外无文，外圣贤之道而为文，非吾所谓文；文外无道，外《六经》之文而求道，非吾所谓道。吾于朱子折衷焉。"① 这种"折衷"，便是客观承认宋代朱、陆两家所存在的弊端，以此找到二家相同的思想内质。他在《送葛子熙之武昌学录序》中说："朱子之说，教人为学之常也；陆子之说，高才独得之妙也。二家之学，亦各不能无弊焉。陆氏之学，其流弊也如释子之谈空说妙，至于卤莽灭裂，而不能尽夫致知之功；朱氏之学，其流弊也如俗儒之寻行数墨，至于颓惰委靡，而无以收其力行之效。然岂二先生立言垂教之罪哉？"② 以此，他认为二家流弊其实在周、程之时已见端倪，而后学之人不求其同、反求其异，更将朱、陆之学对立起来。是故，他所理解的朱、陆二家学说虽有陆子简易、朱子笃实的区别，但认为二家之学的共同点是遵从"三纲五常，仁义道德"，二家"同是尧、舜，同非桀、纣，同尊周、孔，同排释、老，同以天理为公，同以人欲为私，大本达道"③。因此文章之行，就是通过语言文字来传达性分之内的"道"，此"道"不在虚无高远，而在日用常行之中。诗歌之作也需及乎日用之常。

郑玉所谓的"日用之常"，其实就是理学所强调的"三纲五常，仁义道德"。其《燕乐堂记》云："大伦惟五，朋友居其一焉。故虽父子之亲，而无责善之道；君臣之义，而有际会之难。矧兄弟怡怡，家人嗃嗃，违之则悖天性，怫之则忤人情。"在他看来，朋友之伦，虽然并非天属，但于人情尤近，因而他为朋友居所取名为"燕乐"，就

---

① （元）郑玉：《余力稿序》，李修生主编：《全元文》第46册，凤凰出版社2004年版，第319—320页。

② （元）郑玉：《送葛子熙之武昌学录序》，李修生主编：《全元文》第46册，凤凰出版社2004年版，第314页。

③ （元）郑玉：《送葛子熙之武昌学录序》，李修生主编：《全元文》第46册，凤凰出版社2004年版，第314页。

第九章 忠烈的壮怀：元末赴难文人的心态与诗学

是"取诗人之意"，并告之曰："燕乐，朋友之情也，而有义存焉。朋友，以义合者也。求朋友之情于吾名，又求朋友之义于吾记，可也。不然燕乐之极，必生乖离，非惟负余命名之意，抑亦有悖天伦之懿德。"①他又在为胡德昭作《琴谱序》时，认为古之琴谱降而为商周之诗，到《三百篇》而大成。所谓"大成"，就是能够"用之邦国，用之乡人"。而"至伯牙之徒，乃始以此鸣于一世，而其高山流水之操，则又穷极幽远，而不及乎民生日用之常"②。因此失去人伦性命之正的诗歌、音乐也就由此而变。那么后世之人如何以诗歌等艺术形式来获得"用之邦国，用之乡人"的民生日用之常？郑玉认为需要通过复古的途径。

他说："读《书》明执中，诵《诗》存大雅。《乐》以感神人，《礼》以严上下。《易》发天地蕴，《春秋》诛乱者。是在天地间，神光秘欲闷。后圣相继作，大将庭户奢。众人拭目观，俨立如群堕。"③《诗》《书》《礼》《乐》《春秋》五经为后世文章立为垂范，因此后代的文学作品需要复闻于五经之世。又其《耕读堂记》云："夫古之时，一夫受田百亩，无不耕之士。家有塾，党有庠，术有序，无不学之人。秦废井田，开阡陌，焚诗书，坑学士，先王之道灭矣。汉兴，虽致隆平之治，卒不能以复淳古之风，而士农分矣。于是从事于学者，则不知稼穑之艰难；从事于农者，则不知礼义之所从出。后世有能昼耕夜读以尽人道之常者，人至以为异而称之，其去古道益远矣。"④因强调复古，在他的诗学观念中重视"缜密古雅""格律高古"的诗歌境界，其《罗鄂州小集序》指出罗愿诗文"尤为缜密古雅"，可以上追两汉、三代。⑤其

---

① （元）郑玉：《燕乐堂记》，李修生主编：《全元文》第46册，凤凰出版社2004年版，第357页。
② （元）郑玉：《琴谱序》，李修生主编：《全元文》第46册，凤凰出版社2004年版，第330页。
③ （元）郑玉：《汪叔简过师山不相遇留诗二首次其韵》其一，《师山遗文》卷五，《文渊阁四库全书》第1217册，上海古籍出版社1987年版，第92页。
④ （元）郑玉：《耕读堂记》，李修生主编：《全元文》第46册，凤凰出版社2004年版，第365页。
⑤ （元）郑玉：《罗鄂州小集序》，李修生主编：《全元文》第46册，凤凰出版社2004年版，第325页。

又在《王仲履先生诗集序》中说王仲履：

> 高于古文，尤高于诗。自其少时，日课一诗，稍有未安，吟哦至夜分不睡。故其为诗，直追古人，近世作者，未见其比也。然其格律高古，用意深远，非笃嗜古学，不沦流俗，深有得于诗之妙者，不足与论乎此也。①

对古学沉潜学习，即能深得于诗之妙。而所谓"古学"，在郑玉看来专指"圣人之学"。既不能落入邵雍的"击壤之体"，也不能旁入道家的"陈抟之体"。他对王仲履论其诗"似邵康节，又似陈希夷"之说深感内疚，恨不能"起先生"而论其目前之诗"进否"。②他认为通常所谓"老子归根之论"的"虚静"也是儒家"存养省察""修己治人"的功力和学问。圣人之所以能够"合天德"，有异于常人，在于其"无欲"，"无欲"便可以直达"明而通"的"虚静"的状态。因而他认为王仲履"吟哦至夜分不睡"，所学即为"圣人之学"。而诗之得于妙者即需要这种锤炼锻造。

郑玉重视诗文写作过程中对"圣人之学"的学习钻研，但同时也强调"达于诗之妙者"需要丰富的阅历，而这种阅历往往来自对名山大川的游历和与名士高谈阔论的经历。其《送张伯玉北上序》云：

> 张伯玉将如京师，余举酒与告之曰："京师者，天下之都会，而四方贤士大夫之所时集也。子行壮矣！夫人之生也，岂徒然哉？必有异闻而后可以为耳，有异见而后可以为目，操笔弄墨而后可以为手，跋涉道途而后可以为足。不见王公大人，则异见何由而广？不闻高谈阔论，则异闻何由而至？不能咏歌当世之事，议论

---

① （元）郑玉：《王仲履先生诗集序》，李修生主编：《全元文》第46册，凤凰出版社2004年版，第324页。
② （元）郑玉：《王仲履先生诗集序》，李修生主编：《全元文》第46册，凤凰出版社2004年版，第324页。

第九章　忠烈的壮怀：元末赴难文人的心态与诗学

古今之得失，作为文章，传之后世，则虽操笔弄墨，所书者不过闺门柴米之数而已。不登名山大川，以尽天下之奇观，虽跋涉道途，不过经营钱谷之利而已。子行矣，渡淮而北，泛黄河，足以发吾深远之思；登太华，足以启吾高明之见；历汉、唐之遗迹，足以激吾悲歌感慨之怀；见帝城之雄壮，足以成吾博大弘远之器识。然后见朝之王公贵人，两院之学士大夫，与之议论当世之事，铺陈古人之得失，得志而归，当不与碌碌者比。"[1]

他认为没有丰富的人生阅历，虽操笔弄墨，总不能摆脱识见的局限。游历山川可以引发创作灵感，深远之思、高明之见、悲歌感慨之怀都需要亲身体验才能获得。而与名公学士的交往亦能够增长见识，充实学问。不仅如此，想要模山写水，穷其情性，表现其神者，亦需要在实际的游历中体察山川水态的异同："夫天地之大，幅员之广，四方之山川无或同也。巴蜀之山峭拔而水峻急，江、汉发焉；吴楚之山秀丽而水渟潴，五湖在焉；齐鲁之山多特起，众水所归，东海会焉；幽燕之山多绵亘，水皆支流，滦、潞夹焉"，因此"与山水写神者"，"苟非遍历四方，尽其态度而穷其情性，则生于巴蜀者不知其秀丽渟潴，生于吴楚者不识夫峭拔峻急，其何能以尽山川之妙"。[2] 故而不亲见其景，按图而索，往往不能收揽山川形势，胸中未见丘壑。

对于文学史的发展历程，郑玉也秉持"文章与时高下"的观点，他说："文章，与天地相为终始，视世道之升降而盛衰者也。盖自夫天地既判，三辰顺布，五行错出，其文著矣。伏羲画卦，而人文始开，文王赞《易》，而文益备矣。及夫两汉，二马、扬、班，或以纪事迹著于策书，或以述颂功德刻之金石，文章之作，始滥觞矣。自是而降，一代之兴必有一代之制，而文章亦由是而见焉，岂唯足以传其事功，

---

[1]（元）郑玉：《送张伯玉北上序》，李修生主编：《全元文》第46册，凤凰出版社2004年版，第316页。

[2]（元）郑玉：《送画者邵思善远游序》，李修生主编：《全元文》第46册，凤凰出版社2004年版，第318页。

因以观其治乱。故唐之盛，则称韩、柳；宋之初，则有欧、苏。"① 他主张"一代之兴必有一代之制"，因而在文学发展的问题上并不一味抹杀某一时代的诗文，而其评价标准就在于能否善于学古，能否发挥古人之意。他认为"以文章为学"古之未有，《六经》皆文章，而不以文名，尧、舜、周、孔皆文人，而不以文圣，是因为所言皆文章。后世以文名者，其实都是出于对《六经》的仿效学习，杜甫之诗得于《三百篇》，所以不朽。诗尚晚唐，文用俳体，则去古远矣。宋代黄庭坚、陈师道"咸以诗声充塞宇宙，人至以少陵伯仲之"，南渡后"典雅如叶水心，豪迈如陈同甫，丰赡如洪平斋，翘杰如江古心，浩瀚如刘漫塘，跌宕如谢叠山，尖丽如方秋崖，此文士之尤也。诗人则有杨诚斋之奇特，陆放翁之雄大，范石湖之整齐，尤遂初之和平"②。而元代混一海宇，文运向明，故而学者各以其见之所及，力之所能，家自为学，人自为师，以鸣于世。不同风格并存，但一而统之，均是得益于善于学古。以此而言，郑玉的文学史观其实承认不同风格的客观存在，奇崛有气、深远无瑕应该肯定，但平易明白也值得提倡，这也是其与余阙、戴良等人在看待文学发展问题上的相异之处。

郑玉的诗文作品在当时多有称颂，揭傒斯谓之"工于古文，严而有法"；虞集称其"异日必负大名于天下"；欧阳修赞其"使少加丰润，足追古作者"。程文说他的文学"发于山川之秀，本诸文献之传"，"其制行之高、见道之明，故卓然能自为一家之言"。③ 他的诗学观念得自其理学修养，也因其理学思想和道义之行而愈加鲜明、丰富。

---

① （元）郑玉：《罗鄂州小集序》，李修生主编：《全元文》第46册，凤凰出版社2004年版，第324—325页。
② （元）郑玉：《胡孟成文集序》，李修生主编：《全元文》第46册，凤凰出版社2004年版，第328—329页。
③ （元）郑玉：《师山集》卷首，《文渊阁四库全书》第1217册，上海古籍出版社1987年版，第1—3页。

第十章 遗民的情结：元遗民的心态与诗学观

——以戴良、丁鹤年、李祁、王礼为例

基于王朝认同不仕新朝者，在江山易代之际并不鲜见，也无太多争议。而王朝认同的重要文化凭据——儒家夷夏大防观念遭受颠覆之时，遗民心态便成为一个特殊而复杂的问题。如元明易代，文人拒绝出仕代表华夏正朔的汉族政权，便引发历代学者讨论。① 现代学术界对元遗民心态成因有两种观点：被政治边缘化的元代士人政治责任感淡化；元代士人在元朝宽松的政治、文化环境中享受文人主体性的充分自由，不依附于政治。二论殊途同归，虽然均言之有据，但有两个问题依然不能有效解决：士人与朝廷产生疏离感，元代并非特例；传统文化中忠孝道德本身包含政治因素。元遗民对蒙元王朝的忠诚即是一种政治认同。而这种政治认同是基于他们所作出的文化抉择：对传统夷夏观念的逾越与对固化于人心的忠义道德的坚守，以及对礼乐文化在元代承续的肯定。② 以此，元遗民心态其实是一个固守道德之执念与守护

---

① 钱穆先生批评戴良于夷夏之防有所不知，认为元明易代是民族复兴之希望，明清诸儒似无此想。参见钱穆《中国学术思想史论丛》卷六，安徽教育出版社2004年版，第92、179页。
② 蒋寅说："对他们（元遗民）来说，对王朝的政治认同显然超过了华夷之辨，或者说王朝忠诚本身就是对以儒家观念为核心的华夏民族的文化认同……其实质乃是古老的以夏化夷的信念。"参见蒋寅《遗民与贰臣：易代之际士人的生存或文化抉择——以明清之际为中心》，《社会科学战线》2011年第9期。又《由古典文学看历史上的夷夏之辨与文化认同》（《华南师范大学学报》2011年第6期）一文认为："文化的具体承担者不是一成不变，曾经被拒绝的文化经过几代人的熏陶习染最终会得到认同。"

文化之使命的复合体。这些都在他们的诗学观念中得以表现，其诗学观也因此显示出独特的意义与价值。

　　由于对元遗民心态把握不够全面，以往涉及元遗民诗学观的研究有三个亟须解决的问题。一是局限于遗民之隐逸心态，造成一种错觉，即遗民诗学全然是由隐逸生发而来的注重情感自由抒发之观念。其实元遗民出于对忠义道德的执念，诗学观带有浓郁的尚古倾向。其所贵之真是类乎古人道德修持之真，所重之情亦要回归情之正。"含蓄"之诗美风格的获得亦需步趋圣贤、涵养气质。他们固守节操，甘于寂淡，无求于今，有期于古，主张诗歌收英敛华，归于自然平淡。二是拘泥于遗民之遁世心态，造成一种误判，即他们责任感淡化，只注重个人逸乐生活和私人化书写。实际上出于对礼乐文化承继之信念，他们肩负起守护文化的职责，自觉地采诗编集，以求存一代诗史，又将一代诗学置于前代诗学发展传承的脉络中予以重新定位。三是将元诗实际成就与遗民诗学观念两个层面的问题混为一谈，从而遮蔽了某些诗学史事实。论者评元诗成就每引戴良《皇元风雅序》，由此序生发出对戴良之论的"自豪"与"溢美"两种判断。但在元遗民看来，为元诗定位不过是他们的职责所在，他们只是要找到能够将一代之诗传之于后的理论依据，进而重新确定其采编删述的诗学标准。

　　《明史·文苑传》戴良与丁鹤年合传，《新元史·文苑传》李祁与王礼合传。两部史书的合传形式不仅表明四人两组关系密切，也确认了他们共同的身份，即不仕新朝的胜国遗民。他们以相同的出处之义在元末明初以忠义相砥砺。丁鹤年所辑《皇元风雅》今佚，存有戴良序；王礼编《长留天地间集》亦不存，留有李祁序。这四人的诗学活动可作为元遗民心态与诗学观互动、互证之典型来认识。[①]

---

　　① 以往研究似乎均忽略了这两组组合的共性特征。学界对四人的研究以戴良为多。查洪德《理学背景下的元代文论与诗文》（中华书局2005年版）专辟一章讨论戴良文学思想，以理学角度考证戴良文学主张为合事功与性理而一之（第408页）。洪琴仙《戴良与少数民族文人交游考论》(《民族文学研究》2006年第4期)有戴良与丁鹤年的交游考略。丁鹤年、李祁诗歌多有探讨，而王礼因其诗集未存，在元代文学中并未受到太多关注。

第十章 遗民的情结：元遗民的心态与诗学观

第一节 同道相砥与遗民认同

戴良（1317—1383），字叔能，号云林，又号九灵山人。浦江（今属浙江）人。曾短暂仕元，后因战乱避地吴中。张士诚将败，举家北上投归元军，未成。入明后，南还隐居于四明山。以遗民自居，自赞曰："处荣辱而不二，齐出处于一致；歌《黍离》《麦秀》之音，咏剩水残山之句。"① 明洪武十六年（1383）四月，暴卒于京师，② 在元生活52年，入明15年。于文学，早年师事柳贯、黄溍，学诗于殉元将领余阙，气节亦深受其影响。有《九灵山房集》三十卷，《九灵山房遗稿》四卷。集中专论诗学问题的文章有十余篇。

丁鹤年（1335—1424），字鹤年，又字永庚，③ 西域回回人。父受世荫为武昌县达鲁花赤，元末武昌兵乱，徙镇江，又避于四明。终身不求仕宦，励志为学，笃尚志操。在元34年，入明生活56年。在元遗民中颇具影响，后世皆以忠孝重之。存诗集《丁鹤年集》四卷，文未见。诗学思想见戴良等人序跋。

戴良与丁鹤年交往始于入明后，二人同避于四明一带。诗文唱和间结为莫逆之交。从丁鹤年存诗可见，他曾拜访戴良，并为戴良九灵山房作题画诗。然而战乱未靖，二人辗转迁移，居无定止，更多情况则是出处同酬的和诗寄文，戴良曾为丁鹤年作《高士传》，鹤年和以《奉寄九灵先生四首》。戴良另有《和陶渊明咏贫士七首》《忆鹤年有赋》《寄鹤年》《近观以大、鹤年和韵诸诗，因借韵呈二君子，并述己

---

① （元）戴良：《九灵自赞》，《戴良集》，李军、施贤明校点，吉林文史出版社2009年版，第207页。
② 有关戴良之死，有"病卒"与"自裁"二说。陈博涵以此认为戴良的遗民认同与后人的记忆重塑相关，在后世发展中被典型化。参见陈博涵《戴良的边缘心态与其遗民化》，《文学遗产》2014年第6期。
③ 四库馆臣认为其用"孟浩然字浩然例"，杨镰说"鹤年"是按照汉族习惯起的表字，其他文献亦称他丁守中。参见杨镰《元诗史》，人民文学出版社2003年版，第201页。

志云尔三首》;丁鹤年有《奉寄王宣慰兼呈九灵先生》《奉怀九灵先生就次其留别旧韵二首》等诗。此外戴良为《鹤年诗集》及所辑《皇元风雅》作序,而据明初杨士奇记载,戴良曾有《和陶诗》合集,戴良卒后杨士奇得于鹤年处。① 他们的诗文酬唱主要基于黍离同调的认同。丁鹤年诗云:"别馆新成足宴游,珊珊环珮总名流。独推南郭为高士,共识东陵是故侯。"② 在名流宴游的聚会中,他们相互交流,隐机而坐的南郭子綦、秦亡后以种瓜为生的东陵侯邵平是他们共识的高士,成为支撑其遗民身份认同的精神偶像。他们步武高士之风,将自己的行藏尽付行云之外,甘愿为故国守灵。戴良《忆鹤年有赋》亦云:"投老江湖生事微,隐身草泽接交稀。情同栗里陶彭泽,形似辽东丁令威。红日晓迷沧海树,白云秋老故山薇。墙东野客心同苦,几度相从话夕晖。"③ 在戴良的意识中,丁鹤年肖似不为五斗米折腰的陶渊明、成仙化鹤的丁令威。"心同苦""话夕晖",戴良也正是在与丁鹤年的交往中坚定了自己所秉持的信念。无独有偶,在犁庭扫穴的易代战乱中,另外一对文人以同样"宁死不二"的道义相慰相藉。

李祁(1299—约1370),字一初,别号希蘧。茶陵(今属湖南)人。元统元年(1333)进士,应奉翰林文字。与殉国诗人余阙同年同榜,而以"不得效死"为恨。母老,就养江南,改婺源州同知。后以母忧解职,归隐永新山中,以"不二心老人"自居,义不负元。入明不久便卒。存《云阳集》十卷。文章涉及诗学问题的有十七篇。

王礼(1314—1386),字子让,初字子尚。庐陵(今属江西)人。至正十年(1350)魁江西乡试,次年授安远县学教官,十六年(1356)任兴国主簿,以亲老辞归。后江西行省参政辟为幕府参谋,又迁广东元帅府照磨。在元生活54年,入明归隐不出,居家讲授,学者称"麟

---

① 参见(明)杨士奇《跋戴九灵和陶诗》,《东里文集》卷十,《文渊阁四库全书》第1238册,上海古籍出版社1987年版,第116页。
② (元)丁鹤年:《奉寄王宣慰兼呈九灵先生》,《鹤年诗集》卷二,《文渊阁四库全书》第1217册,上海古籍出版社1987年版,第515页。
③ (元)戴良:《忆鹤年有赋》,《戴良集》,李军、施贤明校点,吉林文史出版社2009年版,第194页。

第十章　遗民的情结:元遗民的心态与诗学观

原先生",曾采集元人诗歌编为《长留天地间集》《沧海遗珠集》。诗集不存,有《麟原文集》二十四卷,李祁为之序,文中涉及诗论者十五篇。

李祁与王礼交游情况史载不详。李祁族孙李东阳《怀麓堂诗话》载:"国初,庐陵王子让诸老,作铁挝杖采诗山谷间。子让乃云阳先生同年进士,而云阳晚寓永新,兹会也,盖亦预焉。"[1] 清人钱谦益《列朝诗集》亦认为二人为同年进士,[2] 柯绍忞《新元史》采此说。二人中举相差十七年,按生年推算,李祁中左榜进士时,王礼十九岁,况且王礼所中为乡榜举人。李东阳此说实据王礼族孙所道,[3] 因此"同年进士"之说恐未得实。李祁《王子让文稿序》云:

> 予与王君子让为斯文友,二十余年矣。始(识)予友子让时,子让方锐意科目,眉目清拔,举举异常人。予谓其必为后来之秀,其后果亚江西乡榜。予又谓此未足以溷子让,子让名誉当不啻此已。而世故纷纭,为性命奔走不暇,君西我东,音问不相及。近一二年,乃得再会于禾水之上,须发容貌累累然,其中退然,其辞气卑卑然。予疑其颠沛转徙,随俗变化,以故若此。[4]

可见,二人相识应在王礼中举人前。二十多年后二人重逢于永新,应已在洪武初年前后。李祁长王礼十五岁,早于王礼而中进士,以李祁殷殷期冀之意,二人以师友相交更合实际。而二十多年之文友,因战乱阻隔,音信不通,为性命奔走,至归隐永新时方得以稍事安栖,

---

[1] (明)李东阳著,李庆立校释:《怀麓堂诗话校释》,人民文学出版社2009年版,第269页。
[2] 参见(清)钱谦益《列朝诗集》甲集前编卷六,上海古籍出版社1983年版,第37页。
[3] 李东阳《怀麓堂诗话》载:"其曾孙臣今为广西参政,向在翰林时,尝为予言,相为作《铁挝杖歌》。"(第269页)又李东阳《铁挝杖行序》:"国初庐陵诸老好奇者,持铁挝杖采诗林谷,麟原王子让先生盖其俦也。我希蓬府君时以流寓还往其间,子让诸孙云南按察副使世赏能道其事。"参见《怀麓堂集》卷五一,《文渊阁四库全书》第1250册,上海古籍出版社1987年版,第545页。
[4] (元)李祁:《云阳集》卷四,《文渊阁四库全书》第1219册,上海古籍出版社1987年版,第663页。

可以全然不顾世事已变,吟咏残山剩水,结伴相游。王礼曾详细地为李祁讲述龙氏节妇的故事,李祁作《左氏节妇传》一篇。李祁亦可能参与王礼等人的采诗活动,为王礼作《长留天地间集序》。二人酬唱之声亦络绎不绝,李祁有《和王子让席上韵》《次王子让韵》《和王子让》等诗传世,皆言"衰年""老泪",以深情之语相为勉励。王礼诗鲜见,清人曾燠《江西诗征》录一首《竹林歌》,写友朋聚宴情形,表达自己的归隐意趣。同时期刘崧也有《宣溪饯李提举一初席中和王子让》,足见他们以道义相尚,经常出席觞咏之会。李祁《和王子让席上韵》诗云:"衰年愁对酒,壮志忆题桥。遇事难开口,逢人愧折腰。乐传天上谱,心逐暮归樵。宴罢骊歌发,蹉跎又一朝。"[①] 故国已去,壮志不再,一个归隐者只能蹉跎度日,他向友人述说着记忆的苦楚,"老泪纵横忆旧京,梦中歧路欠分明"[②]。但"歧路"并非是对人生道路选择的希冀,而是失去依靠后的凄苦无助与迷惘。丧乱既久,友人凋落,"我已无家不念归"。新朝的生活不属于自己,作为遗民,他像烟波中的一叶孤舟,没有维系,任随飘流。然而正是有王子让这样同病相怜、同道相砺的知己,才使他意识到自己并非遗世独立:"我逐郊原鹿豕踪,君如鹰隼挟秋风,近闻铁网连山海,不信人间有卧龙。"[③]"君如鹰隼""我逐鹿豕",在与王礼的交往中,他加深了自己的遗民身份认同,深融于遗民行列,以至于在如铁网般漫连山海的征召中,以卧龙自喻,笃定甘于流落天涯的决心。

如果说元代文人由失去仕进机会被政治边缘化,从而产生疏离心态,那么任何一个皇权极威时代的不遇之士都会与朝廷有些许疏离感。以最能代表汉族正朔的汉王朝为例,"主文而谲谏"的言说方

---

① (元)李祁:《和王子让席上韵》,《云阳集》卷一,《文渊阁四库全书》第1219册,上海古籍出版社1987年版,第639页。
② (元)李祁:《次王子让韵》,《云阳集》卷二,《文渊阁四库全书》第1219册,上海古籍出版社1987年版,第640页。
③ (元)李祁:《和王子让》,《云阳集》卷二,《文渊阁四库全书》第1219册,上海古籍出版社1987年版,第648页。

第十章 遗民的情结:元遗民的心态与诗学观

式,悲士不遇的慨叹①,均是这种疏离感的表现。因此,就疏离心态而言,元代并非特例,并不能作为元人放弃传统夷夏观念,选择王朝认同的力证。如果说他们充分享受自由,追求独立的人生价值,将政治与道德判为二途,道德修持不以政治参与为目的,那么在儒家传统文化中,忠与孝、政与德本就是一对孪生体。忠诚于王朝,甘作遗民不过是政治参与的另一种形式罢了。清人陈瑚《瞿叔献六十寿序》说:

> 君臣父子之义,无所逃于天地之间。必感亲恩而后尽养,是有所为而为孝也。必食君禄而后致身,是有所为而为忠也。无所为而为则诚,诚则一,一则久,千古之孝子忠臣皆如是焉尔。宋当德祐之后,谢皋羽、郑所南之徒,皆当时一布衣。而以践土食毛之分,恋恋故君,有死无二。庚申君(元顺帝妥欢帖木儿)之北遁也,亦有戴叔能、丁鹤年其人者,饮泣赋诗,引义自勉,此岂有所为而为者耶?②

陈瑚以为感亲恩、食君禄从而尽孝尽忠,固然值得称道。但相比于有所为之忠孝,无所为则可成就千古。"无所为"与人之贵贱、受恩深浅无关,也并非旁观和自由,更不是热情与责任感的淡漠,而是"诚"与"一",是文化固化于人心的外在表现。从普遍意义上讲,传统文化中的遗民气节大致包括道德操守与民族大义两种。元遗民的认同抉择,更多倾向于道德认同,但在他们看来,道德与政治并非二途,融合二者的是他们对以"忠孝"为代表的传统文化的执念与存诚取精,这比之于民族大义似乎更为重要。陈瑚认为不仕明廷的戴良、丁鹤年与不仕元朝的谢翱、郑思肖同样为千古孝子忠臣。而历史相似性地将余阙、李祁与宋末陆秀夫、谢枋得对举。四库馆臣《云阳集提

---

① 如司马迁有《悲士不遇赋》,董仲舒有《士不遇赋》。
② (清)陈瑚:《确庵文稿》卷十二,中国国家图书馆藏清初毛氏汲古阁刻本。

要》云:"阙不愧陆秀夫,而祁亦不愧谢枋得。"① 明初张丁注谢翱《登西台恸哭记》,引发广泛共鸣,有王祎、刘永之等二十三人撰写题跋,却多数表达"无所逃于天地之间"的"君臣父子大义"。而谢翱《登西台恸哭记》在元末明初以华夷之辨的视角将之作为"驱除胡掳,恢复中华"的革命材料难道不更有说服力?然而对华夷之辨、民族大义的逾越,并不是对传统华夏文化的反拨。在历史发展过程中,"善""德""礼仪"等文化概念成为衡量文化意义上"华""夷"的关键。蒋寅《由古典文学看历史上的夷夏之辨与文化认同》一文说:"夷夏的界限实在并不是那么难以逾越的,其辨有时就在几微之间。一念之差,华夏可为夷狄;一言之善,夷狄也可为华夏。"文中以元代郝经的个人体验证明民族文化之间夷夏品格的相对性和不确定性,认为郝经以事敌不辱的气节赢得了忠义之名和华夏的品格。② "以夏化夷"的观念发展至元代已不是新奇之见。唐皇甫湜《东晋元魏正闰论》已有"所以为中国者,以礼义也;所谓夷狄者,无礼义也"③ 之论。而蒙元政权入主中原的元代,"以夏化夷"可能已经深入元人之心。郝经以为夷夏之观念可以转化,并不在于主政者的华夷身份,而在于礼乐文明,其《时务》篇云:

> 及于晋氏,狙诈取而无君臣,谗间行而无父子,贼妒骋而夫妇废,骨肉逆而兄弟绝,致夷狄兵争,而汉之遗泽尽矣,中国遂亡也。故礼乐灭于秦,而中国亡于晋。……虽然,天无必与,惟善是与;民无必从,惟德之从。中国而既亡矣,岂必中国之人而后善治哉?圣人有云:"夷而进于中国,则中国之。"苟有善者,与之可也,从之可也,何有于中国于夷?故苻秦三十年而天下称治,元魏数世而四海几平。晋能取吴而不能遂守,隋能混一而不能再世。以

---

① (清)永瑢等:《四库全书总目》卷一六八,中华书局1965年版,第1459页。
② 参见蒋寅《由古典文学看历史上的夷夏之辨与文化认同》,《华南师范大学学报》2011年第6期。
③ (清)董诰等编:《全唐文》卷六八六,中华书局1983年版,第7031页。

第十章 遗民的情结:元遗民的心态与诗学观

是知天之所与,不在于地而在于人,不在于人而在于道,不在于道而在于必行力为之而已矣。①

他认为朝代虽改换,但华夏之地未变,民亦未变,民不变,则道亦不变。所以主政者无论华夷,只要不悖于道,不负于天下,都能以"中国"称之。秦灭礼乐,西晋政失其本,士无特操,并未延续华夏正统文化。而苻秦、元魏国祚虽短,却能惟善是与,惟德之从,依然可以"中夏"称之。元人的这种认识在生活于"内夏正统"的明人那里依然得到肯定。明正德时期何瑭为许衡撰题祠堂记,对许衡以华人身份臣元予以论辩,认为"中夏夷狄之名,不系其地与其类,惟其道而已矣",因而"中国而用夷礼则夷之,夷而进于中国则中国之",蒙元民族虽以武力征服为特色,但其风俗随着与汉族文化的不断交融亦有所转移。蒙元君主虽不能与古圣贤并论,但"敬天勤民、用贤图治",②亦深谙中国传统之治道。清初李世熊《赖道寄传》却说:

> 元之亡也,诗人王原吉(逢)、戴叔良、王子让之徒,歌黍离麦秀之章,咏剩水残山之句,激昂忾叹,魁垒偾张,虽庚申北遁后,犹有宣光纶旅之望,发摅指斥,曾无鲠避。夫以胡元之膻暴,国祚短促,未尝有仁义礼乐沦贯于儒生,而一时草莽文士,感伤社屋,饮泣赋诗,硁砍峥嵘,千载如见,盖君臣大义镌于人心如此。③

李世熊指出"君臣大义镌于人心"可谓实情,但"仁义礼乐未沦

---

① (元)郝经著,张进德、田同旭校笺:《郝经集编年校笺》,人民文学出版社2018年版,第524页。
② 参见(明)何瑭《题河内祠堂记》,(元)许衡《许衡集》,许红霞点校,中华书局2019年版,第628—629页。唐朝晖《元代理学与元遗民文人群心态》一文引《郡人何瑭题河内祠堂记》一篇论述许衡对元政治合理性的论证,张冠李戴,是误以作者为许衡。见《文学评论》2010年第3期。
③ (清)李世熊:《寒支集》初集卷九,中国社会科学院文学研究所图书馆藏清康熙刻本。原书"良"为"能"误。

贯于儒生"之判断并不符合元人实际。在元人看来，民未变，道未变，所以三代、两汉之礼乐传统可继、可及、可见。礼乐之道，蒙元政权"行力为之"①。在元人观念中，蒙元王朝就是文化的继承者，元末永新兵乱，李祁身着儒士衣冠，不免被伤。他认为余阙虽死，但斯文未丧，而"世之贪生畏死，甘就屈辱，而犹恬然以面目视人者，则斯文之丧，盖扫地尽矣"②。戴良亦云："斯文能自振拔以追于古者，惟汉、唐及宋及我朝此四世而已。"③ 因此元代士人的遗民认同实质仍是一种文化认同。只不过这种文化认同不仅包含与政治认同密切相关的"忠孝"道德认同，还有以礼乐文化为标准的对华夷观念的重新诠释，而前者亦根柢于后者。以此，元遗民心态其实是一个固守道德之执念与守护文化之使命的复合体。以精诚固着的忠孝之义，他们选择为蒙元王朝守节，隐而不仕新朝；以礼乐文化承继之信念，他们选择担起守护文化之使命，自觉肩负起"以诗存史"的职责。

第二节　固守道德与诗学尚古

南宋洪迈《容斋随笔》"忠义出天资"条云："忠义守节之士，出于天资，非关居位贵贱，受恩深浅也。"④ 忠义道德之所以禀乎天资，是因为它固着于人心，是"无所为之忠孝"。因此人之贤不肖，有天冠地屦之别，奴心童识不可强为，也不因世事推移而泯灭。百余年后这种理论被元遗民捧出，他们执着于内心最深处的感觉，默默地不曾

---

① （元）郝经著，张进德、田同旭校笺：《郝经集编年校笺》，人民文学出版社2018年版，第524页。

② （元）李祁：《青阳先生文集序》，李修生主编：《全元文》第45册，凤凰出版社2004年版，第411页。

③ （元）戴良：《夷白斋稿序》，《戴良集》，李军、施贤明校点，吉林文史出版社2009年版，第139页。

④ （宋）洪迈：《容斋随笔》卷九，上海古籍出版社1978年版，第115页。又宋人华岳《问题》云："此心忠义出天资，奴隶儿童莫强为。燕雀不知鸿鹄志，牛羊徒饰虎狼皮。"参见《翠微南征录》卷六，中国社会科学院文学研究所图书馆藏清抄本。

第十章 遗民的情结:元遗民的心态与诗学观

改变,不曾放弃。出于对忠义道德极度执着的态度,产生坚如磐石的执念,因为这种执念,遗民文人对于诗歌抒发真情、描写实景的性质和自然平淡、优游不迫的美学风格有异乎他人的看法。他们所贵之真是类乎古人道德修持之真,关乎诗文能否传于后,是否有益世道人心。所重之情亦是要回归性情之正,并非个人情怀的随意抒发。诚然,出于对忠义道德的执念,他们必然选择甘于寂淡、乐于幽僻甚至流离困厄的遗民隐逸生活,因此他们无求于今,有期于古,追慕前贤,主张诗歌收英敛华,归于自然平淡。而含蓄的诗美风格需要通过步趋圣贤、涵养气质,在性情之正的框架内得以实现。概而言之,他们对道德的执念与其诗学观念的尚古倾向密切相关,相互为证。

乌斯道《丁孝子传》说:"子尽孝于父母固当。至感夫幽冥,涉至难而不变者,非孝诚之至不能也。"[①] 在元末动乱中,丁鹤年收母骨殓葬,庐父墓以终,不仕新朝,以孝子、遗民扬名于后世,而他的诗亦随其操守传之久远。戴良评丁鹤年曰:"鹤年之高风,岂他人所可及哉?则其所作之在世,虽一诗律之微,亦宜传之永久而不废矣。昔东坡、子由伯仲名德盖天下,而后世以能诗称。"[②] 戴良认为诗作与名德合若符契,东坡、子由"世以诗称"在于他们的名德之重。而诗作所以能够同德行俱传,是因为诗人道德修持之真带来诗作情感表达之真。王礼《教授夏道存行状》亦云"文者,德行之表。德行之不足,而名能文者,亦伪焉"[③],德表现于诗歌即是情感的真实表达。丁鹤年之德行非他人所能及,故而他上达九天、下及九泉的精诚之心发为幽忧愤懑、悲哀愉悦之真情。这一点是遗民文人的共见,李祁读萧如冈诗后说:

---

① (明)乌斯道:《春草斋集》卷二,《文渊阁四库全书》第1232册,上海古籍出版社1987年版,第213页。
② (元)戴良:《题马元德伯仲诗后》,《戴良集》,李军、施贤明校点,吉林文史出版社2009年版,第252页。
③ (元)王礼:《教授夏道存行状》,李修生主编:《全元文》第60册,凤凰出版社2004年版,第734页。

诗贵真实。不真实，不足以言诗。古人之诗，虽纵横自恣，不事拘检，而皆实情实景。是以千百载而下，诵之者如亲见其人，亲目其事。盖实情实景，人心所同，贯古今如一日者也。今观萧君如冈之诗，务敦笃而去轻浮，近质素而远绮靡，虽以拙自命，而有至巧者存。岂非所谓实情实景者哉？况闻如冈平昔以意度自许，好周人之急，成人之善，凡义所当为者，必力为之。与人交，必恳恳尽其诚，久而益信。其为人如此，故其诗如此。①

诗之真实首先在于情真。情何以能真？李祁认为情之真有一个道德限定，即"敦笃"，在萧如冈表现为注重道德修持，好周人之急，成人之善，与人交往诚恳如一。也因"敦笃"，他的诗能够去轻浮，使传诵者读其诗想见其人。而由道德修持所带来的具有真情实感的诗歌，在李祁看来，"古人之诗"是最佳范本。同样，王礼亦主张"诗无情性，不得名诗"，"当歌而歌，当怨而怨"，② 同意诗歌表现人之性情的观点，心中如果没有不得不发之情，即便强言，也必落入空泛。但他认为诗之善言情性，必须符合"温柔敦厚"之旨。上古民风淳美，性情和厚，上至大夫，下至素民，无论羁夫，抑或愁妇，志存人心，发为诗歌，皆可以动人。至《诗经》《楚辞》而下，苏李、汉魏、盛唐诸家的优秀作品可以传诵千古，就在于它们的道德内容足以感人。另外，诗之真实还包括景之真实。景何以能真？李祁认为景之真在于"质素"，"质素"则反对绮靡，反对夸奇斗艳，诗歌所写之景须为诗人所亲历之境，而探赜撦怪，"《山海经》所未载，《博物志》所不录"③ 之奇异，随意采掇而来以入诗语，则不能较好地表达情感。故而他们仍然看重古诗所写之景物，认为古诗鸟兽草木之名，皆"人心

---

① （元）李祁：《跋萧如冈诗》，李修生主编：《全元文》第45册，凤凰出版社2004年版，第444页。
② （元）王礼：《魏松壑吟稿集序》《魏德基诗稿序》，李修生主编：《全元文》第60册，凤凰出版社2004年版，第545、558—559页。
③ （元）王礼：《魏松壑吟稿集序》，李修生主编：《全元文》第60册，凤凰出版社2004年版，第545页。

所同"，是人所共识之物，诗人睹物有所感发，遂可吟咏于歌。当然，主张诗之"实情实景"，就必须避免蹈袭。王礼说："诗在山巅、水涯、人情、物态。故纸上蹈袭，非诗。"① 模仿步蹈前人的作品，即便有风云月露之华词丽藻与浩叠繁复的内容，也经不住岁月的涤洗与反复的玩味。究其原委，是缺乏真实情感的投入。真心、真情是诗歌之本，而本之所立，关乎对道德的执着。王礼赞赏魏德基之为人，说他"其为人也，一介不取予……进思忠君，而退思报母。若是，非其本之既立者乎？故其为诗也，随意之所欲言，而非众之所能言。无摹仿，无蹈袭，异于世之爱惜情思者远甚。使因吾说而推之，涵泳乎《国风》《雅》《颂》以为之本，沉浸乎汉、魏、晋、唐以为之佐，岂不愈有过人者哉？"② 在元遗民的眼中，诗之真情、实景都要受到理性的约束，透露出浓郁的道德内涵。沉潜于《诗经》及汉魏晋唐诗中，即可得忠孝道德之本，得其本，诗不必蹈袭，无须模仿，随意之言亦必异于流俗。

主张真情真景的抒写，便渐近自然平淡。因为"自然"之美本身要求诗歌真情流露，去除矫揉造作、人工雕饰，达到一种天真无瑕的状态。而元遗民"自然平易"诗学观的得来与他们对忠义道德的执念、甘为遗民的心态不能分开。执念是一种对待生命的态度，因此他们甘于寂淡，乐于幽僻。"托耕凿以栖迹于运去物改之余，依曲糵以逃名于头童齿豁之际，无求于今，有期于古"③。因此他们所重视的"自然"以类乎古诗之"天籁自鸣"为宜，竭力反对人为规范和外在格套的束缚，李祁说：

> 天地有自然之音，非安排布置所可为也。以安排布置为之

---

① （元）王礼：《吴伯渊吟稿序》，李修生主编：《全元文》第60册，凤凰出版社2004年版，第554页。
② （元）王礼：《魏德基诗稿序》，李修生主编：《全元文》第60册，凤凰出版社2004年版，第559页。
③ （明）刘定之：《麟原文集序》，（元）王礼：《麟原文集》卷首，《文渊阁四库全书》第1220册，上海古籍出版社1987年版，第361页。

者，人也，非天也……商颂周雅，汉魏以来乐府之根柢也。当是时也，韵书未作，而作者之音调谐婉，俯仰畅达，随其所取，自中节奏，亦何莫而非自然之音哉？韵书作而拘忌多，拘忌多而作者始不如古矣。……韵书之作也，果何人哉？使其果圣人也，则吾不可得而议也。使其非圣人也，则亦安得而尽信之哉？……夫以圣人之书，而孟子犹未之尽信，而况于后之书乎，况若沈氏之书者乎？①

李祁认为音律源于自然之声而非人工安排。韵书出现之前，诗歌音调畅达，因此他极力反对前人韵书，认为后世诗作之所以不能传之于后、无益世教，就是因为拘忌于此。他认为圣人之作不可议，不可议并非要尽信，孟子即说"尽信书，不如无书"。而前人韵书本非圣人之作，况且在李祁看来，从魏李登《声类》直至梁沈约《四声韵谱》等韵书，多局限在一人之见和安排布置的藩篱之中，因而偏仄固陋，不能有效地服务诗歌创作。所以实际上他尚古而非溺于古，"古"之判断依据即是否本于自然，出于天性。因此，他认为以平易胜艰险，以天性胜雕琢，追求类乎"金声玉振"之古诗成为可能，而主张收英敛华，看重"老成"之境便是一条有效途径。这又与他们的遗民生存状态密切关联，明代刘定之感慨王礼的出处行义云："子让其奇气硉矹，胸臆犹若佐全普庵时，以未裸将周京故也。有与子让同出科目，佐舒穆噜主帅定吴越，幕府唱和，其气亦有掣碧海、弋苍旻之奇，后攀附龙凤，自拟留文成，然有作嘻喑郁伊，扪舌骍颜，曩昔气澌泯无余矣。王半山云：'高位纷纷谁得志，穷途往往始能文。'上句斯人之谓，下句子让之谓。"② 穷途始能文，是历经磨难坎坷，洞明世事、练达人情后的必然结果。因而他们追慕陶渊明以寄托志意，丁鹤年诗云：

---

① （元）李祁：《周德清乐府韵序》，李修生主编：《全元文》第45册，凤凰出版社2004年版，第424—425页。
② （明）刘定之：《麟原文集序》，（元）王礼：《麟原文集》卷首，《文渊阁四库全书》第1220册，上海古籍出版社1987年版，第361页。

第十章 遗民的情结:元遗民的心态与诗学观

"衣冠栗里犹存晋,鸡犬桃源久绝秦。"① 戴良亦说"余生尚可企,托知此前贤","固穷有高节,谁见昔贤心",② 经历世事变迁后,他们放弃声名功利,心境淡泊,返璞归真,对个体生命更有一种超然的态度。故而他们在诗论中强调诗歌应挣脱形式技巧的束缚,达到诗艺纯熟的境界。戴良感叹"幼时好作诗文,而未得其要"③,而李祁亦认为刘申斋"阅涉积久,故其文气老成"④。流离颠顿的生存境遇使他们如霜林乔木,收英敛华,从而脱去鄙俗之怀,对诗歌艺术提出更为精湛高妙的要求。

当然,他们在强调诗歌要抒写真情实景、去除人工雕琢归入自然平淡的同时,也要求诗歌具有含蓄的诗美风格。王礼说:"诗自真情实景,便异凡俗。然情虽真而不高,景已实而犹浊,亦非吟之善者也。"⑤ 他认为并非一切真情实景的抒写都是"吟之善者",当求其情之高与景之清者,情高、景清即是追求清明澄清、含蓄优美的境界。要求诗歌具有含蓄美,便需讲求语言的"言近指远",避免直露。据蒋寅先生的研究,"含蓄"作为诗学概念,最终被理论化是在宋代,而含蓄之"意不浅露,语不穷尽",富于暗示性的修辞特征发轫于《诗经》,至唐诗达到炉火纯青的境地。⑥ 王礼在《伯颜子中诗集序》中说:"诗之为道,似易而实难。言近指远者,天下之至言也……所咏在此,而意见于彼。言有尽,思无穷,非风人所以感物者乎?"因主张诗歌言有尽而意无穷的含蓄之美,他批判科举程试之诗文,"往

---

① (元)丁鹤年:《奉寄九灵先生四首》其一,《鹤年诗集》卷二,《文渊阁四库全书》第1217册,上海古籍出版社1987年版,第515页。
② (元)戴良:《和陶渊明咏贫士七首》其二、其三,《戴良集》,李军、施贤明校点,吉林文史出版社2009年版,第278页。
③ (元)戴良:《倪中权索余书所作诗文题其后》,《戴良集》,李军、施贤明校点,吉林文史出版社2009年版,第253页。
④ (元)李祁:《刘申斋先生文集序》,李修生主编:《全元文》第45册,凤凰出版社2004年版,第412页。
⑤ (元)王礼:《赠杨维中诗序》,李修生主编:《全元文》第60册,凤凰出版社2004年版,第532页。
⑥ 参见蒋寅《不说破——"含蓄"概念之形成及其内涵增值过程》,《古典诗学的现代诠释》,中华书局2003年版,第83—84页。

往如吃,是小技之末"①。那么如何脱离小技?在他看来,需要通过对唐诗乃至《诗经》语言风格的学习:

> 江西,自德机范先生用太白风格,一变旧习。流动开合,春容条畅,音响节奏,咸赴以合,类皆和平之音。于是学者翕然从之……然求其一联一句之间,涵蓄渊永,有无穷之思,得至足之味,使人不知手之舞之,足之蹈之,则眇见焉。②

王礼认为范梈诗达到了"含蓄渊永"的诗美风格。因为范梈诗有无穷之思,能得"至足之味"。论诗重"辨味"在司空图《与李生论诗书》中有详细论述。认为诗之味在"酸咸之外",作诗要有"味外之味",即一首诗除了文字直接透露出的言表意象外,如果没有更深广杳渺的含蕴意境,如同醋只给人酸,盐只予人咸的感觉,便无"醇美"之味。宋代苏轼又将这一思想发展为"至味"说,其《书黄子思集后》云:"独韦应物、柳宗元,发纤秾于简古,寄至味于淡泊,非余子所及也。"③认为诗歌中各种风格的化合给人以含蓄、深永的审美感受。"至味"是诗歌艺术美的最高境界之一,浑然天成,深邃无限,高雅简古且难以穷尽,令人悠然神会而余味无穷,而达到这种境界需要极高的天赋和极深的学力。在王礼看来,范梈诗含蓄美的获得是通过对古人的学习,表现出春容峭洁、流动自如,类乎太白凡所欲言,尽达笔下,音响节奏流畅相合,最后归之于"和平之音",实则又入于"尚古"倾向。由此他认为"含蓄"之风格于古诗中得到最好的表现,他说:"三代民性淳厚,诗之美者无溢辞,刺者亦优柔不迫。意见言外,盖其风化所及,涵养所致而然,

---

① (元)王礼:《伯颜子中诗集序》,李修生主编:《全元文》第60册,凤凰出版社2004年版,第541页。
② (元)王礼:《陈子泰诗稿序》,李修生主编:《全元文》第60册,凤凰出版社2004年版,第549页。
③ (宋)苏轼:《书黄子思集后》,《苏东坡全集》卷八,上海仿古书店1945年版,第109页。

第十章 遗民的情结:元遗民的心态与诗学观

此诗之本也。"① "优柔不迫"这一命题最早见于宋代严羽《沧浪诗话》。其风格表现为含蓄蕴藉,从容闲雅地吟咏情性。而王礼认为"优柔不迫"是古诗的典型风格特点。刺者之"优柔不迫"与"温柔敦厚"的诗教观相类,充实、浑厚而深刻的内容,通过温润柔和的艺术风貌来加以委婉曲折地表现。这种尚古观念在元代遗民文人中得到广泛认同。王祎《九灵山房集序》亦认为戴良诗"质而敷,简而密,优游而不迫,冲淡而不携,庶几上追汉魏之遗音"②。但是他们认为古诗之曲尽人情,委婉恳至,并非常人可及,学习古诗"优柔不迫"的语言风格首先要求诗人自身有良好的德行与气质。因为"有三代人物,而后三代之词章可见也。人品不古若,而欲词章轶乎秦汉之表,岂理也哉?"因此他主张"学者步趋乎圣贤,涵养其气质,则诗之本立矣。本立则其言蔼如得乎性情之正,不期高远而自高远矣"。③ 诗人需要务其本,学习古人德行,涵养自身气质,只有这样,其诗歌才能达到"有春容而无急迫,有蕴借而无斫雕,有情景而无典故"④ 的理想境界。而如何学习古诗? 王礼提出"涵泳"的学诗之法,"涵泳乎《国风》《雅》《颂》以为之本,沉浸乎汉、魏、晋、唐以为之佐"⑤。"涵泳"是由宋代道学话语转变而来的诗学范畴,指对诗歌反复地体会玩味,沉潜于前人佳句名篇感受领悟其妙处,从而悟得作诗法门。⑥ 古诗之所以能够拿来"涵泳",正是因为其看似朴实而意味绵长,愈趋之于古,其味愈淳厚。由是溯而求之,从盛唐到《骚》《选》,再到《诗经》,优柔涵泳之久,有得于诗教,温然为成德,即非小技之精。

---

① (元)王礼:《黄允济樵唱稿序》,李修生主编:《全元文》第60册,凤凰出版社2004年版,第596页。
② (元)戴良:《戴良集》,李军、施贤明校点,吉林文史出版社2009年版,第384页。
③ (元)王礼:《萧伯循诗序》,李修生主编:《全元文》第60册,凤凰出版社2004年版,第552页。
④ (元)王礼:《吴伯渊吟稿序》,李修生主编:《全元文》第60册,凤凰出版社2004年版,第554页。
⑤ (元)王礼:《魏德基诗稿序》,李修生主编:《全元文》第60册,凤凰出版社2004年版,第559页。
⑥ 参见李春青《论涵泳——兼谈道学与宋代诗学的内在联系》,《河北学刊》1998年第4期。

第三节　采诗存史与诗学定位

　　元初，宋遗民谢翱辑文天祥、家铉翁等人诗为《天地间集》，数十载后元遗民王礼袭其集名，选辑时人诗为《长留天地间集》，隐以自寓。然两代遗民虽有相同的气节，却在种族意识与民族文化认同上截然相反。而跨越时空与夷夏观念阻塞，沟通两代人，使他们产生情感共鸣的精神内质便是文人守护文化的使命感。"亡国谁修史，遗民自采诗"①，宋元鼎革之际，文人自主采诗之风兴起，以诗存史成为文人自觉的意识。元好问《中州集》、房祺《河汾诸老诗集》、段辅《二妙集》等均有强烈的存史意识。刘将孙尝读《中州集》，认为"兵余乱后，史佚人亡，存其梗概于此"②。朱晞颜说"采诗问字俱吾事"③，元末明初，这种"采诗存史"的意识在元遗民中得到完整的承接与深入的发展。他们认为传述前人之作是天降之大任，"大抵天地间，前人作之于前者，必赖后人述之于后，彼或已成之事，无后之人以维持之，则几何不至于泯没无闻哉"④。历史将这一使命交托于他们，他们也自觉地肩负起这一职责。王礼日持铁挂杖采诗林谷，编次元初以来朝野之诗，凡两千三百余首，为《长留天地间集》。后又得五百余首，辑为《沧海遗珠集》，以补其遗。丁鹤年"万言椽笔今无用，闲向林泉纪逸民"⑤，编辑元代学士大夫之咏歌、隐人羁客之珠璧为《皇元风

---

　　① （宋）舒岳祥：《还龙舒旧隐》，《阆风集》卷五，《文渊阁四库全书》第1187册，上海古籍出版社1987年版，第378页。
　　② （元）刘将孙：《送临川二艾采诗序》，《刘将孙集》，李鸣、沈静校点，吉林文史出版社2009年版，第89页。
　　③ （元）朱晞颜：《寄刘云庄》，《瓢泉吟稿》卷二，《文渊阁四库全书》第1213册，上海古籍出版社1987年版，第391页。
　　④ （明）魏骥：《鹤年诗集序》，《鹤年诗集》卷首，《文渊阁四库全书》第1217册，上海古籍出版社1987年版，第494页。
　　⑤ （元）丁鹤年：《奉寄九灵先生》，《鹤年诗集》卷二，《文渊阁四库全书》第1217册，上海古籍出版社1987年版，第515页。

第十章 遗民的情结:元遗民的心态与诗学观

雅》。可惜这些诗歌总集湮汨于沧海风云之中,未能流传至今,但其编纂宗旨在编者与评者的诗文集中依然可见一斑,并足以说明其编纂意图、诗学主张与遗民心态的互动关系。

在元遗民意识中,采诗动机首先来自"世无采诗官"的现状。"采诗观风"的古制确立于周代,由朝廷选派专人即采诗官于民间采诗,进而上达周天子,以促进朝廷决策。周代以降,专任采诗之官不复存在。王礼《长留天地间集序》说:

> 三代明王之御天下也,化先于政。知诗之为教,本乎人心,契乎天理,虽赏所未易诱,罚所未易禁者,而诗能动化之。于是,设采诗之官以观风。贡之朝廷,而达之天下,使人咏叹之。间阴有所创艾,感发其功,顾不远且大耶?周道衰,采诗旷厥官,而诗教废。由是,专任赏罚以为政,而治不古若矣。治不古若,则诗日不如古宜也。后人读杜诗,而不究其意,乃目为小技,岂知诗哉?①

事实上,专任采诗官旷厥并不意味着官方采诗活动的终止。而迄于秦汉,采诗制度逐渐弱化。汉武帝立乐府,采诗夜诵,专职的采诗官变为临时的"风俗使者"。魏晋时期巡行大使兼及采诗。唐代太常卿采诗之制流于形式。官方采诗制度真正终结于两宋时期。南宋末期,文人采诗的自觉意识初起,元季达到高潮,采诗的自觉性变为使命感。在王礼看来,采诗无官,诗教倾废,治不古若,诗亦不如古宜。因此欲存好诗,欲为治世,采诗便成为必要的活动。王礼云:"殆将耸元德以四代,轶汉唐而过之。惜采录无官,文采不尽暴于当世。收而辑之,庸非为士者之职乎?"②"采诗无官"的现状,让他们主动承担起

---

① (元)王礼:《长留天地间集序》,李修生主编:《全元文》第60册,凤凰出版社2004年版,第575页。

② (元)王礼:《长留天地间集序》,李修生主编:《全元文》第60册,凤凰出版社2004年版,第575页。

采诗的职责。戴良《皇元风雅序》亦交代《皇元风雅》"所为辑"之原因说：

> 顾其为言，或散见于诸集，或为世之徼名售利者所采择，传之于世，往往获细而遗大，得此而失彼。学者于此，或不能尽大观而无憾，此《皇元风雅》之书所为辑也。①

官方采诗制度废弃，诗歌之在天下，散见且广藏，前人之积篇、累句亦杂出而博聚。民间书贾采择编集往往眼光短滞，删述不工，又以徼名售利为目的，因此不免得此失彼，于学者无益。但"采诗无官"的情况绝非元末特例。前代情况前文已述，有元一代文人采诗之风亦盛而贯之，刘将孙即说："近年不独诗盛，采诗者亦项背相望，定非世道之复古而斯文之兴运哉！"②虞集《葛生新采蜀诗序》载元朝统一海宇后，文人历观都邑山川之盛与人物文章之美，"缘古者采诗之说"以采诗。③承平时期"斯文兴运""缘古采诗"的轻松自适在王朝将尽、桑海变迁的战乱时期已不见踪迹，采诗成为遗民文人迫切的任务。戴良说：

> （丁鹤年）一旦退处海隅，穷深极密，与世不相关者几廿载。于是当代能言之士，凋落殆尽，而鹤年亦老矣。乃取向所积篇章之富，句抉字擿，编集类次之，而题以今名。良窃溯其有合于圣人删诗之大端者，为之序。庶几同志之士，共谨其传焉。④

戴良的语气透露出一种深沉的焦虑感。江山倾覆，生灵涂炭，能

---

① （元）戴良：《戴良集》，李军、施贤明校点，吉林文史出版社2009年版，第325页。
② （元）刘将孙：《送彭元鼎采诗序》，《刘将孙集》，李鸣、沈静校点，吉林文史出版社2009年版，第89页。
③ 参见（元）虞集《虞集全集》，王颋点校，天津古籍出版社2007年版，第498页。
④ （元）戴良：《皇元风雅序》，《戴良集》，李军、施贤明校点，吉林文史出版社2009年版，第326页。

第十章 遗民的情结:元遗民的心态与诗学观

言之士凋落殆尽,而有志存史者已垂垂老矣,但一代之篇章、群贤之美制,却亟须整理删述。同样,王礼也意识到"丧乱迄今,百不存十。惧其复失,思锓梓广传"①。这种紧迫感是遗民心态的典型反映,相比宋遗民"存史"使命的驱动与自觉"采诗"意识的初步萌发,其使命感更加强烈,意图也更为明确。

"知人"是元遗民采诗的重要目的。因为"知人"是"存史"的重要途径。诗道与天地相通,而人为天地之秀,诗又为人之秀,因此即便人与草木同化,只要诗存则人亦未亡。基于这样的理解,"关乎人心世道之大"成为遗民文人主要的编纂思想。李祁为王礼《长留天地间集》作序提出这样的问题:

> 予谓诗之所以能长留天地间者,以其有关于人心世道之大,而非徒取其辞之美而已也。《三百篇》美刺俱见,读者如辨黑白。……盖欲使读者因其辞以考其人,则是非邪正,自不可掩。圣贤著述之意盖如此。方今四海横流,颓波日靡,士君子之出处进退,固有可为痛哭流涕而不忍言者。于是时也,而欲集其诗歌以行于当时,而传于后世,使之与天地相为悠久,吾不知子让之意,将独取其辞之美而已乎,抑将因是而求以知其人乎?②

李祁认为因其辞考其人,是圣贤著述的本意。孟子尝有"知人论世"之说,读其诗观其人,则世道之状况、人心之贤不肖可以想见。以辑诗的方式将人心世道记录下来,则万世公议自在。而在易代之时,士人君子的出处行藏极易因战乱而湮没,所以"知人存史"与"人心世道"的典存,在这样的特殊时期尤为重要。戴良《鹤年吟稿序》谓丁鹤年诗"但一篇之作,一语之出,皆所以寓夫忧国爱君之心、闵乱

---

① (元)王礼:《长留天地间集序》,李修生主编:《全元文》第60册,凤凰出版社2004年版,第575页。
② (元)李祁:《长留天地间集序》,李修生主编:《全元文》第45册,凤凰出版社2004年版,第410页。

思治之意，读之使人感愤激烈，不知涕泗之横流也"①。其实王礼以"长留天地间"命集，本就出于这样的考虑，如所选之诗人均有高风似丁鹤年，所辑之诗皆如鹤年诗让人感动激愤，那于风俗岂无裨益，又何不能长留于天地之间？

"以诗知人"是要了解一代人情世态、社会风貌，这主要表现为一代之文化。因此"以诗存文化"是遗民采诗编集的又一意图。元遗民对杜诗"诗史"性质较为关注，戴良以为丁鹤年诗有类杜诗，又认为张思廉之诗语虽兼取二李，但不尽出于子美。因为杜诗所以为"诗史"，在于生动真实地反映了政治、军事、经济等社会文化面貌与精神文化内涵，由杜诗可以观时政、论治道、知忠孝，张思廉诗系乎时政，有补人心世道，也能够反映一时之文化状况。但一人之诗，终归不能详尽一代之面目，因此采诗编集势在必行，这便是王礼所说的，"庶来者知一代声教文物典故之概"②。一代之诗如武库之物，无所不有。上至馆阁重臣之诗篇，下至布衣游士之吟咏，一代之文化于诗中最能体现。遗民文人的职责就是博取而精择整个时代的诗歌，保存声教、文化之可资后世参鉴者，以使后人"诵而玩之，将人心天理，油然感动。见善则兴，闻恶则戒"③，其意义自然不小。而贯通宋、元两代遗民的精神内质就是守护文化的使命，这诚可谓"势自不可异"，但元遗民使命感获得的重要前提，是他们对礼乐文化在元代承续的肯定。以此他们的使命感首先表现在将一代诗学置于前代诗学发展传承的脉络中予以重新定位，进而重新确定他们采编删述的诗学标准，这又是"理自不可同"处。

后世评元诗成就每引戴良《皇元风雅序》，并由此产生不同理解，大致有"溢美""自豪"两端。"溢美说"否定戴良之论，承明清诗评

---

① （元）戴良：《鹤年吟稿序》，《戴良集》，李军、施贤明校点，吉林文史出版社2009年版，第238页。
② （元）王礼：《长留天地间集序》，李修生主编：《全元文》第60册，凤凰出版社2004年版，第575页。
③ （元）王礼：《长留天地间集序》，李修生主编：《全元文》第60册，凤凰出版社2004年版，第575页。

第十章 遗民的情结:元遗民的心态与诗学观

家意见,认为元诗巧而类词①,只注重技巧与华辞,缺乏雅正精神。"自豪说"认为戴良的理论自信是大元气象和文运之盛的诗学表现。两端判断均指向问题的是非属性一面(即"元诗应该是什么样"),疏于对其原委的考究(即"为什么他们认为元诗是这样"),这是两个层面的问题。抛开先入之是非成见,以遗民心态与诗学观的互动关系视之,后世所谓"自豪"抑或"溢美"之判断,在他们看来不过是职责所在,他们只是要找到能够将一代之文化传之于后的理论依据与标准。戴良《皇元风雅序》云:

> 气运有升降,人物有盛衰,是诗之变化,亦每与之相为于无穷。汉兴,李陵、苏武五言之作,与凡乐府、诗词之见于汉武之采录者,一皆去古未远,《风》《雅》遗音,犹有所征也。魏晋而降,三光五岳之气分,而浮靡卑弱之辞,遂不能以复古。唐一函夏,文运重兴,而李、杜出焉。议者谓李之诗似《风》,杜之诗似《雅》。聚奎启宋,欧、苏、王、黄之徒,亦皆视唐为无愧。②

戴良的理论依据是"文章与时高下",即诗运关乎气运,这一点在元遗民中达成了共识。刘嵩《阅王子让所集长留天地诗》云:"长留天地知何物,不在寻常文字间。莫信萤光生腐草,须知宝气出名山。乱余制作和平少,删后篇章采录难。曹桧有人思雅颂,百年气运总相关。"③ 他们认为魏晋乱象导致卑弱之辞不能复古,汉、唐、宋承乎礼

---

① 李东阳《怀麓堂诗话》说:"诗太拙则近于文,太巧则近于词。宋之拙者,皆文也;元之巧者,皆词也。"参见李庆立校释《怀麓堂诗话校释》,人民文学出版社2009年版,第148页。《四库全书总目》云:"有元一代,作者云兴。虞杨范揭以下,指不胜屈。而末叶争趋绮丽,乃类小词。"中华书局1965年版,第1725—1726页。

② (元)戴良:《皇元风雅序》,《戴良集》,李军、施贤明校点,吉林文史出版社2009年版,第325页。

③ (明)刘嵩:《槎翁诗集》卷六,《文渊阁四库全书》第1227册,上海古籍出版社1987年版,第437页。又《春夜论诗和王子让三首》其三云:"古今作者自联绵,白首穷愁也可怜。须信乾坤同照耀,肯教光景付流连。"《槎翁诗集》卷八,第535页。郭钰《寄王进士》亦说:"千古文章关气运,几人心力费光阴。闲来朗诵《长留集》,尚想西归问好音。"《静思先生诗集》,张欣点校,北京师范大学出版社2016年版,第559页。

乐，王化大行，诗歌亦濡染其气。以此推演，作为礼乐承继的元代便自然而然地成为诗学发展链条中的一环。长留天地之间不寻常的文字可上追雅颂，他们的任务就是采录藏之名山的宝气。因而他们的理论自信，并非是拘囿于大元气象的时代断限中盲目的自豪。戴良认为从元代前期的姚燧、卢挚、刘因、赵孟頫到元诗四家之范梈、虞集、揭傒斯、杨载，以及马祖常、萨都刺、余阙等色目诗人，都能够乘蒙元君主深仁厚德、涵养天下的仁义之气以为诗，甚至"岩穴之隐人""江湖之羁客""戴白之老""垂髫之童"也均能餐淳茹和，以鸣太平盛治。承接前规的元代诗学，因此可以"格调拟诸汉唐""理趣资诸宋氏""优入乎周德之未衰"来定位。① 而前人以元诗缺乏雅正精神指责戴良之论有溢美失实之处，亦偏离戴良本意。在戴良看来，其定位的标准正是"化先于政，知诗为教"的风雅正声和"本乎人心，契乎天理"的性情之正。故而他们采编删述最基本的诗学标准是要合乎"性情之正"。戴良说："语其为体，固有山林、馆阁之不同，然皆本之性情之正，基之德泽之深，流风遗俗，班班而在。"② 王礼亦云：

> 余尝谓《离骚》，汉、魏以来，作者非一人。其传而可诵者，必其善言情性，可兴可戒，而不偭乎六义之矩矱者也。《三百篇》之有六义，犹至圆不能加规，至方不能逾矩。涵泳之久，自然气韵音节，从容中道，而入人者深，复何卑卑为论者之所能律哉！虽然，文章与时升降。国朝混一区宇，旷古所无。以淳庞朴厚之风气，蕴为冲淡丰蔚之辞章。发情止礼，有体有音，皆可师法。③

古今作者云集，诗篇众多，但可以传诵的作品却有一脉贯之的特

---

① 参见（元）戴良《皇元风雅序》，《戴良集》，李军、施贤明校点，吉林文史出版社2009年版，第325页。
② （元）戴良：《皇元风雅序》，《戴良集》，李军、施贤明校点，吉林文史出版社2009年版，第325页。
③ （元）王礼：《长留天地间集序》，李修生主编：《全元文》第60册，凤凰出版社2004年版，第575页。

点,即"善言"。诗之善者在于诗人性情醇正,达到至圆不加规,至方不逾矩,发情止礼。王礼认为元代亦不乏此类作品,采编这些作品才可以对后世起到可兴、可戒的影响。

当然,如何达到"性情之正",或什么样的作品合乎"风雅正声",是他们需要考虑的重要问题。他们认为要达到这样的要求,其诗歌要"切于世用""关乎世教"。戴良说:

> 我朝为政为教之大凡,与夫流风遗俗之可概见者,庶展卷而尽得。其有关于世教,有功于新学,何其盛也!明往圣之心法,播昭代之治音,舍是书何以哉?①

在诗歌"事功"的主张上,戴良完全同意丁鹤年的选诗之旨。出于"播昭代之治音"的存史意识,他们反对诗与事的分离。王礼引夏霖语说:"作文作诗,无补于世,虽工何益,徒费纸墨耳。"② 在他们看来,工妥优美的诗语用于流离穷厄、悼屈感愤的呼号才适得其所,局限于流连光景、花竹茶酒之逸乐自放,则徒见空言。采诗、选诗能得佳处,"舍是书"之不可见者,需要选者之见与作者之见的高度契合。诗人之德行气质符合选诗者的要求与"流风遗俗"的熏染密不可分。他们认为这种熏陶首先来自元朝"为政为教"之功业。礼乐昌盛的时代,士气自然可以振发,李祁为刘孟简、刘素履《元朝诗选》作序,认为所选之益精在于"吾党之士,适生乎文明之时,而与闻乎治平之声,《文王》《清庙》,洋溢盈耳"③。在遗民的意识中,元代作为礼乐文明的承续,时代之昌明又在于对古圣治道的传承。因此诗人另一方面需要"明往圣之心法",培养气质,向圣贤学习。民俗丕变与

---

① (元)戴良:《皇元风雅序》,《戴良集》,李军、施贤明校点,吉林文史出版社2009年版,第325页。
② (元)王礼:《教授夏道存行状》,李修生主编:《全元文》第60册,凤凰出版社2004年版,第734页。
③ (元)李祁:《元朝诗选序》,李修生主编:《全元文》第45册,凤凰出版社2004年版,第409页。

"养气重学"有直接关联,要达到"性情之正",其作品也应该具有阳明刚直之气。王礼云:

> (伯颜子中诗)美哉!飒飒乎,殆有唐之正音,而阳明之气也。夫文之在天地间,二气之为也。盖阳明之气,在天为日月星辰;在人为刚直,为朴厚……发为文章也,英华俊伟,明白正大。如春阳,如海运。神妙变化,而光彩不可掩抑。阴晦之气,在天为雨雪,为云雾。在人为谀佞,为残忍……得之于文也,浅涩尘浊,暗昧骸骷。如寒萤光,如焦谷芽。读之无足快人意者,则是气之为也。然二气升降无常,而人之气质可变,而况于文乎。①

王礼将诗文分为阳明与阴晦两种,而肯定前者之价值。得阳明之气者首先应具有刚直、朴厚的人格,发为文章俊伟明朗,类乎"唐之正音"。谀佞残忍的人格导致文章浅涩尘浊,不脱阴晦骸骷。但王礼认为二气可以转换,因为人的气质可以改变。气质如何改变?关键之处在于"学",戴良说:"诗之道,行事其根也,政治其干也,学其培也。"②又"文主于气,而气之所充,非本于学不可也"③。肯定人的气质学养在文学创作过程中的作用。古来已有孟子"养气论"、韩愈"气盛言宜"对"文气"说加以讨论,而在元遗民看来,本朝诗人很好地实践了这一点。马祖常、萨天锡、余阙等西北子弟,其族虽来自西北远国,其诗仍有古人之遗风,这是"学问变化气质"的最佳印证。因此他们的使命就是将这些"蕴为冲淡丰蔚之辞章"采编而来,长留天地两间。

历史匆忙的脚步,必定不会因遗民的呼号而停下,但就在不经意的

---

① (元)王礼:《伯颜子中诗集序》,李修生主编:《全元文》第60册,凤凰出版社2004年版,第540—541页。
② (元)戴良:《玉笥集序》,《戴良集》,李军、施贤明校点,吉林文史出版社2009年版,第138页。
③ (元)戴良:《密庵文集序》,《戴良集》,李军、施贤明校点,吉林文史出版社2009年版,第326页。

第十章 遗民的情结:元遗民的心态与诗学观

回首间,那耳畔的回声似乎依旧夹杂着他们痛苦而激愤的余音,袅袅盘桓,不曾散去。明人徐𤊹《红雨楼题跋》载,明万历时期,丁鹤年诗于坊间出售,徐𤊹捐药资以购之,读罢浑然忘却病痛。① 而他们的诗学观亦未曾沉寂,在诗学史的发展脉络中还可以清晰地听到它的搏动。明初宗经复古、重视功利、追求雅正平和的主流文学观的形成,不能脱去与其尚古倾向和关乎世教的实用主张之关系。元遗民虽然出于对忠义道德的执念,提出诗歌抒写真情要回归情性之正,但依然注意到了诗歌要书写普通人之情感。李祁《颜省原诗序》说:"盖《国风》多出于闾巷细民之口,故于人情为尤近。"② 罗大已亦言:"中人之性情不能不有所偏,随其所偏,徇其所至,则溢而为声音,发而为言笑,亦各有自得之妙。"③ "于人情尤近""中人之性情"所关注的均是普通人的情感,这对晚明李贽"童心说"所强调的人心本然状态和个体之情(即由个体差异带来的情感差异),以及公安派"性灵说"所提倡的抒写个人内心的真情实感,无疑有一定的启示作用。而从明末东林党人到清初明遗民主张以理性约束性情,回归情之正与重视经世致用的文学观不又正是元遗民的隔代嗣响吗?

---

① (明)徐𤊹:《红雨楼题跋》下卷,《国家图书馆藏古籍题跋丛刊》第1册,北京图书馆出版社2002年版,第242—243页。
② (元)李祁:《颜省原诗序》,李修生主编:《全元文》第60册,凤凰出版社2004年版,第434页。
③ (明)罗大已:《静思集序》,《静思先生诗集》,张欣点校,北京师范大学出版社2016年版,第356—357页。

结论 元代后期诗学的特点及诗学史地位

一 独具魅力：元代后期诗学的特点

本书以元代后期诗学为研究对象，考察其如何从前代诗学演变而来，又通过怎样的流变方式参与到后代诗学的建构中去。而元代后期诗学也正是在这种流变的过程中显示出其鲜明的特色。

其一，多元性。

现代学术界一致认为元代后期诗学与元代前、中期诗学的直观区别在于后期诗学没有一种主导性的风格特征与理论形态，诗歌观念在此阶段不断变化着，杨维桢主张"人各有情性则人各有诗"，注重观念的多样性成为元代后期诗学主要的表现形式。

顺帝初年，诗学观念仍承续元中期的雅正诗风，强调诗歌政教、道德的实用功能。而此期诗学观念首先在馆阁文臣的历史境遇中悄然发生转变。许有壬及其家人、门客的唱和诗集《圭塘欸乃集》在表现文人隐居生活的文雅闲适之外，也开始反映诗人的忧患、焦虑与矛盾。有着诸多相似经历的馆阁文臣王沂、贡师泰，二人的诗学观念在各自的人生经历中流向不同的方向，如王沂在仕宦与隐居的矛盾中由对老境心态的深切感知，开始关注诗歌老成的审美风格，极力强调自然平淡。贡师泰忽仕忽隐的生命存在则是从理学之"道"中寻找出处、行迹的依据，从而其诗学思想的形成亦因其对矛盾心态的辩白有了合理的解释。

此外，色目文人群体虽然接受中原汉文化濡染，但因其民族性格

结论　元代后期诗学的特点及诗学史地位

和特殊的社会地位,他们的诗学观念独具一格。同样以忠义见称于世的余阙、郑玉,其道义之行是其文学修养的根基,郑玉的诗学观形成于他"和会朱陆"的理学思想中,余阙的诗歌则是儒家传统文化熏陶下的诗学修为,更多地表现为他对《易经》的关注。玉山草堂文人在战乱的间隙中狂歌畅饮,及时享受生命的乐趣,社会事功与责任在他们那里早已被抛弃,文人自身的价值被重新发现,强调个体生命意识在诗歌中的表达,如此成为他们诗学观念的主流,"性情至上""艺术至上"是他们追求的终极目标。同样活跃于吴中,以杨维桢为代表的铁雅诗派与"北郭十友"在诗歌观念上有很大的区别,以强调诗歌"情性"而言,铁雅派偏重于欲望的张扬,北郭文人则偏重于真情的抒发。在易代之际,文人们于战乱的休憩中吟唱苦痛的人生经历,促成元末诗坛的再次繁荣,诗歌成为时人表达黍离之悲、沧桑之感的唯一有效载体。此际,另有一批文人则注意到诗歌"系人心、关政理、明王化"的实用功能,以"知诗观治乱"为创作目的,整理着经年离乱所致的诗学观念的"偏颇"。遗民文人出于对忠义道德的执念与守护文化的职责,诗学观念不仅带有浓郁的尚古倾向,而且自觉地采诗编集,以求存一代诗史。

同时,诗学观念的多元共性也存在于一个作家的思想之中,杨维桢以浪子风流著称于世,注重诗歌的自然与情性特质,但耽于声色的杨维桢其实并没有把崇儒尚礼思想完全抛弃,他的诗学观念中从来没有抹去重功利、重实用的传统诗教观,以至于他认为香奁诗也不过是发乎情、止乎礼的载体而已。

其二,融通性。

诗学的融通性表现在元代后期诗论家能够以通融、客观的学术眼光看待诗学问题。戴良《皇元风雅序》云:"唐一函夏,文运重兴,而李、杜出焉。议者谓李之诗似《风》,杜之诗似《雅》。聚奎启宋,欧、苏、王、黄之徒,亦皆视唐为无愧。"[1] 在宗唐与宗宋的问题上,

---

[1] (元)戴良:《戴良集》,李军、施贤明校点,吉林文史出版社2009年版,第325页。

◆◆◆ 结论　元代后期诗学的特点及诗学史地位

　　戴良以为唐诗与宋诗在理论上都取得了应有的成就，宋代杰出的诗人亦"视唐而无愧"，因此他认为唐、宋诗各有特点，在诗学宗尚的问题上应该取其精华，"格调拟诸汉唐""理趣资诸宋氏"，取汉唐之"格调"，取宋诗之"理趣"。杨维桢重视诗歌对个性的表现，他认为"诗本情性，有性此有情，有情此有诗也。上而言之，《雅》诗情纯，《风》诗情杂。下而言之，屈诗情骚，陶诗情靖，李诗情逸，杜诗情厚，诗之状未有不依情而出者也"①。诗歌从情而来，情依个性而异。情之不同，造就诗之迥异，然而只要是真情的自白，无论纯、杂、骚、靖、逸、厚，都是优秀的诗篇。元后期文人对地域文化及由此生发而来的不同诗学观念也存包容心态，显示出更为开阔的气魄。不同于唐人侧重在不同诗风中取长补短的做法，元人更注重在自然与人文的和谐统一中使诗风达到"尽善尽美"。谢升孙《元风雅序》认为"中土之诗沉深浑厚，不为绮丽语"与"南人诗尚兴趣，求工于景意间"关乎"风气之殊"，不可以优劣而论，诗歌只要是发自性情之作，即是优秀的艺术作品。②

　　元后期诗学的融通性也表现在此期文人对前代诗人诗作的多样解读与取法中。如他们不仅将陶渊明解读为一位正统儒士，取法陶诗"性情之正"的内涵，也把陶渊明解读为一位"逸士"，取法陶诗"平淡自然"的风格，他们从陶渊明的隐逸生活和人格中寻找到了心灵与出处、行迹的精神支撑，也在学习陶诗的过程中充分汲取了陶诗的养料。又如元后期文人崇杜，一方面表现在他们对杜甫流离愁苦生活的切身感受以及与杜甫产生的心灵共鸣，从老杜的襟怀中寻求安身立命的精神支柱。另一方面他们也将杜甫作为忧国忧君、忠君爱国的精神偶像，从杜诗的忧思深广中提取感动人心的精神力量。此外崇杜还表现在他们对杜甫放怀自适、安其所遇的人格魅力的激赏。以此在对杜

---

①　（元）杨维桢：《郯韶诗序》，孙小力校笺：《杨维桢全集校笺》，上海古籍出版社2019年版，第2019页。
②　（元）傅习、孙存吾：《元风雅后集》卷首，《四部丛刊初编本》第329册，上海书店1989年版，第2页。

结论　元代后期诗学的特点及诗学史地位

诗的取法与练择中,形成了他们独具个性的诗学内容。

其三,地域性。

元代后期诗学的一个显著特征就是地域性鲜明。这与元代方志修纂密切相关,元修方志更加注重人文性,辑录当地题咏文字篇幅增大,诗文作品成为方志编撰的重要内容,地域性诗歌总集往往成为方志编撰的阶段性成果。地域性诗集中"时""地""人""诗"的和谐互动,促成了元后期诗学观念的多样化,推动元末地方诗坛,尤其是江南诗坛的繁荣。而在地域性诗集中亦折射出鲜明的诗学思潮。元末战乱中的浙江一带,以戴良、宋濂、陈基等人为代表的金华后学在学术和诗学观念上表现出回归儒家传统的趋势,强调诗歌的经世致用功能。同时诗社集会也在这一带不断举办,促进了地域性诗学观念的交流与传播。以顾瑛为代表的玉山草堂诗人群体,以高启等为代表的吴中诗派和由浙东入吴的杨维桢等人,在诗学思想上表现出对传统的叛逆,倡导诗歌表现情性,张扬个性,风格上追求怪艳奇绝。此外,宣城、闽中等地也都形成了较为系统的地域诗学观念。自古以文献之邦著称的安徽宣城在元末出现诸多诗文大家,有以贡师泰、贡性之为代表的贡氏家族,以张师愚、张师鲁为代表的张氏家族,以汪泽民、汪用敬为代表的汪氏家族等。汪泽民、张师愚不仅是诗人,也是著名的诗选家,二人合选的《宛陵群英集》十二卷收辑了宋至元代宣城籍诗人诗1300多首,集中展示了宣城一地诗坛盛况。在元后期闽中一地诗学盛行,石抹宜孙镇台州、处州时,诸多文人集会的唱和诗集如《诸君唱和诗》《少微倡和集》《掀篷唱和诗》《刘石倡和诗》等纷纷编集,体现了当时当地的诗学风尚。在福建武阳地区,以陈士元《武阳耆旧宗唐诗集》为代表记录了当地专宗盛唐的诗学风气。总之,在元代后期诗学中,地域意识深刻地影响着诗学批评,成为文人及诗论家发表诗学见解的重要参考因素。

其四,普及性。

元后期诗学的普及性一方面反映在非官方的诗歌评比中。宋元之际文化下移的趋势到元代后期仍然继续。就诗歌创作而言,不屑于仕进者、科举落第者以及下第举人成为元后期诗坛的主体构成，由此推动了诗歌及诗学的普及。士人群体流向民间，多以引领士风、振兴诗道为己任，很大程度上促进了民间文坛活动的兴盛。乡评里校之会，尤其在元末江南之地，成为岁不乏绝的文坛盛事。科举制度无法实现的文人价值，通过民间私试评比得以补偿。在私试评比中，文人可以享受到较之于科举更加充分的公平性。同时也为文人提供了更为全面的展示自己才学的机会。另一方面，元后期诗学的普及性也表现于元代科举对社会学诗风气导向作用的转变。元代科举的实施实则造成其对社会学诗风气直接导向作用的减弱，初学者不需要经过严格的诗歌训练而掌握作诗偶对的基本技巧，转而更为重视诗歌创作的速成之法。民间诗学普及读物一时兴起，如《增修诗学集成押韵渊海》《新编增广事联诗学大成》《联新事备诗学大成》《新编增广事联诗苑丛珠》《声律发蒙》《韵府群玉》等，在仁宗皇庆科举恢复后不断重刊。这类诗学启蒙读物对于初学者来说实用性颇强，将声韵、对仗、事类、诗料等内容全部统合在一起的特点，使得这种实用便检的工具书可以让初学者快速有效地达到科举古赋"通古善辞"的要求，只要有大致的诗题，便可以通过不同的检索方式找到想要的辞藻，掌握偶对、押韵的技巧，而且所押之韵均有出处，奇险之韵亦不再是难题。而这些容量庞大的工具书，其内容细密周详，也反映了诗料的择取在日常社会生活中无所不至。如题所谓"增修""新编""增广""联新事备"，足见其触角已经深入社会各阶层。

此外，元后期诗学的普及性也体现在以前代经典诗歌作为元后期童蒙训读的范本。如元后期往往将杜诗、李贺诗作为诗歌启蒙教育的典范教材。而以杜诗为范例撰成的诗法、诗格类著作也进一步促进诗学在民间的普及。

二 承前启后：元代后期诗学在中国诗学史中的地位

郭绍虞《中国文学批评史》将南宋、金、元、明、清时期的文学批评概括为"文学批评完成与发展时期"，而以南宋、金、元为第一期,"是批评家正想建立其思想体系的时期"。① 通过笔者对元后期诗学的研究,这一思想体系(此处主要指诗学体系)的完成正在元代后期,而此期也正是中国诗学进入深入发展、集成期之前的萌芽时代。正如郭绍虞所言:"我们于元人的言论中时常可以找出一些明代文学批评的端倪。所以元代文学批评之消沉,又可说在欲树新帜而规模未宏。"②

其实,元代后期诗学在承前之中又有所发展,这也是它谓之"体系完成期"和"萌芽准备期"的重要原因。兹举一例,如元末文人对陶诗自然平淡的取法直接受到宋人评陶诗的影响,认为平淡与老境直接关联,陶诗的平淡是"落其纷华"的表现。然而,元末文人出于他们对陶诗此种风格的再次沉潜琢磨,在宋人的诗学观念之上又有所补益。宋人严羽评陶、谢诗的区别,着眼于谢灵运诗富丽精工,出自人工雕刻,陶诗质性自然,止写胸中意。而在杨维桢看来,陶、谢诗之所以有"摹形"与"写意"的区别,在于二人对自然景物欣赏与观察的方式不同。杨维桢认为谢灵运对自然景物的欣赏与观察在于"游",是一种"伐山开道"的集体游览,所到之处并不深入体会自然真意,只得山水之"形",所谓之"粗",享受的是游览过程的趣味。陶渊明则在静处深入体察自然之"神",享受的则是景物本身所带来的趣味。故而陶公"得于山",康乐"役于山"。从陶、谢二人对自然景物观察方式的异同处着眼,元人更为深入地阐明了二人诗风的区别。诸如此类论述详见前文,此处不再赘述。

元后期诗学观念亦每每重新出现在后世诗学的叙述中,其脉络清晰可辨。如明初宗经复古、重视功利、追求雅正平和的主流文学观的形成,不能脱去与元末尚古倾向和关乎世教的实用主张之关系。这也便是郭绍虞谓之"端倪"的原因所在。再如元末文人提出的"于人情尤近""中人之性情",就诗歌叙写普通人情感的认识与论述,对晚明李贽"童心说"所强调的人心本然状态和个体之情,以及公安派"性

---

① 郭绍虞:《中国文学批评史》,上海古籍出版社1979年版,第4页。
② 郭绍虞:《中国文学批评史》,上海古籍出版社1979年版,第6页。

灵说"所提倡的抒写个人内心的真情实感,无疑有重要启示。而清代桐城派姚鼐"阳刚阴柔"之说无疑也是对元末文人王礼有关"阴、阳二气"的讨论,将阴、阳二气具体化为不同物象来表现刚直朴厚、英华俊伟与浅涩尘浊、暗昧骸骲两种不同诗文风格的深入阐释。同时,明清两代"集大成"的文化形态在元代后期开始萌芽,如元后期总集的繁荣预示着文化总结与新变时期即将到来。一则求大、求全的总集编撰思想深刻影响了明清两代总集的编撰,从《皇明诗钞》《圣明风雅》《国雅》等总集中不难看出有元诗总集的影响,而网罗一代或通代诗歌在明清两代成为一种普遍的学术风气。再则元后期总集编撰体例为明清两代总集编撰提供了有益启示,明初高棅《唐诗品汇》"四唐说"的提出明显借鉴了杨士弘《唐音》对唐诗的分期。

就"诗学"概念而言,元后期文人有更为清晰的理解。元人的诗学观点多数集中于文集序跋,在题跋文字中阐明一己之诗学观念。传授诗歌格律常识的诗格之作,如《诗法家数》中的《诗学正源》,《诗学禁脔》等标举"诗学"之名,使"诗学"一词作为指示一切诗歌学问的概念由此形成。其实,相比于这类诗法、诗格作品,作为类书性质的诗学读物,如《联新事备诗学大成》等在后世更受关注。以此,我们完全可以做出这样的判断:诗歌创作理论、诗学观念、诗学批评、作诗技巧与常识等内容完整具足的诗学体系在元代后期已初见端倪,直接开启了明清诗学的勃兴。然而,元代毕竟国祚短促,较之于明清两代集大成的诗学形态,"规模未宏",但忽略此一中间环节,中国古典诗学发展史便无从完整对接。

附录　元代后期诗文总集叙录

凡　　例

一、《叙录》辑录元代后期成书或刊刻的诗文总集70种。以成书于元顺帝元统三年（1335）《国朝文类》为起始，止于明洪武初年成书的《元音》《元音遗响》《雅颂正音》《乾坤清气集》等集。诸如杜本《谷音》、孟宗宝《洞宵诗集》等成书于元初，周南瑞《天下同文集》等成书于元中期，而宋绪《元诗体要》、王昂《沧海遗珠》等集成书时间已晚至明永乐、正统年间，故均不在本编的辑录范围之内。

二、《叙录》分断代之选、通代之选、唱和诗集、雅集文会、题赠诗集、家藏集、地域诗集七类，类目之下按成书时序编排，所收部分总集按相同属性合为一则，如《诸君唱和诗》《少微倡和集》《掀篷唱和诗》《刘石倡和诗》均是元末名将石抹宜孙镇处州时与当地文人的唱和集；《师友集》《四明洞天丹山图咏集》《澹游集》《金玉编》为释道等方外诗人所编辑的友朋投赠和题咏之作。

三、《叙录》在书目下介绍总集编撰者、收录诗人诗作特征、编选目的、编撰体例等情况，对总集成书时间、版本信息、存佚情况亦有详细考证。

◆◆◆ 附录　元代后期诗文总集叙录

一　断代之选

一　《国朝文类》七十卷

此集亦称《元文类》（以下简称《文类》）。元苏天爵编。为第一部系统的元人编选元代诗文总集。收录元初至仁宗延祐年间重要作家158人，诗文861篇。

苏天爵（1294—1352），字伯修，世称滋溪先生。祖籍赵郡栾城（今河北栾城），迁居真定（今河北正定）。父苏志道，时称能吏，亦有文名。天爵曾受学于著名理学家安熙。仁宗延祐元年（1314），以父荫入国子学，受业于吴澄、虞集、袁桷、马祖常等当代名士硕儒，对其学术影响至深。延祐四年（1317），参加国子学生公试，拔为第一，由此进入仕途，历任翰林国史院典籍官、应奉翰林文字、奎章阁授经郎、经筵参赞官、参议中书省事等职。顺帝初期，转仕江南各地。至正十二年（1352），卒于平寇军中。天爵一生，著述颇丰。《元史》本传称其"博而知要，长于纪载"[1]，又《四库全书总目》言其"于当代掌故，最为娴习"[2]。曾预修武宗、文宗《实录》。有《国朝名臣事略》十五卷、《元文类》七十卷、《诗稿》七卷、《滋溪文稿》三十卷。另有《松厅章疏》五卷、《春风亭笔记》二卷、《辽金纪年》《黄河原委》《治世龟鉴》等。家世、生平见虞集《道园学古录》卷一四《真定苏氏先茔碑》及《元史》卷一八三、《新元史》卷二一一"本传"。著述情况见史书、《四库全书总目》及钱大昕《元史艺文志》。

现存《文类》前有至正二年（1342）公文二篇，王理、陈旅二序，后有王守诚跋。二序写于元顺帝元统二年（1334），跋文作于元统三年（1335）三月。陈序云："积二十年，凡得若干首，为七十卷，名曰《国朝文类》。"又："伯修学博而识正，自为成均诸生，以至历

---

[1]　（明）宋濂等：《元史》卷一百八十三，中华书局1976年版，第4226页。
[2]　（清）永瑢等：《四库全书总目》卷一八八，中华书局1965年版，第1709页。

官翰苑，凡前言往行与当世之所可述者，无不笔之简册，有《国朝名臣事略》，与是编并著。"① 欧阳玄《国朝名臣事略序》："年弱冠，即有志著书。初为胄子，时科目未行……君独博取中朝钜公文集而日录之。"② 可以判断，二著开始写作的时间应在延祐元年（1314）天爵初为国子生时，而不晚于是年八月朝廷首科乡试。而据王守诚跋文"积以岁年，今始克就编"，"所集《名臣事略》及是书，皆将刊布天下"，二著最终完成并刊印行世于元统三年（1335），故而《文类》的写作历时二十一年（1314—1335）。③

按陈序交代，序文写作之时，已获准于江浙行省印行。次年，"始克就编"。卷前牒文有后至元二年（1336）江浙儒学提举移文，经中书省议准礼部咨文，最后委以江南浙西道肃政廉访司书吏冯谅办理，西湖书院负责校勘镂雕。后至元四年（1338）校勘工作依旧未完成，由西湖书院山长方员、儒士叶森校修。至正元年（1341）十一月二十二日当职提举黄奉政在大都苏参议家见校正所刊第四十一卷，又有所补正。于至正二年（1342）刊印进呈。④ 足见该著校勘精善无憾，受到官方格外重视。据潘祖荫《滂喜斋藏书记》、邵懿辰《增订四库简明目录标注》，《文类》的元刊本有至正元年（1341）孟秋翠岩精舍刊本，后至元二年（1336）、四年（1338），至正元年（1341）、二年（1342）及至正间西湖书院刊本。又据《增订四库简明目录标

---

① （元）陈旅：《国朝文类序》，李修生主编：《全元文》第37册，凤凰出版社2004年版，第248页。

② （元）欧阳玄：《国朝名臣事略序》，李修生主编：《全元文》第34册，凤凰出版社2004年版，第424页。

③ 颜培建《苏天爵的学术成就及其文献学上的贡献》一文认为《国朝文类》写作历时22年（1312—1334），其依据是欧阳玄序文所说"时科目未行"，而皇庆二年（1313）中书省奏议恢复科举，《文类》开始写作时间应早于皇庆二年。（硕士学位论文，安徽大学，2007年，第12、22页）据《元婚礼贡举考》"皇庆科举诏"载皇庆二年科举诏书："明年八月，天下郡县举其贤者能者，充赋有司"可知，科举正式恢复实行是在延祐元年（1314），而是年苏天爵初入国子学，因而其有目的地开始着手收集资料应是在是年八月之前。《四库全书总目》谓"是编刊于元统二年，监察御史王理、国子助教陈旅为之序"，认为该著刊于元统二年，杨镰《元代文学编年史》、颜培建文采此说，显然是同犯了依序判定刊刻时间的错误。

④ 参见（清）陆心源《皕宋楼藏书志》卷一一六，中华书局1990年版，第1308—1310页。

注》邵章续录，有元泰定四年（1327）建安刘君佐刊本及元明间刊本。① 疑建安刘氏刊本并非全本，也足见至元、至正间西湖书院本为官方初刻本，而早在此前已有他本流传。现存元刊本有国家图书馆藏元至正刻本。通行本有1985年缩影元至正西湖书院刊行，明成化九年（1473）吏部修补本（傅增湘《藏园群书经眼录》卷十八著录）；1986年台北世界书局影印摛藻堂本；上海古籍出版社影印《文渊阁四库全书》本。相较他本，四库本另增熊禾《考亭书院记》、欧阳玄《高昌偰氏家传》、虞集《德符堂记》三文，前二文《四库全书总目提要》引叶盛《水东日记》已有说明，疑为书坊自增。此外还有《四部丛刊》本。此本据上海涵芬楼董氏影元本，前有至正二年牒文。

天爵是编有志于追附媲美《昭明文选》、姚铉《唐文粹》、吕祖谦《宋文鉴》，且论者每以此三著与《文类》并称，而力赞天爵独著之勤挚。② 按体裁分，《文类》约收录43种文体，"以载事为首，文章次之，华习又次之，表事称辞者则读而知之者存焉"，故而"因类物以知好尚，本敷丽以知情性"③ 是其主要的编撰目的之一。《文类》所收元代文人作品以虞集最多，姚燧、刘因、马祖常、袁桷、赵孟頫等人次之。其"去取精严，具有体要"④，"不以微而远者，遂泯其实；不以显而崇者，辄襮其善"⑤，元代前中期诗文于此可得概观。按陈序，其编撰的另一重要目的是"有系于政治，有补于世教，或取其雅制之足以范俗，或取其论述之足以辅翼史氏"⑥。虽然限于一人之力，以诗文资治、补史的经世致用目的终难以全面，不免遗珠

---

① 参见（清）邵懿辰撰，邵章续录《增订四库简明目录标注》，上海古籍出版社1959年版，第905页。
② （清）永瑢等：《四库全书总目》卷一八八，中华书局1965年版，第1709页。
③ （元）王理：《国朝文类序》，李修生主编：《全元文》第54册，凤凰出版社2004年版，第6页。
④ （清）永瑢等：《四库全书总目》卷一八八，中华书局1965年版，第1709页。
⑤ （元）王守诚：《国朝文类跋》，李修生主编：《全元文》第39册，凤凰出版社2004年版，第397页。
⑥ （元）陈旅：《国朝文类序》，李修生主编：《全元文》第37册，凤凰出版社2004年版，第248页。

之憾①，但其文献价值以及作为时人选时诗所体现出的元代前中期诗文风格特征、编者诗学思想却不容忽视。

二 《皇元风雅》

题名为《皇元风雅》或《元风雅》的元诗总集从现存版本及存目中可见者有五种。

（一）傅习、孙存吾选编皇元风雅前集六卷、后集六卷

是编又名《元风雅》《元诗》，均系一书，可能是不同版本所用书名之别。② 卷帙或分为前集十二卷，后集十二卷，内容基本一致，亦因版本之别。③ 前集收录113位诗人的作品，后集收入163位诗人的作品，前、后两集间有重出，作为第一部元人选元诗总集，该著在当时及后世产生深远影响。

是书作者，前集题作"旴江梅谷傅习说卿采集，儒学学正孙存吾如山编类，奎章学士虞集伯生校选"，后集题作"儒学学正孙存吾编类，奎章学士虞集伯生校选"。④ 傅习、孙存吾生平爵里无详载。《四库全书总目》载："习，字说卿，清江（今属江西）人。存吾，字如山，庐陵（今江西吉安）人。习仕履不可考。存吾尝为儒学正，亦不详其始末也。"⑤ 前、后二集初次锓梓于李氏建安书堂，后集姓氏目录后有"牌记"云："本堂今求名公诗篇，随得即刊，难以人品齿爵为

---

① （明）叶盛《书〈国朝文稿〉后》云："此书于有元一代之文博矣，然如许文正公《训子诗》、吴草庐《大都东岳仁圣宫碑》、张文忠公《灯山疏》，此等关系世教之作，皆不在。虞、揭此等文字尤多，亦多不在。盖亦伯修早年所成之书，惜乎继之者无其人耳。虽然，不独有元也。"《泾东小稿》卷九，明弘治刻本。

② 丁丙《善本书室藏书志》题为《皇元风雅前集六卷、后集六卷》，影元抄本；《皕宋楼藏书志》《中国善本书提要》《中华再造善本总目提要》题名同，版本分别为影写元刊本、元抄本、元刻本。《文渊阁四库全书》《四部丛刊》《续通志》《续文献通考》题名为《元风雅》，四库所收为内府所藏元刻本。傅增湘《藏园群书经眼录》著录《元诗前集六卷、后集四卷》，为明李氏建安书堂刊本，题作元刊，《天一阁书目》《中国古籍善本书目》亦同。

③ 《文渊阁四库全书》所收为二十四卷抄本，与十二卷本在卷数上互为拆合，诗人、诗作次序安排有所出入，但内容基本一致，应出自元刊本。

④ 王重民：《中国善本书提要》，上海古籍出版社1983年版，第470页。

⑤ （清）永瑢等：《四库全书总目》卷一八八，中华书局1965年版，第1709页。

序。四方吟坛多友，幸勿责其错综之编。倘有佳章，毋惜附示，庶无沧海遗珠之叹云。"① 又虞集序云："清江傅说卿行四方，得时贤诗甚多，卷帙繁浩；庐陵孙存吾，略为诠次。"② 由此可判断傅习极有可能是当时的书商，作为当地儒学学正的孙存吾参与编次，并补编《后集》。谢升孙序曰："庐陵孙君存吾有意编类雕刻，以为一代成书，其志亦可尚已。"③ 而题曰"虞集校选"，则是根据虞序所云。钱大昕《潜研堂集》曾指评虞序浅陋，有"书肆人所假托"之疑。④ 按虞序实为一则简短"题词"，故而文辞简略。从虞、谢二序可知，傅、孙二人在当时颇有名望。《前集》卷五（《四库》本卷九）收录孙诗3首，足见其当时亦活跃于诗坛。谢升孙序曰："是集可无遗憾，若夫可否去取，自有当今宗匠在。"⑤ 谢序作于后至元二年（1336）三月，虞序则写于同年八月，所谓"当今宗匠"意或指虞集，而虞序所谓"前后能赋之贤，未易枚举，偶有未及，非逸之也。若乃仆区区曹、邻之陋，则在所不足录云"⑥，似对谢序的回应。且编者二人与序者二人同为江西籍。因此，钱氏所疑基本可消。

据虞、谢二序，是书在二人作序之前并未有刻本传世，因此刊刻时间应始于顺帝后至元二年（1336）。王重民《中国善本书提要》考《瞿目》《陆志》，得孙存吾另有《翰林珠玉》六卷、《范德机诗集》七卷，分别付刊于孙氏家塾与益友书堂，而《皇元风雅》成书于二著之间，因而是著首刊于何处，今不可知。⑦ 按李氏建安书堂刻本"牌记"，该版付梓时，仍有"征诗启事"，可大致判定该书交由李氏建安书堂首刊，今国家图书馆所藏元刻本，即为此本。据谢水顺《福建古

---

① 王重民：《中国善本书提要》，上海古籍出版社1983年版，第470页。
② （元）虞集：《元风雅序》，《虞集全集》，王颋点校，天津古籍出版社2007年版，第594页。
③ （元）傅习、孙存吾：《元风雅后集》卷首，《四部丛刊初编》第329册，上海书店1989年版，第2页。
④ （清）钱大昕：《潜研堂集》卷三十一，上海古籍出版社2009年版，第565页。
⑤ （元）傅习、孙存吾：《元风雅后集》卷首，《四部丛刊初编》第329册，上海书店1989年版，第2页。
⑥ （元）虞集：《元风雅序》，《虞集全集》，王颋点校，天津古籍出版社2007年版，第594页。
⑦ 王重民：《中国善本书提要》，上海古籍出版社1983年版，第470页。

代刻书》，该书元刻本另有古杭勤德堂本与陈氏余庆堂本。《四部丛刊》影高丽仿元刊本于"牌记"下款中改"李氏建安书堂"为"古杭勤德书堂"，可知杭本是建本的翻刻。此外，傅增湘《藏园群书经眼录》著录《元诗》前集六卷、后集四卷，题作元刊；《皇元风雅》后集四卷，元刊本，为日本西京东福寺藏书。而《文渊阁四库全书》所收为据内府藏本为底本的清抄本，区别在于卷数的析分。

此书编次以作者为纲目，前集以刘因为首，后集以邓文原为第一位，"所录江西人诗最多，盖里闬之间，易于摭拾。惟一时随所见闻，旋得旋录"①，编排次序则不依年齿爵里。其中收入赵孟頫与"元诗四大家"诗最多，赵孟頫34首，范梈29首，虞集28首，杨载28首，揭傒斯25首。由此可以反映编者对本朝诗坛的基本认识，轻重之别，判然分明，大致画出了元代前中期诗坛的等高线。

（二）蒋易辑皇元风雅三十卷

是书又题作《元风雅》《国朝风雅》。②虞集《国朝风雅序》记蒋易《国朝风雅》三十卷，杂编三卷与通行《皇元风雅》三十卷本同，可知二者版本一致，另罗振玉辑《元人选元诗五种》有《国朝风雅》七卷、杂编三卷则是另一版本。据蒋易自序，该集有明确题名，即"皇元风雅"。全书收录元代诗人152家，诗作1300多首。是元人选元诗的重要总集。

蒋易，生卒年不详。字师文，自号橘山真逸（一说号鹤田），建阳（今属福建）人。早年曾从杜本游。元末，左丞阮德柔分省建阳，蒋易入其幕府。有《鹤田集》（一作《鸥田集》，今可见文二卷）。后至元五年（1339）曾为唐姚铉《极玄集》作序。据《四库全书总目》，元末诗人蓝仁《蓝山集》有蒋易序。

三十卷本前有后至元三年（1337）蒋易自序、后至元四年黄清老

---

① （清）永瑢等：《四库全书总目》卷一八八，中华书局1965年版，第1709页。
② 阮元《揅经室外集》卷四、《宛委别藏》题曰元风雅。《千顷堂书目》卷三十二、《福建通志》卷五十一、《全闽诗话》卷六、《爱日精庐藏书志》卷三十五、《滂喜斋藏书记》卷三、钱大昕《补元史艺文志》等题作《皇元风雅》。

序及后至元五年虞集序。自序云："易尝辑录当代之诗，见者往往传写，盖亦疲矣，咸愿锓梓，与同志共之。因稍加铨次……是集上自公卿大夫，下逮山林闾巷布韦之士，言之善者靡所不录，故题之曰《皇元风雅》。第恨穷乡寡闻，采辑未广，乌能备朝廷之雅，而悉四方之风哉！故即其所得者，刻而传之云尔。"① 可知在三十卷刊本之前还有坊间流传的不同传抄本。三十卷本是整理、校勘后的全本。该本于后至元三年始付梓刊刻，历时两年，至虞集作序时行将毕工。据书后蒋易题识，蒋易于杜本平川怀友轩处得见当代名公诗，自此有意收辑当代诗篇，历时十数年，可见该书的编辑工作大致始于仁宗至泰定帝间。现存元本有两种，均为刻本。国家图书馆藏元建阳张氏梅溪书院刻本《皇元风雅》三十卷；元刻本《国朝风雅》不分卷、杂编三卷。罗振玉辑《元人选元诗五种》收连平范氏双鱼室刊本《国朝风雅》七卷、杂编三卷，此本据"唐风楼藏元刊本"影印，与国图所藏元刻本同。七卷本是元代流传的另一种版本，与三十卷本比对，歧异处较多，而三十卷本书版多有挖改、增刻之处，疑从七卷本增补而来。

此书编次体例多受傅习、孙存吾《皇元风雅》影响，以刘因为元诗第一家，以诗人为目进行编排。虞集序曰："若刘先生之高识卓行，诚为中州诸君子之冠。而许公佐世祖成治道，儒者之功，其可诬哉？若师文者，其可以与言诗也夫。"② 可见，其编辑体例受到虞集肯定。而蒋易自序表明其编撰宗旨与采集标准："择其温柔敦厚，雄深典丽，足以歌咏太平之盛。或意思闲适，辞旨冲淡，足以消融贪鄙之心。或风刺怨诽而不过于谲，或清新俊逸而不流于靡。可以兴，可以戒者，然后存之。盖一约之于义礼之中而不失性情之正，庶乎观风俗、考政治者或有取焉。"③ 是集选入诗作以赵孟頫、杨载、范梈、杨奂、揭傒

---

① （元）蒋易：《皇元风雅集引》，李修生主编：《全元文》第48册，凤凰出版社2004年版，第134—135页。
② （元）虞集：《国朝风雅序》，《虞集全集》，王颋点校，天津古籍出版社2007年版，第489页。
③ （元）蒋易：《皇元风雅集引》，李修生主编：《全元文》第48册，凤凰出版社2004年版，第134页。

斯、虞集为多。有些流传不广的诗人诗作，幸赖此集得以保存。如顾嗣立《元诗选》从此集中辑出何失、郭昂等诗作，而他本不传。此外，选诗编撰的旨趣意图以及集中所附编者评语，也是考察编者诗学观念的重要材料。

（三）元朝野诗集无卷数，不著编辑者名氏

此集又名《元风雅》，《四库全书总目·总集存目类一》所录范懋柱天一阁藏本，《续文献通考》卷一九七载："《元朝野诗集》，无卷数，不著编辑名氏。"与《四库存目》同。提要云："所录大抵仁宗以后、顺帝以前之诗。首贯酸斋，终熊涧谷。不分时代，亦不分体制，次序殊为杂乱。案：当时别有《元风雅》二十四卷，乃傅习、孙存吾所辑，视此较为完备。是编残阙舛错，几不可读，疑为未全之帙。顾嗣立《元诗选序例》，载有蒋易《元风雅》一书，或即其残本欤？"① 此处提出该集来源的两种可能：一是蒋易《元风雅》之残本；二是傅习、孙存吾《元风雅》之未全之帙。而蒋易选本未收录贯云石诗篇，傅、孙之书于前集卷一卢挚后录贯云石诗歌，后集卷八有熊涧谷诗。黄虞稷《千顷堂书目》卷三十二著录孙存吾《皇朝野诗集》五卷，傅增湘《藏园群书经眼录》载《皇元朝野诗集》前集五卷、后集五卷，题为傅习、孙存吾所辑。又傅增湘按语云："前日余为张菊生元济购得元本，大板，每集只三卷。"② 由此可见，傅、孙之书有多种残本，故而暂且可以判断《元朝野诗集》为傅习、孙存吾所辑《元风雅》的一种残本，或与之相关的另外一个本子。

（四）皇元风雅八卷，无撰人名，或云宋褧

钱大昕《元史艺文志》著录此集。撰者"或云宋褧"。盖因黄清老、虞集为蒋易《元风雅》所作序言记载。黄氏云："予在京，见宋御史显夫集诗二十年，犹得百十家，欲刊诸湖广，犹日延四方之士而采之，惟恐沧海之有遗珠也，不知今已锓梓否耶？师文有志于是，安

---

① （清）永瑢等：《四库全书总目》卷一九一，中华书局1965年版，第1737页。
② 傅增湘：《藏园群书经眼录》，中华书局1983年版，第1538页。

得并求而刻之,以备一代之盛观云。"① 虞序谓:"监察御史、前进士燕人宋褧显夫,在史馆多暇,其所荟萃开国以来辞章之善,多至数十大编。自草野之所传诵,亦皆载焉。庶几可以为博而传写之难,四方又有不得尽见之病矣。"② 据二序,宋褧确有编选元初以来诗人辞章,也应于二人作序时将以成书锓梓,并与蒋易之书有密切关联,所谓"并求为刻之,以备一代之盛观"。然"百十家"之诗,"数十大编"之容量断非八卷所能容纳。因此是书或为宋褧残编,或为蒋书之断帙,或为另一种本子,仍存疑。

(五)丁鹤年辑皇元风雅

戴良《九灵山房集》卷二九有《皇元风雅序》,序曰:"书凡若干卷,东海隐君子鹤年所辑。鹤年之曾从祖左丞公,以丰功伟绩受知世皇,出入禁近者甚久。鹤年既获濡染家庭之异闻,而且日从鸿生硕士游,粲然之文,固厌饫于平生。一旦退处海隅,穷深极密,与世不相关者几廿载,于是当代能言之士,凋落殆尽,而鹤年亦老矣。乃取向所积篇章之富,句抉字摘,编集类次之,而题以今名。良窃溯其有合于圣人删诗之大端者,为之序。庶几同志之士,共谨其传焉。"③ 丁鹤年(1335—1424),字鹤年,又字永庚。西域回回人。父受世荫为武昌县达鲁花赤,元末武昌兵乱,徙镇江,又避于四明。终身不求仕宦,励志为学,笃尚志操,在元遗民中颇具影响。鹤年在元34年,入明生活56年。丁鹤年与戴良交往始于入明后,二人同避于四明一带。诗文唱和间结为莫逆之交。戴序所谓"鹤年亦老矣",可知此《皇元风雅》编纂已入明。而序者戴良,卒于明洪武十六年(1383),概知此集成书大致在入明后15年内。鹤年是编有强烈的存史意识,从戴良序可见其选诗的标准是"化先于政,知诗为教"的风雅正声和"本乎人心,

---

① (元)蒋易:《皇元风雅》卷首,《续修四库全书》第1622册,上海古籍出版社2002年版,第2页。
② (元)虞集:《国朝风雅序》,《虞集全集》,王颋点校,天津古籍出版社2007年版,第489页。
③ (元)戴良:《皇元风雅序》,《戴良集》,李军、施贤明校点,吉林文史出版社2009年版,第326页。

契乎天理"的性情之正。其目的在于"有关于世教,有功于新学","明往圣之心法,播昭代之治音"①。

三 《大雅集》八卷

赖良编选。编者以个人之力采编元末吴越间诗人2000余首,经杨维桢删选收录100多位诗人300余首诗作。分古体四卷、近体四卷。是集为元代后期重要的诗歌选集。

赖良,生卒年无考,字善卿。天台(今属浙江)人。家世业儒,祖上有名可考者为宋名臣赖好古。至正间于云间(江苏松江)设馆授徒,与杨维桢、钱鼒、卢仲庄、王逢等人交,于三吴诗人最为留意。赖良自识云:"良选诗至二千余首,铁雅先生所留者仅存三百。"② 可知杨维桢参与该集编选工作,现存《大雅集》卷前署"杨维桢评点"。纵览全编,杨氏评语共12条,评点侧重以"二李"诗风考量入选诗作,系出杨氏之手无疑。然评语集中于首卷及顾瑛、郭翼诗处。四库馆臣疑其"或传写不完,或但经维桢点定,中间偶评数首,良重其名,遂以评点归维桢"③,所言应是。

是编有至正二十一年(1361)杨维桢序,至正二十二年钱鼒序。后有王逢序,不署撰年。钱鼒序云:"天台赖先生善卿,以三十年之劳,不惮驾风涛,犯雨雪,冒炎暑,以采江南北诗人之诗。"④ 而据杨序,赖良初意欲效仿宋人杨素编杜诗为《大雅集》,请编杨维桢兵变后诸作,而杨氏婉拒,请之采编"隐而未白者"之作,于是赖良"去游吴越间,采诸诗于未传者"⑤。元后期的全面战乱始于至正十一年

---

① (元)戴良:《皇元风雅序》,《戴良集》,李军、施贤明校点,吉林文史出版社2009年版,第325页。
② (元)赖良:《大雅集叙》,李修生主编:《全元文》第57册,凤凰出版社2004年版,第822页。
③ (清)永瑢等:《四库全书总目》卷一八八,中华书局1965年版,第1711页。
④ (元)钱鼒:《大雅集原序》,李修生主编:《全元文》第59册,凤凰出版社2004年版,第111页。
⑤ (元)杨维桢:《大雅集叙》,李修生主编:《全元文》第42册,凤凰出版社2004年版,第494页。

(1351)，观是集所收诗人多为元末人，所收诗作多叙写元末战乱，间或有应试之作，应为至正十一年乡试用诗之后的作品。因而钱鼐所谓积"三十年之劳"失实，至杨维桢写序之时，赖良有意识的采诗活动应不足十年。据杨序称："得凡若干人，诗凡若干首，将梓以行，来征集名。呼，良亦奇士哉！伟其志而为之出力以锓者，则淞士夫谢履斋氏。余因以山谷语名之曰《大雅集》，盖良以待我，而我以待诸公，庶入是集者皆可以续杜之后，而或有慊焉者不入也。良曰：'然。'"① 又钱序云："会稽杨铁崖先生，批评而序之，命篇曰《大雅集》。而友人卢仲庄氏手为之镂梓。既版行，学者莫不购之以为轨式焉。它日有采诗之官者出，其必将采卿之所采以进于上矣，于是乎序。"② 可知，集名"大雅"为赖良请杨维桢所题。杨维桢作序之时，是编基本成书，将付梓刊刻。而具体刊刻工作得到谢履斋、卢仲庄的帮助，卢仲庄亲自为之镂梓。至钱序撰写之时，已有刊成流传之本。且受到时人青睐，奉为圭臬，以备范式。然据王逢序所云："凡若干人，篇帙凡若干首，类为八卷，名曰《大雅集》。且锓且传，会兵变，止今年，善卿拟毕初志，适有好义之士协成厥美，诣予征序。"③ 可断定至正二十二年所刻并非全帙，在元末动乱之时，该书刊刻间有停滞。八卷本可能在兵祸之后的洪武初年才得以全部刻印，赖良自识、王逢后序似出于此间。

现存《大雅集》有《四库全书》本、罗振玉辑《元人选元诗五种》本，罗刻本据连平范式双鱼室刊，底本为艺风堂影印洪武本，可为洪武全本之佐证。陆心源《皕宋楼藏书志》卷一一七著录《大雅集》八卷为曹溶家藏旧抄本，傅增湘《藏园群书经眼录》卷一八亦著录此本。此外，另有谢国祯藏旧写本、临清徐氏归朴堂写本两种。罗刻本与谢藏写本稍有异处，文字多有脱漏，并脱诗一首，无赖跋，而

---

① （元）杨维桢：《大雅集叙》，李修生主编：《全元文》第42册，凤凰出版社2004年版，第494页。
② （元）钱鼐：《大雅集原序》，李修生主编：《全元文》第59册，凤凰出版社2004年版，第111页。
③ （元）王逢：《大雅集后序》，《文渊阁四库全书》第1369册，上海古籍出版社1987年版，第577页。

另有他人跋文，傅增湘对校后补正。见傅氏《藏园群书题记》三集卷八。朱彝尊《曝书亭集》卷五二有《赖良大雅集跋》一则，记为十卷，此本今不得见。

从杨序可知，赖良编选此集的目的是传"隐而未白"之诗人及诗作，在动乱年代保存江浙文脉。是编所录诗人，均简述其字号爵里。顾嗣立《元诗选》拟据此入癸集，但癸集未能完成，后席世臣《元诗选》癸集多取于此集。元末名位不显之文人诗作得以流传至今，该集之功不可没，具有重要的文献价值。而据钱序，该集采诗编集的标准是"情深而不诡，义直而不回，体约而不芜，词丽而不淫，而未始有不关于世教者"[①]。由此也体现出赖良明确的诗学思想，且加之杨维桢删选、鉴别及批评，该集亦具有重要的诗学价值。

四 《长留天地间集》《沧海遗珠集》

杨士奇《文渊阁书目》、钱大昕《补元史艺文志》著录王礼《长留天地间集》。原集佚。王礼《麟原集》后集卷一、李祁《云阳集》卷三有序文两篇，又王礼《麟原集》后集卷四有《沧海遗珠集序》，知《沧海遗珠集》为《长留天地间集》之续集，前者选编元初以来朝野之诗2300余首，后者补遗500余首。

王礼（1314—1386），字子让，初字子尚。庐陵（今属江西）人。至正十年（1350）魁江西乡试，次年授安远县学教官，至正十六年（1356）任兴国主簿，以亲老辞归。后江西行省参政辟为幕府参谋，又迁广东元帅府照磨。在元生活54年，入明归隐不出，居家讲授，学者称"麟原先生"。诗集不存，有《麟原文集》二十四卷。

李祁《王子让文稿序》云"予与王君子让为斯文友，二十余年矣。始（识）予友子让时，子让方锐意科目"[②]，又李东阳《怀麓堂诗

---

① （元）钱霖：《大雅集原序》，李修生主编：《全元文》第59册，凤凰出版社2004年版，第111页。

② （元）李祁：《王子让文稿序》，李修生主编：《全元文》第45册，凤凰出版社2004年版，第430页。

话》载:"国初庐陵王子让诸老,作铁拄杖采诗山谷间……而云阳晚寓永新,兹会也,盖亦预焉。"① 按王礼中乡榜举人为至正十年,二十余年后,应已到明初洪武年间。李祁约卒于洪武三年(1370),由此可见,李祁作序时间约在洪武元年至三年(1368—1370),王礼《长留天地间集》成书亦在此间,《沧海遗珠集》则稍后。而其采诗活动应在元末明初。

据王礼《沧海遗珠集序》,《长留天地间集》刊行于世后,流行甚广,四方士友又多有诗稿交付,以此便有补遗其编之需。然或因其集编撰仓促,终不免讹误之处。元郭钰《静思集》卷九《寄王进士二首》前有小序,云:"伏睹前乡贡进士王礼子让所刻《长留天地间集》,辱收谬作。厕其间,心窃愧焉,而误名为昂,因笔寄意二首。"② 可知王礼是编将郭钰之作误收作郭昂,应是校勘之漏。然由于是编流传广泛,又郭钰《静思集》直至明嘉靖间才得以校刻刊行,后世选本多因袭王氏之误,直到清人顾嗣立编《元诗选》时才有所察觉,然终究造成混淆。按误收之作应是《宜春赠别》,杨匡和《元代诗序研究》有详致辨说。③

王礼此二集有明确的"采诗存史"之目的。王礼序云:"殆将耸元德以四代,轶汉唐而过之。惜采录无官,文采不尽暴于当世。收而辑之,庸非为士者之职乎?"④ "采诗无官"的现状,让他们主动承担起采诗的职责。而"关乎人心世道之大"成为他主要的编纂思想。二集今虽未存,但其编纂宗旨在编者与评者的诗文集中依然可见一斑,并由此可考察编者的诗学主张。

五 《元朝诗选》

该集今不存,目录著作不见著录,可知其佚失较早。

---

① (明)李东阳著,李庆立校释:《怀麓堂诗话校释》,人民文学出版社2009年版,第269页。
② (元)郭钰:《静思先生诗集》,张欣点校,北京师范大学出版社2016年版,第559页。
③ 参见杨匡和《元代诗序研究》,博士学位论文,广西师范大学,2014年,第161—162页。
④ (元)王礼:《长留天地间集序》,李修生主编:《全元文》第60册,凤凰出版社2004年版,第575页。

李祁《云阳集》卷三有《元朝诗选序》，交代其编者为刘孟简、刘素履。二人生平无考。据李序，刘孟简为前乡贡进士。尝有诗作，今不见。

按序所记，刘孟简曾欲选编元诗刻印付梓，拟定为甲至癸十集，然孟简只完成甲、乙两集的编撰工作后便离世。其弟刘素履接续兄长之事业，乙集以下，精加选刻，完成自丙至癸集的编撰。而孟简之诗亦选录在乙集之后。李祁所见之本，应是全本。序中对孟简之诗及兄弟二人编校之精多加褒赏。按李祁入明不久便卒，是集应成书于至正后期。

序云："吾党之士，适生乎文明之时，而与闻乎治平之声，《文王》《清庙》洋溢盈耳，式和且平，以成我国家淳庞悠久之盛，不其幸哉！"① 可知，《元朝诗选》所选之诗亦多歌颂升平之作，其编选目的亦为有功世教之属。

六 《元朝文颖》

朱右编。其《白云稿》卷五有自序。是集不存。目录著作亦不见著录，佚失较早。

朱右（1314—1376），字伯贤，台州临海（今浙江临海）人。以《尚书》经应进士举，不得志，遂刻意于辞章。在元时曾任庆元路慈溪县儒学教谕、绍兴路萧山县儒学教谕、萧山县主簿、江浙行省照磨、左右司都事转员外郎等职。至正二十一年（1361）献《河清颂》，不遇而归。洪武三年（1370）以宋濂荐召至京师，预修《元史》，史成还乡。此后多有征用，曾任翰林国史院编修官，相府长吏等职。有《春秋传类编》《三史钩玄》《唐宋六先生文集》《理性本原》《元史补遗》等著述，其集曰《白云稿》，十一卷。

据其自序，《元朝文颖》若干卷，成书在《春秋传类编》《三史钩玄》《唐宋六先生文集》后。该著编辑六十余位作家之广为传诵的篇

---

① （元）李祁：《元朝诗选序》，李修生主编：《全元文》第45册，凤凰出版社2004年版，第409页。

章，并附有朱右本人的评语。认为这些文章足以"神三代而轶汉、唐"，而其选编标准便是"神治化、代王言、垂世范者"，因而"各取人人之长，而拔其尤萃者，非相与较是非、论短长也"。朱右认为"文者，英华之外见者也。文采外见，莫花木若也"，以此他将有元一代文章分为三个阶段："国初之文，犹花木之蓓花""至大、延祐间，则葩敷荄邑""天历以来，春气毕达，百卉竞冶，奇态媚姿，光焰发越，则极其著见矣"。① 因此，通过文章可以观世变、观人心。

七 《雅颂正音》五卷

刘仔肩编。仔肩，生卒年不详。字汝弼，鄱阳（属江西）人。洪武初年经人举荐，应召入京师。是集便是仔肩在金陵时所编。辑明初滞留于京师的50余位诗人之作，上自公卿，下至衲子，所取范围较为广泛，体例仿照《玉台新咏》《国秀集》等著。

有洪武三年（1370）宋濂、张孟兼前、后二序，是集成书应在此间。现通行本为《四库全书》本，其底本为洪武旧刻本。《明史·艺文志》《皕宋楼藏书志》等书志有著录。陆氏《书志》所录为吴枚菴旧藏明洪武刊本，录有董氏手跋，详记此本流传情况。

洪武初期之金陵是诗文家荟萃之地，虽然诗家仍是那些经历元末战乱而来的故人，却多已体会到新朝的气象。是集与元末诸集在成书时间上大致相近，但相较他集主于辑录有元一代诗歌，或编选元诗之遗响，此集则重于表现开国之音。从而是集有标志性意义，为元代总集之结，启明代总集之绪。四库馆臣云："其时武功初定，文治方兴，仔肩拟之雅颂，固未免溢美。要其春容谐婉，雍雍乎开国之音，存之亦足以见明初之风气也。"② 所言极是。是编在编选方式上，随得随录，因此未能去粗取精，缺乏反复的排斥吸收，但在元末明初，诸家还没有别集编成之时，此集依然具有重要的价值。以诗学角度观

---

① （元）朱右：《元朝文颖序》，李修生主编：《全元文》第50册，凤凰出版社2004年版，第541页。

② （清）永瑢等：《四库全书总目》卷一八九，中华书局1965年版，第1713页。

之，此集的编辑刊行也是考察元代后期诗学向明初诗学转变的重要材料。

八 《元音》十二卷

《四库全书总目提要》标示"不著编辑者名氏"。据卷前乌斯道序，该集为孙原理采辑，陈孟凝编选，张中达校正。收录176位元代诗人之诗篇。是影响较大的元诗选本。

三人均系元末明初人，字贯里爵不详。据乌序，陈孟凝精于诗，曾参加明初科举，做过古田县令。张中达在洪武年间为定海邑丞。

是编有洪武十七年（1384）乌斯道序，建文三年（1401）曾用臧序。乌序云："定海邑丞张侯中达校正，其子再昌、再隆请锓梓。"① 说明是编首次刊刻于此时，而完成校勘也应在张中达任定海县丞间，具体时间无考。曾序云："丞于淛之定海也，得以闲日，校正元朝百余年间诸公诗歌而板行之，其淑人也，远矣哉！近年此板几于遍传。"② 可见此书流传之盛，十多年间，初版已供不应求，因而有建文三年之重版，曾序亦追刻于卷前。现存版本有明抄本，民国初年董氏诵芬楼覆刻明建文本及四库本。陆心源《皕宋楼藏书志》卷一一七著录为明抄本。傅增湘《藏园群书经眼录》卷一八著录两个版本，明建文刊本与明棉纸蓝格写本。刊本前一种有姚鼐签一条，为翰林院所藏四库发还之书。③

是编所选，多于诗人姓氏之下略记籍贯生平。选元初诗人少而元末多，古体少而近体多。可能受到傅习、孙存吾及蒋易《皇元风雅》影响，亦以刘因为元诗之首，而终于龙云从。卷末有无名氏诗7首及一组补遗，补入陈益稷、程文海、滕宾、虞集，共11首。均为原目所未载，可能出于校勘者之手。该书选诗以虞集最多，共106首（含补遗5首），

---

① （明）乌斯道：《元音序》，《元音》卷首，《文渊阁四库全书》第1370册，上海古籍出版社1987年版，第404页。
② （明）曾用臧：《元音序》，《元音》卷首，《文渊阁四库全书》第1370册，上海古籍出版社1987年版，第405页。
③ 傅增湘：《藏园群书经眼录》卷十八，中华书局1983年版，第1540页。

其次为杨载、范梈，对元诗体认颇为公允。由于编选者皆经历易代战乱，并仕于新朝，"至若元之盛衰，观其诗又不可知欤"①，因而编刻目的在于总结元亡教训，使一代之诗传于后世，以使人知元代之世运。在这一点上，是书与此前诸集有明显区别。而在选诗标准上亦有意避免元末秾缛之习。四库馆臣云："去取之间，颇具持择。虽未能尽汰当时秾缛之习，而大致崇尚风格，已有除烦涤滥之功。"② 诚是矣。

九 《元音遗响》十卷

不知编者名氏。前八卷为胡布诗，又名《崆峒樵音》。张烈（字启光）校刊。卷九为张达诗，卷十为刘绍诗，胡福（字元泽）类集。

三位作者生卒年不详。胡布，字子申；张达，字季充，二人均为盱江（今属江西）人。刘绍，字子宪，黎川（今属江西）人。三人均为元遗民诗人。据《四库全书总目》考集中所收之诗，刘绍为胡布姻家，曾入汝南王幕，在元末均曾参谋军事。胡布亦曾奉使海外。据胡布《丙辰岁狱中元夕》诗注："先生以高蹈有忤时政，被谪。"及《丙辰十月初五发龙江诗》知洪武九年（1376），胡布曾受明廷征召，不入，归乡隐居。③

现存《元音遗响》有明初抄本、《四库全书》本。王重民《中国善本书提要》有著录，谓抄本与《四库全书》本同出一源，最后归于海源阁，海源阁别有明宣德间三卷抄本。④ 傅增湘《藏园群书经眼录》卷十八著录此集亦为海源阁遗集，为十卷本，是从明初本影抄而来的旧写本。⑤

是编所收三人之诗，罕见于他集，三位诗人在元末明初亦不见经传。因此其文献价值颇大。四库馆臣评三人诗，"格调亦皆高古，不

---

① （明）乌斯道：《元音序》，《元音》卷首，《文渊阁四库全书》第1370册，上海古籍出版社1987年版，第404页。
② （清）永瑢等：《四库全书总目》卷一八九，中华书局1965年版，第1713页。
③ （清）永瑢等：《四库全书总目》卷一八九，中华书局1965年版，第1713页。
④ 王重民：《中国善本书提要》，上海古籍出版社1983年版，第471页。
⑤ 傅增湘：《藏园群书经眼录》卷十八，中华书局1983年版，第1541页。

失汉、魏遗意"①。集中多载诗人诗序及自叙，可为考察元遗民诗人诗歌风格及诗学思想提供些许线索。

十 《乾坤清气集》十四卷

偶桓编。桓，生卒年不详。字武孟，号海翁，因眇一目，又自号"瞎牛"。太仓（今属江苏）人。明方鹏《昆山人物志》卷三有载。元末曾隐居乡里，与杨维桢、倪瓒有诗文交往，倪瓒极称之。入明，于洪武二十四年（1391）举秀才，任荆门州吏目。

朱彝尊《静志居诗话》云："明初诗家操选政者，赖良直卿、许中丽仲孚、刘仔肩汝弼、沈巽士偶、王偁孟敭，皆有所蔽，惟瞎牛《乾坤清气》一编能别开生面。"② 可知其与赖良《大雅集》、刘仔肩《雅颂正音》等著在成书时间上应相差无几，而后世评家对其评价甚高。《四库全书总目》称："元诗选本，究当以此编为善。"又："虽卷帙无多，而去取极为不苟。"③ 现存版本有《四库全书》本及诸种抄本。丁丙《善本书室藏书志》卷三九著录为旧钞本。《乾坤清气集》所录上起宋、金之末，下至明初，在明初影响较大。受元后期《皇元风雅》体例影响，以刘因为元诗第一家，分体编次，以诗人为纲，且不拘于次序排定，所录诗人诗作往往间出，而部分诗作为诗家别集所未录，因此极具文献价值。编者偶桓作为由元入明之士，对元诗之甄别去取，也体现出与元末诸选家的区别。

二 通代之选

一 《唐音》十四卷

杨士弘编。杨士弘（一作士宏），生卒年不详。字伯谦。襄阳

---

① （清）永瑢等：《四库全书总目》卷一八八，中华书局1965年版，第1711页。
② （清）朱彝尊：《静志居诗话》卷六，黄君坦校点，人民文学出版社1990年版，第167页。
③ （清）永瑢等：《四库全书总目》卷一八九，中华书局1965年版，第1712页。

（今属河南）人，寓居清江（今属江西）。曾任涟水教官，调广东宪幕。好学善属文，尤好唐诗，编选唐人诗作1341首，成《唐音》十四卷。分"始音"一卷、"正音"六卷、"遗响"七卷，另加以子卷（实则总十五卷）。是书成书于至正四年（1344），有虞集序，杨士弘题识。"始音"部分只录王、杨、卢、骆"初唐四杰"的作品，以其初变六朝，而音声一致。"正音"以五、七言古、律、绝各分类，又分以初唐、盛唐、中唐、晚唐各一类。"遗响"包罗诸家，附以僧诗、闺诗。以李白、杜甫、韩愈三家，世多全集而未录。《四库全书总目》云："其书积十年之力而成，去取颇为不苟。"① 杨氏对唐诗的分期在唐诗学中影响颇大，李东阳《怀麓堂诗话》云："选诗诚难。必识足以兼诸家者，乃能选诸家，识足以兼一代者，乃能选一代。一代不数人，一人不数篇，而欲以一人选之。不亦难乎？"② 高棅《唐诗品汇》袭其体例而发展之。是集现存有明初建安叶氏刊本、《四库全书》本、"湖北先正遗书"本。丁丙《善本书室藏书志》卷三八著录为明嘉靖刊本。至正十四年（1354），丹阳人颜润卿耗六年之功校笺考释《唐音》，成《唐音辑释》。宋讷《西隐集》卷六有《唐音辑释序》，序云："既镂梓天下，学诗而嗜唐者争售而读之，可谓选唐之冠乎。"③ 可见《唐音》在元末社会的流行程度，而《唐音辑释》的编撰，进一步促进《唐音》流传。《唐音》的编撰是元代后期诗学宗唐倾向的集中展示，而其所选如李贺者，又为元末宗崇李贺"长吉体"的诗学倾向作了推毂工作。

二 《古乐府》十卷

左克明编。左克明，字德昭，豫章人。为南昌铁柱观道士。是集将古乐府词分为八类：古歌谣、鼓吹曲、横吹曲、相和曲、清商曲、

---

① （清）永瑢等：《四库全书总目》卷一八八，中华书局1965年版，第1710页。
② （明）李东阳著，李庆立校释：《怀麓堂诗话校释》，人民文学出版社2009年版，第104页。
③ （元）宋讷：《唐音辑释序》，李修生主编：《全元文》第49册，凤凰出版社2004年版，第419页。

舞曲、琴曲、杂曲。每种曲下简撰题解。该集有至正丙戌（1346）左克明自序。又《元人文集珍本丛刊》本《雍虞先生道园类稿》卷一七有虞集《新编古乐府序》。序云："豫章左克明，俨然冠裳，居铁柱延真万年宫，而修孝养于其亲，岁时无缺。其殁也，买田故乡，与其兄弟之子奉祭祀焉。十数年来，以儒家之学教卿大夫士庶之子弟，从之者众。间尝取中古以前书传之所存，汉魏以后文辞之所录，集为《古乐府》十卷，而略为之说。此吾成均之事，左君得而用之，其亦知本也夫！"[①] 按虞集去世于至正八年（1348），盖知此集应在至正六年或稍前即已成书，而左氏编撰此集应始于顺帝至顺、至元年间。宋郭茂倩《乐府诗集》于后至元六年（1340）在济南刊刻，左氏开始编撰此集要稍早于郭氏《乐府诗集》刊行，况左氏远在江西，可知左氏之集定非蹈袭《乐府诗集》。左氏自序交代此集编撰缘由云："风化日移，繁音日滋，惧乎此声之不作也，故不自量度，推本三代而上，下止陈、隋，截然独以为宗。虽获罪世之君子，无所逃焉。"又："冠以古歌谣词者，贵其发乎自然，终以杂曲者，著其渐流于新声。"[②] 可知，此集的编撰有明确的指向，"世之君子"应该就是倡导新乐府创作的杨维桢。但左氏之诗学目的终没有被时代所认可，然而对于考察元末文学生态与诗学走向仍具有重要意义。丁丙《善本书室藏书志》卷三九著录此集为海宁周氏所藏元至正刊本。陆心源《皕宋楼藏书志》卷一一六著录为明刊本。现存有四库本及多种明清刻本。

三 《古赋辨体》八卷、外集二卷

祝尧编。祝尧，生卒年不详。字君泽，上饶（今属江西）人。中延祐五年（1318）进士第，为江山尹，后迁无锡州同知，又云官萍乡州同知。《江西通志》《广信府志》有小传。此集为两汉至宋代赋作选

[①] （元）虞集：《新编古乐府序》，李修生主编：《全元文》第26册，凤凰出版社2004年版，第101—102页。

[②] （元）左克明：《古乐府原序》，《古乐府》卷首，《文渊阁四库全书》第1368册，上海古籍出版社1987年版，第429页。

◆◆◆ 附录　元代后期诗文总集叙录

本，正集八卷选录自《楚辞》以下，两汉、三国、六朝、唐、宋诸朝赋，每朝仅录取数篇，前有题解，以辨其体格特征。外集二卷，选拟骚、琴操歌等，为赋家之流。是集有祝尧自序、成化二年钱溥序。其自序云："古今之赋甚多，愚于此编非敢有所去取，而妄谓赋之可取者止于此也，不过载常所诵者尔。其意实欲因时代之高下，而论其述作之不同；因体制之沿革，而要其指归之当一。庶几可以由今之体，以复古之体云。"① 可知祝尧编选是集的主要目的是明辨赋体文学在各时代的特征，最终把握赋的总体特点。其编撰与元代科举考古赋应有直接关联。四库馆臣以为"采撷颇为赅备"，"于正变源流，亦言之最确"②。陆心源《皕宋楼藏书志》卷一一五著录为明刊本。现存有《四库全书》本，明成化二年刊本，安南刊本等诸种版本。是集对于文学批评史及文论史有重要意义。

四　《风雅翼》十四卷、《风雅类编》、《古今风雅》

此三集是元人编选的历代诗文选。《风雅翼》存；《风雅类编》《古今风雅》佚。

《风雅翼》，刘履编。刘履，生卒年不详，大致生活于元末明初。字坦之，上虞（今浙江绍兴）人。入明隐居，自号草泽闲民。洪武十六年（1383）浙江布政使强起之。到达京师后又以老疾辞还，未及行而卒。《浙江通志》"隐逸传"有其简传。《风雅翼》十四卷，前八卷为《选诗补注》，取《文选》中的诗篇进行删补训释，大致本以理学观点，断以己意。卷九、卷十为《选诗补遗》，从散见于传世诗集中的古歌谣词选录 42 首，以增补《文选》之遗。后四卷为《选诗续编》，从唐宋诗中选录 159 首，作为《文选》嗣音。是集大致成书于明初，丁丙《善本书室藏书志》卷三八著录此集为明嘉靖刊本。现存有《四库全书》本。《四库全书总目》云："其去取大旨，本于真德秀

---

① （元）祝尧：《古赋辨体篇目序》，李修生主编：《全元文》第 39 册，凤凰出版社 2004 年版，第 664 页。

② （清）永瑢等：《四库全书总目》卷一八八，中华书局 1965 年版，第 1708 页。

《文章正宗》。其诠释体例，则悉以朱子《诗集传》为准。"而其所选盖多有不工之处，如论杜甫《三吏》《三别》"太迫切而乏简远之度"；论《塘上行》后六句，则"不明文章之体裁而横生曲解"等。①

《风雅类编》，袁懋昭编。袁懋昭，生卒字里不详。欧阳玄《圭斋文集》卷七有《风雅类编序》。为袁懋昭通过欧阳玄宗侄求得此序。据序文，《风雅类编》以世代次序，起四言至乐府，止五言、七言、绝句。其体例参仿《诗谱》，得到欧阳玄赞同，谓之"论建精详，去取简当，他日书成，于风雅岂小补哉"②。

《古今风雅》，李持义编。李持义，生卒字里不详。少壮习明经，期以致用。晚年则隐于医。时人称之"杏隐先生"。于诗歌，能以经为之本，编《古今风雅》以张其诗学。梁寅《石门集》有《古今风雅序》。可知《古今风雅》的编撰体例参照宋真德秀《文章正宗》③，而其编撰目的是知诗以为教，故而是集多取关乎风教之作，《诗经》、建安诗、李杜诗为其选录之重。

五 《诗渊》不分卷

《诗渊》著录于《文渊阁书目》，佚名编撰。原书无序无跋。属于未完稿，有稿本15册。所收作品截至明初诗人。据此可推测编者当是明初人。《诗渊》收录于《文渊阁书目》，而不见引用于《永乐大典》各韵，说明《诗渊》的编纂约在洪武时期，而成书时间与《永乐大典》同时或稍晚。此集按天、地、人等分类抄录，所录诗歌上迄魏晋，下至明初，具有类书性质。收宋、元之作最多，元代诗家合计380多家。元末张雨唱和总集《师友集》，亦收录其中，《师友集》今不易得见，幸赖此集得以保存。1985年书目文献出版社陆续影印出版，分装6册。

---

① （清）永瑢等：《四库全书总目》卷一八八，中华书局1965年版，第1711页。
② （元）欧阳玄：《风雅类编序》，李修生主编：《全元文》第34册，凤凰出版社2004年版，第439页。
③ （元）梁寅：《古今风雅序》，李修生主编：《全元文》第49册，凤凰出版社2004年版，第419页。

◆◆◆ 附录 元代后期诗文总集叙录

三 唱和诗集

一 《经筵唱和诗》一卷

苏天爵及馆阁文臣、京师诗人唱和之诗。编者抑或为当时经筵官员。目录著作未著录,诗集亦不传,佚失较早。有陈旅序文一篇。

据陈旅序文,此次经筵及唱和赋诗活动在顺帝初期,"文皇帝以明宗有观书之喻,开奎章阁……今上皇帝以明考元子入绍天统,有志祖宗之事,御极之初,即命两丞相与贤臣硕彦之在著定者,以圣谟嘉言与凡经籍所载可以充广聪明、增崇德业者,一月三进讲。上接听忘倦,而时有傲惕之色。于是益优礼讲官,既赐酒馔,又以高年疲于步趋也,命皆得乘舟太液池,径西苑以归。闻者皆为天子重讲官若此,天下其不复为中统、至元之时乎?今监察御史镇阳苏君伯修时为授经郎兼经筵译文官,论定其说,使译者得以国言(蒙古语)悉其指归。沐日又赋诗铺写盛事,约同馆之士与京师能诗者和之,汇为一卷,不鄙谓旅,使序之"①。按苏天爵任监察御史、奎章阁授经郎为文宗至顺三年(1332),元统元年(1333)复拜监察御史,元统二年(1334)寻除中书右司都事,兼经筵参赞官。可知此次唱和赋诗活动具体时间应在元统二年,而陈序亦作于此年。此集只一卷,刊刻与否,陈旅并未交代。按此集后世不传,抑或此本只有当时馆阁文臣间的传抄本。由此集可知顺帝初御皇极时馆阁文坛之兴盛。

二 《第一山唱和诗》

纳璘不花编。书目著作无著录,佚失较早。光绪二十九年(1903)重校本《盱眙县志稿》卷一三录有陈奎《第一山唱和诗序》。

序称:"至元戊寅之孟冬,山阳马仲良、汝南陈天章、大梁谢景

---

① (元)陈旅:《经筵唱和诗序》,李修生主编:《全元文》第37册,凤凰出版社2004年版,第249页。

阳同游，适监邑高昌纳公鼎建淮山书院于上，以为斯道倡。观览之余，非徒得山水之乐，抑又喜夫监邑化民□德教也。遂各书所述，以纪此山之胜。"[1] 纳璘不花，字文灿（一作文粲），号絅斋。色目高昌（即畏吾）人。泰定四年（1327）进士，后至元三年（1337）官盱眙县达鲁花赤。后至元四年于"第一山"建淮山书院，时有马仲良、陈天章（陈奎，字天章，汝南人）、谢景阳同游并赋诗以纪，并编为《第一山唱和诗》，编者应为召集者纳璘不花，而陈奎为序。此集今不存。席世臣《元诗选癸集》录《题第一山答余廷心》一首为纳璘不花所作[2]，应出自此集。

三 《圭塘欸乃集》二卷、《圭塘补和》一卷

前集又名《圭塘唱和集》，为许有壬及其弟许有孚、子许桢、门客马熙的唱和诗集，许有孚编。后集为其门客马熙补和之作，马熙编。前集录诗219首，乐府词66首。后集补和诗78首，词8首。

许有壬（1286—1364），字可用，彰德汤阴（今河南汤阴）人。延祐二年（1315）进士，历仕七朝，垂五十年。至正间，曾两拜中书左丞，致仕给奉。元一代通过科举而登政府者，唯有壬一人。[3]《元史》卷一八二有传。有《至正集》百卷、《圭塘小稿》十卷。许有孚，生卒年未详，字可行，别号洹滨。有壬之弟。由国学上舍登至顺元年（1330）进士第。历任湖广儒学副提举、湖广行省检校、南台御史、太常院同佥。许桢，生卒年未详，入明仍在世。字元幹，有壬之子。至正间任秘书郎。马熙，生卒年不详。字明初，衡州安仁（今属湖南）人。曾官右卫率府教授。

是编有至正十年（1350）七月周伯琦序，后有段天佑、周溥、哈剌台、丁文昇、黄昪、赵恒、张守玉、王翰、王国宝、许有孚十篇跋

---

[1] （元）陈奎：《第一山唱和诗序》，李修生主编：《全元文》第55册，凤凰出版社2004年版，第117页。

[2] 杨镰辨此诗为纳璘不花作，非高纳璘所作。参见《元代文学编年史》，山西教育出版社2005年版，第398页。

[3] 参见（清）顾嗣立编《元诗选初集》卷二十四，中华书局1985年版，第790页。

文。其中标注时间者：周跋作于至正十年（1350），哈跋于至正十一年（1351），赵跋于至正二十四年（1364），许跋为洪武十三年（1380）。① 此外还有至正二十四年（1364）陆焕然、赵恒题诗二首。又顾嗣立《元诗选》初集、丙集及邓显鹤《沅湘耆旧集前编》卷三六录马熙《圭塘补和序》一文。至正八年（1348）许有壬致仕回乡（相州）后，以赐金购得康氏废园，经重建名为"圭塘别墅"，与亲友觞咏唱和其中。② 又据马熙《圭塘补和序》云："欸乃既歌之明年，熙如京师，可行洎桢日侍安阳公，觞咏圭塘，更唱迭和，诗辞凡二百四十有九。又明年，桢来京师，熙始得伏读全集。"③ 所谓"欸乃既歌"应指唱和开始之至正八年，知马熙于至正九年所见为未全之帙（按周伯琦所见为285首），至正十年始见全编。因而是集成书于至正十年。是年书成之后，七月邀周伯琦作序。而此后马熙又有补和，成《圭塘补和》一卷，附于编后。洪武十三年有孚跋文，"右《倡和集》一帙，江湖友人躬录而装潢者二十八年矣"④。"江湖友人"即丁文昇，可知丁文昇跋文作于至正十三年（1353），是年有丁文昇手抄本。而洪武间许有孚补正修葺本所据即此本。

从跋文情况看，是集在元末流传甚广。而今存之本为洪武十三年许有孚修补本。有《四库全书》本、艺海珠尘刻本及清抄本数种。丁丙《善本书室藏书志》卷三八著录此集为陈仲鱼藏旧抄本。王重民《中国善本书提要》著录包括四库本在内的两种抄本。钱大昕《补元史艺文志》著录此集为三卷，应包括《圭塘补和》一卷。

此集与顾瑛《草堂雅集》成书时间相近，但集会唱和之规模远逊顾氏草堂。顾氏草堂雅集是南方文人及诗坛之文学活动，而圭塘唱和则代表了北方文坛的诗歌创作活动。且圭塘唱和为"自相师友"的形

---

① 按，有孚跋文题曰"上章涒滩岁夏四月初吉洹滨识"，"上章涒滩岁"为庚申岁，即洪武十三年（1380），丁文昇跋文中有"洹滨御史领归抄录"语，知洹滨为有孚别号。参见（清）永瑢等《四库全书总目》卷一八八，中华书局1965年版，第1708页。
② （清）永瑢等：《四库全书总目》卷一八八，中华书局1965年版，第1708页。
③ （元）马熙：《圭塘补和序》，李修生主编：《全元文》第56册，凤凰出版社2004年版，第128页。
④ （元）许有孚：《圭塘欸乃集跋》，《圭塘欸乃集》卷下，《文渊阁四库全书》第1366册，上海古籍出版社1987年版，第912页。

式,许有壬作为元代后期重要的馆阁文臣,其诗学观念的变化在此间致仕归隐后表现尤为明显。其矛盾之心态在唱和诗作中时有反映。因此是集对于考察元代后期诗学思想的转变有重要意义。

四 《荆南倡和诗集》一卷

元末周砥、马治唱和诗集。周砥(1367年前后在世),字履道,号东皋,平江(今江苏苏州)人,侨居无锡。治(1332—?),字孝常,宜兴(今属江苏)人。《明史》卷二八五《陶宗仪传》末附有二人简传。据《元史》及《新元史》,元代另有周砥一人,曾参与附修三史,任国子祭酒。按《明史》载,周砥"以词学知名""博学工文词",与马治交善,遭战乱客于马治家,二人遍游阳羡山溪之胜。① 而砥后从张士诚,死于兵乱,其卒年约在至正二十七年(1367)张士诚败亡之时。洪武时马治为内邱知县,迁建昌知府。洪武十七年(1384)尚在世。

此集有郑元祐序,砥、治二人自序,高启后序及题诗两首,洪武十年(1377)徐贲题志,明宪宗成化四年(1468)李应祯、成化五年张弼集后书跋。据砥序,砥于至正十三年(1353)至至正十五年(1355)避乱于马治家,三年间二人处同馆,随时唱和,将所作之诗积为一卷,题为《荆南倡和诗》。十五年秋七月抄录为两帙,二人各留一帙,借此"以识穷愁忧患之岁月"②。因而是集成书于至正十五年。按高启序,马治以其所留手录本交于高启,高启又出示于吕敏。后由吕敏归诸马治。③ 明成化间,乡贤李廷芝将此本携至京师,于明宪宗成化四年由李应祯、张弼校正付梓,张弼撰写跋文已至成化五年正月,故而此集最终刊刻于明宪宗成化五年。④ 现存四库

---

① 参见(清)张廷玉等《明史》卷二八五,中华书局1974年版,第7326页。
② (元)周砥:《荆南倡和诗序》,《荆南倡和诗集》,《文渊阁四库全书》第1370册,上海古籍出版社1987年版,第231页。
③ 参见(明)高启《荆南倡和诗集后序》,《荆南倡和诗集》,《文渊阁四库全书》第1370册,上海古籍出版社1987年版,第256—257页。
④ 参见(明)张弼《书荆南倡和诗集后》,《荆南倡和诗集》,《文渊阁四库全书》第1370册,上海古籍出版社1987年版,第258页。

本之底本即此本。丁丙《善本书室藏书志》卷三九著录此集为王莲泾、顾秀野藏明刊本。陆心源《皕宋楼藏书志》卷一一七著录为拜经楼藏旧抄本。

是集后附录数首马治哀悼与追和周砥之诗。在元末战乱中二人以唱和相慰相藉，其别集均不存，诗歌有赖此集流传。四库馆臣以为："砥以吟咏擅长情致缠绵。治诗稍逊于砥，而隽句络绎，工力亦差能相敌。以视松陵倡和、汉上题襟，虽未必遽追配作者。"① 所言应是。而二人之自适吟咏、以诗慰藉之诗学观念在集中亦有所反映。

五 《诸君唱和诗》《少微倡和集》《掀篷唱和诗》《刘石倡和诗》

此四种诗集是元末名将石抹宜孙镇处州时与当地文人的唱和集。

石抹宜孙（？—1359），字申之，又名萧宜孙。其先祖石抹也先，太祖时为御史大夫，后定居台州。其父石抹继祖（字伯善），为沿海上副万户，分镇台州，又移镇婺、处两州。宜孙袭父职，后让职其弟，退居台州。至正间升为江浙行省行枢密院判官，总制处州。成为元末朝廷在江南的中流砥柱。至正十九年（1359），处州失守，宜孙战死，元廷追封为越国公，谥忠愍。《元史》卷一八八有传。史称宜孙"性警敏，嗜学问，于书务博览，而长于诗歌"②，曾师事北山文士王毅，与胡深、叶子奇等人为同门，与宋濂、王祎以及刘基、高明、苏友龙等人交往密切。至正十七年（1357），宜孙制处州时，以江浙儒学副提举刘基为枢密院经历，尹苏友龙为照磨，胡深、叶琛、章溢参谋军事。此间这些文友多次雅集，互为唱和。

然此时的唱和诗歌大多散失，《掀篷唱和诗》原本已轶，席世臣《元诗选癸集》"辛集"收录有何宗姚、费世大等12人《妙成观掀篷和何宗姚韵诗》，此外《御选元诗》卷五五收有宜孙《妙成观掀篷和何宗姚韵》，刘基《诚意伯文集》卷五、卷十有数首《和何宗姚韵诗》。《刘石倡和诗》为刘基于至正十六年（1356）承省檄与宜孙讨寇

---

① （清）永瑢等：《四库全书总目》卷一八八，中华书局1965年版，第1712页。
② （明）宋濂等：《元史》卷一八八，中华书局1976年版，第4310页。

之时的唱和诗集。刘基《刘文成集》卷十有《唱和诗集序》。嵇曾筠《浙江通志》卷二五二有著录，王圻《续文献通考》卷一八三"经籍考"著录为明万历三十年（1602）松江府刻本。《诸君唱和诗》与《少微倡和集》今不传，书目著作亦不见著录。王毅《木讷斋文集》卷一有《诸君唱和诗序》；王祎《王忠文公集》卷七有《少微倡和集序》。王毅序文作于至正十二年（1352）腊月二十一日，可知《诸君唱和诗》成集于此间。序云："初，侯（宜孙）下车求士于予，毅虽僭举所知，以胡生仲渊对，延与谋，讫有成功。虽侯才略过人，仲渊不为无助。闲暇之日，主宾相乐，以诗唱酬。继而群彦毕来，和者缮写成卷，辱侯不鄙，令予序之。"① 可知此集以宜孙与胡深酬唱之诗为主，似为至正十一年（1351）讨寇时所作。王祎序文未标写作时间，据序文所载，可知至正十五年（1355）宜孙持阃帅之节，来镇处州，十六年刘基相与辑绥，至至正十七年秋，"政通人和，州以无事"。唱和活动即在此二年间。《少微倡和集》成书及王祎撰写序文应在至正十七年。"两年之间，总之凡三百余篇，名曰《少微倡和集》。诗作于是州，州以星名，故亦因星以名集也。祎得而读之，窃叹其爱君忧国，伤世闵俗之情见于言辞者，何其惓惓哉。"② 在战乱间隙，处州诗人群体创作了大量诗歌，这些诗歌"有以系人心、关政理、明王化，而为世道劝者，忧深思远，有古风人之义，则固非夫人之所知，而君子必能审之矣"③。石抹将军之本色是诗人，诗作虽憾于散失，然在特殊时期其所组织的当地文人集会，目的虽为稳定一方形势，争取民心，但也体现了特殊时期地方诗坛的诗学取向，对于考察元末诗学思想流变有重要意义。

---

① （元）王毅：《诸君唱和诗序》，李修生主编：《全元文》第 49 册，凤凰出版社 2004 年版，第 202 页。
② （元）王祎：《少微倡和集序》，李修生主编：《全元文》第 55 册，凤凰出版社 2004 年版，第 304 页。
③ （元）王祎：《少微倡和集序》，李修生主编：《全元文》第 55 册，凤凰出版社 2004 年版，第 304 页。

六 《至正庚辛唱和诗》一卷

郁遵编。至正二十年（1360）、至正二十一年（1361）缪思恭等人于嘉兴南湖的分韵唱和之作。收入 26 位诗人的诗作 28 首。

缪思恭（1321—1364），字德谦，号菊坡，吴陵（今江苏苏州）人。至正间为嘉兴路同知。至正十九年（1359），张士诚之弟张士信、张士德攻嘉兴，樯橹蔽天，排川而下，缪思恭在杉青闸两岸堆积芦苇以待，当时南风大作，大火抵挡了来势凶猛的乱兵，取得胜利，民心大悦。乱后第二年于嘉兴南湖举行会集。据沈季友《槜李诗系》卷六郁遵题识云："至正己亥（1359）兵后，明年庚子八月之望同守缪公招同诸彦小集南湖，以杜甫'不可久留豺虎地，南方犹有未招魂'为韵，人得一字，即席而成。亦足以纪一时之变，且辛丑此会为不易得云尔。"① 另据嵇曾筠《浙江通志》卷二五二载，参与庚子年集会之诗人有：缪思恭、高巽志、徐一夔、姚桐寿、释克新、江汉、陈世昌、鲍恂、乐善、金絅、潘泽民、殷从先、朱德辉、郁遵十四人。至正二十一年秋七月嘉兴儒学训导曹睿（字新民，永嘉人）主持当地文人再集于南湖，游景德寺，以唐人"因过竹院逢僧话，有得浮生半日闲"句分韵赋诗。② 据嵇《志》载，此次集会有吕安坦、鲍恂、牛谅、释智宽、常真、丘民、张翼、王纶、来志道、闻人麟、曹睿、徐一夔、尤存、周棐十四人。两次集会作品由郁遵结集为《至正庚辛唱和诗》，有周伯琦序（见《槜李诗系》卷六）。郁遵，字子路，嘉兴人。至正间，曾任承事郎司农右丞。

嵇曾筠《浙江通志》卷二五二载为两集：《至正庚子倡和诗》《至正辛丑倡和诗》。《四库全书》本为一卷，钱大昕《补元史艺文志》同。后附有明郁嘉庆《至正庚辛考世编》《名公手翰》二十二条。清

---

① （清）沈季友：《槜李诗系》卷六，中国社会科学院文学研究所藏清康熙四十九年（1710）金南瑛教素堂刻本。

② （清）沈季友：《槜李诗系》卷六，中国社会科学院文学研究所藏清康熙四十九年（1710）金南瑛教素堂刻本。

人朱彝尊亦尝编订此集,"于每诗之前,人各为传"①。傅增湘《藏园群书经眼录》卷一八著录两种,一种为旧写本,无朱彝尊跋语;一种为朱彝尊所辑写本,前有周序,后有朱氏跋文。

《至正庚辛唱和诗》与石抹宜孙处州诸集相似,以知诗可以观时治乱为集会唱和的目的,对考察一时一地之诗学观念颇有价值。

四　雅集文会

一　《济阳文会》《聚桂文会》《应奎文会》

此三集今不存。目录著作亦未见著录。均为民间诗社文会的私试作品结集。

济阳文会是山东士子应举程文的模拟之试。苏天爵《滋溪文稿》卷六有《济阳文会序》一文。按序文题识为"集贤侍讲学士、通奉大夫兼国子祭酒赵郡苏天爵题",概知序文写作时间应在至正五年(1345),是年天爵出任山东道肃政廉访使,后寻召还集贤。而在此前一年,天爵从陕西行台侍御史任上召为集贤侍讲学士,兼国子祭酒。序曰:"济阳之士,读书永安僧舍,缉为贡举之文,月再会焉。或文义、字书之讹,亦各有罚,必欲词章程式,期于中选,其志亦可尚哉。"② 可见此次文会亦有比评之意,有文字与文意之误均有所惩罚。按至正五年三月有廷试,此次文会,是科举士子的练习之作,结集而未传,抑或是由于这些文章只用作指导考试。

聚桂文会作为元末江南一带(浙江嘉兴)一次民间诗社集会及私试评比活动而为人所知。朱彝尊《静志居诗话》卷二、俞樾《茶香室丛钞》卷二四等均有记载。而这次诗社评比之后亦有《聚桂文会》编集,杨维桢《东维子文集》卷六有《聚桂文会序》一篇,记载该集成

---

① (清)永瑢等:《四库全书总目》卷一九一,中华书局1965年版,第1737页。
② (元)苏天爵:《济阳文会序》,李修生主编:《全元文》第40册,凤凰出版社2004年版,第66—67页。

书始末。该集编者为濮允中。允中晚号"乐贤"。濮允中为武宗至大时期嘉禾（今浙江嘉兴桐乡）著名商人濮鉴之子。至正间，濮允中在其家塾开聚桂文会，东南文士以文卷赴者五百余人，聘请杨维桢及江浙儒学副提举李祁为主评官，葛藏之、鲍恂并相讨议，取三十人之诗，之后"斯文锓梓，濮君又来一言以叙首"①，可知此集在杨维桢作序后有刊刻流传。然该集未存，文会之作惜不得见。

应奎文会是吕良佐于至正间在家乡华亭（今属上海）所开的"以诗较艺"的诗会。吕良佐（1295—1359），字辅之（一字唐臣），号璜溪处士。曾为泾县尹。明顾清《松江府志》卷一三、清嘉庆二十三年（1818）《松江府志》卷一三②、光绪四年（1878）《金山县志》卷二十有吕良佐《应奎文会自序》。序文云："良佐（草泽人出）生文明时，窃慕乡举里选之盛，辄于大比之隙，创立应奎文会。邑大夫唐公世英、张公彦英明劝于上，移以公牒，聘海内知名士，主文评者，会稽杨公廉夫，公又（举同司者）与同评者云间陆公宅之。东南之士以文投者七百余卷，中程者四十卷。盖杨公早登高科，其文力追西汉、盛唐之作，而山林学者无不欲（收名定价）列名于其门，故视他会为独盛。不然，士之怀奇气，不可以爵禄诱者，其于自闷其学，况铢金尺币所能致哉！今所选高者，经正而文，赋奇而法，诏、诰、章、表，各通其体，策皆贯穿古今，而有经世之略者也，诚足为后代之绳尺（也）已。（代之好事者，浓赏所以立会固不少，而四方之卷不满百十，吾益知文会不足为士子之轩轾，而司文衡者实系多士之重轻也，岂不信哉？）选中之文，因锓诸梓，以传不朽。（而借目序其首云）至正十年七月序。（县）魁其选者，广信尹布颜也。"③序文交代文会诗文评比始末较详，此处不再赘述。

---

① （元）杨维桢：《聚桂文会序》，李修生主编：《全元文》第41册，凤凰出版社2004年版，第226页。
② 《全元文》引为卷三一，误。李修生主编：《全元文》第39册，凤凰出版社2004年版，第269页。
③ 《全元文》与方志对校，方志每有脱文，标注于括号中。（元）吕良佐：《应奎文会自序》，李修生主编：《全元文》第39册，凤凰出版社2004年版，第269页。

据序文，文会入选作品有刊刻成集，惜之不传。该序作于至正十年（1350），是集成书应在此间，《聚桂文会》与此集在元末及后世未有传本抑或与入选作品的水平有关，杨维桢评语或许只是客套之语。至正二十二年（1362）杨维桢为嘉禾县尹杨本中编《吴越两山亭志》，选编吴越两地诗作，而"乐郊"附庸风雅之文人率相"固乞宽假得与姓名"，被杨斥为"风雅扫地"，可谓佐证。事见姚桐寿《乐郊私语》。

二 《西湖竹枝词》一卷

又名《西湖竹枝集》，杨维桢编。是集收120人184首集咏西湖的竹枝体诗歌，是元至正间由杨维桢发起，广泛唱和的一次"同题集咏"活动的结集。

杨维桢（1296—1370），字廉夫，号铁崖、铁笛道人等，会稽（今属浙江）人。乃席卷元末诗坛之"铁崖体"的开创者。至正间，杨维桢首倡《西湖竹枝歌》，一时间，同和者不绝。诗坛泰斗如虞集、杨载、揭傒斯等人，蒙古、色目诗人、释子诗人、西湖女子以及不知名氏者数百人。① 而编入集者亦有百二十人。

是集有至正八年（1348）杨维桢自序。序云："余闲居西湖者七八年，与茅山外史张贞居（张雨）、苕溪郯九成（郯韶）辈为唱和交。水光山色，浸沉胸次，洗一时尊俎粉黛之习，于是乎有'竹枝'之声。好事者流布南北，名人韵士属和者，无虑百家。道扬讽喻，古人之教广矣。是风一变，贤妃贞妇，兴国显家，而《列女传》作矣。采风谣者，其可忽诸？至正八年秋七月，会稽杨维桢书于玉山草堂。"② 可知是集成书于此年。而集咏西湖竹枝的目的在于风化人心。序文作于玉山草堂，而此间玉山草堂的觞咏之会亦刚刚开始，《西湖竹枝词》

---

① 据明和维《西湖竹枝词序》。后杨维桢编入集中者有120人，陆容《菽园杂记》卷十三所记为122人，抑或为因"无名氏"之故，具体人数难断。

② （元）杨维桢：《西湖竹枝集序》，李修生主编：《全元文》第42册，凤凰出版社2004年版，第497页。

◆◆◆ 附录　元代后期诗文总集叙录

无疑对玉山文人诗歌创作有至深的影响。当然玉山文人亦多见诸于是集，对于该集的传播有不可忽略的作用。

是集在当时及后世流传颇广。陆容《菽园杂记》、曹学佺《石仓历代诗选》、顾起元《客座赘语》、瞿佑《归田诗话》、郎瑛《七修类稿》均有载录。杨士奇《文渊阁书目》有著录。丁丙《善本书室藏书志》卷三九叙录明天顺间刊本"新刻西湖竹枝词一卷"。范邦甸《天一阁书目》卷四录抄本一卷。丁仁《八千卷楼书目》卷一九录钱塘丁氏嘉惠堂武林掌故丛编本，今存。此外现存版本亦有明陈于京漱云楼刻本《杨维桢文集》附录本、钱塘丁氏《西湖集览》丛书本、清道光一枝轩刻本、扫叶山房丛钞刻本。

《西湖竹枝词》是铁崖体古乐府具有代表性的创作形式，在杨维桢的创作中有引桥过渡的作用，因而对于考察其诗学思想的转变具有重要意义，而参与创作的诗人又与玉山草堂文人、北郭文人等文学群体有密切关系，又可据此概览元末诗坛生态。

三　《玉山名胜集》八卷外一卷、《草堂雅集》十三卷、《玉山倡和》一卷、《玉山纪游》一卷、《玉山遗什》一卷

此五集为顾氏玉山草堂雅集唱酬诗集，均存。

前三种为顾瑛编。《玉山记游》为元末明初人袁华编。《玉山拾遗》编者不详。顾瑛（1310—1369），又名德辉、阿瑛，字仲瑛，别号金粟道人。昆山（今属江苏）人。顾瑛家业富豪，不屑仕进，至正八年（1348）于界溪旧宅之西筑玉山佳处，至正十年草堂落成，有景点26处，常聚四方文人墨客，诗酒唱和，一时名流，咸赴从游。虽至正中期玉山雅集曾因战乱而时断时续，然却一直坚持十多年之久，是元代规模最大、影响最广、知名度最高的文人雅集活动。顾瑛也因此在元末诗坛获得了文坛东道主的地位。在将近二十年的雅集唱和活动中，顾瑛与元末诗坛绝大部分诗人都有密切交往，其所辑《玉山名胜集》《草堂雅集》《玉山倡和》以及袁华所辑《玉山纪游》、未署编者的《玉山遗什》就是元末诗坛文人交往的动态图景。据杨镰统计，这

些诗集收录诗篇达 5000 多首。①

此五集编刊最早的是《草堂雅集》，所收有至正前后即已去世的诗人。杨维桢《东维子集》卷七有《玉山草堂雅集序》，作序时间为至正九年（1349），序云："昆山顾仲瑛裒其所尝与游者往还唱和及杂赋之诗，悉锓诸梓，编帙既成，求余一言以引诸首……集自余而次凡五十余家，诗凡七百余首，其工拙浅深自有定品，观者有不待余之评裁也。"② 又《四库全书总目》云："自陈基至释自恢，凡七十人。"③ 可知至正九年该集即已成书，然在此后的雅集聚会中该集又再度修订重刻。《四库全书》本增入诗人约 20 家，而现存陶湘刻本，收入之诗作有 3369 首。《草堂雅集》的版本非常复杂，应是经过多次修订，现存主要有《四库全书》本十三卷、陶湘本十八卷、景元刊本共十八卷（包括"后卷"五卷）、鲍廷博校补本十七卷（包括"后卷"四卷）。具体版本情况见杨镰等人整理《草堂雅集》卷前。以存诗之数目暂且可判定陶湘本是其最后的定本。据《四库全书总目》，此集有意效仿段成式《汉上题襟集》，将唱和之作汇为一集。又仿元好问《中州集》，诗人前各为小传。虽以"雅集"为名，实则简录诗人的平生之作。④ 因此元代后期诗坛风貌及诗学流向于此集中可得梗概。《玉山名胜集》似稍后于《草堂雅集》而编刊。至正十年玉山佳处大致落成，是集所收作品即以玉山草堂中地名为此序编排，钓鱼轩、芝云堂、可诗斋、读书舍等 26 处佳景依次先载其题句，后录其春题，序、记、诗篇分系其后。而"元季知名之士，列其间者十之八九……文采风流，照映一世，数百年后，犹想见之。录存其书，亦千载艺林之佳话也"⑤。此集有黄溍、李祁二序，另《全元文》第 50 册收录陈基《玉山名胜

---

① 参见（元）顾瑛辑《草堂雅集》，杨镰、祁学明、张颐青整理，中华书局 2008 年版，第 3 页。
② （元）杨维桢：《玉山草堂雅集序》，李修生主编：《全元文》第 41 册，凤凰出版社 2004 年版，第 245 页。
③ （清）永瑢等：《四库全书总目》卷一八八，中华书局 1965 年版，第 1711 页。
④ （清）永瑢等：《四库全书总目》卷一八八，中华书局 1965 年版，第 1711 页。
⑤ （清）永瑢等：《四库全书总目》卷一八八，中华书局 1965 年版，第 1710 页。

集序》，与黄序基本相同①，尚有待考证。此集版本亦复杂，明朱存理校补二卷本、万历四卷刻本、《四库》八卷本及清钞二十六卷本等版本，具体见杨镰等人整理《草堂雅集》。吴骞《四朝经籍志补》、张继才《补元史艺文志》著录此集于史部"地理类"。《玉山倡和》《玉山遗什》编刊较前二者更晚，《遗什》"附录"之后文字编录于顾瑛离世之后。陆心源《皕宋楼藏书志》卷一一七著录二集为明抄本。二集通常合编，著录为二卷，现存有国家图书馆藏倪氏经鉏堂抄本及重录本、南京图书馆藏丁丙旧藏抄本（《善本书室藏书志》卷三九著录为影印本），均系出明抄本。与前四种不同，袁华所编《玉山纪游》为顾瑛等人在包括玉山以及玉山之外的天平山、灵岩山、虎丘、西湖、吴江等地的纪游唱和之作。据《四库全书总目》，袁华已入明，但是其所作之诗在元末至正中，编辑此集的时间亦在元末。是编所录诗前均有小序，记载游览始末，所与游者有杨维桢、郑元祐、郯韶、沈明远、陈基、周砥等风雅名流。所录诗篇亦"山水清音，琴樽佳兴"，足可谓文采风流。② 陆《志》卷一一七著录为旧抄本，而此集的抄本系统可能均出自明万历刻本，现存四库本，底本即为明刻本。

　　玉山草堂总集"反复增删、随得随刊"的编撰特点盖因雅集聚会的不断举办，时有新的内容补入，而这种编撰方式其实也是元代后期总集编撰的典型特点，元代诗歌抑或诗学在总集编撰的过程中不断趋于成熟。此外其作为元代后期容量最大、范围最广的诗歌总集，对同时及稍后的《澹游集》《至正庚辛唱和诗》《金兰集》《金玉编》等总集的编撰有重要影响。同时，元代后期诗学观念在玉山文人处得以汇集，这些总集无疑也集中展示了此期的诗学概貌。

四　《续兰亭诗会诗集》

　　刘仁本编。为纪念王羲之兰亭集会而在浙江余姚举行的诗人觞咏

---

① （元）陈基：《玉山名胜集序》，李修生主编：《全元文》第50册，凤凰出版社2004年版，第286页。
② （清）永瑢等：《四库全书总目》卷一八八，中华书局1965年版，第1711页。

之会，原有42人参与，今存有12人之诗篇。

刘仁本（约1308—1367），字得玄，号羽庭。天台（今属浙江）人。元代后期中举人，历官温州路总管、江浙行省左右司郎中。与迺贤、朱右、谢理、王霖等文人交游。

钱熙彦《元诗选补遗》有诗序，序曰："仁本治师会稽之余姚州，作雩咏亭于龙泉左麓，仿佛兰亭景物，集名士赵俶、谢理、朱右，天台僧白云以下四十二人，修禊赋诗，仁本自为之序。当方氏盛时，招延士大夫折节好文，与中吴张氏争胜，文人遗老皆往依焉。故一时风雅之盛如此。"① 至正二十年（1360）刘仁本治余姚，举办续兰亭诗会，当日有赋诗者31人，后刘氏刻集时又补入其他诗人之诗。今可得见者散记于朱彝尊《静志居诗话》、钱谦益《列朝诗集小传》、陈衍《元诗纪事》，约有12人之作。

五 《金兰集》

又名《耕渔轩集》。徐达左编。是编收辑时人投赠之作，约120人。

徐达左（1333—1395），字良夫（一作良辅），号松云道人，别号渔耕子。平江吴县（今江苏苏州）人。从邵宏道学《易》，董仁仲学《书》。元末避兵祸，隐于邓尉山、光福山等处，建"耕渔轩""遂幽轩"，结交文士，题咏唱和。洪武二十二年（1389），聘为建宁儒学训导，卒于任。达左与顾瑛多相类，均富甲一方，招揽文友，聚会酬唱。王士祯所谓其集"不减金粟道人玉山雅集"②，然其影响与规模不敌顾氏《草堂雅集》。明王鏊《姑苏志》卷五四有传。

是集有至正二十二年（1362）王行序、至正二十五年（1365）释道衍后序。据二序，可判定该集之成书时间大致在此间。而二序所题均为《耕渔轩集》，知该集早期抄本名为《耕渔轩集》。朱彝尊《静志

---

① （清）钱熙彦编次：《元诗选补遗》，中华书局2002年版，第643页。此外陶宗仪《游志续编》卷下、阮元《两浙金石志补遗》均有载。

② （清）王士禛：《带经堂诗话》卷六，张宗柟纂集，戴鸿森校点，人民文学出版社1963年版，第150页。

居诗话》卷五载:"吴中徐达左良夫耕渔轩名士留题甚众,朱德润泽民为作图,倪机沙大用作传,高逊志士敏作记,唐肃处敬作铭,王行止仲作序,杨基孟载作说,释道衍作后序。"① 可见该集在元末流传甚广。命曰《金兰集》并付梓刊刻应在洪武八年(1375),为达左自刻,共三卷。其后达左十一世孙为之校梓以行,前置正统九年(1444)徐珵所作《耕渔子传》。②《四库全书》本即为此本。此外,该集还有四卷本诸种及国家图书馆藏清钱氏萃古斋抄本、丁丙《善本书室藏书志》著录曹倦圃抄本等诸种。版本情况详见祝军《〈金兰集〉考证》③。

《金兰集》所收诗人比玉山草堂文人稍晚,其重出者如北郭文人,所作诗篇多表现战乱中文人的精神状态。对考察元后期诗学流变有重要价值。

六 《蓝田八咏》、《静安八咏》一卷、《武夷山诗集》二卷

此三集是依景点而作的同题集咏诗集。《静安八咏》,今存;《蓝田八咏》《武夷山诗集》佚,《四库全书总目》著录于存目。

《蓝田八咏》,宋则齐编。则齐,为闽道士,道号真元,生平爵里无考。李存《俟庵集》卷十八有《蓝田八咏诗序》一篇。序文云,"是八者,皆宋君之所游息,而吾党之士,或诗之,或赋之,锵然而金石奏,烂然而锦绣敷而未已也",又"于斯时也,其视吾党之所云云者,又直夫尘垢秕糠而已矣"。④ 可知李存亦参与唱咏之间。李存,字明远(一字仲公),学者称"俟庵先生"。饶州(今属江西)人。受学于理学家陆苑,与祝蕃、舒衍、吴谦并称"江东四先生"。元末兵乱,避于临川,卒于至正十四年(1354)。故而此次同题集咏必不晚于至正后期兵起之时。据序文,此处所谓蓝田为长乐县(今福建长乐市)之胜地,则齐在此处创观居住。所谓八境有蓝田、蓝桥、仙人

---

① (清)朱彝尊:《静志居诗话》卷五,黄君坦校点,人民文学出版社1990年版,第129页。
② (清)永瑢等:《四库全书总目》卷一九一,中华书局1965年版,第1739页。
③ 祝军:《〈金兰集〉考证》,《河南社会科学》2011年第6期。
④ (元)李存:《蓝田八咏诗序》,李修生主编:《全元文》第33册,凤凰出版社2004年版,第363—364页。

峰、紫微峰、青牛岭、泛龙岭、还源洞,道士则齐依景而成诗,同游者,亦以诗、赋和之。惜诗作未存。

《静安八咏》为释寿宁编选的时人题咏静安寺八景之诗集。释寿宁,生卒年未详,字无为,号一庵,永嘉(今浙江温州)人。居上海静安寺。与元代名流袁桷、贡师泰、郑元祐、王逢、杨维桢等人交往唱和。静安寺有著名八景:赤乌碑、陈桧、虾子潭、讲经台、沪渎垒、涌泉、芦子渡、绿云洞,寿宁各咏一首,作《静安八咏》,后广求当时名人,并汇集诸家之作,编成《静安八咏》诗集一卷。《静安八咏集》钱鼐序云:"帙既成,会稽铁崖先生首为序之,而命鼐述八景之事迹。徐曰:'吾将勒诸梓,而不可不为其序。'予曰:'鼐与师交方外,而又得追攀铁崖群公间,其敢辞。吾尝以为有前人之胜概而不有以歌咏之,则无以昭其前,若后人之歌咏而不有以金石之,则无以传于后,确乎不可拔之论也。师之此传,则八咏之胜概,不特在静安而将见流播九州矣。其于招提之境,不亦愈有光华也哉。是不可以不序。于是次第其说于其后云。'"① 可知,是集成书后请杨维桢作序,今存是集另有杨氏评点,而其成书及刊刻始末,交代甚清。是集今存有《四库全书》本,丛书集成初编本。四库本卷首有钱鼐《事迹述》一篇,并载有张纮诗,是嘉靖中张抑、张纮重校重刊后附入。②

不同于前二集为元代同题集咏诗集,《武夷山诗集》所录迄于唐,止于元。然唐代只录李商隐一首,以元人作品为多。据《四库存目》,此集前有《总录》一篇,概述武夷山之得名及历代兴建封号之事。后二卷为诗,录游山之人的题咏之作。卷前有后至元三年(1337)序文,云:"万年宫提举张一村携示。"此集可能便是张一村编纂,其人今无考。③

---

① (元)钱鼐:《静安八咏诗后序》,李修生主编:《全元文》第59册,凤凰出版社2004年版,第112—113页。
② (清)永瑢等:《四库全书总目》卷一九一,中华书局1965年版,第1737页。
③ (清)永瑢等:《四库全书总目》卷一九一,中华书局1965年版,第1737页。

五 题赠诗集

一 《编类运使复斋郭公敏行录》、《甘棠集》一卷、《送张吴县之官嘉定诗》一卷、《良常草堂图诗》一卷、《送张府判诗》一卷

此五集为元代歌咏善政廉行的题赠之作。《编类运使复斋郭公敏行录》，今存；《甘棠集》，佚；后三集皆时人为元代吴县县丞张经作，佚。

《编类运使复斋郭公敏行录》，无撰者名氏。以郭郁为官地点为序收录时人赠送郭郁诗文271首。"敏行录"之称取"敏行其体，敏政其用"之意，所录多为歌功颂德之作。钱大昕《补元史艺文志》著录为一卷，阮元《四库未收书目提要》卷四著录，著录本无卷次，无撰人名氏，前有古候黄文仲及三山林兴祖两序，阮氏疑出二人所编。钱氏所谓一卷亦即"不分卷"意。郭郁，生卒年未详。字文卿，号复斋。大名（今属河北）人。曾受学于侯克中。皇庆元年（1312）除浮梁州知州，历高邮知府。至治三年（1323）任两浙都转运盐使司同知，后历仕江南各处，与当地文人交往密切。至正《四明续志》卷一、《新元史》卷一九四有传。作序者林兴祖，字宗起，号木轩。至治二年（1322）登进士第，授承事郎，出任黄岩州同治，黄岩州隶属台州路，此期二人为官之地大致相近，阮氏之推测亦不无道理。黄文仲序标明作序时间为辛未（至顺二年1331）孟春，大致可知是集成书于至顺间。张金吾《爱日精庐藏书志》卷三十五著录该集为元至顺刊本。可见该集在至顺间最早刊刻。此本来自黄荛圃，后藏于张氏爱日精庐，常熟张芙川又据以影写完帙。钱大昕《十驾斋养心录》卷十三、孙原湘《天真阁集》卷四十三所著录及题跋者均为该本。现存于国家图书馆的元至顺刻本亦为此本。此外《婉委别藏》另有一种抄本，刻本残缺处可从抄本中补佚，可知抄本过录之时，刻本尤保存完好。有关该集的推荐介绍研究见杨镰《元人总集研究示例》

一文。①

《甘棠集》，不知编者名氏。所谓"甘棠"者，取"召南之思召公"，录至正间浦江人为浦江县达鲁花赤廉阿年八哈所作歌咏之作。廉阿年八哈，生卒未详。② 一名浦，字景渊，北庭畏吾人。其从祖廉希宪（阿里海牙），为元初著名文臣，官至中书平章政事，封恒阳王，通孟学，学者称为"廉孟子"。廉阿年八哈至正间为浦江县达鲁花赤，政绩卓越，深受当地百姓爱戴。戴良《甘棠集序》载："北庭廉侯来长婺之浦江，浦江之民咸爱戴之如父母，畏敬之如神明，倚赖之如山岳。三年政成，治任将归。而黄童白叟涕泣以遮留者，动千百计。已而侯之去志浩不可挽，又皆退而悲思。商贾相与叹于市，行旅相与叹于途，耕农相与叹于野。低佪顾盼，不知所图。则推夫吾党之工乎诗者，作为声诗以咏歌之。一县之士咏歌之不足，则五县一州又从而咏歌之，五县一州咏歌之不足，则旁近他郡又从而咏歌之。"③ 故而县之好事者将这些诗歌精加择练，编为一集，集凡二卷，请戴良为序，以刻诸梓。有关该集成书时间戴序并未交代，苏天爵《柳待制文集序》载："至正庚寅（1350），浙东佥宪余公按行所部，以浦江监县廉君清慎有为，受民重士，乃命刻其文传焉。"④ 可知该集大致成书于至正十年。此集著录于杨士奇《文渊阁书目》卷二、孙能传《内阁藏书目录》卷八。黄虞稷《千顷堂书目》、钱大昕《元史艺文志》亦载，标为一卷，可能在清代有一卷本流传。是集今不见传。

《送张吴县之官嘉定诗》一卷、《良常草堂图诗》一卷、《送张府判诗》一卷，皆时人为吴县县丞张经所作的题咏、送行之作。张经，字德常，元时为吴县县丞、县尹，后擢授嘉定州同知。在任颇有政绩，

---

① 参见杨镰《元代文学及文献研究》，中华书局2015年版，第87—91页。
② （明）孙能传《内阁藏书目录》卷八作"元至元间廉阿宰浦江及致政浦人去思诸诗也"，黄虞稷《千顷堂书目》、钱大昕《补元史艺文志》同，所著年代误。王梅堂《廉阿年八哈考述》考证廉阿年八哈大致生于1320—1327年间。参见王梅堂《廉阿年八哈考述》，《西域研究》2003年第4期。
③ （元）戴良：《戴良集》，李军、施贤明校点，吉林文史出版社2009年版，第56页。
④ （元）苏天爵：《柳待制文集序》，李修生主编：《全元文》第40册，凤凰出版社2004年版，第79页。

时人褒美其德，离任时赋诗以送行，录为一集。钱大昕《补元史艺文志》有著录。明赵琦美《铁网珊瑚》卷八录有郑元祐《送张吴县之官嘉定分题诗序》。又清人倪涛《六艺之一录》卷三六〇详录前二集目录，据目录可知，题赠作者多活动于元代后期，如郑元祐、王逢、张宪、杨基、高启等，俱为一时名流，可大致判断三集编刊于元末，而前二集在清代似有传本。《送张吴县之官嘉定分题诗》收37人之作；《良常草堂图诗》收4人诗作。

将时人题咏、送行、投赠、谒见等作品汇为一编是元代后期诗文总集编撰的一种重要形式。而诗人之社会活动范围及诗学观念也由此得以考察。

二 《敦交集》一卷、《伟观集》一卷

此二集收入罗振玉辑《元人选元诗五种》，底本均为艺风堂藏旧抄本。《敦交集》收时人赠言唱酬诗。《伟观集》收时人题画诗。

《敦交集》一卷，魏寿延编。为三十年间时人与寿延酬答唱和之作，收24人76首诗作。

寿延，生卒未详，活动于元末明初。字仲远，别号竹深。上虞（今属浙江）人。与张翥、宋濂、王冕等人交往。其父魏明叔筑福源精舍，寿延隐居于此。宋濂《宋文宪集》卷七有《见山楼记》载其隐居事迹。是集具体成书时间不详，大致于元季明初。嵇曾筠《（雍正）浙江通志》卷二五二有著录，朱彝尊《曝书亭集》卷五二有《书敦交集后》，知所录之本为康熙丁丑年（1697）朱氏于李君实桃轩处购得。钱载《萚石斋诗集》卷二六《观敦交集册子》所见即为朱氏藏本，概知朱氏曾手录王冕、唐冕、李延兴、戴良、凌彦翀、释宗泐为仲远所作之诗各一首补于后。今存有罗振玉辑《元人选元诗五种》本，标为"艺风堂藏旧钞本"。傅增湘《藏园群书经眼录》卷一八著录此集为旧写本，有鲍廷博跋，与罗本为同一种，有朱彝尊跋文，可知皆为朱氏藏本。

《伟观集》一卷，编者不详。辑录元代及明初22人题董旭所作

《长江伟观图》诗。

此集现有罗振玉辑连平范氏双鱼室刊《元人选元诗五种》。至正十六年（1356）董旭画《长江伟观图》并赋其左。此外另有陈谟、沈性、笃烈图、马山、王受益、赵良翰、钱元肃、柯九思等元代后期诗人的题诗，又有永乐十年（1412）金桑之诗。金桑诗前有序云："余观会稽张氏旧藏董旭所画《长江伟观》，诗与类皆杰作，金□而玉应，气圻□出兹，岂易评品也哉？惜乎时当元季，感慨之辞居多。迨我皇明混一区宇，尚何天堑之险、南北之限，□□获睹……以鸣国家一统之盛也欤！……永乐壬辰鞠月登高前一日金桑再赋。"① 可知现存此集成书于明初永乐十年以后，题画之诗或原附于画作，可能在金桑之后，有人（抑或是金桑本人）有意地将画中所题之诗摘录下来，汇为一集。元末题画诗内容多沧桑感慨之语，而入明后气象有所变化，此集对于研究元代题画诗有重要价值。

三 《师友集》《四明洞天丹山图咏集》《澹游集》《金玉编》

此四集为释道等方外诗人所编辑的友朋投赠和题咏之作，是元后期文坛与释道文人互动之体现，也是元后期动乱中南北诗坛保持密切联系之明证。元后期诸多诗人诗作由此四集得以保存。四集现存。

《师友集》张雨编。张雨（1283—1350），字伯雨，号贞居之，又号句曲外史。道名张嗣真。钱塘（今浙江杭州）人。雨为元代著名方外诗人，曾受学于虞集，诗歌清新流丽。二十岁时出为道士，居茅山，与元末杨维桢、张小山、薛昂夫、仇远等人唱和往来。黄溍《金华黄先生文集》卷一八续稿十五有《师友集序》文。记叙张雨世贯行迹，及《师友集》概况。据序文，张雨编撰《师友集》应在其晚年，其所录作品次第不系于齿爵与位望，而以所赠之诗或唱酬的时间顺序编排，最后有方外人士校雠编辑，邀请黄溍为之序，而刻置于张雨所居灵石

---

① （元）佚名：《伟观集》卷末，罗振玉辑《元人选元诗五种》，1908年精刻本。

山之登善庵。① 钱大昕《元史艺文志》、嵇曾筠《（雍正）浙江通志》卷二五二有著录，他书罕见记录。现存《师友集》收录在《诗渊》第三册，有当时人与张雨酬唱诗104首。

《四明洞天丹山图咏集》又名《石田山房诗》，薛毅夫编。选辑包括薛毅夫本人、元末士大夫、寓居京师的文人以及唐、宋人（陆龟蒙、皮日休、陆游）39人题咏《丹山赤水图》之诗作。薛毅夫，生卒字里无考。至正后期隐居白屋山，从四明山祠宇观主持毛永贞道士修习。与元末当朝士大夫曾坚、危素等人交往密切，可知毅夫大致活动于此间。四明洞天丹山图共有两幅，一曰《元建观之图》，一曰《唐迁观之图》，描绘浙江余姚四明山一代图景，总而号为《丹山赤水图》。石田山房为祠宇观主持毛永贞修道处，因石山不可耕，而芝草、苍耳等山资随采而得，故名之为"石田"。此集有曾坚、危素序文。曾坚序文有两篇：《石田山房诗序》《四明洞天丹山图咏集序》。二序应同作于至正二十一年（1361），所序诗集亦应一种。据序文，薛毅夫隐居后入道求学于毛永贞，至石田，乐其幽胜，首为赋诗，转而至京师，将此贤道胜景讲于京城文人，各为赋诗，共得若干首，再合唐宋人之作，结为此集，请曾坚作序。② 概知，此集在至正二十一年已成书。钱大昕《元史艺文志》著录此集于史书"地理类"。现存版本有明正统道藏本《四明洞天丹山图咏集》，民国上海商务印书馆据明本影印。曾序云："世当承平之时，夫人疲精竭，智以争夫膏腴衍沃之区，而肆其高广壮丽之构者，天下皆是也。视夫石田，奚啻宵壤之间哉？兵兴十年，自夫维扬，河南蕃富甲天下者，划消蹂践无余。昔之东阡西陌者，荒烟野草矣；凉台燠室者，颓垣败础矣。欲求仿佛石田山房者也可得乎？"③ 知此集所收元人之作，多睹景伤世之作，寄寓

---

① （元）黄溍：《师友集序》，李修生主编：《全元文》第29册，凤凰出版社2004年版，第85页。
② （元）曾坚：《石田山房诗序》《四明洞天丹山图咏集序》，李修生主编：《全元文》第57册，凤凰出版社2004年版，第814—817页。
③ （元）曾坚：《石田山房诗序》，李修生主编：《全元文》第57册，凤凰出版社2004年版，第815页。

风云沧桑之感，较于前代之作有明显区别。

《澹游集》，释来复编。所收多为当时活跃在大都文坛的诗人。"澹游"，取"君子之交淡如水"义。释来复（1319—1391），字见心。丰城（今属江西）人。元末主持四明慈溪定水寺，是元末明初著名的僧人。日本左贺万岁寺现藏有"释来复像"（作于至正二十五年）。是集有至正二十四年（1364）刘仁本序，至正二十五年揭汯、杨璲、释延俊、释至仁序。按刘序可知，此集在至正二十四年已有三卷成书，"汇所得于翰林虞文靖公、欧阳公、揭文安公以下若干诗，并其自酬倡者为三卷"①，并付梓请序。现存日本"武山版"刻本即此本。三卷本付梓后一年，此集又有增补重刊。至正二十五年此集除名公权要诗外，又增加儒、道各家诗。据杨序，是年该本又有印缮锓刻。现存于国家图书馆的瞿氏铁琴铜剑楼抄本（《四库全书》进呈本）应为该本。共收入150余人的诗作400多首，其中包括编者释来复百余首，文20余篇。详见杨镰《元代文学编年史》。此外据杨镰考证，《元诗选》及《元诗选癸集》曾引据此集，但不够彻底。《诗渊》所收十多首诗则多不见于今本，以此判断该集另有第三次修订。② 所说应是。

《金玉编》，释克新编。收辑元代后期友朋投赠之作成三卷。释克新，生卒未详。字仲铭，号雪庐，又号江左外史，俗姓余。鄱阳（今属江西）人。元末住嘉兴水西寺，与大都文坛张翥等人来往密切。有《元释集》一卷、《雪庐集》一卷。《金玉编》多受《师友集》《澹游集》影响。杨镰据集中年号考证，该集较《澹游集》成书时间稍后，大致成书于至正二十五年（1365）间或略后，而其成书后曾有再次编刻。③ 该集无序跋，未收入《四库全书》，钱大昕《元史艺文志》亦未见著录，《元诗选癸集》部分收诗据此集辑出。

---

① （元）刘仁本：《澹游集序》，李修生主编：《全元文》第60册，凤凰出版社2004年版，第322页。
② 参见杨镰《元代文学编年史》，山西教育出版社2005年版，第557—558页。
③ 参见杨镰《元代文学的终结——最后的大都文坛》《元诗文献新证》，《元代文学及文献研究》，中华书局2015年版，第59、82页。

六　家藏集

一　《麟溪集》二十二卷、《别篇》二卷

元郑太和（一作郑大和）辑，郑涛、郑济等增补刊刻。明成化间郑玺等人重辑重刻。收宋以来诸家为表扬义门而作题赠诗赋及碑志序记题跋之类文章，分为诗词十卷、文十二卷，郑氏后人不断有增补。

《四库全书总目》卷一九一"总集类存目"著录此集，然编者郑太和记为明人。成书时间却标为至正十年。版本未注，仅述"前有潘庭坚、程益二序，又有王袆后序"[①]。今存此集有《北京图书馆古籍珍本丛刊》影印明成化十一年（1475）刻本。原本藏国家图书馆。此本所载，除潘、程、王三序外，另有至正十三年（1353）郑涛序、洪武三十年（1397）张紞、王士鲁序，成化十一年（1475）郑玺序。据今人研究，《四库全书总目》所记《麟溪集》著者年代及成书时间均误，该集版本情况亦较为复杂。郑太和，《集》中多作"大和"，又名文融，字顺卿。婺州浦江人。为郑氏义门（元武宗至大间浦江郑氏被旌表为"义门"，见《元史》卷一九七）六世孙。乡里尊称为"贞和先生"。按至正十年（1350）王袆序，"实生五百有二十二甲子"[②] 可知郑太和生于南宋景定五年（1264），又据郑涛序，太和卒于至正十三年。《麟溪集》在至正间成书，至正十三年郑涛、郑济增别篇二卷并付梓刊刻。是集成书时便"卷虚其作"，有待后人随时增补，明初洪武间又有补入。明天顺年间郑氏义门遭火患，是集原版亦荡然殆尽。成化十一年（1475），十一世孙郑玺、郑琥、郑瑚等人采得名公文辞，重刊诸梓。现存国图本中又多见成化后期集弘治年间著述，该本应是

[①] （清）永瑢等：《四库全书总目》卷一九一，中华书局1965年版，第1738页。

[②] （元）王袆：《麟溪集序》，李修生主编：《全元文》第55册，凤凰出版社2004年版，第294页。

明代后期刻本。① 明杨士奇《东里续集》卷一八著录此集为二册，为杨氏从翰林检讨叔美处所惠见，应非全本。清人潘祖荫《滂喜斋藏书记》卷三著录元刻《麟溪集》十二卷六册，为毛氏汲古阁及张氏爱日精庐等处所藏，应为元代流传的另一种残本。

《麟溪集》作为家藏集以及其随得随刊的编撰特点，对于文献辑佚及家族文学研究具有重要价值。其"相继而书"的开放性的编撰形式是元代后期诗文总集编撰的普遍形式，对于研究元代后期诗文总集编撰与诗学观念的互动关系提供了有力的实证材料。

二 《述善集》三卷

杨崇喜编辑。将有关元代唐兀家族来历的诗文汇为《善俗》《育材》《行实》三卷，以保存家族文献。杨崇喜，又名唐兀崇喜，字象贤。唐兀氏家族来自西夏贺兰山，在元代为色目人，后迁居濮阳（今属河南）。元至正十六年（1356），崇喜为其始祖唐兀闾马立功德碑《大元赠敦武校尉军民万户府百夫长唐兀公碑》，褒美唐兀氏族之世德行事及世系宗枝，并开始编录《述善集》。据碑文及集中所辑诗文，《述善集》结集并成书的时间在元至正中后期。元末张以宁《翠屏集》卷三有《述善集序》。按序文，"《述善集》者，纪唐兀象贤氏世德行事之实，而象贤汇录之册，示不忘也。记序、碑铭、字说、诗文、杂著凡为篇廿九，其十有二皆故礼部尚书魏郡潘公作"②，可知该集原本收诗文29篇，是集编成后杨氏后人每有增补，不断续修家谱，并邀请地方名人作序、题诗，与原书并未一集。现存《述善集》三卷共收录诗文80余篇，为1986年河南濮阳县柳屯乡杨十八郎村村民杨存藻家藏旧抄本。此本共两部，分甲乙本，乙本为副本，卷首有明代序文两篇，卷末附《历代乡约》《杨氏家谱》。《元代西夏文献述善集校注》

---

① 有关该集辑者及版本情况，详见桂宝丽《〈麟溪集〉辑者考辨》，《中国典籍与文化》2001年第3期；刘桂芳《〈四库提要·麟溪集〉辨证》，《图书情报工作》2003年第1期。

② （元）张以宁：《述善集》，李修生主编：《全元文》第47册，凤凰出版社2004年版，第485页。

《述善集研究论集》及杨镰《元诗总集研究示例》有详细介绍,此处不再赘述。① 《述善集》为定居中原的色目家族所作的诗文总集,据此不仅可以考察元代杨氏家族的兴衰历史,而且对于研究元代色目家族文学也具有重要意义。

三 《郑氏连璧集》

郑思先编。有残篇流传。辑其父郑采、伯父郑东诗文,合为一集。郑东(1269—1354),字季明,号杲斋,平阳(今浙江温州)人。客授昆山,晚寓常熟。郑采(1309—1356),字季亮,号曲全。二人工诗,亦有文名,活动于元至正间。郑采有宋濂为之撰写的墓志铭。二人简传见顾嗣立《元诗选》三集卷一一、嵇曾筠《(雍正)浙江通志》卷一八二。是集编者为郑采之次子郑思先,洪武八年(1375),曾任磨勘司令,此前曾任职于国子监,与国子司业宋濂交。宋濂《宋学士文集》卷二二有《郑氏连璧集序》,详细介绍了郑氏家世、文学成就及该集成书始末。据序文,郑东天分绝人,幼时既已穷经,然应举不合主司意,遂致力于古文辞,文思如涌,日试万言。而郑采,性情狷介,不屑屈人之下,丧父后,从郑东读书。宋濂对郑氏二兄弟文学成就评价颇高,谓郑东之文"气韵沉雄,如老将帅师,旌旗火鼓,缤纷交错,咸归节度",郑采之文"规制峻整,如齐鲁大儒,衣冠伟然,出言不烦,曲尽情意"。② 二人皆有台阁弘丽之观,而无山林枯槁之气。元季兵乱,郑思先恐其父辈诗文遗稿零落不传,积二十年至功,录得郑东文百篇、古今诗四百八十首;郑采文三十篇,诗百篇合为《郑氏连璧集》十四卷。将锲文梓,请宋濂为序。钱大昕《元史艺文志》著录此集。然此集国内已无传本,顾嗣立《元诗选》三集存二人诗39首,多叙写元末战乱,颇具沧桑感。

---

① 前二著为甘肃人民出版社2001年出版,后一文收录于杨镰《元代文学及文献研究》,中华书局2015年版,第91—93页。
② (明)宋濂:《郑氏连璧集序》,罗月霞主编:《宋濂全集》,浙江古籍出版社1999年版,第973页。

四 《自得斋类编》

高逊志编。今佚。辑元代宗工巨儒投赠其父高德进之诗文。高逊志,生卒年不详,1383 年前后在世。《浙江通志》等作高巽志,《明史》作逊志。字士敏,萧县(今属安徽)人,乔寓嘉兴。华年笃志,以善属文称,师受于贡师泰、周伯琦等,与高启等并称"北郭十友",元末荐为鄮山书院山长。入明,曾征修元史,入翰林。有《啬斋集》二卷。《明史》卷一四三有传。其父德进,名某,以清才粹质,积学素行。曾荐为掾历中外御史府行部朔南,又官淮东廉访司照磨,调浙东宣慰司都事,有《纪梦集》十卷。与元代文坛巨儒虞集、欧阳玄、曹鉴、余阙、贡师泰、周伯琦、张翥、危素等人交往,得诸公赠诗。其子逊志虑其散佚,汇而次之,将锓诸梓。徐一夔《始丰稿》卷二有《自得斋类编序》。序文有云,"今江浙行省左丞周公伯琦,翰林学士承旨张公翥,危公素,直学士张公以宁,咸亲承焉"[1]。按,周伯琦为江浙行省左丞在至正十七年(1357)至至正二十七年(1367),危素为翰林学士承旨在至正二十四年(1364)、至正二十八年(1368)。以此可判断徐序所作时间大致在至正二十四年至至正二十七年(1364—1367)四年间。而此集成书应亦在此间。钱大昕《元史艺文志》有著录,其他书目罕见。今不见传本,可知是集早佚。

七 地域诗集

一 《华川文派录》六卷

黄应和编。华川即今浙江义乌。黄应和,字铁岩,义乌人。北宋著名文人黄中辅(字槐卿,号细高居士)之族孙,其活动之时应在元初。是集今不存。钱大昕《补元史艺文志》有著录。宋濂《宋学士文

---

[1] (明)徐一夔:《始丰稿》卷二,《文渊阁四库全书》第 1229 册,上海古籍出版社 1987 年版,第 165 页。

集》卷七有《华川文派序》。可知是集编选宋代宗公泽、黄中辅、陈炳等有助于名教之诗文。宋南渡后，这些乡贤文集几近散失，黄铁岩于各家之编中选辑精粹者十余篇，编为一书，厘为六卷，名曰《华川文派录》。据序文云："后五十年豫章张侯来为县，读而善之。复谓群公之文幸仅见于斯。然未有誊其副者，苟或亡之非，唯重有识者之，叹且将何以风厉于吾民，亟请邑士传君藻精加校雠，捐俸而刻置县庠，来征濂为之序。"① 又由序文可知，在元代另有吴师道集婺州七邑名人诗文为《敬乡前后录》二十三卷，较之黄应和《华川文派录》，篇幅更为宏大，惜毁于战火而不存。可见，宋濂作序之时，可能已入明。《华川文派录》成书约在元初，至元末明初，是集仍未刊行，仅有原本留存。县官张侯惧其佚失，请传君藻校正后付梓刊刻，保存在当地县庠。

二 《宛陵群英集》十二卷

汪泽民、张师愚编。编辑宋代至元代宛陵（今安徽宣城）诗人诗1393首。是宛陵一地重要的乡邦文献。

汪泽民（1273—1355），字叔志，婺源人。延祐五年（1318）进士。至正三年（1343），为国子司业，参修辽金元三史。以礼部尚书致仕，居宣城，自号"堪老真逸"。至正十五年（1355），兵乱中殉国，谥文节。《元史》卷一八五有传。张师愚，字仲愚（一字仲渊），宣城人。与泽民游，交往密切，甚为友善。延祐、天历两次领乡荐，较有时名，与其弟师鲁并称"二张"。

是集有至正元年（1341）汪泽民、张师愚两篇序文。据序文，是编于此年已基本成书，有待锓板而传之。四库馆臣以为"盖泽民晚居宣城时所辑"②，不确。按二人所叙，是集是应宣城施璇所邀，收录诗歌分古、今二体，辑为二十八卷。后由施璇为锓版以行。③

---

① 罗月霞主编：《宋濂全集》，浙江古籍出版社1999年版，第486页。
② （清）永瑢等：《四库全书总目》卷一八八，中华书局1965年版，第1709页。
③ （元）张师愚：《宛陵群英集序》，（元）汪泽民、张师愚：《宛陵群英集》卷首，《文渊阁四库全书》第1366册，上海古籍出版社1987年版，第957页。

据《四库全书总目》，该集刊刻后久佚，方志不著其目。现存四库本及清抄本数种。陆心源《皕宋楼藏书志》卷一一六著录为文渊阁传抄本。四库本自《永乐大典》中辑出，得129位诗人746首诗，编为十二卷。"凡其人之爵里事迹有可考者，俱补注于姓名之下，不可考者阙之。其《永乐大典》原本失载人名、无可参补者，则仍分类附录于后，以待审订焉"①。由于无他本对校，四库本讹误处甚多，王太岳《四库全书考证》卷九一又有订补。

宣城之地，文风久盛。此集作为一乡诗歌之汇集，文献价值自不菲，而编选者的选诗标准亦体现出地域性诗学观念。

三 《武阳耆旧诗宗》一卷

又名《武阳耆旧宗唐诗集》。陈士元编。辑录元代武阳地区受严羽影响的数家宗唐诗人之诗作。今佚。

陈士元，生卒年未详。邵武（今属福建）人，与黄镇成同时，以文为友。隐居不仕，有《武阳志略》《武阳耆旧诗宗》，学者号"旸谷先生"。小传见李清馥《闽中理学渊源考》卷三九。按，黄镇成，生于元世祖至元二十五年（1288），卒于至正二十二年（1362），字元镇，号存存子、紫云山人、秋声子、学斋先生等。同为邵武人，元末有诗名，与黄清老（邵武人）并称为"诗人二黄"。《闽中理学渊源考》"陈士元小传"载有黄镇成撰《武阳耆旧宗唐诗集序》。据序文可知，是集为武阳耆旧所作的具有宗唐倾向的诗歌。其中又专宗盛唐，"一本温柔敦厚、雄浑悲壮，而忠臣孝子之情，伤今怀古之意，隐然见于言外，可以讽诵而得之矣"，而这些耆旧诗人，是受同乡严羽影响，诗风大盛。陈士元"网罗放失，得数十家，大惧湮没，俾镇成芟取十一，刊刻传远，一以见一代诗宗之盛，一以见吾邦文物之懿"。②此外，据黄景进《严羽及其诗论之研究》，现存于台湾省的

---

① （清）永瑢等：《四库全书总目》卷一八八，中华书局1965年版，第1709页。
② （清）李清馥：《闽中理学渊源考》卷三九，《文渊阁四库全书》第460册，上海古籍出版社1987年版，第483页。

《沧浪严先生吟卷》卷题"樵川陈士元阳谷编次,进士黄清老子肃校正"①。可知陈士元还与黄清老共同增校有《沧浪严先生吟卷》。由此可判断,陈士元编纂《武阳耆旧诗宗》与编次增校《沧浪严先生吟卷》应该是一个系统的工作。以保存严羽及受严羽诗风影响的诗人群体的创作为目的。

四 《绣川二妙集》

黄溍编。绣川即今浙江义乌。是集收义乌先辈傅野、陈尧道二人诗。黄溍(1277—1357),字晋卿(一字文潜),婺州义乌(今属浙江)人。为元代金华学派重要人物。与柳贯、虞集、揭傒斯合称元代"儒林四杰"。宋濂、王袆等人出其门。黄溍受学于元初著名理学家刘应龟(字元益,号山南,义乌人。元初为月泉书院山长),而傅野、陈尧道得刘氏传,为其流亚。傅、陈二人生卒年不详。野,字景文;尧道,字景传。王崇炳《金华征献略》卷一一有刘、傅、陈三人简传。黄溍《金华黄先生文集》卷一八有《绣川二妙集序》,序称二人诗得刘应龟之气,傅野诗"精切整暇,如清江漫流,一碧千里,而鱼龙光怪,隐见不常,莫可得而测也";陈尧道诗"涵肆彬蔚,如奇葩珍木,洪纤高下,杂植于名园,终日玩之而不厌也"。② 二人既殁,遗稿藏于家,黄溍访求,得二人所作诗歌各若干篇,合若干卷,题为《绣川二妙集》,作序以记其梗概。嵇曾筠《(雍正)浙江通志》卷一八一、陶元藻《全浙诗话》卷二五、钱大昕《补元史艺文志》著录此集。现无全本留存,部分诗作散见于《元诗选癸集》《御选元诗》。

五 《桐江诗派》

又名《桐川诗派》。李康编。桐江为富春江上游,在浙西桐庐县境内。李康,字宁之,桐庐人。元末以孝行见称于世,诗文书画冠绝

---

① 黄景进:《严羽及其诗论之研究》,(台北)文史哲出版社1986年版,第35页。
② (元)黄溍:《黄溍集》,王颋点校,浙江古籍出版社2013年版,第456页。

一时。受学于永康胡汲仲。至正二年（1342）郡守马九皋欲征聘之，不起。此后亦累征而复辞。著述有《杜诗补遗》《桐江诗派》《梅月斋永言》《看山清暇集》诸种。黄宗羲《宋元学案》卷六五、邵远平《元史类编》卷三六、柯劭忞《新元史》卷二三八有传。此集著录于钱大昕《补元史艺文志》，或即从《宋元学案》辑出，今无传本，亦无序文。由集名可推之为编选桐庐一带文人诗作。

六　《余姚海堤集》一卷

叶晋编。其父叶翼天历间为余姚判官，修缮海堤，时人以诗文纪其事，是为此集。按，有记曰"海隄"，概因异文。

叶翼，生卒未详，字敬常，宁波人。文宗天历间为余姚判官，筑堤捍海，颇有政绩。元末，诏封仁功侯，立庙祀之。[①] 与陈旅、王沂同在京为官，交往甚密。据戴良序文，有二人撰文记起修堤之事。叶晋，生卒未详，字孔昭，至正中，授宣政院照磨，补官江南行御史台掾。

戴良《九灵山房集》卷二九有《余姚海隄集序》。序文详载叶翼修堤之事及该集成书始末。序曰："（叶翼）既致辞走京师，请国子监丞陈公众仲、翰林学士王公师鲁为文记其事，而复退率州士之工乎诗者，以及寓公过客，作为乐府、歌行、五七言近体若干首，以咏歌先生之功于无极。先生之子南台掾晋衷集为若干卷，将锓梓以传，而属余序之。"[②] 可知是集为诗文合集。按此序存戴良《越游稿》中，是稿为良隐居四明时的作品，时间大致在至正末年至明初。叶晋所辑应在此间。又据丁丙《善本书室藏书志》及《四库全书总目》，是集未及刊刻而毁于战火。明宣德中，叶晋从弟翼遍求乡邦耆老以及从其他文集中采录得之，编为此集。

丁《志》卷三九著录此集为四卷，为汪鱼亭所藏旧抄本。阮元《文选楼藏书记》卷三亦录为四卷本，为宣德刊本。现存《四库全书》本为一卷，底本为范懋柱天一阁藏本。此外日本早稻田大学藏有一部

---

① 参见（清）丁丙《善本书室藏书志》卷三十九，中华书局1990年版，第895页。
② （元）戴良：《戴良集》，李军、施贤明校点，吉林文史出版社2009年版，第326页。

清抄本。

此集为余姚之乡邦文献，对于考察此地文人诗学观念有重要价值。

七　《石门嘉会集》

李朝宾编。是集不见于目录著作，佚失较早。清人郑尔垣《义门郑氏奕叶文集》卷一收元郑涛《药房集》有《石门嘉会集序》。

李朝宾，生卒及字号不详。据郑涛序文，朝宾为东阳石门（今属浙江）人。是郑涛之懿亲，即戚亲，其祖父曾为宋吏部尚书宝谟阁直学士，其父尊菴先生与黄溍游。按，郑涛生于延祐二年（1315），字仲叔，婺州浦江（今属浙江）人。活动于元末明初，朝宾亦应活动于此间。

郑序云："洪武九年（1376）冬，余尝造石门，朝宾出示《石门嘉会集》者，自王君思远以下凡若干人，宫商之音相宣，绮绣之句交错，读之再四，不能去手。"① 可知此集成书应在洪武九年（1376）之前。朝宾此集有意仿效韩愈《荆潭唱和诗》，录石门一地之乡邦文献，惜此集不传。

八　《东瓯遗芳集》

无撰者名氏。今不存。嵇曾筠《（雍正）浙江通志》卷二五四及钱大昕《元史艺文志》著录。谓止录赵氏数人而不及他姓。孙诒让《温州经籍志》卷三二据钱《志》著录，注称元《遗芳集》本无"东瓯"二字，钱《志》增题此名。因专录赵氏之诗，推测此集可能是卓忠贞所叙赵廷晖《遗芳集》。按《四库全书总目》卷一九二"总集类存目"有明赵谏编《东瓯诗集》《补遗》及《续集》，所用底本为成化中蔡璞所编，亦可推测蔡本所据即为《遗芳集》，赵谏之所以对蔡本有所增损，是因为"其去取为未善"②，而这也或许是《遗芳集》于元代编成后不传之原因。

---

① （元）郑涛：《石门嘉会集》，李修生主编：《全元文》第57册，凤凰出版社2004年版，第842页。

② （清）永瑢等：《四库全书总目》卷一九二，中华书局1965年版，第1743页。

主要征引文献

本目录编排首依中国古籍"经史子集"之次序排列,其中"史部"依次为:正史、杂史、传记、政书、目录著作;"子部"依次为:类书、笔记、杂学、典故;"集部"依次为:总集、别集、文论、诗话、词话。其次编排今人著作,包括元史研究、思想史、文学史、文学理论、当代学者文学研究专著等著作。

杨伯峻编著:《春秋左传注》,中华书局1981年版。
(清)孙希旦:《礼记集解》,沈啸寰、王星贤点校,中华书局1989年版。
(清)程树德:《论语集释》,程俊英、蒋见元点校,中华书局1990年版。

(唐)魏徵、令狐德棻:《隋书》,中华书局1973年版。
(明)宋濂:《元史》,中华书局1976年版。
(清)张廷玉等:《明史》,中华书局1974年版。
柯绍忞:《新元史》,《元史二种》第一册,上海古籍出版社、上海书店1989年版。
(清)曾廉:《元书》,中国国家图书馆藏宣统三年(1911)层漪堂刻本。
(清)赵翼著,王树民校证:《廿二史劄记校证》(订补本),中华书局1984年版。

（金）刘祁：《归潜志》，崔文印点校，中华书局 1983 年版。

傅璇琮主编：《唐才子传校笺》，中华书局 1987 年版。

王颋点校：《庙学典礼》（外二种），浙江古籍出版社 1992 年版。

黄时鑑点校：《通制条格》，浙江古籍出版社 1986 年版。

（元）苏天爵辑撰：《元朝名臣事略》，姚景安点校，中华书局 1996 年版。

（清）叶德辉：《书林清话》，中华书局 1957 年版。

（清）黄虞稷等：《辽金元艺文志》，商务印书馆 1958 年版。

（清）邵懿辰撰，邵章续录：《增订四库简明目录标注》，上海古籍出版社 1959 年版。

（清）永瑢等：《四库全书总目》，中华书局 1965 年版。

傅增湘：《藏园群书经眼录》，中华书局 1983 年版。

王重民：《中国善本书提要》，上海古籍出版社 1983 年版。

庄芳荣编：《中国类书总目初稿》，（台北）台湾学生书局 1983 年版。

（明）杨士奇等编：《文渊阁书目》，中华书局 1985 年版。

（清）陆心源：《皕宋楼藏书志　皕宋楼藏书续志》，中华书局 1990 年版。

（清）陆心源：《仪顾堂题跋·续跋》、（清）丁丙：《善本书室藏书志》，中华书局 1990 年版。

（清）于敏中：《天禄琳琅书目》、（清）彭元瑞：《天禄琳琅书目后编》，上海古籍出版社 2007 年版。

严绍璗编著：《日藏汉籍善本书录》，中华书局 2007 年版。

沈津主编：《美国哈佛大学燕京图书馆藏中文善本书志》，广西师范大学出版社 2011 年版。

中华再造善本工程编纂出版委员会编著：《中华再造善本总目提要》（金元编），国家图书馆出版社 2013 年版。

王承略、刘心明主编：《二十五史艺文经籍志考补萃编》，清华大学出版社 2014 年版。

（元）林桢辑：《联新事备诗学大成》（续修四库全书本），上海古籍出版社2002年版。

（元）严毅辑：《诗学集成押韵渊海》（续修四库全书本），上海古籍出版社2002年版。

国家图书馆编：《国家图书馆藏古籍题跋丛刊》，北京图书馆出版社2002年版。

（明）李诩：《戒庵老人漫笔》，魏连科点校，中华书局1982年版。

（明）戴冠：《濯缨亭笔记十卷》（四库全书存目丛书本），齐鲁书社1995年版。

（元）姚桐寿：《乐郊私语》（文渊阁四库全书本），上海古籍出版社1987年版（本书目所列文渊阁四库全书本均为此版本，后文不再标注）

（元）程端礼：《程氏家塾读书分年日程》，中华书局1985年版。

（明）郎瑛：《七修类稿》，上海书店出版社2001年版。

（元）杨瑀：《山居新语》，文渊阁四库全书本。

（明）陆容：《菽园杂记》，佚之点校，中华书局1985年版。

（宋）洪迈：《容斋随笔》，上海古籍出版社1978年版。

（元）孔齐：《至正直记》，庄敏、顾新点校，上海古籍出版社1987年版。

（元）陶宗仪：《南村辍耕录》，中华书局1959年版。

（元）陆友仁：《研北杂志》，中华书局1991年版。

（明）叶子奇：《草木子》，中华书局1959年版。

（清）黄宗羲原著，（清）全祖望补修：《宋元学案》，陈金生、梁运华点校，中华书局1986年版。

（清）李清馥：《闽中理学渊源考》，文渊阁四库全书本。

（清）董诰等编：《全唐文》，中华书局1983年版。

（唐）元结、殷璠等选：《唐人选唐诗（十种）》，上海古籍出版社1978年版。

（清）钱谦益：《列朝诗集小传》，上海古籍出版社1983年版。

（元）杨士弘编选：《唐音》，文渊阁四库全书本。

李修生主编：《全元文》，江苏古籍出版社（凤凰出版社）1999—2004年版。

杨镰主编：《全元诗》，中华书局2013年版。

隋树森编：《全元散曲》，中华书局2018年版。

（清）顾嗣立编：《元诗选》，中华书局1987年版。

（清）钱熙彦编次：《元诗选补遗》，中华书局2002年版。

（清）张景星、姚培谦、王永祺编选：《元诗别裁集》，上海古籍出版社1979年版。

（清）陈衍辑撰：《元诗纪事》，李梦生校点，上海古籍出版社1987年版。

（明）陈田辑撰：《明诗纪事》，上海古籍出版社1993年版。

（元）元好问等：《元人十种诗》，中国书店1990年版。

新文丰出版公司编辑部：《元人文集珍本丛刊》，新文丰出版公司1985年版。

（元）顾瑛辑：《草堂雅集》，杨镰、祁学明、张颐青整理，中华书局2008年版。

（元）顾瑛辑：《玉山名胜集》，杨镰、叶爱欣整理，中华书局2008年版。

（元）赖良：《大雅集》，文渊阁四库全书本。

（元）左克明：《古乐府》，文渊阁四库全书本。

（元）苏天爵编：《元文类》，上海古籍出版社1993年版。

（元）傅习、孙存吾：《元风雅》，四部丛刊初编本。

（清）沈季友：《檇李诗系》，中国社会科学院文学研究所藏清康熙四十九年（1710）金南瑛敦素堂刻本。

（元）许有壬：《圭塘欸乃集》，文渊阁四库全书本。

（元）杨维桢：《丽则遗音》，文渊阁四库全书本。

（元）祝尧：《古赋辨体》，文渊阁四库全书本。

（元）汪泽民、张师愚：《宛陵群英集》，文渊阁四库全书本。

（唐）韩愈著，马其昶校注：《韩昌黎文集校注》，马茂元整理，上海古籍出版社 2014 年版。

（唐）杜牧：《樊川文集》，上海古籍出版社 1978 年版。

陶敏、陶红雨校注：《刘禹锡全集编年校注》，岳麓书社 2003 年版。

（唐）李贺：《李贺歌诗编》（四部丛刊影印蒙古本），上海书店出版社 2015 年版。

（宋）欧阳修：《欧阳修全集》，中国书店 1986 年版。

（宋）刘辰翁：《须溪集》，文渊阁四库全书本。

（宋）何梦桂：《潜斋集》，文渊阁四库全书本。

姚奠中主编：《元好问全集》，山西古籍出版社 2004 年版。

（金）元好问著，狄宝心校注：《元好问文编年校注》，中华书局 2012 年版。

（金）元好问著，狄宝心校注：《元好问诗编年校注》，中华书局 2018 年版。

（元）耶律楚材：《湛然居士文集》，谢方点校，中华书局 2021 年版。

（元）苏天爵：《滋溪文稿》，陈高华、孟繁清点校，中华书局 1997 年版。

（元）黄枢：《后圃黄先生存集》，中国国家图书馆藏明嘉靖刻本。

（元）吴澄：《吴文正集》，文渊阁四库全书本。

（元）吴澄：《吴澄集》，方旭东、光洁点校，中国社会科学出版社 2021 年版。

（元）赵文：《青山集》，文渊阁四库全书本。

（元）赵汸：《东山存稿》，文渊阁四库全书本。

（元）贡奎、贡师泰、贡性之：《贡氏三家集：贡奎集、贡师泰集、贡性之集》，邱居里、赵文友校点，吉林文史出版社 2010 年版。

（元）刘将孙：《刘将孙集》，李鸣、沈静校点，吉林文史出版社 2009 年版。

（元）戴表元：《戴表元集》，陆晓冬、黄天美点校，浙江古籍出版社 2014 年版。

(元)许衡：《许衡集》，许红霞点校，中华书局2019年版。

(元)姚燧：《牧庵集》，文渊阁四库全书本。

(元)姚燧：《姚燧集》，查洪德校注，人民文学出版社2011年版。

(元)刘诜：《桂隐文集》，文渊阁四库全书本。

(元)张之翰：《张之翰集》，邓瑞全、孟祥静校点，吉林文史出版社2009年版。

(元)王恽著，杨亮、钟彦飞点校：《王恽全集汇校》，中华书局2013年版。

(元)郝经著，张进德、田同旭编年校笺：《郝经集编年校笺》，人民文学出版社2018年版。

(元)赵孟頫：《松雪斋集》，文渊阁四库全书本。

(元)赵孟頫：《松雪斋诗集》，钱伟强点校，浙江人民美术出版社2019年版。

(宋)舒岳祥：《阆风集》，文渊阁四库全书本。

(元)马祖常：《马祖常集》，王媛校点，吉林文史出版社2010年版。

(元)袁桷著，杨亮校注：《袁桷集校注》，中华书局2012年版。

(元)黄溍：《金华黄先生文集》（四部丛刊初编本），上海书店1989年版。

(元)黄溍：《黄溍集》，王颋点校，浙江古籍出版社2013年版。

(元)柳贯：《待制集》，文渊阁四库全书本。

(元)柳贯：《柳贯诗文集》，柳小英辑校，上海书画出版社2021年版。

(元)虞集：《道园学古录》，商务印书馆1937年版。

(元)虞集：《虞集全集》，王颋点校，天津古籍出版社2007年版。

(元)杨载：《杨仲弘集》，余奎元、翁亚红点校，福建人民出版社2007年版。

(元)揭傒斯：《揭傒斯全集》，李梦生点校，上海古籍出版社2012年版。

谢艳芳主编：《揭傒斯全书》，广陵书社2016年版。

(元)范梈：《范德机诗集》（四部丛刊初编本），上海书店1989年版。

（元）胡助：《纯白斋类稿》（丛书集成初编本），中华书局1985年版。

（元）张养浩：《归田类稿》，文渊阁四库全书本。

（元）宋褧：《燕石集》，文渊阁四库全书本。

（元）萨都拉：《雁门集》，上海古籍出版社1982年版。

（元）杨维桢著，孙小力校笺：《杨维桢全集校笺》，上海古籍出版社2019年版（此书版权页作者朝代为明代）。

（元）程端礼：《畏斋集》，文渊阁四库全书本。

（元）吴师道：《礼部集》，文渊阁四库全书本。

（元）周伯琦：《扈从集》，文渊阁四库全书本。

（元）许有壬：《至正集》，文渊阁四库全书本。

（元）欧阳玄：《欧阳玄集》，魏崇武、刘建立校点，吉林文史出版社2009年版。

（元）傅若金：《傅若金集》，史杰鹏、赵彧校点，吉林文史出版社2010年版。

（元）周霆震：《石初集》，施贤明点校，北京师范大学出版社2016年版。

（元）余阙：《青阳文集》，文渊阁四库全书本。

（元）杨翮：《佩玉斋类稿》，文渊阁四库全书本。

（元）郑玉：《师山集》，文渊阁四库全书本。

（元）邓雅：《玉笥集》，文渊阁四库全书本。

（元）舒頔：《贞素斋集》，文渊阁四库全书本。

（元）陈旅：《安雅堂集》，文渊阁四库全书本。

（元）同恕：《榘庵集》，文渊阁四库全书本。

（元）陈高：《不系舟渔集》，文渊阁四库全书本。

（元）倪瓒：《清閟阁全集》，文渊阁四库全书本。

（元）周权：《此山诗集》，文渊阁四库全书本。

（元）释大圭：《梦观集》，文渊阁四库全书本。

（元）沈梦麟：《花溪集》，文渊阁四库全书本。

（元）钱惟善：《江月松风集》，文渊阁四库全书本。

（元）李祁：《云阳集》，文渊阁四库全书本。

（元）王沂：《伊滨集》，文渊阁四库全书本。

（元）李继本：《一山文集》，文渊阁四库全书本。

（元）刘鹗：《惟实集》，文渊阁四库全书本。

（元）岑安卿：《栲栳山人诗集》，文渊阁四库全书本。

（元）迺贤：《金台集》，文渊阁四库全书本。

（元）戴良：《戴良集》，李军、施贤明校点，吉林文史出版社 2009 年版。

（元）陈基：《陈基集》，邱居里、李黎校点，吉林文史出版社 2009 年版。

（元）贝琼：《贝琼集》，李鸣校点，吉林文史出版社 2010 年版。

罗月霞主编：《宋濂全集》，浙江古籍出版社 1999 年版。

（元）郭钰：《静思先生诗集》，张欣点校，北京师范大学出版社 2016 年版。

（元）张宪：《玉笥集》，施贤明点校，北京师范大学出版社 2016 年版。

（元）张昱：《张光弼诗集》，辛梦霞点校，北京师范大学出版社 2016 年版。

（元）陈樵：《鹿皮子集》，文渊阁四库全书本。

（元）顾瑛：《玉山璞稿》，文渊阁四库全书本。

（元）王毅：《木讷斋文集》，中国科学院图书馆藏清乾隆二十七年（1762）苏遇龙刻本。

（元）董寿民：《元懒翁诗集》，中国国家图书馆藏清活字印本。

（元）陈镒：《午溪集》，文渊阁四库全书本。

（元）王逢：《梧溪集》，文渊阁四库全书本。

（元）朱晞颜：《瓢泉吟稿》，文渊阁四库全书本。

（元）李存：《俟庵集》，文渊阁四库全书本。

（元）王翰：《友石山人遗稿》，文渊阁四库全书本。

（元）丁鹤年：《鹤年诗集》，文渊阁四库全书本。

（明）刘嵩：《槎翁诗集》，文渊阁四库全书本。

（明）杨基：《眉庵集》，文渊阁四库全书本。
（明）危素：《云林集》，文渊阁四库全书本。
（明）危素：《说学斋集》，文渊阁四库全书本。
（明）王祎：《王忠文集》，文渊阁四库全书本。
（明）胡翰：《胡仲子集》，文渊阁四库全书本。
（明）王行：《半轩集》，文渊阁四库全书本。
（明）徐一夔：《始丰稿》，文渊阁四库全书本。
（明）乌斯道：《春草斋集》，文渊阁四库全书本。
（明）王彝：《王常宗集》，文渊阁四库全书本。
（明）高启：《凫藻集》，文渊阁四库全书本。
（明）杨士奇：《东里文集》，文渊阁四库全书本。
（明）方孝孺：《逊志斋集》，文渊阁四库全书本。
（明）吕不用：《得月稿》，中国国家图书馆藏清抄本。
（清）李世熊：《寒支集》，中国社会科学院文学研究所图书馆藏清康熙刻本。
（清）陈瑚：《确庵文稿》，中国国家图书馆藏清初毛氏汲古阁刻本。
（清）钱大昕：《潜研堂集》，上海古籍出版社 2009 年版。
（清）赵翼：《瓯北集》，李学颖、曹光甫校点，上海古籍出版社 1997 年版。
（元）陈绎曾：《文式》，中国国家图书馆藏明刻本。
（元）陈绎曾：《文筌》（续修四库全书本），上海古籍出版社 2002 年版。
（元）陈绎曾著，慈波辑校：《陈绎曾集辑校》，人民文学出版社 2017 年版。
（元）王构：《修辞鉴衡》，文渊阁四库全书本。
（元）陈秀明：《东坡诗话录》，中国国家图书馆藏清刻本。
（清）王士禛：《带经堂诗话》，张宗柟纂集，戴鸿森校点，人民文学出版社 1963 年版。
（清）王夫之等撰，丁福保辑：《清诗话》，上海古籍出版社 1963 年版。
（明）胡应麟：《诗薮》，上海古籍出版社 1979 年版。

（清）何文焕辑：《历代诗话》，中华书局1981年版。
（清）翁方纲：《石洲诗话》，人民文学出版社1981年版。
丁福保辑：《历代诗话续编》，中华书局1983年版。
（宋）严羽著，郭绍虞校释：《沧浪诗话校释》，人民文学出版社1983年版。
（元）方回选评，李庆甲集评校点：《瀛奎律髓汇评》，上海古籍出版社1986年版。
（清）朱彝尊：《静志居诗话》，黄君坦校点，人民文学出版社1990年版。
张健：《元代诗法校考》，北京大学出版社2001年版。
吴文治主编：《辽金元诗话全编》，凤凰出版社2006年版。
（明）李东阳著，李庆立校释：《怀麓堂诗话校释》，人民文学出版社2009年版。
唐圭璋编：《词话丛编》，中华书局1986年版。

丁放：《元代诗论校释》，中华书局2020年版。
杨树藩：《元代中央政治制度》，（台北）台湾商务印书馆1978年版。
姜一涵：《元代奎章阁及奎章阁人物》，（台北）联经出版事业公司1981年版。
韩儒林主编：《元朝史》，人民出版社1986年版。
桂栖鹏：《元代进士研究》，兰州大学出版社2001年版。
萧启庆：《内北国而外中国：蒙元史研究》，中华书局2007年版。
萧启庆：《元代的族群文化与科举》，（台北）联经出版事业公司2008年版。
李治安：《元代行省制度》，中华书局2011年版。
展龙：《元明之际士大夫政治生态研究》，人民出版社2013年版。
申万里：《元代科举新探》，人民出版社2019年版。
钱穆：《中国学术思想史论丛》，安徽教育出版社2004年版。
秦志勇：《中国元代思想史》，人民出版社1994年版。

萧华荣：《中国诗学思想史》，华东师范大学出版社1996年版。

左东岭：《明代文学思想研究》，商务印书馆2013年版。

吴梅：《辽金元文学史》，商务印书馆1934年版。

［日］吉川幸次郎：《宋元明诗概说》，李庆等译，中州古籍出版社1987年版。

邓绍基主编：《元代文学史》，人民文学出版社1991年版。

顾建华：《中国元代文学史》，人民出版社1994年版。

刘明今：《辽金元文学史案》，上海古籍出版社2004年版。

傅璇琮、蒋寅总主编，张晶卷主编：《中国古代文学通论·辽金元卷》，辽宁人民出版社2005年版。

邓绍基、杨镰主编：《中国文学家大辞典·辽金元卷》，中华书局2006年版。

陈文新主编，余来明卷主编：《中国文学编年史·元代卷》，湖南人民出版社2006年版。

刘达科：《辽金元诗文史料述要》，中华书局2007年版。

程千帆著，吴志达修订：《元代文学史》，武汉大学出版社2013年版。

方孝岳：《中国文学批评》，生活·读书·新知三联书店1986年版。

朱东润：《中国文学批评史大纲》，开明书店1944年版。

郭绍虞：《中国文学批评史》，上海古籍出版社1979年版。

敏泽：《中国文学理论批评史》，人民文学出版社1981年版。

袁行霈、孟二冬、丁放：《中国诗学通论》，安徽教育出版社1994年版。

陈良运：《中国诗学批评史》，江西人民出版社1995年版。

蔡镇楚：《中国文学批评史》，中华书局2005年版。

曾永义编辑：《元代文学批评资料汇编》，（台北）成文出版社1979年版。

朱荣智：《元代文学批评之研究》，（台北）联经出版事业公司1982年版。

陈伯海、蒋哲伦主编，黄宝华、文师华：《中国诗学史·宋金元卷》，鹭江出版社2002年版。

赵敏俐、吴思敬主编，张晶卷主编：《中国诗歌通史·辽金元卷》，人民文学出版社2012年版。
包根弟：《元诗研究》，（台北）幼狮文化事业公司1978年版。
杨镰：《元西域诗人群体研究》，新疆人民出版社1998年版。
王忠阁：《元末吴中诗派论考》，广西师范大学出版社1998年版。
梁归智、周月亮：《大俗小雅：元代文化人心迹追踪》，河北大学出版社2001年版。
查洪德、李军：《元代文学文献学》，中国社会科学出版社2002年版。
蒋寅：《古典诗学的现代诠释》，中华书局2003年版。
杨镰：《元诗史》，人民文学出版社2003年版。
杨镰：《元代文学编年史》，山西教育出版社2005年版。
查洪德：《理学背景下的元代文论与诗文》，中华书局2005年版。
黄仁生：《杨维桢与元末明初文学思潮》，东方出版中心2005年版。
云峰：《元代蒙汉文学关系研究》，民族出版社2005年版。
徐永明：《元代至明初婺州作家群研究》，中国社会科学出版社2005年版。
张红：《元代唐诗学研究》，岳麓书社2006年版。
王树林：《金元诗文与文献研究》，中华书局2008年版。
罗鹭：《〈元诗选〉与元诗文献研究》，巴蜀书社2010年版。
赵其钧：《透视元代文人精神文化》，安徽大学出版社2011年版。
吴国富、晏选军：《元诗的宗唐与新变》，江西人民出版社2011年版。
欧阳光：《宋元诗社研究丛稿》，广东高等教育出版社2011年版。
蒋寅：《清代诗学史》第一卷，中国社会科学出版社2012年版。
余来明：《元代科举与文学》，武汉大学出版社2013年版。
幺书仪：《元代文人心态》，人民文学出版社2013年版。
邱江宁：《奎章阁文人群体与元代中期文学研究》，人民出版社2013年版。
邱江宁：《元代奎章阁学士院与元代文坛》，中国社会科学出版社2013年版。

云峰:《民族文化交融与元代诗歌研究》,内蒙古大学出版社 2013 年版。
查洪德:《元代诗学通论》,北京大学出版社 2014 年版。
李嘉瑜:《元代上京纪行诗的空间书写》,(台北)里仁书局 2014 年版。
王筱芸:《文学与认同:蒙元西游、北游文学与蒙元王朝认同建构研究》,河北教育出版社 2014 年版。
杨镰:《元代文学及文献研究》,中华书局 2015 年版。
徐子方:《元代文人心态史》,天津人民出版社 2015 年版。
刘嘉伟:《元代多族士人圈的文学活动与元诗风貌》,人民出版社 2016 年版。
唐朝晖:《元代文人群体与诗歌流派》,西安交通大学出版社 2017 年版。
查洪德:《元代文学通论》,东方出版中心 2019 年版。
张建伟:《元代北方文学家族研究》,商务印书馆 2019 年版。
邱江宁、唐云芝:《元代中期馆阁文人传记研究》,中国社会科学出版社 2019 年版。
罗海燕:《海宇混一:元代的儒学承传与文坛格局》,社会科学文献出版社 2019 年版。
邱江宁:《元代文人群体的地理分布与文学格局》,中华书局 2021 年版。

后　　记

　　小女儿在外面玩，总被人问："武元诗，你爸爸、妈妈是做什么工作的？"女儿回答说："我妈妈上班，我爸爸在家看书、写作业。"在女儿印象中，爸爸似乎总有看不完的书，写不完的作业。刚入幼儿园的她，充满疑惑，不能理解。的确，于学生言，作业的完成总有一个学业的期限，而于我——一位从事古典文学学习、研究的青年学者而言，古典文学布置给我的这个"大作业"，恐怕要用一生来完成。

　　我儿时在外公家度过，外公常常膝前教我背诵诗词，使我从小就对古典文学产生了浓厚兴趣。但是，假如时光倒回二十年前，我可能做梦也想不到，此后的人生会从事学术研究工作。因为在中学阶段，我偏科严重，高中三年里数学成绩极少及格。庆幸的是，大学我报考了中文专业，终于从数学的梦魇中走出。由于从小对文学的兴趣，大学期间，我狠狠地"泡"了四年图书馆。即便如此，当时我还是没有料到自己以后会从事古典文学的学习研究工作。大学时期，我的兴趣更在现当代文学。喜欢徐志摩、舒婷、海子，喜欢路遥、余华、毕飞宇、徐则臣……着魔般沉浸其中，直至报考研究生。当年报考学校招收研究生，现当代文学招生名额有限，古代文学的名额则相对较多，自己细加权衡，一方面为了稳妥应试，另一方面也考虑以后即使做现当代文学研究，有一个扎实的古典文学底子，眼界可能会更宽，于是便报考了古代文学专业研究生。而再次出乎意料的是，当我一头扎进古典文学的学习中去，就再也没有回头。

后 记

  我学习古典文学是从阅读古籍文献开始的，这有赖于我的硕导高建新先生的指引。研究生入学不久，高老师布置给我们一个作业：整理一个清代的陶渊明集子。从那时起，在阅读中我开始注重文献目录、版本、校勘等方面的功课。同时，高老师讲授的唐诗研究，林方直先生讲授的《管锥编》研究，魏永贵教授讲授的《文心雕龙》研究等课程也开拓了我的思维和眼界。前几年无意间在老房子里翻出当时的课程作业，有几个作业竟写成了小薄册子，每个足有五六万字，虽然再次读起，感到那时的体会和思考是那样稚嫩，但回想起那时的阅读、写作生活，是多么快乐和幸福。

  2013年我硕士研究生毕业，在学校图书馆边打工边读书，所有以往的学习和阅读奠定了我在古典文学上较为扎实的专业基础。2014年我报考中国社会科学院研究生院蒋寅老师的博士研究生。后来从蒋老师那里知道，那年蒋老师在国外讲学，由于试卷不能邮寄，专业试题委托另一位老师出题，题目偏难，尤其是第一道题，给出十个书名填写作者、年代，一同参加考试的同学大多只答对一两个，我的试卷答对了六七个，因此蒋老师破格录取了我。

  蒋老师指导学生，注重学术兴趣和独立思考能力的培养。在蒋老师的指导下，我在攻读博士学位阶段的学习、写作主要集中于两个方向。一是和音乐文学有关。从本科时我开始关注家乡的地方戏曲，在硕士阶段写过一些关于剧本艺术形式、音乐牌曲等方面的小文章。在我写作硕士学位论文《西域音乐影响下的唐代乐府诗研究》的过程中，又接触到大量古典音乐文学方面的材料。博士一年级我重新修订硕士学位论文时有了一些新的思考，那些遗失在历史中的古典音乐我们现在如何去感知？古典艺术与现代还能得见的传统艺术形式的关系如何？带着这样的思考，那年冬天我展开资料调查和写作，一年后竟写了十几篇相关文章。

  我在读博期间的第二个方向就是元代诗学。这个选择确定了我此后较为稳定的一个学习、研究的方向。在攻读硕士学位的时候，我有意整理家乡的历代诗歌文献，首先找来一些方志材料，如《口北三厅

后　记

志》等，从这些方志的《艺文志》中读到很多元人上京纪行诗歌。虽然整理诗集的工作最终搁置，但这些元人的诗作却深深打动了我。也是从那个时候，我开始阅读元代的文献和论著。2015年夏天，蒋老师带我们去邯郸广府古城读书，读书期间，老师谈到元代诗歌留存数量丰富，古典诗学的框架在元代初具规模，元代诗学作为承前启后的一环，在中国诗学史中的价值和意义也需要重新估量。受老师启发，从邯郸返回后，我开始系统搜集元代诗学方面的文献资料，也随即开始新的学习和写作。首先从元代上京纪行诗的诗学评论开始，我力求突破此前谈元人上京纪行诗"论诗法则工拙互见"的判断及文献资料的束缚，探讨元人上京纪行诗评的理论成果。这是我转入元代诗学研究写出的第一篇文章，后来发表在《文史》（2017年第4期）上。紧接着又深入阅读文献资料，写成关于《元遗民诗学观念》《元人师法李贺诗》两篇文章。这三篇文章其实初步构成了三个横向的维度：一是元代社会文化变迁与诗学流变，二是元人的精神偶像和元诗的诗学取法，三是元代文人心态与诗学思想的转变。而将研究的纵向时段放在元代中后期，可能会更好地突出元代诗学动态流变的过程，因此我的论文最后以"元代后期诗学研究"为题，最终在2016年形成了近30万字的博士学位论文。

　　蒋老师一直强调，学术研究不仅要重视一手文献的价值，学会甄别、使用文献资料，也要有广阔的学术视野和融通的学术思维。其实，《元代后期诗学研究》所涉及的具体内容，大多已是学界早有探讨的问题，如元代上京纪行诗，元诗总集，元代科举与文学，元代崇陶、崇杜论等。那么，如何找到新的切入点，便是关键问题。我在学习的过程中时刻提醒自己：一要更加细致地梳理、分析原始文献，从文献的发掘中发现新问题；二要紧扣诗学史研究本位，并且"跳出元代看元代"，将元代后期诗学置于整个中国古代诗学史中去观察，重点考察元代后期诗学如何从前代诗学演变而来，又以怎样的方式参与到后代诗学的建构当中去，进而分析其与前后不同时期的联系与区别，阐明其特点。后来，博士学位论文在匿名评审中得到评阅专家较多好评，

后　记

并且一些章节经过打磨修订，分别发表于《文学遗产》《文艺研究》等刊物。

在我理解的元代诗学的几个特性中，普及性是最显著的一个。这一点在南宋时期已有表现，而于元代更加显豁。元代众多的社会文化因素推动了诗歌及诗学向下普及，这一点又集中体现于蒙求诗学读物的兴盛，包括元代诗法作品和近年来逐渐受到关注的一些元代诗学类书。2015年我收集文献资料时，在国家图书馆发现元代林桢辑《联新事备诗学大全》一书，随即进一步展开文献调查，找到大量文献资料。也是这一年，我见到张健先生《中国古代声律启蒙读物〈声律发蒙〉及其他》（《岭南学报》2015年第1期）一文，对我有莫大的启发。2016年我在写作博士学位论文"科举与诗学"一章时，便专设一节讨论科举与元代后期诗学启蒙读物兴盛的原因及其诗学意义。之后又见张健先生《从〈学吟珍珠囊〉到〈诗学大成〉〈圆机活法〉》（《文学遗产》2016年第3期）一文，为我深入学习这一内容提供了极大的帮助。近五年我开展"元代诗歌教习与诗学研究"这一课题的研究，便是在这一点上的延伸。

从博士学位论文初稿完成到现在，已经六年过去。毕业那年因父亲手术住院，加之毕业季事情繁多，没有来得及写下"后记"。如今在修订论文时，跟随蒋老师读书的时光，写作生活中的点滴，又重新浮现眼前。做蒋老师的学生是非常幸福的，老师很少给我们压力，而就在轻松的聊天中便能够从老师那里得到诸多启发。老师指导我学习也极有耐心，在读期间的每一篇作业，老师都会在文档中加满批注。在授业之外，老师带着我们欣赏音乐、品尝美食美酒、逛博物馆……使我的读博岁月是那样的曼妙美好！这美好的记忆中，当然也有我的爱人。我和爱人在我博士入学时相识、相知，整个博士在读期间沉浸在恋爱和新婚的欣喜中，竟丝毫没有察觉到当时读书的枯燥。在论文写作阶段，我每构思一篇文章，都要把想法先讲给爱人听，理工科出身的她不仅耐着性子听我"絮叨"，还不时给我指点一二。论文即将出版之际，我想向我的父母、老师、妻子由衷道声感谢！也向多年来

❖❖❖ 后　记

帮助过我的师友以及中国社会科学出版社郭晓鸿、王小溪老师表示真诚谢意！

　　这些年我学习古典文学，最大的感受就是"我在其中"。我的情感在其中，当我读古人作品时，常常把自己的生命体验和生活认识都溶入和投射到其中，自己的憧憬和愤懑、追求和失落、快乐和痛苦、幸福和焦虑都随之起伏。我的大部分生活也在其中，有时找到一个期待已久的资料，或经过苦思冥想终于厘清一个思路，会手舞足蹈，喝杯酒来庆贺；有时在地铁上突然想起一个问题，等琢磨清楚后，发现已经在线上绕了一圈。沉醉于此，仿佛世间的一切喧嚣都远离我而去。

武　君

二〇二二年初秋于北京通州小白村